KB202081

황금나침반

황금나침반

HIS DARK MATERIALS
1. THE GOLDEN COMPASS
by Philip Pullman

Copyright © 1995 Philip Pullman
All rights reserved.

Korean translation copyright © 2007 by Gimm-young Publishers, Inc.
Korean translation rights arranged with A. P. Watts Limited
through Eric Yang Agency

황금나침반

①

황금나침반

김영사

황금나침반 1 - 황금나침반

저자_ 필립 풀먼
역자_ 이창식

1판 1쇄 발행_ 1999. 12. 20.
2판 1쇄 인쇄_ 2007. 11. 20.
2판 17쇄 발행_ 2008. 1. 5.

발행처_ 김영사
발행인_ 박은주

등록번호_ 제406-2003-036호
등록일자_ 1979. 5. 17.

경기도 파주시 교하읍 문발리 출판단지 515-1 우편번호 413-756
마케팅부 031)955-3100, 편집부 031)955-3250, 팩시밀리 031)955-3111

값은 표지에 있습니다.
ISBN 978-89-349-2716-7-03840
         978-89-349-2719-8-03840(세트)

독자의견 전화_ 031) 955-3104
홈페이지_ http://www.gimmyoung.com
이메일_ bestbook@gimmyoung.com

좋은 독자가 좋은 책을 만듭니다.
김영사는 독자 여러분의 의견에 항상 귀 기울이고 있습니다.

바다도, 해안도, 공기도, 불도 없는,
자연의 자궁인지 그 무덤인지도 모를
이 거친 혼돈 속으로,
그러나 모든 수태의 요인들이
어지럽게 뒤섞여,
절대자가 그들의 운명을 정하고
그의 검은 물질로
더 많은 세계를 창조하지 않는 한
그렇게 늘 싸워야만 하는,
조심스러운 악령이
지옥의 문전에 서서 지켜보며
자신의 행로를 생각하는
이 거친 혼돈 속으로⋯⋯

존 밀턴 《실낙원》 2권 중에서

차례

리라 벨라커 놀라우리만치 용감하고 순수한 영혼을 가진 아이. 부모님을 잃고 삼촌 아스리엘 경이 소속된 조던 대학에서 생활한다. 진실 측정기인 황금나침반의 운명의 주인. 수세기 동안 마녀들의 세계에 전해진 전설의 아이로, 곰, 집시, 심지어 자연의 사물들조차 그녀를 보호하는 수호자 역할을 한다.

판탈라이몬 리라의 데몬. 리라가 사는 세계에는 인간에게 모두 자신의 수호정령인 동물이 있다. 대화를 나누고 서로의 생각을 느낄 수 있다. 서로 멀리 떨어지면 몸이 분리되는 듯한 극심한 고통을 받는다. 인간이 어렸을 때는 데몬의 모습은 수시로 바뀌지만 성인이 되면 한 가지 모습으로 굳어진다.

아스리엘 경 리라의 삼촌으로, 비밀스런 탐험가. 실종된 탐험가 그루만을 찾기 위해 북극으로 떠났지만 '더스트'의 비밀과, 세계와 세계 사이에 존재하는 경계의 비밀을 찾아내고 있다.

콜터 부인 숨이 멎을 만큼 아름다운 자태를 지녔지만 기분 나쁜 분위기를 풍기는 그녀의 황금 원숭이 데몬만큼 사악하고 교활하다. 교권의 강력한 대리인인 '성체위원회'를 결성하여 '더스트'의 근원을 파헤쳐서 없애 버리려는 음모를 꾸미는 타고난 계략가다.

| **마 코스타** | 집시의 여왕이라 불리는 여인. 아이들을 유괴하는 '고블러' 집단에게 아들을 납치당한다. |

| **존 파 파더 코람** | 집시들의 왕과 집시들의 예언자. 리라가 모르고 있었던 부모님에 대한 비밀을 이야기해 주고, 납치된 아이들을 |

찾아 떠나는 원정대를 이끈다.

| **이오레크 뷔르니손** | 곰의 종족에게서 추방되어 인간에게 부림을 받던 전사 곰. 자신의 영혼과도 같은 갑옷을 빼앗긴 후 인간에게 순 |

종하지만, 리라가 그 갑옷을 찾아 주자 전사 곰으로서의 면모를 다시 발휘한다.

| **세라피나 페칼라** | 에나라 호수 지역에 살고 있는 마녀 종족의 여왕. 검은 실크 옷을 입고 금발에 밝은 녹색 눈을 한 아름다운 여인. |

| **로저** | 조던 대학에서 생활하는 리라의 절친한 친구. |

I

수수께끼의 도시, 옥스퍼드

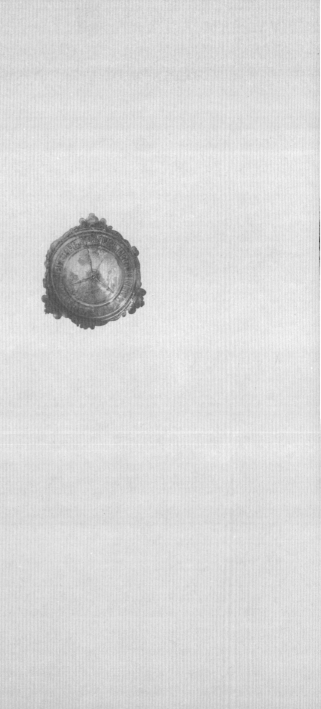

암살 음모

리라와 그녀의 데몬은 부엌 쪽에서 보이지 않게 한쪽 벽으로 바싹 붙어 어두워지고 있는 홀을 지나갔다. 홀에는 커다란 식탁 세 개가 한 줄로 놓여 있었다. 식탁 위에는 반짝거리는 은식기와 유리잔들이 놓였고, 손님들이 앉을 기다란 의자들도 얌전하게 정돈되어 있었다. 벽에는 전임 총장들의 초상화가 높다랗게 걸려 있었다.

단상까지 온 리라는 열린 부엌문을 다시 돌아본 다음 아무도 없는 것을 확인하고 높은 식탁 옆으로 올라갔다. 그곳에는 금식기들이 놓여 있었고, 열네 명이 앉을 긴 의자도 벨벳 쿠션을 부착한 마호가니 제품이었다.

리라는 총장석에 놓인 가장 큰 유리잔을 손가락으로 부드럽게 튕겼다. 쨍 하는 맑은 소리가 홀 전체에 울려 퍼졌다.

"혼날 짓이란 걸 모르는 모양이군. 조신하게 행동해."

리라의 데몬인 판탈라이몬이 말했다. 판탈라이몬은 암갈색 나방 모습을 하고 있었다. 어두운 홀에서 눈에 잘 띄지 않게 하기 위해서였다.

"부엌은 시끄러워 이런 소린 들리지도 않을 텐데, 뭐."

리라가 조그맣게 대꾸했다.

"그리고 사무장은 첫 번째 벨이 울릴 때까진 나타나지 않을 테니 너무 수선 떨지 마."

하지만 리라는 여전히 울리고 있는 유리잔에 손바닥을 갖다 댔다. 판탈라이몬은 단상 끝에 있는 귀빈실의 열린 문틈으로 날아들어 갔다. 얼마 후 판탈라이몬이 돌아와서 속삭였다.

"안엔 아무도 없어. 하지만 서둘러야 해."

리라는 높은 식탁 뒤로 몸을 숨긴 채 귀빈실로 날쌔게 들어갔다.

리라는 귀빈실 안을 둘러보았다. 실내를 밝히는 유일한 불빛이 벽난로에서 흘러나오고 있었다. 활활 타오르는 장작이 살짝 내려앉으며 굴뚝으로 불티를 내뿜었다. 리라는 이곳 대학에서 오랫동안 살았지만 '귀빈실' 안을 구경해 본 적이 없었다. 오로지 학자들과 그들의 손님만 이곳에 들어올 수 있었다. 여자는 절대 들어갈 수 없었다. 심지어 하녀조차 이곳은 청소할 수 없었다. 청소는 집사의 몫이었다.

판탈라이몬이 리라의 어깨 위에 내려앉았다.

"이젠 됐지? 나갈까?"

"바보 같은 소리 하지 마. 이제부터 둘러볼 거야."

넓은 귀빈실에는 윤이 나는 자단(紫檀)으로 만든 타원형 탁자가 놓여 있었고, 그 위에는 다양한 크기의 유리병과 유리잔, 그리고 파이프 걸이가 부착된 은제 끽연대(喫煙臺) 등이 있었다. 탁자 근처에 놓인 선반에는 작은 식탁용 보온 냄비와 양귀비가 담긴 바구니도 있었다.

"우와, 꽤 잘 차려 놓았는걸!"

리라가 나지막하게 감탄하며 초록색 가죽 안락의자에 앉았다. 몸이 거의 눕혀질 정도로 푹신한 의자였다. 리라는 다시 똑바로 앉아 벽에 걸린 초상화들을 바라보았다. 홀에 걸려 있던 인물들보다 더 오래전 사람들 같았다. 수염을 기르고 예복을 입고 있는 사진 속의 인물들은 이곳에 들어와서는 안 된다는 듯 엄숙한 눈빛으로 리라를 쏘아보고 있었다.

"사람들은 여기서 무슨 얘기들을 할까?"

리라가 말을 채 마치기도 전에 문밖에서 말소리가 들려왔다.

"의자 뒤로 숨어, 얼른!"

리라는 재빨리 안락의자 뒤로 가 몸을 웅크렸다. 그러나 방 한가운데 놓인 안락의자 뒤라는 장소는 숨기에 그다지 좋은 곳이 못 되었다. 만일 작은 소리라도 내 들키기라도 한다면 무슨 일이 벌어질지 몰랐다.

문이 열리며 방이 환해졌다. 들어온 사람 중 한 명이 램프를 들고 있었다. 그는 선반에다 램프를 내려놓았다. 리라는 그의 다리를 볼 수 있었다. 짙은 초록색 바지에 반짝이는 검은색 구두를 신은 것으로 보아 집사임이 틀림없었다.

저음의 목소리가 들렸다.

"아스리엘 경은 아직 도착하지 않았나?"

총장이었다. 숨을 죽인 리라의 눈에 집사의 데몬이 보였다. 대부분의 하인처럼 그의 데몬도 개 모습을 하고 있었다. 데몬은 총총걸음으로 따라 들어와서는 집사의 발 옆에 조용히 웅크리고 앉았다. 그때 총장의 발도 보였다. 그는 평소와 마찬가지로 낡은 검은색 구두를 신고 있었다.

"예, 아직 도착하지 않았습니다. 비행선 선착장에서도 아무 전갈이 없었고요."

"도착할 때쯤이면 시장할 거야. 곧장 홀로 안내하게."

"예, 잘 알겠습니다."

"특별 토케이(Tokay, 백포도주)는 준비했나?"

"네, 총장님. 분부하신 대로 1898년산을 준비했습니다. 아스리엘 경이 아주 좋아하셨습니다."

"잘했네, 이만 가 보게."

"램프가 필요하십니까, 총장님?"

"그래, 램프는 두고 가게. 만찬 동안 다시 한 번 들러서 불꽃을 조절하도록 하고."

집사는 살짝 고개를 숙이고는 몸을 돌려 나갔다. 그의 데몬이 그 뒤를 졸졸 따라갔다. 의자 뒤에 몸을 웅크리고 있던 리라는 총장이 방 가장자리에 있는 커다란 참나무 옷장으로 다가가 옷걸이에서 가운을 꺼내 힘들게 몸에 걸치는 모습을 바라보았다. 총장은 체구는 건장했지만 일흔이 넘은 나이는 속이지 못하는 듯 움직임이 뻣뻣하고 느렸다. 그의 데몬은 까마귀였다. 총장이 옷을 다 입자마자 옷장 위에 앉아 있던 까마귀는 총장의 오른쪽 어깨 위로 내려앉았다.

리라는 판탈라이몬이 비록 말은 하지 않았지만 걱정으로 털을 곤두세우고 있다는 것을 느낄 수 있었다. 하지만 정작 리라는 이런 긴장감을 즐기고 있었다. 총장이 말한 아스리엘 경은 리라의 삼촌이었다. 리라는 그를 매우 존경하는 동시에 두려워했다. 사람들의 말에 따르면 그는 고위급 정치가이며 비밀스러운 탐험, 먼 지방의 전쟁 등과 관련된 일을 하고 있다고 했다. 리라는 그가 언제 나타날지 알 수 없었다. 만일 이곳에 숨어 있다가 들키기라도 한다면 삼촌은 불같이 화를 낼 것이다. 하지만 그쯤은 참아 낼 수 있었다.

그러나 곧이어 리라는 놀라운 장면을 목격하게 되었다.

총장은 호주머니에서 여러 번 접은 종이를 하나 꺼내 탁자 위에 놓았다. 그러고는 황금빛 포도주가 담긴 유리병의 마개를 열고 종이 안에 담겨 있던 하얀 가루를 안으로 쏟아 부었다. 그런 다음 종이를 구겨서 벽난로에 던져 넣은 뒤 주머니에서 연필을 꺼내 하얀 가루가 다 녹을 때까지 포도주를 젓고는 다시 유리 마개를 닫았다.

총장의 데몬이 나지막하게 깍깍 소리를 냈다. 총장은 낮게 무슨 말인가를 속삭이고는 눈꺼풀이 처진 흐릿한 눈으로 주위를 한 바퀴 둘러본 뒤 방을 나갔다.

리라가 속삭였다.

"판, 너도 봤지?"

"물론이지. 이제 사무장이 오기 전에 어서 빠져나가자."

하지만 그때 홀 끝에서 벨이 울리는 소리가 들렸다.

"사무장을 부르는 벨이야. 큰일 났네!"

판탈라이몬이 재빨리 홀 문 쪽으로 날아갔다가 돌아왔다.

"사무장이 벌써 와 있어. 이제 다른 문으로 나가긴 글렀어."

다른 문이란 방금 총장이 들어왔다 나간 문, 도서관과 휴게실 사이의 복도로 통하는 문을 가리켰다. 지금쯤이면 그곳은 만찬을 위해 가운을 입는 사람들 혹은 홀에 들어가기 전에 휴게실에 서류나 가방을 놓아두려는 사람들로 북적일 것이었다. 리라는 벨이 울리기 몇 분 전에 들어왔던 문으로 나갈 생각이었다.

만약 총장이 포도주에 하얀 가루를 넣는 것을 목격하지 않았더라면 리라는 사무장에게 들켜 꾸중을 듣거나 말거나 밖으로 나가려고 했을 것이다. 사람들로 북적대는 복도를 이용하면 요행히 들키지 않을 수도 있기 때문이다. 하지만 지금 리라는 혼란스러웠고, 그래서 아무런 행동도 하지 못했다.

그때 단상 위로 무거운 발자국 소리가 들렸다. 사무장이 만찬 후 학자들이 즐길 포도주와 양귀비가 제대로 준비되었는지 살펴보려고 온 것이다. 리라는 옷장 안으로 쏜살같이 달려 들어갔다. 옷장 문을 닫는 순간 사무장이 들어왔다. 리라는 판탈라이몬 걱정은 하지 않았다. 방 안은 어두웠고, 판탈라이몬은 언제든 의자 밑으로 들어갈 수 있으니까.

리라는 사무장의 헐떡이는 숨소리를 들을 수 있었다. 그리고 살짝 열린 문틈으로 사무장이 은제 끽연대 옆의 파이프들을 나란히 정리하는 모습을 보았다. 사무장은 포도주병과 유리잔을 한번 살펴보았다. 그러고는 손바닥으로 옆머리를 매만진 다음 자신의 데몬에게 뭐라고 말했다. 그의 데몬 역시 개의 모습을 하고 있었다. 사무장은 상급 하인이었기에 그의 데몬 또한 우수한 품종의 붉은색 세터였다. 세터는 마치 침입자가 있기라도 한 듯 수상쩍은 눈길로 주위를 돌아보았다. 그러나 다행히 옷장은 살펴보지 않았다. 리라는 사무장이 무서웠다. 그에게 두 번이나 맞은 적이 있었기 때문이다.

판탈라이몬이 리라 곁으로 와 속삭였다.

"이제 꼼짝없이 갇혀 버렸군. 왜 내 말을 안 듣지?"

리라는 사무장이 떠날 때까지 아무 대꾸도 하지 않았다. 높은 식탁에 앉은 사람들의 시중을 드는 것이 사무장이 하는 일이었다. 리라는 학자들이 홀 안으로 들어오는 소리와 두런두런 말하는 소리, 발을 끄는 소리 등을 들을 수 있었다.

"밖으로 나가지 않은 건 잘한 일이야."

리라가 속삭였다.

"아니면 총장이 포도주에 독약 타는 걸 못 봤을 거야. 너도 총장이 집사에게 토케이에 대해 물어보는 것 들었지? 분명 삼촌을 죽이려는 거야."

"그게 독약이라는 증거가 어딨어?"

"틀림없이 독약이야. 총장은 집사를 내보낸 뒤에 그 일을 했어. 만일 나쁜 짓이 아니라면 집사가 봐도 상관없잖아. 뭔가 정치적인 일이 벌어지고 있는 게 틀림없어. 벌써 며칠 동안 하인들이 그런 얘길 하고 있었거든. 판, 우리는 살인을 막아야 해!"

"그런 말도 안 되는 얘기가 어딨어?"

판탈라이몬이 퉁명스럽게 대꾸했다.

"어떻게 이 좁은 데서 네 시간이나 꼼짝 않고 있을 수 있어? 가서 복도를 살펴보고 사람이 없을 때 신호해 줄게."

그는 날개를 퍼덕거리며 날아갔다가 다시 돌아왔다.

"소용없어, 판. 난 여기 있을 거야. 이 옷들을 내려놓으면 좀 편해질 거야. 그들이 뭘 하는지 봐야겠어."

지금껏 몸을 움츠리고 있던 리라는 소리가 나지 않도록 옷걸이를 밀며 조심스럽게 일어났다. 옷장 안은 생각보다 넓었다. 그곳에는 예복 몇 벌과 장식 천이 걸려 있었다. 몇 벌은 가장자리에 모피가 둘러져 있기도 했는데 대부분이 비단옷이었다.

"다 총장님 옷일까? 아마 다른 곳에서 명예박사 학위를 받을 때 선물받은 옷들이겠지. 그 옷들을 여기다 보관하고 있는 걸 거야……. 판, 정말 포도주 안에 넣은 가루가 독약이 아니라고 생각해?"

리라가 속삭였다.

"사실은, 내 생각도 너랑 같아. 하지만 우리와 상관없는 일이잖아. 지금 네가 하려는 일은 지금껏 해 온 일 중에서 가장 바보 같은 짓이야."

"너야말로 바보처럼 굴지 마. 삼촌이 독살되는 걸 여기 앉아 바라보고만 있을 순 없어."

"그러니까 다른 곳으로 가자고."

"판, 넌 정말 겁쟁이야."

"그래, 난 겁쟁이야. 그러는 넌 대체 무슨 짓을 하려는 거지? 뛰쳐나가 손에 쥔 유리잔을 빼앗기라도 하겠단 말이야?"

"잘 모르겠어. 하지만 내 눈으로 다 봤는걸. 그러니 어쩔 수 없잖아. 너도 양심이란 말은 들어 봤겠지? 무슨 일이 벌어질지 뻔히 알면서 도서관 같은 데 앉아 볼펜이나 돌리고 있을 순 없어. 절대 그런 짓은 하지 않을 거야, 알겠니?"

판탈라이몬이 잠시 후 말했다.

"네가 애초부터 바라던 게 이런 것이었구나. 이곳에 숨어서 엿보는 것 말이야. 왜 이제야 그걸 깨달은 걸까?"

"네 말이 맞아. 하지만 그들이 비밀스러운 일을 한다는 건 누구나 다 아는 사실이야. 비밀의식 같은 것도 하잖아. 난 그게 뭔지 알고 싶은 것뿐이야."

"하지만 그 문제는 우리가 상관할 일이 아니야. 그들이 자신들만의 비밀을 즐기고 싶다면 넌 그저 네가 더 잘났다고 생각하며 그냥 내버려 두면 되는 거야. 숨어서 엿보는 행동은 정말 어리석어."

"알고 있어. 그러니 잔소리 좀 그만 해."

둘은 잠시 동안 아무 말도 하지 않았다. 리라는 옷장의 딱딱한 바닥에 불편한 자세로 앉아 있었고, 판탈라이몬은 예복에 닿은 더듬이를 신경질적으로 획 잡아당겼다. 리라는 머릿속이 복잡했다. 판탈라이몬과 상의하고 싶었지만 그러기에는 자존심이 너무 상했다. 그의 도움 없이도 혼자 대처할 수 있겠지.

리라는 앞으로의 일이 걱정되었다. 하지만 자신에 대한 걱정이 아니었다. 그녀가 정작 걱정하는 사람은 삼촌 아스리엘 경이었다. 삼촌이 이곳에 오는 일은 드물었다. 게다가 지금은 정치적으로 긴장된 상황이기 때문에 오랜 친구들과 단순히 먹고 마시고 담배를 피우기 위해 오는 건 아닐 것이었다. 아스리엘 경과 총장은 모두 수상의 특별자문기구인 '각료 회의'의 위원이었다. 그러니 오늘 그가 이곳을 방문하는 이유도 각료 회의 일과 관련이 있을지도 몰랐다. 하지만 각료 회의라면 마땅히 이곳 조던 대학의 귀빈실이 아닌 궁전에서 열려야 했다.

요즘 대학 내에는 여러 날째 수상한 소문이 떠돌고 있었다. 소문인즉 타타르족이 모스크바 대공국을 침입했고, 상트페테르부르크까지 북진 했다는 것이었다. 그곳은 발트 해를 지배할 수 있는 요지이고, 궁극적 으로는 서유럽 전체까지 정복할 수 있는 곳이었다. 아스리엘 경은 먼 북쪽까지 가 본 적이 있었고, 리라가 그를 마지막 만났을 때는 라플란 드(Lapland, 스칸디나비아 반도 북부와 콜라 반도 일대)로의 탐험을 준비하 던 중이었다.

"판?"

리라가 속삭였다.

"왜?"

"전쟁이 일어날까?"

"당장은 아냐. 만일 다음 주쯤에 전쟁이 일어난다면 아스리엘 경이 한가하게 이곳에서 만찬이나 즐기고 있진 않을 테니까."

"동감이야. 하지만 그 후에는?"

"쉿! 누군가 오고 있어."

리라는 똑바로 앉아 문틈으로 밖을 내다보았다. 집사였다. 총장이 일 러둔 대로 램프의 밝기를 조절하러 온 것이다. 휴게실과 도서관은 환하 게 조명시설이 되어 있었지만, 귀빈실의 학자들은 은은한 구식 석유램 프 불빛을 더 좋아했다. 아마도 총장이 살아 있는 동안에는 그 불빛이 바뀌지 않을 것이다.

집사는 심지를 조절한 뒤, 벽난로에 장작을 더 넣었다. 그러고는 홀로 나가는 문 쪽에서 소리가 나는지 조심스럽게 살펴보고, 끽연대에서 양귀비 잎 한 주먹을 움켜쥐었다. 그가 끽연대 뚜껑을 닫자마자 복도로 향하는 문이 열렸다. 집사는 깜짝 놀랐다. 리라는 애써 웃음을 참았다. 집사는 서둘러 호주머니에 양귀비 잎을 쑤셔 넣고는 방에 들어온 사람 쪽으로 얼굴을 돌렸다.

"아스리엘 경이시군요!"

집사의 말에 리라는 등줄기가 오싹했다. 그녀가 앉은 자리에서는 아스리엘 경이 잘 보이지 않았다. 리라는 몸을 돌려 삼촌을 보고 싶은 마음을 가까스로 억눌렀다.

"오랜만이네, 렌."

아스리엘 경이 말했다. 리라는 삼촌의 걸걸한 목소리를 들을 때마다 기쁨과 동시에 두려움을 느꼈다.

"만찬에 참석하기엔 너무 늦게 도착한 것 같군. 그러니 여기서 기다리지."

집사는 안절부절못했다. 손님들은 총장의 초대가 있어야만 귀빈실로 들어올 수 있기 때문이다. 아스리엘 경도 그 사실을 잘 알고 있었다. 하지만 집사는 아스리엘 경이 자신의 불룩한 호주머니를 날카롭게 바라보고 있음을 알았다. 그래서 항의하지 않기로 마음을 먹었다.

"경께서 도착하셨다고 총장님께 아뢸까요?"

"나쁠 건 없지. 그리고 커피를 좀 가져오게."

"알겠습니다."

집사는 고개를 숙이고 서둘러 밖으로 나갔다. 그의 데몬이 종종걸음으로 그의 뒤를 따라갔다. 아스리엘 경은 벽난로를 지나 팔을 머리 위로 길게 뻗으며 사자처럼 하품을 했다. 그는 여행복 차림이었다. 리라는 그를 다시 쳐다보며 삼촌이 자신을 얼마나 무섭게 대했는지를 떠올렸다. 이제 눈에 띄지 않게 밖으로 나간다는 것은 불가능했다. 조용히 숨죽이고 앉아 들키지 않기만을 바랄 뿐이었다.

아스리엘 경의 데몬인 흰 표범이 그의 뒤에 서 있었다.

"이곳에서 그 영상들을 보여 주시려고요?"

표범이 부드러운 목소리로 물었다.

"그래, 강당으로 옮겨 가는 것보다 덜 번잡스러우니까. 게다가 학자들은 표본도 보고 싶어 할 거야. 곧 짐꾼을 보내야지. 지금은 어려운 때야, 스텔마리아."

"당신에겐 휴식이 필요해요."

그는 안락의자에 앉아 몸을 쭉 뻗었다. 리라는 더 이상 그의 얼굴을 볼 수 없었다.

"맞아, 옷도 갈아입어야 하고. 이곳에 제대로 차려입지 않고 들어오면 술 열두 병을 벌금으로 내야 하는 오랜 관례가 있거든. 나는 사흘 동안은 잠을 자야 해. 사실은……."

이때 노크 소리가 들렸다. 집사가 커피포트와 잔이 담긴 은쟁반을 가지고 들어왔다.

"고마워, 렌. 탁자 위에 보이는 포도주가 토케이인가?"

아스리엘 경이 물었다.

"총장님께서 특별히 아스리엘 경을 위해 준비하신 겁니다. 1898년산은 서른여섯 병밖에 남지 않았습니다."

"좋은 것은 모두 사라지는 법이지. 쟁반은 내 옆에 놓아주게. 그리고 짐꾼에게 내가 별장에 놓아둔 가방 두 개를 이곳으로 가져오라고 전해 주겠나?"

"여기에 말입니까, 아스리엘 경?"

"그래, 여기에. 그리고 스크린과 환등기도 필요하네. 지금 여기에 말일세."

집사는 놀라 입을 벌렸다. 하지만 하고 싶은 말을 가까스로 참는 눈치였다.

"렌, 자네는 본분을 망각하고 있는 것 같군."

아스리엘 경이 나무랐다.

"내게 질문할 생각 말고 시키는 대로나 하게."

"잘 알겠습니다. 하지만 코슨 씨에겐 알리는 것이 좋을 듯싶습니다. 그렇지 않으면 나중에 문제가 생길지도 모르니까요."

"알겠네. 그렇다면 말하도록 해."

코슨 씨란 다름 아닌 사무장이었다. 그와 집사는 오래전부터 라이벌 관계였다. 사무장이 집사의 상관이지만 학자들의 비위를 맞출 기회가 많은 집사는 이것을 십분 활용하고 있었다. 사무장에게 귀빈실에서 일어나고 있는 일에 대해 알려 주는 것은 생각만 해도 통쾌한 일이었다.

집사는 고개를 숙이고 방을 나갔다. 리라는 삼촌이 잔에 커피를 따라 단숨에 들이켠 다음 다시 잔을 채우는 모습을 바라보았다. 리라는 호기심이 일었다. 표본? 환등기? 삼촌이 학자들에게 보여 줄 급하고 중요한 것이 무엇일까?

아스리엘 경은 벽난로에서 몸을 돌렸다. 리라는 이제 그를 완전히 볼 수 있었다. 그리고 삼촌이 뚱뚱한 집사나 허리가 굽고 기력이 쇠한 학자들과 대조적인 외모를 가지고 있다는 데에 새삼 놀랐다. 아스리엘 경은 키가 크고 어깨가 넓었다. 거무스름한 얼굴은 사나워 보였고, 큰 소리로 웃을 때조차 눈초리는 번득이고 있었다. 그의 얼굴은 도전적 내지 호전적인 분위기를 풍겼으며, 결코 동정이나 연민을 불러일으키는 모습이 아니었다. 또한 움직임이 크고 완벽할 정도로 균형 잡혀 있기 때문에 흡사 야생동물 같았다. 그러한 그가 이런 방에 모습을 나타내자,

방은 마치 야생동물을 가둔 우리만큼이나 작아 보였다.

순간 아스리엘 경은 뭔가 골똘히 생각하는 것처럼 보였다. 그의 데몬이 가까이 다가가 허리에 머리를 기댔다. 그는 잠시 데몬을 내려다보고는 몸을 돌려 탁자로 걸어갔다. 아스리엘 경이 토케이가 든 유리병 마개를 열고 포도주를 따르는 것을 보자 리라는 갑자기 위장이 뒤틀리는 듯했다.

"안 돼요!"

미처 깨닫기도 전에 리라의 입에서 조용한 외침이 터져 나왔다. 아스리엘 경은 즉시 몸을 돌렸다.

"거기 누구냐?"

리라는 비틀거리며 옷장 밖으로 걸어 나와서는 아스리엘 경의 손에서 술잔을 낚아챘다. 술이 넘쳐 탁자 가장자리와 카펫으로 튀는 동시에 유리잔이 바닥에 떨어져 산산조각이 났다. 아스리엘 경은 리라의 손목을 잡고 강하게 비틀었다.

"리라! 대체 여기서 뭘 하는 거냐?"

"다 말씀드릴 테니 이 손 좀 놔주세요."

"일단 혼부터 나야겠다. 감히 여기가 어디라고 들어온 거냐?"

"전 방금 삼촌의 생명을 구한 거라고요."

두 사람은 잠시 서로를 노려보았다. 아스리엘 경은 무섭게 얼굴을 찌푸리고 있었고, 리라는 우는 모습을 보이지 않기 위해 이를 악물었다.

"방금 뭐라고 했니?"

아스리엘 경이 조용한 목소리로 물었다.

"그 포도주엔 독이 들어 있어요."

리라가 앙다문 이 사이로 말했다.

"총장님이 그 안에 하얀 가루를 넣는 걸 제가 봤다고요."

그는 리라의 손을 놓아주었다. 리라는 바닥에 주저앉았고 판탈라이몬은 걱정스러운 듯 그녀의 어깨 위에서 퍼덕거렸다. 아스리엘 경은 끓어오르는 분노를 애써 참는 듯했다. 리라는 감히 그의 얼굴을 쳐다볼 엄두도 내지 못했다.

"전 그냥 방이 어떻게 생겼나 궁금해서 들어왔어요. 저도 잘못했다는 건 알아요. 하지만 누군가 들어오기 전에 빠져나가려고 했어요. 바로 그때 총장님이 오는 소리가 들렸고, 저는 도망갈 데가 없었어요. 옷장이 유일하게 숨을 수 있는 곳이었고요. 그래서 그가 포도주에 하얀 가루를 넣는 것을 보게 된 거예요. 만일 제가……."

노크 소리가 들렸다.

"짐꾼일 거다. 옷장 안으로 다시 들어가! 소리를 냈다가는 끝장인 줄 알아라."

리라는 즉시 옷장으로 들어갔다. 그녀가 문을 닫자마자 아스리엘 경의 목소리가 들려왔다.

"들어와."

짐꾼이 들어왔다.

"이곳에다 내려놓을까요?"

리라는 한 노인이 의아한 표정으로 서 있는 모습을 볼 수 있었다. 그 뒤로 커다란 나무상자의 모서리가 보였다.

"그래, 슈터. 둘 다 이 탁자 옆에 두면 돼."

리라는 긴장을 풀었다. 어깨와 손목이 아팠다. 평범한 소녀라면 큰 소리로 울고도 남을 만한 통증이었다. 하지만 리라는 이를 악물고 아픔이 가라앉을 때까지 팔을 부드럽게 움직였다.

그때 유리잔 깨지는 소리가 났다.

"이런, 슈터. 조심해야지. 자네가 한 짓을 좀 보라고."

리라는 어떻게 된 일인지 알 수 있었다. 삼촌은 토케이가 든 유리병을 탁자 가장자리에 놓아 떨어뜨리고는 마치 짐꾼이 실수한 것처럼 꾸며 대고 있었다. 노인은 조심스럽게 상자를 내려놓고는 용서를 빌었다.

"죄송합니다, 주인님. 생각보다 탁자에 가까이 있었나 봅니다."

"어서 닦을 것을 가져와. 카펫이 젖기 전에 빨리!"

짐꾼과 젊은 보조원이 서둘러 밖으로 나갔다. 아스리엘 경은 옷장으로 가까이 다가와서 낮은 목소리로 말했다.

"그곳에 있게 된 이상 내게 도움을 줘야지. 총장이 안으로 들어오면 그를 자세히 살피거라. 그에 대해 흥미로운 사실을 말해 준다면 네가 더 이상 곤란에 빠지는 일은 없도록 도와주마. 알겠니?"

"알았어요, 삼촌."

"조금이라도 소리를 내어 들키면 네가 모든 걸 알아서 해야 할 거다."

다시 짐꾼이 방으로 들어왔을 때 아스리엘 경은 벽난로에 등을 기대고 서 있었다. 짐꾼은 빗자루와 쓰레받기, 걸레를 가지고 들어왔다.

"정말 죄송합니다, 주인님. 용서해 주십시오. 저도……."

"잠자코 치우기나 해."

노인이 카펫에 걸레질을 하고 있을 때 집사가 아스리엘 경의 하인 소롤드와 함께 방으로 들어왔다. 두 사람은 놋쇠 손잡이가 달린 묵직한 나무상자를 들고 있었다. 그들은 짐꾼이 하는 일을 보고는 제자리에 멈춰 섰다.

"그래, 토케이가 담긴 유리병이 깨졌어. 안타깝지만 말일세. 그게 환등기인가? 소롤드, 옷장 옆에 세우게. 내가 다른 쪽 끝에 스크린을 걸겠네."

리라는 옷장 문틈으로 스크린을 볼 수 있다는 것을 알았다. 그리고 삼촌이 일부러 그곳에다 스크린을 거는 것인지 궁금했다. 뻣뻣한 리넨

천을 펴 틀에다 끼워 맞추는 소란을 틈타 리라가 속삭였다.

"봐, 여기 오길 잘했지?"

"두고 봐야 알지."

작은 나방 모습을 한 판탈라이몬이 근엄한 목소리로 말했다.

아스리엘 경은 벽난로 근처에서 커피를 마시며 소롤드가 환등기 상자를 열고 렌즈 덮개를 벗긴 다음 오일 탱크를 점검하는 모습을 바라보고 있었다.

"오일은 아직 많이 남아 있습니다, 주인님. 기술자를 부를까요?"

"아니, 내가 직접 작동시키겠네. 수고했어, 소롤드. 아직 식사가 끝나지 않았나, 렌?"

"거의 끝나 갑니다. 아스리엘 경이 이곳에 와 계시다는 것을 안 이상 총장님과 다른 손님들은 식사가 끝나자마자 이곳으로 오실 겁니다. 커피 쟁반을 가져가도 되겠습니까?"

"가져가게."

"알겠습니다, 아스리엘 경."

집사는 가볍게 인사한 뒤 커피 쟁반을 들고 방에서 나갔다. 소롤드도 집사와 함께 나갔다. 아스리엘 경은 방 맞은편에 있는 옷장을 뚫어지게 쳐다보았다. 리라는 삼촌의 시선이 마치 화살이나 창이라도 되는 듯한 느낌을 받았다. 그때 그는 시선을 돌려 자신의 데몬에게 나지막이 속삭였다.

데몬은 조용히 아스리엘 경의 옆으로 다가갔다. 민첩하면서도 우아하게, 그리고 조금은 위협적으로 보이는 흰 표범은 초록색 눈으로 방을 한 바퀴 둘러보았다. 그때 홀 쪽으로 통하는 문의 손잡이가 돌아갔다. 리라는 문을 볼 수 없었지만 첫 번째로 들어오는 사람이 숨을 들이마시는 소리를 들을 수 있었다.

"총장님, 드디어 제가 돌아왔습니다. 손님들을 들어오게 하세요. 아주 흥미로운 것을 보여 드릴 테니까요."

아스리엘 경이 말했다.

알 수 없는 북극

"아스리엘 경, 오랜만이오."

총장이 느릿하게 말하며 악수를 하기 위해 앞으로 걸어왔다. 옷장 속의 리라는 총장의 눈을 볼 수 있었다. 과연 총장은 토케이가 있었던 탁자 쪽을 흘끗 돌아보았다.

"총장님, 제가 너무 늦게 도착했습니다. 공연히 식사하시는 데 방해가 될 것 같아 이곳에 먼저 와 있었습니다. 안녕하십니까, 부총장님. 무척 좋아 보이십니다. 제 차림새를 양해해 주십시오. 지금 막 도착해서 그렇습니다. 아! 총장님, 알아차리셨군요. 토케이는 사라졌습니다. 짐꾼이 탁자에 몸을 부딪히는 바람에 그만……. 하지만 다 제 불찰입니다. 안녕하십니까, 사제. 최근 논문은 정말 흥미롭던데요."

아스리엘 경은 조던 대학의 사제와 함께 다른 쪽으로 걸어갔다. 덕분에 리라는 총장의 얼굴을 똑똑히 볼 수 있었다. 그의 표정에는 아무것도 드러나지 않았지만 어깨 위에 앉아 있는 데몬은 초조한 듯 날개를 이리저리 움직이며 발을 동동 굴렀다. 아스리엘 경은 이미 방 안 분위기를 압도하고 있었다. 비록 총장에게 예의 바르게 행동하고는 있지만 힘이 어느 쪽에 있는지는 불을 보듯 훤했다.

학자들은 아스리엘 경을 환영하며 방 안으로 들어왔다. 그들 중 몇 명은 탁자 주변에, 다른 사람들은 안락의자에 앉았다. 이내 방 안은 웅성거리는 소리로 가득 찼다. 리라는 그곳에 있는 사람들 모두가 나무상자와 스크린과 환등기에 강한 호기심을 느끼고 있음을 알 수 있었다. 그녀는 그곳에 있는 학자들을 잘 알았다. 사서, 부총장, 조사담당자들은 리라와 함께 생활하며 그녀를 가르치고, 꾸짖고, 달래 주는 사람들이었다. 그들은 리라에게 가족 같은 존재였다. 그러나 리라는 하인들에게 더 친밀감을 느꼈다. 학자들에겐 우연히 그들에게 떠넘겨진 선머슴 같은 아이를 돌보는 것보다 더 중요한 일들이 많으니까.

총장은 알코올 램프에 불을 붙였다. 램프는 작은 은냄비 아래 놓여 있었다. 그는 냄비에 버터를 조금 덜어 넣은 뒤 양귀비 열매 예닐곱 개를 잘라 넣었다. 만찬이 끝난 뒤 총장은 늘 양귀비를 대접했다. 그것은 머리를 맑게 하고 혀를 자극해 대화를 원활하게 해 주기 때문이었다. 총장이 몸소 양귀비를 대접하는 것은 전통이었다.

지글거리는 버터 소리와 웅성거리는 대화 소리가 들리기 시작하자 리라는 더 편한 자세를 취하기 위해 몸을 이리저리 움직였다. 리라는 매우 조심스럽게 모피가 달린 기다란 옷을 옷걸이에서 빼내 바닥에 깔고 앉았다.

"낡고 따끔거리는 옷을 깔아야지. 너무 편안하면 잠이 올 텐데."

판탈라이몬이 걱정했다.

"네가 깨워 주면 되잖아."

리라는 가만히 앉아 대화에 귀를 기울였다. 대부분이 아주 지루한 런던 정치 얘기였다. 리라가 기대했던 타타르족에 대한 흥미로운 얘기는 전혀 없었다. 볶은 양귀비와 담뱃잎의 기분 좋은 냄새가 옷장 안으로 스며들어 왔다. 리라는 졸음이 쏟아져 여러 번 고개를 떨어뜨렸다. 하지만 얼마 후 누군가 탁자를 두드리는 소리가 들렸다. 주위가 조용해지자 총장이 입을 열었다.

"여러분, 우선 모두를 대표해서 아스리엘 경의 방문을 진심으로 환영한다는 인사를 드리겠습니다. 경이 이곳을 방문하는 일은 매우 드물지만 언제나 아주 중요한 일로 오셨습니다. 오늘 밤도 저희에게 보여 줄 뭔가 흥미로운 것이 있으리라 기대합니다. 지금이 정치적으로 매우 민감한 때라는 사실에 모두가 동의하시리라 믿습니다. 아시다시피 아스리엘 경은 내일 아침 화이트 홀(White Hall, 런던 중심부에 있던 궁정, 영국 정부를 의미함)에 출두해야 합니다. 따라서 이 모임이 끝나는 대로 런던으로 모시고 갈 기차가 이미 대기하고 있는 상태입니다. 그러니 우리는 시간을 현명하게 사용해야 합니다. 아스리엘 경이 연설을 마치면 분명 질문 사항들이 생길 것입니다. 질문은 간단하게 요점만 말씀해 주십시오. 아스리엘 경, 시작하실까요?"

"감사합니다, 총장님."

아스리엘 경이 말을 이었다.

"우선 여러분께 보여 드릴 슬라이드가 몇 개 있습니다. 부총장님, 이리로 오시죠. 이곳에서 슬라이드가 가장 잘 보일 겁니다. 총장님께서도 의자를 옷장 가까이 옮겨 주시겠습니까?"

나이가 많은 부총장은 눈이 거의 보이지 않았다. 그래서 스크린 근처로 자리를 옮기도록 배려한 것이었다. 총장은 사서 옆에 앉게 되었다. 총장과 사서가 앉은 곳 바로 곁에 리라가 웅크리고 있는 옷장이 있었다. 총장은 안락의자에 몸을 기대자마자 나지막하게 속삭였다.

"교활한 놈! 포도주에 대해 분명 알고 있었어."

이번에는 사서의 낮은 목소리가 들렸다.

"기금을 요구할 겁니다. 만일 투표라도 하자고 하면……."

"그러면 당연히 반대해야지. 무슨 수를 써서라도 말이야."

아스리엘 경이 펌프를 이용해 공기를 밀어 넣자 환등기에서 쉿 하는 소리가 났다. 리라는 스크린이 잘 보이는 곳으로 몸을 조금 움직였다. 스크린에는 밝은 원이 빛을 내기 시작했다. 그때 아스리엘 경이 말했다.

"누가 불 좀 꺼 주시겠습니까?"

학자들 중 한 명이 자리에서 일어나 램프를 껐다. 방이 어두워졌다.

"여러분들 중 몇 분은 알고 계시겠지만 저는 12개월 전 북극으로 출발했습니다. 라플란드 왕에 대한 외교 임무 때문이었습니다. 적어도 표면적인 이유는 그것이었죠. 사실 진짜 목적은 북극 멀리 빙하가 있는 곳까지 가서 그루만 탐험대에 무슨 일이 발생했는지를 알아내는 것이었습니다. 독일 아카데미에 보내온 그루만의 마지막 편지는 북극에서만 볼 수 있는 어떤 자연현상에 대한 얘기였습니다. 저는 그루만의 생사확인뿐만 아니라 그 현상에 대해서도 조사하기로 결심했던 것입니다. 하지만 지금 제가 여러분들에게 보여 드리려는 첫 번째 사진은 그것과 관련된 것은 아닙니다."

아스리엘 경은 첫 번째 슬라이드를 집어넣고 렌즈 뒤로 미끄러지게 했다. 검은색과 하얀색이 강하게 대비되는 둥그런 포토그램(Photogram, 렌즈를 사용하지 않고 감광지 위에 직접 피사체를 놓고 찍는 실루엣 사진)이 스크린에 나타났다. 사진은 보름달이 뜬 밤에 찍은 것으로 중간쯤에 통나무집이 있었다. 벽은 주위를 둘러싼 눈에 대비되어 까맣게 보였으며 지붕에도 눈이 두껍게 쌓여 있었다. 오두막집 옆에 놓인 안테나, 전선,

자기(磁器) 절연체 같은 복잡한 기구들은 서리가 두껍게 낀 채 달빛을 받아 반짝이고 있었다. 사진 앞쪽에는 모피 옷을 입은 남자의 모습도 보였는데, 깊이 눌러쓴 모자 때문에 얼굴이 잘 보이지 않았다. 그는 누군가를 반기기라도 하듯 한 손을 높이 들고 있었다. 그리고 그 옆으로 남자보다 더 작은 물체가 서 있었다. 달빛은 사진 속의 모든 것을 파르스름한 미광으로 비추고 있었다.

"이 사진은 보통 쓰이는 질산은 감광유제로 찍은 것입니다. 이제 다른 사진을 보여 드리겠습니다. 같은 장소에서 1분 후에 찍은 것으로 특별히 준비된 새로운 감광유제를 사용했습니다."

아스리엘 경은 첫 번째 슬라이드를 꺼내고 다른 것을 넣었다. 이번 사진은 훨씬 더 어두웠다. 마치 달빛을 걸러 낸 듯 보였다. 여전히 지평선과 오두막집, 눈으로 덮인 지붕은 볼 수 있었지만 복잡한 도구들은 어둠 속에 가려진 상태였다. 특이한 점은 남자의 모습이 전혀 달라 보인다는 사실이었다. 그는 마치 빛을 뒤집어쓴 것처럼 보였고, 번쩍이는 입자들이 그의 팔을 타고 내려오는 것처럼 보였다.

"저 빛은 올라가는 겁니까, 내려가는 겁니까?"

사제가 물었다.

"내려가는 겁니다. 하지만 빛은 아닙니다. '더스트'라 불리는 거죠."

아스리엘 경이 그 단어를 입 밖에 낼 때의 분위기 때문에 리라는 그것이 평범한 '먼지'가 아님을 직감했다. 학자들의 반응은 그녀의 생각이 옳았음을 증명해 주었다. 아스리엘 경이 더스트란 말을 뱉자마자 갑자기 주위가 조용해지더니 잠시 후 믿을 수 없다는 듯한 신음 소리들이 들려왔다.

"하지만 어떻게……."

"분명 그것은……."

"그럴 리가……."

"여러분들! 아스리엘 경이 계속 설명할 수 있도록 해 주십시오."

사제가 말했다.

"저것은 더스트입니다."

아스리엘 경이 힘주어 말했다.

"사진에서는 마치 빛처럼 보입니다. 더스트의 입자들이 빛의 입자가 질산은 감광유제에서 내는 것과 같은 효과를 내기 때문이죠. 제가 처음에 북쪽으로 간 것도 이를 실험해 보기 위해서였습니다. 보시는 것처럼 남자의 모습은 완벽하게 보입니다. 자, 남자의 왼쪽에 있는 물체를 자세히 살펴보시기 바랍니다."

그는 희미한 어떤 작은 형태를 손으로 가리켰다.

"저 남자의 데몬 아닌가?"

조사담당이 물었다.

"아닙니다. 그 당시 데몬은 뱀의 형체로 그의 목을 감고 있었습니다. 희미하게 보이는 저 형체는 어린아이입니다."

"분리된 아이?"

누군가 그렇게 말했다. 말을 갑자기 중단한 것으로 보아 입 밖에 내어서는 안 될 말인 것 같았다.

방 안에는 긴장감이 돌았다.

그때 아스리엘 경이 조용히 말했다.

"완전한 아이입니다. 더스트의 특징을 고려해 볼 때 그게 가장 정확한 핵심이죠, 안 그렇습니까?"

잠시 동안 아무도 말이 없었다. 그때 사제의 목소리가 들렸다.

"에에……."

그는 마치 목이 몹시 마른 사람이 물을 벌컥벌컥 들이켠 후 멈췄던

숨을 내뱉는 것처럼 말했다.

"그렇다면 그 더스트란 물질은……."

"하늘에서 내려와 빛처럼 그의 몸을 감싸고 있는 겁니다. 원하신다면 이 사진을 자세히 살펴보셔도 됩니다. 떠날 때 두고 갈 테니까요. 이 새로운 감광유제의 효과를 알려 드리기 위해 이 사진을 보여 드린 겁니다. 이제 다른 사진을 보시죠."

아스리엘 경은 슬라이드를 교체했다. 다음 사진 역시 밤에 찍은 것이었다. 하지만 달은 없었다. 낮은 지평선에 대비되어 희미하게 윤곽이 드러난 몇 개의 텐트가 가장 눈에 띄었다. 텐트 옆으로 썰매 한 대와 아무렇게나 쌓여 있는 나무상자들이 보였다. 하지만 가장 흥미로운 부분은 하늘이었다. 베일 같은 빛의 물결이 마치 꽃무늬 커튼을 보이지 않는 고리에 걸어 놓아 수백 마일 상공에 걸쳐 바람에 나부끼는 듯한 모습을 하고 있었다.

"저게 뭐요?"

부총장이 물었다.

"오로라 사진입니다."

"아주 잘 찍었군요. 지금까지 본 것들 중 최곱니다."

파머리언 교수가 말했다.

"무지해서 죄송합니다만, 저것이 혹 북극광이란 겁니까?"

늙은 성가대 지휘자가 떨리는 목소리로 물었다.

"그렇습니다. 오로라는 다른 이름들이 많습니다. 그것은 조밀하고 엄청난 힘을 가진 충전 입자와 태양 광선으로 구성되어 있으며, 자체로는 보이지 않다가 대기와 상호 작용해 사진에서처럼 밝게 빛나게 되는 것입니다. 시간이 더 있었더라면 컬러 사진으로 만들 수 있었을 겁니다. 대부분은 연초록과 장밋빛이고, 커튼처럼 생긴 부분의 밑바닥은 심홍색으로 나타납니다. 이 슬라이드는 보통의 감광유제로 현상한 것입니다. 이제 특별한 감광유제로 현상한 사진을 보여 드리겠습니다."

아스리엘 경은 슬라이드를 꺼냈다. 리라는 총장이 나지막이 속삭이는 소리를 들을 수 있었다.

"그가 투표를 강요하면 주재 기간 조항을 들어 반대하자고. 그는 지난 52주 중 30주를 대학에서 보내지 못하지 않았나?"

"그는 벌써 사제를 자기 편으로 끌어들였습니다. 게다가……."

사서가 우물거렸다.

아스리엘 경은 새로운 슬라이드를 환등기 틀에 넣었다. 그것은 같은 장면을 보여 주고 있었다. 바로 전의 사진과는 달리 많은 물체가 훨씬 더 희미하게 보였고, 하늘에 나타난 오로라도 마찬가지였다.

그러나 을씨년스러운 땅의 풍경 위 높은 곳에 펼쳐진 오로라 가운데에서 리라는 고체처럼 보이는 어떤 물질을 볼 수 있었다. 그녀는 좀 더 잘 보려고 문틈에 얼굴을 갖다 댔다. 학자들도 모두 스크린 쪽으로 목을 길게 빼고 있었다. 사진을 자세히 들여다보던 리라의 눈이 점점 더 커졌다. 왜냐하면 하늘에 떠 있는 것은 분명 도시였기 때문이다. 탑과 둥근 지붕, 벽, 건물, 길 등이 공중에 떠 있는 게 아닌가!

캐싱턴 학자가 말했다.

"저건…… 도시 같은데?"

"정확하게 보셨습니다."

아스리엘 경이 말했다.

"분명 다른 세계의 도시겠지?"

학장이 경멸 어린 목소리로 말했다.

아스리엘 경은 그의 말을 무시했다. 몇몇 학자는 흥분한 듯 보였다. 마치 한 번도 본 적은 없지만 이론상으로는 유니콘의 존재를 인정한 사람들에게 지금 막 잡아 온 유니콘을 보여 준 것 같았다.

"바너드 스톡스가 하는 일이지, 안 그렇소?"

파머리언 교수가 말했다.

"제가 알아내려는 것이 그겁니다."

아스리엘 경이 대답했다.

그는 밝은 스크린 한쪽에 서 있었다. 리라는 삼촌의 검은 눈동자가 슬라이드를 자세히 살피고 있는 학자들을 유심히 관찰하고 있음을 보았다. 삼촌의 데몬 역시 그 옆에 앉아 초록색 눈을 번득이고 있었다. 모든 학자의 머리는 학처럼 앞쪽으로 길게 늘어져 있었고, 그들의 안경알이 번쩍거렸다. 오직 총장과 사서만이 의자에 몸을 기대고 머리를 가까이 하고 있었다.

사제가 말했다.

"당신은 그루만 탐험대의 소식도 찾고 있다고 했소, 아스리엘 경. 그루만 박사도 이 현상을 연구하고 있는 거요?"

"그렇다고 믿습니다. 그리고 제 믿음을 입증할 정보도 많이 있고요. 하지만 그는 우리에게 그것이 무엇인지 말할 수 없을 겁니다. 죽었으니까요."

"그럴 리가!"

"저도 사실이 아니길 바랐습니다만…… 여기 증거를 가지고 왔습니다."

갑자기 귀빈실 안은 흥분과 걱정이 뒤섞여 술렁거렸다. 아스리엘 경의 지시에 따라 두세 명의 젊은 학자가 나무상자를 앞으로 옮겼다. 아스리엘 경은 마지막 슬라이드를 꺼냈지만 환등기는 그대로 켜 두었다. 그는 강렬한 불빛을 받은 채 상자를 열기 위해 몸을 구부렸다. 리라는 습기 찬 나무에서 못이 빠지는 소리를 들을 수 있었다. 총장이 상자 속을 보기 위해 몸을 일으키자 리라의 시야가 가려졌다.

삼촌이 다시 말했다.

"기억하시겠지만 그루만의 탐험대는 18개월 전 실종됐습니다. '독일 아카데미'는 그를 북극 끝까지 보내 다양한 천문 연구를 하도록 했습니다. 우리가 방금 보았던 현상 역시 그가 연구하기로 되어 있었던 분야 중 하나입니다. 하지만 그루만은 탐험이 시작된 지 얼마 지나지 않아 사라졌습니다. 사고를 당해 시신이 크레바스에 빠져 있을 거라고 추정되었을 뿐이죠. 사실 사고는 일어나지 않았습니다."

"그렇다면 그 안에는 무엇이 들어 있소? 그냥 진공 용기요?"

학장이 물었다.

아스리엘 경은 처음에는 대답하지 않았다. 리라는 금속 클립이 딱딱거리는 소리와 공기가 그릇 안으로 쉿 하며 들어가는 소리를 들을 수 있었다. 방 안에는 침묵이 흘렀다. 하지만 오래가지는 않았다. 잠시 후 리라는 당황한 듯한 목소리가 여기저기서 터져 나오는 것을 들을 수 있었다. 그것은 공포에 찬 외침이자, 크게 항의하는 소리이자, 분노와 두려움에 떠는 음성이었다.

"하지만 어떻게……."

"설마 저게 사람……."

"대체 어떻게 된 거요?"

총장의 목소리가 터져 나왔다.

"아스리엘 경, 대체 그게 뭐요?"

"이것은 슈타니슬라우스 그루만의 머리입니다."

아스리엘 경이 대답했다.

여기저기서 터져 나오는 외침 속에서 누군가 비틀거리며 문밖으로 나가는 소리가 들렸다. 리라는 그들이 보고 있는 것을 보고 싶었다.

아스리엘 경이 말했다.

"스발바르 지역의 빙하 속에서 그의 시체를 찾아냈습니다. 그루만을 죽인 자들이 머리를 이렇게 해 놓은 것으로 추정됩니다. 여러분은 이렇게 머리 가죽을 벗기는 의식을 본 적이 있을 겁니다. 부총장님께서 특히 이런 의식에 정통하시리라고 생각하는데요."

부총장이 천천히 설명했다.

"타타르족의 풍습으로 알고 있습니다. 처음에는 시베리아와 퉁그스카 지역 원주민들이 시행했습니다. 그러던 것이 점차 스크렐링까지 퍼져 나간 것입니다. 비록 뉴 덴마크에서는 법으로 금지되어 있지만 말이죠. 좀 더 자세히 살펴봐도 될까요, 아스리엘 경?"

잠시 후 노인이 다시 말을 이었다.

"저는 시력이 좋지 않습니다. 게다가 이 얼음도 더럽고요. 하지만 두개골 위쪽에 구멍이 있는 것 같군요. 제 말이 맞습니까?"

"맞습니다."

"그렇다면 천공을?"

"그렇습니다."

그 말은 다시 사람들을 흥분의 도가니로 몰아넣었다. 총장이 비켜섰기에 리라는 앞을 볼 수 있었다. 환등기 빛을 받고 있는 부총장이 얼음이 든 무거워 보이는 용기를 들고 있었다. 리라는 그 안에 있는 물체를 볼 수 있었다. 자세히 보니 인간의 머리임을 알 수 있는 핏덩어리였다. 판탈라이몬이 리라 주위에서 날개를 퍼덕거렸다. 그의 고통스러운 몸짓이 리라에게까지 느껴졌다.

"쉿! 잘 들어 봐."

"그루만 박사는 한때 이 대학의 학자였습니다."

학장이 흥분해서 말했다.

"그런데 타타르족의 손에 넘어가다니……."

"하지만 그 먼 북극에서?"

"그들은 누구도 상상할 수 없을 만큼 깊숙이 침입했던 게 분명하오!"

"분명 스발바르 근처에서 발견했다고 했습니까?"

학장이 격한 목소리로 물었다.

"그렇습니다."

"그렇다면 판제르비에르네가 이 사건과 관계 있다고 보십니까?"

리라는 그 단어를 이해할 수 없었다. 하지만 학자들은 알아듣는 것 같았다.

"불가능합니다. 그들은 결코 이런 식으로 행동하지 않습니다."

캐싱턴 학자가 굳은 목소리로 말했다.

"그건 이오푸르 락니손을 모르고 하는 말입니다."

파머리언 교수가 말했다. 그는 북극 지방을 여러 차례 탐험한 경험이 있었다.

"그가 타타르 방식으로 사람들의 머리 가죽을 벗겼다고 하더라도 전혀 놀랄 일이 아니죠."

리라는 다시 삼촌을 바라보았다. 그는 냉소를 띠고 말없이 학자들을 바라보고 있었다.

"이오푸르 락니손이 대관절 누굽니까?"

누군가가 물었다.

"스발바르의 왕이죠."

파머리언 교수가 말을 이었다.

"그렇습니다. 판제르비에르네의 한 명입니다. 그는 폭력과 기만으로 왕이 된 것으로 알려져 있습니다. 수입한 대리석으로 궁전을 짓고 대학을 세우는 등 우스꽝스러운 행동들을 하고 있지만 결코 바보는 아닙니다. 강력한 인물이죠."

"누구를 위한 대학입니까? 곰들을 위한 겁니까?"

모두가 웃었지만 파머리언 교수는 설명을 계속했다.

"아무튼 이오푸르 락니손은 그루만에게 그런 짓을 하고도 남을 자입니다. 그리고 필요하다면 아주 다르게 행동할 수도 있습니다."

"당신은 알고 있죠. 안 그래요, 트릴로니?"

학장이 빈정대는 투로 물었다.

"그럼요. 여러분은 그가 진정으로 원하는 것이 무엇인지 아십니까? 명예학위보다 더 절실히 원하는 것 말입니다. 바로 데몬입니다. 데몬을 얻기 위해서라면 수단과 방법을 가리지 않을 겁니다."

학자들이 또다시 배를 움켜쥐며 웃었다.

리라는 학자들의 말이 도무지 이해가 되지 않았다. 파머리언 교수의 말도 전혀 논리에 맞지 않은 것처럼 들렸다. 게다가 머리 가죽을 벗기는 풍습과 북극광, 신비한 더스트에 대해 더 알고 싶어 조바심이 났다. 아스리엘 경이 자신의 수집품과 사진 설명을 끝내자 다른 탐험대 조성에 필요한 자금을 지원할 것인가에 대한 토론이 시작되었다. 리라는 실망스러웠다. 지리멸렬하게 이어지던 토론은 리라의 눈꺼풀을 무겁게 만들었다. 그녀는 곧 잠 속으로 빠져 들었다. 판탈라이몬은 잠잘 때 즐겨 변하는 흰담비 모습으로 리라의 목 주변에 웅크렸다.

누군가 어깨를 흔들자 리라는 놀라 잠에서 깨어났다.

"조용히 해!"

삼촌이었다. 옷장 문은 열려 있었고 그는 빛을 등지고 앉아 있었다.

"학자들은 모두 갔다. 하지만 아직 하인들이 주위에 있을 거야. 이제 네 방으로 가거라. 그리고 오늘 본 것에 대해서는 아무한테도 말해서는 안 돼, 알았지?"

"그들이 삼촌에게 돈을 주기로 결정했나요?"

리라가 잠에서 덜 깬 목소리로 물었다.

"그래."

"더스트가 뭐예요?"

리라는 오랫동안 같은 자세로 앉아 있어서 뻣뻣해진 몸을 간신히 일으키며 말했다.

"너하고는 상관없는 일이다."

"상관 있어요. 삼촌이 저더러 옷장에서 몰래 살피라고 했으니 무엇을 살펴야 하는지는 얘기해 주셔야 할 것 아니에요. 그 남자의 머리를 봐도 돼요?"

판탈라이몬의 하얀 털이 곤두섰다. 리라는 목이 간지러웠다. 아스리엘 경이 잠시 웃었다.

"철없이 굴지 마라. 총장의 얼굴은 봤니?"

그는 슬라이드와 표본 상자를 포장하며 물었다.

"네, 그는 제일 먼저 포도주병을 찾았어요."

"잘했다. 지금쯤 무척 화가 나 있을 거야. 이제 가서 자거라."

"삼촌은 뭐 하실 건데요?"

"북극으로 떠날 거야. 10분 뒤에 출발할 거다."

"저도 가면 안 돼요?"

아스리엘 경은 하던 일을 멈추었다. 그러고는 처음으로 리라를 정면으로 바라보았다. 그의 데몬도 커다란 초록색 눈으로 리라를 보고 있었다. 네 개의 눈동자가 자신을 뚫어지게 쳐다보자 리라는 얼굴을 붉혔다. 그럼에도 불구하고 그녀는 날카로운 눈빛으로 그들의 시선을 되받았다.

"네가 있어야 할 곳은 여기야."

삼촌이 말했다.

"왜요? 왜 전 이곳에 있어야 하죠? 왜 삼촌과 북극에 가면 안 되나요? 저도 북극광, 곰, 빙하 같은 것을 보고 싶어요. 더스트에 대해서도 알고 싶고요. 공중에 뜬 도시에 대해서도요. 그것은 또 다른 세계인가요?"

"얘야, 넌 가면 안 돼. 그런 생각은 머릿속에서 깨끗이 지워 버려라. 지금은 아주 위험한 시기야. 내가 시키는 대로 어서 침실로 가. 착하게 행동한다면 에스키모인들이 조각한 바다코끼리 엄니를 가져다주마. 더이상 쓸데없는 말을 하면 삼촌이 화낼 거야."

아스리엘 경의 데몬은 깊고 낮은 목소리로 으르렁거렸다. 리라는 갑자기 그 표범의 이빨이 얼마나 날카로울까라는 생각을 했다. 그녀는 입을 꼭 다물고 삼촌에게 인상을 썼다. 아스리엘 경은 진공 플라스크의 공기를 펌프질로 빼내고 있을 뿐 리라에게는 눈길조차 주지 않았다. 마치 그곳에 없다는 듯한 표정이었다. 리라는 입을 굳게 다물고 실눈을 뜬 채 자신의 데몬과 함께 침실로 갔다.

총장과 사서는 오랜 친구이자 동맹자 관계였다. 그리고 어려운 일이 끝난 뒤에는 브랜튄을 한 잔씩 마시며 서로를 위로하는 것이 버릇처럼 되어 있었다. 따라서 두 사람은 아스리엘 경을 떠나보낸 후에도 총장의 서재에 앉아 앞으로 벌어질 일에 대해 대화를 나누었다. 벽난로에는 새로 지핀 불이 활활 타올랐고 커튼도 내려져 있었다. 두 사람의 데몬들도 편한 장소에 엎드려 있었다.

"총장님께서는 아스리엘 경이 그 포도주에 무언가 섞였다는 사실을 정말 알고 있었다고 믿으십니까?"

"그럼요. 어떻게 알게 되었는지는 모르지만 분명 알고 있었소. 그래서 일부러 포도주를 쏟은 겁니다."

"제 말을 용서하십시오, 총장님. 하지만 저는 정말이지 마음이 편합니다. 처음부터 그 계획은 마음에 들지 않았어요."

"그를 독살하는 일이?"

"예."

"살인하는 데 마음 편할 사람은 없소, 찰스. 문제는 그를 죽이지 않으면 상황이 더 나빠진다는 것이지. 실은 하느님의 계시가 있었소. 아직 실행되지는 않았지만. 이런 얘기를 해서 공연히 당신한테 짐을 지워 주는 건 아닌지 모르겠군."

"천만에요. 자세히 말씀해 보세요."

총장은 잠시 침묵을 지키다가 입을 열었다.

"어차피 알아야 할 일이니까 말씀드리지. 알레시오미터는 아스리엘 경이 북극에 관한 연구를 계속하게 되면 끔찍한 결과가 발생할 거라고 경고했소. 무엇보다도 그 아이가 관련될 것이라더군. 나는 그 소녀를 가능한 한 안전하게 지켜 주고 싶소."

"아스리엘 경의 연구가 교회법정의 새로운 주도권 싸움과 관계 있는 겁니까? 그 뭐라더라, 성체위원회라는 것 말입니다."

"아니, 아닙니다. 정반대예요. 성체위원회도 교회법정을 완전히 책임지지 않아요. 반은 사설 기관입니다. 아스리엘 경을 좋아하지 않는 누군가 운영하고 있지. 찰스, 난 그 둘 사이에서 벌벌 떨고 있소."

사서는 잠자코 있었다.

교황 존 캘빈이 교황권을 제네바로 옮기고 '교회법정'을 세운 뒤 교회의 권력은 모든 삶을 지배하는 절대적인 것이 되었다. 하지만 캘빈의 사망 후 교황권은 무너졌고, 총체적으로 교권(敎權)이라고 알려진 법원, 대학, 협의회 등의 연합 세력이 교황권을 대신하게 되었다. 하지만 그 단체들은 항상 연합하지는 않았고, 오히려 가끔 그들 사이에 심한 라이벌 관계가 형성되기도 했다. 지난 100년 동안 가장 힘 있는 세력은 '주교협회'였으나 최근에는 다시 교회법정 세력이 가장 활동적이고 두려운 존재로 등장하고 있었다.

그렇지만 교권의 비호 아래 독립적 기관들이 자라날 가능성은 언제나 열려 있었다. 사서가 얘기한 '성체위원회'도 그런 예 중의 하나였다. 사서는 성체위원회에 대해 잘 알지는 못했지만 지금까지 들은 내용만으로도 충분히 혐오스럽고 두려웠다. 그래서 그는 총장의 걱정을 이해할 수 있었다.

"파머리언 교수가 어떤 이름을 말했는데요, 바너드 스톡스? 바너드 스톡스 연구란 것이 무엇입니까?"

"아, 찰스. 그건 우리 분야가 아니오. 내가 알기로 교회는 사람들에게 두 가지 세상이 있다고 가르쳐 왔소. 우리가 듣고 보고 만질 수 있는 지금 이 세상과 천국과 지옥으로 나뉜 정신적인 세상, 이렇게 둘로 말이오. 그러나 바너드와 스톡스는, 어떻게 말해야 하나, 일종의 변절 신학자들이라오. 그들은 이 세상과 비슷한 수많은 다른 세상이 있다고 추측했소. 천국도 지옥도 아닌 물질적이고 죄가 득실거리는 세상들이지. 아주 가까이 있지만, 보이지 않고 갈 수 없는 세계 말이오. 교회는 이런 흉측한 이단적 생각을 인정하지 않아요. 그래서 그들의 입을 다물게 만들었죠. 하지만 불행하게도 교권 쪽에는 이런 이론이 과학적으로 가능하다고 생각하는 사람들이 있다오. 나도 그들의 생각에 결코 동조할 수 없지만 캐싱턴 학자는 내게 그들의 이론이 가능하다고 말했소."

"그런데 아스리엘 경이 그런 다른 세상이 찍힌 사진을 가져온 것이군요. 우리는 그에게 더 조사할 수 있도록 돈을 대 주었고요."

사서가 말했다.

"맞소. 성체위원회와 그들의 지지자들에게 조던 대학은 이단의 온상 쯤으로 여겨질 것이 분명하죠. 찰스, 난 교회법정과 성체위원회 사이에서 중립을 유지해야 합니다. 또 한편에선 그 소녀가 자라고 있어요. 사람들은 그 아이의 존재를 잊어버리지 않고 있소. 조만간 그 아이는 사건에 연루될 것이오. 내가 보호하길 원하든 원하지 않든 말이오."

"세상에, 그런데 총장님은 어떻게 그 모든 사실을 알아내셨습니까? 알레시오미터가 또?"

"그렇소. 리라는 앞으로 다가올 사건에서 중요한 역할을 하게 될 거요. 아이러니한 것은 그 아이가 자신이 무엇을 하는지 알지도 못한 채 그런 일을 해야 한다는 사실이오. 그렇지만 그 아이는 도움을 받을 수 있을 겁니다. 만일 토케이로 아스리엘 경을 독살하려던 계획이 성공했더라면 그 아이는 좀 더 오랫동안 안전하게 지낼 수 있었을 거요. 그 아이가 북극으로 떠나는 것을 막을 수 있었을 거라는 얘기지. 무엇보다도 그 아이에게 이 모든 것을 설명할 수 있으면 좋겠소."

"듣지 않을 겁니다."

사서는 머리를 저었다.

"전 리라를 잘 압니다. 조금이라도 심각한 얘기를 하면 한 귀로 듣고 한 귀로 흘려 버립니다. 5분 정도 얌전히 듣다가는 이내 손가락 장난이나 하며 몸을 배배 틀어요. 다음번에 무슨 얘기를 했는지 물어보면 벌써 까맣게 잊어버리고 있습니다."

"내가 그 아이에게 더스트에 대해 얘기한다면 귀 기울여 듣지 않을 거라는 얘기로군."

사서는 총장의 생각이 얼마나 말이 안 되는지 알려 주기 위해 혀를 끌끌 찼다.

"도대체 왜 건강하고 단순한 아이가 그토록 어려운 신학적 문제에 관심을 가져야 한다는 거죠?"

"왜냐하면 그 아이가 경험해야 하는 것 때문이오. 그 경험 중에는 엄청난 배신도 포함되어 있고……."

"누가 그 아이를 배신합니까?"

"아니, 아니오. 정말 슬픈 일이지만 리라는 배신자가 될 겁니다. 그리고 그런 경험은 매우 끔찍할 거예요. 물론 리라가 이런 사실을 알아서는 안 됩니다. 하지만 그 아이가 더스트에 대해 알면 안 될 이유는 없어요. 그리고, 찰스 당신 생각은 틀렸소. 단순하게 설명해 준다면 리라는 분명 그 이론에 관심을 보일 겁니다. 또한 그런 지식이 나중에 그 아이에게 도움이 될지도 모르죠. 게다가 나도 그 아이에 대한 걱정을 조금은 덜 수 있게 될 겁니다."

"그것이 늙은이들의 의무죠."

사서가 말을 이었다.

"젊은이들을 위해 걱정하는 것 말입니다. 그리고 젊은이들의 의무는 노인들의 걱정을 비웃는 것이고요."

두 사람은 잠시 더 앉아 있다가 헤어졌다. 시각이 늦었을 뿐만 아니라 그 자신들이 늙고 걱정이 많아서이기도 했다.

리라의 옥스퍼드

조던 대학은 옥스퍼드에 위치한 모든 대학 중에서 가장 웅장하고 재정이 튼튼했다. 확실하지는 않지만 아마 규모도 가장 클 것이다. 세 개의 불규칙한 사각형 모양으로 무리 지어 서 있는 건물들은 중세 초기부터 18세기 중반에 걸쳐 건축된 것이었다. 대학 건물들은 계획을 세워 증축된 것이 아니었다. 세월이 흐르면서 하나 둘 늘어나서 결국 보기 흉하게 배열되고 말았다. 몇몇 건축물은 쓰러지기 일보 직전이었다. 파슬로 집안이 5대에 걸쳐 석공 일과 비계 작업을 전담해 오고 있었다.

현재의 파슬로 씨는 아들에게 기술을 전수하는 중이었다. 파슬로 가족과 일꾼 세 명은 부지런한 흰개미처럼 도서관 모퉁이에 세워 놓은 발판 위를 오르내리며 부속 예배당 지붕을 수리하거나 반들반들한 새 석재, 번쩍이는 판, 목재 등을 운반하며 열심히 일했다.

조던 대학은 브리튼 왕국 전체에 걸쳐 농장과 토지를 소유하고 있었다. 그래서 조던 대학 소유의 땅을 밟지 않고서는 옥스퍼드에서 브리스틀이나 런던까지 갈 수 없다는 말이 나올 정도였다. 영국 내의 모든 염색공장, 벽돌공장, 산림지기, 장인들이 조던 대학에 임대료를 지불했다. 매 4분기 지불일이 되면 회계담당원은 그 모든 돈을 합산하여 조정위원회에 보고한 뒤 곧이어 벌어질 잔치를 위해 한 쌍의 백조를 주문하곤 했다. 수입 중 일부는 재투자되었다. 조정위원회는 맨체스터의 사무실 구역을 매입하자는 안건을 얼마 전에 승인했다.

나머지 수입은 학자들의 얼마 안 되는 급료, 파슬로 가(家) 사람들과 열댓 명의 장인 가족, 대학을 위해 일하는 상인들과 하인들의 임금, 포도주 저장고를 채우는 비용, 멜로즈 쿼드랭글의 한 면을 가득 채우고 토끼굴처럼 지하 여러 층까지 확대된 거대한 도서관의 장서 구입비 등으로 사용되었다. 또한 대학의 수입 중 적잖은 부분이 부속 예배당의 최신 설비 구입비로 사용되었다.

부속 예배당을 최신식으로 유지하는 것은 중요한 일이었다. 조던 대학은 유럽이나 뉴 프랑스에도 대적할 만한 라이벌이 없기 때문에 실험 신학의 중심지 역할을 해야 했다. 리라도 그 정도는 알고 있었다. 그녀는 자신이 살고 있는 대학의 우수성에 자부심을 느꼈고, 운하나 클레이베즈에서 함께 뛰어노는 여러 개구쟁이 친구에게도 자랑을 늘어놓곤 했다. 또한 다른 대학에서 찾아오는 학자나 유명 교수들을 경멸조로 쳐다보곤 했다. 그들은 조던 대학 소속이 아니므로 조던의 낮은 서열 학자들보다 지식이 모자랄 것이 틀림없다고 생각했기 때문이다.

하지만 리라는 실험 신학에 대해서는 동네 개구쟁이 아이들처럼 무지했다. 리라는 그것이 마술, 별이나 행성의 움직임, 아주 작은 물질 등과 관련이 있을 것이라고 추측할 뿐이었다. 어쩌면 별은 인간처럼 데몬을 가지고 있을지도 몰랐다. 그리고 실험 신학은 그들과 대화하는 것인지도 모른다. 리라는 사제가 위엄 있는 태도로 별의 데몬과 대화를 나누고 신중하게 고개를 끄덕이거나 유감스럽다는 듯이 고개를 흔드는 모습을 상상하곤 했다. 하지만 둘 사이에 무슨 대화가 오가는지에 대해서는 전혀 짐작도 가지 않았다.

게다가 실험 신학에 대해 특별히 흥미가 있는 것도 아니었다. 여러 가지 면에서 리라는 야만인에 가까웠다. 그녀가 가장 좋아하는 일은 부엌데기 소년 로저와 함께 지붕 위로 올라가기, 지나가는 학자 머리에 자두 던지기, 수업 중인 강의실 창가에서 올빼미 소리 내기, 좁은 거리에서 달리기, 시장에서 사과 훔쳐 먹기, 패싸움 등이었다. 리라가 대학 행정 이면에 흐르는 정치적 상황을 모르는 것과 마찬가지로 학자들 역시 동맹, 대립, 불화, 협정으로 가득한 옥스퍼드 아이들의 생활을 몰랐다. 이러한 개구쟁이들의 모습은 정말 유쾌한 것이었다. 어찌 그리도 순진하고 매력적일 수 있는지!

물론 리라와 그 동무들에게도 불구대천의 원수가 있었다. 일단 리라와 젊은 하인들, 조던 대학 하인의 자식들은 다른 대학의 아이들과 싸움을 벌였다. 하지만 이들의 원한은 도시 아이들이 대학의 아이들을 공격하기 시작하면 씻은 듯 사라졌다. 대학의 아이들은 힘을 합쳐 도시 아이들을 공격하기 시작했다. 이러한 라이벌 관계는 수백 년 동안이나 지속된 매우 깊고, 만족스런 관계였다.

그러나 이들 라이벌 관계 역시 다른 적이 위협을 가해 오면 금방 잊혀졌다. 대학과 도시 아이들에게 영원한 적은 벽돌공의 자식들이었다. 그들은 클레이베즈에 살았는데 대학에 사는 아이들과 도시에 사는 아이들은 모두 그들을 업신여겼다. 지난해 리라와 도시 개구쟁이들은 일시 휴전을 맺고 함께 클레이베즈를 공격했다. 그들은 벽돌공의 자식들에게 묵직한 진흙덩이를 던지고, 그들이 만들어 놓은 성을 뒤집어엎었다. 그러고는 벽돌공 자식들을 진흙에다 굴렸고, 마침내는 승자나 패자가 모두 한 떼의 까마귀 꼴이 되고 말았다.

아이들의 또 다른 공통의 적은 계절에 따라 찾아왔다. 기다란 보트에서 생활하는 집시 가족들은 봄과 가을 장날에 몰려오곤 했는데 그들 역시 싸우기 좋은 상대였다. 특히 제리코라는 도시 한 곳에 정기적으로 정박하는 한 집시 가족은 리라가 처음 돌을 던진 이래로 항상 으르렁거리는 사이가 되었다. 그들이 마지막으로 옥스퍼드에 왔을 때 리라와 로저, 조던 대학과 성 미카엘 대학의 아이들은 매복을 하고 있다가 예쁘게 칠한 배에 진흙 세례를 퍼부었다.

그러자 가족들이 뛰어나왔고 그 틈을 타 리라가 지휘하던 아이들이 배를 둑 멀리로 끌고 나갔다. 운하의 교통이 마비되는 동안 리라와 그의 부하들은 마개를 찾기 위해 배 밑바닥을 샅샅이 뒤졌다. 리라는 배에 마개가 있을 거라고 굳게 믿었다. 마개를 빼내면 배가 즉시 가라앉으리라고 생각했던 것이다. 하지만 그들은 끝내 마개를 찾지 못한 채 그들을 잡기 위해 달려오는 집시들을 피해 배를 버리고 달아나야 했다. 그들은 물을 뚝뚝 흘리면서도 승리감에 도취되어 환성을 질러 대며 제리코의 좁은 골목길을 누비고 다녔다.

그것이 리라의 삶이었고 즐거움이었다. 그녀는 거칠고 욕심 많은 어린 악동이었다. 그럼에도 불구하고 리라는 항상 지금의 생활이 전부가 아니라는 생각을 어렴풋이 하고 있었다. 즉 그녀의 일부는 조던 대학의 고상함과 예절에 속해 있었던 것이다. 그리고 그녀의 삶 어딘가는 아스리엘 경으로 대표되는 높은 정치 세계와 관련되어 있었다. 리라는 자신이 느끼는 감정을 안으로만 품고, 다른 개구쟁이들 앞에서는 거만이나 떠는 일밖에 할 수 없었다. 그 이상 구체적인 생각은 떠오르지 않았던 것이다.

그처럼 리라는 들고양이 같은 어린 시절을 보냈다. 그녀의 생활에서 유일한 변화는 아스리엘 경이 대학을 방문하는 때였다. 부자인데다 권력까지 지닌 삼촌은 충분히 자랑스러운 존재였다. 하지만 리라는 삼촌이 올 때마다 학자들에게 붙들려 가정부에게 보내지곤 했다. 가정부는 그녀를 깨끗이 목욕시키고 드레스를 입혔다. 그러고 난 뒤 귀가 따갑도록 훈계를 들으며 아스리엘 경과 차를 마시기 위해 '특별 사교실'로 가야 했다. 그곳에는 원로 학자들도 초대되었다. 그 방에 들어가면 리라는 총장이 날카로운 목소리로 똑바로 앉으라고 말할 때까지 소파에 몸을 푹 파묻고 반항적인 자세로 앉아 있곤 했다. 총장이 한마디 하면 리라는 사람들을 노려보았는데, 사제는 그 모습을 보고 가끔 웃음을 터뜨리곤 했다.

아스리엘 경의 어색한 공식 방문은 항상 그런 식이었다. 차를 마신 뒤 총장과 몇몇 학자가 자리를 비켜 주면, 삼촌은 리라에게 자기 앞에 와서 서라고 명령했다. 그러고는 지난번 방문 이후로 무엇을 배웠는지 말해 보라고 했다. 리라가 기하학, 아라비아어, 역사, 중량학(重量學)에 대해 기억나는 것을 주섬주섬 말하고 있는 동안 아스리엘 경은 한쪽 발목을 다른 쪽 무릎 위에 올려놓고 리라가 더 이상 할 말이 없을 때까지 수수께끼 같은 표정으로 그녀를 바라보곤 했다.

지난해 북극으로 탐험을 떠나기 전 조던 대학을 방문했을 때는 이렇게 물었다.

"열심히 공부하지 않을 때는 무얼 하며 시간을 보내지?"

리라는 우물거렸다.

"그냥 놀아요. 학교 주위를 돌아다니면서요. 뭐 이것저것 하면서……."

"어디 손 좀 보자."

리라는 아스리엘 경에게 손을 내밀었다. 그는 손을 잡고 손톱을 보기 위해 뒤집었다. 그 옆 카펫 위에는 그의 데몬이 스핑크스처럼 앉아 있었다. 데몬은 가끔 꼬리를 흔들며 리라를 가만히 쳐다보았다.

"더럽구나."

아스리엘 경이 리라의 손을 밀치며 말했다.

"하인들이 씻기지 않느냐?"

"씻어 주어요. 하지만 사제님의 손톱도 늘 더러워요. 제 손보다 훨씬 더요."

"그분은 학식이 많은 사람이니까. 그런데 네 손은 왜 그렇지?"

"손은 닦아도 곧 더러워져요."

"도대체 어디서 놀기에 손이 그 모양이냐?"

리라는 삼촌을 미심쩍은 눈길로 쳐다보았다. 아무도 얘기해 주지는 않았지만 지붕에 올라가는 건 금지사항이라는 것을 그녀는 알고 있었다.

"오래된 방들에서요."

"그리고 또?"

"가끔 클레이베즈에도 가구요."

"그리고?"

"제리코와 메도 항구에도 가요."

"다른 곳은?"

"없어요."

"거짓말하지 마라. 어제 네가 지붕 위에 있는 걸 봤다."

리라는 입술을 깨물고 아무 말도 하지 않았다. 그는 리라를 냉소적인 표정으로 바라보았다.

"그러니까 지붕에서도 노는구나. 도서관에는 간 적 있니?"

"아뇨. 하지만 도서관 지붕 위에서 까마귀를 발견한 적은 있어요."

"그래? 그것을 잡았니?"

"그 까마귀는 발을 다쳤더랬어요. 저는 그걸 구워 먹으려고 했는데 로저가 아픈 까마귀는 도와줘야 한다고 했어요. 그래서 우리는 빵 부스러기도 주고 포도주도 주었어요. 그랬더니 다 나아서 멀리멀리 날아갔어요."

"로저가 누구지?"

"제 친구예요. 부엌에서 일해요."

"알겠다. 그러니까 너는 지붕이란 지붕은 다 돌아다니는구나."

"다는 아니에요. 셸던 빌딩 위에는 올라가 본 적이 없어요. 필그림 타워에서 그곳까지는 거리가 멀어서 건너뛰어야 해요. 채광창이 있지만 제 키로는 어림없어요."

"셸던 빌딩만 빼면 모든 지붕에 다 올라가 봤다? 그렇다면 지하는 어떠냐?"

"지하라뇨?"

"지하에도 지상만큼이나 많은 장소가 있지. 네가 아직 그걸 모르고 있었다니 놀랍구나. 자, 난 곧 떠나야 한다. 넌 이곳에서 건강하게 지내는 것 같구나."

아스리엘 경은 호주머니에서 동전을 한 움큼 꺼냈다. 그러고는 금화 다섯 닢을 주었다.

"여기서는 '감사합니다' 라는 인사를 가르치지 않는 거냐?"

"감사합니다."

리라가 중얼거렸다.

"총장님의 말씀은 잘 듣고?"

"그럼요."

"학자들에게도 예의 바르게 대하고?"

"물론이죠."

아스리엘 경의 데몬이 부드럽게 웃었다. 데몬이 소리를 내기는 이번이 처음이었다. 리라는 얼굴이 붉어졌다.

"그럼 가서 놀아라."

아스리엘 경이 말했다.

리라는 안도의 숨을 내쉬며 문 쪽으로 쏜살같이 달려갔다. 그러다가 작별인사를 해야 한다고 생각했는지 뒤를 돌아보며 불쑥 한마디 했다.

"안녕히 가세요."

리라가 귀빈실에 숨어들어 더스트에 대한 얘기를 듣기 전까지의 생활은 그런 식이었다. 그리고 리라가 더스트에 대해 관심을 갖지 않을 거라고 한 사서의 말은 잘못된 것이었다. 이제 그녀는 더스트에 관한 이야기라면 언제든지 들을 준비가 되어 있었다. 그리하여 몇 달 뒤면 상당한 양의 지식을 얻게 될 것이고, 결국에는 세상 어느 누구보다도 더스트에 대해 많이 알게 될 것이다. 하지만 그동안에도 대학에서의 풍요로운 생활은 계속 이어질 것이다.

어쨌거나 그 밖에도 생각해야 할 것이 있었다. 마을에는 벌써 몇 주 동안 흉흉한 소문이 떠돌고 있었다. 어떤 사람들은 그 소문을 듣고 유령이 있으면 나와 보라며 비웃었고, 또 어떤 사람들은 공포에 질려 아무 말도 하지 못했다. 아무런 이유도 없이 아이들이 하나 둘 사라지기 시작한 것이다.

얘기는 이런 식이었다.

벽돌을 가득 실은 거룻배와 아스팔트 포장 재료를 실은 소형기선, 옥수수 수송선들이 천천히 움직이고 있는 이시스 강을 따라 동쪽으로 가다 보면 헨리와 메이든헤드를 지나 테딩턴에 이르게 된다. 그곳은 독일해의 조류가 밀려오는 곳이다. 테딩턴을 지나 더 깊숙이 들어가면 위대한 마법사 닥터 디의 저택이 나오고, 그곳을 지나면 모틀레이크에 다다른다. 모틀레이크를 뒤로하고 앞으로 나아가면 포크샐에 도착한다. 거기는 낮에는 영롱한 물방울을 뿜어내는 분수와 펄럭이는 깃발이 있고 밤에는 가로등과 폭죽으로 환해지는 유원지가 있다. 포크샐을 지나 왕이 주례 국정 보고를 받는 '화이트 홀' 궁을 따라 내려가면, 용해된 납이 어두운 물통 속으로 폭포수처럼 떨어지는 탄환제조탑이 나온다. 탄환제조탑에서 조금 더 내려가면 넓고 더러운 강물이 남쪽으로 크게 굽이쳐 흐르는 지역이 나타난다.

그곳에 라임하우스가 있다. 그리고 바로 거기에 실종된 아이가 살았다.

아이의 이름은 토니 마카리오스다. 아이의 어머니는 토니가 아홉 살이라고 생각하지만 그녀의 기억력은 술에 찌들어 형편없다. 따라서 토니는 여덟 살이나 열 살일지도 모른다. 성으로 보아 그리스인의 피를 물려받은 듯 보이나 그 역시 어머니의 추측일 뿐이다. 왜냐하면 아이는 그리스인이라기보다는 중국인에 가까워 보였고, 어머니 쪽으로는 아일랜드, 스크렐링, 라스카르 등의 피가 섞여 있기 때문이다. 토니는 영리한 편은 아니지만 귀여운 구석이 있어서 때때로 누가 시키지도 않았는데 엄마를 껴안거나 볼에 뽀뽀를 하곤 했다. 어머니는 보통 술에 절어 있어서 그런 행동을 먼저 하지는 않지만 아이가 그러면 따뜻하게 안아주곤 했다.

사건이 일어나던 때 토니는 파이 거리에 위치한 시장을 배회하고 있었다. 아이는 배가 고팠다. 초저녁이었지만 집에서 아무것도 먹지 못했던 것이다. 호주머니에는 1실링이 있었다. 어떤 군인의 여자 친구에게 편지를 배달한 대가로 받은 것이다. 하지만 토니는 그 돈을 먹는 데 쓰지는 않을 생각이었다. 먹을 것은 훔치면 되기 때문이다.

그래서 토니는 중고 옷 판매대와 과일 판매대, 생선튀김 장수 사이를 오락가락했다. 토니의 데몬인 참새는 그의 어깨 위에 앉아 여기저기를 살피고 있었다. 상인과 그의 데몬이 한눈을 파는 사이에 잠깐 짹짹하는 소리가 났다. 그러자 토니는 잽싸게 사과 한 알, 땅콩 몇 알, 뜨거운 파이를 헐렁한 셔츠 속으로 쑤셔 넣었다.

상인이 그 사실을 알아차렸고 그의 데몬인 고양이가 뛰어올랐다. 그러나 토니의 참새 데몬은 이미 하늘로 날아오른 상태였고 토니 또한 벌써 거리를 반은 가로지른 상태였다. 시장 쪽에서 욕하는 소리가 들렸지만 오래가지는 못했다. 토니는 성 카타리나 예배당 계단에 도착하자 김이 모락모락 나는 일그러진 파이를 꺼내 들었다.

그 모습을 누군가 지켜보고 있었다. 기다란 주황색 여우털 코트를 입은 아름다운 여인이었다. 윤이 나는 검은 머리카락이 모자 아래로 보였다. 그녀는 토니보다 여섯 계단 정도 위에 있는 예배당 문에 서 있었다. 건물 안에서 빛과 오르간 연주 소리가 새어 나오고 있었다. 여자가 보석이 박힌 기도서를 들고 있는 것으로 보아 예배가 끝난 모양이었다.

토니는 누군가 자신을 쳐다보고 있다는 사실을 전혀 알아차리지 못했다. 그는 만족스러운 표정으로 파이를 바라보았다. 발가락을 안쪽으로 구부린 채 맨발바닥을 모으고 앉아 있던 토니는 이내 파이를 먹기 시작했다. 그의 데몬은 생쥐로 변해 수염을 손질하고 있었다.

여인의 데몬이 여우털 코트 밖으로 나왔다. 원숭이 모습이었다. 하지만 평범한 원숭이는 아니었다. 길고 부드러워 보이는 황금색 털이 번쩍거렸다. 원숭이는 계단을 내려가 토니가 있는 곳 바로 위에 앉았다.

그러자 생쥐가 재빨리 눈치를 채고 참새로 변했다. 그러고는 고개를 옆으로 돌린 채 한두 계단 더 아래로 내려갔다.

원숭이와 참새는 서로 노려보았다.

원숭이는 천천히 팔을 뻗었다. 원숭이의 작은 손은 검은색이었고 손톱은 완벽한 뿔 모양을 하고 있었다. 원숭이는 참새를 향해 부드럽게 손짓했다. 참새는 저항할 수 없는 어떤 힘에 이끌려 점점 원숭이에게 다가가다가 마침내 원숭이의 손으로 날아올랐다.

원숭이는 참새를 잠시 바라보더니 여자에게로 올라갔다. 참새는 여전히 원숭이와 함께였다. 여자는 고개를 숙여 원숭이에게 귓속말을 했다.

그때 토니가 고개를 들었다.

"래터!"

토니는 놀라 입을 딱 벌렸다.

참새가 짹짹거렸다. 자신의 데몬이 안전하다고 생각한 토니는 입속에 든 것을 삼키고 여인을 뚫어지게 쳐다보았다.

"안녕, 이름이 뭐니?"

"토니예요."

"어디서 사니?"

"클라리스 워크요."

"파이 안에는 뭐가 들었니?"

"비프스테이크요."

"초콜릿 좋아하니?"

"그럼요!"

"실은 내가 초콜릿을 너무 많이 만들었단다. 함께 가서 먹을래?"

토니는 이미 제정신이 아니었다. 멍청한 참새 데몬이 원숭이의 손으로 날아오른 그 순간부터 이미 이성을 잃고 있었다. 토니는 아름다운 여인과 황금 원숭이를 따라 덴마크 거리의 행맨 부두를 지나 킹 조지 계단을 내려갔다. 그러자 커다란 창고로 들어가는 작은 초록색 문이 나타났다. 여인이 노크하자 문이 열렸다. 그리고 그들이 모두 들어간 후 문이 닫혔다. 토니는 결코 나오지 못할 것이다. 적어도 그 문으로는 말이다. 그리고 그의 어머니도 다시는 보지 못할 것이다. 알코올 중독자인 어머니는 분명 토니가 도망갔다고 믿을 것이다. 그리고 토니를 떠올릴 때면 언제나 자신의 잘못이라며 슬피 울 것이다.

이 아름다운 여인에게 납치된 아이는 토니 마카리오스뿐만이 아니었다. 창고 안에는 열두 살 아래로 보이는 열댓 명의 소년 소녀가 더 있었다. 그들은 토니처럼 자기 나이를 정확하게 알지 못했다. 물론 토니는 알아차리지 못했지만 그들에게는 공통점이 있었다. 창고에 갇힌 아이들 중 사춘기에 이른 아이는 한 명도 없었다.

친절하고 아름다운 여인은 토니가 긴 의자에 앉는 모습을 지켜보았다. 하녀 한 명이 아무 말 없이 스토브 위에 놓인 냄비에서 초콜릿을 따라 토니에게 주었다. 토니는 남은 파이 조각을 먹고 뜨겁고 달콤한 초콜릿을 마셨다. 토니는 주위 아이들에게 관심을 기울이지 않았고, 다른 아이들도 그에게 신경 쓰지 않았다. 아이들이 겁을 먹기에는 토니의 몸집이 너무 작았고, 놀려 먹기에는 너무 멍청해 보였던 것이다.

한 아이가 여인에게 물었다.

"이봐요, 아줌마. 왜 우리를 이곳에 데려온 거죠?"

사납게 생긴 아이는 입술에 초콜릿을 묻히고 있었다. 그의 데몬은 수척한 검은색 쥐였다. 여인은 문 근처에 서서 선장처럼 생긴 건장한 체구의 남자와 얘기를 하고 있었다. 대답을 하기 위해 몸을 돌린 그녀의 얼굴은 램프 불빛을 받아 천사처럼 보였다. 아이들은 모두 잠잠해졌다.

"우린 너희들의 도움을 원한단다. 우릴 도와줄 수 있지?"

아무도 입을 열지 않았다. 아이들은 갑자기 부끄러워졌다. 그들은 그녀처럼 아름다운 여자를 한 번도 본 적이 없었다. 그녀는 너무도 우아하고 매력적이고 친절해 보여서 아이들은 자신들에게 찾아온 행운이 믿기 어려울 정도였다. 그래서 조금이라도 그녀와 더 오래 함께 있기 위해서라면 그녀가 무엇을 부탁하든 기꺼이 해 줄 수 있을 것 같았다.

여인은 아이들에게 항해를 하게 될 거라고 말했다. 맛있는 음식과 따뜻한 잠자리가 제공될 것이며 가족들에게 소식을 전하고 싶은 사람들은 편지도 보낼 수 있게 해 주겠다고 약속했다. 그리고 망누손 선장이 곧 그들을 배에 태우고 밀물이 시작되자마자 북극으로 출발할 거라고 설명해 주었다.

집으로 편지를 보내고 싶어 하는 몇몇 아이는 그 아름다운 여인 주위에 앉았다. 여인은 아이들이 부르는 대로 편지를 썼다. 그리고 서툴지만 아이들이 직접 편지지 아래에 서명하도록 배려했다. 그러고는 편지를 향기 나는 봉투에 넣고 주소를 적었다. 토니도 어머니에게 편지를 쓰고 싶었지만 어머니가 읽을 수 있을지 의문이었다. 그래서 그는 숙녀의 여우털 소매를 잡아당겨 엄마에게 자신이 갈 곳을 전해 달라고 부탁했다. 그러자 여인은 냄새 나는 토니의 몸을 아랑곳하지 않고 아이에게 귀를 바싹 대고 얘기를 모두 들은 뒤 머리를 쓰다듬으며 꼭 전해 주겠다고 약속했다.

그러고 나서 아이들은 작별인사를 하기 위해 여인 곁으로 모여들었다. 황금색 원숭이는 아이들의 데몬을 모두 어루만져 주었고, 아이들은 하나같이 여인의 여우털 옷을 만지작거렸다. 마치 이러한 행동이 여인으로부터 어떤 힘이나 희망, 행복을 얻는 방법이라고 생각하는 듯했다. 얼마 후 여인은 아이들에게 작별인사를 했고, 그들이 부두에 정박해 있는 대형 증기선에 오르는 모습을 지켜보았다. 하늘은 어두웠고 강물은 가볍게 물결치고 있었다. 여인은 부두에 서서 아이들이 보이지 않을 때까지 손을 흔들었다.

여인은 가슴에 황금 원숭이를 매단 채 다시 육지로 몸을 돌렸다. 그러고는 편지 다발을 화로에 던지고 왔던 길로 사라졌다.

빈민가 아이들은 유혹하기 쉬웠다. 하지만 결국 사람들은 아이들이 사라진 사실을 눈치 챘고 경찰은 마지못해 그 사건을 조사하기 시작했다. 그러자 얼마 동안 유괴 사건이 꼬리를 감추었다. 그러나 소문은 꼬리에 꼬리를 물고 계속되었고, 조금씩 내용이 바뀌어 멀리멀리 퍼져 나갔다. 얼마 후 노리치, 셰필드, 맨체스터 등에서도 아이들이 사라지기 시작했다. 그러자 다른 지방에서도 비슷한 일이 발생했다는 사실을 알게 된 그곳 사람들이 떠돌던 소문에 새로운 소문을 더해 소문의 반향을 점점 키워 나갔다.

의문의 마법사들이 아이들을 유괴한다는 소문은 나라 전체로 퍼졌다. 어떤 이들은 범인이 아름다운 여인이라고 했고, 어떤 이들은 빨간 눈을 가진 키 큰 남자라고도 했다. 한 젊은이가 노래를 부르며 아이들을 양처럼 몰고 갔다고 말하는 이들도 있었다.

유괴당한 아이들이 어디로 끌려갔는지에 대해서는 의견이 분분했다. 땅 밑 지옥으로 갔다는 소문도 있었고, 요정의 나라로 갔다는 말, 농장으로 끌려갔다는 말도 있었다. 그곳에 갇힌 아이들은 포동포동하게 살이 찌워진 다음 요리되어 식탁에 오른다는 것이었다. 아이들이 부유한 타타르인들에게 노예로 팔려 갔을 거라고 추측하는 이들도 있었다.

하지만 정체 모를 유괴자의 이름에 대해서는 모두가 동일한 대답을 했다. 그 잔인한 존재에게 이름이 없을 수 있겠는가. 게다가 집 혹은 조던 대학과 같은 안전하고 편안한 장소에 있을 때 위험에 대해 얘기하는 것은 정말 스릴 만점이었다. 따라서 사람들은 아무 이유 없이 그들을 고블러(Gobbler, 걸신乞神이라는 뜻이 있음)라고 불렀다.

"늦게까지 돌아다니지 말거라. 고블러가 잡아갈 테니까!"

"노샘프턴에 사는 조카 녀석이 고블러에게 잡혀간 소녀를 안대요, 글쎄."

"고블러가 스트래퍼드에 나타났다는군. 사람들이 말하길 남쪽으로 오고 있다는 거야."

그리고 조던 대학에서는 어김없이 리라가 로저에게 말했다.

"고블러 놀이 하자."

로저는 리라가 시키면 죽는 시늉까지도 할 아이였다.

"어떻게 하는 건데?"

"너는 숨고 나는 널 찾아내는 거야. 그러고는 고블러처럼 그 자리에서 배를 가르는 거지."

"넌 고블러가 무슨 짓을 하는지도 모르잖아? 그들이 그런 짓을 하지 않을지도 몰라."

"너 겁먹었구나. 난 다 아는 수가 있어."

"아니야. 여하간 난 고블러 따위는 믿지 않아."

"난 믿어."

리라가 딱 잘라 말했다.

"그리고 난 겁나지도 않아. 지난번 삼촌이 이곳에 오셨을 때처럼 하면 되니까. 내 눈으로 봤어. 귀빈실에서 말이야. 예의 바르지 않은 손님이 있었는데 삼촌이 째려보니까 입에 거품을 물고 그 자리에서 죽었어."

"말도 안 돼. 부엌에서는 그런 얘기 못 들었어. 게다가 넌 귀빈실에 들어갈 수도 없잖아."

"물론 안 되지. 그리고 하인들에게 그런 말을 해 줄 리가 없잖아. 정말로 귀빈실에 있었다니까. 아무튼 우리 삼촌은 무서운 사람이야. 한번은 삼촌이 타타르족에게 붙잡힌 적이 있었어. 그놈들은 삼촌을 묶어 놓고 막 내장을 꺼낼 작정이었어. 첫 번째 남자가 칼을 들고 들어왔지. 하지만 삼촌이 노려보니까 그 자리에서 죽었어. 그리고 또 다른 놈이 왔고 삼촌은 똑같이 노려봤지. 마침내 한 사람만 남았어. 삼촌은 밧줄을 풀어 주면 살려 주겠다고 했어. 그래서 그놈은 삼촌을 풀어 주었어. 하지만 삼촌은 본때를 보여 주려고 그놈도 죽여 버렸지."

로저는 리라의 얘기가 고블러 이야기보다도 더 믿기 어려웠지만 재미는 있었다. 그래서 두 사람은 서벗을 거품으로 사용하여 아스리엘 경과 죽기 직전의 타타르족 역할을 번갈아 하며 놀았다.

하지만 그것은 기분전환밖에 되지 않았다. 리라는 여전히 고블러 놀이를 하고 싶었다. 결국 리라는 로저를 꾀어 포도주 저장고로 내려갔다. 그리고 집사의 예비 열쇠를 이용해 안으로 들어갔다. 둘은 함께 지하 저장실을 살금살금 걸어다녔다. 그곳에는 토케이, 카나리아 제도산 포도주, 부르고뉴산 포도주, 브랜뒨 등이 거미줄 아래 놓여 있었다. 돌로 된 둥근 천장은 열 개의 나무를 묶어 놓은 것만큼이나 두꺼운 기둥이 떠받치고 있었고, 발아래에는 가지각색의 판석이 있었다. 모든 벽면에는 술병과 술통으로 가득한 선반이 층층으로 놓여 있었다. 정말 멋진 구경거리였다. 리라와 로저는 고블러에 대해서는 까맣게 잊어버린 채 떨리는 손으로 양초를 들고 어두운 창고 구석구석을 샅샅이 살펴보기 시작했다. 그 순간 리라의 마음속에서는 포도주 맛에 대한 궁금증이 점점 자라나기 시작했다.

궁금증을 푸는 방법은 간단했다. 리라는 로저가 말리는데도 불구하고 가장 오래된 초록색 병을 골라 들었다. 그러고는 코르크 마개를 뽑을 만한 도구를 찾아 주위를 두리번거렸다. 그러나 적당한 도구를 찾지 못하자 리라는 병의 목 부분을 깨뜨려 버렸다. 둘은 함께 한쪽 구석에 앉아 심홍색 액체를 홀짝였다. 리라와 로저는 얼마나 마셔야 술에 취하는지 그리고 어떻게 그 사실을 알 수 있는지 궁금했다. 리라는 포도주가 별로 맛이 없다는 것을 알았지만 효과가 대단하다는 것은 인정해야 했다. 가장 재미있는 것은 그들의 데몬을 보는 일이었다. 리라와 로저의 데몬은 정신을 못 차리고 이리저리 비틀대며 넘어졌다. 그리고 미친듯이 킥킥거리며 서로 경쟁하듯 추한 가고일(Gargoyle, 괴물 형상의 홈통 주둥이)처럼 변했다.

마침내 리라와 로저는 술에 취하는 게 어떤 건지 알게 되었다.

"어른들은 이런 게 좋은 모양이지?"

로저가 잔뜩 토한 뒤에 물었다.

"그런가 봐."

리라도 함께 토하며 말했다.

"그리고 나도 좋아."

그녀는 고집스럽게 덧붙였다.

리라는 이 일을 통해 고블러 놀이를 하면 재미있는 곳으로 간다는 점 외에 배운 것이 없었다. 그녀는 지난번 삼촌에게 들은 말을 기억하고 지하를 탐험하기 시작했다. 땅 위에 있는 것들은 대학의 극히 일부에 불과했다. 조던 대학은 몇 에이커에 걸쳐 뿌리를 뻗은 거대한 곰팡이처럼 성 미카엘 대학, 게이브리얼 대학, 도서관 건물 들이 생겨나자 중세 시대부터 지하 공간을 만들기 시작했다. 지하도, 수갱(竪坑), 납골당, 저장소, 계단 등으로 지하 공간이 지나치게 확장되어 족히 수백 마일은 될 것 같았다. 조던 대학은 일종의 돌거품 위에 서 있다고 해도 틀린 말은 아니었다.

지하를 탐험하는 데 한창 재미를 붙인 리라는 들쭉날쭉한 대학 지붕을 돌아다니던 일을 그만두고 로저와 함께 그 암흑의 세계로 뛰어들었다. 이제 리라는 고블러 사냥놀이를 시작했다. 고블러들이 땅 아래 컴컴한 곳에 숨어 있을 거라고 생각했기 때문이다.

　어느 날 리라와 로저는 성당 지하실로 내려갔다. 그곳은 역대 총장들이 묻혀 있는 곳이었다. 성당 지하실 돌벽에는 벽감(壁龕)이 있었고, 그 속에는 납으로 테두리를 두른 참나무 관이 있었다. 그리고 바로 이 관 안에 총장들의 시신이 안치되어 있었다. 벽감 아래에 있는 돌 명판에는 그들의 이름이 새겨져 있었다.

> 시몬 르 클레르, 총장 1765-1789 세레바통
> 고이 잠드소서

"뭐라고 써 있는 거야?"
로저가 물었다.
"첫 번째가 이름이고, 가운데는 총장으로 재직했던 기간이야. 그 옆은 아마 데몬의 이름일 거야."
둘은 조용한 복도를 계속 걸어가며 더 많은 명판을 읽어 나갔다.

> 프랜시스 라이얼, 총장 1748-1765 조하리엘
> 고이 잠드소서

> 이그나티우스 콜, 총장 1745-1748 무스카
> 고이 잠드소서

흥미롭게도 각각의 관에는 각기 다른 모양의 그림이 새겨진 작은 놋쇠판이 있었다. 거기엔 바실리스크(Basilisk, 노려보거나 입김을 내뿜어 사람을 죽였다는 그리스 신화에 나오는 전설적 동물), 뱀, 원숭이 등이 새겨져 있었다. 리라는 그들이 죽은 사람들의 데몬을 나타낸다는 것을 깨달았다. 성인이 되면 데몬은 변신 능력을 잃어버리고 영원히 하나의 모습을 유지한다.

"관 안에는 틀림없이 해골이 들어 있을 거야!"

로저가 속삭였다.

"살은 썩어 문드러지고 눈 속에는 벌레와 구더기가 득실거릴 거야."

리라도 속삭였다.

"분명 유령도 있을걸."

로저는 몸을 후들후들 떨었다.

그곳을 지나자 돌 선반이 늘어서 있는 복도가 나타났다. 각 선반은 사각형으로 칸막이가 되어 있고, 그 안에는 두개골이 놓여 있었다.

로저의 데몬은 꼬리를 다리 사이로 바싹 밀어 넣은 채 몸을 떨며 낮은 소리로 청승맞게 짖었다.

리라는 보이지는 않았지만 판탈라이몬이 나방의 모습으로 변해 어깨 위에 앉아 있으리란 걸 짐작할 수 있었다. 그 역시 떨고 있을 것이 뻔했다. 리라는 가장 가까이 있는 해골을 조심스럽게 꺼냈다.

"뭐 하는 거야? 만지면 큰일 나!"

리라는 무신경하게 해골을 이리저리 살펴보았다. 그때 뭔가 해골 구멍에서 나와 그녀의 손가락을 건드리고는 다시 바닥을 치며 쨍그랑 소리를 냈다. 리라는 깜짝 놀라 하마터면 해골을 떨어뜨릴 뻔했다.

"동전이야. 보물일지도 몰라."

로저는 동전을 주워 촛불 가까이로 가져갔다. 두 사람은 눈을 동그랗게 뜨고 그것을 살펴보았다. 그것은 동전이 아니라 고양이 모양이 조잡하게 새겨진 얇고 납작한 구리 주조물이었다.

"관에 붙어 있던 것과 비슷한 거야. 데몬임에 틀림없어."

"안에 도로 넣는 게 좋겠다."

로저가 불안한 표정으로 말했다. 리라는 두개골을 뒤집어 그것을 다시 집어넣은 뒤 선반 위에 올려놓았다. 해골에는 저마다 그런 주조물이 들어 있었다. 평생을 같이 다니던 데몬이 죽은 뒤에도 주인과 함께 있는 셈이었다.

"살아 있을 때 이 사람들은 무얼 했을까?"

리라가 자문자답했다.

"아마 학자들이었을 거야. 총장들만 관에 들어가 있으니까. 수 세기 동안 배출된 그 많은 학자를 다 관에다 묻을 만큼 공간이 충분하진 않았겠지. 그래서 머리를 잘라 보관한 걸 거야. 머리가 우리 몸에서 가장 중요한 부분이잖아."

리라와 로저는 고블러를 발견하지 못했다. 하지만 성당 지하묘지를 들락날락하는 것만으로도 여러 날을 바쁘게 보낼 수 있었다. 한번은 리라가 죽은 학자 몇 명에게 장난을 친 적이 있었다. 데몬이 새겨진 동전을 서로 바꿔 놓은 것이다. 판탈라이몬은 리라의 이런 행동이 매우 불안했다. 그래서 박쥐로 변해 날카로운 소리를 지르며 날아다니기도 하고 리라의 얼굴 바로 앞에서 날개를 퍼덕거리기도 했다.

하지만 리라는 전혀 개의치 않았다. 너무 재미있었던 것이다. 그렇지만 리라는 장난친 대가를 톡톡히 치러야만 했다. 스테어케이스 12층 꼭대기에 위치한 리라의 침실에 유령이 나타난 것이다. 두건 달린 예복을 입은 남자 세 명이 침대 곁에 나타나더니 앙상한 뼈만 남은 손을 들어 두건을 뒤로 젖혔다. 머리가 있어야 할 자리에는 피가 줄줄 흐르는 목밖에 없었다. 잠에서 깨어난 리라가 비명을 질러 대고, 판탈라이몬이 사자로 변해 으르렁거리자 유령은 점점 뒤로 물러서서 뾰족하고 누르스름한 손가락을 덜덜 떨다가 벽 속으로 사라졌다. 다음 날 아침 리라는 자리에서 일어나자마자 지하묘지로 내려가 해골들에게 연신 "죄송합니다! 죄송합니다!"를 외쳐 대며 데몬이 새겨진 동전들을 제자리에 갖다 놓았다.

지하묘지는 포도주 저장고보다 훨씬 컸지만 끝은 있었다. 지하묘지 구석구석까지 샅샅이 살펴본 리라와 로저는 고블러가 없다고 확신했다. 그리고 다른 곳으로 관심을 돌렸다. 하지만 그들은 얼마 지나지 않아 한 신부에게 들키고 말았다. 그는 두 아이를 예배당으로 불렀다.

헤이스트 신부라고 알려져 있는 그는 뚱뚱하고 나이가 많았다. 그는 대학 내의 예배를 이끌며 신앙고백을 듣고 설교하고 기도하는 일을 하고 있었다. 리라가 어렸을 때 신부는 그녀가 매우 경건한 소녀라고 생각해 많은 관심을 보였다. 하지만 리라가 종교에 대해 무관심하고 진심으로 뉘우치지 않는다는 것을 알게 된 이후로는 더 이상 기대할 것이 없다고 생각하는 듯했다.

헤이스트 신부가 부르자 리라와 로저는 마지못해 발을 질질 끌며 곰팡내 나는 어두운 예배당 안으로 들어갔다. 성인들의 그림 앞쪽에는 촛불이 어른거리고 있었고, 2층 오르간이 놓여 있는 곳에서는 누군가 수리를 하는지 달가닥거리는 소리가 들렸다. 하인 한 사람이 놋쇠 독서대를 문지르고 있었다. 헤이스트 신부는 성구실(聖具室) 문 앞에 서서 들어오라고 손짓했다.

"너희들 어디에 있었니? 두세 번 예배당 안으로 들어오는 것을 본 적이 있는데, 무슨 볼일이라도 있었던 거냐?"

그의 표정에 비난하는 기색은 없었다. 신부는 진심으로 관심 있다는 듯이 물었다. 그의 데몬인 도마뱀은 어깨 위에 앉아 혀를 날름거리고 있었다.

리라가 말했다.

"지하묘지를 구경하고 싶었어요."

"왜?"

"관…… 관이요. 관을 보고 싶었거든요."

"어째서?"

리라는 어깨를 으쓱했다. 강요를 받으면 나타나는 반응이었다.

"그리고 너."

신부는 로저를 바라보았다. 로저의 데몬은 걱정스럽다는 듯이 꼬리를 흔들고 있었다.

"이름이 뭐지?"

"로저예요, 신부님."

"하인인 것 같은데 어디서 일하니?"

"부엌에서요, 신부님."

"지금 그곳에 있어야 하는 것 아니니?"

"맞아요, 신부님."

"그렇다면 가 보거라."

로저는 몸을 돌려 달려 나갔다. 리라는 한쪽 발을 이리저리 움직였다.

"그리고 리라, 너."

헤이스트 신부가 말을 이었다.

"예배당에 무엇이 있는지 관심을 갖게 되었다니 몹시 기쁘구나. 넌 정말 행운아야. 주위에 이런 역사적인 것들이 많이 있으니 말이야."

"예."

리라가 대답했다.

"하지만 친구를 고르는 안목은 의심스럽구나. 외로운 거니?"

"아뇨."

"로저 같은 하인들 이야기가 아니야. 너와 같은 신분의 아이들을 얘기하는 거란다. 귀족 계급 아이들 말이야. 그런 아이들과 어울리고 싶으냐?"

"아뇨."

"그렇다면 여자 아이들과……."

"아니에요."

"너도 알겠지만 우리 중 누구도 네가 평범한 어린 시절의 즐거움을 누리는 걸 방해하고 싶어 하진 않는단다. 난 가끔 나이 많은 학자들 사이에 있는 네가 외로울 거라고 생각한다. 내 생각이 맞지?"

"아뇨."

신부는 이렇게 고집 센 아이에게 어떤 얘기를 해 줘야 할지 난감해서 깍지 낀 손으로 엄지손가락만 두드리고 있었다.

"만일 고민거리가 생기면 내게 와서 말하렴. 언제든지 환영이다."

"네."

"기도는 매일 하니?"

"네."

"착한 아이구나. 자, 그럼 가 봐라."

리라는 보일락 말락 하게 안도의 한숨을 내쉬고는 몸을 돌려 떠났다.

지하에서 고블러 찾기에 실패한 리라는 다시 거리로 나섰다. 그녀는 모든 거리를 제 집처럼 잘 알고 있었다.

그리고 리라가 고블러에 대해 거의 흥미를 잃어 갈 즈음 옥스퍼드에 고블러가 나타났다.

리라가 처음으로 고블러에 대해 듣게 된 것은 그녀도 잘 아는 한 집시 가족의 아들이 실종되었을 때였다. 그날은 마시장(馬市場)이 열리는 때였다. 운하의 선착장은 바지선과 거룻배로 가득 찼고 상인, 여행객들로 북적거렸다. 제리코 해안의 부두도 번쩍이는 마구(馬具), 딸가닥거리는 말발굽 소리, 상인들의 흥정 소리로 가득 차 있었다. 리라는 마시장을 좋아했다. 상인이 한눈파는 틈을 타 몰래 말을 타는 것도 재미있었고, 싸움을 걸 만한 기회도 많았기 때문이다.

게다가 올해 리라는 원대한 계획을 세워 놓고 있었다. 지난해 바지선을 훔친 일에 고무되어 이번에는 훔친 배를 타고 항해다운 항해를 해볼 생각이었던 것이다. 만일 그녀와 친구들이 애빙던까지 갈 수만 있다면 어량(weir, 물살을 막고 그곳에 통발을 놓아 고기를 잡는 장치)을 가지고 한바탕 신나게 놀 수 있을 텐데…….

하지만 올해는 전쟁이 없을 것이다. 그녀가 몇몇 개구쟁이와 훔친 담배를 돌려 피우며 잘난 척 연기를 내뿜고 메도 항구 선착장을 어슬렁거리고 있을 때 어디선가 귀에 익은 목소리가 들려왔다.

"그러면 그 애가 어디 있단 말이야, 이 병신 같은 놈아?"

여자라고는 믿기지 않을 정도로 매우 힘 있고 굵은 목소리였다. 리라는 주위를 돌아보았다. 마 코스타였다. 그녀는 리라를 어지러울 정도로 두 번 세게 때린 적이 있지만 따뜻한 생강빵을 준 적도 세 번이나 있었다. 그녀의 가족은 아주 호화스럽고 커다란 배를 타고 다녔다. 그들은 집시의 우두머리였고, 리라도 마 코스타를 매우 존경했다. 하지만 당분간은 조심해야 했다. 리라가 훔친 배가 마 코스타의 배였기 때문이다.

리라의 친구 한 명이 즉시 돌멩이를 주워 들었지만 리라가 말렸다.

"내려놔. 마 코스타 아줌마는 화가 나 있어. 네 등뼈를 나뭇가지처럼 쉽게 부러뜨릴 수 있다고."

사실 마 코스타의 표정은 화가 났다기보다는 근심에 차 있었다. 그녀와 말하고 있는 말장수는 어깨를 으쓱하며 손을 내밀었다.

· "글쎄요, 잘 모르겠어요. 조금 전에 있었는데 금방 사라졌네. 그 애가 어디로 갔는지 제가 어떻게……."

"그 애는 당신을 도와주고 있었잖아. 당신의 망할 놈의 말을 붙잡고 있었단 말이야."

"글쎄요, 그렇다면 이곳에 있어야죠, 안 그래요? 일하다 말고 내빼다니……."

그는 더 이상 말을 잇지 못했다. 마 코스타가 갑자기 그의 머리를 휘갈겼기 때문이다. 그녀는 입에 담지 못할 욕설을 퍼부으며 그를 때리기 시작했다. 말장수는 비명을 지르며 달아났다. 근처의 다른 말장수들은 야유를 보냈고, 놀란 망아지 한 마리가 앞다리를 쳐들었다.

"무슨 일이야?"

리라는 입을 벌리고 구경하고 있는 집시 아이에게 물었다.

"아줌마가 왜 저렇게 화를 내는 거지?"

"아들 빌리 때문이야. 아마도 고블러들이 그 애를 데려갔다고 생각하나 봐. 그럴 가능성도 있지. 난 그 아이를……."

"고블러라고? 그렇다면 그들이 옥스퍼드에 나타났단 말이야?"

집시 소년은 마 코스타를 보고 있던 자신의 친구들에게 고개를 돌렸다.

"아줌마는 무슨 일이 일어나고 있는지 아직 몰라. 고블러가 이곳에 있다는 것도 모른다고."

대여섯 명의 꼬마가 비웃는 표정으로 쳐다보았다. 리라는 싸움이 일어날 분위기임을 알아차리고 담배를 던졌다. 즉시 꼬마들의 데몬들이 날카로운 송곳니와 발톱을 드러내고 털을 곤두세우는 등 전투 태세를 갖췄다. 판탈라이몬은 집시 꼬마들의 상상력의 한계를 비웃으며 사냥

개만 한 용으로 변했다.

막 패싸움을 벌이려는 순간 마 코스타가 두 명의 집시 꼬마와 부딪치며 무리 안으로 들어왔다. 프로 복서 같은 태도로 리라 앞에 선 채 그녀가 말했다.

"넌 빌리 봤지?"

"아뇨. 저희는 지금 막 이곳에 온걸요. 빌리를 못 본 지 몇 달 됐어요."

마 코스타의 데몬인 매는 그녀의 머리 위에서 빙빙 돌고 있었다. 매의 노란색 눈이 매서운 눈초리로 여기저기 쏘아보았다. 리라는 겁이 났다. 아이가 몇 시간 보이지 않는다고 해서 걱정하는 사람은 아무도 없다. 집시의 아이는 더욱 그랬다. 여러 보트가 공동생활을 하는 집시 세계에서 아이는 귀중한 존재였고 한없는 사랑을 받았다. 따라서 그들은 만일 아이가 어머니의 눈에서 사라졌다고 하더라도 멀지 않은 곳에서 다른 누군가 잘 돌보고 있다는 것을 본능적으로 알고 있었다.

그런데 지금 집시의 여왕 마 코스타가 아이가 사라졌다며 걱정하고 있는 것이다. 대관절 무슨 일이 벌어지고 있는 것인가?

마 코스타는 실눈으로 꼬마들을 둘러본 다음 아이의 이름을 큰 소리로 부르며 사람들이 모여 있는 부두 쪽으로 사라졌다. 아이들은 서로를 쳐다보았지만 마 코스타의 슬픔 때문에 싸울 생각은 이미 달아난 상태였다.

"고블러가 뭐야?"

리라의 친구 사이먼 파슬로가 물었다.

"그들은 전국에 걸쳐 아이들을 유괴하고 있어."

첫 번째 집시 소년이 말했다.

"아냐, 그들은 식인종이야. 그래서 고블러라고 부르는 거야."

또 다른 집시가 말했다.

"아이들을 잡아먹는단 말이야?"

휴 로밧이라는 성 미카엘 성당 하인이 말했다.

"아무도 확실히는 몰라. 그들이 애들을 데려가면 부모들은 다시는 그 애들을 볼 수가 없어."

첫 번째 집시 소년이 말했다.

"우리도 그쯤은 알아. 우린 벌써 몇 달째 고블러 놀이를 하는 중인 걸. 하지만 아무도 고블러를 본 적은 없어."

"본 사람이 있어."

한 소년이 말했다.

"누구? 누가 고블러를 봤단 말이야?"

리라가 끈질기게 물었다.

"그들을 봤어? 어떻게 그들이 평범한 사람이 아니란 걸 알았지?"

"찰리가 밴버리에서 봤대."

집시 소년이 말을 이었다.

"고블러들이 아이 엄마와 얘기하는 동안 다른 고블러가 아들을 정원 밖으로 데리고 나갔대."

"맞아."

집시 소년 찰리가 새된 목소리로 끼어들었다.

"내가 두 눈으로 똑똑히 봤어."

"어떻게 생겼든?"

"글쎄…… 잘은 모르겠어. 하지만 트럭은 봤어. 고블러들은 하얀 트럭을 타고 왔어. 그러고는 아이를 트럭에 재빨리 태우고 사라졌어."

"그런데 왜 사람들은 그들을 고블러라고 부르는 거야?"

리라가 물었다.

"애들을 잡아먹거든."

첫 번째 집시 소년이 다시 말했다.

"노샘프턴에서 누군가 우리에게 말해 줬어. 고블러들이 그곳에도 나타났었대. 노샘프턴에 사는 한 소녀의 오빠가 잡혀갔는데 그들이 소녀에게 오빠를 잡아먹을 거라고 말했대. 모두가 그 얘길 알아. 그들은 아이들을 먹어치웠어."

가까이 서 있던 한 집시 소녀가 큰 소리로 울기 시작했다.

"저 애는 빌리의 사촌이야."

찰리가 말했다.

"누가 빌리를 마지막으로 봤지?"

리라가 물었다.

"나야."

대여섯 명의 아이들이 말했다.

"난 그 애가 조니 피오렐리 씨의 늙은 말을 붙잡고 있는 걸 봤어."

"난 그 애가 타피 애플(toffee-apple, 꼬챙이에 꽂아 시럽을 친 사과) 장수 옆에 서 있는 걸 봤어."

"난 그 애가 크레인에 매달려 노는 모습을 봤어."

아이들의 얘기를 종합해 따져 본 리라는 빌리가 적어도 두 시간 전까지는 거기 있었다는 사실을 알았다.

"자, 지난 두 시간 사이 고블러가 이곳에 나타났음이 분명해."

리라의 말에 아이들은 따뜻한 날씨에도 불구하고 모두 벌벌 떨며 타르, 말, 담뱃잎 등 익숙한 냄새로 가득 찬 복잡한 부두를 둘러보았다. 문제는 누구도 고블러가 어떻게 생겼는지 모르기 때문에 누구든 고블러일 가능성이 있다는 것이었다. 리라는 자기가 거느린 꼬마 악동들 모두에게 그 점을 상기시켰다.

"평범한 사람처럼 보이는 게 틀림없어. 그렇지 않으면 금방 눈에 띌 테니까."

리라가 말을 이었다.

"만일 그들이 밤에 나타난다면 어떤 모습을 하고 있든 상관없지. 하지만 낮에 나타나려면 보통 사람처럼 보여야 해. 그러니 모든 사람이 고블러일 가능성이 있는 거야."

"그렇지 않아. 난 그들을 알아."

집시 소년이 작은 목소리로 말했다.

"알아. 하지만 오늘 이곳에 나타난 고블러는 아니야. 자, 이제 그들을 찾아보자. 하얀 트럭도 찾고."

리라의 말에 아이들이 움직이기 시작했다. 다른 아이들까지 합세하자 수색대의 규모가 커졌다. 서른 명이 넘는 집시 꼬마들은 부두 끝에서 끝까지 찾아다녔고, 마구간 안도 모두 들어가 보았다. 심지어 선착장의 크레인과 기중기 위까지 기어올라 갔다. 또 울타리를 넘어 넓은 풀밭으로, 선개교(旋開橋)를 연달아 열다섯 번이나 돌며 운하를 건너고, 좁은 제리코 뒷골목으로, 거대한 사각형 탑이 있는 성 바르나바 성당으로 열심히 뛰어다녔다. 아이들 중 절반은 자신들이 무엇을 찾는지도 몰랐다. 그저 종달새 같은 것을 찾는다고 짐작할 뿐이었다. 하지만 리라와 친한 아이들은 뒷골목 안쪽이나 어둠침침한 예배당에 혼자 있는 사람을 볼 때마다 고블러가 아닐까 하는 두려움으로 몸서리치곤 했다.

그러나 물론 그들은 고블러가 아니었다. 결국 아무 소득도 없이 빌리가 정말로 실종된 것인지도 모른다는 생각이 들자 아이들은 그를 찾아다니는 일에 흥미를 잃었다. 저녁시간이 다가와 제리코를 떠난 리라와 두 명의 친구는 코스타 가족의 배가 정박된 곳 가까운 부두에 집시들이 모여 있는 것을 보았다. 그들 중 몇몇 여인은 큰 소리로 울고 있었고 남자들은 화난 표정이었다. 그들의 데몬들은 흥분한 듯 하늘을 빙빙 날아다니거나 그림자를 보고 으르렁거렸다.

"고블러들이 감히 이곳에 나타나진 못했을 거야."

리라가 사이먼 파슬로에게 말했다. 두 사람은 조던 대학 정문을 막 들어서는 참이었다.

"그렇지 않아. 시장에서 행방불명된 아이도 있는걸."

"누구?"

리라가 물었다. 시장 아이들 치고 리라가 모르는 아이는 거의 없었는데 그런 소식은 금시초문이었던 것이다.

"마구상 아들 제시 레이놀즈. 그 애는 어제 시장이 파할 때까지 돌아오지 않았어. 잠깐 심부름을 보냈을 뿐인데. 그 애는 다시는 돌아오지 않았고, 아무도 본 사람이 없대. 사람들이 시장과 그 애가 갈 만한 곳을 샅샅이 뒤졌는데도 말이야."

"난 그런 얘기 들어 본 적 없어."

리라가 화난 표정으로 말했다. 그녀는 사이먼이 자신에게 모든 일을 즉시 보고하지 않은 게 큰 잘못이라도 되는 것처럼 굴었다.

"저, 단지 어제 일이라서. 어쩌면 집에 왔을지도 몰라."

"물어보고 와야지."

리라는 그렇게 말하고 몸을 돌렸다.

하지만 얼마 가지 않아 짐꾼이 그녀를 불렀다.

"리라! 어디 가는 거냐? 저녁 외출은 안 돼. 총장님의 명령이야."

"왜 안 돼요?"

"말했잖아, 총장님의 명령이라고. 그분이 네가 들어오면 꼼짝 말고 안에 있으라고 했어."

"그럼 한번 잡아 보세요."

리라는 그 늙은 짐꾼이 문을 나서기도 전에 밖으로 뛰어나갔다.

그녀는 좁은 거리를 가로질러 시장에서 팔 물건들을 내리는 뒷골목으로 갔다. 이미 문을 닫을 시간이어서 그곳에는 차가 거의 없었다. 그저 몇몇 젊은이가 성 미카엘 대학의 높은 돌담 맞은편 중앙문 근처에서 히히거리며 담배를 피우고 있었을 뿐이다. 리라는 그들 중 한 명을 알고 있었다. 침을 그 누구보다 멀리 뱉을 수 있는 열여섯 살 된 소년이었다. 그녀는 소년이 자기를 알아볼 때까지 얌전히 기다렸다.

"리라, 웬일이야?"

"제시 레이놀즈가 사라졌나요?"

"맞아, 그런데 그건 왜?"

"오늘 집시 아이가 사라졌거든요."

"집시는 늘 사라지지. 마시장이 열릴 때마다 사라진다고."

"말도 사라지지."

그의 친구 중 한 명이 말했다.

"이번엔 달라요. 실종된 거라고요. 저희가 오후 내내 찾아다녔는걸요. 어떤 아이는 고블러가 그 애를 데려가는 걸 봤다고 했어요."

"고, 뭐라고?"

"고블러 말예요. 고블러 몰라요?"

그 얘기는 소년들도 처음 듣는 소리였다. 그들은 리라의 말을 귀 기울여 들었다.

"고블러라⋯⋯."

리라가 아는 딕이란 소년이 말을 이었다.

"바보 같은 얘기야. 집시들은 온갖 이상한 얘기를 지어낸단 말이야."

"사람들이 그러는데 밴버리에도 몇 주 전 고블러가 나타나서 애들을 다섯 명이나 잡아갔대요. 이제 그들이 옥스퍼드에 나타난 거라고요. 제시를 잡아간 것도 바로 그들 짓인 게 틀림없어요."

"이제 생각난 건데. 카울리 길 건너에서도 한 아이가 실종되었대. 숙모가 어제 생선 파느라 거기 계셨는데 아이가 없어졌다는 말을 들었다더군. 고블러에 대해 난 잘 모르지만, 그거 꾸며 낸 얘기 아니니?"

"아니에요, 고블러는 진짜 있어요!"

리라가 말했다.

"집시들도 그들을 봤대요. 애들을 잡아다가 먹는다고 하던데……."

리라는 갑자기 어떤 생각이 떠올라 하던 말을 멈추었다. 귀빈실에 숨어 있던 그날 아스리엘 경이 보여 준 슬라이드가 생각났다. '한 남자가 자기 손으로부터 쏟아지는 빛줄기에 휩싸여 있었지. 그리고 그 옆에는 빛에 싸이지 않은 작은 형체가 있었는데, 삼촌은 그게 아이라고 말했어. 누군가 분리된 아이냐고 묻자 삼촌은 아니라고 대답했지. 그게 중요한 포인트였어.' 리라는 분리되었다는 말을 잘라 냈다는 뜻으로 기억하고 있었다.

그 순간 가슴이 덜컥 내려앉았다. '로저는 어디 있지?' 리라는 아침부터 로저를 한 번도 보지 못했다는 걸 깨달았다.

리라는 갑자기 두려운 생각이 들었다. 작은 사자 모습을 한 판탈라이몬은 그녀의 팔에 뛰어올라 으르렁거렸다. 리라는 소년들에게 작별인사를 하고 조용히 털 거리로 되돌아갔다. 그러고는 조던 사택을 향해 힘껏 달려갔다. 리라는 표범 모습으로 변한 판탈라이몬과 함께 허둥지둥 안으로 뛰어들었다.

짐꾼은 점잔을 빼며 말했다.

"총장님께 전화로 말씀드리지 않을 수 없었어. 별로 좋아하시지 않으셨어. 나라면 돈을 준다고 해도 네 처지가 되고 싶진 않을 거야."

"로저는 어디에 있죠?"

리라는 대들 듯이 물었다.

"하루 종일 그놈 코빼기도 못 봤어. 그 녀석도 혼 좀 날 거야. 이제 코스턴 씨가 그 녀석을 잡기만 하면……."

리라는 부엌으로 달려갔다. 한창 요리 중인 부엌은 뜨거운 김과 그릇 달그락거리는 소리로 가득했다.

"로저 못 봤어요?"

리라가 소리쳤다.

"어서 나가, 리라. 우린 바빠!"

"로저가 어디에 있냐고요! 봤어요, 못 봤어요?"

아무도 리라의 말에 귀 기울이지 않았다.

"로저 어딨냐고요! 제 말 안 들려요?"

리라는 주방장에게 소리쳤다. 주방장은 그녀의 양 귀를 감싸 쥐고는 밖으로 몰아냈다.

빵 굽는 버니가 리라를 달래려고 했지만 아무 소용이 없었다.

"그들이 로저를 잡아갔어요! 끔찍한 고블러들 말이에요. 아이들을 잡아다가 죽인대요! 그 괴물들이 미워요! 로저 걱정은 눈곱만큼도 안 하는군요!"

"리라, 우리 모두 로저를 걱정해……."

"그런 것 같지 않은데요. 걱정되면 당장 찾아 나서야 되는 것 아니에요? 미워요!"

"로저가 나타나지 않는 데는 여러 가지 이유가 있을 거야. 잘 생각해 봐. 우린 한 시간 내에 관사에 계시는 손님과 총장님께 저녁식사를 갖다 드려야 해. 그분은 거기서 식사하실 거거든. 식지 않은 음식을 빨리 갖다 드리는 게 주방장의 일이란다. 리라, 살다 보면 이런 일도 있고 저런 일도 있어. 로저는 곧 돌아올 거야, 내가 장담해."

리라는 부엌을 돌아 나오다 쌓아 놓은 은접시 덮개들을 뒤엎었다.

등 뒤에서 화를 내는 고함 소리가 들려왔지만 못 들은 척했다. 그리고 계단을 내려와 성당과 파머스 타워 사이에 있는 사각형 안뜰을 가로질러 대학에서 가장 오래된 건물들이 들어서 있는 액슬리 쿼드랭글로 들어갔다.

판탈라이몬은 리라 앞에서 작은 표범처럼 달려갔다. 리라는 침실이 있는 꼭대기 층까지 올라가서 문을 쾅 열었다. 그러고는 삐걱거리는 의자를 창가에 끌어다 놓은 후 미닫이창을 열고 밖으로 기어 나갔다. 창문 바로 아래에는 한 자 폭의 돌이 배수구를 따라 나란히 놓여 있었다. 일단 그 위에 올라선 리라는 까칠까칠한 타일을 타고 지붕 꼭대기까지 기어올라 갔다. 거기서 입을 커다랗게 벌리고 소리를 질렀다. 지붕에만 오르면 항상 새로 변신하는 판탈라이몬도 리라 주위를 빙빙 돌며 까마귀 울음을 울었다.

저녁 하늘은 살굿빛과 크림색이 어우러져 평화로워 보였다. 오렌지빛 하늘에는 부드러운 아이스크림 같은 구름이 둥실둥실 떠가고 있었다. 그 사이로 옥스퍼드의 뾰족탑들이 그만그만한 높이로 서 있고, 샤토버트와 화이트 햄의 푸른 숲이 동서로 뻗어 있었다. 어디선가 까마귀가 까악까악 울고 종소리가 들려왔다. 옥스펜즈에서는 런던을 향해 저녁 '로열 메일' 비행선을 띄우고 있음을 알리는 가스 엔진 소리가 들려왔다. 리라는 비행선이 성 미카엘 성당의 뾰족탑 너머로 사라지는 걸 지켜보았다. 그녀의 새끼손가락 손톱만 하던 비행선은 점점 작아져서 마침내 진줏빛 하늘에 작은 점으로 보였다.

리라는 고개를 돌려 그림자를 드리운 사각형 안뜰을 내려다보았다. 그곳에는 새까만 가운을 입은 학자들이 식당을 향해 한 사람 두 사람 걸어가고 있었다. 그들의 데몬은 뻐기거나 오두방정을 떨거나 주인의 어깨 위에 조용히 앉아 있었다. 홀이 점점 밝아 왔다. 하인들이 식탁 위에 놓인 석유램프에 불을 붙이자 색유리 창문이 아름다운 색조를 띠기 시작했다. 식사시간 30분 전을 알리는 사무장의 종소리가 울려 퍼졌다.

이것이 리라가 살고 있는 세계였다. 리라는 이 세계가 영원하기를 바랐다. 하지만 세상은 변하고 있었다. 바깥에서는 죄 없는 아이들이 하나둘 사라지고 있었던 것이다. 리라는 지붕 꼭대기에 턱을 괴고 앉았다.

"판탈라이몬, 우리가 로저를 찾아 나서야겠어."

굴뚝에 앉은 판탈라이몬이 까마귀 소리로 대답했다.

"위험할 텐데."

"물론, 나도 알아. 귀빈실에서 그들이 했던 말 기억해?"

"뭘?"

"북극에 서 있던 아이 말이야. 더스트를 끌어당기지 않던 아이."

"그래. 사람들은 그를 완전한 아이라고 말했지. 그게 어쨌다는 거야?"

"그들은 로저나 집시 아이들, 그리고 납치해 간 모든 아이들을 그 아이처럼 만들지도 몰라."

"뭐라고? 글쎄, 그 완전한 아이라는 게 무슨 뜻이야?"

"몰라, 아마 아이들을 두 동강 낸다는 뜻이겠지. 노예로 만들던가. 그편이 더 쓸모가 많을 테니까. 북극에는 광산이 있을지 몰라. 원자력 기술에 사용되는 우라늄 광산 말이야. 틀림없이 그 때문일 거야. 어른들을 광산에 들여보내면 곧 죽을 거야. 그래서 값이 덜 나가는 아이들을 이용하는 거지. 로저에게 일어날 일이 바로 이거야."

"내 생각에는……."

이때 아래서 누군가 소리를 지르는 바람에 판탈라이몬은 더 이상 생각을 이어 나갈 수 없었다.

"리라! 리라! 빨리 내려와!"

창문을 두드리는 소리가 났다. 성급하게 창을 두드리는 모양새와 그 목소리로 미루어 볼 때 가정부인 론즈데일 부인임이 분명했다.

리라는 긴장된 표정으로 지붕에서 내려왔다. 파이프를 통해 콸콸 쏟아지는 물소리가 났다. 론즈데일 부인이 작은 대야에 물을 채우는 중이었다.

"거기로는 나가지 말라고 몇 번을 말했니? 이것 좀 봐, 치마가 또 더러워졌잖아! 당장 벗어. 깨끗한 옷을 찾아올 동안 좀 씻으렴. 깨끗하고 단정하게 놀 순 없니?"

리라는 너무 화가 나서 자기가 왜 깨끗이 씻고 옷을 갈아입어야 하는지 묻지도 않았다. 물어봤자 어른들은 이유를 설명해 주지 않으니까. 그녀는 옷을 벗어 작은 침대 위에 놓고 아무렇게나 씻기 시작했다. 카나리아로 변신한 판탈라이몬은 론즈데일 부인의 데몬인 멍청한 사냥개를 공연히 괴롭히려 하고 있었다.

"이 옷장 꼴 좀 봐! 제대로 걸려 있는 옷이 없네! 이 옷 구겨진 것 봐."

잔소리에 또 잔소리……. 리라는 아무것도 보고 싶지 않았다. 그녀는 눈을 꼭 감고 얇은 타월로 얼굴을 빡빡 문질렀다.

"이대로 입어. 다림질할 시간 없으니까. 맙소사, 아가씨야 이 무릎 좀 봐……."

"아무것도 보고 싶지 않아요."

리라가 투덜대자 론즈데일 부인이 다리를 찰싹 때렸다.

"씻어. 깨끗이 씻으라고."

부인은 화를 내며 말했다.

"왜죠?"

리라가 대꾸했다.

"난 다리는 절대 씻지 않아요. 아무도 내 다리는 보지 않아요. 내가 왜 이런 줄 아세요? 아줌마도 로저에 대해선 관심이 없죠. 주방장보다도 더. 나만 그 아이에 대해 걱정한다고요."

부인은 다른 쪽 다리도 찰싹 때렸다.

"말도 안 되는 소리. 나도 로저의 아버지와 같은 성씨인 파슬로야. 그는 내 육촌이라고. 네가 그런 걸 알 리가 없지. 물어본 적도 없으니까. 하기야 생각도 못 했겠지. 로저에 대해 걱정하지 않는다는 말도 집어치워. 아무도 몰라. 내가 너도 얼마나 걱정하고 있는지. 하기야 그럴 만한 이유가 있지만."

론즈데일 부인은 타월을 들고 리라의 무릎이 벌게질 때까지 빡빡 문질렀다.

"리라, 총장님 손님들과 함께 식사를 해야 한단다. 그래서 이렇게 깨끗이 씻는 거고. 얌전하게 굴어야 해. 말을 할 때는 미소를 띠고 정중한 태도로 조용하게 하고. 그리고 다른 분들이 질문할 때 '몰라유'라고 말하지 마."

론즈데일 부인은 가장 좋은 옷을 골라 리라에게 입혔다. 굵은 브러시로 머리를 곱게 빗긴 다음 어지러운 서랍에서 붉은 리본을 꺼내 묶어 주었다.

"조금만 일찍 알았어도 머리를 감겨 줬을 텐데. 꼴좋구나. 손님들이 너무 가까이에서 보지 않기를 바랄밖에. 자, 똑바로 서 봐. 그 멋진 에나멜 구두는 어디 있니?"

5분 후, 리라는 총장 관사의 문을 두드렸다. 웅장하면서도 약간은 음산한 이곳은 액슬리 쿼드랭글로 통했으며 도서관 정원에 인접해 있었다. 판탈라이몬은 이제 얌전한 흰담비가 되어 리라의 다리에 몸을 비비고 있었다. 총장의 하인이며 리라의 오랜 원수인 커즌스가 문을 열어 주었다. 지금은 휴전 상태라는 걸 둘은 잘 알고 있다.

"론즈데일 부인이 들어가래어."

리라가 말하자 커즌스는 옆으로 비켜서며 말했다.

"들어가시죠. 총장님은 응접실에 계십니다."

커즌스는 큰방으로 리라를 안내했다. 도서관 정원이 내려다보이는 방이었다. 도서관과 파머즈 탑 사이로 석양빛이 들어와 총장이 수집한 큰 그림들과 빛바랜 은장식품들을 비추었다. 리라는 손님들과 마주하자 홀에서 식사를 하지 않는 이유를 알 수 있었다. 손님 중 세 명이 여성이었던 것이다.

"아 리라, 네가 와서 기쁘구나. 커즌스, 음료수 같은 거 없나? 한나 여사님, 리라를 모르시죠? 아스리엘 경의 조카딸이오."

총장이 말했다.

한나 렐프 여사는 여자대학의 총장이었다. 반백의 한나 총장을 따르는 데몬은 명주원숭이였다. 리라는 아주 정중하게 악수를 하고 다른 손님들에게도 자기 소개를 했다. 이들도 한나 부인과 마찬가지로 대학에 근무하는 학자들이자 고리타분한 사람들이었다. 총장이 맨 끝자리에 있는 손님에게 다가갔다.

"콜터 부인, 애가 우리 리라예요. 리라, 와서 이분께 인사 드려라."

"안녕, 리라?"

콜터 부인이 말했다.

그녀는 아름답고 젊어 보였다. 윤기가 흐르는 검은 머리가 뺨까지 내려와 있었다. 그녀의 데몬은 황금 원숭이였다.

황금나침반

"내 옆에 앉아요."

콜터 부인이 리라에게 자리를 내주며 말했다.

"총장님의 관사가 너무 으리으리해서 난 정신이 없거든. 포크와 나이프는 어느 걸 사용해야 하는지 리라가 가르쳐 줘야 해요."

"부인께서도 학자님이세요?"

리라는 아니라는 대답을 기대하며 물었다. 조던 대학에 몸담고 있는 사람답게 리라는 여성 학자들을 경멸했다. 사람들 중에는 겉으론 잘 차려입고 잔뜩 허세를 부리지만 가엾게도 동물보다 대접을 못 받는 부류도 있다. 콜터 부인은 리라가 여태껏 보아 온 여성 학자들과는 달랐고, 함께 초대되어 온 나이 든 다른 두 부인과도 달랐다. 넋을 빼앗길 만큼 아름다웠기 때문에 리라는 한 순간도 콜터 부인에게서 눈을 뗄 수 없었다.

"아니란다."

콜터 부인이 말했다.

"난 한나 여사님의 대학에서 일하는 직원이야. 하지만 내가 하는 일은 대부분 옥스퍼드 바깥에서 이루어지지. 리라에 대해서 듣고 싶어. 지금까지 조던 대학에서만 살았니?"

5분도 채 안 되어 리라는 자신의 선머슴 같은 생활을 떠벌리기 시작했다. 심심하면 올라가서 노는 지붕 꼭대기 길이며, 클레이베즈에서 벌이는 전쟁놀이, 로저와 같이 까마귀를 잡아 구워 먹던 얘기, 집시의 보트를 훔쳐 애빙던까지 갈 계획을 세웠던 일 등을 늘어놓았다. 심지어 주위를 둘러보고 목소리까지 낮춰 가며 그동안 로저와 함께 성당 지하실에서 해골들을 가지고 장난질을 쳤던 얘기까지 했다.

"그러자 그날 밤 머리 없는 유령들이 제 방에 나타난 거예요! 그들은 크르르거리는 괴상한 소리를 내다 곧 돌아갔지만 난 금방 알아차렸죠. 그래서 그 다음 날 지하실로 내려가서 동전을 제자리로 돌려줬어요. 그러지 않았다면 아마 절 죽였을 거예요."

"무섭지 않았니?"

콜터 부인이 감탄하며 물었다. 이제 그들은 콜터 부인이 원했던 대로 나란히 앉아 저녁식사를 하고 있었다. 리라는 맞은편에 앉은 사서는 안중에도 없다는 듯 저녁식사가 끝날 때까지 내내 콜터 부인하고만 얘기했다.

여자들이 커피를 마시러 나갈 때 한나 여사가 리라에게 물었다.

"리라, 그분들이 널 학교에 보내겠다던?"

리라는 명한 표정으로 대답했다.

"몰라요, 아마 보내지 않을걸요."

그러고는 신중히 덧붙여 말했다.

"전 그분들을 난감하게 해 드리고 싶지 않아요. 학교에 가려면 돈이 들 거예요. 그러니까 조던 대학에 계속 살면서 시간이 날 때마다 학자님들께 조금씩 배우는 게 나아요. 그분들은 여기 계시니까 공짜로 가르쳐 주실 거예요."

"네 삼촌 아스리엘 경은 네 장래에 대해 생각하고 계시니?"

다른 여교수가 물었다.

"하시겠죠."

리라가 대답했다.

"학교에 보내는 건 아니지만, 다음번 북극에 가실 때 절 데려가실 거예요."

"나한테도 그런 말씀을 하셨어."

콜터 부인이 생각났다는 듯 말했다.

리라는 눈을 깜박였다. 두 여교수는 동시에 상체를 곧추세우며 서로 눈길을 주고받았다.

"'왕립 북극연구소'에서 아스리엘 경을 만났지. 실은 오늘 여기 온 것도 그 일 때문이야."

"부인께서도 탐험가세요?"

리라가 물었다.

"그런 셈이지. 북극에 여러 번 다녀왔단다. 지난해에는 '오로라'를 조사하느라 그린란드에서 석 달이나 보냈단다."

그 말을 듣는 순간부터 이제 리라에겐 다른 사람들은 없는 거나 마찬가지였다. 리라는 무한한 경외감으로 콜터 부인을 바라보았고 그녀의 얘기에 정신없이 빠져 들었다. 리라는 에스키모의 얼음집인 이글루며, 바다표범 이야기, 라플란드 마녀와 담판한 얘기들을 넋 나간 듯 듣고 있었다. 다른 흥미로운 얘깃거리가 없었던 두 여교수는 남자들이 들어

올 때까지 조용히 기다리고만 있었다.

나중에 손님들이 나가려고 할 때 총장이 리라를 불러 말했다.

"넌 좀 남아 있으렴. 잠깐 너와 얘기하고 싶구나. 내 서재에 가서 기다리거라."

당황하고 지치고 어질어질해진 리라는 총장이 지시한 대로 서재로 걸어갔다. 하인 커즌스가 리라를 서재로 안내한 뒤 문을 살짝 열어 두었다. 홀에서 손님들 외투 입는 것을 도와주며 리라가 무슨 짓을 하는지 지켜보기 위해서였다. 리라는 콜터 부인을 바라보고 있었지만 그녀는 돌아보지 않았다. 잠시 후 총장이 들어오면서 서재 문을 닫았다.

총장은 난로 옆 안락의자에 털썩 주저앉았다. 그의 데몬도 의자 등받이 위로 날아올라 총장의 머리 옆에 살짝 앉더니 눈꺼풀이 처진 눈으로 리라를 바라보았다. 총장이 말할 때 램프의 불꽃이 가볍게 흔들렸다.

"리라, 콜터 부인과만 줄곧 얘기하더구나. 부인의 얘기가 재미있었니?"

"예!"

"콜터 부인은 놀라운 분이지."

"정말 멋진 분이에요. 그렇게 멋진 분은 첨 봤어요."

총장은 한숨을 내쉬었다. 검은색 정장에 검은 넥타이를 맨 총장은 누가 보더라도 자신의 데몬과 똑같았다. 리라는 갑자기 언젠가는 총장도 죽어 성당 지하실에 묻힐 것이라는 생각이 들었다. 그러면 조각가가 관에 붙은 청동판에 그의 데몬을 새겨 넣을 것이고, 데몬의 이름도 주인의 이름 옆에 한 자리를 차지하게 될 것이다.

"진작 너와 이런 시간을 마련했어야 했는데, 리라."

잠시 후 총장이 말했다.

"마음은 있었어도 시간을 내지 못했구나. 넌 조던 대학에 있는 게 안전했지. 여기 생활이 행복했을 거야. 네 맘대로 행동하긴 쉽지 않았겠지만 우린 널 좋아해. 넌 좋은 아이야. 착하고 사랑스러워. 결단력도 있고. 이런 점들이 다 필요해질 거다. 세상에는 온갖 일이 벌어진단다. 난 그것들로부터 널 보호하고 싶었지. 널 여기 두고 싶지만 이젠 불가능할 것 같구나."

리라는 총장을 빤히 바라볼 뿐이었다. 나를 멀리 보내려는 것일까?

"너도 언젠가는 학교에 가야 한다는 걸 알고 있겠지."

총장은 계속 말을 이어 나갔다.

"여기서 널 가르쳤지만 체계적이지 못했어. 우리가 알고 있는 건 좀 달라. 넌 우리같이 나이 든 사람이 가르쳐 줄 수 없는 것을 배워야 해. 특히 지금 네 나이에 맞는 걸 말이야. 넌 그걸 알아야만 해. 넌 하인의 자식이 아니야. 우린 널 보통 사람들에게 보내 양육시킬 수 없었단다. 물론 그들이 널 키워 줄 수도 있었겠지만, 네게 필요한 건 그런 게 아니야. 내 말 알아듣겠니, 리라? 조던 대학에서 보낼 네 인생의 일부가 이제 끝나 가고 있다는 얘기야."

"싫어요."

리라는 도리질을 했다.

"전 조던 대학을 떠나고 싶지 않아요. 여기가 좋아요. 영원히 여기서 살고 싶어요."

"어릴 땐 모든 것이 영원할 거라고 생각하지. 하지만 불행히도 그렇지 않단다, 리라. 한두 해 지나면 너도 숙녀가 될 거야. 더 이상 어린애가 아니지. 젊은 숙녀가 될 거라고. 그땐 조던 대학이 그렇게 살기 편한 곳이 아니라는 걸 알게 될 거야."

"하지만 이곳은 제 집인데요!"

"지금까진 그랬지만 이제부터는 다른 집이 필요해."

"학교는 싫어요. 학교엔 가지 않겠어요."

"네겐 여자 친구들이 필요해. 훌륭한 여성 친구가 필요하다고."

리라는 여성이라는 말만 들어도 여교수들이 떠올라 자기도 모르게 얼굴을 찌푸렸다. 학문적인 명성과 영광을 지닌 멋진 조던 대학에서 쫓겨나 옥스퍼드 북단에 위치한 대학의 칙칙한 벽돌 건물 기숙사로 기어들어 가 양배추와 좀약 냄새를 폴폴 풍기는 여성 학자들과 함께 살아야 한다니!

총장은 리라의 표정과 빨갛게 빛나는 판탈라이몬의 족제비 눈을 보았다.

"하지만 그 친구가 콜터 부인이라면 어떨까?"

총장의 말이 떨어지자마자 판탈라이몬의 뻣뻣한 갈색 털이 부드러운 하얀색으로 변했다. 리라의 눈도 동그래졌다.

"정말이세요?"

"콜터 부인은 아스리엘 경과 친분이 있단다. 네 삼촌은 물론 네가 행복하길 바라시지. 그래서 콜터 부인은 네 이야기를 듣자 즉석에서 널 돕겠다고 했어. 그런데 콜터 부인은 미망인이란다. 남편이 몇 년 전에 사고로 죽었어. 그러니까 너도 잘 기억해 뒀다가 쓸데없는 질문으로 부인의 마음을 아프게 하지 않도록 해라."

리라는 알겠다는 듯 고개를 끄덕이며 물었다.

"그런데 그분이 정말…… 절 돌봐 주실까요?"

"너도 좋으니?"

"그럼요!"

리라는 가만히 앉아 있을 수가 없었다. 총장은 미소를 지었다. 좀처럼 웃지 않는 총장에게는 무척 이례적인 일이었다. 그의 미소는 마치 슬퍼서 얼굴을 찡그리는 것처럼 보였지만, 리라의 눈에는 그런 것이 들어오지 않았다.

"그래, 부인을 모시고 와서 그 문제를 좀 상의해 보자꾸나."

총장이 방을 나갔다가 잠시 후 콜터 부인과 함께 들어왔다. 리라는 너무나 가슴이 설레 의자에서 발딱 일어섰다. 부인은 부드럽게 웃었다. 그의 데몬도 장난꾸러기처럼 하얀 이빨을 드러내며 기뻐했다. 콜터 부인은 안락의자 쪽으로 걸어가며 리라의 머리를 살짝 어루만졌다. 부인의 따스한 손길이 느껴지자 리라는 얼굴을 붉혔다.

총장이 콜터 부인을 위해 와인을 따르는 동안 그녀가 리라에게 말을 건넸다.

"그래, 리라. 난 조수를 하나 얻은 것 같은데, 안 그러니?"

"맞아요!"

리라가 대답했다. 어떤 물음에도 '예'라고만 대답했을 것이다.

"할 일이 많아. 그래서 도움이 필요하단다."

"도와 드릴 수 있어요!"

"여행을 해야 할지도 몰라."

"괜찮아요. 어디든지요."

"하지만 위험할지도 모르는데……. 북극에 갈지도 몰라."

리라는 할 말이 생각나지 않았다. 그러나 곧 자기 목구멍에서 저절로 흘러나오는 소리를 들을 수 있었다.

"곧요?"

콜터 부인이 웃으며 대답했다.

"어쩌면. 하지만 공부를 열심히 해야 해. 넌 이제부터 수학과 항해술, 천체 지리학 등을 배우게 될 거야."

"부인께서 가르쳐 주실 건가요?"

"그럼, 넌 내 노트와 서류를 정리하고 여러 가지 기본적인 계산을 하면서 나를 돕게 될 거야. 높은 분들도 만날 테니 예쁜 옷도 필요하겠지.
배워야 할 게 아주 많단다, 리라."

"좋아요. 뭐든 배울게요."

"넌 잘할 거야. 조던 대학으로 돌아올 때쯤 넌 유명한 여행자가 되어
있겠지. 내일 아침 비행선을 타고 떠날 거야. 그러니 곧장 가서 자는 게
좋겠구나. 아침에 보자. 잘 자!"

"안녕히 주무세요."

리라는 예의를 갖추어 총장에게도 인사했다.

"총장님, 안녕히 주무세요."

그는 고개를 끄덕이며 말했다.

"그래 잘 자거라."

"감사합니다."

리라는 콜터 부인에게 한마디 덧붙였다.

리라는 자지 않고 계속 꼬물거리는 판탈라이몬을 호되게 꾸짖었다.
그는 화가 나서 고슴도치로 변했다. 리라는 마침내 잠들 수 있었다.

아직 어두운데 누군가 그녀를 깨웠다.

"리라, 쉿! 어서 일어나, 얘야."

론즈데일 부인이었다. 그녀는 촛불을 들고 허리를 구부린 채 리라를
깨우며 나직하게 말했다.

"잘 들어. 콜터 부인과 아침식사를 하기 전에 총장님이 널 만나고 싶
어 하셔. 어서 일어나서 총장님 관사로 가 봐. 정원으로 들어가 서재 창
문을 두드려, 알겠니?"

놀라 잠에서 깬 리라는 고개를 끄덕이고 신발을 신었다.

"세수하지 말고 어서 갔다 와. 빨리 돌아와야 해. 내가 짐과 옷가지를

싸고 있을 테니까 어서 서둘러."

어두운 안뜰은 밤공기로 아직 쌀쌀했다. 샛별이 보였지만 홀 너머 동쪽 하늘에서는 동이 터 오고 있었다. 리라는 도서관 정원으로 달려가 잠시 멈춰 선 뒤 호흡을 가다듬고 성당의 뾰족탑과 셸던 빌딩의 연두색 둥근 지붕, 하얀색의 도서관 꼭대기 탑을 쳐다보았다. 이제 이곳을 떠나면 이 아름다운 광경들이 얼마나 그리워질까 하는 생각이 들었다.

서재 창가에 움직이는 그림자가 보였다. 빛이 새어 나왔다. 창문을 두드리라고 했지. 그러나 두드리려는 순간 문이 열렸다.

"리라, 어서 들어와. 시간이 많지 않단다."

총장은 리라가 들어가자마자 커튼을 닫았다. 그는 평소대로 검은색 옷을 단정하게 입고 있었다.

"저 못 가는 거예요?"

리라가 물었다.

"아니, 내가 그걸 막을 수야 없지."

리라는 그 순간 총장의 말이 이상하다는 걸 알아차리지 못했다.

"리라, 너에게 줄 게 있어. 비밀로 해야 한다. 맹세할 수 있겠니?"

"예."

그는 책상 서랍에서 검은색 벨벳으로 싼 작은 꾸러미를 꺼냈다. 꾸러미를 풀자 커다란 회중시계 같은 것이 하나 나왔다. 두꺼운 청동 원반과 수정으로 이루어진 나침반처럼 생긴 물건이었다.

"그게 뭐예요?"

리라가 물었다.

"알레시오미터라는 거란다. 황금나침반이라기도 하지. 지금까지 만들어진 여섯 개 중 하나야. 리라, 다시 말하는데 비밀로 해야 해. 콜터 부인한테도 말하지 않는 게 좋을 거야. 네 삼촌이……."

"하지만 이게 뭐 하는 물건이죠?"

"진실을 말해 주는 기계지. 읽는 방법은 스스로 배워야 해. 자, 이제 돌아가거라. 날이 밝아 오고 있구나. 누가 보기 전에 어서 네 방으로 돌아가."

총장은 알레시오미터를 다시 벨벳에 싸서 리라의 손에 쥐어 주었다. 그것은 보기보다 꽤 무거웠다. 총장은 리라의 머리를 두 손으로 감싸 안았다. 리라는 그를 올려다보며 말했다.

"아스리엘 삼촌에 관해 하시려던 말씀이 뭐예요?"

"네 삼촌이 몇 년 전에 조던 대학에 그것을 기증했단다. 그분은 아마……."

그가 말을 채 끝맺기도 전에 나직하면서 긴급한 노크 소리가 났다. 리라는 총장의 손이 떨리고 있다는 걸 느낄 수 있었다.

"자, 빨리 가거라."

그는 재촉하며 말했다.

"이 세상의 권력자들은 너무 강해. 사람들은 네가 상상할 수도 없을 만큼 사나운 흐름을 따라 흘러가고 있단다. 그들은 우리 모두를 그 속으로 휩쓸어 버릴 수도 있지. 잘 가거라, 리라. 행복을 빈다. 비밀을 꼭 지켜야 해."

"총장님, 감사합니다."

리라는 의무적으로 말했다.

벨벳 꾸러미를 가슴에 꼭 안고 서재를 나온 리라는 정원에 서서 잠시 뒤를 돌아보았다. 총장의 데몬이 창턱에서 리라를 지켜보고 있었다. 하늘은 이미 환해지고 공기도 상쾌했다.

"갖고 있는 게 뭐니?"

론즈데일 부인이 낡은 여행가방을 찰칵 소리 내어 닫으며 물었다.

"총장님이 주신 거예요. 가방 속에 넣을 수 없을까요?"

"안 돼. 지금은 열 수 없어. 코트 호주머니에 넣으렴. 식당으로 빨리 내려가 봐. 어른들이 기다리고 계셔."

리라는 몇몇 하인과 론즈데일 부인에게 작별인사를 하고 나자 로저가 생각났다. 콜터 부인을 만난 이후 한 번도 생각하지 않은 것에 대해 미안한 생각이 들었다. 모든 일이 눈 깜짝할 사이에 일어났다.

그렇지만 콜터 부인은 틀림없이 로저를 찾도록 도와줄 것이었다. 로저가 납치되어 간 곳이 어디든 막강한 친구들을 가진 콜터 부인이 반드시 찾아서 데려올 것이라고 리라는 믿었다.

리라는 런던으로 날아가는 중이었다. 판탈라이몬은 비행선 창가에 앉아 바깥 풍경을 내다보며 앞발로는 유리창을 딛고 날카로운 뒷발로는 그녀의 허벅지를 쿡쿡 찔렀다. 맞은편에는 콜터 부인이 앉아 신문을 뒤적이고 있었다. 하지만 곧 신문을 치워 버리고 얘기를 시작했다. 리라는 황홀한 얘기들에 숨이 막힐 지경이었다. 이번에는 런던과 레스토랑, 무도장, 대사관과 내무성의 야회장, 화이트 홀과 웨스트민스터 사이에서 벌어지는 흥미진진한 얘기들이었다. 리라는 비행선 아래의 변화무쌍한 풍경들보다 이런 얘기들이 더 재미있었다. 콜터 부인의 얘기는 어딘지 모르게 꾸민 듯한 느낌이 들었지만 그래도 호기심을 자극하는 묘한 재미가 있었다.

그들은 포크샐 가든에 착륙했다. 그곳에서 배로 갈아타고 황토색 물이 흐르는 큰 강을 가로질러 템스 강변에 위치한 대저택에 도착했다. 안으로 들어가니 뚱뚱한 수위가 콜터 부인에게 인사를 하고 리라에게 윙크를 했다. 리라는 무표정하게 그를 바라보았다.

그리고 그 저택이란……. 리라는 숨이 탁 막히는 것 같았다. 그동안 멋진 건물들을 많이 봐 왔지만 이렇게 멋있는 건 처음이었다. 조던 대학이나 옥스퍼드 대학은 돌로 지어져 남성적이고 장엄한 멋은 있지만 아담하고 예쁜 것과는 거리가 멀었다. 그런데 콜터 부인의 집은 모든 것이 너무나 아름답고 멋졌다. 남쪽으로 난 넓은 창문을 통해 밝은 햇살이 환하게 들어왔으며, 벽은 화려한 황금색과 하얀색의 줄무늬가 어우러진 벽지로 꾸며져 있었다. 금빛 액자 속 멋진 그림들과 골동품 거울, 주름장식 갓을 씌운 앤버릭 램프가 달린 특이한 촛대, 쿠션의 우아한 주름장식과 커튼 레일의 꽃무늬 장식, 연초록 잎을 수놓은 카펫, 사방에 놓인 조그맣고 예쁜 도자기들, 양 치는 여자들의 그림과 아름다운 얼룩무늬의 작은 뱀이 새겨진 자기 제품들로 가득했다.

콜터 부인은 리라가 감탄하는 모습을 보고 미소를 지었다.

"그래, 리라. 네게 보여 주고 싶은 게 너무 많구나! 먼저 코트를 벗고 씻도록 해라. 그런 다음 점심을 먹고 쇼핑하러 가자."

리라는 욕실에서 또 한 번 놀랐다. 찌그러진 대야에다 녹물이 섞여 나오는 미지근한 물을 받아 딱딱한 싸구려 비누로 씻던 것에 비하면 여기는 완전히 천국이었다. 뜨거운 물에, 장미향이 나는 핑크색 비누에, 부드럽고 두툼한 타월까지! 분홍색 조명이 붙은 거울 앞에 선 리라의 모습은 예전과 달리 부드럽게 빛나고 있었다.

판탈라이몬은 콜터 부인의 데몬을 흉내 내며 욕조 가에 쭈그리고 앉아 찌푸린 얼굴로 리라를 바라보았다. 리라는 판탈라이몬을 거품 가득한 욕조 안으로 밀어 넣었다.

그때 갑자기 코트 주머니 속에 넣어 둔 알레시오미터가 생각났다. 코트를 다른 방 의자에 벗어 놓고 나온 것이다. 콜터 부인에게는 비밀로 하기로 했는데……. 뭐가 뭔지 모르겠어. 콜터 부인은 똑똑하고 친절한 반면, 총장은 삼촌을 죽이려고 술에 독을 넣지 않았던가. 도대체 누구를 믿어야 하는 거지?

리라는 욕실에서 나와 얼른 몸을 닦고 코트를 벗어 둔 방으로 갔다. 코트는 그대로 있었다.

"준비됐니?"

콜터 부인이 물었다.

"점심은 왕립 북극연구소에서 먹는 게 좋을 것 같구나. 난 그곳의 몇 안 되는 여성 회원이거든. 그래서 거길 이용할 수 있단다."

20분 후 그녀들은 웅장한 석조 건물로 된 '왕립 북극연구소'에 도착해 있었다. 그리고 하얀 식탁보로 장식된 넓은 식당에서 송아지 간과 베이컨을 먹었다.

"송아지 간 맛있지? 고래 간도 먹을 만해. 하지만 곰 간은 절대로 먹어선 안 돼. 독이 있어서 먹자마자 죽는단다."

콜터 부인이 리라에게 말했다. 그녀는 식사를 하며 건너편 식탁에 앉은 사람들을 손가락으로 가리켰다.

"저기 빨간 넥타이를 맨 나이 든 신사분 보이지? 저분이 바로 카본 대령님이셔. 기구로 북극을 횡단한 최초의 사람이지. 창가에서 막 일어나신 분이 브로큰 애로 박사님이시고."

"스크렐링 사람인가요?"

"응, 광대한 북대양의 해류도를 만드신 분이란다."

리라는 호기심과 경외감으로 그들을 바라보았다. 그들은 학자면서 탐험가였다. 브로큰 애로 박사는 곰 간에 대해서 알겠지만 조던 대학의 사서는 모를 것이다.

점심을 먹고 나서 콜터 부인은 리라에게 '왕립 북극연구소' 도서관에 전시된 귀중한 북극 유물들을 보여 주었다. 큰 고래 그림스두르를 잡은 작살과 미지의 언어로 새겨진 석판, 허드슨 선장이 사용했던 부싯돌 등이 전시되어 있었다. 콜터 부인은 홀로 자신의 텐트 속에서 얼어 죽어 가며 석판을 남긴 탐험가 루크 경에 대해, '반 티에렌 땅'을 찾아 항해를 떠난 허드슨 선장에 대해 설명해 주었다. 리라는 용감하게 먼 곳까지 탐험을 떠난 그 위대한 영웅들을 생각하며 존경심으로 가슴이 벅차오름을 느꼈다.

그들은 도서관 구경을 끝내고 쇼핑을 갔다. 리라는 모든 것이 새로웠다. 그중에서도 리라를 가장 어리둥절하게 만든 건 쇼핑이었다. 아름다운 옷들이 가득한 매장으로 들어가서 사람들이 권하는 옷을 입고 거울 속에 자신의 모습을 비춰 봤다. 거기 있는 옷들은 모두 너무나 예뻤다. 그동안 리라는 물려받아 입거나 수선한 옷을 입었을 뿐 새 옷은 거의 입어 본 적이 없었다. 새 옷이라도 입기 위한 것이지 보이기 위한 옷은 아니었다. 여기서는 콜터 부인이 옷을 골라 주고, 이쁘다고 해 주고, 돈까지 내주고…….

쇼핑을 끝낸 리라는 피곤해서 눈이 충혈되고 얼굴이 빨개졌다. 대부분의 옷은 포장해서 배달해 달라고 부탁하고 한두 가지만 들고 집으로 돌아왔다.

집에 도착한 후 거품 목욕을 끝낸 콜터 부인이 리라의 머리를 감겨 주려고 욕실 안으로 들어왔다. 부인은 론즈데일 부인처럼 박박 문지르지 않고 부드럽게 살살 문질렀다. 판탈라이몬은 잔뜩 호기심 어린 눈으로 바라보았다. 그러나 부인이 노려보자 황금 원숭이처럼 천천히 고개를 돌렸다. 지금까지 그는 한 번도 리라에게서 눈을 돌린 적이 없었다.

리라는 목욕을 끝내고 우유에 약초를 섞은 따뜻한 음료를 마셨다. 그리고 끝단에 꽃과 조가비 모양이 새겨진 새 잠옷을 입고, 연한 푸른색으로 염색된 양가죽 슬리퍼를 신고는 침실로 들어갔다.

침대는 부드럽고 폭신폭신했다. 탁자 위에는 앤버릭 램프가 놓여 있었다. 작은 장식장과 화장대, 서랍장으로 꾸며진 방은 더없이 아늑했다. 서랍장은 리라의 새 옷으로 가득 차 있었고, 벽에는 별과 행성이 수놓인 커튼이 드리워져 있었다. 리라는 너무 피곤한 나머지 쉽게 잠들지 못했다. 그리고 모든 것이 너무 매혹적이어서 질문할 엄두도 나지 않았다.

콜터 부인은 리라에게 잘 자라는 말을 한 뒤 방을 나갔다. 그러자 판탈라이몬이 리라의 머리카락을 잡아당겼다. 리라가 귀찮다는 듯이 밀어내자 그는 속삭이듯 물었다.

"그거 어디에 있지?"

리라는 그 말뜻을 금방 알아차렸다. 허름한 그 코트는 옷장에 걸려 있었다. 잠시 후 리라는 침대로 돌아와서 등불 아래 가부좌를 틀고 앉아 총장이 준 알레시오미터를 꺼내 보았다. 판탈라이몬도 옆에서 지켜보았다.

"이걸 뭐라고 불렀지?"

리라가 나직하게 물었다.

"알레시오미터."

그 말이 무슨 뜻이냐고 묻는 것은 중요하지 않았다. 그것은 매끄러운 수정 면과 정교하게 깎인 청동 몸체로 이루어졌으며 꽤 묵직했다. 흡사 시계나 나침반처럼 생겼는데, 네 개의 바늘이 여러 개의 작은 그림들을 가리키고 있었다. 그 그림들은 아주 정교하게 채색되어 있어서 마치 상아 위에다 가늘디 가는 담비 털 붓으로 칠한 것처럼 보였다. 리라는 문자판을 돌려 가며 거기 그려진 그림을 모두 살펴보았다. 닻, 모래시계 위에 올려놓은 해골, 카멜레온, 황소, 벌집 등 무려 서른여섯 개의 그림이 그려져 있었다. 하지만 그것들이 뭘 의미하는지는 도무지 알 수 없었다.

"이것 봐, 감개가 있어."

판탈라이몬이 말했다.

"그걸 한번 돌려 봐."

마치 시계 태엽을 감는 감개처럼 까칠까칠하게 생긴 손잡이가 청동 몸체의 테두리를 따라 세 개나 달려 있었고, 바늘들은 째깍째깍 소리를 내며 매끄럽게 문자판 주위를 돌아갔다. 그것들은 어떤 그림이든 가리킬 수 있도록 조종할 수 있었고, 일단 각 그림의 정중앙을 가리키며 자리를 잡으면, 쉽사리 움직이려 하지 않았다.

네 번째 바늘은 약간 더 길고 가늘었으며 나머지 세 개보다 좀 더 무딘 금속으로 만들어진 듯했다. 그 바늘은 전혀 조정할 수가 없었다. 이것은 마치 나침반 바늘 같아서 제자리를 잡기 전에는 제멋대로 움직였다.

"미터라는 말은 측정한다는 뜻이야."

판탈라이몬이 말했다.

"온도계처럼 말이지. 사제가 그렇게 말했어."

"맞아, 온도계야 알아보기 쉽지. 하지만 이건 뭘 측정하는 걸까?"

리라가 조용히 물었다.

둘은 도무지 상상조차 할 수 없었다. 리라는 바늘을 돌려 그림들을 가리키며 한참을 보냈다. 그림은 천사, 헬멧, 돌고래와 장갑, 류트, 나침반, 촛불, 번개, 말 같은 것들이었다. 바늘을 돌릴 때마다 긴 바늘이 움직이는 걸 자세히 지켜보았다. 비록 이것이 무얼 뜻하는지 전혀 알지 못했지만 그녀는 복잡하면서도 섬세한 알레시오미터에 호기심이 생겼다. 판탈라이몬은 가까이 다가앉으며 쥐로 변했다. 기계 가장자리에 작은 발을 올려놓고 새까만 눈을 반짝이며 긴 바늘의 움직임을 지켜보았다.

"총장은 아스리엘 삼촌을 어떻게 생각하는 것 같니?"

리라가 물었다.

"이걸 잘 간직했다가 삼촌에게 줘야 할 거야."

"하지만 총장은 삼촌을 독살하려고 했어! 어쩌면 반대로, 총장은 삼촌에게 주지 말라고 말하고 싶었는지도 몰라."

"그럴지도 모르지."

판탈라이몬이 머리를 끄덕였다.

"우리가 비밀로 해야 할 사람은 콜터 부인이야."

그때 조용하게 문을 두드리는 소리가 났다.

콜터 부인이 밖에서 말했다.

"리라, 내일은 할 일이 많아. 피곤할 텐데 빨리 불을 끄렴."

리라는 담요 밑으로 재빨리 알레시오미터를 숨겼다.

"예, 콜터 부인."

"잘 자."

"안녕히 주무세요."

리라는 불을 끄고 나른한 몸을 쭉 뻗었다. 만약의 경우를 대비해서 알레시오미터를 베개 밑에다 넣어 두었다.

칵테일 파티

다음 날부터 리라는 마치 콜터 부인의 데몬이 된 것처럼 어디든 따라
다녔다. 부인은 훌륭한 사람들을 많이 알았고 여러 장소에서 그들을 만
났다. 오전에는 '왕립 북극연구소'에서 지리학자들과의 모임이 있었다.
리라도 옆에 앉아 그들의 얘기를 들었다. 그리고 점심은 멋진 레스토랑
에서 정치가나 성직자와 같이 했다. 그들은 리라에게 특별요리를 주문
해 주었다. 그곳에서 리라는 아스파라거스 먹는 법을 배웠고 송아지 췌
장 요리를 맛보았다. 오후에는 또 쇼핑을 했다. 콜터 부인은 탐사 여행
을 위해 모피 옷과 방수복, 부츠 그리고 침낭과 칼, 제도용구 등을 준비
했다. 리라는 생각만 해도 가슴이 뛰었다. 그 다음에는 외모나 학식은
콜터 부인보다 못하지만 그래도 세련된 축에 속하는 숙녀들을 만나 얘
기를 나누었다. 그 여자들은 고리타분한 여성 학자나 배를 타고 다니는
집시 여인들, 대학에 있는 하인들과는 달랐다. 마치 이 세상에 새롭게

등장한 여성들처럼 우아한 기품과 매력, 뭔가 위험스러운 힘을 지니고 있었다. 리라도 이런 자리에 참석할 때는 예쁘게 차려입었다. 그들은 리라를 귀여워하며 예술가나 정치가 혹은 자신들의 연인에 대한 얘기를 들려주었다.

그리고 저녁이 되면 극장으로 가서 멋진 사람들과 얘기를 나누었다. 부인은 런던의 유명 인사들을 모두 알고 있는 것 같았다.

부인은 이 모든 일을 하면서 짬짬이 리라에게 지리학과 수학의 기초를 가르쳤다. 조던 대학에서는 단편적으로만 배웠기 때문에 리라의 지식은 여기저기 구멍이 나 있는 상태였다. 어떤 학자는 리라의 학식을 높이기 위해 이것저것 너무 자세히 가르쳐 주었다. 그러다가 지겨운 몇 주일이 지나면 결국 리라는 더 이상 수업에 나오지 않았다. 또 어떤 학자는 정작 가르쳐야 할 내용은 가르치지 않고 자신이 현재 연구하고 있는 주제나 쓸데없는 이야기들을 지루하게 늘어놓았다. 그러니 리라의 지식이 보잘것없는 것은 새삼 놀랄 일도 아니었다. 원자나 소립자, 앤버릭 자기장과 근원적인 네 가지 힘, 실험 신학에 대해 극히 일부분을 알고 있을 뿐 태양계에 대해서는 전혀 알지 못했다. 콜터 부인이 이 사실을 알고 지구와 다른 다섯 개 행성이 태양 주위를 어떻게 돌고 있는지를 설명하자, 리라는 믿지 못하겠다는 듯 큰 소리로 웃었다.

리라는 자신도 뭔가 알고 있다는 사실을 보여 주려고 애썼다. 그래서 콜터 부인이 전자에 대해 설명하자 마치 전문가처럼 덧붙였다.

"그래요, 전자들은 음으로 충전된 미립자들이에요. 더스트처럼요. 하지만 더스트는 충전이 되지 않아요."

리라가 더스트라는 말을 하자 부인의 데몬이 갑자기 고개를 들고 리라를 바라보았다. 그리고 마치 감전이나 된 듯 작은 몸뚱이의 금빛 털을 빳빳하게 곤두세웠다. 부인이 데몬의 등을 손으로 잡으며 리라에게 물었다.

"더스트라고 했니?"

"그래요, 더스트. 우주에서 내려오는 더스트 말이에요."

"더스트에 대해서 뭘 알고 있지, 리라?"

"글쎄요. 우주에서 생겨나고 사람들을 밝게 비추죠. 그것을 보려면 특수 카메라가 필요해요. 그리고 어린아이한테는 영향을 미치지 않죠."

"어디에서 그런 걸 배웠니?"

그제야 리라는 방 안에 이상한 긴장감이 감돌고 있음을 눈치 챘다. 족제비로 변한 판탈라이몬이 그녀의 무릎 위로 기어올라 와 심하게 떨고 있었기 때문이다.

"조던 대학에 있는 어떤 사람한테서요. 아마 교수님일 거예요."

리라는 모호하게 대답했다.

"수업 시간에 배웠니?"

"아마 그럴걸요. 그렇지 않다면 지나가다 들었겠죠. 아, 맞아요. '뉴 덴마크'에서 오신 분이 신부님한테 얘길 하는 걸 지나가다 들었어요. 하도 재미있어서 엿들었죠."

"그렇구나."

콜터 부인이 말했다.

"그분이 틀린 얘기를 했나요? 아니면 제가 잘못 알아들었어요?"

"글쎄, 나도 모르겠다. 네가 나보다 더 많이 알고 있는 것 같구나. 그건 그렇고 전자 얘기나 계속하자."

잠시 후, 판탈라이몬이 조용히 말했다.

"더스트 얘기를 했을 때 부인의 데몬이 털을 빳빳하게 곤두세우는 것 봤어? 글쎄, 내가 그 뒤에 있었는데, 손가락 관절이 하얗게 변할 정도로 털을 꽉 잡더라고. 넌 못 봤을 거야. 그리고 한참 있다가 털이 가라 앉았어. 그가 네게 달려들 거라는 생각이 들더라고."

그건 분명 수상한 일이었다. 하지만 둘 다 어떻게 해야 좋을지 알 수 없었다.

마지막 수업은 도무지 공부처럼 느껴지지 않는 부드럽고도 미묘한 과목들이었다. 머리 감기, 자신에게 가장 잘 어울리는 색상 찾기, 불쾌감을 주지 않고 거절하는 법, 립스틱과 화장분, 향수 고르기 같은 내용들이었다. 부인이 화장법을 직접 가르쳐 주지는 않았다. 하지만 자신이 화장하는 모습을 리라가 유심히 쳐다보는 것을 눈치 채고는 화장품 두는 곳을 볼 수 있도록 신경 썼으며, 자기 화장품을 뒤지거나 써 볼 수 있도록 일부러 시간을 만들어 주기도 했다.

가을이다 싶더니 벌써 겨울이 되었다. 바쁜 생활에도 불구하고 리라는 가끔 조던 대학을 떠올렸다. 지금 자신의 삶에 비해 조던 대학에서의 생활은 너무나 보잘것없고 조용하게만 느껴졌다. 이따금 로저가 생각날 때마다 마음이 불편했다. 하지만 새 옷을 입고 오페라를 보거나, 왕립 북극연구소에 나갈 때면 로저에 대해서는 까맣게 잊어버렸다.

리라가 그곳에 온 지 한 달 반쯤 지났을 때 콜터 부인은 칵테일 파티를 열기로 했다. 이유는 말해 주지 않았지만 리라는 뭔가 축하할 일이 있나 보다고 생각했다. 콜터 부인은 꽃을 주문하고, 연회담당자들과 카나페와 음료수에 대해 의논했다. 그리고 저녁 내내 초대자 명단에 대해 리라와 상의했다.

"대주교는 초대를 해야만 해. 가증스러운 늙은 속물이긴 하지만 빼놓을 수는 없어. 그리고 시내에 사는 보리얼 경을 초대하면 재미있을 거고. 또 포스트니코바 공주도. 에리크 안데르손을 초대하는 건 어떨까?

그를 잡아 올 때가 된 것 같은데······."

에리크 안데르손은 최근에 가장 인기 있는 댄서였다. 리라는 그를 잡아 온다는 말이 무슨 뜻인지 알 수 없었지만 부인이 의견을 물어봐 주는 것이 기뻤다. 그래서 부인이 부르는 모든 이름을 철자까지 맞춰 가며 열심히 받아 적었고 부인이 반대하는 사람들의 이름은 지워 버렸다.

리라가 막 잠들려고 할 때 베개에 앉아 있던 판탈라이몬이 소곤거렸다.

"부인은 절대로 북극에 가지 않아! 우릴 여기 영원히 묶어 둘 속셈이야. 언제 도망갈까?"

"아니야, 갈 거야."

리라가 되받았다.

"넌 그분을 좋아하지 않는구나. 거참, 안됐네. 난 좋아하는데. 북극에 데려가지 않을 거라면 왜 항해술을 가르치겠어?"

"가고 싶어 안달하는 널 달래기 위해서지. 그게 이유야. 넌 단지 멋있게 차려입고 칵테일 파티나 오락가락하고 싶진 않겠지. 그 여자는 널 애완용으로 만들고 있을 뿐이야."

리라는 돌아누워 눈을 감았다. 하지만 판탈라이몬의 말이 맞는 것 같았다. 아무리 화려하고 멋진 생활이라도 갑갑하게 느껴졌다. 하루쯤 누더기를 걸친 옥스퍼드 친구들과 진흙바닥에서 맘껏 뒹굴며 전쟁놀이를 하고, 강에서 배를 타며 놀고 싶었다. 한 가지 분명한 사실은 북극에 너무도 가고 싶다는 것이었다. 그것 때문에 리라는 늘 콜터 부인의 말을 고분고분 따랐다. 부인은 아스리엘 경을 만날지도 몰라. 그리고 사랑에 빠져 결혼하게 되면 날 양녀로 삼을지도 모르지. 그렇게 되면 로저를 구하러 갈 수 있을 텐데······.

칵테일 파티가 벌어지는 오후 콜터 부인은 리라를 미용실로 데려갔다. 리라의 뻣뻣한 금발은 웨이브가 들어간 부드러운 머리로 바뀌었다.

매니큐어를 칠해 주고 눈과 입술 화장법까지 가르쳐 주었다. 주문한 새 옷을 가지러 갔을 때는 새 구두까지 샀다. 집으로 돌아와 꽃을 점검하고 옷을 입어 보았다.

예쁘게 차려입은 리라가 침실에서 나오자 부인이 말했다.

"얘야, 숄더백은 벗어야지."

리라는 알레시오미터를 항상 몸에 간직하기 위해 어디를 가든지 하얀 숄더백을 메고 다녔다. 콜터 부인은 다발째 꽃병에 꽂혀 있는 장미를 느슨하게 풀어 주며 문에서 꼼짝도 않고 있는 리라를 보았다.

"오, 제발요, 콜터 부인. 전 이 숄더백이 너무 좋아요!"

"그래도 안 돼, 리라. 자기 집 안에서 그런 걸 메고 다니면 어색해 보이지. 당장 벗으렴. 그리고 이리 와서 그릇 챙기는 걸 좀 도와주렴."

비록 화난 목소리는 아니었지만 리라는 '자기 집 안에서'라는 말에 강한 거부감을 느꼈다. 그 순간 판탈라이몬이 카펫으로 내려오며 족제비로 변했다. 그러고는 네 발로 버티고 서서 등을 활처럼 구부렸다. 이에 용기를 얻은 리라가 말했다.

"하지만 조금도 거치적거리지 않아요. 그리고 이건 제가 가장 즐겨 메고 다니는 가방인걸요. 또 제게 잘 어울린다고……."

리라가 말을 끝맺기도 전에 부인의 데몬인 황금 원숭이가 번개처럼 뛰어 내려와 판탈라이몬을 꼼짝 못하게 붙잡았다. 리라가 놀라고 두려워서 비명을 질러 대는 가운데 판탈라이몬은 황금 원숭이의 손아귀에서 빠져나오려고 몸을 이리저리 비틀며 으르렁댔다. 하지만 아무 소용도 없었다. 원숭이는 순식간에 족제비를 완전히 제압했다. 사나운 앞발로 족제비의 목과 다리를 누르고, 다른 한 발로는 귀를 쥐고 찢어 낼 듯이 잡아당겼다. 화가 난 것이 아니라 단지 재미로 그런 행동을 하는 걸 보니 더욱 소름 끼치고 두려웠다.

리라는 울음을 터뜨렸다.

"그만 해요, 제발! 우릴 괴롭히지 말아요!"

그제야 콜터 부인은 화병의 꽃에서 눈길을 들고 말했다.

"그러면 내가 시키는 대로 하렴."

"알았어요!"

황금 원숭이는 갑자기 싫증이 났다는 듯 판탈라이몬을 놓아주고 물러갔다. 판탈라이몬은 곧장 리라에게로 날아왔고, 리라는 그에게 상냥하게 키스해 주었다.

"자, 리라."

콜터 부인이 재촉했다.

리라는 홱 돌아서서 자기 침실로 뛰어갔다. 그녀가 문을 쾅 소리가 나게 닫자마자 이내 문이 다시 열렸다. 문밖에 콜터 부인이 서 있었다.

"리라, 이렇게 거칠고 버릇없이 굴면 아줌마와 싸우게 될 거야. 그리고 물론 아줌마가 이겨. 당장 그 숄더백을 벗어 놓고 찡그린 얼굴을 펴. 그리고 내가 있는 데서든 없는 데서든 문을 그렇게 쾅 닫아서는 안 돼. 얼마 안 있으면 첫 번째 손님들이 도착하실 거다. 그분들 앞에서 밝고 얌전하게 행동하거라. 특별히 부탁하는 거야. 내 말 알아듣겠니?"

"네, 콜터 부인."

"그럼 내게 뽀뽀해 줄래."

부인이 몸을 약간 굽혀 뺨을 내밀자 리라는 발끝을 들어 뽀뽀를 했다. 피부가 너무도 매끄러웠고, 향긋하면서도 금속 냄새가 약간 났다. 리라는 숄더백을 화장대 위에 벗어 놓고 부인을 따라 응접실로 갔다.

"리라, 이 꽃 어떠니?"

콜터 부인은 마치 아무 일도 없었던 것처럼 다정하게 물었다.

"장미꽃을 싫어하는 사람은 없겠지만, 아무리 좋은 것이라도 싫증날 때가 있거든. 요리사들이 얼음은 충분히 가져왔겠지? 가서 좀 물어봐야겠다. 미지근한 음료수는 딱 질색이거든……."

판탈라이몬이 황금 원숭이를 역겨워하고 증오하는 것을 매 순간 느끼면서도, 리라는 어렵지 않게 유쾌한 척 행동했다. 이내 현관 초인종이 울리며 멋지게 차려입은 신사 숙녀들이 들어왔다. 리라는 미소를 띠고 돌아다니며 카나페를 날라 주고, 그들이 말을 걸어 오면 상냥하게 대답했다. 리라는 자신이 마치 모든 이의 애완동물 같다고 느꼈다. 이런 생각을 말하자 판탈라이몬은 황금 방울새로 변해 날개를 퍼덕이며 짹짹거렸다.

리라는 자신의 권리를 뚜렷이 말할 때 판탈라이몬이 눈에 띄게 기뻐한다는 것을 알고 있기에 더욱 조신하게 행동했다.

"얘야, 넌 어느 학교에 다니니?"

나이 지긋한 여자가 안경 너머로 물었다.

"전 학교에 다니지 않아요."

"정말? 네 어머니가 자기 모교에 널 보냈을 거라고 생각했는데. 아주 명문학교거든……."

리라는 부인이 잘못 알고 한 말인 줄 모르고 잠시 어리둥절한 표정을 지었다.

"아! 콜터 부인은 제 어머니가 아니세요! 전 여기서 단지 그분을 돕고 있어요. 그분의 조수지요."

리라는 으스대며 말했다.

"아아, 그러면 네 부모님은 누구시니?"

리라는 그녀의 질문에 또 한참을 생각해야 했다.

"백작과 백작 부인이세요. 북극에서 비행기 사고로 돌아가셨어요."

"어느 백작님 말이냐?"

"벨라커 백작님이요. 아스리엘 경의 형님 되시죠."

늙은 부인의 데몬인 진홍색 앵무새가 갑자기 초조해하며 양발을 놀려 댔다. 늙은 부인은 이상하다는 듯 얼굴을 찡그렸다. 리라는 다정하게 미소를 지어 보이곤 그 자리를 떠났다.

리라가 커다란 소파 근처에 모여 있는 젊은 남녀들 앞을 지날 때 갑자기 '더스트'란 말이 귀에 들어왔다. 리라는 남녀 간 연애에 대해 알고도 싶었지만 그보다 더스트라는 말에 귀가 더 솔깃해졌다. 그 이야기를 한 사람은 학자로 보였고, 질문하는 젊은 여자는 학생인 듯했다.

"무스코비테 사람이 발견했지. 벌써 알고 있다면 내 말을 중단시켜주게."

그 중년 남자는 자신을 존경의 눈빛으로 보고 있는 젊은 여자에게 말했다.

"루사코프라는 사내지. 사람들은 그의 이름을 따서 '루사코프 소립자'라고 불러. 다른 입자들과는 어떤 식으로도 상호작용하지 않는 기본 소립자야. 알아내긴 매우 어렵지만 특별한 점은 그것이 인간에게 달라붙는 것처럼 보인다는 거지."

"정말요?"

젊은 여자가 눈이 동그래져 물었다.

"그런데 더욱 특이한 건 어른에게만 달라붙고 어린아이에겐 달라붙질 않는다는 거야. 적어도 사춘기가 될 때까진 말이야."

여기서 그는 여자에게 다가가 어깨에 손을 슬쩍 올리며 은밀하게 말했다.

"성체위원회가 설립된 이유도 바로 이 때문이야. 여기 훌륭하신 여주인께서 자네에게 설명해 주실걸세."

"정말이에요? 그분도 성체위원회에 가입되어 있나요?"

"이런, 그녀가 바로 성체위원회를 설립한 분이야. 이건 전적으로 그녀의 계획에 따라……."

중년 남자는 젊은 여자에게 하던 얘기를 갑자기 멈추고 리라를 돌아보았다. 리라는 눈도 깜박이지 않고 그를 뚫어지게 바라보았다. 그러자 그는 술이 과했는지, 아니면 그 젊은 여자에게 강렬한 인상을 심어 주고 싶었는지 이렇게 말했다.

"이 꼬마 숙녀님이 그것에 대해 모든 걸 알고 있다면 난 놀라 자빠질 거야. 넌 성체위원회를 두려워하지 않아. 그렇지, 얘야?"

"그럼요."

리라가 대답했다.

"전 여기 있는 다른 모든 분도 두려워하지 않아요. 제가 살았던 옥스퍼드는 위험한 일 천지였어요. 애들을 데려가서 터키인에게 노예로 파는 집시들도 있었어요. 메도 항구에서는 보름달이 뜨면 갓스토에 있는 오래된 수녀원에서 늑대인간이 나온대요. 저도 늑대인간이 울부짖는 으스스한 소릴 한 번 들은 적 있어요. 그리고 고블러라는 것도 있는데……."

"내 말이 바로 그 말이야."

중년 남자가 말했다.

"성체위원회를 사람들은 그렇게 부른다고, 안 그래?"

리라는 갑자기 판탈라이몬이 덜덜 떨기 시작했다는 걸 알아차렸다. 하지만 얌전히 있어서 다른 데몬들인 고양이와 나비들은 눈치 채지 못한 것 같았다.

"고블러가 뭐예요?"

젊은 여자가 물었다.

"참 특이한 이름이네! 왜 그들을 고블러라고 부르죠?"

리라가 그 여자에게 옥스퍼드 애들을 놀라게 해 주려고 지어낸 끔찍한 얘기를 하려는데, 중년 남자가 말을 가로챘다.

"전국 성체위원회(General Oblation Board)의 머리글자를 땄는데, 모르겠어? 사실 좀 고리타분한 아이디어지. 중세기에 부모들은 자녀를 수사나 수녀로 만들기 위해 교회에 보내기도 했어. 그중 불행한 아이들은 노동 수사가 되기도 했지. 희생물이나 제물 뭐 그런 걸로 이용된다는 뜻이야. 그들이 더스트 사업을 추진하면서 그와 같은 생각을 하게 된 거야. 이 꼬마 숙녀는 알고 있는 것 같은데. 너, 보리얼 경에게 말을 걸어 보는 게 어떠니?"

그는 리라에게 물어보곤 이렇게 덧붙였다.

"그라면 콜터 부인이 보호하고 있는 아이를 만나 보고 싶어 할 거야. 바로 저 사람이야. 회색 머리에 뱀 데몬을 데리고 있는 신사."

중년 남자는 여자와 단둘이 얘기하고 싶어서 리라를 떼어 내려고 했다. 리라도 그 정도 눈치는 있었다. 하지만 젊은 여자는 그 남자보다 리라에게 더 관심이 많은 것 같았다. 그녀는 잠시 후 남자 곁을 떠나와 리라에게 말을 걸었다.

"잠깐만…… 이름이 뭐지?"

"리라요."

"난 아델 스타민스터야. 기자지. 네 얘기를 좀 듣고 싶은데……."

리라는 사람들이 자기와 얘기하고 싶은 건 당연한 일이라고 생각했기 때문에 주저 없이 대답했다.

"좋아요."

그 여자의 데몬은 나비였다. 나비는 공중으로 날아올라 사방을 둘러본 뒤 아델의 어깨에 살짝 내려앉아 뭐라고 속삭였다. 그러자 여자는 리라에게 말했다.

"창가 의자로 가자."

그곳은 리라도 좋아하는 장소였다. 강이 내려다보이기 때문이다. 그리고 지금은 건너편 남쪽 강둑의 불빛들이 시커먼 강물 위에 눈부시게 반사되는 시간이었다. 예인선이 한 줄로 늘어선 너벅선을 강 상류로 끌어올리고 있었다. 아델 스타민스터는 의자에 앉으며 리라에게도 자리를 권했다.

"다커 교수는 네가 콜터 부인과 무슨 관계가 있다고 말하던데?"

"예."

"무슨 관계지? 딸이나 친척, 뭐 그런 관계는 아닌 것 같은데?"

"물론 아니에요. 전 콜터 부인의 조수일 뿐이에요."

"조수? 하지만 넌 아직 어린데? 난 네가 콜터 부인과 어떤 일에 관련되어 있을 거라고 생각했지. 그래, 부인은 어떤 분이니?"

"아주 영리하신 분이에요."

오늘 저녁 이전이었다면 해 줄 이야기가 많았을 것이다. 하지만 이젠 상황이 변해 가고 있었다.

"그래, 하지만 개인적으론 어떠냐고?"

아델 스타민스터는 약간 집요하게 나왔다.

"상냥하고 친절하냐, 아니면 짜증을 잘 내느냐, 뭐 그런 얘기야. 여기서 그녀와 같이 사니? 개인적으론 어떻게 대해 주니?"

"아주 친절하세요."

리라는 덤덤하게 대답했다.

"무슨 일을 하면서 돕고 있니?"

"계산도 하고 뭐든 다 해요. 항해에 대해서도……."

"아, 알 만해……. 그래 넌 어디서 왔니? 이름이 뭐라고 했지?"

"리라고요. 옥스퍼드에서 왔어요."

"콜터 부인이 왜 너를 선택……."

갑자기 여자가 말을 멈추었다. 콜터 부인이 가까이 다가왔기 때문이다. 아델 스타민스터가 콜터 부인을 바라보는 표정과 그녀의 데몬인 나비가 갑자기 초조한 듯이 그녀의 머리 주위로 날개를 퍼덕이며 날기 시작하는 것으로 보아 리라는 그들이 이 파티에 초대받지 못했다는 사실을 알 수 있었다.

"당신의 이름은 모르겠군요."

콜터 부인이 조용하게 말했다.

"하지만 5분 내로 당신 이름을 알아낼 수 있어. 그러면 당신의 기자 노릇도 끝장이고. 자, 조용히 일어나서 소란 피우지 말고 나가. 당신을 여기 보낸 작자도 내가 가만두지 않겠어."

콜터 부인은 앤버릭 에너지를 몸에 지닌 것 같았다. 열을 뿜는 금속처럼 몸에서 특이하고도 뜨거운 냄새를 풍겼다. 리라는 전에도 이런 느낌을 경험했지만, 지금은 그것이 다른 사람에게 직접 영향을 미치는 걸 두 눈으로 똑똑히 보고 있었다. 가엾은 아델 스타민스터는 조금도 저항하지 못했다. 그녀의 데몬도 화려한 날개를 몇 번 퍼덕이고는 그녀 어깨 위에서 축 늘어졌다. 그녀 역시 똑바로 서 있지 못했다. 약간 웅크린 채 큰 소리로 얘기하는 손님들 사이를 지나 응접실을 빠져나갔다. 한 손으로는 어깨 위에 기절해 있는 데몬을 꼭 움켜쥐고 있었다.

"그래, 무슨 얘길 했지?"

콜터 부인이 리라에게 물었다.

"중요한 얘긴 한 마디도 안 했어요."

리라가 대답했다.

"그 여자가 뭘 물었니?"

"제가 무슨 일을 하며, 누군지, 뭐 그런 거요."

콜터 부인의 데몬은 어디로 갔는지 보이지 않았다. 어떻게 된 걸까? 잠시 후에야 그녀의 데몬이 나타났다. 부인은 데몬의 손을 잡고 가볍게 자기 어깨에 올려놓았다. 그러자 그녀는 다시 안심하는 듯했다.

"리라, 초대하지 않은 사람이 보이면 내게 말해, 알겠지?"

이제 부인에게서 뜨거운 금속 냄새는 나지 않았다. 어쩌면 그 냄새는 단지 리라의 상상이었는지도 몰랐다. 다시 향수와 장미꽃, 담배 냄새가 났다. 다른 여자들에게서도 맡을 수 있는 그런 냄새였다. 부인은 마치 '우린 이런 것들을 다 이해하지, 안 그래?'라고 얘기하는 듯 리라에게 미소를 지어 보였다. 그러고는 다른 손님을 맞기 위해 자리를 떠났다.

판탈라이몬이 리라의 귀에 대고 소곤댔다.

"부인이 여기 있는 동안 그녀의 데몬이 우리 방을 몰래 뒤지고 나왔어. 알레시오미터에 대해 알고 있을 거야!"

리라도 그게 사실일 거라는 생각이 들었다. 하지만 자신도 알레시오미터에 대해 아는 게 아무것도 없었다. 그 학자가 고블러에 대해 뭐라고 했지? 리라는 다시 그를 찾아보았다. 그러나 그 학자를 발견한 순간 하인 복장을 한 안내원과 다른 한 사내가 그의 어깨를 톡톡 치며 조용히 무슨 말을 하자, 그는 얼굴이 백짓장처럼 하얘져서 그들을 따라 밖으로 나갔다. 일순간에 조용하게 일어난 일이라 아무도 눈치 챈 사람이 없었다. 하지만 리라는 슬며시 걱정이 되었다.

리라는 파티가 벌어지고 있는 두 개의 큰방을 돌아다녔다. 반쯤은 사람들의 대화에 귀를 기울이고, 반은 칵테일 맛에 흥미를 느끼면서. 하지만 리라에게 칵테일은 금지되어 있었다. 불안한 마음이 점점 커져 갔다. 안내원이 옆에 나타나서 말을 걸기 전까지는 누군가 자기를 지켜보고 있었다는 것도 몰랐다.

"리라 양, 난롯가에 계신 분이 얘기하고 싶대요. 보리얼 경입니다."

리라가 돌아보자 회색 머리의 근엄한 얼굴과 시선이 마주쳤다. 보리얼 경이 고개를 끄덕이며 손짓을 했다. 리라는 내키지 않았지만 호기심이 생겨 그에게 다가갔다.

"안녕, 얘야."

부드러우면서 위엄 있는 목소리였다. 그의 데몬은 뱀이었다. 데몬의 딱딱한 머리와 에메랄드 눈빛이 벽에 설치된 램프 불빛에 반짝였다.

"안녕하세요."

"내 오랜 친구 조던 대학 총장님은 안녕하시니?"

"예, 잘 계세요."

"모두들 널 떠나보내기가 서운했을 게다."

"예."

"콜터 부인이 일을 많이 시키니? 뭘 가르쳐 주시지?"

리라는 공연히 생색을 내는 듯한 이 질문에 기분이 상하고 거부감이 들어 사실대로 대답하고 싶지 않았다. 또 언제나 그랬 듯이 상상의 날개를 펴 가며 대답하고 싶지도 않았다. 그래서 대뜸 조금 전에 주워들은 얘기를 늘어놓았다.

"전 지금 루사코프 소립자와 성체위원회에 대해 배우고 있어요."

보리얼 경은 리라의 말에 정신이 번쩍 든 듯했다. 그는 신경을 바짝 곤두세우며 물었다.

"네가 알고 있는 걸 말해 줄 수 있겠니?"

"그들은 북극에서 실험을 하고 있어요."

리라는 될 대로 되라는 기분으로 대답했다.

"그루만 박사님처럼요."

"계속 얘기해 봐."

"그리고 더스트가 보이는 특별한 사진도 갖고 있어요. 그 사진엔 어른이 한 사람 있는데, 모든 빛이 그에게만 모여요. 하지만 아이한테는 전혀 모이지 않죠. 적어도 많이 모이진 않는다는 얘기예요."

"콜터 부인이 그런 사진을 보여 줬니?"

리라는 망설였다. 비록 거짓말은 아니지만 이건 좀 특별한 얘기였다. 그리고 확실히 알고 있는 내용도 아니었다.

"아뇨."

잠시 후 리라가 대답했다.

"조던 대학에서 봤어요."

"누가 그걸 보여 줬니?"

"누가 보여 준 건 아니에요. 우연히 지나가다 보게 됐죠. 제 친구 로 저가 성체위원회에 붙잡혀 갔거든요. 그래서……."

"누가 그 사진을 보여 줬지?"

그는 다시 물었다.

"아스리엘 삼촌요."

"언제?"

"지난번 조던 대학에 오셨을 때요."

"그래, 또 뭘 알고 있지? 성체위원회에 대해서도 들은 적 있니?"

"예. 하지만 그건 삼촌에게서 듣지 않았어요. 여기서 들었어요."

리라는 마음속으로 누구를 믿어야 할까 하고 생각했다.

보리얼 경은 눈을 가늘게 뜨고 리라를 보았다. 리라는 이것밖에는 아는 것이 없다는 듯 그를 똑바로 쳐다보았다. 그러자 그는 알겠다는 듯이 고개를 끄덕였다.

"그렇다면 콜터 부인은 네가 그 일을 도울 준비가 되어 있다고 생각했겠구나. 재미있군. 벌써 그 일을 시작했니?"

"아뇨."

도대체 무슨 얘기를 하고 있는 걸까? 판탈라이몬이 영리하게도 감정이 잘 드러나지 않는 나방의 모습으로 변신하자, 리라도 순진한 표정을 지어야겠다고 생각했다.

"부인이 그 아이들에게 무슨 일이 있었는지도 얘기했니?"

"아뇨, 한 마디도 하시지 않았어요. 전 더스트에 대해서만 알아요. 그리고 그 아이들이 희생물 같은 거라는 것도요."

리라는 이것도 완전히 거짓말은 아니라고 생각했다. 콜터 부인이 직접 말해 주었다고는 결코 얘기하지 않았던 것이다.

"희생물이라고 표현하는 건 너무 심하구나. 그 아이들과 우리 모두를 위해서 한 일이야. 그리고 아이들이 스스로 콜터 부인을 따라온 거지. 그래서 부인은 아주 소중한 분이란다. 아이들은 그 일에 참여하고 싶었던 게 분명해. 싫어할 이유가 없잖니? 그리고 부인이 아이들을 데려오는 일에 널 이용할 생각이라면 더욱 잘된 일이지. 나도 아주 기쁘단다."

보리얼 경은 콜터 부인처럼 리라에게 웃어 보였다. 마치 둘만 아는 무슨 비밀이라도 있는 것처럼. 리라가 얌전하게 미소로 답하자, 그는 다른 사람과 얘기하기 위해 고개를 돌렸다.

리라와 판탈라이몬은 무서웠다. 이 집에서 빠져나가 조던 대학으로 돌아가고 싶었다. 대학 건물 12층에 있는 작고 초라한 자기 방으로 돌아가 아스리엘 경을 만나고 싶었다.

리라의 마음을 알기라도 하듯 누군가 삼촌의 이름을 입에 올렸다. 리라는 식탁에 놓인 카나페를 먹는 척하며 말소리가 나는 쪽으로 다가갔다. 자주색 옷을 입은 주교가 말하고 있었다.

"……아니, 아스리엘 경은 한동안 우릴 귀찮게 하지 못할 거라고 생각하오."

"그가 잡혀 있는 곳이 어디라고 하셨죠?"

"스발바르 요새라고 들었소. 판제르비에르네가 지키고 있다더군. 갑옷 입은 곰들 말이오. 끔찍한 짐승들이지! 백 번 죽었다 살아나도 그들로부터 도망치진 못할 거요. 사실 그 방법이 가장 확실하다고 생각하오."

"지난번의 실험은 내가 항상 믿고 있던 것을 증명해 주었소. 즉, 더스트는 검은 원소 그 자체에서 나오는 방사물이오. 따라서……."

"내가 지금 조로아스터교의 이단론을 듣고 있는 건가?"

"이단론이라는 건 언제나……."

"만약 그 검은 원소를 분리할 수 있다면……."

"스발바르라고 했소?"

"갑옷 입은 곰들은……."

"성체위원회에서는……."

"아이들은 고통받지 않을 거요. 그건 확실해."

"아스리엘 경은 갇혀서……."

그 정도면 충분히 들었다. 그녀는 나방으로 변한 데몬처럼 조용히 물러나 자기 방으로 돌아온 다음 문을 꼭 닫았다. 파티장에서 나는 소리는 더 이상 들리지 않았다. 그녀는 데몬에게 소곤거렸다.

"이봐?"

그러자 데몬은 리라의 어깨 위에서 황금 방울새로 변신했다.

"달아날 거야?"

"물론이지. 이렇게 많은 사람이 있을 때 도망가면 그 여자가 한참 동안은 눈치 채지 못할 거야."

"그 녀석은 알 거야."

콜터 부인의 데몬을 두고 하는 말이었다. 리라는 그의 황금색 털만 생각해도 두려워졌다.

"난 싸울 거야. 난 변신할 수 있지만 그놈은 못해. 재빨리 나방으로 변해 버리면 잡을 수 없을 거야. 이번엔 내가 이길 테니 두고 보라고."

리라는 생각 없이 고개를 끄덕였다. 뭘 입어야 하지? 어떻게 하면 눈에 띄지 않고 빠져나갈 수 있을까?

"밖에 나가서 좀 살펴봐."

리라가 속삭였다.

"사람이 없을 때 빠져나가야 하니까. 나방으로 변해."

리라가 문을 살짝 열자 판탈라이몬은 핑크색 등이 켜진 복도 건너편 어두운 곳까지 날아갔다.

리라는 급하게 외투를 걸쳤다. 그날 오후 옷가게에서 가져온 검은색 가방에 대충 짐을 꾸렸다. 콜터 부인은 아이에게 사탕 주듯 돈을 주었다. 리라는 그 돈을 아낌없이 써 버렸지만 아직 몇 파운드는 남아 있었다. 그녀는 돈을 늑대 가죽 외투 주머니에 넣었다.

리라는 마지막으로 검은색 벨벳에 싸인 알레시오미터를 챙겨 넣었다. 그 끔찍한 원숭이가 이걸 보았겠지? 분명 봤을 거야. 부인에게도 말했겠지. 맙소사, 더 깊숙이 숨겼어야 했는데!

리라는 발끝으로 조심조심 방문까지 걸었다. 그녀의 방은 홀에서 가장 가까운 복도 쪽으로 면해 있었다. 다행히도 손님들은 대부분 두 개의 큰 홀에 모여 있었다. 크게 얘기하는 소리와 웃음소리, 화장실 물 내리는 소리, 유리잔 부딪치는 소리가 들려왔다. 나방으로 변신한 데몬이 리라의 귀에 대고 말했다.

"지금이야! 어서 서둘러!"

리라는 눈 깜짝할 사이에 홀을 지나 현관문을 열었다. 그리고 조용히 문을 닫고는 계단을 달려 내려갔다. 다시 황금 방울새로 변한 판탈라이몬이 리라를 따라 날아갔다.

탈출

리라는 넓고도 환한 템스 강변로를 피해 다른 길로 걸음을 재촉했다. 왕립 북극연구소까지는 좁은 길들이 여러 개 얽혀 있었지만 그곳은 리라가 유일하게 찾아갈 수 있는 곳이었다. 그녀는 서둘러 어두운 미로 속으로 뛰어들었다.

옥스퍼드처럼 런던을 잘 안다면 얼마나 좋을까! 그러면 어떤 길을 피해야 할지 알 수 있을 텐데. 잘 아는 데서 빵을 슬쩍할 수도 있고, 무엇보다도 어느 집 문을 두드려야 안전한 피신처를 제공해 줄 것인지도 알 텐데. 이 추운 밤, 어두운 골목들은 비밀스런 삶과 움직임으로 부산한데 리라가 아는 것이라곤 아무것도 없었다.

판탈라이몬은 들고양이로 변신해서 어둠을 꿰뚫는 날카로운 눈으로 사방을 세심하게 살폈다. 그가 이따금씩 걸음을 멈추고 털을 곤두세울 때마다 리라는 방향을 바꾸곤 했다. 밤은 온갖 소음으로 가득했다. 술에 취해 떠드는 사람, 노래를 불러 대는 사람, 지하실에서 나는 시끄러운 기계 소리. 리라는 판탈라이몬과 함께 바짝 긴장한 채 어둡고 좁은 골목만 골라 걸어갔다.

때때로 불이 훤한 대로를 건너야 할 때도 있었다. 그곳에서는 전차가 철커덕거리고 달리며 전선 아래 불꽃을 일으키기도 했다. 리라는 런던 거리의 교통 법규 따위는 아랑곳하지 않고 길을 건넜다. 그러다 누군가 소리치면 잽싸게 도망쳤다.

다시 자유의 몸이 되고 보니 너무 좋았다. 리라는 들고양이로 변해서 타박타박 걷고 있는 판탈라이몬도 확 트인 공간 속에서 그런 기쁨을 느낄 거라고 생각했다. 런던의 지독한 매연과 소음도 자유의 기쁨을 앗아 가진 못했다. 머지않아 콜터 부인의 집에서 들은 얘기의 의미에 대해서 곰곰이 생각해 봐야 하겠지만 지금은 그럴 때가 아니었다. 그보다는 먼저 잠잘 곳을 찾는 일이 더 중요했다.

대형 백화점 모퉁이에 커피점이 하나 있었다. 백화점에서 흘러나온 불빛이 축축한 도로를 환하게 비추었다. 이동커피점은 작은 오두막처럼 보였다. 나무 지붕 아래 카운터가 있고, 노란 불빛과 향기로운 커피 향이 흘러나왔다. 하얀색 코트를 입은 주인이 카운터에 기대어 두어 명의 손님에게 말을 하고 있었다.

싸늘하고 습한 밤거리를 몇 시간이나 걸어온 리라는 그곳으로 들어가고 싶었다. 그녀는 참새로 둔갑한 판탈라이몬과 같이 카운터로 걸어가 주인에게 말했다.

"커피와 햄 샌드위치 하나 주세요."

"밤늦은 시각에 밖에 있구나, 꼬마야."

모자를 쓰고 하얀색 실크 목도리를 두른 한 신사가 말을 건넸다.

"예."

리라는 고개를 돌려 번잡한 사거리를 살폈다. 가까운 곳에 극장이 있었다. 막 영화가 끝났는지 불이 환한 휴게실에 사람들이 모여 있었다. 길거리에는 코트 깃을 세우며 택시를 부르는 사람도 보였다. 건너편 소닉 철도역에도 많은 사람이 계단을 오르내리고 있었다.

"여기 있다."

커피점 주인이 말했다.

"2실링이야."

"내가 계산하지."

중산모를 쓴 남자가 말했다.

리라는 '안 될 것 없잖아?' 하고 생각했다. 난 이 사람보다 빨리 달릴 수 있어. 그리고 내가 가진 돈은 나중에 따로 쓸 데가 생길지도 몰라. 중산모의 사내가 카운터에 돈을 내고는 리라에게 미소 지었다. 그의 데몬인 원숭이는 옷깃에 착 달라붙어 동그란 눈으로 리라를 쳐다보았다.

리라는 샌드위치를 한 입 베어 먹으면서 바깥을 보고 있었다. 런던의 지리를 모르기 때문에 여기가 어딘지 짐작도 할 수 없었다. 심지어 런던이 얼마나 큰 도시인지, 왕립 북극연구소까지는 얼마를 더 걸어야 하는지도 몰랐다.

"이름이 뭐니?"

남자가 물었다.

"엘리스예요."

"예쁜 이름이구나. 커피에 이것 한 방울 넣어 줄까? 몸을 따뜻하게 해 주는데……."

그는 은색 병 뚜껑을 열었다.

"싫어요. 전 커피에 뭘 넣은 걸 좋아하지 않아요."

"넌 이런 브랜디를 한 번도 마셔 본 적 없을 거야."

"아뇨. 그래서 실컷 아팠죠. 한 병을 다 마셨거든요."

"이런 걸 좋아하는 것 같구나."

남자는 자기 컵에 병을 기울이며 물었다.

"혼자서 어딜 가는 거니?"

"아빠 만나러 가요."

"뭘 하시는 분인데?"

"살인자예요."

"뭐라고?"

"살인자요. 전문가예요. 오늘 밤도 한 건 하실 거예요. 일을 끝냈을 땐 온통 피범벅이에요. 그래서 여기 깨끗한 옷이 들어 있어요."

"아! 농담하는 거지."

"아뇨."

그의 원숭이 데몬이 조그맣게 뭐라고 소리 내며 그 남자의 머리로 올라갔다. 그러고는 리라를 뚫어지게 바라보았다. 리라는 아무렇지도 않다는 듯이 커피와 빵을 먹었다.

"안녕히 가세요."

리라가 인사를 했다.

"저기 아빠가 오고 계셔요. 화나신 것 같은데요."

중산모를 쓴 사내는 밖을 돌아보았다. 리라는 극장에서 쏟아져 나오는 사람들을 향해 걸어갔다. 소닉 철도역으로 가고 싶었지만 그러다 지하에 갇히게 될까 봐 겁이 났다. 여차하면 잽싸게 달아날 수 있는 탁 트인 곳이 좋았다.

계속 걷다 보니 거리는 점점 어두워지고 텅 비어 갔다. 보슬비가 내리고 있었다. 설사 구름 한 점 없는 날이라도 도시의 하늘은 불빛으로 흐려져 별이 보이지 않았다. 판탈라이몬은 북쪽으로 가고 있다고 생각했지만 도무지 알 수 없는 일이었다.

길가에는 똑같은 모양의 벽돌집이 쭉 늘어서 있었다. 정원에는 커다란 쓰레기통만 보였다. 철망 담 너머로 음산해 보이는 큰 공장들이 즐비했다. 그 담장 위에 앤버릭 등불 하나가 을씨년스럽게 켜져 있었다. 경비원은 화롯가에서 졸고, 음침해 보이는 작은 예배당도 하나 있었다. 이 모든 것 중 십자가상 옆에 있는 창고만 좀 달라 보였다. 한번은 어느 집 문을 두드리려고 하는데, 몇 발짝 떨어진 캄캄한 곳에서 신음 소리가 났다. 깜짝 놀라 들여다보니 남의 집 현관 앞에 많은 사람이 웅크린 채 자고 있어서 얼른 도망가 버렸다.

"판, 우린 어디서 자지?"

문이 꼭꼭 닫힌 상점과 집들을 지나며 리라가 물었다.

"어디 문간에서 자야지 뭐."

"그렇지만 눈에 띄는 곳은 싫어. 어디나 다 트여 있는걸."

"저 아래 운하가 있어."

판탈라이몬은 왼쪽으로 난 샛길을 바라보고 있었다. 분명 어둠 속에서 번쩍이는 수면이 보였다. 조심스럽게 살펴보니 부두에는 열 척이 넘는 바지선들이 정박해 있었다. 물위에 떠 있는 배들도 있었고, 기중기 밑에 짐을 싣고 있는 배들도 있었다. 오두막집 창문으로는 희미한 불빛이 흘러나왔고, 금속 굴뚝에서는 연기가 피어올랐다. 그 외에는 공장 담에 매달린 가로등과 기중기에 매달린 불빛이 있을 뿐 부두는 어둠에 묻혀 있었다. 부둣가에는 석유 탱크들과 거대한 통나무 더미, 케이블이 감긴 롤 등이 쌓여 있었다.

리라는 발끝으로 조심스럽게 오두막 창가로 다가가 안을 들여다보았다. 나이가 지긋한 남자가 파이프 담배를 피우며 만화책을 열심히 보고 있었다. 옆 테이블 위에는 그의 데몬인 스패니얼(spaniel, 털이 곱고 귀가

긴 사냥개)이 새우잠을 자고 있었다. 남자는 일어나서 스토브 위에 놓인 검게 그을린 찻주전자를 가져와 금이 간 컵에다 뜨거운 물을 따랐다. 그런 다음 다시 만화를 보았다.

"판, 들어가도 되는지 물어볼까?"

리라가 조용히 물었다. 그러나 판탈라이몬은 다른 곳에 신경을 쓰고 있었다. 그는 박쥐로 변했다가 올빼미로 변했다가 다시 고양이로 변했다. 리라는 데몬이 겁에 질려 덜덜 떠는 것을 보고 사방을 살펴보았다. 두 남자가 양쪽에서 리라를 향해 달려오고 있었다. 더 가까이 달려온 사내의 손에는 투망이 들려 있었다.

판탈라이몬이 표범으로 변신해 사납게 포효하며 가까이 다가온 남자의 데몬에게 달려들었다. 포악하게 생긴 사내의 데몬인 여우를 넘어뜨리자 그의 발에 걸렸다. 사내는 욕설을 퍼부으며 옆으로 피했다. 리라는 그 틈을 타 넓은 부두 쪽으로 젖 먹던 힘을 다해 뛰었다. 절대로 막다른 곳으로 뛰어들어서는 안 될 일이었다.

독수리로 변한 판탈라이몬이 날아오며 다급하게 소리쳤다.

"왼쪽이야! 왼쪽!"

리라는 재빨리 왼쪽으로 방향을 바꿔 술통과 골함석 창고 사이로 총알처럼 뛰어들었다.

그런데 그놈의 투망이 문제였다. 리라는 획 하고 공기를 가르는 소리를 들었다. 그리고 무언가 뺨을 찰싹 때리더니 타르 냄새가 나는 그물이 얼굴과 팔과 온몸을 휘감아 왔다. 땅에 쓰러진 리라는 비명을 지르며 버둥거려 봤지만 아무 소용이 없었다.

"판! 판!"

하지만 포악한 여우 데몬이 고양이로 변한 판탈라이몬을 찢고 있었다. 리라는 자신의 살이 찢기는 고통을 느끼며 큰 소리로 울었다. 사내는 밧줄로 리라의 팔다리와 목, 머리와 몸통을 칭칭 감고 나서 그물로 둘둘 말아 버렸다. 그녀는 거미줄에 감긴 파리처럼 속수무책이었다. 상처투성이의 가엾은 판이 다리를 질질 끌며 리라에게로 기어오자, 악랄한 여우가 등을 물고 흔들었다. 판은 이젠 변신할 힘조차 없었다. 갑자기 다른 한 사내가 목에 화살을 맞은 채 진흙탕 속으로 굴렀다. 그물을 묶고 있던 사내도 그것을 보고만 있었다. 온 세상이 숨을 죽이는 듯했다.

판탈라이몬이 일어나서 눈을 깜박거렸다. 그때 부드럽게 퍽 하는 소리가 나더니 그물을 묶던 사내가 헉헉거리며 리라 위로 쓰러졌다. 리라는 무서워서 비명을 질렀다. 사내의 머리에서 피가 흐르고 있었다!

누군가 달려오는 발소리가 났다. 그 사람은 사내를 끌어당겨 옆으로 치우고 리라를 안아 일으켰다. 그러고는 칼로 그물을 잘라 벗겨 냈다. 리라는 판탈라이몬을 꼭 껴안았다.

리라는 그 사람이 누군지 보기 위해 무릎을 꿇은 채 몸을 돌렸다. 어둠 속에 세 명의 남자가 서 있었다. 한 사람은 활로 무장하고 다른 두 명은 칼을 들고 있었다. 리라가 고개를 돌리자 활을 든 남자가 놀란 목소리로 물었다.

"너 리라 아냐?"

귀에 익은 목소리였다. 하지만 한 걸음 다가와 밝은 데서 얼굴을 볼 때까지는 누군지 알 수가 없었다. 그의 어깨 위에 데몬 매가 앉아 있는 것을 보고서야 리라는 그가 누군지 알았다. 집시! 옥스퍼드의 집시 토니 코스타였다.

"나 모르겠어? 토니 코스타야."

그가 말했다.

"내 동생 빌리가 고블러에게 잡혀가기 전에 제리코에 있는 배에서 함께 놀곤 했잖아. 이젠 생각나니?"

"오, 하느님. 판, 우린 이제 살았어!"

리라는 훌쩍이며 말했다. 그러자 퍼뜩 떠오르는 생각이 있었다. 그날 그녀가 훔쳤던 배가 바로 코스타의 배였던 것이다. 그도 기억하고 있을까?

"우릴 따라가는 게 좋겠다. 너 혼자니?"

코스타가 물었다.

"네, 도망쳐 나오는 중이에요."

"그래 그래. 지금 얘기할 필요는 없어. 그냥 가만히 있어. 잭서, 시체들을 어두운 곳으로 옮겨. 케림, 주위를 좀 둘러보도록 해."

리라는 고양이로 변신한 판탈라이몬을 가슴에 안고 후들거리며 일어섰다. 판이 몸을 뒤틀며 무언가를 찾자 리라도 금방 알아채고 호기심 어린 눈으로 주위를 돌아보았다. 죽은 사내들의 데몬은 어떻게 된걸까? 그들은 사라졌다. 자기 주인들에게 달라붙으려고 온갖 애를 다 썼는데도 불구하고 연기처럼 사라지고 만 것이다. 판탈라이몬은 눈을 감았다. 리라는 서둘러 토니 코스타 뒤를 따랐다.

"여기서 뭐하는 거예요?"

리라가 물었다.

"조용히 해. 동네 사람들 다 깨울 만큼 떠들었으면 됐어. 배에 가서 얘기하자."

그들은 작은 나무다리를 건너 운하 가운데로 들어갔다. 다른 두 남자도 말없이 따라왔다. 토니는 물가를 따라 돌아가서 방파제 옆에 정박해 있는 작은 배에 올라탔다. 그러고는 선실 문을 열고 리라에게 말했다.

"들어가, 빨리."

리라는 선실 안으로 들어가며 알레시오미터가 잘 있는지 확인하기 위해 가방을 톡톡 두드려 보았다. 그동안 한 번도 손에서 놓지 않았고,

심지어 투망 속에 갇혔을 때도 그랬다. 좁고 긴 선실 안에는 고리에 등이 하나 걸려 있었다. 리라는 신문을 들고 탁자 앞에 앉아 있는 한 여자를 보았다. 희끗희끗한 머리에 뚱뚱하고 강인해 보이는 그 여인은 빌리의 어머니이자 집시의 여왕으로 불리는 마 코스타였다.

"이게 누구야? 리라 아니니?"

여인이 놀라며 아들에게 물었다.

"맞아요, 어머니. 빨리 여길 떠나야 해요. 선착장에서 사내 두 놈을 죽였거든요. 고블러라고 생각했는데 아마 터키 상인인 것 같아요. 그놈들이 리라를 잡아가려고 했어요. 지금 이런 얘기나 하고 있을 때가 아니에요. 가면서 얘기해요."

"이리 오렴, 아가."

마 코스타가 리라에게 말했다.

리라는 좋으면서도 한편으론 두려웠다. 마 코스타의 주먹은 곤봉처럼 강했고, 리라가 로저와 다른 악동들을 데리고 훔쳤던 배가 바로 마 코스타의 배였기 때문이다.

그러나 마 코스타는 두 손으로 리라의 뺨을 부드럽게 감싸 주었고, 그녀의 데몬인 매는 판탈라이몬의 들고양이 머리를 부드럽게 핥아 주었다.

"무슨 일로 여기까지 왔는지 모르겠지만 몹시 지쳐 보이는구나. 빌리의 침대에 가서 좀 쉬렴. 내가 곧 따끈한 걸 갖다줄게."

리라가 저지른 일은 용서되었거나 적어도 잊혀진 것 같았다. 리라는 매끄러운 소나무 탁자 뒤쪽에 있는 침대로 올라갔다. 가스 엔진 소리에 배가 덜덜거리기 시작했다.

"어디로 가는 거죠?"

리라가 물었다.

마 코스타는 난로에 우유 냄비를 얹었다. 그러곤 불꽃을 피워 올리기 위해 난롯불을 헤집었다.

"여기서 먼 곳으로. 얘긴 내일 아침에 해."

부인은 따끈해진 우유를 리라에게 건네주었다. 배가 움직이기 시작하자 그녀는 흔들리는 몸을 가누며 남자들에게 뭐라고 소곤거렸다. 리라는 우유를 조금씩 마시며 커튼 귀퉁이를 들추어 어두운 부두를 살펴보았다. 잠시 후 리라는 깊이 잠이 들었다.

아래쪽 깊숙한 곳에서 들려오는 부드러운 엔진 소리를 들으며 리라는 좁은 침대에서 깨어났다. 일어나 앉으려다가 머리를 부딪치는 바람에 둔탁한 소리가 났다. 눈앞이 빙글빙글 돌았다. 조심스럽게 다시 일어나 앉았다. 희미한 불빛 아래 깨끗이 정돈되어 있는 침대 세 개가 보였다. 리라가 앉아 있는 아래쪽에 하나, 그리고 맞은편에 아래위로 두 개가 있었다. 리라는 자신이 속옷 차림이란 걸 알았다. 그녀가 입고 있었던 치마와 늑대 가죽 외투는 잘 개어진 채 가방과 함께 침대 끝에 놓여 있었다. 가방 안에는 알레시오미터가 그대로 잘 들어 있었다.

리라는 급하게 옷을 입고 난로가 있는 선실 끝으로 나갔다. 그곳은 따뜻했다. 하지만 아무도 없었다. 창문을 통해 밖을 보니 회색 안개가 양쪽으로 몰려가고 있었고 그 사이로 이따금씩 건물과 나무들의 시커먼 모습이 어른어른 비쳤다.

갑판으로 올라가려는 순간 바깥문이 열리며 마 코스타가 내려왔다. 입고 있는 낡은 트위드 외투에 작은 물방울들이 진주처럼 맺혀 있었다.

"잘 잤니?"

프라이팬을 잡으며 그녀가 물었다.

"자, 저쪽으로 앉으렴. 아침식사를 만들어 줄게. 그렇게 어정거리지

마. 여긴 비좁으니까."

"여기가 어디죠?"

리라가 물었다.

"그랜드 정션 운하야. 넌 안 나가는 게 좋겠다. 저 위엔 올라가지 마. 문제가 있단다."

부인은 베이컨을 얇게 썰어 프라이팬에 넣고 계란을 하나 깨어 넣었다.

"무슨 문젠데요?"

"조심하면 다 잘 해결될 거야."

리라가 식사를 마칠 때까지 부인은 아무 말도 하지 않았다. 어떤 지점에서 배가 속력을 줄이다가 옆구리 부분에 갑자기 뭔가 쿵 부딪히는 소리가 났다. 화난 남자의 목소리가 들렸지만 누군가의 농담 한마디에 그들은 웃었다. 사람 목소리가 점점 멀어지며 배는 다시 움직이기 시작했다.

토니 코스타가 선실 안으로 들어왔다. 그의 모자에도 이슬이 방울방울 맺혀 있었다. 그가 난로 위에서 모자를 털자 물방울들이 치직 소리를 내며 튀어 올랐다.

"어머니, 리라에게 뭐라고 말할까요?"

"먼저 물어본 뒤에 말하렴."

토니는 조그마한 양철잔에 커피를 따라 들고 의자에 앉았다. 까맣게 탄 강인한 얼굴이었다. 하지만 낮에 보니 단호한 그 얼굴에 슬픔이 깃들어 있음을 알 수 있었다.

"예."

그가 말했나.

"자, 리라. 런던에서 뭘 하고 있었는지 말해 보렴. 우린 네가 그곳에서 고블러들에게 잡혀가고 있다고 생각했어."

"콜터 부인이라는 여자와 함께 살고 있었어요. 그런데……."

리라는 마치 딜링을 하기 위해 카드들을 정돈하듯 지금까지의 얘기들을 주섬주섬 주워 모아 정돈하기 시작했다. 그러고는 알레시오미터에 관한 것만 빼고 모든 것을 그들에게 얘기해 주었다.

"그러다가 어젯밤 그 칵테일 파티에서 난 그들이 무슨 짓을 하고 있었는지 알게 됐어요. 콜터 부인도 고블러 중의 하나였고, 더 많은 아이를 잡아 오기 위해 날 이용하려고 했던 거예요. 그리고 그들이 하는 일은……."

마 코스타는 들을 건 다 들었다는 듯이 일어나서 조종실로 건너갔다. 토니는 문이 닫히기를 기다렸다가 리라에게 말했다.

"우리도 그들이 무슨 짓을 하는지 알아. 적어도 부분적으론 말이지. 잡혀 간 애들은 돌아오지 못할 거야. 북극의 오지로 데려가서 그 아이들에게 어떤 실험을 한다더군. 처음엔 여러 가지 질병과 약물들을 시용(試用)하려는 거라고 추측했지. 하지만 2, 3년이나 뒤진 그런 실험들을 갑자기 시작할 이유가 없다는 거야. 그래서 우리는 그들이 시베리아 길을 건설하면서 타타르족과 모종의 비밀 거래가 있지 않았나 하고 생각했지. 타타르족은 다른 부족들과 마찬가지로 석유와 광산을 구하기 위해 북쪽으로 가길 원해. 또 고블러들이 돌아다니고 있다는 소문보다 더 오래전부터 전쟁이 있을 거라는 말이 있었으니까. 그래서 우리는 고블러들이 타타르 족장을 매수하기 위해 아이들을 넘겨주고 있다고 생각했지. 왜냐하면 타타르족은 아이들을 구워서 먹거든, 안 그래?"

"그럴 리가 없어요!"

리라는 놀라 소리쳤다.

"아니야, 맞아. 해 줄 얘기는 아직도 많아. 너 혹시 '넬케이넨스'에 대해 들어 봤니?"

"아뇨. 콜터 부인한테서도 들어 본 적 없어요. 그게 뭐죠?"

"숲 속을 배회하는 일종의 유령이지. 크기는 아이만 한데 머리가 없어. 밤에만 돌아다니다가 숲 속에서 자는 사람한테 한번 달라붙으면 절대로 떨어지지 않는대. '넬케이넨스'란 말은 북극 말이야. 그리고 '윈드 서커즈'란 놈들도 아주 위험하다더군. 공기 중에 떠다니는 놈들인데 어떤 때는 무더기로 떠다니기도 하고, 검은딸기나무에 엉겨붙어 있다고도 해. 만지는 순간 우리 몸에서 힘이 싹 빠져나간다는군. 눈으로는 볼 수가 없고 다만 공기 속에 희미한 빛으로만 나타난대. 그리고 '브레슬리스 원'이란 것도 있어."

"그건 또 뭐예요?"

"반만 죽은 전사들이야. 사람은 살아 있거나 죽었거나 해야지, 반만 죽은 건 그 어느 쪽보다도 못해. 그들은 죽을 수가 없어. 그렇다고 살 수도 없고. 영원히 여기저기 헤매고 다닐 뿐이지. 그들이 당한 일 때문에 '브레슬리스 원'이라고 불린다는 거야."

"무슨 일인데요?"

리라는 눈을 동그랗게 뜨고 물었다.

"북부 타타르족은 자신들의 갈비뼈를 열고 폐를 밖으로 꺼냈대. 그렇게 하려면 기술이 있어야 해. 그들은 자신들을 죽이지 않고 그렇게 했지만 대신 그들의 폐는 데몬이 손으로 계속 눌러 주지 않으면 더 이상 활동할 수 없게 된 거야. 그래서 그들은 숨을 쉬는 것도 아니고 죽지도 않은 상태가 된 거지. 그들의 데몬도 밤낮으로 그들의 폐에 펌프질을 하지 않으면 함께 죽어 버려. 가끔 숲 속에서 한 떼의 브레슬리스 원들과 맞닥뜨릴 때도 있다고 들었어. 그리고 '판제르비에르네'에 대해서는 들어 봤어? 갑옷 입은 곰을 일컫는 말이야. 북극곰의 일종이지."

"알아요! 그 얘긴 들어 봤어요. 어젯밤 한 남자가 우리 삼촌이 그 곰들의 요새에 갇혀 있다고 말했어요."

"지금 말이야? 그곳에서 뭘 하고 계셨는데?"

"탐험을 하고 계셨죠. 하지만 그 남자가 말하는 걸로 봐서 우리 삼촌 은 고블러 편은 아닌 것 같아요. 그들은 삼촌이 갇힌 걸 좋아하는 눈치 였으니까요."

"그래, 갑옷 입은 곰들이 지키고 있는 한 그분은 절대 빠져나올 수 없 을 거야. 그들은 용병들이거든. 무슨 말인지 알아? 돈만 주면 무슨 짓 이든 다 하는 놈들이야. 사람처럼 손이 있어서 운철을 다루는 방법도 알고, 그걸 얇고 납작하게 만들어 갑옷을 만들 줄도 알아. 그들은 수 세 기 동안 스크렐링 사람들을 습격했어. 악랄한 살인마에 동정심이라곤 눈곱만큼도 없지. 하지만 약속은 반드시 지키지. 판제르비에르네의 거 래는 백 퍼센트 믿을 수 있어."

리라는 두려웠지만 그 끔찍한 이야기를 주의 깊게 들었다.

"우리 어머니는 북극에 대해서는 듣기조차 싫어하셔서."

잠시 후 토니가 다시 말했다.

"빌리 때문이지. 그자들이 내 동생을 북극으로 데려갔어."

"그걸 어떻게 알았어요?"

"고블러 한 명을 잡아서 다 불게 만들었지. 그래서 그들이 무슨 짓을 하고 있는지 조금은 알게 됐어. 어젯밤 그놈들은 고블러가 아니야. 너 무 서툴렀어. 만약 고블러였다면 생포했을 거야. 그놈들 때문에 우리 집시들이 아주 어려운 상황이거든. 그래서 우린 같이 모여서 이 문제를 논의할 거야. 어젯밤 선착장에 모여 힘을 뭉친 것도 바로 그 때문이야. 우리는 펜즈에서 큰 모임을 가질 거야. 이걸 우린 '로핑'이라 부르지. 내 생각엔 집시들이 알고 있는 이야기를 모임에서 듣고 나면 구조대를 파견하게 될 것 같아. 내가 존 파라면 그렇게 할 테니까."

"존 파가 누구예요?"

"집시들의 왕이야."

"그러면 당신들이 정말 아이들을 구해 줄 거예요? 로저는요?"

"로저가 누군데?"

"조던 대학 부엌에서 일하던 아이예요. 제가 콜터 부인과 떠나기 하루 전에 빌리처럼 잡혀갔죠. 내가 만약 잡혀갔더라도 로저는 날 구하러 왔을 거예요. 빌리를 구하러 간다면 나도 함께 가서 로저를 구해 주고 싶어요."

그리고 아스리엘 삼촌도요, 하고 리라는 생각했지만 입 밖에 내지는 않았다.

집시의 왕

리라는 할 일을 생각하니 기분이 한결 나아졌다. 콜터 부인을 돕는 일도 좋았지만 판탈라이몬의 말이 옳았다. 거기서는 사실 아무것도 한 일이 없었고 기껏해야 콜터 부인의 귀여운 인형에 지나지 않았다. 하지만 집시의 배에서는 실제 할 일이 있었고, 마 코스타도 리라가 하는 일을 인정해 주었다. 리라는 쓸고 닦고, 감자를 깎고, 차도 끓이고, 프로펠러 축에 기름도 치고, 프로펠러에 걸린 수초들도 뜯어내고, 설거지도 하고, 수문을 열고, 기둥에 배를 묶는 일까지 했다. 그런 일을 하며 며칠을 보내고 나자 그녀는 마치 처음부터 집시로 태어난 아이처럼 새로운 생활이 편안하게 느껴졌다.

리라가 눈치 채지 못하고 있는 것은 코스타 모자가 물가 사람들이 리라에 대해 심상찮은 관심을 보일 때마다 신경을 바짝 곤두세우고 있다는 사실이었다. 리라는 모르고 있었지만 콜터 부인과 성체위원회가 그녀를 찾느라고 혈안이 되어 있을 정도로 그녀는 중요한 존재였다. 사실 토니도 선술집에서 들은 얘기지만, 경찰들이 아무 설명도 없이 집이며 농장, 조선소, 공장 등을 샅샅이 뒤지고 있다는 것이었다. 소문에 따르면 그들은 실종된 한 소녀를 찾고 있다고 했다. 그토록 많은 아이가 사라져도 찾을 생각을 하지 않던 경찰이었는데, 참으로 이상한 일이었다. 집시들과 일반 시민들은 모두 불안해졌다.

코스타 모자가 리라에게 신경을 쓰는 데는 또 다른 이유가 있었지만, 리라는 며칠이 지나도록 그걸 알지 못했다.

그래서 이들은 수문지기 초소나 선착장, 건달들이 돌아다닐 만한 곳을 지날 때는 항상 리라를 갑판 아래 숨겼다. 한번은 경찰들이 수로를 지나는 모든 배를 수색하고, 지나가는 자동차들마다 모두 세워 검문을 했다. 코스타 모자는 만반의 준비를 하고 있었다. 부인의 침대 밑에 비밀 공간이 있었다. 경찰이 갑자기 들이닥쳤을 때 리라는 가엾게도 두 시간 동안이나 거기 엎드려 있어야만 했다.

"경찰의 데몬들이 어째서 날 찾지 못했죠?"

거기서 나온 리라가 물었다. 마 코스타는 비밀 장소 안쪽을 보여 주었다. 그곳에는 데몬들을 졸리게 만드는 개잎갈나무 향이 있었다. 덕분에 판탈라이몬은 리라 머리맡에서 두 시간 동안 편안하게 잘 수 있었던 것이다.

멈춰 서다 돌아가다 하기를 수십 번 반복하며 코스타 모자의 배는 '펜즈'에 접근하고 있었다. 이곳은 잉글랜드 동쪽에 끝없이 펼쳐진 늪지대로 지도에도 나오지 않는다. 펜즈 주변에는 얕은 바다의 작은 만과 강들이 수없이 합쳐지고 있었다. 그리고 바다 건너편은 네덜란드였다. 일부 네덜란드인들은 펜즈 지역 한쪽으로 제방을 쌓고 물을 빼낸 뒤 거기서 살고 있었다. 그래서 펜즈 지역 언어에는 네덜란드어가 많이 섞여 있었다. 하지만 대부분의 펜즈 지역은 물을 빼낼 수도 식물을 심을 수도 사람이 살 수도 없었다. 그리고 가장 거친 중심부에는 뱀장어와 물새들만 떼를 지어 살고 있었으며, 으스스한 늪지대에서 어른거리는 도깨비불은 부주의한 여행객들을 유혹하여 늪에 빠져 죽도록 만들기도 했다. 그래서 집시들은 이곳을 비밀집회 장소로는 가장 안전한 곳으로 생각했다.

수많은 꼬불꼬불한 해협과 시내와 수로를 굽이굽이 돌아 집시의 배들은 '비안플라츠'를 향해 가고 있었다. 그곳은 수백 평방마일쯤 펼쳐진 늪과 습지에서 약간 높게 자리 잡고 있는 유일한 땅이었다. 나무로 지은 낡은 집회소를 중심으로 주위에는 영구 거주자들의 허름한 집들과 나루터, 방파제, 뱀장어 시장 등이 모여 있었다. 집시들의 소집 명령인 '비안로펑'이 떨어지면 수많은 배가 수로에 줄을 이어 사람들은 갑판에서 갑판으로 1마일은 넘게 걸어갈 수가 있다고 했다. 펜즈를 다스리는 것은 집시들이었다. 그들의 허락 없이는 감히 누구도 들어갈 수 없었다. 집시들이 거래를 평화롭고 공정하게 하는 한, 떠돌이들(land-lopers, 집시가 아닌 육지 사람들을 일컫는 집시들만의 표현)은 그들의 끊임없는 밀수와 싸움을 보고도 못 본 체했다. 간혹 해안에 떠다니거나 그물에 걸려드는 시체가 있었지만, 그것은 오직 '집시'일 뿐이었다.

리라는 펜즈의 주민들과 '블랙 셕'이라는 거대한 유령 개, 마녀의 기름이 부글부글 거품을 낼 때 발생하는 늪지대의 도깨비불 등에 관한 얘기를 넋 나간 듯이 듣고 있었다. 그녀는 펜즈에 도착하기도 전에 자신도 집시라고 생각하기 시작했다. 어느새 옥스퍼드 말씨를 쓰지 않고 펜즈와 네덜란드 말로 된 집시의 말을 쓰고 있었다. 그러자 마 코스타가 리라에게 몇 가지 사실을 일깨워 주었다.

"리라, 넌 집시가 아니야. 연습을 하면 집시로 통할 수 있을진 몰라

도, 우리의 피 속에는 집시의 말 이상의 깊고 강렬한 무엇이 흐르고 있
단다. 우리가 물처럼 어디든 흘러가는 존재라면, 넌 불 같은 존재야. 늪
지대의 도깨비불 같은 존재지. 집시들과 같이 있어도 네가 있을 곳은
바로 거기야. 네 영혼 속에는 마녀의 기름이 들어 있어. 남을 속이는 거
지. 그게 바로 너란다, 리라."

리라는 마음이 상했다.

"난 아무도 속이지 않아요! 뭐든 물어보세요."

물론 아무도 묻지 않았다. 마 코스타는 다정하게 웃었다.

"내 말이 칭찬이란 걸 모르겠니, 이 꼬마 아가씨야?"

무슨 뜻인지 이해할 수는 없었지만 리라는 그제야 마음이 편했다.

비안플라츠에 도착했을 때는 저녁이었다. 하늘은 저녁노을로 빨갛게
물들었으며, 나지막한 섬과 '잘'은 주위에 흩어져 있는 건물들과 함께
빛을 배경으로 시커먼 모습을 드러내고 있었다. 잠잠한 대기 위로 연기
가 모락모락 피어오르고, 주위에 몰려 있는 보트에서는 생선 굽는 냄새
가 났다.

그들은 '잘' 옆에 배를 정박했다. 토니는 그곳이 자기 조상 대대로 사
용했던 곳이라고 말했다. 마 코스타는 뱀장어와 감자로 저녁을 준비하
고 있었다. 토니와 케림은 머리에 기름을 바르고 가장 멋진 가죽 재킷
으로 갈아입었다. 푸른색 무늬가 있는 목도리도 두르고 은반지도 꼈다.
그러고는 옆 배에 타고 있던 옛 친구들과 함께 가까운 술집으로 한잔하
러 갔다. 그런데 중요한 소식을 가지고 돌아왔다.

"마침 때맞춰 도착했어. 바로 오늘 밤에 로핑이 있다는군. 마을에는
소문이 나돌고 있었어. 행방불명된 그 아이가 집시의 배를 타고 오늘
밤 로핑에 나타날 거라는 거야!"

토니는 큰 소리로 웃으며 리라의 머리를 헝클어 놓았다. 펜즈로 들어

온 이후 그는 한결 부드러워졌다. 바깥에서 보인 그 포악한 표정은 속임수인 것 같았다. 리라도 가슴이 마구 뛰었다. 머리도 빗지 않고 저녁을 먹고 빨리 설거지를 끝냈다. 그리고 알레시오미터를 코트 주머니에 넣고 다른 가족들과 같이 배에서 내려 '잘'로 가는 비탈길을 올라갔다.

리라는 토니가 농담을 한 것이라고 생각했다. 하지만 곧 그렇지 않다는 걸 알게 되었다. 그녀는 자기가 생각했던 것보다 집시처럼 보이지 않았다. 많은 사람이 그녀를 빤히 쳐다보았고, 아이들은 손가락질을 하며 무어라 떠들어 댔다. 그들이 '잘'의 커다란 문 앞에 도착했을 때는 다른 사람들을 양옆으로 거느리고 그 가운데로 걷고 있었다. 사람들이 그들을 살펴보기 위해 한 걸음씩 물러서며 길을 비켜 주었기 때문이다.

리라는 신경이 바짝 곤두서기 시작했다. 그래서 마 코스타 옆에 바짝 붙어 걸어갔다. 판탈라이몬은 리라를 안심시키기 위해 가능한 한 가장 덩치 큰 표범으로 변신했다. 마 코스타는 이 세상에 자기를 막을 자는 아무도 없다는 듯 걸어가고 있었다. 토니와 케림도 양옆에서 왕자처럼 자랑스럽게 걸었다.

집회소에는 석유램프가 켜져 있었다. 사람들의 얼굴을 알아볼 만큼 아주 환했다. 하지만 집시 왕이 있는 곳은 어두웠다. 사람들은 자리를 찾느라 두리번거렸다. 의자는 이미 꽉 찼는데도 자리를 만들어 주기 위해 서로 당겨 앉았다. 아이들은 부모들 무릎 위에 앉아 있었다. 데몬들은 주인의 발아래나 거친 나무 벽 위에 앉아 있었다.

'잘'의 앞쪽에는 연단이 있었다. 그 위에는 나무 의자 여덟 개가 놓여 있었다. 리라와 마 코스타 일행도 가까운 의자에 끼어 앉았다. 그러자 연단 뒤쪽에서 여덟 명이 나타나서 연단에 놓인 의자 앞에 섰다. 그리고 사람들이 앞 다투어 가까이 있는 의자에 앉았다. 이윽고 일곱 명이 조용한 가운데 자리에 앉았다.

한 사람만 연단에 서 있었다. 70대 노인이었지만 목이 굵고 강인해 보였다. 대부분의 집시처럼 평범한 캔버스 재킷과 체크 무늬 셔츠를 입고 있었다. 그를 나타내는 상징은 전혀 없었지만 힘이 있어 보였고 남다른 분위기를 풍겼다. 노인의 데몬도 총장의 데몬처럼 까마귀였다.

"저분이 존 파야. 서부 집시들의 왕이지."

토니가 리라의 귀에 대고 속삭였다.

존 파가 무게 있는 목소리로 천천히 말하기 시작했다.

"집시 여러분! '로핑'에 오신 걸 환영합니다. 우리는 의견을 듣고 결정하기 위해서 여기 모였습니다. 이유는 여러분도 다 아실 겁니다. 여기 있는 많은 가족이 자식들을 잃었습니다. 어떤 부모는 두 아이를 한꺼번에 잃기도 했습니다. 누군가 그들을 데려갔습니다. 분명한 건 떠돌이들 역시 자식을 잃었다는 겁니다. 그러니 우린 이들과 싸울 필요는 없습니다.

자, 여기 천 파운드 보상금이 걸린 그 소문의 주인공이 있습니다. 이름은 리라 벨라커라고 하며, 떠돌이 경찰들이 찾고 있는 바로 그 아입니다. 이 아이도 떠돌이이며, 지금 우리가 보호하고 있고, 우리와 함께 지낼 것입니다. 보상금에 눈먼 자는 다른 데 가서 알아보는 것이 좋을 겁니다. 우리는 이 아이를 절대로 포기하지 않을 테니까."

리라는 머리부터 발끝까지 빨갛게 달아올랐다. 판탈라이몬도 표정을 감추기 위해 갈색 나방으로 변신했다. 주위의 모든 시선이 자신에게 쏟아지자 리라는 어쩔 줄 몰라 마 코스타만 쳐다보았다.

존 파는 다시 말을 이었다.

"말만으로는 아무것도 변화시킬 수 없습니다. 변화시키려면 행동을 해야 합니다. 여러분에게 꼭 해 드리고 싶은 말이 있습니다. 고블러들은 잡아간 아이들을 저 북극 끝 어둠의 땅으로 끌고 간다고 합니다. 거기서 그들이 뭘 하는지는 나도 모릅니다. 어떤 사람은 아이들을 죽인다고 하고, 어떤 이는 또 다르게 말합니다.

우리가 알고 있는 건 고블러들이 떠돌이 경찰이나 성직자들의 도움으로 이런 짓을 하고 있다는 사실입니다. 모든 권력층이 그들을 돕고 있습니다. 이 점을 잘 기억하십시오. 그들은 그 내막을 알고 있으며, 가능한 한 계속 도우려고 할 것입니다.

그러기에 나의 제의는 쉬운 일이 아닙니다. 여러분의 동의가 필요합니다. 나는 북극으로 구조대를 파견해 그들로부터 아이들을 구해 와야 한다고 제의합니다. 우리가 동원할 수 있는 모든 돈과 기술과 용기를 이 일에 쏟아 부어야만 합니다. 아, 예, 라이몬트 반 헤리트 씨?"

청중 가운데 한 사내가 손을 들었기 때문에 존 파는 그에게 발언권을 준 뒤 의자에 앉았다.

"죄송합니다만, 로드 파. 잡혀간 아이들 중에는 집시 아이들 외에 떠돌이 아이들도 있습니다. 그 아이들도 우리가 구해야 한다는 말씀입니까?"

존 파는 대답하기 위해 일어섰다.

"라이몬트, 이런 말을 하고 싶은 겁니까? 즉, 우리가 몇 명의 겁먹은 아이들을 구하기 위해 그 모든 위험을 무릅쓰고 거기까지 가는데, 어떤 아이들은 데려오고 어떤 아이들은 남겨 두고 오겠다는 거요? 아닐 겁니다. 당신은 그보다 훌륭한 사람이오. 이로써 당신의 동의를 얻어 낸 거요, 친구?"

그 질문은 청중들에게 충격을 주었다. 약간의 망설임이 있은 후 집회소 안은 요란한 함성으로 들끓었다. 청중들은 손뼉을 치고 주먹을 흔들며 흥분해서 소리쳤다. '잘'의 서까래들이 모두 들썩거리는 듯했고, 어두운 곳에서 졸고 있던 새들도 모두 놀라 깨어나서 날개를 퍼덕거리는 바람에 먼지가 우수수 떨어졌다.

존 파는 그 소란을 잠시 바라보다가 손을 들어 조용히 시켰다.

"이 일을 계획하는 데는 시간이 좀 필요합니다. 부족의 대표들은 세금을 좀 올려서 할당금을 내주시기 바랍니다. 사흘 후 여기서 다시 만납시다. 그때까지 나는 방금 말씀드린 리라 벨라커 양과 파더 코람과 의논하여 여러분 앞에 내놓을 계획을 마련할 것입니다. 그럼 오늘은 이만 하고 모두 안녕히 가십시오."

존 파의 큰 체격과 무뚝뚝한 표정, 그리고 현명한 머리는 그들을 이끌기에 충분했다. 사람들은 모두 밖으로 나와 각자의 배나 술집으로 몰려갔다. 저녁 공기는 싸늘했다.

"연단 위에 있는 저분들은 누구예요?"

리라가 마 코스타에게 물었다.

"여섯 분은 족장님들이고, 나머지 한 분은 파더 코람이셔."

파더 코람이 누군지는 리라도 쉽게 알아볼 수 있었다. 지팡이를 든 가장 나이 많은 사람으로 항상 존 파 뒤에 앉아 온몸을 사시나무 떨듯 떨고 있었다.

"따라와."

토니가 리라에게 말했다.

"존 파께 인사드려야지. 넌 그분을 '로드 파'라고 부르면 돼. 네게 뭘 물으실지 모르겠지만 진실을 말씀드려야 해."

판탈라이몬은 참새로 변신하여 리라의 어깨 위에 앉아 있었다. 그는 발톱으로 리라의 가죽 코트를 꽉 잡고 호기심을 감추지 못했다. 리라는 토니를 따라 사람들 사이로 빠져나가 연단까지 걸어갔다.

토니는 리라를 연단 위로 올려 주었다. 집회소에 있는 사람들은 머릿속으로 천 파운드를 생각하며 리라를 바라보고 있었다. 리라는 얼굴이 빨개져 머뭇거렸다. 판탈라이몬은 리라의 가슴에 휙 뛰어들더니 고양

이로 변신했다. 그러고는 그녀의 팔에 안겨 주위를 돌아보며 조그맣게
가르랑거렸다.

리라는 등을 떠밀리는 느낌과 함께 존 파 앞으로 걸어갔다. 그는 돌
기둥처럼 몸집이 크고 얼굴은 무표정하고 단호해 보였다. 그런 그가 몸
을 숙여 악수를 청했다. 그와 손을 마주 잡자 그녀의 손은 보이지도 않
았다.

"어서 오렴, 리라."

존 파가 말했다.

가까이 다가갈수록 존 파의 목소리가 쩌렁쩌렁 울렸다. 판탈라이몬
이 곁에 없었다면 리라는 흠칫 놀랐을 것이다. 존 파의 딱딱한 표정이
조금씩 부드러워졌다. 그는 리라를 매우 다정스럽게 대했다.

"감사합니다, 로드 파."

"우리 회의실에 가서 얘기할까?"

존 파가 말했다.

"마 코스타가 맛있는 걸 많이 해 줬니?"

"예, 뱀장어 요리를 먹었어요."

"맛있었겠구나."

회의실은 안락했다. 큰 난로가 있었고 은제품과 자기들로 채워진 찬
장과 반질반질한 큰 테이블 한 개와 의자 열두 개가 있었다.

연단 위에 있던 다른 사람들은 모두 가고 없었다. 하지만 몸을 떨고
있던 파더 코람은 그들과 함께 회의실까지 따라왔다. 존 파가 그를 부
축해서 의자에 앉혔다.

"넌 내 옆에 앉으렴."

존 파가 리라에게 말했다. 리라는 파더 코람과 마주 앉게 되었다. 노
인의 해골 같은 얼굴과 쉴 새 없이 떠는 모습을 보자 리라는 무서운 생

각이 들었다. 노인의 데몬은 갈색 털을 가진 크고 아름다운 고양이였다. 고양이는 꼬리를 치켜세우고 테이블을 따라 우아하게 걸어가더니 판탈라이몬의 코를 다정하게 살짝 만져 주고는 파더 코람의 무릎에 올라앉아 눈을 반쯤 감으며 조그맣게 야옹 하고 울었다.

유리잔을 담은 쟁반을 든 여자가 들어오더니 그것을 존 파 옆에 놓고 공손하게 고개를 숙인 뒤 물러갔다. 존 파는 돌항아리에 든 술을 자신과 파더 코람의 유리잔에 부었다. 리라의 잔에는 포도주를 따랐다.

"도망쳐 나왔단 말이지, 리라?"

존 파가 말했다.

"예."

"널 데려갔던 그 여자가 누구냐?"

"콜터 부인이에요. 무척 친절한 여자라고 생각했는데 알고 보니 고블러였어요. 고블러들을 '전국 성체위원회'라고 부른다는 말을 들었어요. 콜터 부인이 그 위원회 책임자고 모든 것이 그 부인의 아이디어래요. 무슨 계획인가를 세우고 있다고 했지만 전 몰라요. 단지 절 이용해서 아이들을 잡아 오려고 한 것 외에는요. 하지만 그들도 이건 모를 거예요."

"뭘 말이니?"

"잡혀간 아이들 중에는 제가 아는 아이들도 있다는 걸 말이죠. 조던 대학 부엌에서 일하던 제 친구 로저와 빌리 코스타, 그리고 옥스퍼드의 '커버드 마킷'에서 온 여자 친구도 있어요. 또 한 가지는…… 그래요, 우리 삼촌이 아스리엘 경이라는 거요. 삼촌이 북극을 여행했던 일에 대해 그들이 얘기하는 걸 들었어요. 삼촌이 고블러와 어떤 관계가 있다고는 생각하지 않아요. 왜냐하면 조던 대학의 총장과 교수들만 들어갈 수 있는 귀빈실에 숨어서 삼촌이 북쪽에서 탐사한 내용을 얘기하는 걸 들었어요. '더스트'에 관한 얘기며, 타타르족이 구멍을 뚫은 그루만의 머리를 찾아온 얘기 말이에요. 고블러들은 지금 삼촌을 어딘가에 가둬 두고 있대요. 갑옷 입은 곰들이 지키는 곳이에요. 전 삼촌을 구해 드리고 싶어요."

높다란 의자 등받이에 비해 상대적으로 자그마해 보이는 리라가 사납고 고집스러운 표정으로 말하자 두 노인은 미소를 짓지 않을 수 없었다. 파더 코람의 미소가 마치 바람 부는 봄날 그늘을 쫓는 햇빛처럼 복잡 미묘한 표정을 그려 내는 반면, 존 파의 미소는 따뜻하고 부드럽고 여유로웠다.

"그날 저녁 네 삼촌이 말씀하신 내용을 하나도 빠뜨리지 말고 말해 보렴."

존 파가 리라에게 말했다.

리라는 코스타 모자에게 얘기했던 것보다 더 자세히 얘기했다. 그녀는 존 파의 친절이 오히려 두려웠다. 얘기를 끝내자 파더 코람이 처음으로 입을 열었다. 그의 목소리에는 낭랑한 운율이 있었고, 그의 데몬이 가진 털처럼 여러 가지 음색이 있었다.

"더스트 말인데 리라, 그것을 다른 말로 부르지 않았니?"

"아뇨, 단지 더스트라고만 했어요. 소립자를 일컫는다고 콜터 부인이 말했어요."

"아이들을 이용해서 더스트에 대해 알아낼 수 있다고 생각하고 있던?"

"예, 하지만 전 뭔지 몰라요. 우리 삼촌은 아마 아실 거예요……. 깜빡 잊고 말씀드리지 않은 게 있어요. 삼촌은 그들에게 슬라이드로 무언가 보여 주었어요. '로라'라고 했던가?"

"뭐라고?"

존 파가 물었다.

"오로라겠지."

파더 코람이 말했다.

"그렇지, 리라?"

"예, 맞아요. 오로라의 빛 속에 도시 같은 것이 보였어요. 탑과 교회, 돔 같은 것들이 말이죠. 꼭 옥스퍼드 같았어요. 아스리엘 삼촌은 그것에 관심이 많은 것 같았어요. 하지만 총장과 다른 학자들은 더스트에 더 흥미를 느끼는 것 같았고요. 콜터 부인과 보리얼 경도 마찬가지였어요."

"알겠다, 흥미롭구나."

파더 코람이 말했다.

"리라."

존 파가 불렀다.

"여기 계신 파더 코람은 현자이시다. 예언자셔. 이분은 더스트와 고블러, 아스리엘 경과 그 밖의 모든 것에 대해서 자세히 알고 계시지. 너에 대해서도 마찬가지야. 코스타 가족이나 다른 가족들이 옥스퍼드에 갔다가 돌아올 때마다 새로운 소식들을 가져왔지. 너에 관한 소식도. 알고 있었니?"

리라는 고개를 저었다. 무서워지기 시작했다. 판탈라이몬은 다른 사람들의 귀에 들리지 않을 만큼 나지막하게 가르렁거렸다. 리라는 그의 털 속에 파묻은 손가락 끝으로 그것을 느낄 수 있었다.

"그래, 네가 한 모든 일을 여기 계신 파더 코람에게 보고했단다."

존 파가 말했다.

리라는 더 이상 감추고 있을 수가 없었다.

"우린 그 배를 상하게 하지 않았어요! 정말이에요! 겨우 흙을 좀 묻힌 것뿐인걸요! 그리고 그리 멀리 가지도 않았어요."

"지금 무슨 얘기를 하고 있는 거니, 애야?"

존 파의 물음에 파더 코람이 웃었다. 노인은 웃을 때는 떨지 않았으며 얼굴도 환하고 젊어 보였다.

하지만 리라는 웃지 않았다. 그녀는 떨리는 입술로 말했다.

"그리고 마개를 찾아냈다 하더라도 절대 빼내진 않았을 거예요! 그건 그냥 농담이었어요. 우린 절대로 배를 가라앉히진 않았을 거예요!"

그러자 존 파도 웃음을 터뜨렸다. 그는 커다란 손으로 테이블을 두드리고 그 넓은 어깨를 흔들어 대며 웃더니 마침내 눈물까지 글썽였다. 리라는 그처럼 요란하게 웃는 건 처음 보았다. 마치 산이 웃는 것 같았다.

"그래, 그래."

겨우 웃음이 가라앉자 존 파가 말했다.

"우린 그 얘기도 들었어. 코스타 모자는 그 일이 있은 후로는 절대 배를 비워 두고 다니지 않았을 거다. 사람들은 토니에게 배에다 보초를 남겨 두는 게 좋을 거라고, 사나운 계집애들이 돌아다닌다고 말하곤 했어. 이 이야기는 펜즈에도 쫙 퍼졌어. 하지만 우린 그 일로 널 벌할 생각은 없단다. 그러니 안심하렴."

존 파가 파더 코람을 쳐다보자 두 사람은 다시 웃었다. 하지만 이번에는 아주 부드럽게 웃었다. 리라는 그제야 마음이 놓였다.

존 파가 머리를 저으며 다시 진지한 표정을 지었다.

"리라, 우린 네가 갓난아기였을 때부터 잘 알고 있단다. 이젠 우리가 알고 있는 걸 너도 알아야만 해. 조던 대학에 있는 사람들이 네게 뭐라고 했는지 모르지만. 그들도 진실은 잘 모른단다. 네 부모가 누군지 말해 주던?"

리라는 어리둥절해졌다.

"예, 부모님이 비행기 사고로 돌아가셨기 때문에 아스리엘 삼촌이 절 그곳에 데려다 놓았다고 했어요."

"음, 그랬구나, 이제부터 내가 하는 말을 잘 들으렴. 한 집시 여인이 말해 주었단다. 집시들은 존 파와 파더 코람에게는 진실만을 말하니까 분명한 사실이란다. 너에 관한 진실이지. 네 부모님은 비행기 사고로 돌아가시지 않았어. 믿어지지 않겠지만 아스리엘 경이 바로 네 아버지니까."

리라는 너무 놀라 멍하니 앉아 있었다.

"젊었을 때 아스리엘 경은 북극으로 탐험을 갔었단다. 돌아올 때는 부자가 돼서 왔지. 그는 혈기왕성하고 열정적인 사람이었어. 너의 어머니 역시 아주 열정적인 여자였다. 집안은 네 아버지만큼 좋지 않았지만 아주 현명한 분이었단다. 그리고 학자들조차도 그녀가 너무나 아름답다고 했던 여인이었단다. 그들은 만나자마자 사랑에 빠졌어.

그런데 문제는 네 어머니가 유부녀였다는 거야. 정치인의 아내였지. 그녀의 남편은 국왕파의 한 사람으로 국왕에게 자문을 해 주는 측근이었단다. 떠오르는 인물이었지. 네 엄마는 너를 가졌다는 것을 알고는, 남편이 자기 애가 아니라고 할까 봐 두려워했다. 게다가 네 모습은 생부를 쏙 빼닮았어. 네 부모는 그래서 아기가 죽었다는 소문을 내고 널 멀리 내보냈던 거야.

그래서 네가 옥스퍼드로 오게 된 거란다. 네 아버지의 영지가 있는 곳이지. 그리고 널 집시 여자에게 맡겼어. 그런데 누군가 이 비밀을 네 엄마의 남편에게 고자질했어. 그는 그 얘기를 듣자마자 불같이 달려와 집시 여자의 오두막집을 샅샅이 뒤졌지. 네 유모는 급히 큰집으로 달아나지 않을 수 없었어. 하지만 네 엄마의 남편은 너희들을 죽일 심산으로 끈질기게 쫓아갔지.

네 아빠가 사냥을 나갔다가 그 소식을 듣고는 즉시 돌아와서 그 남자와 마주쳤단다. 그 남자가 유모와 네가 숨어 있는 벽장 문을 막 열려고 하는 순간 네 아빠가 그에게 덤벼들었던 거야. 그래서 격투가 벌어졌고, 결국 네 아빠는 그를 죽이고 말았어.

네 유모였던 그 집시 여인이 이 모든 걸 직접 눈으로 보고 우리한테 말해 준 거야. 그래서 우리도 알게 된 거지.

그 결과 소송이 벌어졌어. 네 아빠는 진실을 부인하거나 속이는 사람은 아니야. 배심원들은 골머리를 앓았지. 네 아빠가 살인을 하고 피를 흘린 건 사실이지만 불법 침입자로부터 가정과 자식을 보호하기 위한 정당방위였지. 하지만 법은 자신의 아내를 범한 자에게 복수를 할 수 있도록 허용하고 있어. 그래서 죽은 남자의 변호사는 피살자가 그것을 행사한 거라고 주장했어. 양측이 서로 밀고 당기는 공방 속에 재판은 수 주일을 끌었지만, 결국 아스리엘 경의 모든 재산과 땅을 몰수하는 걸로 판결이 나고 말았지. 왕보다 더 부자였던 아스리엘 경은 그렇게 해서 빈털터리가 되었던 거야.

네 어머니는 이 사건과 너에 대해 완전히 잡아뗐어. 집시 유모는 네 엄마가 널 대하는 걸 보고 가끔 두려웠다고 하더구나. 네 엄마는 거만하고 냉소적인 여자였거든. 네 엄마에 대한 얘긴 그만 하자.

일이 좀 다르게 풀렸다면 넌 집시로 키워졌을지도 몰라. 네 유모가 법정에다 자기 자식으로 키우고 싶다고 탄원을 했단다. 하지만 우리 집시들은 법의 지지를 거의 얻지 못해. 법정에서는 널 수도원에 보내라고 판결을 내렸다. 그래서 워틀링턴에 있는 수도원으로 보내졌던 거야. 넌 기억나지 않겠지만.

하지만 네 아버지는 그걸 참을 수가 없었지. 수도원장이나 수도사, 수녀들을 증오했으니까. 어느 날 수도원으로 찾아가서 강압적으로 널 빼내 왔단다. 자기가 키울 수도 없고, 그렇다고 집시에게 맡길 수도 없고 해서 널 조던 대학에다 맡겼어. 법을 어기면서까지 말이다.

하지만 법도 눈감아 줬어. 그런 다음 네 아버지는 탐험을 떠났고, 넌 조던 대학에서 성장하게 된 거야. 네 아버지가 말한 한 가지 조건은 이거야. 네 엄마가 절대로 널 만나지 못하도록 하라는 거지. 그 여자가 아무리 애를 써도 절대로 안 된다고 했어. 사랑이 완전히 증오로 바뀌었지, 총장도 그러겠다고 약속했고. 그리고 세월이 흘렀어.

그런데 이 더스트에 대한 불안이 덮쳐 온 거야. 전 세계의 석학들이 이것에 대해 걱정하기 시작했어. 우리도 아이들이 하나 둘 사라지면서 심각하게 생각하게 되었지. 넌 상상할 수 없겠지만 우린 전국 어디든지 연락이 닿아. 조던 대학까지도. 넌 몰랐겠지만 네가 거기 간 이후로도 너의 모든 것이 우리에게 보고되고 있었단다. 우린 너에게 관심이 있기 때문이야. 집시 여자가 자기 젖을 물려 키운 너를 항상 걱정하고 있기 때문이지."

"누가 절 지켜보고 있었죠?"

리라는 자신의 행동 하나하나가 멀리 있는 사람에게 보고되어 왔다는 게 굉장히 이상하고 중요하게 느껴졌다.

"부엌에서 일하는 버니 조핸슨이야. 파이나 과자를 굽는 요리사. 그는 반은 집시야. 넌 그걸 몰랐을 거다."

버니는 친절하고 고독을 즐기는 남자였다. 그의 데몬도 자신과 같은 성(性)을 가진 특이한 남자이기도 했다. 로저가 사라진 걸 알았을 때 리라가 절망해서 소리쳤던 사람이 바로 버니였던 것이다. 그 버니가 집시들에게 모든 걸 다 보고하고 있었다고! 리라는 기가 막혔다.

"어쨌든 우린 네가 조던 대학을 떠났다는 걸 알았어."

존 파는 얘기를 계속했다.

"네 아버지는 갇혀 있어서 그 일을 막을 수 없었지. 네 아버지가 총장에게 한 말을 우린 기억하고 있다. 네 엄마가 널 절대로 만나지 못하게 하라는 것과 또 네 엄마의 남편, 그러니까 네 아빠가 죽인 그 정치가의 이름이 에드워드 콜터라는 걸 말이야."

"콜터 부인 말씀하시는 거예요?"

리라는 망연자실하여 말이 나오지 않았다.

"그 여잔 우리 엄마가 아니에요!"

"네 엄마다. 네 아버지가 갇히지 않았더라면 그 여잔 감히 그에게 대적하지 못했을 거야. 그리고 넌 여전히 아무것도 모른 채 조던 대학에 있었겠지. 그런데 총장이 왜 널 가도록 내버려 뒀는지 난 그걸 이해할 수가 없어. 그는 널 보호할 책임이 있거든. 아마 콜터 부인이 그의 약점을 잡고 있는 것 같다."

리라는 갑자기 떠나던 날 아침 총장의 이상한 행동을 이해하게 되었다.

"하지만 총장님은 내가 떠나는 걸 바라시진 않았어요."

리라는 그때의 일을 정확하게 기억하려고 애쓰며 말했다.

"그날 새벽에 그분을 뵈러 갔어요. 콜터 부인 몰래 말이죠. 총장님은 절 콜터 부인으로부터 보호하고 싶어 하셨어요."

리라는 존 파와 파더 코람의 얼굴을 조심스레 살펴보고는 귀빈실에서 있었던 일을 솔직하게 다 말하기로 결심했다.

"아직 말씀드리지 않은 게 있어요. 제가 귀빈실에 숨어 있던 날, 총장님이 아스리엘 경을 죽이려고 포도주병에 독약을 넣는 걸 봤어요. 그래서 삼촌에게 말씀드렸죠. 삼촌은 테이블 위에 있던 그 술병을 일부러 넘어뜨렸어요. 제가 삼촌의 목숨을 구한 셈이었죠. 그런데 총장님이 왜 삼촌을 독살하려고 했는지 이해가 안 가요. 그분은 항상 친절하셨거든요. 제가 조던 대학을 떠나는 날 새벽에도 절 서재로 불렀어요. 그리고 무슨 말을 했는데⋯⋯."

리라는 그가 한 말을 정확하게 기억하려고 머리를 쥐어짰다. 그런데 아무리 생각해도 기억이 나지 않았다.

"암튼 제게 어떤 물건을 주면서 콜터 부인에겐 비밀로 하라고 했어요. 이걸 보여 드리는 게 좋을 듯싶네요."

리라는 벨벳에 싸여 코트 주머니에 든 것을 꺼내 테이블 위에 놓았다. 마치 탐조등처럼 두 사람의 시선이 집중되었다. 존 파는 강한 호기심으로, 파더 코람은 자신이 지닌 지식을 총동원하는 표정으로 그것을 바라보았다.

파더 코람이 먼저 입을 열었다.

"다시는 이걸 보지 못할 거라고 생각했는데⋯⋯. 이건 진실측정기야. 이것에 대해 그가 무슨 얘기든 해 주지 않았니, 얘야?"

"아뇨. 제 스스로 읽는 법을 터득해야 한다고만 말씀하셨어요. 그리고 이걸 알레시오미터라고 불렀어요."

"그게 무슨 뜻이죠?"

존 파가 코람을 돌아보며 물었다.

"그리스어인 '알레테이아'에서 따온 말인 것 같아. '진실'이라는 뜻이야. 진실측정기인 셈이지. 그래, 어떻게 사용하는 건지 깨우쳤니?"

파더 코람이 물었다.

"아뇨. 하지만 적어도 세 개의 짧은 바늘로 다른 그림들을 가리키게 할 수는 있어요. 하지만 긴 바늘로는 아무것도 못해요. 긴 바늘은 제멋대로 돌아가요. 단지 제가⋯⋯ 그래요, 제가 정신을 집중할 때는 긴 바늘도 제 생각대로 이리저리 움직이게 할 수 있어요."

"이건 어떤 물건인가요, 파더 코람?"

존 파가 물었다.

"그리고 이걸 어떻게 읽습니까?"

파더 코람이 그것을 조심스럽게 들고 존 파의 무뚝뚝한 얼굴 앞에 디밀었다.

"테두리를 따라 그려진 이 그림들 하나하나는 그와 관련된 모든 일을 상징하고 있지. 이 닻을 보게. 이것의 첫 번째 의미는 희망이야. 왜냐하면 희망은 닻처럼 우리를 무너지지 않게 꽉 붙잡아 주는 것이거든. 두 번째 의미는 영원한 것, 세 번째는 장애물이나 방해, 네 번째는 바다 등등, 아마 끝없는 의미로 이어질 거야."

"이것들을 모두 아십니까?"

"조금은 알지만 완전히 판독하려면 책이 필요해. 어디 있는지는 알지만 갖고 있지 않네."

"저희들이 가져오겠습니다. 읽는 법을 계속 말씀해 보세요."

"짧은 바늘 세 개는 마음대로 조종할 수가 있어."

파더 코람은 설명을 계속했다.

"그것들을 이용해서 질문을 하는 거지. 세 개의 상징을 가리키며 우리가 상상할 수 있는 어떤 질문이든 할 수가 있어. 왜냐하면 그림 하나하나마다 많은 의미가 내포되어 있기 때문이야. 일단 질문할 내용이 준비되면 긴 바늘이 돌아가서 다른 상징들을 가리키며 해답을 제시하는 걸세."

"무슨 의미를 생각하고 묻는지 어떻게 알아요?"

존 파가 물었다.

"아, 기계 혼자서는 알 수가 없지. 질문자가 마음속으로 그 의미들을 떠올리고 있을 때만 기계가 작동하니까. 그러니까 수천 가지도 넘는 의미들을 먼저 알아야만 해. 그러면 해답을 강요하거나 초조해하지 않고 바늘이 움직이는 걸 지켜보면서 그 질문에 집중해야만 해. 긴 바늘이 돌 만큼 다 돌아간 뒤에는 해답이 뭔지 알게 되는 거야. 옛날 웁살라 (Uppsala, 스웨덴 동남부 도시)에 살던 현자가 이걸 작동하는 걸 딱 한 번 본 적이 있어. 이게 얼마나 귀한 건지 알고 있니?"

"세상에 여섯 개밖에 없다고 총장님이 말씀하셨어요."

리라가 대답했다.

"몇 개가 있든 그건 중요하지 않아."

"총장님 말씀대로 넌 이걸 콜터 부인에게 보여 주지 않았니?"

존 파가 물었다.

"예, 하지만 그녀의 데몬이 제 방에 들어와서 봤을 거예요."

"그래, 리라. 우리가 진실을 완전히 알고 있는 것 같지는 않다. 하지만 내가 판단하는 바로는 이럴 것 같구나. 아스리엘 경은 총장한테 널 맡기며 네 엄마로부터 안전하게 지켜 줄 것을 부탁했고, 그래서 그는 적어도 10년 이상 그 약속을 지켰어. 그런데 교회에 있는 콜터 부인의 친구들이 그녀가 '성체위원회'를 설립하도록 도왔고, 이제 그 여자는 네 아버지만큼이나 강력해. 둘 다 막강하고 야심이 큰 네 부모님 사이에서 조던의 총장은 너를 보호하는 일에 곤란을 느꼈던 것 같구나.

총장이 신경 쓸 일은 수백 가지도 넘지. 무엇보다도 대학과 학문에 대한 걱정이 1순위지. 따라서 그것을 위협하는 일이라면 최대한 피할 수밖에 없어. 최근 교회가 점점 더 기승을 부리고 있어. 이런저런 협의회가 생기고, '종교재판소'가 되살아나고 있다는 말도 있어. 총장은 이 모든 권력 사이에서 조심하지 않으면 안 되는 거야. 그는 교회의 비위를 거스르지 않고 조던 대학을 지켜야만 해. 그렇지 않으면 살아남을 수가 없으니까.

총장의 또 다른 걱정은 바로 너야. 버니 조핸슨이 분명히 그렇게 말했어. 총장과 거기 학자들은 널 친자식처럼 사랑한다고 말이다. 그들은 널 안전하게 보호하기 위해 무슨 일이든 할 거야. 아스리엘 경에게 약속을 했기 때문이 아니라 너를 보호하기 위해서지. 총장이 네 아버지와 약속을 했는데도 콜터 부인에게 넘겨줬다면, 네가 조던 대학에 있는 것보다 그녀와 있는 것이 더 안전하다고 생각했기 때문이야. 아스리엘 경을 독살하려고 했다면, 아스리엘 경이 하는 일이 그들뿐 아니라 세상 모든 사람을 위험에 빠뜨릴 거라고 생각했기 때문일 거야. 총장은 힘든 선택의 기로에 있단다. 어떤 선택을 하더라도 해를 입게 될 테지. 하지만, 올바른 선택을 한다면 해를 적게 입을 수 있을 거야. 신은 나에게는 그렇게까지 어려운 상황을 주지는 않으셨구나.

총장은 너를 콜터 부인에게 넘겨주는 시점에서 진실측정기를 주며 잘 간직하라고 말했어. 도대체 그가 무슨 생각으로 읽을 줄도 모르는 너에게 그걸 주었는지 난 그 까닭이 몹시 궁금하구나. 그의 의도가 참 궁금해."

"이건 삼촌이 몇 년 전에 대학에 기증한 거라고 하셨어요."

리라가 좀 더 자세하게 기억하려고 애쓰며 말했다.

"총장님은 뭔가 말씀하려고 하셨는데 문에서 노크 소리가 들려 말씀을 멈추셨어요. 제 생각엔 아스리엘 경에게도 말하지 말기를 바라신 것 같아요."

"아니면 정반대거나."

존 파가 말했다.

"무슨 뜻인가, 존?"

파더 코람이 물었다.

"총장은 그를 독살하려고 했던 것에 대한 보상으로 리라를 통해 이것을 그에게 돌려주려고 했던 것 같아요. 아스리엘 경으로부터 올 위험은 이제 지나갔다고 생각했겠죠. 혹은 아스리엘 경이 이 기계에서 어떤 지혜를 읽어 내어 자신의 목적을 철회하길 바랐거나요. 아스리엘 경이 지금 갇혀 있다면 이것이 그를 구하는 데 도움을 줄지도 모르죠. 리라, 이걸 잘 간직하도록 해라. 지금까지 잘 간직해 왔으니까 별로 걱정되진 않는다만. 우리가 이것의 도움을 받아야 할 때가 올지도 몰라. 그땐 너한테 부탁하마."

존 파는 알레시오미터를 벨벳에 싸서 리라에게 주었다.

리라는 온갖 질문을 다 하고 싶었지만 주름살투성이에다 작고 예리하고 친절한 눈을 가진 이 굳센 사람에게 갑자기 부끄러움을 느꼈다. 하지만 이것 하나만은 꼭 묻고 싶었다.

"절 키워 준 집시 여자가 누구예요?"

"이런, 그야 빌리 코스타의 어머니지. 그녀가 말하진 않았을 거다. 내가 말하지 말라고 했으니까. 하지만 우리가 여기서 무슨 얘기를 하는지 그녀도 다 알아. 이젠 다 알려진 사실이니까. 자, 이제 넌 돌아가는 것이 좋겠다. 이런저런 생각이 많겠구나, 애야. 사흘 후에 다시 로핑이 열리면 그때 여러 가지를 의논하게 될 거야. 넌 착한 아이야. 잘 자거라."

"안녕히 주무세요."

리라는 한 손에 알레시오미터를 들고, 다른 손으로는 판탈라이몬을 안고 공손하게 인사했다.

두 노인은 리라에게 친절하게 웃어 주었다. 회의실에서 나오자 마 코스타가 기다리고 있었다. 이 집시 여인은 마치 리라가 태어난 이후 지금까지 아무 일도 없었다는 듯이 그 커다란 가슴에 리라를 안고 잘 자라는 뽀뽀를 했다.

좌절의 연속

리라는 자신의 출생에 대한 비밀을 받아들여야만 했다. 이 엄청난 사실을 하루아침에 모두 인정할 수는 없겠지만 진실을 거부할 수도 없었다. 아스리엘 삼촌을 아버지로 받아들이는 건 그렇다고 치더라도, 콜터 부인을 엄마로 받아들이긴 쉽지 않을 것 같았다. 두 달 전이라면 아마 굉장히 좋아했겠지만, 지금은 그저 혼란스럽기만 했다.

하지만 리라는 그런 생각을 오래 할 겨를이 없었다. 펜즈 마을에는 탐험할 곳도 많고 그녀의 얘기를 넋 놓고 들어 줄 집시 아이들도 많았기 때문이다. 사흘도 되기 전에 그녀는 너벅선의 전문가가 되었고, 억울하게 갇혀 있는 막강한 아버지에 대한 얘기로 동네 개구쟁이들의 시선을 한 몸에 받고 있었다.

"그런데 어느 날 만찬에 초대받은 터키 대사가 조던 대학에 왔어. 그는 터키 황제로부터 우리 아빠를 죽이라는 명령을 받고 독약을 숨긴 반지를 끼고 왔지. 포도주를 돌릴 때 그는 술잔을 잡는 체하며 우리 아빠 술잔에다 독을 넣었어. 순식간에 벌어진 일이라 아무도 눈치 채지 못했지. 하지만……."

"무슨 독인데?"

얼굴이 홀쭉한 한 여자 아이가 물었다.

"터키 뱀에서 빼낸 아주 강한 독이야."

리라는 즉흥적으로 꾸며 말했다.

"뱀을 어떻게 잡느냐 하면, 피리를 불어 유인한 다음 꿀에 절인 스펀지를 던져. 이걸 무는 순간 착 달라붙어 절대로 떨어질 수 없게 돼. 그러면 뱀을 잡아 독액을 빼내는 거야. 어쨌거나 우리 아빠는 그 터키 대사가 독을 넣는 걸 봤어. 아빠는 신사 여러분, 전 조던 대학과 이즈미르 대학의 우정을 위해 건배하고 싶습니다, 라고 말했지. 이즈미르 대학은 터키 대사의 모교거든. 그러고는 우리가 기꺼이 친구가 된 것을 보여 주는 의미에서 서로 잔을 바꾸어 마십시다. 이렇게 말한 거야.

터키 대사는 곤경에 빠졌어. 왜냐하면 엄청난 무례를 범하지 않으려면 마시지 않을 수가 없거든. 하지만 독이 든 것을 알면서도 그 술을 마실 수도 없었지. 그는 얼굴이 하얗게 질려서 기절해 버렸지. 의식을 되찾자 거기 있던 사람들이 그를 지켜보고 있었어. 그는 하는 수 없이 독이 든 술이든 아니든 마셔야만 했어."

"그가 뭘 마셨어?"

"독이 든 술을 마셨지. 마시자마자 고통을 호소하며 이내 죽었어."

"그걸 직접 봤어?"

"아니, 귀빈실에는 여자들이 들어갈 수 없어. 하지만 나중에 밖으로 나온 시체를 봤지. 피부가 시든 사과처럼 쭈글쭈글했어. 눈알은 머리에서 튀어나오기 시작했고, 그래서 사람들은 눈알을 안으로 밀어 넣어야만 했지……."

뭐 이런 식이었다.

한편 펜즈 변두리에서는 경찰들이 집집마다 샅샅이 뒤지고 다녔다. 금발의 어린 소녀를 봤다는 사람들을 심문하고 신분증을 면밀히 조사했다. 옥스퍼드에서의 수색은 더욱 살벌했다. 성당과 조던 대학까지 수색했다. 이런 분위기에 반대하며 대학 총장들은 자신의 권리를 보호하기 위해 성명까지 발표했다. 하늘에는 쉴 새 없이 비행선들이 날아다녔다. 윙윙거리는 엔진 소리가 계속해서 들렸다. 리라는 그제야 저건 날 찾아다니는 소리구나, 하고 생각했다. 짙은 구름 때문에 보이지 않았지만 이들이 어떤 첨단 장비를 가지고 탐색할지 모를 일이었다. 소리가 나면 숨거나 눈에 잘 띄는 금발을 숨기는 수밖에 없었다.

리라는 자신의 출생에 대해 마 코스타에게 자세히 물어보았다. 그러고는 그 내용을 자신이 지어낸 이야기보다 더 분명하고 확실하게 머릿속에서 엮어 갔다. 집시 오두막으로 도망쳐 가서 살았던 일, 벽장 속에 숨었던 일, 다급하게 달려온 아버지의 목소리, 칼싸움이 벌어진 일 등…….

"칼싸움이라고? 맙소사 얘, 너 꿈꾸고 있니?"

마 코스타가 말했다.

"에드워드 콜터 씨는 권총을 갖고 있었어. 하지만 네 아버지가 주먹으로 한 방 날리자 총을 떨어뜨리고 쓰러졌지. 그리고 총소리가 두 번 울렸어. 어리긴 했지만 너도 그 정도는 기억날 텐데 이상하구나. 첫 번째 총성은 총을 먼저 주워 든 에드워드 콜터가 쏜 것이었어. 하지만 두 번째 총성은 아스리엘 경이 그의 손에서 총을 빼앗아 쏜 거였어. 정확하게 눈과 눈 사이를 쏘아 그의 머리를 날려 버렸지. 그러고 나서 네 아버지는 '코스타 부인, 어서 아이를 데리고 나오시오'라고 말했어. 너와 네 데몬이 자지러지게 울고 있었거든. 그는 널 어깨 위에 태워 살살 어르고 달랬었지. 발밑에는 시체가 뒹굴고 있는데도 태연히 말이야. 그러고는 내게 포도주를 가져오라고 한 다음 바닥을 치우라고 했어."

리라는 이 얘기를 네 번이나 반복해서 들었다. 그러고 보니 그때의 기억이 생생하게 떠올랐다. 심지어 에드워드 콜터의 코트 색깔이며, 벽장에 걸려 있던 옷과 모피까지도 생각났다. 이제 기억할 수 있다고 말하자 마 코스타는 웃었다.

리라는 혼자 있을 때는 언제나 알레시오미터를 꺼내 보았다. 마치 애인 사진을 꺼내 보는 연인처럼. 그러니까 한 개의 그림에 여러 가지 의미가 담겨 있단 말이지. 그런데 왜 난 이 기계를 작동시킬 수가 없을까? 난 아스리엘 경의 딸이 아닌가?

리라는 파더 코람이 말했던 것을 기억하며 마음대로 세 개의 그림을 정하고 정신을 집중시키면서 바늘들을 돌려 그 그림에 맞추었다. 리라는 알레시오미터를 손바닥에 올려놓고 약간 멍한 상태로 생각에 잠겨 바라보고 있으면 긴 바늘이 더욱 의미심장하게 움직이기 시작한다는 것을 알아냈다. 그것은 문자판 위를 제멋대로 움직이지 않고 한 그림에서 다른 그림으로 천천히 돌아갔다. 어떤 때는 두 개의 그림 위에서 멈추었고, 어떤 때는 세 그림, 또 어떤 경우에는 다섯 개 이상의 그림에서 멈추기도 했다. 리라는 그 의미를 전혀 알 수 없었지만 그 무엇보다도 깊고 조용한 기쁨을 느낄 수 있었다. 판탈라이몬도 문자판 위에 쪼그리고 앉아 고양이로 변했다가 쥐로 변신했다 하면서 바늘을 따라 머리를 움직여 보고 있었다. 둘은 한 번 혹은 두 번쯤 마치 구름 속에서 한줄기 빛이 내리비쳐 먼 곳에 있는 거대한 산줄기를 드러내 보이듯, 그 오묘한 의미를 어렴풋이 느낀 적도 있었다. 그럴 때면 리라는 북극이라는 말을 들을 때마다 느끼곤 했던 그 짜릿함과 같은 기분에 빠져들었다.

그렇게 사흘이 후딱 지나고 두 번째의 로핑이 열리는 밤이 찾아왔다. 첫날보다 홀에는 더 많은 사람이 모여들어 만원을 이루었다. 리라와 코스타 가족은 앞줄에 앉기 위해 일찌감치 들어갔다. 존 파와 파더 코람이 연단 위로 나와 의자에 앉았다. 그들이 테이블 위에 손을 올려놓고 사람들을 내려다보자 웅성거리는 소리가 가라앉았다.

"먼저 여러분의 협조에 감사드립니다. 오늘은 여섯 족장에게 부탁드렸듯이 여러분의 약속을 듣고 돈을 모으기 위해 여기 모였습니다. 먼저 니콜라스 로크비 씨 나오세요."

검은 턱수염을 기른 뚱뚱한 남자가 연단 위로 올라갔다. 그는 테이블 위에 묵직해 보이는 가죽 가방을 올려놓았다.

"우리가 거둔 금입니다. 우리 부족에서는 38명이 지원했습니다."

"감사합니다. 니콜라스 씨."

존 파가 말하자 파더 코람이 기록했다.

니콜라스는 연단 뒤로 가서 섰다. 계속해서 호명된 사람들은 연단 위로 올라와 자신들이 거둔 금을 내놓으며 지원자 수를 보고했다. 코스타 가족은 스테판스키 부족에 속했고, 토니는 당연히 첫 번째 지원자였다. 리라는 그의 데몬인 매가 두 발을 요리조리 놀리며 날개를 퍼덕이는 것을 보았다. 스테판스키 부족도 존 파 앞으로 걸어 나가서 돈을 내놓으며 23명의 지원자가 동참할 것을 약속했다.

여섯 족장이 모두 연단에 오르자 파더 코람은 존 파에게 기록한 내용을 보여 주었다. 존 파는 청중들에게 연설하기 위해 다시 일어섰다.

"여러분, 모두 170명이 지원했습니다. 정말 자랑스럽습니다. 모인 금의 무게로 보아, 아마도 여러분들의 금고가 꽤 축났을 것 같습니다. 정말 진심으로 감사드립니다. 여러분.

우리의 계획은 다음과 같습니다. 이 돈으로 배를 전세 내어 북극으로 갈 것입니다. 그리고 아이들을 찾아올 겁니다. 이 과정에서 싸움이 있을 수도 있습니다. 이런 일이 처음도 마지막도 아닐 겁니다. 그러나 아직은 아이들을 납치한 자들과 싸울 필요는 없습니다. 우리에겐 뛰어난 전략이 필요합니다. 우린 잡혀간 아이들을 데려오지 않는 한 절대로 돌아오지 않을 것입니다. 말씀하시오, 디르크 브리스."

한 남자가 일어나서 물었다.

"로드 파, 그들이 왜 아이들을 잡아갔는지 아십니까?"

"신학적인 문제 때문이라고 들었네. 그들이 무슨 실험을 하고 있다지만 어떤 건지 우리도 모른다네. 사실 그들이 어떤 해악을 끼칠 것인지도 모른다네. 이유야 무엇이든, 그들은 우리 부모들로부터 아이를 훔쳐갈 권리가 없다네. 말하시오, 라이몬트 반 헤리트."

첫날 모임 때 발언했던 그 남자가 또 일어섰다.

"로드 파, 그들이 찾는다는 아이 말입니다. 앞줄에 앉은 저 아이요. 펜즈 변두리에 사는 사람들은 저 아이 때문에 집이 온통 뒤집어졌다고 들었습니다. 또 국회에서는 예부터 있어 왔던 우리의 특권을 폐지하려는 움직임이 일고 있다고 합니다. 저 아이 때문에 말입니다."

그러자 청중들 사이에서 웅성거리는 소리가 났다.

"펜즈를 마음대로 다닐 수 있는 자유를 박탈하는 법을 통과시키려고 한다고 합니다. 로드 파, 저희들은 알고 싶습니다. 우리를 곤경에 빠뜨리고 있는 저 아이는 대체 누굽니까? 집시의 아이도 아니라고 들었습니다. 떠돌이의 아이가 어째서 우리를 위험에 빠뜨릴 수 있습니까?"

리라는 큰 덩치의 존 파를 쳐다보았다. 가슴이 심하게 쿵쿵거려 첫마디는 듣지도 못했다.

"솔직하게 말하게, 라이몬트, 부끄러워하지 말고."

존 파가 말했다.

"자넨 지금 그들로부터 도망 나온 아이를 넘겨주자는 얘기 아닌가, 그렇지?"

사내는 고집스럽게 얼굴을 찡그리고 서서 입을 다물고 있었다.

"그래, 그럴 수도 있고 그렇지 않을 수도 있지."

존 파는 말을 계속했다.

"하지만 선행을 하는 데 꼭 이유가 필요한 사람이 있다면 이걸 잘 생각해 보시오. 저 소녀는 아스리엘 경의 딸이오. 더도 덜도 아니지. 모두 잊어버렸겠지만, 아스리엘 경은 터키인에게서 샘 브로크먼의 생명을 구해 준 분이오. 그리고 집시들의 배가 자신의 영지를 통과하여 운하를 마음대로 이용할 수 있도록 허락했던 분이기도 하지. 우리의 영원한 권익을 위해 국회에서 워터코스 빌을 물리친 인물이며, 1953년 홍수 속에서 밤낮없이 우리를 도와주고 물에 빠진 어린 루드와 넬리 쿠프먼을 구하려고 두 번이나 물속으로 뛰어든 사람이오. 당신들은 그걸 잊었소? 부끄러운 줄 알아야 하오.

그 아스리엘 경이 지금 가장 춥고 어둡고 거친 스발바르 요새의 지하 감옥에 갇혀 있소. 그곳에서 어떤 동물들이 그를 지키고 있는지도 여러분께 말해 줘야 할 필요가 있을까요? 우리가 보호하고 있는 저 아이는 바로 아스리엘 경의 딸이오. 그런데 라이몬트는 지금 우리의 작은 평화를 위해 저 아이를 당국에 넘겨주자는 거요. 내 말이 맞나, 라이몬트? 일어나서 대답해 보게."

라이몬트는 자리에 조용히 앉아 있을 수밖에 없었다. 사람들은 존 파의 말이 옳다고 웅성거렸다. 라이몬트는 부끄러웠다. 리라는 부끄럽기도 하고, 용감한 아버지가 자랑스럽기도 했다.

존 파는 고개를 돌려 연단 위에 서 있는 다른 사람들을 보고 말했다.

"니콜라스 로크비, 자네는 우리가 타고 갈 배를 구하고 항해를 총책임지게. 그리고 아담 스테판스키, 자네는 무기와 군수품을 맡고 싸움을 진두지휘하게. 로저 반 포펠, 자넨 식량과 방한복 등 보급품 일체를 책임지게. 사이먼 하트먼, 자넨 회계를 맡아 군자금을 적절히 배분하고 우리에게 보고하게. 벤저민 드 로이테르, 자넨 적의 동태를 정찰하여 파악한 정보는 모두 파더 코람에게 보고하게. 마이클 칸조나, 자넨 이 네 명이 하는 일을 종합해서 내게 보고하게. 그리고 내가 만약 죽으면 자네가 내 뒤를 이어 지휘하도록 하게.

자, 관례에 따라 배치를 했습니다만, 혹시 다른 의견이 있는 분들은 기탄 없이 말씀해 주시길 바랍니다."

그러자 한 여자가 일어섰다.

"로드 파, 이 탐험에 여자들은 데려가지 않나요? 아이들을 구하면 돌봐 줄 여자가 필요할 것 같은데요."

"그렇지만 태울 자리가 없을 것 같소, 넬. 남자들만 있다 해도 그곳에서 지낸 것보다는 그 애들에게는 편할 것이오."

"하지만 만약 그 아이들을 구하는 일에 경비병이나 보모로 변장한 여자들이 꼭 필요하게 될 경우가 닥치면 어떻게 하실 겁니까?"

"글쎄, 그런 생각은 못 해봤소."

존 파는 인정했다.

"회의실에 가서 신중히 검토해 보겠소. 약속하겠소."

그녀가 앉자 이번에는 남자 한 명이 일어났다.

"로드 파, 아스리엘 경이 갇혀 있다고 말씀하셨는데, 그를 구출하는 일도 이번 계획에 포함되어 있습니까? 말씀하신 대로 그분이 지금 갑옷 입은 곰들에게 잡혀 있는 처지라면 170명의 병사만으로는 어림없을 것입니다. 아스리엘 경이 우리의 좋은 친구이긴 하나, 과연 우리 모두가 그 먼 곳까지 달려가야 하는지는 잘 모르겠군요."

"애드리안 브레익스, 당신 말도 틀리지 않소. 우리는 먼저 북극으로 가서 사태를 파악하고 정보를 수집해 봐야 합니다. 그를 도와줄 수 있을지 없을지는 모르지만, 이것만은 분명하게 약속하겠소. 여러분들이 제공하는 돈과 인원은 아이들을 구출하여 데려오는 일 이외의 용도로는 절대 사용하지 않을 것이오."

다른 여자가 일어나 물었다.

"로드 파, 고블러가 우리 아이들에게 어떤 짓을 했는지 저희들은 모릅니다. 소문에는 아이들의 머리가 잘려 나가고, 반으로 쪼개지고, 다시 꼬맨다는 등 너무도 끔찍한 얘기가 많았습니다. 이런 말로 심려를 끼쳐 드려 죄송합니다만 그런 얘기를 심심찮게 듣고 있어서 이번 기회에 확실히 하고자 합니다. 로드 파께서 이런 사실을 아신다면 우리는 철저하게 복수해야 한다고 생각합니다. 자비와 인자함은 버리시고 극악무도한 자들에게 무서운 본때를 보여 주시길 바랍니다. 고블러에게 아이를 잃은 어머니들을 대신해 감히 말씀드립니다."

말을 끝내고 앉자 '잘'에 모인 사람들 모두 고개를 끄덕이며 동의하는 소리가 여기저기서 들렸다.

존 파는 조용해지기를 기다렸다가 말했다.

"마거릿, 그땐 무엇도 나를 막을 수 없을 겁니다. 하지만 아직 판단은 하지 맙시다. 내가 북극을 응징하면 이곳은 더 시끄러워질 거요. 너무 성급하게 공격하는 것은 안 하는 것보다 나빠요. 당신은 분명 뜨거운 열정으로 그렇게 말했을 거요. 하지만 그 열정에 굴복하면 당신은 내가 늘 경고했던 실수를 저지르게 될 것이오. 우리가 해야 할 일보다 감정에 먼저 호소하게 된다는 얘기입니다. 우리의 첫 번째 임무는 아이들을 구출하는 것이고, 복수는 그 다음이오. 우리의 감정을 만족시키는 것이 우선이 아니오. 감정은 중요하지 않소. 설사 고블러들을 처벌하지 못한다고 하더라도 아이들만 구할 수 있다면 우린 목적을 달성한 것이오. 하지만 고블러와의 싸움을 첫 번째 목적으로 삼았다가 아이들을 구하지 못하면 우린 실패한 것입니다.

하지만 이걸 명심해요, 마거릿. 복수를 할 때가 오면, 우린 그들을 두려움에 혼비백산하도록 만들어 줄 것이오. 그들을 쳐 죽이고 갈가리 찢어 버릴 거요. 내 망치도 카자흐스탄 초원에서 타타르족 용사를 죽인 이래 피에 굶주렸소. 그 망치는 지금 내 선실 벽에 걸려 꿈을 꾸고 있소. 하지만 북극에서 불어오는 바람 속에서 피 냄새를 맡고 있지. 어젯밤에도 그 망치가 내게 갈증을 호소해 오길래 나는 '조금만 기다려, 이 아가씨야. 조금만'이라고 말해 줬소. 마거릿, 존 파가 마음이 너무 약해서 때가 와도 싸우지 못할 거라는 걱정은 하지 마시오. 냉정하게 판단해서 싸워야 할 때가 올 것이오. 그러나 감정적으로 처신해선 안 되오.

하고 싶은 말이 있는 사람은 더 해보시오."

아무도 말하지 않았다. 그러자 존 파는 회의가 끝났음을 알리는 종을 힘껏 쳤다. 종소리가 어찌나 큰지 홀을 가득 채우고 서까래를 흔들었다.

존 파와 연단에 있던 사람들은 회의실로 들어갔다. 리라는 약간 실망했다. 오늘은 날 회의실로 부르고 싶지 않은 걸까? 토니가 소리 내어 웃었다.

"그들은 이제부터 계획을 세워야 해. 네 역할은 다 끝났어, 리라. 지금부터는 존 파와 족장들이 할 일만 남았어."

"하지만 난 아직 아무것도 하지 않은걸요!"

리라는 항의하며 마지못해 다른 사람들과 함께 회의장을 나와 부두로 내려가는 자갈길을 따라 걸어갔다.

"내가 한 건 콜터 부인한테서 도망친 것밖에 없어요! 그건 시작일 뿐이에요. 난 북극에 가고 싶어요!"

"내 말 좀 들어 봐, 리라. 네게 바다코끼리 이빨을 갖다줄게."

토니가 달래듯 말했다.

리라는 그 말에 얼굴을 찌푸렸다. 판탈라이몬도 토니의 데몬에게 얼굴을 찌푸렸다. 그러자, 토니의 데몬은 불쾌하다는 듯이 갈색 눈을 감아 버렸다. 리라는 새로 사귄 친구들과 함께 부둣가를 어슬렁거렸다. 그들은 고기를 유인하기 위해 어두운 물위에 등을 매달아 놓고 있었다. 퉁방울눈을 한 물고기가 유유히 헤엄쳐 오자 아이들은 작살로 힘껏 찔렀지만 번번이 놓치곤 했다.

그러나 리라의 마음은 온통 존 파와 회의실에 가 있었다. 잠시 후 리라는 '잘'을 향해 걸음을 옮겼다. 회의실 창문에 불빛이 비쳤지만 창이 높아 안을 들여다볼 수 없었다. 안에서 두런두런 얘기하는 소리가 들려왔다.

리라는 문 앞에 서서 세게 다섯 번 두드렸다. 말소리가 그치고, 의자가 마룻바닥을 긁는 소리가 들리더니 문이 열렸다. 석유램프의 따스한 불빛이 축축한 계단 위로 쏟아져 나왔다.

"무슨 일이니?"

문을 연 남자가 물었다. 그 뒤로 테이블에 모여 앉은 사람들이 보였다. 테이블 위에는 차곡차곡 쌓은 금자루와 장부, 펜, 유리잔과 항아리가 놓여 있었다.

리라는 방 안에 있는 사람들이 모두 들을 수 있도록 말했다.

"저도 북극에 가고 싶어요. 가서 아이들을 구하고 싶어요. 그래서 콜터 부인에게서 도망쳤던 거예요. 그전부터 제 친구 로저를 구하러 갈 생각이었어요. 저도 돕고 싶어요. 항해도 할 수 있고 오로라에서 앤버릭 자기장을 분리할 줄도 알아요. 곰의 어느 부위를 먹을 수 있는지도 알고 다른 유용한 지식도 많이 알고 있어요. 거기 도착해서 절 데려오지 않은 걸 후회하지 마시고 꼭 데려가 주세요. 아까 그 부인 말처럼 아이들을 돌볼 여자가 필요할지도 몰라요. 제가 꼭 필요할 거예요, 로드 파. 말씀 도중에 죄송합니다만."

리라는 어느새 회의실 안에 들어와 있었다. 방 안의 모든 사람과 데몬들은 약간은 재미있다는 듯, 혹은 짜증스럽다는 듯 리라를 바라보고 있었다. 하지만 리라는 로드 파의 눈만 쳐다보았다. 판탈라이몬도 리라의 팔에 앉아 들고양이의 초록눈을 반짝이고 있었다.

이윽고 존 파가 말했다.

"리라, 널 위험에 빠뜨릴 순 없다. 그러니까 넌 여기 남아 마 코스타를 도와 드리렴. 그게 안전하고 네가 할 일이야."

"하지만 전 알레시오미터를 읽는 법을 익혀 가고 있어요. 날마다 조금씩 알 것 같아요! 이것이 반드시 필요할 거예요, 분명히!"

존 파는 머리를 저었다.

"리라, 네 마음은 충분히 알아. 하지만 콜터 부인도 널 북극으로 데려가진 않았을 거야. 북극에 가고 싶으면 모든 문제가 해결될 때까지 기다려. 끝나면 그때 데려가 주지."

판탈라이몬이 나지막하게 피이, 하는 소리를 냈다. 그러자 존 파의 데몬이 검은 날개를 퍼덕이며 그들에게 날아왔다. 위협적이지는 않지만 조심하라는 몸짓이었다. 리라가 돌아서자 까마귀는 그녀의 머리 위를 한 바퀴 돈 뒤 존 파에게 돌아갔다. 리라의 등 위로 문이 굳게 닫혔다.

"우리는 갈 거야."

리라는 판탈라이몬에게 말했다.

"어디 한번 막아 보라지. 우린 갈 테니까!"

스파이

다음 며칠 동안 리라는 이런저런 궁리 끝에 초조한 마음으로 성급한 결론을 내렸다. 아무리 생각해 봐도 밀항만큼 그럴싸한 계획은 없어 보였다. 그 커다란 배 안에 설마 조그만 계집아이 하나 숨어들 자리가 없겠는가? 분명 그처럼 중요한 여행에는 그에 걸맞은 규모의 배가 출항할 테고 그렇다면 리라가 생각해 낼 수 있는 밀항 방법만 해도 한두 가지가 아니었다. 구명정 안이나 화물칸, 배 밑바닥 등 그야말로 숨을 곳이 한두 군데가 아닐 것이다. 그러나 계획을 성사시키기 위해서는 무엇보다 우선 그 배에 올라타는 것이 중요했다. 또한 이곳 펜즈를 떠난다는 것은 곧 집시의 방식대로 여행한다는 것을 의미했다.

그리고 그녀가 혼자 힘으로 해안까지 간다고 해도 다른 배에 잘못 올라탈 가능성을 배제할 수 없었다. 그렇게 된다면 구명보트에서 한잠 자다가 눈을 떴을 때 '하이 브라질'로 향하고 있을지도 모를 일이었다.

집시들은 이번 항해를 의논하기 위해 밤낮없이 집회를 열었다. 리라는 아담 스테판스키의 주위에서 서성대며 그가 원정대의 자원자들을 선출하는 것을 구경했다. 그리고 원정대가 챙겨 가야 할 물품들을 이것저것 간섭하며 로저 반 포펠을 성가시게 하기도 했다. 고글은 잊지 않고 챙겨 넣었느냐? 또 어디 가야 가장 좋은 북극 지방 지도를 살 수 있는지 알고 있느냐 하면서 말이다.

그녀가 가장 도와주고 싶은 인물은 정찰대를 책임지고 있는 벤저민 드 로이테르였다. 그러나 벤저민은 두 번째 회합이 끝난 이른 아침에 어디론가 떠나 버렸기 때문에 그가 어디에 있는지, 언제 돌아올지 아는 사람은 아무도 없었다. 그래서 리라는 대신 파더 코람에게 매달려 보리라고 결심했다.

"파더 코람, 이 원정에는 절 꼭 데려가셔야 해요. 집시 중에 저만큼 고블러를 잘 아는 사람은 없으니까요. 저는 그 일당 중 한 사람과 생활해 본 경험도 있어요. 그리고 벤저민의 메시지를 이해하시려면 반드시 제 도움이 필요하실 거예요."

파더 코람은 필사적으로 매달리는 맹랑한 소녀를 차마 내칠 수가 없었다. 그래서 리라와 얘기를 나누거나 그녀가 얘기하는 옥스퍼드 대학에서의 생활과 콜터 부인에 대한 얘기를 들어 주었다. 그리고 알레시오미터를 읽는 모습도 지켜보았다.

"이 상징들을 전부 설명해 주는 책은 어디 있나요?"

어느 날 리라는 파더 코람에게 물었다.

"하이델베르크에 있단다."

"그럼 그 한 권이 전부예요?"

"더 있을지도 모르지만 내가 본 건 그것뿐이었어."

"옥스퍼드의 보들리 도서관에도 분명 있을 거예요."

리라는 파더 코람의 데몬에게서 눈을 뗄 수가 없었다. 그것은 그녀가 지금까지 보아 온 데몬들 중 가장 아름다웠다. 판탈라이몬이 고양이로 변신했을 때에는 볼품없이 마르고 털에 윤기도 없었지만 파더 코람의 데몬인 소포낙스는 말로는 표현할 수 없을 정도로 우아한 자태를 지니고 있었다. 눈은 금빛으로 빛나고 진짜 고양이 두 배 정도 크기의 몸에는 털이 풍성했다. 게다가 햇빛을 받으면 털의 어두운 부분이 좀 더 밝아지면서 황갈색, 갈색, 풀잎색, 개암나무색, 밀알색, 금색, 가을색, 마호가니색 등이 모두 합해진 듯한 미묘한 색을 만들어 냈다. 리라는 그 털을 한번 만져 보거나 뺨에 비벼 보고 싶은 생각이 간절했지만 차마 그렇게 하지 못했다. 다른 사람의 데몬을 만져 본다는 것은 감히 상상도 하지 못할 만큼 무례한 행동이기 때문이다. 물론 데몬들끼리는 서로 상대방을 만지거나 싸울 수 있었다. 그러나 인간과 데몬 사이의 접촉은 철저하게 차단되어 있었으며, 심지어 전투 중인 전사가 적군의 데몬을 건드리는 일조차 허용되지 않았다. 그것은 절대 금기사항이었던 것이다. 반드시 그렇게 해야 된다는 말은 들은 기억이 없지만 리라는 본능적으로 그걸 알고 있었다. 그래서 비록 소포낙스의 털을 바라보며 감탄하고 그 감촉이 어떨지를 상상해 보더라도 실제로는 손끝 하나 대 볼 수 없다는 사실을 잘 알았다.

파더 코람이 세파에 찌들고 허약해진 반면 소포낙스는 건강하고 윤기가 흐르는 아름다운 모습이었다. 파더 코람은 몹쓸 병을 앓았거나 중풍으로 고통을 받은 듯했다. 어쨌거나 그는 지금 쌍지팡이에 의지하지 않고는 걷지도 못했으며 항상 사시나무 떨듯이 몸을 떨었다. 하지만 정신은 여전히 맑고 예리했으며 강력했다. 리라는 자신을 인도해 주는 파더 코람의 굳은 신념과 풍부한 지식에 감동되어 곧 그를 좋아하게 되었다.

"파더 코람, 이 모래시계는 무얼 의미하죠?"

어느 맑은 날 아침 파더 코람의 배에서 알레시오미터의 그림을 가리키며 리라는 물었다.

"바늘이 언제나 그 자리로 돌아와요."

"때로는 자세히 들여다보면 단서가 보일 때도 있단다. 그 꼭대기에 있는 작은 것이 무엇이냐?"

그녀는 눈을 가늘게 뜨고 자세히 보았다.

"해골이에요!"

"그럼 해골에는 어떤 의미가 있다고 생각하느냐?"

"아마도…… 죽음 아닐까요?"

"맞았다. 따라서 모래시계가 의미하는 범주 내에는 죽음이라는 것이 있음을 알게 되지. 실제로 첫 번째 의미인 시간 뒤에는 두 번째 의미인 죽음이 뒤따르지."

"파더 코람, 제가 알아낸 게 뭔지 아세요? 바늘이 두 번째 회전을 하고 나면 바로 그 자리에서 멈춘다는 사실이에요! 첫 번째 회전할 때에는 마구 떨면서 움직이지만 두 번째는 멈추어요. 그건 두 번째 의미를 가리키는 게 아닐까요?"

"그럴지도 모르지. 그래서 넌 그것에게 뭘 묻고 있니?"

"제가 생각하기로는……."

리라는 놀라 말을 멈췄다. 자신이 무의식중에 어떤 질문을 하고 있다는 사실을 깨달았기 때문이다.

"저는 단지 세 개의 그림을 서로 연결시켰을 뿐인데…… 그러니까 벤저민 씨의 메시지에 관해 생각하고 있었거든요. 그래서 뱀과 도가니, 벌집을 같이 놓고 그가 어떻게 정찰을 하고 있을까에 대해서……."

"그런데 왜 그 세 가지지?"

"왜냐하면 뱀은 첩자처럼 교활하잖아요. 그리고 도가니는 지식의 정수(精髓)를 의미하고, 벌집은 고된 노동을 나타내죠. 벌들은 항상 부지런하니까요. 따라서 힘든 노동과 교활함에서 지식을 얻는 것, 이게 바로 스파이가 하는 일 아니겠어요? 그래서 제가 그 세 가지를 선택하고 마음속으로 그 질문을 생각하자 바늘이 죽음에서 멈췄어요. 이런 일이 정말로 일어날 수 있다고 생각하세요, 파더 코람?"

"이 기계는 제대로 작동하고 있어, 리라. 문제는 우리가 그걸 제대로 읽느냐는 거겠지. 저 모래시계는 섬세하고 미묘한 물건이니까. 내 생각엔 만일⋯⋯."

파더 코람이 말을 채 끝내기도 전에 누군가 급하게 문을 두드리는 소리가 들렸다. 이어서 집시 청년 한 명이 들어왔다.

"죄송합니다, 파더 코람. 지금 막 제이콥 휘스먼이 돌아왔습니다만 중상을 입었습니다."

"제이콥이라면 벤저민과 같이 움직였을 텐데, 어찌된 일인가?"

"제이콥이 전혀 말을 못하는 상탭니다."

청년은 급히 말을 이었다.

"직접 가 보시는 게 좋겠습니다, 파더 코람. 제이콥이 오래 버티지 못할 것 같습니다. 출혈이 무척 심하거든요."

파더 코람과 리라는 놀라움과 불안이 섞인 시선으로 서로를 바라보았다. 파더 코람이 곧 서둘러 지팡이를 짚고 절뚝거리며 밖으로 나갔다. 그 앞에서 데몬 소포낙스가 천천히 발걸음을 옮겼다. 리라도 초조한 마음으로 그들의 뒤를 따라갔다.

청년은 그들을 사탕무가 늘어서 있는 선착장으로 안내했다. 그곳에는 배 한 척이 묶여 있었는데 빨간색 플란넬 앞치마를 두른 한 여인이 문을 열고 그들을 맞았다. 그녀가 의심쩍은 눈초리로 리라를 쳐다보자 파더 코람이 입을 열었다.

"부인, 제이콥이 하는 말을 저 아이도 반드시 들어야만 하오."

그러자 여인이 뒤로 물러섰고 그녀의 데몬인 다람쥐도 나무로 만든 벽시계 위로 올라가서 조용히 앉았다. 침상에는 헝겊을 대어 여기저기 기운 이불을 덮고 누워 있는 한 사내가 있었다. 그의 얼굴은 혈색이 거의 없이 땀에 젖어 있었고 눈빛도 흐릿했다.

"의사를 부르러 사람을 보냈어요, 파더 코람."

여인이 떨리는 목소리로 말했다.

"제발 이이를 흥분시키지 말아 주세요. 고통 때문에 무척 괴로워하고 있답니다. 겨우 몇 분 전에 피터 호커의 배를 타고 돌아왔어요."

"피터는 지금 어디 있소?"

"배를 대러 갔어요. 당신을 모셔 오라고 한 사람도 피터예요."

"잘하셨소. 이보게, 제이콥, 내 말 들리나?"

제이콥은 파더 코람을 보기 위해 힘겹게 눈을 떴다. 파더 코람은 그로부터 채 반 미터도 떨어지지 않은 침상 맞은편에 앉아 있었다.

"네, 파더 코람."

그가 웅얼거리는 소리로 대답했다.

리라는 제이콥의 데몬을 바라보았다. 흰 족제비가 거의 미동도 하지 않고 제이콥의 머리맡에 엎드려 있었다. 몸은 웅크리고 있었지만 눈을 뜨고 있는 것으로 보아 잠든 것 같지는 않았다. 그리고 제이콥과 마찬가지로 눈동자에 생기가 없었다.

"어떻게 된 건가?"

파더 코람이 제이콥에게 물었다.

"벤저민이 죽었습니다."

제이콥이 대답했다.

"벤저민은 죽고 제라드는 포로로 잡혔습니다."

제이콥이 갈라진 목소리로 말하고 가쁜 숨을 몰아쉬자 흰 족제비가 힘겹게 몸을 일으키더니 그의 얼굴을 핥아 주었다. 그러자 데몬의 격려로 힘을 얻은 듯 그가 말을 이었다.

"우리 일행은 신학부로 침투했습니다. 우리가 잡은 고블러 중 한 놈이 자신들의 본부가 거기라고 말하는 걸 벤저민이 들었거든요. 그곳에서 모든 명령이 내려온다고……."

그의 말이 다시 끊겼다.

"자네들이 고블러를 잡았단 말인가?"

파더 코람이 말했다.

제이콥이 고개를 끄덕이더니 데몬에게로 시선을 돌렸다. 데몬이 주인이 아닌 다른 인간에게 말을 하는 일은 극히 드물었으나 가끔 그런 상황이 발생하기도 했다. 그리고 지금이 바로 그런 경우로 흰 족제비가 파더 코람을 향해 말하기 시작했다.

"저희들은 고블러 세 명을 붙잡았어요. 그리고 그들을 심문해서 명령자가 누구인지, 명령 본부가 어딘지 등을 알아냈죠. 그러나 그 고블러들은 아이들이 잡혀 있는 장소는 모르는 것 같았어요. 그곳이 라플란드로 가는 북쪽 지방 어디라는 것밖에는……."

흰 족제비는 말을 멈추고 헐떡이며 짧은 호흡을 반복했다. 다시 말을 하기 전까지 작은 가슴이 연신 아래위로 들썩였다.

"그들은 신학부와 보리얼 경에 대한 정보도 털어놨어요. 그러자 벤저민은 자신과 제라드는 신학부로 침투하기로 하고, 프란스 브뢰크먼과 톰 멘드엄에게는 보리얼 경을 찾아보라고 했어요."

"그래서 보리얼 경을 찾았나?"

"모르겠어요. 그 두 사람은 돌아오지 않았으니까요. 파더 코람, 어떻게 된 셈인지 고블러들은 우리의 계획을 사전에 다 알고 있는 것 같았어요. 그래서 우리는 프란스와 톰이 보리얼 경 근처에 가자마자 곧 목숨을 잃게 될 거란 사실을 깨달았죠."

"자, 이젠 벤저민 얘기를 좀 더 해보게."

파더 코람이 말했다. 이제 제이콥의 숨소리는 점점 더 거칠어졌으며 통증을 참느라고 두 눈을 꽉 감고 있었다.

제이콥의 데몬이 근심과 애정이 깃든 희미한 울음소리를 한 차례 냈다. 벤저민의 부인이 손으로 자기 입을 막으며 한 두 걸음 다가섰다. 하지만 그녀는 아무 말도 하지 않았다. 흰 족제비가 힘없이 말을 이어 갔다.

"벤저민은 제라드, 제이콥과 함께 신학부가 있다는 화이트 홀에 가서 작은 옆문을 하나 발견했답니다. 그곳은 경비가 그다지 삼엄하진 않았거든요. 그래서 문단속이 허술할 때를 기다렸다가 안으로 들어갔죠. 처음엔 아무도 없는 것 같았지만 어디선가 공포에 질린 비명 소리가 들려왔어요. 그러자 벤저민의 데몬이 재빨리 날아올라 앞쪽을 살펴보고 우리에게 도와달라는 신호를 보냈어요. 그리고 다시 앞장서서 날아갔구요. 우리는 모두 칼을 뽑아 들고 그 뒤를 쫓아 달려갔답니다. 그 안은 온통 어두웠어요. 그리고 이상한 소음들과 물건들로 가득 차 있었는데 굉장한 기세로 우리를 향해 다가왔어요. 우린 사방을 둘러보며 적과 대적하려고 했지만 위쪽에서 뭔가 움직이기 시작했어요. 그러자 순간 무시무시한 비명 소리가 들리더니 계단 맨 위에 서 있던 벤저민과 그의 데몬이 바닥에 떨어졌어요. 벤저민의 데몬은 그를 잡으려 필사적으로 애썼지만 부질없는 짓이었죠. 그 둘은 얼마 지나지 않아 돌바닥 위에서 죽고 말았답니다. 그리고 제라드에 관해서는 직접 보지 않아서 잘 알지는 못해요. 그의 목소리가 들리는가 싶더니 이내 고함 소리와 뒤섞이고 말았거든요. 제이콥과 저는 너무 놀란 나머지 밖으로 빠져나오느라 정신이 없었어요. 그런데 그만 화살 하나가 날아와 내 가슴을 깊숙이 관통하여…….”

흰 족제비의 목소리가 점점 더 희미해지자 상처를 입은 제이콥의 입에서 신음 소리가 흘러나왔다. 그러자 파더 코람이 몸을 구부리고 부드러운 손길로 이불을 약간 끌어내렸다. 적지 않은 피가 말라붙어 있는 제이콥의 어깨 위로 깃 달린 화살 끝이 비죽이 고개를 내밀고 있었다. 화살촉과 화살대가 그 불쌍한 사내의 가슴 깊숙이 박혀 있었다. 그 모습을 보자 리라는 금방이라도 기절할 것만 같았다.

바깥 선착장으로부터 두런거리는 얘기 소리와 함께 누군가 다가오는 발소리가 들려왔다.

파더 코람이 자리에서 일어나 말했다.

“의사가 오는 모양이네, 제이콥. 우리는 그만 가 봐야겠군. 자네 몸이 회복되는 대로 좀 더 긴 얘기를 나누도록 하지.”

그는 밖으로 나가면서 여인의 어깨를 몇 번 다독여 주었다. 리라는 선착장으로 나가는 파더 코람의 뒤에 바싹 붙은 채 걸어야만 했다. 사람들이 몰려나와 리라 일행을 바라보며 수군댔기 때문이다. 파더 코람은 피터 호커에게 지금 즉시 존 파를 만나 보라고 지시했다. 그리고 리라에게도 말을 건넸다.

“리라, 제이콥의 회복 가능성은 어차피 곧 알게 될 거다. 그러니 우리는 알레시오미터에 관한 얘기를 좀 더 나누도록 하자. 잠시 어디에 가 있으면 내가 사람을 시켜 연락하도록 하마.”

리라는 그 자리를 떠나 갈대가 무성한 소택지로 갔다. 그리고 기슭에 홀로 앉아 질척한 흙을 강물 위로 던져 댔다. 자신에게 알레시오미터를 읽는 능력이 있다고 해서 특별히 기쁘다거나 자랑스럽게 느껴지지도 않았다. 아니, 오히려 두렵기만 했다. 시곗바늘을 작동시키거나 멈추게 하는 힘이 무엇이건 간에 그것은 마치 지능을 가진 생명체처럼 사물을 판단하고 있다는 생각이 들었다.

"그건 아마 영혼일 거야."

그녀는 혼자 중얼거렸다. 그 순간 그 작은 괴물을 늪 한가운데로 던져 버리고 싶은 충동이 일었다.

"그 안에 영혼 같은 게 들었다면 일찌감치 내 눈에 보였을걸."

판탈라이몬이 말했다.

"갓스토의 그 늙은 유령처럼 말이야. 넌 못 봤지만 난 똑똑히 봤거든."

"영혼도 여러 종류가 있는 거야."

리라가 반박했다.

"너라고 모든 영혼을 다 볼 순 없어. 그리고 머리가 잘려 나간 늙은 학자들 얘기는 왜 빼먹는 거지? 나도 그들을 봤다는 걸 명심해 두라구."

"그건 움직이는 송장이었잖아."

"아니, 분명 그들도 엄연한 영혼들이야. 하지만 이 미묘한 바늘들을 움직이는 영혼은 그런 종류와는 수준이 달라."

"영혼이 아닐지도 몰라."

판탈라이몬은 고집스럽게 말했다.

"그게 아니면 뭐라는 거야?"

"그건 어쩌면…… 소립자일 거야."

리라는 코웃음을 쳤다.

"그럴 수도 있어!"

판탈라이몬이 우겼다.

"게이브리얼에 있는 빛의 바람개비 기억나지? 그것도 그랬어."

예전에 리라는 조던 대학의 사서를 따라 게이브리얼 대학에서 열리는 예배에 참석한 적이 있었다. 그 대학은 오라토리오 수도회의 제단 위에 성스러운 물건을 모셔 두었는데, 리라의 기억에 따르면 그 성물은 알레시오미터를 감싸고 있는 것과 비슷한 검은색 벨벳으로 가려져 있었다. 예배 전 기도가 한창 무르익을 무렵이었다. 중재자가 그 벨벳을 걷어 내자 유리로 만든 반구체(半球體)가 드러났다. 그러나 거리가 너무 멀어서 리라는 그 안에 든 것을 정확히 알아볼 수 없었다. 이윽고 중재 자가 어떤 줄을 잡아당기자 예배당 천장의 덧문이 열리면서 한줄기 햇살이 들어와 그 유리 반구를 정확하게 관통했다. 그러자 바람개비처럼 생긴 조그마한 물건이 모습을 드러냈다. 한쪽 면은 검은색, 반대쪽은 하얀색을 칠한 날개가 달린 그 바람개비는 빛을 쪼이자마자 빙빙 돌아 가기 시작했다. 지루한 도덕 강의 같았던 중재자의 설명을 리라는 대충 이런 의미로 해석했다. 즉, 날개의 양면 중 무지를 상징하는 검은 쪽은 빛으로부터 달아나려고 하고, 반대로 지혜를 뜻하는 하얀 면은 빛을 받 아들이기 위해 앞으로 돌진한다는 것이었다.

그러나 뜻이야 어쨌든 간에 리라는 그 작은 바람개비가 돌아가는 광 경을 지켜보면서 기쁨을 느꼈다. 그 성물이 빛의 힘으로 움직인다는 것 은 조던 대학으로 돌아오는 길에 사서의 얘기를 듣고 알았다.

그렇다면 판탈라이몬의 말이 맞을지도 모른다. 만일 소립자가 빛의 바람개비를 돌린 거라면 틀림없이 알레시오미터의 바늘도 돌릴 수 있 으리라. 하지만 풀리지 않는 의문은 여전히 남아 있었다.

"리라! 리라!"

토니 코스타가 선착장에서 리라를 향해 손을 흔들어 댔다.

"어서 와. 존 파를 뵈러 '잘'에 가야 돼. 급한 일이니까 빨리 뛰어."

존 파는 파더 코람과 지도자들 몇 명과 함께 있었다. 그는 리라에게 이렇게 말했다.

"리라, 파더 코람께서는 네가 그 기계를 읽는 능력이 있다고 말씀해 주셨다. 그리고 불쌍한 제이콥이 방금 숨을 거뒀다는 얘기를 전해 주게 되어서 유감이구나. 내 뜻과는 반대되는 결정이다만 우리는 이번 여행에 너를 데려가기로 했다. 이런 결정을 내리기까지 고민도 많았지. 그러나 달리 뾰족한 대안이 없었던 게 사실이다. 관습에 맞춰 제이콥의 장례를 치르는 대로 곧장 출발할 생각이다. 리라, 내가 하는 말을 잘 들어야 한다. 앞으로 너는 우리와 같이 행동하게 될 거야. 하지만 기쁨이나 행복 같은 건 어디에도 없을 거다. 우리가 가야 할 길에는 곳곳에 고난과 위험이 기다리고 있을 테니까.

너는 파더 코람의 보호를 받게 될 거야. 그러니 그분을 위험에 빠뜨리는 행동은 절대 삼가기 바란다. 만일 그런 상황이 발생한다면 너는 내가 얼마나 무서운 사람인지 직접 확인하게 될 거야. 이제 할 말을 다 끝냈으니 어서 마 코스타에게 가서 설명해 드려라. 그리고 차근차근 떠날 채비를 해 두거라."

그 다음 두 주일은 리라가 지금까지 겪어 본 중 가장 바쁘게 지나간 시간들이었다. 그러나 축축하고 비좁은 선실에 숨어서 무작정 기다리거나, 창밖으로 스쳐 가는 비에 젖은 음울한 풍경들을 바라보다 매연이 뿜어져 나오는 엔진 근처에서 잠이 들어 머리가 깨지는 듯한 두통을 느끼며 깨어날 때도 있었다. 무엇보다 참을 수 없는 것은 밖으로 나가서 신선한 공기를 마시지 못한다는 점이었다. 둑을 따라 신나게 달려 본다거나, 갑판 위로 기어오르거나, 잠긴 문을 잡아당기거나, 뱃전에 드리워진 밧줄을 잡아당겨 보는 일 따위도 전혀 할 수가 없었다.

물론 리라가 숨어 지내는 데에는 다 그만한 이유가 있었다. 토니 코스타의 말에 따르면 선창가의 술집들 사이에서 이런저런 소문이 돌고 있었기 때문이다. 금발의 꼬마 소녀를 찾기 위해 전국에 걸쳐 수색 작업이 이뤄지고 있으며, 그 아이를 찾는 사람에게는 엄청난 사례금이 지급되지만 만일 숨겨 주다가 들키면 엄벌에 처해질 거란 소문이었다. 그뿐이 아니었다. 사람들은 그 소녀가 고블러에게 잡혀갔다 도망쳐 나온 유일한 아이라고 했으며, 그녀의 소지품 중에는 가공할 만한 비밀이 숨겨진 물건이 있다는 말들을 했다. 또 다른 소문은 그 소녀가 절대 사람의 아이가 아니며 어린아이와 데몬의 형태를 지닌 한 쌍의 유령이라는 내용이었다. 사악한 힘에 의해서 이 세상에 보내진 그 소녀 때문에 곧 종말이 올 거라고 했다. 또 소녀는 어린아이가 아니라 완전히 다 자란 성인인데 마법에 걸려 몸이 오그라들어서 타타르인에게 고용되었다는 얘기도 있었다. 그리고 착한 영국인들 사이에서 첩자 노릇을 하며 타타르의 침공을 위해 사전 작업을 하는 중이라는 소문이었다.

리라가 처음 그런 이야기들을 들었을 때에는 재미있다고 느꼈지만 시간이 지날수록 그 기분은 실망으로 바뀌어 갔다. 사람들이 모두 자기를 싫어하고 무서워하다니! 그러자 답답한 상자 같은 선실에서 나가고 싶은 마음이 더 간절해졌다. 마음 같아선 벌써 북극에 와 있는 것 같았다. 오로라가 빛나는 하늘 아래 광활한 눈밭이 펼쳐진 광경이 눈에 들어오는 듯했다. 때때로 조던 대학이 무척 그리워지기도 했다. 로저와 함께 지붕 위로 올라가면 저녁식사를 알리는 사무장의 종이 30분 전에 울리고 주방에서는 식기가 달그락거리는 소리며 요리하는 소리, 고함 소리 등이 들려오곤 했는데……. 그리고 리라는 언제까지나 조던 대학의 꼬마 리라로 살아갈 수 있기를, 아무런 변화도 오지 않기를 간절히 빌었었다.

리라를 초조함과 지루함에서 구해 준 것은 바로 알레시오미터였다. 그녀는 매일 그 기계를 읽곤 했는데 가끔씩은 파더 코람과 함께 들여다보기도 했다. 그러면서 차츰 알레시오미터와 공명하는 과정이 점점 수월해지고 마음이 고요해지며 그림들의 의미도 한결 명확해졌다. 그것은 마치 거대한 산맥이 태양빛을 받아 서서히 모습을 드러내는 것과도 같았다.

리라는 파더 코람에게 그 느낌을 어떻게든 설명해 보려고 애썼다.

"마치 누군가와 대화를 나누는 것과 비슷해요. 다만 제가 상대방의 말을 제대로 알아듣지 못하고 있을 뿐이죠. 그래서 제가 바보처럼 느껴질 때도 있어요. 왜냐하면 상대방은 저보다 훨씬 더 현명하고 결코 헷갈리는 법이 없거든요. 이 기계는 정말 많은 걸 알고 있어요, 파더 코람! 어쩌면 모르는 게 없을지도 몰라요! 콜터 부인도 똑똑한 사람이었어요. 아는 게 굉장히 많았거든요. 하지만 이건 그런 종류의 지식과는 달라요. 이건 그러니까 이해하는 차원인 것 같아요."

파더 코람이 어떤 질문을 하면 리라는 그 대답을 찾아보기로 했다.

"콜터 부인은 지금쯤 뭘 하고 있을 것 같으냐?"

그러자 곧 리라의 손이 움직이기 시작했다.

"네가 하는 행동을 설명해 보렴."

"이 마돈나는 콜터 부인이에요. 이 위에 손을 올려놓으며 전 '엄마' 생각을 해요. 그리고 개미는 '분주함'을 나타내죠. 여기까지는 쉬워요. 표면적인 의미를 나타내니까요. 그리고 저 모래시계가 '시간'의 의미를 담고 있다면 거기엔 '지금'도 포함되어 있겠죠. 그러면 정신을 거기에 집중해요."

"그런 의미들은 어떻게 알아내는 거니?"

"저절로 보여요. 아니 느낀다는 편이 낫겠네요. 이를테면 깜깜한 밤에 사다리를 타고 내려가는 것과 같아요. 한 발씩 아래로 내디디면 다음 칸에 발이 닿는 것과 마찬가지예요. 제 마음을 이 위에 내려놓으면 그 안에서 또 다른 의미를 발견하게 돼요. 그러면 모든 감각을 통해서 그것이 무엇인지 알아내죠. 그 다음엔 그것들을 서로 연결시키는 거예요. 그렇게 하기 위해서는 눈의 초점을 맞추는 것처럼 일종의 요령이 필요해요."

"그럼 그렇게 해서 뭐가 보이는지 말해 보거라."

리라가 그렇게 하자 곧바로 긴 바늘이 회전하기 시작했다. 그리고 잠시 멈췄다가 움직였다가 다시 멈췄다. 그것은 정확하게 움직였다 멈추는 일련의 과정을 거치고 있었다. 그처럼 우아하고 감동적인 움직임을 보면서 리라는 마치 하늘을 나는 법을 배우는 어린 새 같은 기분을 느꼈다. 파더 코람은 탁자 맞은편에 서서 바늘이 멈추는 지점을 주의 깊게 지켜보았다. 그리고 그 소녀가 얼굴 앞으로 흘러내린 머리카락을 뒤로 넘기며 아랫입술을 살짝 깨무는 모습을 바라보았다. 리라의 시선은 처음에는 바늘을 좇았지만 회전이 멈춘 다음부터는 문자판의 다른 부분을 향해 움직이고 있었다. 그러나 무작정 바라보기만 하는 것은 아니었다. 파더 코람은 체스 선수였다. 따라서 그는 체스 선수들이 시합에 임할 때 어떤 태도를 보이는지 잘 알고 있었다. 노련한 선수는 주력 선에 시선을 모으고 판을 장악해 나간다. 그리고 중요한 선을 주시하면서 약한 선은 무시해 버린다. 리라의 눈동자도 그와 같은 방식으로 움직이고 있었다. 파더 코람의 눈에는 보이지 않지만, 리라의 시선은 그녀만이 알아볼 수 있는 일종의 자기장을 따라 움직이고 있었다.

바늘은 우선 번개 그림에서 멈췄다가 다음으로 어린아이, 뱀, 코끼리, 마지막으로 이름을 알 수 없는 어떤 생물체를 가리켰다. 커다란 눈이 달린 도마뱀처럼 생긴 그 생물은 나뭇가지에 꼬리를 돌돌 말고 있었다. 리라가 지켜보는 동안 바늘은 계속 그 순서대로 그림들을 가리켰다.

"저 도마뱀은 무슨 뜻이냐?"

파더 코람이 집중해 있는 리라에게 물었다.

"이건 말이 안 돼요. 무슨 말인지는 알겠는데 아무래도 뜻을 잘못 파악한 것 같아요. 번개는 분노를 상징해요. 그리고 아이는…… 아이는 저인 것 같아요. 그리고 저 도마뱀은 의미를 알아 가고 있는 중인데 파더 코람이 제게 말씀을 하시는 바람에 그만 놓쳐 버리고 말았어요. 보세요, 바늘이 제멋대로 흔들리고 있잖아요."

"오, 그렇구나. 미안하다, 리라. 피곤해 보이는데 이제 그만 하지 그러니?"

"아니에요. 전 괜찮아요."

리라는 두 볼이 상기된 채 눈동자를 반짝이고 있었다. 초조해 보였고 지나치게 흥분한 것 같기도 했다. 통풍이 안 되는 좁은 곳에 여러 날 틀어박혀 있어서 건강이 나빠진 건지도 모를 일이었다.

파더 코람은 창밖을 쳐다보았다. 어둠이 내리고 있었다. 그들이 타고 있는 배는 내륙에서 바다로 이어지는 마지막 강줄기를 따라 항해를 계속하는 중이었다. 이제 머지않아 해안에 접어들게 될 것이다. 음산한 하늘 아래 펼쳐진 강줄기 위로 넓게 자리 잡은 녹조가 보였다. 저 멀리로 몰려 있는 석유 저장 탱크들과 거미줄처럼 얽힌 녹슨 파이프들도 눈에 들어왔다. 그 옆의 제련소에서는 짙은 연기가 피어올라 하늘에 떠다니는 구름과 하나가 되어 갔다.

"여기가 어디쯤이죠?"

리라가 물었다.

"파더 코람, 잠깐만 밖에 나갔다 오면 안 될까요?"

"여긴 콜비 강이다. 콜 강의 후미에 있는 지류라고 할 수 있지. 이제 마을에 도착하면 훈제시장에 들르기 위해서 배가 정박할 거다. 그럼 그곳 선착장에서 한두 시간 정도는 보낼 수 있겠지."

그러나 밖은 이미 어두웠으며 넓고 황량한 강가에는 움직이는 물체도 눈에 띄지 않았다. 단지 그들이 탄 배와 저 멀리 제련소를 향해 움직이는 유조선이 있었을 뿐이다. 리라는 뺨이 지나치게 붉고 무척 지쳐 보였다. 아이가 좁은 방 안에서 너무 오랜 시간을 보냈다고 생각한 파더 코람은 마침내 결정을 내렸다.

"글쎄, 잠깐 동안 바깥 공기를 쐰다고 해서 큰 문제가 생길 것 같지는 않구나. 하지만 그다지 신선한 공기는 아닐 게다. 바닷가에서 부는 바람이면 몰라도 이런 곳은 빈말로도 신선하다고 할 수 없겠지. 어쨌든 선착장에 도착할 때까지는 뱃머리에 앉아서 주위를 둘러볼 수 있을 게다."

리라는 기뻐 어쩔 줄 몰라 하며 펄쩍 뛰어올랐다. 그 즉시 갈매기로 모습을 바꾼 판탈라이몬도 어서 빨리 밖으로 나가 날개를 펼쳐 보고 싶어 했다. 밖은 날씨가 무척 추웠기 때문에 리라는 담요로 몸을 감쌌음에도 불구하고 이내 달달 떨기 시작했다. 대조적으로 판탈라이몬은 기쁨에 겨운 듯 까악거리는 울음소리를 내며 하늘로 날아올랐다. 그리고 원을 그리며 선회하거나 수면 위를 스쳐 지나가기도 했다. 또 맹렬한 기세로 배를 향해 돌진해 오다가 고물 뒤편으로 휙 하고 지나가기도 했다. 그 모습을 바라보는 리라도 무척 즐거웠다. 판탈라이몬이 하늘을 날면서 느끼는 기분을 똑같이 느꼈던 것이다. 그녀는 키잡이 노인의 데몬인 가마우지와 경주를 해보라고 판탈라이몬을 부추겨 보았다. 그러나 가마우지는 그를 완전히 무시하더니 키 손잡이 위에 편안한 자세로 앉아 꾸벅꾸벅 졸기 시작했다.

녹조가 넓게 퍼져 있는 강변에서는 어떤 생명체도 찾아볼 수 없었다. 끊임없이 이어지는 규칙적인 엔진 소리와 이물 아래서 부서지는 나지막한 물결 소리만이 고요한 적막을 깨뜨리고 있었다. 비를 머금지 않은 한 무더기의 구름이 하늘 아래 낮게 걸려 있었고 그 아래의 공기는 연기에 오염되어 탁하게 느껴졌다. 오직 판탈라이몬의 우아한 날갯짓만이 생명과 기쁨을 나타내는 유일한 움직임이었다.

그가 잠수했다가 다시 높이 날아오르자 회색빛 하늘과 대비된 날개가 하얗게 빛났다. 그런데 바로 그 순간 검은 물체가 그를 향해 곧장 달려드는가 싶더니 이내 두 마리가 서로 충돌하고 말았다. 곧이어 충격을 이기지 못한 판탈라이몬이 고통스러운 듯 날개를 퍼덕이며 추락하기 시작했다. 리라는 비명을 지르며 그와 똑같이 날카로운 고통을 느꼈다. 그런데 어디선가 작고 검은 물체 하나가 또 나타나서 첫 번째 것에 가세하는 것이 아닌가. 그것들은 새라고 할 수 없는 모습에다 마치 딱정벌레처럼 움직였다. 그리고 윙윙거리는 소리를 내면서 일직선으로 맹렬히 달려들었다.

판탈라이몬은 추락하는 와중에도 배 위로 떨어지기 위해 몸을 조금이나마 비틀어 보려고 안간힘을 썼다. 리라도 판탈라이몬을 받기 위해 팔을 힘껏 뻗어 보았다. 하지만 그 검은 물체들은 여전히 시끄럽게 윙윙거리며 무시무시한 기세로 그를 향해 날아왔다. 리라는 자신의 공포심에 판탈라이몬의 공포심이 더해지면서 거의 미칠 지경이 되었다. 그러나 다음 순간 뭔가 그녀의 옆을 스치고 하늘로 날아올랐다.

바로 키잡이 노인의 데몬이었다. 비록 뚱뚱하고 볼품없는 새였지만 날갯짓만큼은 힘차고 날래기 그지없었다. 가마우지가 이쪽 저쪽으로 머리를 움직여 가며 물어뜯자 검은 물체들이 날개를 퍼덕였고 하얀색 파편이 떨어졌다. 그러다가 검은 물체 중 한 마리가 타르를 칠한 선실 지붕 위로 추락하기 시작했고 그와 동시에 판탈라이몬도 리라의 팔 위로 무사히 떨어졌다.

리라가 자세를 미처 바꾸기도 전에 판탈라이몬이 들고양이의 모습으로 다시 변신했다. 그러고는 그 검은 물체가 떨어진 지붕 위로 훌쩍 뛰어

올라 가더니 살금살금 기어 도망치려는 놈을 날카로운 발톱이 박힌 발로 꽉 찍어 누르고는 컴컴해져 가는 하늘을 쳐다보았다. 그곳에는 가마우지가 검은 날개를 퍼덕이며 높이 날아올라 주위를 살펴보고 있었다.

잠시 후 가마우지는 미끄러지듯 아래로 내려와서 깍깍거리는 소리로 키잡이 노인에게 말했다. 그러자 키잡이 노인이 다시 리라에게 얘기해 주었다.

"다른 놈은 사라졌다는군. 그놈이나 도망치지 못하게 꽉 잡아. 자, 이걸로."

노인은 자신이 마시고 있던 양철컵에서 찌꺼기를 걷어 내고 리라에게 던져 주었다. 리라는 컵을 받아 그 검은 물체를 잽싸게 덮어씌웠다. 그것은 컵 속에서 마치 조그마한 벌레처럼 윙윙거렸다.

"잘 붙잡고 있거라."

리라의 뒤에서 파더 코람이 말했다. 그리고 그녀 옆에 무릎을 꿇고 앉아 컵 아래로 카드 한 장을 쓱 밀어 넣었다.

"이게 뭘까요, 파더 코람?"

그녀가 떨리는 목소리로 물었다.

"선실로 내려가서 자세히 살펴봐야겠다. 조심해서 옮겨야 한다, 리라. 단단히 붙잡거라."

그녀는 키잡이 노인 옆을 지나갈 때 그의 데몬에게 감사의 인사를 하려고 했지만 나이 든 가마우지는 눈을 감은 채 졸고 있었다. 그래서 대신 노인에게 고맙다는 말을 했다.

"너는 아래에 그대로 있는 편이 좋을 것 같구나."

노인은 겨우 이렇게 한마디 했을 뿐이다.

그녀가 컵을 들고 선실로 돌아오니 파더 코람이 유리잔을 하나 들고 있었다. 그는 양철컵을 덮고 있는 카드 위에 유리잔을 엎었다. 그리고 그 사이에 있던 카드를 살짝 뽑아냈다. 검은 물체가 투명한 유리잔 안으로 떨어지자 파더 코람은 자세히 살펴보았다. 잔뜩 성이 난 작은 벌레 같은 것이 똑똑히 보였다.

그 물체의 길이는 리라의 엄지손가락 정도였는데, 자세히 보니 검은색이 아니라 진한 녹색이었다. 날개는 일직선 형태였으며 무당벌레처럼 날아다녔다. 날개를 어찌나 격렬하게 움직이는지 그 모양을 제대로 관찰할 수 없을 정도였다. 발톱이 달린 여섯 개의 발이 유리컵의 매끈한 표면을 쉴 새 없이 할퀴어 댔다.

"이게 뭔지 아세요?"

리라가 파더 코람에게 다시 물었다.

판탈라이몬은 여전히 들고양이의 모습으로 테이블 위에 웅크리고 있었다. 유리잔에서 얼마 떨어지지 않은 곳에 자리 잡은 그는 잔 안에서 빙빙 돌아다니는 물체를 녹색의 눈동자로 좇고 있었다.

"아마 이 물체를 분해해 보면 살아 있는 생명체가 아니란 걸 확인할 수 있을 게다. 하여튼 동물이나 곤충이 아닌 것만은 분명해. 오래전에도 이런 걸 본 적이 있지. 하지만 그건 아프리카에서였고, 이런 북쪽 지방에서 다시 보게 될 줄은 몰랐다. 이 안에는 태엽 장치가 들어 있을 텐데 거기엔 분명 핀이 꽂혀 있을 거야. 이 물체엔 주술에 걸린 사악한 영혼이 깃들어 있단다."

"하지만 누가 이런 걸 보냈을까요?"

"굳이 알레시오미터를 볼 필요는 없을 게다, 리라. 너도 나만큼 쉽게 추측할 수 있는 인물이니까."

"콜터 부인이?"

"물론이지. 그 여자는 북극만 탐험한 게 아니야. 남쪽 야생지대에도 이상한 일들이 끊이지 않아. 내가 지난번에 이런 물체를 보았던 곳이 바로 모로코였단다. 치명적일 정도로 위험한 물건이지. 사악한 영혼이 깃들어 있는 동안에는 절대로 활동을 멈추지 않는단다. 만일 영혼을 자유롭게 풀어 주면 엄청난 분노를 내뿜으며 맨 먼저 눈에 띄는 것은 무엇이든 죽여 버리고 말지."

"이것의 목적은 뭐죠?"

"정찰이지. 내가 정말 어리석은 짓을 해 버렸구나, 리라. 너를 갑판 위로 올려 보내는 것이 아니었는데. 그냥 알레시오미터의 상징물들이나 보면서 해석을 하도록 놔뒀어야 하는 건데 말이다."

"아, 이제 알았어요!"

리라가 갑자기 흥분한 목소리로 소리쳤다.

"그건 공기였어요. 그 도마뱀 말예요. 그걸 봤을 땐 이유를 몰라 열심히 생각하고 있었는데 그만 놓쳐 버렸죠."

"아, 그렇구나."

파더 코람도 머리를 끄덕였다.

"그러니까 나도 알겠다. 그건 도마뱀이 아니었어. 그래서 제대로 해석할 수 없었던 거야. 그건 카멜레온이 분명해. 공기를 의미하지. 왜냐하면 카멜레온은 뭘 먹거나 마시지 않고 공기만 호흡하며 살거든."

"그렇다면 코끼리는……."

"아프리카지."

파더 코람이 말했다.

"으흠, 그래, 그거였어."

두 사람은 서로를 바라보았다. 닥쳐올 일을 모두 계시해 준 알레시오미터의 능력에 경외감을 느끼지 않을 수 없었다.

"알레시오미터는 이런 일이 생길 거라고 계속 경고를 보내왔던 거예요. 우리가 좀 더 귀를 기울였어야 했는데. 어쨌든 파더 코람, 이건 어떻게 할까요? 죽여야 되는 건가요?"

"우리가 할 수 있는 일은 없을 것 같구나. 절대로 빠져나오지 못하게 어디 잘 가둬 두는 수밖에 없지. 이건 그렇게 처리하면 되겠지만 정말 걱정되는 건 도망친 놈이구나. 그놈은 지금쯤 콜터 부인에게 돌아가서 너를 발견했다고 보고하고 있을 거야. 빌어먹을, 내가 정말 바보 같은 짓을 했구나!"

그는 벽장을 뒤져 지름 10센티미터 정도의 양철통을 찾아냈다. 원래는 담뱃잎이 담겨 있던 깡통이었지만 지금은 나사못이 들어 있었다. 파더 코람은 깡통을 뒤집어 내용물을 다 쏟아 내고 안쪽을 걸레로 닦아 냈다. 그리고 딱정벌레 같은 물체가 들어 있는 유리잔을 카드로 입구를 막은 채 뒤집어서 양철통에 갖다 댔다.

순간 그 물체가 틈 사이로 발 하나를 내밀더니 놀라운 괴력을 발휘하며 깡통을 밀어냈다. 그러나 조마조마한 순간을 무사히 넘기고 두 사람은 깡통 뚜껑을 단단히 닫았다.

"항해가 끝나는 대로 이 가장자리를 납으로 때워야겠다."

"그럼 태엽이 멈추지 않을까요?"

"보통 태엽이라면 그렇겠지. 하지만 아까도 말했듯이 이건 주술에 따라 끝까지 단단히 감기기 때문에 멈추는 법이 없단다. 이 녀석이 버둥거릴수록 더 단단히 감기고 힘도 더 세져. 자, 이제 이 시끄러운 놈을 어디에다 치워야겠다."

그는 끊임없이 윙윙거리는 시끄러운 소리를 죽이기 위해 플란넬 천으로 깡통을 단단히 감싸서 자신의 침상 아래 밀어 넣었다.

밖은 이제 어두웠다. 리라는 콜비 시의 불빛이 가까이 다가오는 모습을 창문 너머로 바라보았다. 도시의 탁한 공기가 안개 속으로 스며들고 있었다. 배가 항구에 도착해서 훈제시장 옆에 정박하기 전까지는 도시의 정경이 모두 흐릿하게만 보였다. 저녁 어스름으로 인해 저장창고와 기중기, 노점의 나무 좌판, 굴뚝이 여러 개 달린 화강암 건물들 위로 진 줏빛 은회색 베일이 내려앉은 것처럼 보였다. 그곳은 향 좋은 오크 나무로 밤낮없이 생선을 훈제하기 때문에 훈제시장으로 불리고 있었다. 굴뚝마다 차고 축축한 대기에 짙은 연기를 내뿜고 있었고, 청어와 고등어, 대구 같은 생선들을 훈제하면서 나오는 기분 좋은 연기는 마치 굴뚝이 숨을 쉬고 있는 듯한 인상을 주었다.

리라는 기름 먹인 방수복으로 몸을 감싸고 커다란 모자로 머리카락을 감췄다. 그리고 파더 코람과 키잡이 노인 가운데에 서서 걸음을 옮겼다. 그들의 데몬들 셋은 모두 빈틈없이 사방을 경계하고 있었다. 전방에 나타나는 길모퉁이나 후방을 살피면서 조그만 발소리 하나도 놓치지 않기 위해 귀를 곤두세웠다.

그러나 그 세 사람을 제외하고는 생쥐 한 마리도 보이지 않았다. 아마도 콜비의 시민은 한 사람도 빠짐없이 집 안에 들어앉아 따뜻한 난롯가에 있는 듯했다. 덕분에 세 사람은 아무와도 마주치지 않고 선착장에서 토니 코스타를 만날 수 있었다. 그는 입구를 지키고 있었다.

"무사히 도착해서 정말 다행입니다."

그가 세 사람에게만 들릴 정도로 나지막이 말했다.

"지금 막 잭 버호벤이 총에 맞고 그의 배도 침몰되었다는 소식을 들었습니다. 게다가 당신들의 행방은 알 수가 없었죠. 존 파께서는 벌써 승선을 마치고 출항 채비를 서두르고 계십니다."

배는 리라의 눈에 무척 근사해 보였다. 우선 선체 중앙에 굴뚝과 조종실이 있었다. 그리고 캔버스로 덮인 승강구 너머로는 기중기 역할을 하는 견고한 기둥과 갑판이 자리했다. 또한 선체 옆의 현창(舷窓)과 조종실에서는 노란 불빛이, 돛대 꼭대기에서는 하얀 불빛이 반짝거렸다.

갑판 위에서는 서너 명의 선원이 다급하게 움직이며 무언가 작업을 하고 있었다.

그녀는 파더 코람보다 앞서 나무로 된 선내 통로로 올라가서 흥분된 표정으로 주변을 둘러보았다. 원숭이로 모습을 바꾼 판탈라이몬은 곧장 돛대 위로 올라갔다. 하지만 리라는 내려오라고 소리쳤다. 파더 코람이 안으로 들어가자고 했기 때문이다.

승강 계단을 내려가자 작은 휴게실이 나타났다. 그곳에서 존 파가 배의 선장인 니콜라스 로크비와 작은 목소리로 대화를 나누고 있었다. 존 파는 전혀 서두르는 기색 없이 느긋한 표정이었다. 리라는 존 파가 자신을 환영해 주리라고 기대했다. 그러나 그는 조류와 항해술에 관한 자신의 의견을 피력하고 난 후에야 리라 일행을 돌아보았다.

"어서 오십시오, 파더 코람. 가엾은 잭 버호벤이 죽었다는 소식은 들으셨겠죠. 그리고 그의 부하들도 모두 포로로 잡혔다고 합니다."

"우리도 좋지 않은 소식을 가지고 왔소."

파더 코람이 대답했다. 그리고 날아다니는 스파이들을 만났던 일을 설명했다.

존 파는 커다란 머리를 끄덕였다.

"그것들은 지금 어디 있습니까?"

파더 코람이 깡통을 꺼내 탁자 위에 올려놓았다. 잔뜩 독이 올라 윙윙거리는 소리가 들리며 깡통이 조금씩 들썩거렸다. 그러자 존 파가 말했다.

"나도 태엽 장치를 단 스파이 파리에 관한 얘기를 들은 적이 있습니다. 하지만 실제로는 한 번도 보지 못했어요. 어쨌거나 이걸 길들이거나 주술을 푸는 방법은 전혀 없다더군요. 깡통을 납땜한 다음 바다 속에 던져 버릴 수도 없습니다. 언젠가 깡통이 녹슬어 스파이 파리가 빠

져나오면 저 아이를 끝까지 쫓아다닐 테니까요. 그런 일이 생기도록 놔
둘 순 없으니 가지고 다니거나 사전 예방을 합시다."

리라는 그 배에 승선한 유일한 여성이었다. 존 파가 심사숙고 끝에
여성 승선 금지라는 결정을 내렸기 때문이다. 그래서 그녀는 선실 하나
를 혼자서 사용했다. 물론 큰 방은 아니었다. 간신히 침상 하나를 놓고
동그란 창을 하나 뚫어 놓은 조그마한 방이었다. 그녀는 침상 아래의
서랍에 소지품들을 집어넣은 다음 들뜬 발걸음으로 갑판 위에 올라갔
다. 배의 난간에 몸을 기댄 채 영국 땅이 저 멀리 사라져 가는 광경을
지켜보고 있었다. 그녀가 올라오기 전에 이미 영국의 대부분은 안개 속
으로 사라지고 없었다.

그러나 뱃전에 부딪히는 물결과 스쳐 지나가는 바람, 어둠을 밝히는
선실의 불빛, 엔진 소리, 소금기와 생선과 석탄이 한데 어우러진 냄새
는 그 자체만으로도 충분히 자극적이었다. 머지않아 또 다른 흥분거리
를 발견하게 될 거라고 생각하는 순간, 독일 해의 커다란 파도로 인해
배가 좌우로 흔들리기 시작했다. 그리고 누군가가 리라를 향해 아래로
내려와 저녁을 먹으라고 소리쳤다. 그녀는 별로 배가 고프지 않았다.
그래서 판탈라이몬을 위해 선실로 돌아가 잠을 청하는 것이 좋겠다고
마음먹었다. 그가 주인의 안전을 걱정하느라고 애처로울 정도로 불안
해했기 때문이다.

그렇게 북극을 향한 리라의 여정은 시작되었다.

II

잃어버린 아이들의 도시, 볼반가르

영사와 곰

존 파와 다른 지도자들은 라플란드의 중심 항구인 트롤선드에 상륙하기로 했다. 그 도시에는 마녀들의 영사관이 있었다. 존 파는 마녀들의 도움을 얻어 내지는 못하더라도 최소한 우호적인 중립관계는 유지해야 아이들의 구조 작전이 성공할 수 있다는 것을 알고 있었다.

그는 다음 날 리라와 파더 코람에게 자신의 생각을 설명해 주었다. 그 즈음 리라의 배멀미는 다소 누그러진 상태였다. 태양이 밝게 빛나는 가운데 푸른 물결이 뱃머리에 부서지며 하얀 포말을 일으켰다. 리라는 갑판에 나가 부드러운 산들바람을 느껴 보았다. 그리고 빛을 반사하며 생동감 있게 움직이는 바다를 바라보았다. 그러나 두통은 여전했다. 판탈라이몬은 갈매기로서 누릴 수 있는 행복을 한동안 즐기더니 이젠 바다제비로 모습을 바꾸고 수면 위를 미끄러지듯 날아다녔다. 마치 바다를 처음 보는 것처럼 즐거워하는 그의 기분을 리라도 똑같이 느낄 수 있었다.

존 파와 파더 코람은 두세 명의 사람들과 함께 배의 고물에 앉아 있었다. 내리쬐는 햇살을 온몸으로 받으며 다음 계획을 의논하는 중이었다.

"파더 코람께서는 이곳 라플란드의 마녀들을 알고 계신다고 들었습니다."

존 파가 말했다.

"제가 알기로는 어떤 채무 관계가 있다더군요."

"자네 말이 맞아, 존 파."

파더 코람이 대답했다.

"벌써 40년 전 일이지. 하지만 마녀에겐 그다지 오랜 세월이 아니야. 어떤 마녀들은 그 몇 배나 오래 사니까 말이지."

"어떤 성질의 채무입니까, 파더 코람?"

전투부대 책임자인 아담 스테판스키가 물었다.

"마녀의 목숨을 구해 준 일이 있지."

파더 코람이 설명하기 시작했다.

"어느 날 난생처음 보는 거대한 빨간 새에게 쫓기던 여자가 하늘에서 떨어졌어. 나는 그녀가 늪지로 추락하는 것을 보고 재빨리 수색에 나섰지. 그리고 익사 직전의 여자를 끌어올려 배에 태우고 새를 총으로 쐈어. 그 새도 늪지로 떨어졌는데 죽이기엔 아까울 정도로 정말 근사한 놈이었지. 해오라기만큼이나 커다랗고 깃털이 마치 불타는 듯한 빨간색이었거든."

"와!"

파더 코람 얘기를 정신없이 듣고 있던 남자 한 명이 자신도 모르게 탄성을 냈다.

"그런데 배에 태운 여자를 보고 난 그만 혼비백산하고 말았지. 그 젊은 여인에게 데몬이 없었기 때문이야."

그 대목에서 파더 코람은 마치 '그녀에겐 머리가 없었어'라고 말하는 것처럼 몹시 불쾌한 표정을 지었다. 그의 말을 듣던 남자들도 일제히 진저리를 쳤다. 그들의 데몬들 또한 털을 곤두세우거나 몸을 떨거나 거친 소리로 울어 대기 시작했다. 결국 남자들은 황급히 자신의 데몬을 진정시켜야만 했다. 판탈라이몬도 슬그머니 리라의 품으로 파고들었고 둘의 심장이 한데 어우러져 빠르게 뛰었다.

"즉시 나는 사태를 파악했지."

파더 코람이 말을 이었다.

"하늘에서 떨어진 걸로 보아 여자는 틀림없는 마녀였어. 외관상으로는 보통의 젊은 아가씨와 하나도 다를 게 없었지. 좀 마른 듯한 몸매에 빼어난 외모를 지니고 있다는 것 외에는 말이야. 하지만 데몬이 안 보인다는 사실이 내겐 엄청난 충격이었어."

"그럼 마녀들은 정말 데몬이 없습니까?"

마이클 칸조나가 끼어들었다.

"내 생각엔 마녀들의 데몬은 눈에 안 보일 것 같아."

아담 스테판스키가 말했다.

"그 마녀의 데몬도 옆에 있었겠지만 파더 코람이 못 보신 걸 거야."

"그렇지 않아, 아담."

파더 코람이 말했다.

"마녀의 데몬은 그곳에 없었어. 마녀들에게는 시계(視界)가 미치지 않는 곳까지 데몬을 멀리 떼어 놓을 수 있는 능력이 있지. 필요하다면 자신의 데몬을 바람이나 구름에 실어 멀리 외국에까지 보낼 수도 있어. 아니면 저 바다 밑으로 보내거나. 그리고 내가 구해 준 마녀의 데몬도 한 시간쯤 뒤에 하늘을 날아서 그녀에게로 돌아왔어. 물론 마녀가 부상을 입었다는 사실과 그녀가 느끼는 두려움을 데몬도 감지했을 테지. 그리고 오래전부터 내가 확신하고 있던 사실이 하나 있어. 비록 그 마녀는 인정하지 않겠지만, 내 총에 맞은 그 거대한 빨간 새는 다른 마녀의 데몬임이 분명했거든. 세상에! 그 일만 생각하면 지금도 온몸이 떨려와. 그때 함부로 총을 쏴서는 안 되는 거였어. 바다나 육지 어디이건 간에 애초부터 무기 같은 걸 가지고 나가는 게 아니었지. 하지만 사태는 이미 벌어진 뒤였으니. 어쨌든 내가 그 마녀의 목숨을 구해 줬다는 사실은 의심할 여지가 없었어. 그 마녀는 내게 증표를 하나 건네주며 필요할 경우엔 자기에게 도움을 요청하라고 말하더군. 그런 연유로 오래전 내가 스크렐링족의 독화살에 맞았을 때 그녀가 도움을 준 적이 있어. 그 밖에도 몇 번의 접촉이 더 있었지…… 그 마녀를 본 지도 상당히 오래되었지만 아마 아직도 기억하고 있을걸."

"그럼 그 마녀도 지금 트롤선드에 삽니까?"

"아, 그건 아니야. 그들은 울창한 숲 속이나 툰드라 지대에서만 산다네. 이런 항구처럼 사람들이 붐비는 곳에선 살지 않지. 그들의 관심사는 야생의 자연이니까. 그러나 이곳에는 영사 한 명이 상주하고 있어. 그래서 나도 영사를 통해 그 마녀와 연락을 해 왔지."

리라는 마녀들에 관한 얘기를 더 듣고 싶었지만, 사람들은 비축해 둔 연료와 부품 문제로 화제를 돌려 버렸다. 그리고 얼마 뒤에는 그녀도 배를 자세히 둘러보고 싶은 마음이 생겨 갑판을 따라 어슬렁거리며 뱃머리까지 가 보았다. 그러다가 이내 갑판원 한 명을 알게 되었다. 그녀가 아침식사로 먹었던 사과 씨를 아무렇게나 내던지다가 그만 그 갑판원을 맞췄기 때문이다. 그러자 그가 즉시 리라에게 욕을 퍼부었고 그녀도 지지 않고 맞받아 응수하다가 그만 친구가 되었다. 건장하고 침착한 그 갑판원은 자신을 제리라고 소개했다. 그의 안내를 받으며 이곳저곳을 둘러보던 그녀는 뭔가에 열중하면 배멀미를 하지 않는다는 사실을 깨달았다. 예를 들어 갑판에 걸레질을 할 때도 그랬다. 하지만 제대로 효과를 보기 위해서는 반드시 선원들이 하는 방식을 따라야만 했다. 그래서 그녀는 자신의 소지품들도 다시 손봐 두기로 마음먹었다. 그리고 그 작업 방법도 예전처럼 단순히 '집어넣는' 것에서 선원식으로 '정돈하는' 것으로 바뀌었다.

그렇게 이틀을 보낸 뒤 리라는 배를 타고 바다를 누비는 삶이야말로 자신에게 꼭 어울리는 것이라고 결론을 내렸다. 그녀는 기관실에서부터 조종실에 이르기까지 배 안을 온통 헤집고 돌아다녔다. 그리고 곧 모든 승무원과 서로 이름을 부를 정도로 친한 사이가 되었다. 로크비 선장은 네덜란드의 프리깃 함이 지나갈 때 리라가 직접 기적을 울려 신호를 보내도록 허락해 주었다. 또 요리사는 그녀에게 자두 푸딩의 반죽을 도와 달라고 요청하기도 했다. 그러나 고물 쪽에 갔을 때에는 그곳에 있던 존 파에게서 잔소리를 들어야 했다. 리라가 돛대 꼭대기에 있는 둥지 안에 들어가 수평선을 조사한다고 설칠까 봐 미리 예방 조치를 취한 것이었다.

그들이 탄 배가 굉장한 속도로 북극을 향해 나아가는 동안 하루가 다르게 기온이 떨어져 갔다. 리라는 배의 비품들을 뒤져서 기름 먹인 방수복을 찾아냈지만 어린아이가 입기에는 너무 컸다. 그래서 제리가 바느질하는 방법을 가르쳐 주었고 그녀도 기꺼이 바느질을 배우기로 했다. 비록 조던 대학 시절에는 스스로 바느질하는 것을 수치스럽게 여겨서 론즈데일 부인에게서도 배우지 않았지만, 리라는 제리와 함께 알레시오미터를 집어넣는 방수 주머니도 만들었다. 그리고 바다에 빠질지도 모르는 만약의 사태에 대비하여 그 주머니를 허리에 두를 수 있도록 제작했다. 알레시오미터를 주머니 속에 안전하게 넣어 두고 방수복을 갖춰 입은 그녀는 갑판 난간에 매달린 채 남서쪽에서 불어오는 강풍을 맞고 있었다. 잔뜩 치솟은 물보라가 이물 위에서 부서져 내리고 거대한 파도가 갑판으로 들이닥쳤다. 리라는 여전히 배멀미를 조금씩 느꼈는데, 특히 강풍이 불어와 배가 회청색 파도에 올라앉아 심하게 요동치면 증상이 더 심해지곤 했다. 그런 경우 판탈라이몬은 그녀의 주의를 다른 곳으로 돌리느라 무척 바빴다. 바다제비의 모습으로 수면 위를 날아다니면 바람과 물살을 가르며 돌진하는 무한한 기쁨을 그녀도 똑같이 느낄 수 있었기 때문이다. 그 순간만큼은 리라도 배멀미를 잊고 즐거워했다. 때때로 물고기로도 변신했는데 한번은 돌고래 떼에 합류해서 그들의 기쁨과 놀라움을 느껴 보기도 했다. 리라는 추위 때문에 몸을 떨면서도 갑판을 지키고 서 있었다. 그리고 사랑하는 판탈라이몬의 환희를 공유하며 큰 소리로 웃곤 했다. 그러나 단순히 즐거움만 있는 것은 아니었다. 한편으로는 고통과 두려움도 느껴야 했다. 만일 판탈라이몬이 그녀보다 돌고래와 있는 것을 더 좋아하게 되면 그때는 어떻게 되는 걸까?

리라의 친구가 된 그 갑판원은 그녀의 근처에 머물면서 판탈라이몬이 잘 보이도록 앞쪽 승강구의 덮개를 조절해 주었다. 돌고래로 모습을 바꾼 그녀의 데몬은 물속을 미끄러지듯 헤엄치다가 수면 위로 뛰어오르곤 했다. 갑판원의 데몬은 갈매기였는데 머리를 날개 밑에 파묻고 캡스턴(Capstan, 선박의 닻 등을 감아올리는 장치) 위에 앉아 있었다. 갑판원은 리라가 느끼는 기분을 알았다.

"내가 처음 바다에 나왔을 때가 기억나는군. 그 당시 난 어렸고 나의 데몬 벨리사리아도 아직 모습이 고정되기 전이었지. 그런데 벨리사리아는 돌고래로 변신하는 것을 너무나 좋아해서 그 모습으로 고정될까 봐 무척 두려워했단다. 내가 처음 승선했던 배에는 절대로 뭍에 올라가지 못하는 늙은 선원이 한 사람 있었거든. 바로 그의 데몬이 돌고래로 고정되었기 때문이었지. 그는 평생 동안 물위를 벗어나지 못했단다. 물론 그는 최고의 선원이자 둘도 없는 항법사였지. 게다가 낚시질도 귀신같이 잘하고 말이야. 하지만 노인은 그런 것에서는 기쁨을 찾지 못했어. 그는 죽어서 바다에 수장된 후에야 비로소 진정한 행복을 느낄 수 있었어."

"왜 데몬은 하나의 모습으로 고정되어야 하는 걸까요?"

리라가 물었다.

"전 판탈라이몬이 언제까지나 변신할 수 있으면 좋겠어요. 판탈라이몬도 저와 같은 생각이고요."

"데몬들은 지금까지 항상 고정되어 왔고 또 앞으로도 그렇게 될 거다. 그게 바로 성장이라는 거지. 언젠가는 너도 판탈라이몬의 변신이 지겨워질 거야. 그리고 그가 하나의 모습으로 정착하게 되기를 바라게 되겠지."

"난 절대로 그렇지 않을 거예요."

"그렇게 될 거야. 너도 다른 소녀들과 마찬가지로 어서 어른이 되고 싶을 테니까 말이야. 게다가 모습이 고정되면 그만큼의 보상도 따르는 법이거든."

"그게 뭔데요?"

"네가 어떤 종류의 사람인지 알게 되는 거지. 저 벨리사리아를 봐. 벨리사리아가 갈매기란 건 너도 알 수 있을 거야. 그리고 그 의미는 바로 나 또한 갈매기 같은 사람이라는 거란다. 난 뭐 크게 성공했다거나 잘생기지 않았어. 하지만 튼튼한 늙은이라서 어딜 가서도 살 수 있고 또 음식이나 친구들을 잘 찾아내거든. 그게 자신을 파악한 값어치란다. 그러니 판탈라이몬이 정착한다면 너도 자신이 어떤 사람인지 알 수 있을 거야."

"그렇지만 내가 원치 않는 모습으로 고정될 수도 있잖아요?"

"음, 그럼 그땐 물론 기분이 좋지 않겠지. 이 세상에는 데몬이 사자로 정착되기를 바라다가 결국 푸들과 살게 되는 사람도 많단다. 그런 인간들은 자기 자신은 생각하지 않고 만족을 느낄 때까지 항상 불평만 해 대지. 하지만 그건 감정의 낭비일 뿐이야."

그러나 리라는 자신이 앞으로 성장할 것 같지 않았다.

어느 날 아침 대기의 냄새에 변화가 생겼다. 배의 움직임 또한 달라졌다. 위아래로 오르락내리락하던 진동이 이제는 좌우로 심하게 요동치고 있었다. 리라는 잠에서 깨어나자마자 갑판으로 올라가 굶주린 듯한 눈빛으로 육지를 바라보았다. 파란 바닷물만 바라본 뒤라 그런지 생소하게만 느껴지는 광경이었다. 선상에서 겨우 며칠밖에 지내지 않았는데도 몇 달은 바다에서 생활한 것 같은 기분이 들었다. 배의 앞쪽으로 우뚝 솟은 산 하나가 눈에 들어왔다. 산허리 부근까지는 녹색이었지만 꼭대기는 눈으로 덮여 있었다. 산 아래로는 조그마한 마을과 함께 항구도 자리하고 있었다. 경사가 가파른 지붕을 얹은 목조 주택들과 예배당의 뾰족탑, 항구에 설치된 기중기들 위로 갈매기 떼가 우짖으며 날아다녔다. 이윽고 생선 냄새에 섞여 육지 냄새가 밀려오기 시작했다. 송진 냄새와 흙 냄새 그리고 이름을 알 수 없는 동물들의 냄새가 흘러들어 왔다. 차갑고 단순하고 야성적인 눈의 기운도 느낄 수 있었다. 그 모두가 바로 북극의 냄새였다.

배 주변에서는 바다표범들이 장난을 치며 놀고 있었다. 그놈들은 수면 위로 익살맞은 얼굴을 내밀었다가 다시 물속으로 물방울 하나 튀기지 않고 잠수해 들어갔다. 배의 끝자락에 하얀 포말을 매단 파도가 강한 바람으로 인해 높이 솟아올랐다가 부서져 내렸다. 매서운 냉기를 품은 그 바람은 리라가 두른 늑대 가죽 틈 사이로 집요하게 파고들었다. 얼굴과 손은 추위로 꽁꽁 얼어 감각이 없어질 정도였다. 판탈라이몬이 담비로 변신해서 목둘레를 감싸 주었다. 그러나 아무리 바다표범 구경이 좋다고 하지만 딱히 할 일도 없는데 바깥에 나와 있기에는 너무도 추웠다. 결국 리라는 아래로 내려가 오트밀로 아침식사를 하고 휴게실 창문 너머로 바깥 풍경을 바라보았다.

항구에 들어서자 물결이 한결 잔잔해졌다. 배가 거대한 방파제 옆을 통과할 즈음 리라는 운동 부족에서 비롯된 불안정한 기분을 느끼기 시작했다. 그리고 답답할 정도로 천천히 선착장 쪽을 향해 나아가는 동안 그녀와 판탈라이몬은 간절한 눈빛으로 육지를 바라보았다. 그 다음 몇 시간에 걸쳐 엔진 소리가 점점 낮아지더니 마침내 나지막한 울림으로 사그라졌다. 그리고 그 소리를 배경으로 명령을 내리고 질문을 던지는 고함 소리, 밧줄을 던지는 소리, 선내 통로를 내리는 소리, 승강구 열리는 소리가 겹쳐졌다.

"자, 리라. 짐은 다 챙겼느냐?"

파더 코람이 재촉하듯 말했다.

소지품은 일찌감치, 그러니까 잠자리에서 일어나 육지를 발견한 직후부터 이미 잘 꾸려 놓은 상태였다. 그녀는 선실로 바람같이 달려가 가방부터 집어 들고 하선할 준비를 했다.

리라와 파더 코람은 뭍에 오르자마자 바로 마녀들의 영사관을 찾아 갔다. 그곳을 찾는 데는 그리 오랜 시간이 걸리지 않았다. 그 조그마한 마을은 항구 주변에 밀집되어 있었는데 그만그만한 크기의 집들 중에서 예배당과 총독 관저만이 유일하게 큼직한 건물이었다. 마녀들의 영사관은 초록색 칠을 한 목조주택으로 바다가 내려다보이는 곳에 서 있었다. 그들이 벨을 누르자 그 소리가 조용한 거리에 큰 소리로 퍼져 나갔다.

하인이 나타나 그들을 거실로 안내하더니 커피를 내왔다. 곧이어 영사가 들어와서 인사를 건넸다. 그는 혈색 좋은 뚱뚱한 남자로 수수한 검은색 양복을 입고 있었다. 영사 마틴 란셀리우스의 데몬은 작은 뱀이었다. 뱀은 영사의 눈과 똑같은 강렬한 느낌의 밝은 녹색이었는데 그나마 영사를 마녀답게 보이도록 만들어 주는 유일한 존재라고 할 수 있었다. 그러나 사실 리라는 마녀의 모습에 대해서는 한 번도 생각해 본 적이 없었다.

"제가 어떻게 도와 드리면 될까요, 파더 코람?"

"두 가지를 도와주시면 됩니다, 란셀리우스 박사. 우선은 오래전 영국 동부의 펜즈에서 만난 적이 있는 마녀를 다시 한 번 볼 수 있도록 해 주십시오. 그녀의 이름은 세라피나 페칼라입니다."

란셀리우스 박사가 은제 펜을 꺼내 메모를 했다.

"그녀와 만난 지는 얼마나 되셨습니까?"

"40년 정도 되었습니다. 하지만 그녀는 틀림없이 기억하고 있을 겁니다."

"그럼 두 번째로 제 도움이 필요한 일은 무엇인가요?"

"저는 아이들을 잃어버린 여러 집시 부족을 대표해서 이 자리에 왔습니다. 우리는 아이들을 납치해 가는 어떤 집단이 있다고 알고 있습니다. 그 집단은 어떤 목적을 이루기 위해 그 아이들을 이 북극으로 데려 온다고 합니다. 그래서 박사님께서 주윗분들을 통해 혹시 이런 종류의 소식을 들으셨는지 알고 싶습니다."

그 말을 들은 란셀리우스 박사가 침착한 태도로 커피를 한 모금 마셨다.

"그런 움직임이라면 우리 측 경로를 통해 보고가 들어옵니다만, 잘 아시겠지만 저희와 이곳 북극 지방 사이의 관계는 완벽한 신의를 바탕

으로 이루어진 것이라서요. 그들을 불편하게 만드는 일이라면 저희로
서는 되도록 피하고 싶군요."

파더 코람이 잘 알고 있다는 듯이 고개를 끄덕였다.

"충분히 이해합니다. 제가 다른 경로를 통해 정보를 입수하면 박사님께
부탁할 필요는 없겠지요. 그렇기 때문에 마녀와의 만남이 우선입니다."

그러자 이번에는 란셀리우스 박사가 자신도 물론 이해한다는 듯한
표정으로 고개를 끄덕였다. 리라는 두 사람의 신경전이 당혹스러웠
지만 존경의 눈빛으로 계속 지켜보았다. 두 사람 사이에는 온갖 종류의
긴장이 흐르고 있었다. 이윽고 마녀의 영사가 결정을 내린 듯 입을 열
었다.

"좋습니다. 당신도 알고 계실 겁니다, 파더 코람. 당신 이름이 우리
사이에 널리 알려져 있다는 사실 말입니다. 세라피나 페칼라는 에나라
호수 지역에 살고 있는 마녀 일족의 여왕이니까요. 그리고 당신의 두
번째 부탁을 들어 드리기 위해서는 물론 잘 알고 계시겠지만, 이 정보
의 출처가 저란 사실을 비밀로 해 주셔야 합니다."

"물론입니다."

"음, 이 마을에는 '북극개척회사'라는 단체의 지부가 있어요. 광물 탐
사를 하는 것처럼 가장하고 있지만 실은 '런던 중앙 성체위원회'의 명
령에 따라 활동합니다. 제가 알기로는 바로 이 단체가 아이들을 데려오
고 있어요. 마을 사람들은 대부분 그 사실을 잘 모르고 있습니다. 또 노
르웨이 정부도 공식적인 인정은 하지 않았습니다. 잡혀 온 아이들은 이
곳에 오래 머물지 않습니다. 더 멀리 내륙지대로 데려가니까요."

"그곳이 어딘지 아십니까, 란셀리우스 박사?"

"모릅니다. 알고 있다면 말씀드렸을 겁니다."

"그럼 그곳에서 어떤 일이 벌어지는지는 아십니까?"

그러자 처음으로 란셀리우스 박사가 리라를 바라보았다. 그녀는 무심한 표정으로 시선을 맞받았다. 박사의 옷깃 근처에 있던 작은 녹색 뱀이 머리를 쳐들었다. 그리고 그의 귀에 대고 혀를 낼름거리며 뭔가 속삭였다.

"저는 이 사건과 관련해서 '마이슈타트 프로세스'란 용어를 들은 적이 있습니다. 그들이 실제의 이름을 숨기기 위해 그 용어를 사용하는 것 같았어요. 그리고 '인터시전(intercision, 사람과 데몬을 분리시키는 것)'이란 말도 들었지만 어떤 의미인지는 모르겠습니다."

"그렇다면 지금 이 마을에는 그 아이들이 남아 있지 않습니까?"

파더 코람이 무릎 위에 긴장한 자세로 앉아 있는 데몬의 털을 쓰다듬으며 물었다. 그러나 데몬은 그다지 기분이 좋아 보이지 않았다.

"아마 그럴 겁니다."

란셀리우스 박사가 대답했다.

"일주일 전쯤에 열두 명 남짓 되는 아이들이 도착했지요. 그러다가 엊그제 다른 곳으로 옮겨 갔습니다."

"아, 얼마 안 됐군요. 그렇다면 희망을 가져 볼 수도 있겠군요. 혹시 이동수단이 무엇인지 아십니까, 란셀리우스 박사?"

"썰매를 타고 갔습니다."

"어디로 갔을지 짐작 가는 곳은 혹시 없습니까?"

"글쎄요. 별 관심을 가지지 않아 잘 모르겠군요."

"이해합니다. 어쨌든 박사님께서는 제 질문에 성실하게 답변해 주셨습니다. 마지막으로 하나만 더 묻겠습니다. 만일 박사님께서 저희 입장이 된다면 마녀들의 영사에게 어떤 질문을 하시겠습니까?"

처음으로 란셀리우스 박사의 얼굴에 미소가 떠올랐다.

"저라면 갑옷 입은 곰이 있는 장소를 물어보고 그의 도움을 받겠습니다."

그 말을 듣고 리라가 자리에서 벌떡 일어났다. 판탈라이몬의 심장도 그녀의 손 안에서 빠르게 뛰고 있었다.

깜짝 놀란 파더 코람이 말했다.

"저는 그 갑옷 입은 곰이 '성체위원회'를 위해 일한다고 알고 있습니다만……. 제 말은 그러니까 '북극개척회사'를 위해 일한다는 뜻입니다."

"적어도 한 마리만은 그렇지 않습니다. 아마 랑글로쿠르 거리 끝에 위치한 썰매 보관소에 가시면 이오레크 뷔르니손이란 곰을 찾으실 수 있을 겁니다. 지금은 그곳에서 돈을 벌어 생계를 꾸리고 있으니까요. 그러나 워낙 성질이 더럽고 무서운 녀석으로 통하니까 그 일자리도 오래가진 못할 겁니다."

"그렇다면 변절자입니까?"

"그런 것 같습니다. 이만하면 어지간히 대답해 드린 것 같군요. 그리고 끝으로 한마디만 덧붙이죠. 만일 제가 당신이라면 갑옷 입은 곰이 어디 있든지 간에 반드시 우리 편으로 끌어들일 겁니다."

이제 리라는 더는 얌전히 앉아 있을 수가 없는 지경이 되었다. 그러나 파더 코람은 이런 방문에서 지켜야 할 예절을 잘 알고 있었기에 꿀을 얹은 케이크를 다시 한 조각 집어 들었다. 그가 케이크를 먹는 동안 란셀리우스 박사는 리라에게 물었다.

"내가 듣기로는 네가 바로 알레시오미터를 가지고 있다던데?"

리라는 깜짝 놀랐다. 이 사람이 그걸 어떻게 알고 있을까?

"네."

그녀는 짤막하게 대답했으나 판탈라이몬이 슬쩍 꼬집는 바람에 한마디 더 덧붙였다.

"한번 보시겠어요?"

"그래 준다면 무척 고맙겠구나."

리라는 기름 먹인 가죽 주머니 속에서 벨벳으로 감싼 물건을 꺼내 박사에게 건넸다. 그는 천을 벗겨 내고 조심스럽게 위로 치켜들었다. 그리고 마치 진기한 고문서를 바라보는 학자처럼 그 물건을 응시했다.

"이렇게 절묘할 수가! 다른 견본도 한 번 본 적이 있지만 이 정도로 훌륭하진 않았지. 그럼 해석본도 가지고 있겠구나?"

"아뇨."

리라가 설명을 하려는 순간 파더 코람이 먼저 말을 시작했다.

"애석하게도 리라에겐 알레시오미터밖에 없습니다. 그래서 도무지 읽을 방법이 없답니다. 이것은 힌두교의 수많은 경전처럼 미래를 읽는 신비로운 비법이지요. 해석본에 가장 근접한 책은 하이델베르크의 성 요한 대수도원에 있습니다."

리라는 파더 코람이 왜 그런 말을 하는지 알 수 없었다. 아마도 란셀리우스 박사가 리라의 능력을 알게 되는 걸 원치 않는 듯했다. 그러나 그녀는 파더 코람이 미처 보지 못한 어떤 광경을 목격했다. 바로 란셀리우스 박사의 데몬이 흥분하는 표정이었다. 그 즉시 리라는 더 이상 숨겨 봐야 좋을 것이 없음을 눈치 챘다.

"사실은 저도 읽을 수 있어요."

그녀는 란셀리우스 박사와 파더 코람을 번갈아 바라보며 말했다. 반응을 보인 쪽은 역시 박사였다.

"무척 현명한 아이로구나. 그래, 이 물건은 어떻게 갖게 됐지?"

"조던 대학의 총장님께서 주신 거예요. 란셀리우스 박사님, 혹시 알레시오미터를 누가 만들었는지 아세요?"

"프라하라는 도시에서 만들어졌다고 하더구나."

박사가 대답했다.

"첫 번째 알레시오미터를 발명한 학자는 원래 천체의 영향력을 측정하는 방법을 연구하던 사람이었단다. 그는 점성학의 원리를 이용해서 별들의 영향력을 측정하는 방법을 찾으려고 이 물건을 만들었다고 하더구나. 마치 북극에 반응하는 나침반처럼 화성이나 금성의 생각에 반응하는 기구 말이야. 그런 점에서 본다면 그의 연구는 실패로 끝나고 말았단다. 하지만 그 학자는 분명 무언가에 반응하는 기계를 만들어 내긴 한 거야. 비록 아무도 그 사실을 깨닫진 못했지만."

"그 상징들은 어디에서 가져온 걸까요?"

"아, 이건 17세기 일이었단다. 상징이나 문장 같은 것을 어디서나 찾아볼 수 있던 시대였지. 당시에는 건축물이나 그림을 책처럼 읽을 수 있게 디자인했어. 모든 것이 나름으로 무언가를 상징했지. 그러니까 제대로 된 사전만 있다면 자연 그 자체를 읽을 수가 있었어. 철학자들이 자기 시대의 상징물들을 이용해서 신비한 근원을 지닌 지식을 해석하려고 하는 것도 다 그런 이유에서야. 하지만 너도 알다시피 지난 두 세기 동안 사람들은 그것을 진지하게 받아들이지 않았단다."

박사가 기계를 리라에게 돌려주면서 덧붙였다.

"한 가지 물어도 될까? 상징물들을 설명한 책도 없다면서 넌 어떻게 이걸 읽을 수가 있지?"

"마음속을 깨끗하게 비우고 마치 투명한 물속을 들여다보는 것 같은 상태로 만들면 돼요. 박사님께서도 사물을 바라볼 때 눈높이를 적당히 조절하실 거예요. 초점은 딱 한 군데밖에 맞출 수 없으니까요. 말하자면 그런 식이에요."

"그럼 지금 여기서 시범을 보여 줄 수 있겠니?"

박사가 말했다.

리라는 허락을 구하는 표정으로 파더 코람을 쳐다보았다. 그러자 그가 곧 고개를 끄덕여 주었다.

"뭘 물어볼까요?"

"타타르인이 캄차카 반도에 관심을 보이는 저의가 무엇인지 알고 싶구나."

그건 별로 어려운 문제가 아니었다. 리라는 바늘을 낙타 위로 돌려 놓았다. 그것은 아시아와 타타르를 뜻했다. 다음 바늘로 '풍요의 뿔(cornucopia, 제우스에게 젖을 먹였다는 염소의 뿔)'을 가리켰다. 캄차카 반도에는 금광이 많았기 때문이다. 이어서 세 번째 바늘로는 노동을 의미하는 개미를 가리켰다. 그것은 목적이나 의지를 나타내는 상징이었다. 그런 다음 그녀는 조용히 앉아서 정신을 집중했다. 그 세 가지 상징물의 의미들을 하나의 초점에 합치려고 애쓰며 해답을 찾기 위해 긴장을 풀었다. 그러자 곧바로 기계가 반응을 보이기 시작했다. 긴 바늘이 돌고래 위에서 진동을 하더니 다음으로 투구, 아기, 닻의 순서로 이동해 갔다. 그것은 상징물들 사이에서 한동안 춤을 추다가 마지막으로 도가니를 가리키며 복잡한 움직임을 멈추었다. 리라의 시선은 조금도 흔들림 없이 바늘을 좇아 다녔다. 하지만 나머지 두 사람에게는 그 바늘의 움직임이 도저히 이해할 수 없는 것으로만 느껴졌다.

긴 바늘이 완전히 멈춰 서자 리라는 시선을 들었다. 그러고는 황홀경에서 막 빠져나온 사람처럼 눈을 한두 번 깜박거렸다.

"타타르는 공격할 것처럼 위장하고 있지만 실제로 공격하진 않을 거예요. 왜냐하면 세력을 확장하기엔 캄차카가 너무 멀리 떨어진 곳이니까요."

리라가 말했다.

"어떻게 해서 그런 답을 읽어 냈는지 말해 줄 수 있겠니?"

"돌고래의 진정한 의미는 놀이예요. 그냥 장난치길 좋아하는 동물이죠."

리라가 설명을 시작했다.

"제가 그렇게 생각하는 이유는 긴 바늘이 돌고래 위에서 몇 번이나 멈췄고, 다른 생각은 전혀 떠오르지 않았기 때문이에요. 다음으로 투구의 의미는 전쟁이에요. 그래서 돌고래의 의미와 합치면 '장난 같은 전쟁'이란 뜻이 되는 거죠. 그리고 아기가 의미하는 건 어려움이에요. 그들이 침략하기엔 너무 힘들다라는 뜻이죠. 마지막으로 가리킨 닻은 그 이유를 설명하는 것으로, 타타르가 캄차카까지 세력을 확장하는 것은 닻을 묶은 밧줄만큼이나 빡빡한 일이란 뜻이에요. 전 단순히 그런 식으로 읽었어요."

란셀리우스 박사는 고개를 끄덕였다.

"훌륭하구나, 정말 고맙다, 얘야. 잊지 않으마."

박사는 이상한 표정으로 파더 코람을 쳐다보더니 다시 리라에게 물었다.

"그 시범을 한 번만 더 보여 줄 수 있겠니? 이 집 뒤로 돌아가면 마당이 있단다. 그곳 벽에는 구름소나무 가지 몇 개가 걸려 있어. 그 가지들 중 하나는 바로 세라피나 페칼라가 쓰던 것이란다. 그것을 찾아낼 수 있겠니?"

"그럼요!"

언제라도 준비가 되어 있다는 듯 리라는 큰 소리로 대답했다. 그러곤 알레시오미터를 들고 바람같이 밖으로 뛰어나갔다. 그녀는 마녀들이 하늘을 날 때 이용한다는 구름소나무를 한시라도 빨리 보고 싶었다. 지금까지 한 번도 본 적이 없었던 것이다.

리라가 나가자 란셀리우스 박사는 파더 코람에게 물었다.

"저 아이가 누군지 알고 계십니까?"

"아스리엘 경의 딸입니다. 그리고 아이의 엄마는 '성체위원회'의 콜터 부인이지요."

파더 코람이 대답했다.

"그 외에는 또 어떤 것을 알고 계십니까?"

집시 노인은 고개를 저었다.

"나도 그 이상은 모릅니다. 하지만 매우 순수한 영혼을 지닌 존재임이 분명해요. 절대로 해를 입도록 내버려 두지 않을 겁니다. 저 아이가 어떻게 그 기계를 읽을 수 있는지는 모르겠습니다만, 아이의 설명을 들어 보면 믿지 않을 수 없습니다. 왜 그러십니까, 란셀리우스 박사님? 리라에 대해 뭘 알고 계신 거죠?"

"마녀들은 지난 수 세기 동안 저 아이에 대해 얘기해 왔습니다."

마녀들의 영사는 설명을 시작했다.

"마녀들은 세계와 세계 사이에 있는 베일처럼 아주 얇은 장소에 살고 있기 때문에, 가끔 그 세계의 경계를 드나드는 존재들의 영원한 속삭임을 들을 때가 있습니다. 그래서 마녀들은 이 세계가 아닌 다른 세계에서만 완성될 수 있는 위대한 운명을 지닌 이 아이에 대해서 얘기하곤 했습니다. 이 아이가 아니면 우린 모두 죽게 될 것입니다. 마녀들이 그렇게 얘기하고 있다는 거죠. 그러나 아이는 반드시 자신이 어떤 일을 하고 있는지도 모르는 상태에서 이 운명을 완수해야 합니다. 왜냐하면 아이의 그런 무지 상태에서만 우리가 구원받을 수 있기 때문이죠. 제 말을 이해하시겠습니까. 파더 코람?"

"아뇨, 무슨 뜻인지 모르겠소이다."

"제 말은 설사 저 아이가 실수를 하더라도 그냥 내버려 둬야 한다는 겁니다. 우린 다만 그런 일이 발생하지 않도록 열심히 기도하는 수밖에 없습니다. 우린 저 아이를 지도할 수 없습니다. 아, 살아생전에 저 아이를 직접 보게 되어 기쁠 뿐입니다."

"그렇지만 리라가 바로 그 특별한 아이라는 걸 어떻게 알 수 있습니까? 또 세계의 경계를 드나드는 존재들이라니요? 박사님의 말씀을 도무지 이해할 수가 없습니다. 지금까지 나는 박사님을 정직한 사람이라고 생각해 왔습니다만……."

그러나 박사가 미처 대답을 하기도 전에 문이 활짝 열리며 리라가 들어섰다. 그녀는 의기양양한 표정으로 구름소나무 가지 하나를 내밀었다.

"바로 이거예요! 제가 모두 다 시험해 봤어요. 이게 틀림없어요."

박사가 그것을 자세히 들여다보며 고개를 끄덕거렸다.

"맞구나. 그래, 리라. 잘해 냈다. 그런 기계를 다 가지고 있다니, 너는 무척 운이 좋은 아이로구나. 그건 그렇고 너에게 주고 싶은 게 있는데……."

그는 나뭇가지를 받아 들고 잔가지 하나를 꺾어 그녀에게 내밀었다.

"그분은 이걸로 하늘을 나셨나요?"

리라는 놀란 표정으로 물었다.

"그렇단다. 나뭇가지를 다 주지 않는 이유는 세라피나 페칼라와 연락을 하려면 이게 필요하기 때문이란다. 하지만 이 정도면 충분하니까 그건 네가 잘 간직하거라."

"네, 그럴게요. 감사합니다."

그녀는 주머니를 열고 나뭇가지를 알레시오미터 옆에 잘 챙겨 넣었다. 파더 코람도 행운을 비는 뜻으로 구름소나무 가지를 살짝 건드렸다. 그러자 리라가 지금껏 한 번도 보지 못한 표정이 그의 얼굴 위를 스쳐 지나갔다. 뭔가를 간절히 바라는 표정이었다. 이윽고 란셀리우스 박사가 그들을 현관으로 안내했다. 파더 코람과 악수를 나눈 박사는 처음 만났을 때와는 달리 리라와도 악수를 했다.

"아무쪼록 성공하길 빈다."

그는 현관 계단에 서서 인사말을 했다. 좁은 길에 나서자 살을 에는 듯한 추위가 에워쌌다.

"박사님은 제가 말씀드리기 전부터 이미 타타르에 대한 답을 알고 계셨어요."

리라가 파더 코람에게 말했다.

"알레시오미터가 제게 말해 줬어요. 도가니의 의미가 바로 그거였거든요. 하지만 그 사실을 말씀드리진 않았어요."

"나는 박사가 너를 시험해 보길 내심 바라고 있었단다, 아가야. 너는 아주 예의 바르게 잘해 내더구나. 게다가 박사가 미리 알고 있는 것까지 모른 척했으니 말이다. 그리고 갑옷 입은 곰에 관해서도 아주 유용한 정보를 얻었으니 이만하면 꽤 유익한 만남이었던 것 같구나."

두 사람은 썰매 보관소를 향해 발걸음을 옮겼다. 그곳은 잡목이 우거진 황량한 지역이었는데, 창고처럼 보이는 콘크리트 건물이 몇 채 서 있었다. 회색빛 바위와 얼음이 덮인 진흙 웅덩이 사이로 군데군데 잡초도 눈에 띄었다. 사무실에 들어서자 퉁명스러운 사내 한 명이 일어나서 근무시간이 끝나는 6시 이후에야 곰을 볼 수 있을 거라고 말해 주었다. 그러나 곰은 일이 끝난 다음에는 곧장 에이나르손의 술집으로 가서 술을 마시기 때문에 서두르지 않으면 못 만날지도 모른다고 했다.

보관소에서 볼일을 마치자 파더 코람은 리라를 데리고 마을에서 가장 좋은 의류용품점을 찾아갔다. 그리고 그녀를 위해 북극 지방의 추위를 견딜 만한 적당한 옷가지를 사 주었다. 그가 사 준 파카는 순록 가죽으로 만든 것인데, 순록 털은 속이 비어 있어서 보온 효과가 매우 뛰어났다. 파카에 달린 모자는 오소리 털로 안을 댔기 때문에 호흡할 때 생기는 성에가 안으로 스며들지 못하게 막아 주었다. 그들은 또한 내의와 순록 새끼 가죽으로 안을 댄 부츠, 커다란 모피 벙어리 장갑, 그리고 그 안에 낄 실크 장갑도 구입했다. 부츠와 벙어리 장갑은 순록 가죽 중에서도 가장 질기다는 앞발 부위로 만든 제품이었다. 그리고 부츠의 밑창에는 해마 가죽보다 질기면서도 무게는 더 가벼운 바다표범 가죽이 덧대어져 있었다. 끝으로 리라의 몸을 완전히 감쌀 만큼 커다란 방수 외투도 구입했다. 겉이 반투명한 바다표범 창자로 된 외투였다.

옷을 다 입은 뒤 리라는 실크 목도리를 두르고 모직 귀마개를 했다. 그리고 파카에 달린 커다란 모자를 앞으로 끌어내리자 따뜻하긴 했지만 움직이기 좀 거북했다. 그러나 리라에게는 이곳보다도 훨씬 추운 극지방이 기다리고 있었다.

존 파는 배의 짐을 부리는 작업을 지휘하는 바쁜 와중에도 마녀들의 영사관에 다녀온 얘기에 열심히 귀를 기울였다. 특히 곰 얘기가 나오자 더 큰 관심을 보였다.

"아예 오늘 밤 찾아갑시다. 그런데 그런 동물과 대화를 해보신 적 있습니까, 파더 코람?"

"한 번 있었어. 그러다가 싸움을 하고 말았지만 말이야. 다행히 나 혼자가 아니었으니 망정이지 정말 큰일 날 뻔했다고. 그와 거래를 하기 위해서는 마음의 준비를 단단히 하고 가야 될 거야, 존 파. 틀림없이 요구 조건을 잔뜩 내걸 테니까. 그리고 워낙 무뚝뚝한 성격이어서 다루기도 쉽지 않을 거고. 그러나 우린 반드시 그를 고용해야만 해."

"물론 그래야죠. 그런데 당신이 도와줬다던 그 마녀는 어떻게 됐습니까?"

"글쎄, 마녀가 워낙 먼 곳에서 살고 있고 또 지금은 일족의 여왕이 되었다고 하니까. 그저 내가 보낸 전갈이 무사히 도착하기만을 바랄 수밖에. 하여간 답신을 받으려면 꽤 시간이 걸릴 거야."

"그렇겠군요. 자, 이젠 제가 알아낸 사실을 말씀드릴 차례인 것 같습니다."

존 파는 뭔가 얘기하고 싶어 조바심이 난 듯한 표정이었다. 그는 부두에서 리 스코즈비라는 뉴 덴마크 사람을 만났다고 했다. 텍사스 지역에서 온 그 탐험가는 놀랍게도 비행 기구를 가지고 있었다. 그는 탐험 여행에 합류하고 싶었지만 암스테르담을 떠나기도 전에 자금이 바닥나는 바람에 지금은 이러지도 저러지도 못할 상황이라는 것이었다.

"그 비행 기구를 잘만 이용하면 큰 도움이 될 겁니다, 파더 코람."

존 파는 신이 나서 커다란 손을 비벼 대며 말했다.

"그에게 같이 일하자고 제안했죠. 이곳에 온 뒤로 왠지 일이 잘 풀리는 것 같습니다."

"우리의 상황을 제대로 파악하고 있어야만 행운도 지속될 거야."

파더 코람이 한마디 던졌지만 존 파의 기분을 꺾지는 못했다.

장비의 하역 작업이 모두 안전하게 끝나고 주위가 어두워지자 파더 코람과 리라는 해안가를 따라 에이나르손 술집으로 향했다. 쉽게 찾아낸 그 술집은 아무렇게나 지은 듯한 콘크리트 건물이었다. 문짝 위에는 빨간색 네온사인 불빛이 깜박이고 있었으며, 서리로 뒤덮인 유리창을 통해 왁자지껄한 소음이 흘러나왔다.

건물 옆으로 난 좁고 울퉁불퉁한 길을 따라가자 뒷마당으로 통하는 철문이 나타났다. 그곳에는 얼어붙은 바닥 위로 금방이라도 쓰러질 듯 기우뚱하게 서 있는 헛간이 한 채 있었다. 술집 뒷면의 유리창을 통해 흘러나오는 흐릿한 불빛이 구부정하게 몸을 웅크린 자세로 두 손에 고깃덩이를 들고 우적우적 씹고 있는 거대한 물체를 희미하게 비춰 주었다. 피 묻은 주둥이와 얼굴, 심술궂어 보이는 작은 두 눈, 지저분하게 헝클어진 누르스름한 털, 그것이 바로 리라가 목격한 그 곰의 첫인상이었다. 곰은 무시무시한 소리로 으르렁거리며 뼈를 깨물고 살점을 물어뜯고 있었다.

파더 코람이 문 옆으로 다가가 그를 불렀다.

"이오레크 뷔르니손!"

그러자 곰이 곧 움직임을 멈췄다. 꽤 먼 거리에서 불렀음에도 불구하고 곰의 시선은 똑바로 그들을 향해 날아왔다. 그러나 그의 얼굴에서는 어떤 표정도 읽을 수 없었다.

"이오레크 뷔르니손."

파더 코람이 또 한 번 그의 이름을 불렀다.

"잠깐 얘기 좀 할 수 있겠나?"

리라의 심장이 세차게 뛰었다. 그 곰에게서 풍겨 나오는 어떤 힘이 섬뜩하고 위험하면서도 잔인한 느낌을 주었던 것이다. 그러나 그 힘은 지성으로 제어되고 있었다. 그것은 인간의 지성이 아니었으며 또 인간의 지성과 비슷하지도 않았다. 당연한 얘기지만 곰에게는 데몬이 없었기 때문이다. 그곳에 서서 고깃덩이를 뜯고 있는 그 거대한 존재는 리라가 알고 있는 다른 어떤 것과도 닮지 않았다. 그 외로운 생명체를 바라보며 그녀는 진심으로 동정심을 느꼈고, 한편으로는 감탄하는 마음도 들었다.

곰은 순록 다리를 더러운 바닥 위에 떨어뜨리더니 네 발을 모두 땅에 대고 구부정한 자세로 문을 향해 기어왔다. 그런 다음 거대한 몸을 일으켰는데 족히 3미터는 넘을 것 같았다. 마치 그들 앞에 놓인 문 정도로는 자신을 막을 수 없다는 걸 보여 주려는 듯했다. 그 높이에서 곰이 말을 시작했다.

"누구요?"

굵고 깊은 목소리에 땅이 흔들리는 것 같았다. 그의 몸에서 풍겨 나오는 고약한 냄새 때문에 숨을 쉬기 어려울 정도였다.

"나는 영국 동부의 집시 부족들을 대표하는 파더 코람이라는 늙은이일세. 그리고 이 아이는 리라 벨라커라고 하지."

"무슨 용건으로 찾아왔소?"

"자네에게 일자리를 제안하려고 왔네, 이오레크 뷔르니손."

"난 이미 고용된 몸이오."

곰이 다시 네 발을 모두 땅에 내려놓았다. 그의 목소리에서는 어떤 감정도 찾아볼 수 없었다. 빈정거리는 건지 화를 내는 건지 도무지 갈피를 잡을 수 없는 그 목소리는 깊고도 단조로웠다.

"썰매 보관소에서는 무슨 일을 하고 있나?"

파더 코람이 물었다.

"부서진 기계 따위를 손보고 있소. 난 무거운 물건도 들어 올릴 수 있으니까."

"판제르비에르네를 위해서는 어떤 일을 하고 있나?"

"돈만 주면 무슨 일이든 하오."

곰의 등 뒤로 술집 뒷문이 조금 열렸다. 그리고 남자 한 명이 몸을 내밀고 커다란 도기 항아리를 내려놓았다. 그는 시선을 들어 그들을 바라보며 곰에게 물었다.

"저 사람들은 누군가?"

"모르는 사람들이오."

곰이 대답했다.

바텐더는 뭔가 할 말이 더 있는 듯한 표정이었지만 곰이 갑자기 자신 쪽으로 몸을 기울이자 급히 문을 닫으며 모습을 감췄다. 곰은 발톱을 구부려 항아리의 손잡이에 건 다음 그릇을 들어 올려 입으로 가져갔다.

물을 타지 않은 독한 술 특유의 톡 쏘는 향이 항아리에서 풍겨 나와 리라의 후각을 자극했다.

술을 몇 차례 들이켠 곰은 항아리를 내려놓고 뒤로 돌아앉아 조금 전에 먹던 살코기를 다시 씹기 시작했다. 파더 코람과 리라에게는 전혀 관심이 없다는 태도였다. 그러나 뜻밖에도 그가 다시 입을 열었다.

"그래, 당신이 제안하는 일은 어떤 것이오?"

"십중팔구는 싸움이 될걸세."

파더 코람이 말했다.

"우린 아이들을 잡아간 놈들을 찾을 때까지 계속 북쪽으로 올라갈 생각이네. 그리고 놈들을 발견하면 아이들을 되찾기 위해 전쟁을 벌일 거라네."

"그럼 내 보수로는 뭘 준비했소?"

"거기까진 생각하지 못했네, 이오레크 뷔르니손. 그러나 원하는 게 황금이라면 그것을 주겠네."

"별것 아니로군."

"썰매 보관소에서는 보수를 어떻게 받나?"

"머물 곳과 먹을 것, 그리고 술이 전부요."

대답을 마친 곰은 침묵을 지켰다. 잠시 후 그는 너덜너덜해진 뼈다귀를 내려놓고 항아리를 들어 올렸다. 그러고는 그 독한 술을 마치 물처럼 들이켜기 시작했다.

그 모습을 보고 파더 코람이 말을 꺼냈다.

"이런 질문을 하는 걸 용서하게, 이오레크 뷔르니손. 하지만 자네라면 저 얼음 벌판에서 바다표범이나 해마를 사냥하며 자유롭게 살 수도 있잖은가. 아니면 전쟁에 참가해서 무공을 세울 수도 있을 텐데 왜 굳이 이곳 트롤선드 같은 곳에 얽매여 있는가?"

리라는 온몸이 떨려왔다. 그녀도 같은 생각을 하고 있었지만 그런 무례한 질문을 했다간 저 거대한 동물이 불같이 화를 낼 것만 같았다. 그래서 파더 코람의 용기에 더더욱 경탄을 금치 못했다. 이윽고 이오레크 뷔르니손이 항아리를 내려놓더니 문 쪽으로 다가왔다. 그러고는 노인의 얼굴을 뚫어지게 바라보았다. 그러나 파더 코람은 조금도 동요하지 않았다.

"당신이 찾고 있는 자들을 알고 있소. 그 어린이 절단범들 말이오."

곰은 얘기를 계속했다.

"그들은 꽤 많은 아이를 데리고 엊그제 북쪽으로 떠났소. 아무도 그 말을 해 주진 않을 거요. 마을 사람들은 보고도 못 본 척했겠지. 이 마을의 돈과 일자리가 모두 그자들 손아귀에 들어 있으니까. 나도 그 어린이 절단범들이 싫소.

그래서 지금부터는 당신 질문에 친절하게 답변해 주겠소. 내가 이곳에 머물면서 술이나 마시는 이유는 마을 사람들이 내 갑옷을 가져갔기 때문이오. 그것이 없으면 바다표범 사냥은 할 수 있겠지만 전쟁터에 나갈 순 없소. 난 갑옷을 입는 곰이오. 때문에 전쟁이란 나에게 숨 쉬는 공기와 마찬가지요. 이 마을 사람들이 나에게 술을 먹이고 취하게 만든 다음 내 갑옷을 가져가 버렸소. 그 물건을 숨겨 둔 곳만 알아내면 당장 이 마을을 엎어 버리고 되찾을 생각이오. 그러니 나를 고용하고 싶다면 내 갑옷을 찾아 주시오. 그렇게만 해 준다면 기꺼이 당신들의 전쟁에 참가하겠소. 싸움에서 승리하거나 내 목숨이 다할 때까지 도와주겠소.

자, 내 조건은 바로 갑옷을 되찾아 주는 것이오. 그렇게만 된다면 다시는 술을 입에 대지 않겠소."

갑옷

배로 돌아온 뒤 파더 코람은 존 파와 다른 지도자들을 회의실에 모아 놓고 오랜 시간 회의를 했다. 리라는 선실로 돌아가 알레시오미터에게 의견을 구했다. 그리고 5분도 채 지나지 않아 곰의 갑옷이 있는 장소를 알아낼 수 있었다. 그 물건을 되찾는 데는 별 어려움이 없을 듯했다.

리라는 회의실에 가서 존 파와 다른 사람들에게 그 사실을 얘기해 주는 것이 좋을지 생각해 보았다. 그러나 만일 그들이 알고 싶어 한다면 먼저 자신을 찾아올 거라는 생각이 들었다. 어쩌면 이미 그 사실을 알아냈을지도 모르지만.

그녀는 침상에 누워서 야만스럽고 힘센 곰에 대해 생각했다. 독한 술을 마구 들이켜던 모습과 더러운 움막에 홀로 앉아 있던 외로운 모습이 떠올랐다. 항상 데몬과 함께하며 대화를 나눌 수 있는 인간과는 그 얼마나 다른 존재인지! 항구에 정박 중인 배 안에는 적막감이 감돌았다.

쇠붙이와 목재가 끊임없이 삐걱대는 소리나 엔진이 돌아가는 소리, 뱃전에 와서 부딪치는 파도 소리도 들리지 않았다. 베개를 같이 베고 누운 판탈라이몬과 함께 리라는 서서히 잠 속으로 빠져 들어갔다.

어딘가 갇혀 있을 아버지 꿈을 꾸다가 갑자기 그녀는 아무 이유 없이 잠에서 깨어났다. 시간이 얼마나 흘렀는지 알 수 없었다. 선실 안으로 스며드는 희미한 빛을 보며 달빛이라는 사실을 깨달았다. 그 빛은 선실 한 귀퉁이에 놓여 있는 새로 산 털옷을 비추고 있었다. 리라는 옷가지들을 잠시 바라보다 다시 한 번 입어 보고 싶은 충동을 느꼈다.

그녀가 옷을 다 갖춰 입자 이번에는 갑판에 꼭 나가 봐야 할 것 같은 기분이 강하게 들기 시작했다. 그래서 곧장 선실 문을 열고 계단을 올라가 갑판 위에 올라섰다.

그 즉시 하늘에서 벌어지고 있는 신비로운 현상이 리라의 시야를 가득 채웠다. 처음에는 그저 구름이 움직이는 것이라고 생각했지만, 아스라이 떨리며 다가오는 그 강렬한 움직임을 보며 판탈라이몬이 먼저 속삭이듯 말했다.

"오로라야!"

그 말을 듣고 놀라움이 한층 더 커진 리라는 난간을 꼭 붙잡고 몸을 한껏 앞으로 내밀었다.

그 광경은 북쪽 하늘을 온통 채우고 있었으며, 그 광대함이란 인간의 상상력을 훨씬 뛰어넘는 것이었다. 마치 천국에서부터 섬세한 빛의 커튼이 드리워져 하늘 위에서 흔들리는 것 같았다. 연한 녹색과 분홍색이 한데 어우러져 금방이라도 부스러져 내릴 것만 같은 얇은 옷감처럼 투명한 빛을 발하고 있었다. 맨 아랫단 끝자락에는 불타는 듯한 짙은 심홍색이 마치 지옥의 불길처럼 타오르고 있었는데, 최고의 댄서보다도 더 우아한 움직임으로 아련하게 흔들렸다. 리라의 귓가에는 오로라의 소리까지도 들리는 것 같았다. 저 머나먼 곳으로부터 속삭임이 들리는 듯했다. 서서히 사라지는 절묘한 광경을 바라보며 그녀는 곰을 생각했을 때처럼 마음 깊은 곳에 어떤 감정이 일어나는 것을 느꼈다. 그것은 경건하리만치 아름다운 감정으로 리라의 가슴을 온통 뒤흔들어 놓았다. 그녀의 눈에는 어느새 눈물이 가득 차오르기 시작했다. 그 눈물로 인해 빛은 프리즘을 통과한 다채로운 무지갯빛으로 보였다. 다음 순간 리라는 알레시오미터에게 물을 때와 같은 상태로 되어 가는 것을 느꼈다. 알레시오미터의 바늘을 움직이는 그 힘이 지금 이 오로라의 빛을 만들어 내고 있을 것이다. 그건 분명 '더스트'라고 부르는 존재일 것이었다. 리라는 자신이 그런 생각을 했다는 것조차 인식하지 못한 채 곧 그 사실을 잊어버리고 말았다. 그리고 훨씬 더 시간이 흐른 뒤에야 그것을 기억해 냈다.

그녀가 오로라를 응시하는 동안 색채의 물결로 이루어진 반투명 베일 너머에서 어떤 도시의 이미지가 모습을 드러내기 시작했다. 높은 건물들과 둥근 지붕, 벌꿀색의 사원과 늘어선 기둥들, 널찍한 산책로와 햇살이 내리쬐는 정원. 그 광경을 목격한 리라는 정신이 혼미해지는 듯했다. 마치 위로 올려다보고 있는 것이 아니라, 아래로 내려다보고 있는 것만 같았다. 지금까지 어떠한 존재도 건너가지 못했던 광대한 심연을 통과하는 듯했다. 하나의 우주가 저 멀리 있었다.

그 순간 어떤 물체가 창공을 가로질러 다가왔다. 리라가 그 움직임에 눈의 초점을 맞추려고 애쓰는 순간 갑자기 머리가 핑 돌면서 현기증이 일었다. 그 움직이는 작은 물체는 오로라나 또는 그 너머의 다른 우주에 속한 존재가 아니었기 때문이다. 그것은 마을의 지붕 위에 걸린 하늘을 가로지르고 있었다. 리라가 그 물체를 정확하게 봤다고 느낀 순간 그녀의 감각이 완전히 제자리로 돌아오면서 하늘 위의 도시도 사라져 버렸다.

하늘을 나는 물체가 점점 더 다가오더니 날개를 활짝 펼치고 배 주위를 선회하기 시작했다. 그러다가 날개를 힘차게 퍼덕이며 미끄러지듯 하강하더니 리라로부터 몇 미터 떨어진 갑판 위에 내려앉았다.

그녀가 본 것은 커다란 새였다. 선명한 하얀색 반점이 머리 둘레에 왕관처럼 둘러쳐진 아름다운 회색 거위였다. 정확히 말하면 새가 아니라 데몬이었다. 그런데 데몬의 주인인 사람의 모습이 보이지 않았다. 그러자 갑자기 두려워진 리라는 얼굴이 창백해졌다.

"파더 코람은 어디 계신가?"

새가 물었다. 그 순간 리라는 새의 정체를 알아챘다. 바로 파더 코람의 친구이자 마녀의 여왕인 세라피나 페칼라의 데몬이었던 것이다.

리라는 말을 더듬으며 간신히 대답했다.

"그분은…… 아, 제가 가서 모셔 올게요."

리라는 재빨리 계단 쪽으로 달려갔다. 그리고 파더 코람의 선실로 가서 문을 열고 컴컴한 실내를 향해 소리쳤다.

"파더 코람! 마녀의 데몬이 왔어요! 지금 갑판에서 기다리고 있어요! 혼자예요. 하늘을 날아오는 걸 제가 봤다고요!"

파더 코람이 짤막하게 대꾸했다.

"갑판에서 잠시만 기다리라고 말해 주렴, 애야."

거위는 당당한 태도로 선미에 가더니 주변 경치를 둘러보았다. 우아하면서도 동시에 야성적인 멋이 느껴지는 모습이었다. 그의 자태에 매력을 느낀다는 사실에 리라는 두려워졌다. 마치 유령을 보며 즐거워하는 것 같았기 때문이다.

이윽고 방한복으로 몸을 감싼 파더 코람이 갑판 위로 올라왔다. 바로 그 뒤를 이어 존 파도 나타났다. 두 사람은 예의를 갖춰 머리 숙여 인사를 했고 데몬들도 방문객에게 인사를 건넸다.

"안녕하시오?"

파더 코람이 거위에게 말했다.

"다시 만나게 되어 무척 기쁘고 영광스럽소, 카이자. 자, 그럼 안으로 들어가시겠습니까, 아니면 탁 트인 바깥에 머무시겠습니까?"

"여기가 더 좋을 것 같습니다, 파더 코람. 그런데 당신은 이 추운 곳에 한동안 계셔도 괜찮으시겠습니까?"

마녀들과 그 데몬들은 추위를 타지 않지만 인간들은 다르다는 사실을 거위는 잘 알고 있었다.

파더 코람은 거위에게 다들 방한복을 단단히 갖춰 입었다고 안심시킨 뒤 물었다.

"세라피나 페칼라는 잘 지내고 계십니까?"

"그녀가 안부를 전해 달라고 했습니다, 파더 코람. 물론 그녀도 건강하게 잘 지내고 있습니다. 그런데 이분들은 누구시죠?"

파더 코람이 두 사람을 소개하자 마녀의 데몬이 리라를 자세히 뜯어보기 시작했다.

"이 아이 얘기는 전에도 들은 적이 있습니다. 마녀들 사이에서 자주 화제에 오르내리는 아이니까요. 그건 그렇고 당신들은 전쟁을 하려고 온 겁니까?"

"전쟁을 벌이려는 건 아니오, 카이자. 우리는 잡혀간 아이들을 다시 찾아오려는 거요. 그래서 마녀들이 우릴 도와줬으면 좋겠소."

"마녀들이 전부 다 돕지는 못할 겁니다. 어떤 일족은 '더스트 헌터'와 손을 잡았으니까."

"마녀들은 '성체위원회'를 그렇게 부릅니까?"

"당신이 말씀하시는 위원회에 대해서는 잘 모릅니다. 어쨌든 우리가 아는 단체는 '더스트 헌터'라는 겁니다. 그들은 10년 전에 우리가 사는 곳에 처음 나타났습니다. 그리고 그럴듯한 말을 늘어놓으며 우리 땅에 자기들 연구소를 세우게 해 주면 대가를 지불하겠다고 했죠. 그들은 우리를 정중하게 대해 주었습니다."

"더스트란 것이 뭡니까?"

"그건 하늘에서 내려오는 것입니다. 어떤 이는 항상 그곳에 머물러 있다고도 하고, 또 어떤 이는 근래 들어서 떨어지고 있다고들 하죠. 어느 쪽이 맞는지는 모르겠지만 사람들이 그것이 있다는 것을 알게 되면 분명 엄청난 두려움을 느끼게 될 겁니다. 그리고 그것이 무엇인지 알아내려고 애를 쓸 겁니다. 그렇지만 그런 건 우리 마녀들과는 전혀 상관없는 문제니까."

"그럼 지금 '더스트 헌터'들은 어디에 있소?"

"이곳에서 나흘 정도 더 북동쪽으로 들어가는 '볼반가르'란 곳에 있습니다. 우리 일족은 그들과 어떤 계약도 맺지 않았어요. 당신과의 오랜 약속을 지키기 위해서요, 파더 코람. 그리고 난 당신에게 더스트 헌터를 찾는 방법을 알려 주기 위해 왔어요."

파더 코람의 얼굴에는 미소가 떠올랐고 존 파는 만족스러운 표정으로 손바닥을 비벼 댔다.

"친절에 감사드립니다."

파더 코람은 거위에게 인사말을 했다.

"더스트 헌터에 관해서 아시는 것이 있다면 모두 말씀해 주십시오. 혹시 그들이 볼반가르에서 어떤 일을 벌이는지 알고 계십니까?"

"그들은 그곳에 콘크리트 건물을 세우고 지하실에 회의실을 몇 개 만들었습니다. 그리고 석유를 연료로 사용한다고 하니 많은 비용을 투자한 것 같습니다. 그들이 하는 일은 우리도 모릅니다. 다만 그곳의 대기에서 증오와 공포가 느껴지는데, 그런 기운이 주변 지역까지 넓게 퍼져 나가고 있었습니다. 인간들은 느낄 수 없겠지만 마녀들은 그런 것을 알 수 있습니다. 동물들도 그곳에서 멀리 도망가고 없습니다. 새들도 그 주위를 날아다니지 않고 나그네쥐와 여우들도 전부 떠나 버렸죠. 그래서 그곳의 이름이 볼반가르예요. '악마의 땅'이라는 뜻이죠. 더스트 헌터들은 그 이름을 사용하지 않습니다. 그들은 그곳을 기지라고 말하지만 다른 사람들은 모두 볼반가르라고 부르고 있죠."

"그곳의 방어 상태는 어떻습니까?"

"북방 타타르인들을 고용하여 부대를 구성했습니다. 소총으로 무장한 용감한 군인들이지만 실전 경험은 부족합니다. 건물이 완공된 뒤로는 어느 누구도 감히 그곳을 침공하지 못했으니까요. 외곽에는 가시 철조망이 둘러쳐져 있고 울타리 안쪽으로는 앤버릭 전력으로 빈틈없이 불을 밝혀 놓았죠. 그 밖에도 다른 방어 수단이 있는지는 우리도 잘 모릅니다. 아까 말씀드렸듯이 마녀들은 그런 일엔 별로 관심을 가지지 않으니까요."

거위의 설명을 듣고 있던 리라는 묻고 싶은 것이 많아 도저히 참을 수 없을 지경이었다. 그러자 눈치를 챈 마녀의 데몬이 질문을 허락한다는 표정으로 그녀를 바라보았다.

"마녀들은 왜 제 얘기를 하는 거죠?"

리라는 용기를 내어 물었다.

"네 아버지 때문이지. 그분은 다른 세계에 대해 잘 알고 계시거든."

데몬이 대답했다.

그의 답변은 세 사람을 모두 놀라게 만들었다. 리라는 우선 파더 코람을 쳐다보았다. 그는 약간 놀란 듯 주춤하며 뒤를 돌아봤다. 그리고 존 파의 얼굴에는 당황한 표정이 역력했다.

"다른 세계라구요? 실례지만, 그런 세계가 정말 있다는 건 아니겠죠? 혹시 다른 행성을 말하는 건 아닙니까?"

존 파가 이렇게 묻자 거위가 대답했다.

"절대로 아닙니다."

"아마 영혼의 세계란 얘기겠지요?"

파더 코람이 끼어들었다.

"그것도 아니에요."

"빛 속에 있는 도시를 말씀하시는 거죠?"

리라가 물었다.

"맞죠? 그게 맞죠?"

거위가 위엄 있는 태도로 고개를 돌려 리라를 바라보았다. 그의 눈동자는 새카만 색이었는데 맑은 하늘처럼 선명한 푸른 테두리가 그 주위를 감싸고 있었다. 그 눈동자가 강렬한 시선으로 리라를 응시하고 있었다.

"그래. 마녀들은 지난 수천 년 동안 그 세계에 대해서 알고 있었단다. 너도 가끔은 북쪽 하늘의 빛 속에서 그것을 볼 수 있을 거다. 그들은 결코 이 우주에 속한 존재가 아니지. 오히려 가장 먼 곳에 있는 별이 이 우주에 속해 있을지는 몰라도 그 빛을 통해 보이는 것은 이 우주와는 완전히 다른 세계란다. 그러나 멀리 떨어진 곳에 있지는 않아. 이 세계와 그 세계는 서로에게 스며들어 있으니까. 여기, 이곳 갑판 위에도 수백만 개의 서로 다른 우주가 공존하고 있지. 서로를 의식하진 못하겠지만……."

그가 날개를 들어 활짝 펼치더니 다시 접어 내렸다.

"지금도 마찬가지야. 내 날개는 천만 개의 서로 다른 세계를 스쳐 지났단다. 그러나 그 사실을 인식할 수 있는 세계는 하나도 없단다. 우리는 심장의 고동 소리가 들릴 만큼 아주 가까이 있지. 하지만 북극광을 제외하곤 이런 다른 세계들을 보거나 듣거나 만져 볼 순 없단다."

"북극광은 어째서 예외라는 겁니까."

파더 코람이 물었다.

"그건 오로라 속의 충전 입자들은 이 세계의 물질을 얇게 만드는 특성을 갖고 있기 때문입니다. 그래서 아주 짧은 시간이나마 그것을 통해 다른 세계를 볼 수 있소. 마녀들은 이 사실을 알고 있었습니다. 얘기 한적은 거의 없지만 말이죠."

"아빠는 그것을 믿으셨어요. 저는 아빠가 하는 얘기를 들었고 또 오로라 사진도 봤기 때문에 잘 알아요."

리라가 말했다.

"그것이 더스트와 어떤 관계가 있습니까?"

존 파의 물음에 마녀의 데몬이 대답했다.

"누가 알겠습니까? 제가 말씀드릴 수 있는 건, 더스트 헌터들은 더스트를 마치 끔찍한 독약이라도 되는 듯이 두려워한다는 사실입니다. 그런 이유로 아스리엘 경도 가둬 둔 겁니다."

"하지만 왜죠?"

리라가 물었다.

"그들은 아스리엘 경이 더스트를 이용해서 이 세계와 오로라 건너편의 세계를 연결하는 다리를 만들려고 한다고 생각한단다."

순간 리라의 머릿속에 어떤 생각이 떠올랐다.

그러나 파더 코람이 먼저 물었다.

"그가 실제로 그런 일을 하려고 한단 말이오?"

"그렇습니다."

거위가 말을 이었다.

"더스트 헌터들은 그에게 그런 능력이 있다고 믿지는 않습니다. 왜냐하면 무엇보다도 아스리엘 경이 다른 세계들의 존재를 믿는 미친 사람이라고 생각하기 때문이죠. 하지만 아스리엘 경이 그런 의도를 가지고 있는 건 사실입니다. 그리고 그는 막강한 존재이기 때문에 그들은 자신들의 계획을 망칠까 봐 두려워하고 있죠. 그래서 갑옷 입은 곰들과 계약을 맺고 아스리엘 경을 사로잡게 한 다음 멀리 스발바르의 요새에 가둬 둔 겁니다. 누군가의 말에 따르면 새로 왕좌에 앉은 곰이 그 자리에 앉을 수 있도록 도움을 준 것도 그들의 계약조건이었다고 하더군요."

리라는 마녀의 데몬에게 재빨리 물어보았다.

"그럼 마녀들은 우리 아빠가 두 세계를 연결하는 다리를 만들기 바라나요? 마녀들은 아빠 편인가요, 아니면 반대편이에요?"

"그건 대답하기 무척 곤란한 질문이구나. 우선 우리 마녀들도 아직 결론을 내리지 못한 문제니까 말이다. 의견이 분분하단다. 그리고 두 번째 이유는 아스리엘 경이 만든 다리가 전쟁을 불러올지도 모르기 때문이지. 현재도 영혼의 세계에 존재하는 수많은 세력과 마녀들 사이에는 전쟁이 벌어지고 있단다. 그런데 다리가 실제로 만들어진다면 그것을 손에 넣는 쪽이 압도적으로 우세해질 것이 분명하지. 세 번째는 세라피나 페칼라의 일족, 그러니까 내가 속한 부족은 아직 어떤 계약에도 구속되어 있지 않기 때문이야. 비록 어느 편인지 입장을 분명히 밝히라는 압력이 거세지고 있긴 하지만 말이다. 너도 알겠지만 이런 문제는 정치적으로도 워낙 민감한 문제이기 때문에 쉽게 대답할 수가 없구나."

"그럼 곰들은 어떤가요? 그들은 어느 편이죠?"

리라의 질문에 거위가 대답했다.

"보수만 주면 어느 편이든 좋다고 할걸. 그들은 이런 질문엔 아무런 흥미를 느끼지 못한단다. 왜냐하면 곰들에겐 데몬이 없거든. 그들은 인간들의 문제엔 조금도 관심이 없어. 적어도 지금까지는 그랬단다. 그러나 들리는 바에 따르면 새로 왕위에 오른 곰은 예전부터 내려오던 관습을 바꾸는 데 열심이라더구나. 하여튼 더스트 헌터들이 그들에게 보수를 주고 아스리엘 경을 잡아 가두게 만든 이상 그가 스발바르를 벗어나긴 힘들 것 같아. 일단 계약을 맺었으니 그들은 마지막 한 마리의 곰이 쓰러질 때까지 절대로 그를 놔주지 않을 테니까."

"하지만 모든 곰이 다 그런 건 아니에요!"

리라가 말했다.

"스발바르의 곰들과는 다른 곰이 한 마리 있어요. 스발바르에서 추방된 곰인데 앞으로 우리와 함께 일할 거예요."

거위는 리라를 향해 다시 한 번 날카로운 시선을 던졌다. 이번에는 그녀도 그의 달갑지 않은 표정을 읽을 수 있었다.

파더 코람이 불편한 듯 몸을 움직이더니 입을 열었다.

"리라야, 사실은 우린 그를 고용하지 않을 생각이란다. 우리가 알아본 바에 따르면 그는 고용 계약서를 작성했기 때문에 그 기간에는 의무적으로 일을 해야 하거든. 그러니까 우리가 생각했던 것만큼 자유로운 상태가 아니라 계약서에 얽매인 처지인 셈이지. 그리고 계약 기간이 끝날 때까지 마음대로 행동할 수도 없고 갑옷도 절대 돌려받지 못한단다."

"하지만 그 곰은 마을 사람들이 자기를 속였다고 했어요! 사람들이 그를 취하게 만든 다음 갑옷을 훔쳤다고요!"

"우리가 들은 얘기는 그것과는 달라. 그가 아주 손도 못 댈 깡패였다는 소리를 들었으니까 말이다."

존 파가 말했다.

"만일에……."

리라는 격렬한 분노를 느꼈다. 너무 화가 나서 말이 잘 안 나올 지경이었다.

"만일 알레시오미터가 뭔가를 얘기해 줬다면 어쩌시겠어요? 전 이 기계가 진실을 말해 준다고 믿어요. 그리고 제가 아까 물어봤을 때 알레시오미터는 그 곰의 말이 진실이라고 얘기해 줬어요. 마을 사람들이 그를 속인 거예요. 그리고 사람들은 그에게 거짓말을 했지만 곰은 그러지 않았어요. 전 곰의 말을 믿어요, 로드 파! 파더 코람, 그를 만나 보셨잖아요. 당신도 그 곰을 믿으시잖아요?"

"나도 그렇게 믿고 싶다, 애야. 하지만 너처럼 확신할 수는 없구나."

"마을 사람들은 뭘 그리 두려워하죠? 그들은 곰이 갑옷을 손에 넣게 되면 곧장 마을로 달려와서 자신들을 죽일 거라고 생각하고 있어요. 하지만 그는 갑옷이 없어도 지금 당장 열 사람 정도는 쉽게 해치울 수 있다구요!"

"실제로도 그렇게 했더군."

존 파의 말이었다.

"열 명은 아니었지만 몇 명 정도는 되는 것 같았다. 마을 사람들이 갑옷을 가져가던 날 곰은 그것을 찾으려고 미친 듯이 날뛰었다더구나. 처음엔 경찰서를 쑥대밭으로 만들고 다음은 은행을 박살 냈다고 했다. 그밖에도 몇 군데가 더 있었는데 어쨌든 그 과정에서 최소한 두 사람이 목숨을 잃었지. 사람들이 그 곰을 총으로 쏴 죽이지 않은 건 그나마 그가 기계를 다루는 기술 하나만큼은 쓸 만했기 때문이라더구나. 그들은 곰을 일꾼으로 부려 먹을 작정이었던 거지."

"노예처럼 말이죠!"

리라가 발끈해서 소리쳤다.

"마을 사람들한텐 그럴 권리가 없어요!"

"그 말이 맞을지도 모르지. 그러나 그가 한 짓을 보면 사람들이 총을 쏴서 죽였다고 해도 할 말이 없을 게다. 하지만 그들은 곰을 살려 줬거든. 그 대신 마을의 이익을 위해 고용 계약을 맺었던 거지. 그가 입힌 손해와 피 흘린 대가를 갚을 때까지 말이다."

"존."

파더 코람이 말했다.

"자넨 어떻게 생각하는지 모르겠네만 내 생각으론 마을 사람들이 갑옷을 절대로 돌려주지 않을 것 같아. 곰을 오래 붙잡아 두면 둘수록 나중에 갑옷을 돌려받는 그의 분노가 점점 더 커질 테니까."

그러자 리라가 말했다.

"우리가 그 갑옷을 찾아 준다면 곰은 우리와 함께 떠날 것이고, 다시는 마을 사람들을 괴롭히지 않을 거예요. 제가 약속해요, 로드 파."

"하지만 갑옷을 어떻게 돌려준단 말이냐?"

"제가 갑옷이 있는 곳을 알아요!"

세 사람은 일제히 입을 다물었다. 그 자리에는 마녀의 데몬도 같이 있었고 그의 시선이 리라에게 고정되어 있다는 것을 알았기 때문이다. 그들은 고개를 돌려 거위를 바라보았다. 데몬들도 짐짓 최대한 예의를 갖추는 척하며 거위의 시선을 조심스럽게 피하고 있었다. 이윽고 주인과 떨어져 그곳에 홀로 와 있는 마녀의 데몬이 입을 열었다.

"그렇게 놀랄 건 없다, 리라. 마녀들이 네게 관심을 갖는 이유 중 하나가 바로 그 알레시오미터 때문이니까. 오늘 아침에 있었던 너의 방문에 대해서는 우리 측 영사를 통해 전해 들었다. 난 그 곰 얘기를 너에게 해준 장본인이 바로 란셀리우스 박사라고 확신한단다."

"그렇습니다."

존 파가 말했다.

"리라와 파더 코람이 직접 영사관에 가서 박사와 얘기를 나누었죠. 나는 리라의 말이 사실이라고 생각합니다. 그러나 만일 우리가 이곳 사람들의 법을 어기게 된다면 불필요한 분쟁에 휘말리게 될 것이 분명해요. 그러니 우리는 곰이 있건 없건 볼반가르로 진격하는 문제를 밀어붙여야 합니다."

"하지만 자넨 그를 본 적이 없잖나, 존."

파더 코람이 말했다.

"나도 리라를 믿네. 그 곰의 활약에 기대할 수도 있겠지. 그러면 모든 상황을 바꿔 놓을 수도 있을걸세."

그러자 존 파가 마녀의 데몬에게 의견을 구했다.

"당신은 어떻게 생각하십니까?"

"우리는 곰들과 거래해 본 적이 거의 없습니다. 그들의 욕망은 우리에게는 아주 이상할 뿐이고 마찬가지로 우리의 욕망은 그들에게는 아주 이상하게 비쳐지지요. 만일 이 곰이 추방된 자라면 마을 사람들이 말하는 것보다도 더 신뢰할 수 없는 존재일지도 모르죠. 당신들이 스스로 판단해야 할 문젭니다."

"그러겠소."

존 파가 단호하게 말했다.

"그러나 지금 중요한 문제는 그게 아닙니다. 카이자, 볼반가르까지 가는 방법을 알려 주실 수 있겠습니까?"

마녀의 데몬이 그 방법을 설명하기 시작했다. 그의 얘기 속에는 계곡과 언덕들, 수목 한계선과 툰드라 지대, 별의 관측법 등이 등장했다. 한동안 그의 설명을 듣던 리라는 차츰 긴장이 풀어지면서 갑판 의자에 등을 기대고 편안한 자세를 취했다. 판탈라이몬도 그녀의 목덜미 부근에서 몸을 웅크리고 있었다. 리라는 마녀의 데몬이 들려주는 웅장한 광경을 머릿속에 그려 보았다. 두 세계를 연결하는 다리라니……. 그것이야말로 그녀가 상상했던 것보다도 더 근사한 생각이 아닌가! 더구나 그것을 고안해 낸 사람이 다름 아닌 자신의 위대한 아버지라니. 리라는 집시들과 아이들을 찾는 일을 마치면 다음에는 곰과 함께 스발바르에 가서 아버지를 만나야겠다고 생각했다. 알레시오미터를 이용하면 아버지를 구해 낼 수 있겠지. 그렇게 되면 부녀가 힘을 합쳐 다리를 완성하고 처음으로 그것을 건너는 사람이 되는 거야⋯⋯.

전날 밤 언제쯤 존 파가 자신을 선실로 옮겨 놨는지 리라는 알 수 없었다. 그녀가 눈을 뜬 곳은 갑판이 아니라 자신의 침상이었다. 흐릿한 태양이 수평선 위로 겨우 한 뼘 정도 올라와 있었다. 정오가 가까워진 듯했다. 이제 조금만 더 북쪽으로 가면 아예 태양을 볼 수 없을 것이다.

리라는 재빨리 털옷을 입은 뒤 갑판 위로 달려가 봤지만 특별한 변화는 눈에 띄지 않았다. 장비들은 모두 하역된 상태 그대로였고 임대한 썰매와 그것을 끌 개들도 출발 준비만을 기다리고 있었다. 배에서는 별다른 움직임을 찾아볼 수 없었다. 대부분의 집시가 담배 연기 자욱한 카페에 앉아 시간을 보내고 있었기 때문이다. 그들은 낡은 등잔 아래에 놓인 길쭉한 나무탁자에 둘러앉아 향신료를 얹은 케이크와 함께 달착지근한 커피를 마시는 중이었다.

"로드 파는 어디 계시죠?"

친구들과 함께 있는 토니 코스타의 옆자리에 앉으며 리라는 물었다.

"파더 코람도 어디 가셨나요? 혹시 곰에게 갑옷을 찾아 주러 가신 건가요?"

"두 분은 시셀먼을 만나러 가셨어. 여기서는 총독을 그렇게 부른다더군. 그건 그렇고 리라, 넌 그 곰을 만나 봤다며?"

"그럼요!"

리라는 곰을 만난 얘기를 자세히 들려주기 시작했다. 그런데 얘기도중에 웬 낯선 사내가 나타나 탁자에 모여 있던 사람들 사이로 끼어들었다.

"그 이오레크란 친구와 정말 대화를 나눴단 말이지?"

그 사내가 리라에게 불쑥 물었다.

깜짝 놀란 리라는 그 사내를 자세히 바라보았다. 키가 크고 마른 체구에 듬성듬성한 까만 콧수염을 기르고 있었는데 파란색 눈동자 사이가 좁아서 좀 답답한 인상을 풍겼다. 시종일관 냉담하면서도 빈정거리는 표정을 짓고 있는 그에게서 리라는 강한 인상을 받았다. 그러나 그것이 호감인지 혐오감인지는 알 수 없었다. 그의 데몬은 볼품없는 산토끼였는데 주인과 마찬가지로 바짝 말랐지만 체력은 튼튼해 보였다.

그가 악수를 청해 오자 리라는 경계하는 표정으로 손을 내밀었다.

"나는 리 스코즈비란다."

"아저씨가 바로 기구 조종사군요!"

그의 이름을 듣고 리라가 탄성을 질렀다.

"기구는 어디에 두셨어요? 제가 타 봐도 될까요?"

"잘 보관해 뒀어, 꼬마 아가씨. 네가 바로 그 유명한 리라구나. 그런데 이오레크 뷔르니손과는 어떻게 알게 됐지?"

"그 곰을 아세요?"

"예전에 퉁구스카 전투에서 함께 싸운 적이 있지. 젠장, 그러고 보니 이오레크를 본 지도 꽤 오래되었군 그래. 곰들을 가리켜 처치 곤란한 놈들이라고 하지만, 그중에서도 이오레크만 한 골칫덩이는 또 없을 게다. 자, 신사 분들 중에 게임 한 판 해보실 분 없소?"

갑자기 그의 손에서 카드 한 묶음이 불쑥 튀어나왔다. 그는 카드를 둘로 나누더니 타다닥 튀기며 섞기 시작했다.

"당신들은 카드 게임에 특별한 재능이 있다고 들었소이다."

리 스코즈비가 집시들을 향해 말하며 한 손으로 카드를 두 패로 나누었다가 섞는 동작을 반복했다. 그리고 나머지 한 손으로는 셔츠 주머니에서 담배를 꺼내 들었다.

"당신들만 괜찮다면 이 순진한 텍사스 여행객에게 기회를 한번 줘 보지 않겠소? 카드 한 판을 하면서 당신들의 기술과 배짱에 도전해 보고 싶은데 어떻소, 신사분들?"

카드에 대해 남다른 자긍심을 가진 집시들인지라 그의 도전을 그냥 지나치지 못했다. 그래서 남자들 몇 명이 관심을 보이며 탁자 주위에 몰려들었다. 그들이 리 스코즈비와 함께 내기 방법과 내기 돈을 흥정하는 사이 그의 데몬은 귀를 뻗어 판탈라이몬을 슬쩍 건드렸다. 그러자 눈치를 챈 판탈라이몬이 산토끼 옆으로 다람쥐처럼 쪼르르 다가갔다. 산토끼는 또한 리라에게도 귓속말을 해 주었다.

"지금 곧 곰한테 달려가서 얘기해 줘. 마을 사람들이 눈치 채면 즉시 갑옷을 다른 장소로 옮길 거라고 말이야."

리라는 즉시 자기 몫의 케이크를 챙겨 들고 자리에서 일어났다. 리라의 행동에 신경 쓰는 사람은 아무도 없었다. 리 스코즈비가 이미 카드를 돌리고 있었으므로 사람들은 모두 의심의 눈초리로 그의 손을 주시하고 있었다.

흐릿하던 태양빛은 해질녘이 가까워지자 점점 더 희미해져 갔다. 리라는 썰매 보관소를 향해 걸음을 옮겼다. 자신이 꼭 해야 할 일이란 건 알고 있었다. 하지만 왠지 모르게 불안하고 두려웠다.

그 곰은 제일 큰 콘크리트 건물 바깥에서 일을 하고 있었다. 리라는 보관소 입구의 문 옆에 서서 그를 지켜보았다. 이오레크 뷔르니손은 완전히 부서진 가스 엔진 트랙터를 분해하는 중이었다. 엔진을 덮고 있던 철판은 뒤틀려 휘어져 있었고 터빈 하나는 위쪽으로 구부러져 있었다.

곰은 그 철판을 종잇장 다루듯이 벗겨 내더니 커다란 손 위에 올려놓고 이리저리 돌려보았다. 품질을 따져 보는 듯한 모습이었다. 그런 다음 뒷발 하나로 철판의 한쪽 모서리를 눌러 고정시킨 후 움푹 파인 부분이 다시 원상태로 돌아오도록 철판 전체를 구부렸다. 그 일이 끝나자 곰은 철판을 벽에 기대어 놓고는 엄청난 무게의 트랙터를 한 발로 들어 올렸다. 그리고 그것을 모로 세워 놓더니 찌그러진 터빈을 원래 형태대로 펴기 시작했다.

이윽고 작업을 마친 곰이 리라를 발견했다. 순간 리라는 섬뜩한 공포심을 느꼈다. 곰은 덩치가 너무 거대할 뿐 아니라 이질적인 존재였기 때문이다. 리라는 곰으로부터 40미터도 넘게 떨어진 곳에 서서 가시 철조망 너머로 그를 응시했다. 철조망이 몇 겹이나 둘러쳐져 있고 그처럼 멀리 떨어져 있는데도 곰의 존재는 너무나 분명하게 느껴졌다. 리라는 당장이라도 몸을 돌려 도망가고 싶은 마음이 간절했다. 그러나 판탈라이몬의 목소리가 그녀의 앞을 가로막았다.

"가지 마! 내가 가서 곰하고 얘기해 볼 테니까."

제비갈매기의 모습을 하고 있던 판탈라이몬은 그녀가 미처 대답하기도 전에 울타리 위로 날아올랐다. 그리고 그 너머의 얼어붙은 땅바닥에 내려앉았다. 문이 열려 있었기 때문에 그의 뒤를 따라 안으로 들어갈 수 있었지만 리라는 내키지 않아 주춤거렸다. 그러자 그녀를 바라보던 판탈라이몬이 오소리로 모습을 바꿨다.

리라는 그가 어떤 일을 하려는지 알아차렸다. 원래 데몬은 그들의 인간으로부터 몇 미터 이상은 떨어질 수 없었다. 따라서 리라를 철조망 밖에 그대로 세워 두고 저 혼자만 곰 가까이로 다가갈 수 없었다. 그래서 판탈라이몬은 리라를 잡아당기려고 했다.

그녀는 화나고 비참한 기분이 들었다. 오소리로 변신한 판탈라이몬이 발톱으로 땅을 파내며 앞으로 전진했다. 데몬이 주인과의 연결 끈을 잡아당기면 육체적 고통과 함께 가슴 깊은 곳에서는 격렬한 슬픔과 사랑의 감정으로 이상한 아픔을 느끼게 된다. 리라는 판탈라이몬도 자신과 똑같이 느낀다는 사실을 알고 있었다. 누구나 한 번쯤은 성장 과정에서 이런 시험을 해보게 마련이었다. 주인과 데몬이 서로 얼마나 멀리 떨어질 수 있는지 최대한 거리를 늘이다가 더 이상 참을 수 없어지면 서로에게 돌아가서 한없는 안도감을 느끼곤 했다.

판탈라이몬이 좀 더 힘껏 잡아당겼다.

"그만 해, 판!"

그러나 그는 멈추지 않았다. 곰은 미동도 하지 않고 그 둘을 지켜보고 있었다. 리라의 고통은 더 이상 견디기 어려울 정도로 커져 갔다. 그녀의 목구멍으로 흐느낌이 터져 나오기 시작했다.

"판!"

마침내 리라는 문을 통과하여 얼어붙은 땅바닥을 기다시피 하며 자신의 데몬을 향해 다가갔다. 그러자 판탈라이몬도 들고양이로 모습을 바꾸고 그녀의 품 안으로 뛰어들었다. 둘은 서로를 뜨겁게 얼싸안으며 떨리는 목소리로 말을 주고받았다.

"난 네가 정말……."

"아니야……."

"얼마나 고통스러운지 도저히 믿을 수 없을 정도였어."

리라는 화난 듯이 눈물을 닦아 내며 코를 훌쩍거렸다. 그리고 품 안에 바짝 달라붙는 판탈라이몬을 내려다보았다. 그녀는 또다시 헤어져서 그런 슬픔을 겪게 되느니 차라리 죽음을 택하겠다고 마음먹었다. 조금 전에는 정말 슬픔과 두려움으로 미쳐 버리는 줄 알았다. 죽음이 내게 찾아오더라도 판과는 영원히 헤어지지 않으리라. 조던 대학의 납골당에 누워 있는 학자들처럼 영원히.

이윽고 소녀와 데몬은 고독한 모습으로 서 있는 곰을 향해 시선을 돌렸다. 그에게는 데몬이 없었다. 그는 혼자였고 앞으로도 계속 혼자일 것이다. 리라의 마음속에서 연민과 동정심이 꿈틀대기 시작했다. 마음 같아서는 손을 내밀어 헝클어진 털을 쓰다듬어 주고 싶었다. 그러나 냉정하고 사나운 눈을 가진 그 동물에게 예의를 지켜야 한다는 생각이 들었다.

"이오레크 뷔르니손."

리라는 다정하게 곰의 이름을 불렀다.

"음?"

"로드 파와 파더 코람께서 당신의 갑옷을 찾아 주려고 애쓰고 계셔요."

그는 아무 대꾸도 하지 않았다. 그들이 갑옷을 찾을 수 있는 가능성에 대해서 생각해 보고 있는 것이 분명했다.

"난 갑옷이 어디 있는지 알아요. 하지만 그걸 말해 주면 당신은 아마 혼자서 찾겠다고 나서겠죠."

"어떻게 그 장소를 알았지?"

"제겐 진실측정기가 있거든요. 왠지 당신에게는 그 사실을 말해 줘야 할 것 같군요, 이오레크 뷔르니손. 난 그 기계를 통해서 마을 사람들이 당신을 속였다는 사실을 알아냈어요. 그리고 그건 옳지 못한 일이라고 생각해요. 로드 파께서도 그 문제를 의논하기 위해 총독을 만나러 가셨구요. 하지만 제가 보기엔 로드 파가 어떤 말을 하더라도 사람들이 당신에게 갑옷을 돌려줄 것 같진 않아요. 그래서 말씀드리는 건데요, 만일 제가 갑옷이 있는 장소를 알려 드린다면 우리와 같이 가 주시겠어요? 볼반가르에 가서 아이들을 구하는 일을 도와주실 수 있겠어요?"

"그러지."

"그런데……."

리라는 호기심을 억누를 수 없어서 물었다.

"여기 있는 쇠붙이들을 가지고 갑옷을 하나 더 만들지 그랬어요, 이오레크 뷔르니손?"

"이런 건 아무짝에도 쓸모가 없어. 자, 이걸 봐라."

그가 한 발로 엔진 뚜껑을 들어 올렸다. 그리고 다른 쪽 발의 발톱으로 그 쇳조각을 갈기갈기 찢어 버렸다. 발톱이 마치 깡통따개 같았다.

"내 갑옷은 하늘 강철로 만들어졌어. 나를 위해 특별히 제작된 거였지. 곰한테는 갑옷이 바로 그의 영혼이란다. 네가 데몬을 너의 영혼으로 느끼는 것과 마찬가지야. 한번 상상이나 해보렴."

곰은 판탈라이몬을 가리키며 말했다.

"네가 만약 데몬을 빼앗기고 그 대신 톱밥을 가득 채운 인형을 받았다고 생각해 봐. 너라면 살 수 있겠니? 자, 그럼 내 갑옷이 어디 있는지 말해 다오."

"먼저 약속을 해 주세요. 마을 사람들에게 앙갚음하지 않겠다는 약속 말이에요. 그들이 잘못한 건 분명하지만 당신도 참았어야 했다구요."

"좋아. 약속하마. 그렇지만 내가 갑옷을 찾는 걸 방해하진 말아야 해. 그들이 먼저 싸움을 걸어오면 나도 가만히 있진 않겠다."

"알았어요. 그럼 갑옷이 있는 곳을 말씀드릴게요. 그건 지금 목사관 지하실에 숨겨져 있어요. 목사님은 그 갑옷에 귀신이 붙어 있다고 생각하시죠. 그래서 귀신을 쫓아 버리려고 지금까지 노력하셨어요. 그런 이유로 갑옷이 그곳에 있는 거예요."

그가 뒷다리에 몸무게를 싣고 똑바로 일어서더니 서쪽을 바라보았다. 막 사라져 가는 석양빛이 그의 어두운 얼굴 한가운데를 연한 노란색으로 물들였다. 리라는 그 거대한 동물에게 내재되어 있던 힘이 열기처럼 뿜어져 나오는 듯한 느낌을 받았다.

"해가 저물 때까지는 일을 해야 돼. 이곳 주인과 아침에 약속을 했거든. 아직 몇 분 정도는 더 해야 될 것 같다."

"제가 서 있는 곳에서는 벌써 해가 진 것 같은데요."

그녀의 손가락은 남서쪽을 향해 뻗어 있는 바위투성이의 산꼭대기를 가리키고 있었다. 그곳에서 태양은 벌써 자취를 감춘 뒤였다.

곰은 네 발로 땅을 짚었다.

"그 말이 맞군."

이제 곰의 얼굴도 리라의 얼굴처럼 그늘 안으로 들어왔다.

"꼬마야, 이름이 뭐냐?"

"리라 벨라커."

"너에게 빚을 졌구나."

곰은 돌아서서 몸을 흔들며, 얼어붙은 땅을 가로질러 빠른 속도로 걸어갔다. 리라는 힘껏 달려 보았지만 곰을 따라잡기에는 역부족이었다. 그러나 포기하지 않고 계속 달려갔다. 갈매기로 변신한 판탈라이몬이 하늘로 날아올라 곰이 가는 방향을 살펴보며 리라에게 큰 소리로 길을 가르쳐 주었다.

이오레크 뷔르니손은 썰매 보관소 경계를 벗어난 뒤 골목길을 따라 걷다가 마을 중앙로로 접어들었다. 그리고 총독 관저의 안뜰을 지나 언덕을 내려가기 시작했다. 잔잔한 바람 속에서 깃발이 살랑거리는 그 안뜰에는 보초병 한 명이 절도 있는 자세로 보초를 서고 있었다. 보초병은 이오레크 뷔르니손이 마녀들의 영사관이 자리한 거리의 끝자락을 지나갈 즈음에야 뒤늦게 상황을 파악했다. 그가 사태를 수습하기 위해 허둥대는 사이에 곰은 벌써 길모퉁이를 돌아 항구 쪽으로 난 길로 접어들고 있었다.

마을 사람들은 입을 딱 벌린 채 곰을 쳐다보거나 아니면 그의 앞길을 피해 도망 다니느라 정신이 없었다. 총독 관저의 보초병은 허공에 대고 총을 두 발 쏜 다음 곰을 쫓아 언덕을 가로질러 내려갔다. 얼어붙은 경사면을 미끄러져 내려가는 바람에 온몸이 흙투성이가 된 그는 근처에 있던 난간을 붙잡고서야 간신히 자세를 바로잡을 수 있었다. 그로부터 그다지 멀리 떨어지지 않은 곳에서 리라가 달려오고 있었다. 그녀가 총독 관저의 안뜰을 지나치는 순간 사람들 몇 명이 밖으로 몰려나왔다. 무슨 일이 벌어지고 있는지 보려고 몰려나온 사람들 중에서 파더 코람도 눈에 띄었으나 리라는 길모퉁이를 향해 맹렬히 돌진했다.

목사관은 다른 집들에 비해 좀 더 낡아 보이기는 했지만 비싼 자재를 써서 지은 건물이었다. 그런데 지금은 현관문이 산산조각 나 경첩에 대롱대롱 매달려 있었다. 게다가 집 안에서는 사람들의 비명 소리와 함께 뭔가 부서지고 찢기는 소리가 흘러나왔다. 보초병은 바깥에서 한동안 망설이며 소총만 만지작거렸다. 그러나 지나가던 행인들이 하나 둘씩 모여들기 시작하고 길 건너편 집에 사는 사람들도 창밖을 내다보자 그는 더 이상 망설일 수만은 없다는 것을 깨달았다. 결국 그는 공포탄을 한 발 쏘고 난 뒤 곧장 집 안으로 달려 들어갔다.

몇 분 지나자 목사관 전체가 지진을 만난 것처럼 흔들리기 시작했다. 창문 세 개의 유리창이 모두 박살 나면서 지붕 위의 기왓장이 우르르 무너져 내렸다. 곧이어 공포에 질린 하녀가 밖으로 뛰쳐나왔다. 그녀의 데몬인 암탉도 꼬꼬댁 소리와 함께 날개를 푸드덕거리며 그 뒤를 쫓아 나왔다.

집 안에서 또 한 번의 총성이 울려 퍼지자 하녀가 목청이 찢어질 듯한 비명을 질러 댔다. 그러자 목사가 혼비백산한 모습으로 정신없이 달려 나왔다. 목사의 데몬인 펠리컨도 깃털을 휘날리며 꽁지가 빠지도록 날개를 휘저어 댔다. 둘 다 체면 따위는 멀리 팽개친 듯한 모습이었다. 그 순간 어디에선가 부대 지휘관의 명령 소리가 들려왔다. 리라가 뒤를 돌아보자 경찰 한 부대가 모퉁이를 막 돌아오는 모습이 눈에 들어왔다. 권총과 소총으로 무장한 그들 뒤로는 뚱뚱한 총독과 존 파의 모습도 보였다.

또다시 엄청난 소리가 들려오자 사람들은 모두 목사관으로 시선을 돌렸다. 유리 깨지는 소리와 목재 부러지는 소리가 들리면서 지하실 유리창이 비틀려 떨어져 나가고 있었다. 그와 함께 곰의 뒤를 쫓아 집 안으로 들어갔던 보초병이 밖으로 급히 달려 나왔다. 그는 지하실 창문 앞에서 총을 들고 대기 자세를 취했다. 그리고 마침내 창문이 완전히 떨어져 나가자 갑옷을 갖춰 입은 이오레크 뷔르니손이 모습을 나타냈다.

갑옷을 입기 전의 곰이 단순히 두려운 존재였다면 갑옷을 갖춰 입은 곰은 소름이 끼칠 정도로 무시무시한 기운을 내뿜는 괴물처럼 보였다. 굵은 못으로 철판과 철판 사이를 투박하게 연결한 갑옷은 불그스름한 적갈색을 띠고 있었다. 커다란 몸통 부분뿐만 아니라 움푹 팬 부분에까지 녹이 시뻘겋게 슬어 있어서 움직일 때마다 귀에 거슬리는 소리가 났다. 투구는 곰의 주둥이처럼 끝이 뾰족했는데 눈 자리에 옆으로 길게 갈라진 틈이 있었다. 아래턱 부분은 적을 물어뜯을 수 있도록 노출된 상태로 남아 있었다.

보초병이 곰을 향해 총을 쏘자 곧바로 경찰 부대도 사격을 가하기 시작했다. 그러나 이오레크 뷔르니손은 마치 빗방울을 쳐내듯 총알들을 털어 내더니 곧장 앞쪽으로 맹렬하게 돌진해 나갔다. 쇠붙이가 덜커덕거리는 소리를 냈다. 보초병에게 달려든 곰은 그를 한 방에 때려눕혔다. 그러자 보초병의 데몬인 에스키모 견이 곰의 목덜미를 향해 바람같이 몸을 날렸다. 그러나 이오레크 뷔르니손은 에스키모 견을 완전히 무시한 채 기절한 보초병을 자기 앞으로 끌어당겼다. 그가 무릎을 구부리고 앉아 보초병의 머리를 입으로 가져가는 순간 리라는 그다음 일을 정확히 예상할 수 있었다. 곰이 남자의 머리를 계란처럼 으깨어 버리고 나면 곧이어 피 튀기는 싸움이 벌어질 테고 사상자가 속출할 것이다. 그렇게 되면 리라 일행의 출발도 자연 지연될 수밖에 없을 것이다. 곰을 데려가는 것은 둘째 치고 어쩌면 이곳에서 영영 벗어나지 못하게 될지도 모를 일이었다.

거기까지 생각이 미치자 리라는 주저하지 않고 곰에게 달려들었다. 그리고 곰의 갑옷에서 발견한 단 한 군데의 약점을 향해 손을 찔러 넣었다. 곰이 움직일 때마다 갑옷의 몸통 부분과 투구 사이에 작은 틈이 벌어지곤 했는데, 리라는 바로 그 틈새로 곰의 누르스름한 털이 빠져나와 있는 것을 놓치지 않고 봐 두었던 것이다. 그녀의 손가락이 틈 사이를 파고들자 판탈라이몬도 즉시 그 지점을 향해 날아올랐다. 그리고 들고양이의 모습으로 변신한 뒤 그녀를 보호하기 위해 몸을 웅크렸다. 그러나 이오레크 뷔르니손은 곧 움직임을 멈췄고, 그 광경을 본 경찰들도 즉시 사격을 중지했다.

"이오레크!"

리라가 단호한 목소리로 곰을 불렀다.

"내 말 들어요! 당신은 나한테 빚을 졌어요. 지금이 그걸 갚을 때예요. 지금부터는 내가 시키는 대로 하세요. 저 사람들과 싸워선 안 돼요. 그냥 조용히 돌아서서 나랑 같이 가는 거예요. 우린 당신이 필요해요, 이오레크. 여긴 당신이 머물 곳이 못 돼요. 파더 코람께서 다 해결해 주실 거예요. 그러니 제발 그 사람을 내려놓고 저랑 함께 떠나요."

이윽고 곰의 입이 천천히 벌어졌다. 그러자 피가 줄줄 흐르는 창백한 보초병의 머리가 땅바닥으로 툭 떨어졌다. 보초병의 데몬이 그를 조심스럽게 보살피는 동안 곰은 리라와 함께 걸음을 옮기기 시작했다.

그 둘 이외에는 아무도 움직일 생각을 하지 못했다. 사람들은 그저 고양이 데몬을 데리고 나타난 조그만 소녀의 말에 따라 그 거대한 곰이 보초병을 내려놓고 돌아서는 광경을 멍하니 바라볼 뿐이었다. 이어서 그들은 리라의 옆에서 육중한 발걸음을 옮기는 이오레크 뷔르니손에게 길을 터 주기 위해 한쪽으로 물러났다.

그들의 뒷모습을 바라보며 안도감으로 가슴을 쓸어내리던 마을 사람들은 차츰 분노를 느끼기 시작했다. 그러나 리라는 신경이 온통 곰에게만 쏠려 있어서 마을 사람들의 기분 따위는 전혀 느낄 수 없었다. 그렇게 리라와 곰과 판탈라이몬은 마치 아무 일도 없었다는 듯이 사람들 사이를 뚫고 유유히 사라져 갔다.

항구에 도착하자 이오레크 뷔르니손은 고개를 숙이고 한 발로 투구를 벗겨 낸 뒤 얼어붙은 땅바닥 위로 휙 내던졌다. 심상치 않은 기운을 느낀 집시들이 카페 밖으로 몰려나와 갑판 위의 희미한 불빛 속에서 곰을 지켜보았다. 이오레크 뷔르니손은 나머지 갑옷들도 모두 벗어던졌고 아무 말 없이 천천히 바닷물 속으로 들어갔다.

"도대체 무슨 일이야?"

거리에서 분노에 찬 사람들의 웅성거림이 들려오자 토니 코스타가 리라에게 물었다. 곧이어 항구 쪽으로 다가오는 마을 사람들과 경찰들의 모습이 보였다.

리라는 최대한 간략하게 설명해 주었다.

"그런데 곰은 어디 가는 거야?"

토니 코스타가 다시 물었다.

"설마 갑옷을 팽개치고 어디로 사라지는 건 아니겠지? 사람들이 여기 오면 곧장 저 갑옷부터 다시 찾아갈 텐데 말이야!"

리라도 물론 그런 일이 생길까 봐 걱정이 되었다. 경찰들에 이어 총독과 목사가 나타났고, 그 뒤를 이어 20~30명의 구경꾼들이 우르르 몰려들었다. 존 파와 파더 코람은 사람들의 끝에서 간신히 따라오고 있었다.

마을 사람들은 부둣가에 쌓여 있는 곰의 갑옷을 발견하자 이내 걸음을 멈추고 말았다. 곰의 갑옷더미 위로 길쭉하게 생긴 한 사내가 한쪽 발을 다른 쪽 무릎 위에 올린 자세로 앉아 있었던 것이다. 리 스코즈비였다. 그의 손에는 총신이 기다란 권총이 들려 있었다. 그런데 우연인지는 몰라도 총구가 총독의 뚱뚱한 배를 겨누고 있었다.

"보아하니 당신들은 내 친구의 갑옷을 제대로 보관하지 않았군 그래."

그가 너스레를 떨며 말했다.

"허어, 이 녹 좀 보게나! 이 안에 좀벌레가 득실거린다고 해도 아무도 놀라지 않겠군. 자, 이제부터는 다들 그 자리에서 꼼짝도 하지 마시오. 곰이 물속에 들어가서 기름칠할 거리를 찾아 나올 때까지는 누구도 움직여선 안 되오. 그게 싫다면 집으로 돌아가서 조용히 신문이나 읽든지, 당신네들이 결정하시오."

"곰이 나온다!"

토니 코스타가 큰 소리로 외치며 부두 끝 경사로를 손가락으로 가리켰다. 이오레크 뷔르니손이 시커먼 물체를 하나 끌고 물속에서 나오고 있었다. 그는 부두 위로 올라오자마자 몸을 마구 흔들어 댔다. 그러자 털에 묻어 있던 물기가 사방으로 튀면서 축 처져 있던 털이 원래대로 빳빳하게 일어섰다. 곰은 그 검은 물체를 입에 물고 갑옷이 쌓여 있는 곳으로 걸어갔다. 그 검은 물체는 죽은 바다표범이었다.

"이오레크!"

기구 조종사 리 스코즈비가 곰의 이름을 불렀다. 그는 여유를 부리며 느긋한 표정으로 일어섰지만 총구는 여전히 총독 방향으로 고정되어 있었다.

"여어, 잘 지냈나."

곰이 시선을 들어 기구 조종사를 바라보더니 짤막하게 으르렁거렸다. 그런 다음 발톱 하나를 들어 바다표범의 배를 단숨에 갈랐다. 리라가 홀린 듯이 바라보는 동안 그는 가죽을 평평하게 펼쳐 놓고 지방층만을 길쭉한 조각으로 잘라 내기 시작했다. 그리고 그 조각을 갑옷에 골고루 문지르기 시작했는데 철판이 서로 맞닿은 부분은 더욱 꼼꼼하게 기름칠을 해 주었다.

"자네, 이 사람들하고 일하나?"

곰은 손을 분주히 움직이며 리 스코즈비에게 물었다.

"물론이지. 그런데 자네도 같은 처지인 것 같군, 이오레크."

"기구는 어디에 두셨어요?"

리라가 기구 조종사에게 물어보았다.

"잘 꾸려서 썰매 두 대에 실어 놨지."

그가 대답했다.

"아, 저기 보스가 오시는군 그래."

존 파와 파더 코람이 총독과 함께 다가왔다. 그들 뒤에는 무장 경관 네 명이 따라붙었다.

"이보게, 곰!"

총독이 높고 귀에 거슬리는 목소리로 이오레크 뷔르니손을 불렀다.

"지금부터 자네는 여기 있는 분들과 같이 떠나도 된다네. 그렇지만 한 가지 충고해 두지. 만일 우리 마을에 다시 한 번 모습을 보이면 심한 꼴을 당하게 될걸세."

곰은 총독의 말을 듣고도 눈 하나 깜짝 하지 않은 채 묵묵히 갑옷에 기름칠을 계속해 나갔다. 그가 온 정성을 기울여 갑옷을 손질하는 모습을 보자 리라는 판탈라이몬에 대한 자신의 헌신적인 애정을 떠올릴 수 있었다. 바로 그 곰이 말했던 대로였다. 갑옷은 그의 영혼이었다. 총독과 경찰들이 철수하자 부두에 몰려나왔던 마을 사람들도 서서히 빠져나갔다. 몇 명은 여전히 남아서 그들을 지켜보았지만.

존 파가 손을 동그랗게 모아 입에 대고 큰 소리로 외쳤다.

"집시들이여!"

집시들의 이동 준비는 완전히 마무리된 상태였다. 그들은 항구에 정박한 이후 한시라도 빨리 출발하기만을 바라며 기다려 왔다. 짐을 실은 썰매들이 대기 중이었고 썰매견들은 밧줄에 연결된 채 출발 신호만을 기다리고 있었다.

"이제 떠날 시간이 되었다, 형제들이여. 우리는 모두 모였고 길은 활짝 열려 있다. 스코즈비 씨, 준비를 다 마쳤소?"

"그렇습니다, 로드 파."

"당신은 어떻소, 이오레크 뷔르니손?"

"갑옷만 입으면 되오."

대답을 마친 곰은 갑옷에 기름칠하는 작업을 끝냈다. 그는 바다표범의 고기도 낭비하지 않았다. 남은 몸통 부위를 물어 올리더니 리 스코즈비의 커다란 썰매 안에 휙 던져 넣었다. 그 무거운 몸통을 어찌나 가볍게 들어올리는지 그저 놀라울 뿐이었다. 곰의 갑옷은 철판 두께가 거의 3센티미터에 가까웠는데, 그는 마치 비단옷을 다루듯 이리저리 살펴보며 제자리에 끼워 맞췄다. 바다표범 기름을 듬뿍 머금은 갑옷에서는 이제 더 이상 귀에 거슬리는 마찰음이 나지 않았다.

30분도 채 지나지 않아 마침내 북쪽을 향한 대장정이 시작되었다. 무수한 별과 환한 달이 빛나는 하늘 아래서 썰매들이 덜컥거리며 이미 나 있는 썰매 자국과 자갈 위를 달려 나갔다. 마을 어귀에 이르자 눈앞에 새하얀 눈밭이 펼쳐져 있었다. 그러자 썰매의 나무 몸체 부분이 내던 삐걱거리는 소리가 이내 눈 위로 미끄러지는 조용한 소리로 바뀌었다. 썰매견들의 발걸음도 속도가 붙기 시작하면서 움직임이 한결 유연하고 빨라졌다.

리라는 온몸을 두툼하게 감싸고 파더 코람의 썰매 뒷자리에 앉아 있었다. 두 눈만 빠끔 내놓은 그녀가 판탈라이몬에게 속삭였다.

"이오레크가 어디 있는지 보이니?"

"리 스코즈비의 썰매 뒤를 어슬렁거리며 따라오고 있어."

담비로 변한 판탈라이몬은 오소리 털이 장식된 리라의 모자 속에 착 달라붙어 있었다.

그들의 앞쪽에 자리한 산줄기는 북쪽을 향해 뻗어 있었고 흐릿한 곡선을 그리던 북극광 또한 빛나며 흔들리기 시작했다. 리라는 눈을 반쯤 감은 채로 그런 풍경을 바라보았다. 졸음이 몰려드는 가운데도 오로라 아래서 북극을 향해 간다는 완벽한 행복감 때문에 전율이 느껴졌다. 판탈라이몬이 그녀를 깨우려고 애써 봤지만 너무 깊은 잠에 빠져 있었다. 결국 쥐의 모습으로 변한 판탈라이몬도 그녀의 모자 안에서 자리를 잡고 누웠다. 그는 나중에 잠에서 깨어났을 때 리라에게 말해 줘야겠다고 생각했다. 자신이 본 것이 담비이거나 이 지역에 사는 그다지 해가 없는 영혼일지도 모른다. 어쩌면 꿈을 꾼 건지도 모르고. 그러나 썰매를 쫓아오는 어떤 존재가 있다는 것은 분명히 느낄 수 있었다. 그를 왠지 불안하게 만드는 그 존재는 소나무 숲 이 가지에서 저 가지로 가볍게 몸을 옮기며 썰매들을 쫓아오고 있었다. 판탈라이몬은 어쩐지 그것이 원숭이 같다는 생각이 들었다.

잃어버린 아이

  그들은 몇 시간을 이동한 뒤 식사를 하기 위해 멈춰 섰다. 사람들이 불을 피우고 눈을 녹여 물을 만들었다. 리 스코즈비가 바다표범 고기를 구웠고, 이오레크 뷔르니손은 옆에서 그 광경을 지켜보았다.

  존 파가 리라에게 말했다.

  "리라, 그 기계를 지금 읽을 수 있겠니?"

  달은 이미 오래전에 지고 없었다. 오로라의 빛은 달빛보다 더 밝긴 하지만 일정하지 않았다. 그렇지만 예리한 눈썰미를 지닌 리라는 털옷 속을 더듬어 검은 벨벳 주머니를 꺼냈다.

  "네, 읽을 수 있어요. 그리고 이젠 상징물의 위치를 거의 다 알고 있어서 어려울 것도 없고요. 뭘 물어볼까요, 로드 파?"

  "볼반가르의 방어 대책을 자세히 알고 싶구나."

  생각할 것도 없다는 듯이 리라의 손가락은 민첩하게 바늘을 움직여서 투구와 그리핀(griffin, 독수리의 머리와 날개에 사자의 몸통을 지닌 괴수)과 도가니를 가리키게 만들었다. 그러자 그녀의 마음은 마치 3차원의 복잡한 도형을 파악하듯 정확한 의미를 더듬어 나갔다. 그 즉시 바늘이 돌기 시작했고, 역회전한 뒤 다시 한 바퀴를 넘게 돌아갔다. 마치 벌집에 메시지를 전하는 꿀벌의 춤과도 같았다. 조심스럽게 그 모습을 지켜보던 리라는 처음에는 아무런 느낌을 받지 못했다. 그러나 차츰 의미가 드러나기 시작해 마침내 명확해졌다. 그녀는 확신이 들 때까지 바늘이 춤추도록 내버려 두었다.

"마녀의 데몬이 말해 준 것과 똑같아요, 로드 파. 타타르인 무리가 그 기지를 지키고 있어요. 그리고 주위는 철조망이 둘러쳐져 있고요. 그들은 기지가 공격당할 거라고는 꿈에도 생각지 못하고 있어요. 그런데 로드 파……."

"왜?"

"알레시오미터가 해 준 얘기가 또 있어요. 다음 계곡에 가면 호수 옆에 마을이 있는데, 그곳 사람들이 유령 때문에 골치를 앓고 있대요."

존 파는 머리를 세차게 저으며 말했다.

"그런 건 별로 중요하지 않아. 이런 숲 속엔 온갖 종류의 영혼이 들끓게 마련이니까. 그보다는 타타르인 얘기나 더 해보렴. 그 수가 얼마나 많은지, 또 어떤 무기를 가지고 있는지 말해 줄 수 있니?"

리라는 로드 파의 말에 따랐다.

"소총으로 무장한 병사가 60명이에요. 또 작은 대포같이 생긴 무기도 여럿 있고요, 화염 방사기도 있어요. 그리고…… 그들의 데몬은 전부 다 늑대예요."

그 얘기를 듣자 나이 든 집시들이 술렁이기 시작했다. 대부분 전투 경험이 있는 자들이었다.

"시비르스크족의 데몬이 늑대야."

그들 중 한 명이 그렇게 말했다.

그러자 존 파도 말했다.

"그보다 더 흉포한 놈들은 본 적이 없어. 우린 호랑이처럼 싸워야 할 거다. 그리고 곰의 도움을 받아야 해. 그는 아주 영리한 전사니까."

리라가 더 참지 못하고 말했다.

"그렇지만 로드 파, 아까 말씀드린 유령은…… 제 생각엔 잃어버린 아이들 중 한 명의 영혼인 것 같아요!"

"음, 그게 사실이라고 해도 지금으로선 신경 쓸 여력이 없구나. 60명의 시비르스크 소총수와 화염 방사기까지 상대해야 하니……. 이보시오, 스코즈비 씨. 잠깐 이리 와 보시겠소?"

기구 조종사가 로드 파의 썰매로 걸어오는 사이에 리라는 뒷자리에서 살그머니 빠져나와 곰에게 다가갔다.

"이오레크, 혹시 이곳에 와 보신 적 있어요?"

"한 번 있지."

그는 여전히 아무 감정이 실리지 않은 나지막한 목소리로 대답했다.

"이 근처에 마을이 하나 있죠?"

"저 산등성이 너머에 있지."

그가 시선을 들어 듬성듬성 서 있는 나무들을 바라보며 말했다.

"여기서 먼가요?"

"네게 말이냐, 내게 말이냐?"

"제게요."

"그렇담 정말 먼 거리지. 나한테는 아니고."

"당신이라면 그곳까지 가는 데 얼마나 걸려요?"

"내일 달 뜰 때까지 세 번은 왕복할 수 있지."

"그럴 것 같아 말씀드리는 건데요, 이건 정말 중요한 일이거든요. 알레시오미터가 제게 해 준 말인데, 그 마을에 대단히 중요한 뭔가가 있으니 제가 꼭 가 봐야 한다는 거예요. 그런데 로드 파는 분명 반대하실 거예요. 그분은 하루라도 빨리 볼반가르에 도착해야 된다고 생각하시거든요. 물론 저도 그게 중요하다는 건 알아요. 하지만 제가 가서 그 뭔가를 찾아내지 않으면 고블러들이 실제로 어떤 일을 꾸미고 있는지 알아내지 못할 거예요."

곰은 아무 말도 하지 않았다. 그는 마치 사람처럼 가부좌를 틀고 앉아 있었다. 그리고 코앞에 바싹 다가와 있는 리라의 얼굴을 검은 눈으로 지그시 응시했다. 곰도 그녀가 원하는 바를 알고 있었다.

판탈라이몬이 그에게 물었다.

"우리를 그곳에 데려갔다가 다시 돌아와서 집시들을 따라잡을 수 있겠어요?"

"가능하지. 하지만 난 로드 파의 명령에 따르기로 약속한 몸이야. 그러니 다른 사람의 말을 들을 순 없지."

"제가 만약 로드 파의 허락을 받아 낸다면요?"

이번엔 리라가 물었다.

"그러면 데려다 주마."

곰의 대답이 끝나기 무섭게 리라는 눈 사이를 바람같이 달려갔다.

"로드 파! 이오레크 뷔르니손이 저를 데려다 주면 다 해결할 수 있어요. 만일 그렇게 된다면 저 산등성이 너머 마을에 가서 영혼의 정체를 밝혀 낸 후에 이 썰매들을 따라잡으면 돼요. 이오레크는 길을 잘 알고 있거든요."

리라는 고집스럽게 말했다.

"그리고 전에도 이런 일이 없었다면 이렇게 조르지도 않아요. 파더 코람, 그 카멜레온 일 기억하고 계시죠? 처음엔 무슨 뜻인지 몰랐지만 나중에는 사실로 드러났잖아요. 이것도 곧 알게 될 거예요. 지금도 그때랑 똑같은 기분이 들거든요. 알레시오미터가 무슨 말을 하고 있는지 정확히 이해할 순 없지만 아주 중요한 일이라는 것만큼은 확실해요. 이오레크 뷔르니손은 내일 달이 뜰 때까지 세 번은 다녀올 수 있다고 했어요. 그리고 이오레크와 같이 있으면 더할 나위 없이 안전할 거구요. 그런데 그는 로드 파가 허락하지 않으면 가지 않겠대요."

잠시 침묵이 흘렀다. 파더 코람이 한숨을 내쉬었다. 털 달린 모자를 쓰고 있는 존 파는 입을 꼭 다문 채 얼굴을 찌푸리고 있었다.

그러나 존 파가 미처 입을 열기도 전에 기구 조종사 리 스코즈비가 끼어들었다.

"로드 파, 이오레크 뷔르니손이 이 소녀를 데려간다면 우리와 함께 있는 것만큼이나 안전할 겁니다. 곰은 원래 충직한데다가 특히 이오레크는 한번 한 약속은 하늘이 두 쪽 나도 꼭 지키거든요. 제가 전부터 봐와서 잘 알죠. 이오레크에게 소녀를 잘 돌봐 주라고 지시만 하시면 그대로 실수 없이 행동할 겁니다. 그리고 속도 문제는 전혀 걱정하지 마십시오. 그는 몇 시간을 달려도 조금도 지치지 않으니까요."

"하지만 꼭 저 둘이 아니라 다른 사람들이 갈 수도 있는 것 아닌가?"

"그렇게 되면 그들은 걸어가야 될걸요?"

리라가 문제점을 지적했다.

"산등성이를 넘어가려면 썰매를 타고 달릴 순 없거든요. 이오레크 뷔르니손은 누구보다 빨리 그 마을에 갈 수 있어요. 그리고 저는 작고 가벼우니까 저 때문에 속도가 떨어지지도 않을 거구요. 약속드릴게요, 로드 파. 필요 이상으로 그곳에 오래 머물지 않겠어요. 우리 신분도 노출시키지 않고요. 위험한 일은 절대 하지 않을게요."

"이 일을 꼭 해야 한다는 확신이 있는 거냐? 알레시오미터가 널 가지고 장난을 하는 건 아니겠지?"

"이건 절대로 그런 짓은 하지 않아요, 로드 파. 그건 분명해요."

존 파는 턱을 문질러 댔다.

"글쎄, 모든 게 사실로 밝혀진다면 지금보다 좀 더 많은 정보를 얻을 수도 있겠지. 이오레크 뷔르니손!"

그는 곰을 불렀다.

"이 아이가 말하는 대로 할 수 있겠소?"

"당신 명령대로 하겠소, 로드 파. 저 아이를 데려가라고 하면 그렇게 하겠소."

"좋소. 그럼 아이가 원하는 곳에 데려다 주고 요구하는 대로 해 주시오. 리라, 이제부터 너에게 명령을 내리겠다. 알겠느냐?"

"네, 로드 파."

"지금부터 이오레크와 함께 마을로 가거라. 그러나 그 기계가 말해 준 것을 찾아낸 다음에는 곧바로 돌아와야 한다. 이오레크 뷔르니손, 당신이 돌아올 때쯤이면 우리는 이미 이동 중일 테니 서둘러서 따라잡아야 할 거요."

곰이 커다란 머리를 끄덕인 뒤 리라에게 물었다.

"마을에 혹시 병사들이 있느냐? 갑옷을 입어야 하는 건 아니겠지? 그걸 입지 않아도 된다면 좀 더 빨리 갔다 올 수 있다."

"병사 같은 건 없어요. 분명해요, 이오레크. 그리고 로드 파, 고맙습니다. 명령하신 대로만 행동하겠다고 약속할게요."

토니 코스타는 식량으로 말린 바다표범 고기를 조금 챙겨 주었다. 생쥐로 변신한 판탈라이몬이 털모자 안으로 기어들자 리라는 이오레크 뷔르니손의 널찍한 등 위로 기어올라 갔다. 벙어리 장갑을 낀 손으로 곰의 털을 꼭 붙잡고 근육질의 넓은 등에 무릎을 바짝 붙였다. 곰의 털은 놀라울 정도로 빽빽했으며, 그가 내뿜는 무한한 에너지는 리라를 압도했다. 그는 리라의 몸무게를 전혀 느끼지 못하는 듯 가볍게 뒤돌아서서 성큼성큼 달려가기 시작했다. 그리고 키 작은 나무들 사이를 가로질러 산등성이를 향해 올라갔다.

곰의 움직임에 익숙해지기까지는 다소 시간이 걸렸으나 일단 적응되자 리라는 짜릿한 흥분을 맛볼 수 있었다. 그녀는 곰을 타고 있는 것이다! 오로라가 그들의 머리 위에서 황금빛 곡선을 만들어 내고 있었다. 북극으로 다가갈수록 공기가 점점 더 차가워지면서 끝없는 침묵만이 주위를 감쌌다.

눈 위를 달려가는 이오레크 뷔르니손의 발소리가 리라의 귓전에 닿는 유일한 소리였다. 듬성듬성 흩어져 있는 주변의 나무들은 툰드라 지대의 끝자락에 위치한 탓에 제대로 자라지 못한 듯 보였다. 그러나 짤막하고 가시 있는 관목들은 길 위에 무성하게 자라고 있었다. 곰은 그것들이 마치 거미줄이라도 되는 듯 아무렇지도 않게 차고 나갔다.

그들은 산등성이 아랫부분을 올라갔다. 검은색 바위들이 지표 위로 돌출된 지역이었다. 곧이어 그들 뒤로 희미하게 보이던 집시들이 시야에서 사라졌다. 리라는 곰과 대화를 나누고 싶었다. 만일 그가 사람이었다면 일찌감치 친구 사이가 되었을 것이다. 그러나 곰이 워낙 낯설고 야성적이며 냉정한 존재였으므로 리라는 난생처음 쑥스러운 기분을 느꼈다. 그래서 그가 피곤한 기색도 없이 커다란 발을 앞뒤로 움직이며 뛰어가는 동안 그녀는 아무 말도 하지 않은 채 엎드려 있었다. 아마 곰은 그 편을 더 좋아할지도 모르겠다는 생각이 들었다. 그의 눈으로 본다면 자신은 이제 막 아기 티를 벗은 말 많은 꼬맹이에 불과할 테니까.

전에는 자신에 대해 별로 생각해 보지 않았기 때문에 이것이 흥미로운 경험이라는 생각이 들기도 했지만 왠지 편치만은 않았다. 사실 따지고 보면 그런 기분은 곰을 타면서 느끼는 기분과도 무척 비슷했다. 이오레크 뷔르니손은 무척이나 빠르게 달렸다. 그의 앞쪽에서 뒤로 전달되는 진동은 역동적인 리듬을 타고 꾸준히 이어졌다. 리라는 단순히 엎드려 있는 것이 아니라 온몸으로 그의 움직임을 타고 가야 했다.

한 시간 정도 이동하자 몸이 뻣뻣하게 경직되고 욱신욱신 쑤셔 왔지만 진한 행복감을 만끽할 수 있었다. 그때 이오레크 뷔르니손이 속도를 늦추기 시작하더니 멈춰 섰다.

"저길 봐."

곰이 리라에게 말했다.

리라는 고개를 들었지만 우선 눈물부터 닦아 내야 했다. 달려오는 동안 너무도 추워서 자기도 모르게 눈물이 고여 있었던 것이다. 이윽고 맑아진 시야에 들어온 광경을 바라본 그녀는 놀란 나머지 숨을 멈추고 말았다. 연한 빛깔의 오로라가 희미하게 흔들리며 서서히 사라져 가고 있었으나 빛나는 별들로 인해 하늘은 마치 다이아몬드를 뿌려 놓은 거대한 검은 천장처럼 보였다. 그런데 동쪽과 남쪽으로부터 아주 작고 새까만 형체가 수백 개 날아오더니 일제히 북쪽을 향해 이동하는 것이 아닌가.

"저게 뭐죠? 새들일까요?"

리라가 알 수 없다는 듯 곰에게 물었다.

"아니, 마녀들이야."

"마녀라고요! 마녀들이 여기서 도대체 뭘 하는 거죠?"

"전쟁에 가담하려고 날아가는 거겠지. 그렇지만 한꺼번에 저렇게 많은 숫자가 이동하는 건 나도 처음 보는구나."

"당신이 알고 지내는 마녀가 있나요, 이오레크?"

"몇몇을 위해 일해 준 적이 있었지. 그리고 몇몇과는 전쟁에서 싸운 적도 있었고. 존 파가 이 광경을 보면 엄청 놀라겠군 그래. 저 마녀들이 너의 적들을 도우러 가는 거라면 정말 두려운 일이 벌어질 거다."

"로드 파는 겁내지 않을 거예요. 그리고 당신도 마녀들이 전혀 두렵지 않아요, 그렇죠?"

"지금까지는 그래 왔지. 혹시 두려워진다고 해도 난 극복할 수 있어. 그렇지만 존 파에게 마녀들 얘기를 해 주는 것이 좋을 듯하군. 그 사람들은 마녀들을 본 적이 없을 테니까."

곰이 다시 움직이기 시작했으나 아까보다는 좀 느린 속도로 달려갔다. 그래서 리라는 차가운 바람에 눈물이 차올라 시야가 다시 흐려질 때까지 하늘을 지켜보았다. 북쪽을 향해 날아가는 마녀들의 행렬은 그 끝을 알 수 없을 정도로 길게 이어져 있었다.

마침내 이오레크 뷔르니손이 멈춰 섰다.

"저기가 바로 마을이다."

그들은 울퉁불퉁한 비탈길을 내려다보았다. 그 끝에는 목조 건물들이 여러 채 모여 있었고, 옆으로는 광활한 눈밭이 펼쳐져 있었다. 무척이나 평평한 눈밭을 바라보던 리라는 이내 그것이 얼어붙은 호수라는 사실을 깨달았다. 이어서 목재로 된 부두가 눈에 들어오자 틀림없다는 확신이 들었다. 둘은 그곳에 5분도 채 머물지 않았다.

"이젠 어떻게 할 생각이지?"

곰이 물었다.

리라는 곰의 등에서 내려왔지만 제대로 서 있을 수도 없었다. 얼굴은 추위 때문에 꽁꽁 얼어붙었고 다리 또한 후들거렸으므로 기운을 되찾을 때까지는 곰의 털을 붙잡고 매달린 채 발을 동동 굴러야만 했다.

"저 마을에는 어린아이일 수도 있고 아니면 유령일지도 모르는 어떤 존재가 있어요."

리라가 설명을 시작했다.

"아니면 둘 다 아닐지도 모르고요. 저도 정확한 건 몰라요. 가능하다
면 그 아이를 찾아내서 로드 파에게 데려가고 싶어요. 아마 떠도는 영
혼일 것 같아요. 하지만 알레시오미터는 제가 이해하기 힘든 어떤 존재
라고만 말해 줬어요."

"만일 그 아이가 이런 추위 속에서 바깥에서 떠돌고 있다면 어디 적
당한 은신처에 들어가 있을 게다."

"그 아인 아직 죽진 않았을 거예요."

하지만 그것도 확신할 수는 없었다. 알레시오미터의 말에 따르면 그
것은 초자연적이고 기괴한 존재이므로 사람들을 두려움에 떨게 만들
거라고 했다. 그렇지만 그녀가 누군가? 바로 아스리엘 경의 딸이 아니
던가. 그리고 그녀의 명령에 복종하는 부하는 또 어떤가? 엄청난 괴력
을 지닌 곰이 아닌가. 이런 상황에서 그녀가 겁먹은 티를 낸다는 건
말도 안 되는 소리였다.

"자, 어서 가서 살펴봐요."

리라는 씩씩하게 말하고 나서 다시 곰의 등에 올라탔다. 그는 가파른
경사로를 내려간 다음 더 이상 속력을 내지 않고 천천히 발걸음을 옮겨
놓았다. 마을에서 기르는 개들이 그들의 냄새를 맡았는지 아니면 소리
를 들었는지 사납게 짖어 대기 시작했다. 그러자 울타리 안에 있던 순
록들도 신경질적으로 움직이며 뿔을 서로 부딪쳐 댔다. 그런 움직임들
은 고요한 대기를 흔들며 멀리까지 퍼져 나갔다.

마침내 마을 어귀의 첫 번째 집에 도착하자 리라는 좌우를 두리번거
리며 어둠 속을 주의 깊게 살펴보았다. 오로라의 빛이 점차 사라지고
있었고, 달이 뜨기에는 이른 시각이었으므로 거리는 어둑어둑했다. 눈

이 두껍게 내려앉은 지붕들 아래에서 불빛이 새어 나와 반짝거렸는데 그중 몇 군데에서는 유리창 너머로 사람들의 얼굴이 흐릿하게 보이는 것 같았다. 아마도 그들은 거대한 흰곰을 타고 나타난 아이를 보고는 경악을 금치 못하고 있으리라.

그 조그만 마을의 중앙에 이르자 부두와 연결되는 공터가 나타났다. 눈으로 덮여 있는 부두 주위로는 여러 척의 배가 일렬로 늘어서 있었다. 개 짖는 소리에 귀가 멍해진 리라는 마을 사람들이 전부 뛰쳐나올지도 모르겠다고 생각했다. 실제로 한 집의 대문이 열리면서 남자 한 명이 소총을 들고 뛰어나왔다. 오소리의 모습을 한 그의 데몬도 문 옆에 쌓아 둔 장작더미 위로 뛰어오르며 사방으로 눈을 흩뿌렸다.

그 모습을 본 리라는 즉시 땅으로 내려와 그 남자와 이오레크 뷔르니손의 사이를 가로막고 섰다. 곰에게 갑옷은 필요 없을 거라고 말했던 것이 생각났기 때문이다.

곧이어 그 사람이 리라가 처음 들어 보는 생소한 언어로 뭐라고 얘기하기 시작했다. 그러자 이오레크 뷔르니손이 같은 말로 대답을 했고 그 남자는 공포에 질린 표정으로 짤막한 신음을 토해 냈다.

"이 남자는 우리를 마귀들이라고 생각해."

이오레크가 리라에게 말해 주었다.

"내가 어떻게 설명하면 좋을까?"

"우린 마귀가 아니라 도움을 주러 왔다고 말하세요. 그리고 우린…… 그저 아이 한 명을 찾는 중이라고, 아주 특별한 아이를 찾는다고 하세요."

곧바로 곰이 리라의 얘기를 통역해 주자 그 남자는 멀리 떨어진 한 지점을 손가락으로 가리키며 속사포처럼 말을 쏟아 냈다.

"이 남자는 우리가 그 아이를 데려가기 위해 온 건지 알고 싶어 해.

그리고 이 사람 말에 따르면 마을 사람들이 그 아이를 두려워해서 어떻게든 쫓아 보려고 애를 썼다는군. 그런데 아이가 자꾸만 되돌아온다는 거야."

"우리가 그 아이를 데려갈 거라고 말하세요. 하지만 아이한테 그런 짓을 하다니 정말 나쁜 사람들이라고 꼭 덧붙이세요. 그래, 아이는 지금 어디에 있나요?"

그 남자는 겁에 질린 표정으로 손짓 발짓을 섞어 가며 설명했다. 혹시나 그가 실수로 총을 발사할까 봐 걱정이 될 정도였다. 그러나 그는 서둘러 설명을 마치고는 곧장 집 안으로 들어가 문을 잠가 버렸다. 리라는 마을 사람들이 전부 창문에 달라붙어 자신들을 내다보고 있다는 걸 알 수 있었다.

"아이가 있는 곳이 어디래요?"

"생선 저장 창고에 있다는군."

곰은 짤막하게 대답한 다음 뒤돌아서 부두 쪽으로 천천히 걸어갔다.

리라는 그의 뒤를 쫓아갔다. 그녀는 말로 표현할 수 없을 정도로 불안했다. 좁은 나무 헛간으로 다가가면서 곰은 고개를 쳐들고 킁킁거리며 이곳저곳 냄새를 맡아 보았다. 그러더니 문 앞에 도착하자 걸음을 멈추고 리라에게 말했다.

"이 안에 있어."

리라의 심장이 미친 듯이 빠르게 뛰면서 숨을 쉬기조차 힘들어졌다. 그녀는 손을 들어 문을 두드렸다. 그러나 다음 순간 자신의 행동이 얼마나 어리석었는지 깨닫고 쓴웃음을 지어야 했다. 그래서 심호흡을 한 차례 한 뒤 큰 소리로 외치려는데 이제는 어떤 말을 해야 할지 모른다는 생각이 들었다. 게다가 그곳은 칠흑 같은 어둠에 싸여 있었다. 손전등을 준비해 오는 거였는데……

그러나 선택의 여지가 없었다. 게다가 자신이 겁먹고 있다는 걸 곰이 눈치 채는 것은 더욱 싫었다. 이오레크 뷔르니손은 두려움 정도는 극복할 수 있다고 말했었다. 그리고 지금 리라에게 필요한 것도 바로 그런 마음가짐이었다. 그녀는 순록 가죽으로 만든 헛간의 걸쇠를 들어 올렸다. 그리고 꽁꽁 얼어붙은 문을 힘껏 잡아당겼다. 찰칵 소리가 나면서 문이 열리자 리라는 발로 문 아래쪽에 쌓여 있던 눈을 한쪽으로 치웠다. 그런 상황에서 판탈라이몬은 전혀 도움이 되지 않았다. 담비의 모습을 한 그는 정신없이 뛰어다니며 겁에 질린 신음 소리를 내고 있었다. 그녀는 하얀 눈 위에서 왔다 갔다 하는 판탈라이몬의 그림자를 바라보며 헛간 문을 좀 더 활짝 열어 보았다.

"판, 제발 부탁이야! 어서 박쥐로 변해서 헛간 안을 좀 살펴봐."

그러나 그는 변신은커녕 한마디 대꾸조차 하지 않았다. 리라는 판탈라이몬이 그토록 얼빠진 행동을 하는 모습을 지금까지 한 번도 본 적이 없었다. 심지어 그녀와 로저가 조던 대학의 납골당에서 데몬의 이름이 새겨진 동전을 다른 해골 속으로 마구 옮기는 장난을 치고 있을 때도 지금보다는 나았다. 그는 리라보다도 더 무서워하는 것처럼 보였다. 반대로 이오레크 뷔르니손은 근처의 눈더미에 몸을 기댄 채 말없이 그들을 지켜보고 있었다.

"여기로 나와 봐."

리라는 용기를 내 최대한 큰 소리로 외쳤다.

"밖으로 나오라고!"

헛간 안에서는 아무 대답도 들려오지 않았다. 이윽고 리라가 문을 좀 더 잡아당기자 판탈라이몬이 갑자기 그녀의 팔 위로 뛰어올랐다. 고양이로 모습을 바꾼 그는 리라의 팔을 계속 잡아당기며 애원하기 시작했다.

"어서 가자! 여기 있으면 안 돼! 오, 리라. 지금 당장 가야 돼! 어서 돌아가잔 말이야!"

판탈라이몬을 떼어 놓으려고 애쓰던 리라의 시야에 이오레크 뷔르니 손이 몸을 일으키는 모습이 들어왔다. 곰은 마을에서 헛간 쪽으로 서둘러 다가오는 형체를 바라보고 있었다. 그 사람은 가까이 오자 손전등을 들어 올려 자신의 얼굴을 비춰 보였다. 그러자 넓적하고 주름진 노인의 얼굴이 드러났다. 주름살이 어찌나 많은지 눈이 어디에 붙었는지도 분간하기 어려울 정도였다. 그의 옆에는 데몬인 북극여우가 있었다.

그가 말을 하자 이오레크 뷔르니손이 통역을 해 주었다.

"이 사람 말로는 저런 아이들이 한두 명이 아니라는군. 다른 아이들도 숲에서 본 적 있대. 어떤 아이들은 곧바로 죽기도 했지만 어떤 아이는 죽지 않고 살아 있다는 거야. 이 안에 있는 아이는 튼튼한 것 같대. 하지만 아예 죽는 편이 아이에게는 나을 거라는군."

"손전등을 빌려 주실 수 있느냐고 물어봐 주세요."

곰이 리라의 말을 전하자 노인은 곧 손전등을 건네주면서 힘차게 고개를 끄덕였다. 그녀는 노인이 손전등을 전해 주기 위해서 왔다는 사실을 깨닫고 감사의 말을 전했다. 그러자 노인은 다시 한 번 고개를 끄덕이고 뒤돌아서 리라와 헛간 그리고 곰으로부터 멀어져 갔다.

갑자기 리라의 머릿속에 끔찍한 생각이 떠올랐다. 만일 저 안에 있는 아이가 로저라면? 다음 순간 그녀는 온 정성을 다해 제발 그런 일이 일어나지 않게 해 달라고 기도했다. 다시 담비로 변신한 판탈라이몬은 그녀에게 기어올라 자그마한 발톱으로 털옷 속을 헤집고 있었다.

그녀는 손전등을 높이 치켜들고 헛간 쪽으로 한 걸음 다가섰다. 그리고 '성체위원회'가 어떤 일을 저질렀는지, 아이들을 희생물로 삼아 어떤 결과를 초래했는지 똑똑히 목격했다.

그 어린 소년은 생선 건조용 나무 선반에 몸을 기댄 채 웅크리고 있었다. 선반 아래에는 내장을 빼낸 생선들이 나무판자만큼이나 뻣뻣하게 굳은 채 줄지어 늘어서 있었다. 아이는 말린 생선 한 마리를 가슴에 꼭 끌어안고 있었다. 그 모습은 리라가 온 정성을 다해 판탈라이몬을 가슴에 꼭 부둥켜안고 있을 때와 비슷했다. 그러나 아이가 안고 있는 것은 그저 말린 생선에 불과했다. 그 소년에게는 데몬이 없었다. 고블러들이 그 아이의 데몬을 잘라 낸 것이다. 그것이 '인터시전'이었고, 이 아이는 분리된 아이였다.

펜싱

리라는 맨 처음 그대로 뒤돌아서 달아나 버리고 싶다는 충동을 느꼈다. 갑자기 속이 울렁거리며 토할 것만 같았다. 데몬이 없는 인간이라면 얼굴 없는 유령이나 다를 바가 없었다. 또한 늑골이 가슴 바깥쪽에 붙어 있다던가, 가슴이 찢어져 심장이 튀어나왔다던가 하는 것과 마찬가지였다. 초자연적이고도 기이한 이런 존재는 소름 끼치는 어둠의 세계에나 속하는 것이지 이성이 지배하는 이 세상에 나타나서는 안 되는 것이었다.

리라는 판탈라이몬을 힘껏 껴안아 보았지만 이내 현기증이 일면서 목구멍으로 뭔가가 치밀어 오르기 시작했다. 그리고 차가운 밤공기에도 불구하고 식은땀이 배어나 냉기가 한층 더 심해졌다.

"래터."

소년이 말했다.

"네가 내 래터를 훔쳐 갔니?"

리라는 소년의 말이 무슨 뜻인지 금방 알 수 있었다.

"아니야."

그녀는 자신이 느끼는 기분만큼이나 겁에 질린 목소리로 대답했다.

"네 이름은 뭐니?"

"토니 마카리오스. 그런데 내 래터는 어디에 있지?"

"나도 몰라."

리라는 메스꺼움을 억누르기 위해 힘겹게 침을 삼켜야 했다.

"고블러들이……."

결국 말을 끝낼 수 없었다. 리라는 혼자 헛간에서 나와 눈 위에 주저 앉고 말았다. 아니, 엄밀히 말한다면 혼자 나온 건 아니었다. 리라는 결코 혼자였던 적이 없었다. 판탈라이몬이 언제나 곁을 지켜 주었기 때문이다. 그 소년처럼 데몬이 분리되어 판탈라이몬과 떨어지게 된다면 어떻게 될까? 세상에 그보다 더 끔찍한 일은 없을 거야! 리라는 자기도 모르는 사이에 흐느껴 울고 있었다. 판탈라이몬도 훌쩍였다. 그 둘은 반쪽이 되어 버린 소년에 대해 가슴 아파하며 주체할 수 없는 슬픔과 동정심을 느꼈다.

이윽고 리라가 일어나서 떨리는 목소리로 소년을 불렀다.

"이리 나와, 토니. 우리가 안전한 곳으로 데려다 줄게."

생선 저장고 안에서 부스럭거리는 소리가 나더니 소년이 문밖으로 나왔다. 여전히 말린 생선을 끌어안은 채였다. 아이가 걸치고 있는 옷가지들은 추위를 견딜 수 있을 정도로 따뜻해 보였다. 그러나 두껍게 솜을 넣어 누빈 검은색 실크 파카와 모피가 덧대어진 부츠가 전부 헌옷 같아 보였으며 몸에 제대로 맞지도 않은 듯했다. 헛간 바깥 새하얀 눈밭 위에는 오로라의 희미한 흔적에서 흘러나온 빛이 넓게 퍼져 있었다.

그런 풍경 속에 서 있는 아이의 모습은 처음 창고 안에서 손전등 불빛으로 비춰 봤을 때보다 뭔가가 결여된 듯 한결 더 측은해 보였다.

손전등을 가져다주었던 마을 노인이 몇 미터 떨어진 곳에 서 있다가 그들을 소리쳐 불렀다. 이오레크 뷔르니손이 그의 말을 통역해 주었다.

"저 사람 말이 이 생선 값은 꼭 계산해야 한다는군."

순간 리라는 이오레크를 시켜 그 노인을 죽여 버리고 싶다는 충동에 휩싸였다. 그러나 마음을 가라앉히고 곰에게 말했다.

"우린 마을 사람들을 위해서 이 아이를 데려가는 거예요. 그러니까 그 대가로 생선 한 마리 정도는 내놓으라고 전해 주세요."

곰이 리라의 말을 전하자 노인은 잠시 투덜거렸지만 감히 따지고 들지는 못했다. 그녀는 노인의 손전등을 눈 위에 내려놓았다. 그리고 분리된 아이의 손을 잡아 곰에게로 데려갔다. 힘없이 리라의 손에 이끌려 온 소년은 그처럼 가까운 거리에서 거대한 하얀색 짐승과 마주쳤음에도 불구하고 전혀 놀라거나 두려워하는 기색을 보이지 않았다. 그리고 리라의 도움으로 이오레크의 등에 올라탄 뒤에도 단지 한 마디만 했을 뿐이다.

"난 래터가 어디 있는지 몰라."

"그건 우리도 몰라, 토니. 하지만 우린…… 우린 고블러들이 이런 짓을 한 대가를 반드시 치르도록 만들 거야. 내가 분명히 약속할게. 이오레크, 나까지 올라타도 괜찮겠어요?"

"내 갑옷은 어린애 둘보다 훨씬 더 무거워."

그 말을 들은 리라는 곰의 등에 기어올라 토니 뒤에 앉았다. 그리고 길고 뻣뻣한 곰의 털을 소년이 꼭 붙잡을 수 있도록 도와주었다. 판탈라이몬도 따뜻한 리라의 모자 속으로 파고들었다. 그녀는 판탈라이몬의 기분을 잘 알고 있었다. 지금 그는 반쪽만 남은 아이를 꼭 껴안아 준

다음 빰을 부드럽게 핥아 주어 아이의 데몬이 항상 해 왔던 역할을 대신 하고픈 충동을 느끼고 있었다. 그러나 물론 그런 행동은 절대로 해서는 안 될 금기사항이라는 것을 그도 잘 알고 있었다.

그들은 마을을 가로질러 산등성이를 향해 걸어갔다. 이번에는 공포에 질린 마을 사람들의 얼굴을 제대로 볼 수 있었다. 사람들은 소녀와 거대한 흰곰이 그 불완전한 존재를 데려가는 모습을 지켜 보면서 두려운 생각과 함께 일종의 안도감을 느끼는 것 같았다.

한편 리라의 마음속에서는 혐오감과 동정심이라는 상반된 감정이 서로 결투를 벌이고 있었다. 마침내 동정심 쪽이 승리를 거두자 그녀는 앙상하게 마른 그 작은 몸을 두 팔로 살며시 안아 안전하게 감싸 주었다. 집시 일행에게로 돌아가는 여정은 한층 더 춥고 험난하며 어두웠지만 그만큼 시간을 단축할 수 있었다. 이오레크 뷔르니손은 그다지 피로를 느끼는 것 같지 않았다. 리라도 이제는 곰을 타고 가는 것이 자연스러웠다. 그녀의 팔에 안겨 있는 차가운 소년의 몸은 아주 가벼워서 곰을 잘 타고 있는 듯했지만 한편으론 생기가 없고 뻣뻣해서 힘들어 보였다.

때때로 반쪽짜리 아이가 말을 하기도 했다.

"뭐라고 했니?"

제대로 듣지 못한 리라가 물었다.

"내가 가는 곳이 어딘지 래터도 알고 있냐고 물어봤어."

"물론, 잘 알고 있을 거야. 그리고 래터는 네가 어디에 가더라도 반드시 널 찾아올 거구. 자, 이젠 꼭 붙잡고 있어, 토니. 조금만 더 가면 되니까."

곰은 쉬지 않고 달려갔다. 리라는 집시 일행을 따라잡을 때까지는 자신이 얼마나 피곤한지도 모르고 있었다. 그러던 중 썰매견들을 쉬게 하려고 잠시 멈춰 선 집시들이 갑자기 리라의 눈앞에 나타났다. 파더 코람과 존 파, 리 스코즈비도 리라를 발견하고 그녀를 향해 정신없이 달려왔다. 그들은 리라가 내리는 것을 도와주려다가 곧 그녀의 곁에 있는 낯선 존재를 알아차렸다. 그러자 말없이 뒤로 주춤거리며 물러섰다. 리라는 몸이 심하게 굳어 있어서 소년의 몸에 두른 팔조차 제대로 풀지 못할 정도였다. 그 모습을 본 존 파가 직접 나서서 리라의 팔을 조심스럽게 벌린 뒤 바닥에 내려 주었다.

"이런 세상에, 이 아이는 대체 뭐란 말인가? 리라, 네가 찾아낸 것이 무엇인지 아느냐?"

존 파가 믿을 수 없다는 듯이 말했다.

"이 아이는 토니예요."

리라는 얼어붙은 입술로 간신히 대답했다.

"고블러들이 이 아이의 데몬을 잘라 냈어요. 그들이 꾸민 일이 바로 이거예요."

사람들이 두려워하며 곁으로 다가올 생각을 하지 못하자 이오레크 뷔르니손이 따끔하게 한마디를 던졌다.

"부끄러운 줄 아시오! 이 소녀가 얼마나 고생했을지 한번 생각해 보시오! 당신네들은 이 아이보다도 용기 없는 겁쟁이들이오."

"당신 말이 맞소, 이오레크 뷔르니손."

존 파가 그렇게 말하고 뒤돌아서 사람들에게 지시를 내렸다.

"장작불을 더 세게 지피고 수프를 따끈하게 데워 두 아이에게 갖다 주게. 파더 코람, 당신 썰매에 쉴 자리는 마련해 두셨습니까?"

"그렇고말고, 존 파. 어서 리라를 데려다 따뜻하게 해 줘야겠네."

"그리고 저 소년도 그렇게 해 줘야겠는데요. 비록 보기에는……."

누군가 소년에게 관심을 보이며 말했다.

리라는 존 파에게 마녀들 얘기를 해 줘야겠다고 생각했다. 그러나 그들은 무척 분주해 보였고 그녀 또한 피곤에 지친 상태였다. 등불에서 흘러나오는 빛과 장작 타는 냄새가 주위를 에워싸고 사람들이 바쁘게 움직이는 가운데 몇 분이 흘러갔다. 그러자 졸음과 싸우고 있던 리라의 귀를 담비로 변신한 판탈라이몬이 살짝 깨물었다. 덕분에 정신을 차린 그녀는 멀지 않은 곳에 있는 곰을 발견했다.

"마녀 얘기를 해야 되잖아. 그래서 내가 이오레크를 불렀어."

판탈라이몬이 리라의 귀에 대고 속삭였다.

"아, 그렇지."

그녀는 웅얼거리는 소리로 말을 시작했다.

"이오레크, 저를 태우고 마을에 다녀와 주셔서 고마워요. 그런데 전 아무래도 로드 파에게 마녀 얘기를 해 드리지 못할 것 같아요. 그러니 저 대신 그 일을 좀 해 주세요."

곰이 승낙하는 소리를 듣는 순간 리라는 깊은 잠에 빠져들었다.

리라는 언제나처럼 날이 밝을 무렵 잠에서 깨어났다. 남동쪽 하늘이 희미하게 밝아 오고 대기는 회색 안개로 가득했다. 그 사이를 뚫고 분주히 움직이는 집시들의 모습이 마치 덩치만 커다란 유령 같아 보였다. 그들은 썰매를 정비하고 썰매견들에게 장구를 씌우는 등 출발 준비에 여념이 없었다.

리라는 파더 코람의 썰매에 마련된 편안한 잠자리에 누워서 모든 광경을 지켜보았다. 여러 겹의 모피 속에 파묻혀 있는 그녀와 달리 먼저 일어난 판탈라이몬은 북극여우의 모습을 하고 이리저리 움직이고 있었다. 그러나 조금 뒤에는 자신이 가장 좋아하는 담비의 모습으로 되돌아갔다.

이오레크 뷔르니손은 근처의 눈 위에서 커다란 앞발 위에 머리를 얹고 잠들어 있었다. 그러나 일찌감치 일어나서 바삐 움직이던 파더 코람은 판탈라이몬이 돌아다니는 모습을 보더니 리라를 깨우기 위해 절뚝거리며 다가왔다.

그 모습을 바라보던 리라가 자리에서 일어나 앉으며 말했다.

"파더 코람, 제가 이해하지 못했던 의미들을 이젠 알 것 같아요! 알레시오미터가 계속해서 '새'와 '없다'라는 말을 해 주었지만 처음엔 도무지 무슨 말인지 알 수 없었어요. 그런데 그건 바로 '데몬이 없다'라는 뜻이었어요. 그런데…… 표정이 왜 그러세요?"

"리라, 네가 그렇게 애썼는데도 불구하고 이런 얘길 전해 주게 되어 정말 유감이구나. 네가 데려온 소년이 한 시간 전쯤에 숨을 거두고 말았단다. 그 아이는 어디에 마음을 둬야 할지 모르는 사람처럼 한군데에 가만히 있지 못하더구나. 계속해서 자기의 데몬이 어떻게 되었는지 물어보기만 했단다. 래터가 어디에 있는지, 언제쯤 오는지 알고 싶어 했지. 그리고 그 초라한 생선을 붙잡고 놓지 않았어. 그게 마치…… 오, 도저히 말로 표현할 수 없구나. 그러더니 결국 눈을 감더구나. 그러고는 더는 움직이지 않았단다. 처음으로 평온해 보이더구나. 마치 자연의 순리에 따라 데몬이 사라져 버린 보통 죽은 사람들처럼 말이다. 그래서 사람들이 아이를 묻어 주려고 했지만 땅이 워낙 단단히 얼어붙어 있어서 도저히 팔 수 없었단다. 결국 화장하는 수밖에 없을 것 같아 존 파가 제단을 쌓으라고 지시했지. 그렇게 해야만 고기를 먹으려고 몰려드는 짐승들로부터 아이를 지킬 수 있을 테니까 말이다.

아가야, 넌 큰 용기가 필요한 일을 아주 훌륭하게 해냈단다. 네가 무척 자랑스럽구나. 네 덕분에 고블러들이 얼마나 사악한 음모를 꾸미고 있는지 알게 되었지. 또 우리에게 주어진 사명도 그 어느 때보다 분명해졌고. 이제부터 네가 할 일은 편히 쉬면서 충분한 영양을 섭취하는 거란다. 어젯밤에는 너무 빨리 잠들어서 제대로 먹지도 못했더구나. 이런 추위 속에서 더 이상 약해지지 않으려면 뭐든 잘 먹어 둬야 한다."

그는 안쓰럽다는 표정을 지으며 리라를 보살펴 주었다. 모포를 다시 잘 덮어 주기도 하고 썰매에 몸을 고정시켜 주는 밧줄이 엉키지 않았는지 일일이 살펴본 다음 빈틈없이 조여 주었다.

"파더 코람, 그 아이는 지금 어디 있나요? 벌써 화장한 것 아니죠?"

"아직 안 했다, 리라. 저 뒤쪽에 눕혀 놨을 게다."

"그 아이를 마지막으로 한 번 더 봤으면 좋겠어요."

파더 코람은 그 요청을 거절하지 못했다. 그는 리라가 이미 시신보다도 더 끔찍한 상태였던 소년을 본 적이 있기 때문에 평온하게 죽은 모습을 다시 본다면 마음이 진정될 거라고 생각했다. 그래서 그녀는 하얀 산토끼로 변한 판탈라이몬과 함께 줄지어 늘어선 썰매들을 따라 걸음을 옮겼다. 판탈라이몬은 잔뜩 긴장한 채 그녀의 옆에 바싹 달라붙어 있었다. 둘은 이윽고 몇몇 사람이 잘라 낸 나뭇가지로 제단을 쌓고 있는 장소에 도착했다.

소년의 시신이 체크 무늬 담요에 싸여 길 한쪽에 눕혀 있었다. 리라는 그 옆에 무릎을 꿇고 앉아 벙어리 장갑을 낀 손으로 담요를 들어 올렸다. 집시 한 명이 그녀의 행동을 저지하려고 했지만 다른 사람들이 그대로 두라고 했다.

리라가 그 불쌍한 아이의 황폐한 얼굴을 내려다보자 판탈라이몬도 발소리를 죽여 가며 조용히 옆으로 다가왔다. 그녀는 장갑을 벗은 뒤 맨손으로 아이의 두 눈을 만져 보았다. 그것은 대리석만큼이나 차가웠다. 파더 코람의 말이 옳았다. 가엾은 소년 토니 마카리오스는 죽음으로 인해 데몬이 분리된 다른 인간들과 하나도 다르지 않아 보였다. 오, 만일 그들이 리라에게서 판탈라이몬을 앗아 간다면? 그녀는 소년의 얼굴을 깨끗이 닦아 주고 두 팔로 힘껏 껴안아 주었다. 마치 가슴속에 깊이 새겨 두려는 것 같았다. 이제 그 어린 소년 토니가 가진 것이라고는 보잘것없는 생선 한 마리뿐…….

그런데 그 생선은 어디로 사라진 걸까?

리라는 담요를 완전히 젖혀 보았다. 그러나 생선은 보이지 않았다.

그녀는 자리에서 벌떡 일어나 잠시 생각해 보았다. 그리고 분노로 눈을 번뜩이며 주위에 있는 남자들을 노려보았다.

"이 아이의 생선은 어디로 간 거죠?"

그들은 동작을 멈추고 무슨 말인지 모르겠다는 표정을 지었다. 그러나 그들의 데몬 중 몇몇은 리라의 말뜻을 알아듣고 서로의 얼굴을 쳐다보기도 했다. 그러던 중 한 남자의 얼굴에 스치듯 지나간 웃음이 리라의 눈에 띄었다.

"어떻게 감히 웃을 수 있죠? 만약 저 소년을 비웃은 거라면 난 당신을 용서하지 않을 거예요! 저 불쌍한 아이가 끝까지 손에서 놓지 않았던 게 바로 그 말린 생선이었어요. 데몬에 대한 사랑을 그런 식으로밖에 표현할 수 없었던 거라고요! 그런 생선을 대체 누가 가져간 거죠? 어디로 가져간 거냐고요?"

판탈라이몬도 흰 표범으로 변신해서 남자들을 향해 으르렁거렸다. 아스리엘 경의 데몬과 똑같은 모습이었다. 그러나 리라는 그런 광경을 보지 못했다. 그 순간 그녀의 머릿속에는 옳고 그름을 밝혀내려는 생각밖에 없었기 때문이다.

"진정해, 리라."

한 남자가 그녀에게 말했다.

"진정하라고, 꼬마."

"누가 가져갔냐니까요?"

그러나 그녀의 분노가 사그라지지 않자 집시들이 한 걸음씩 뒤로 물러서기 시작했다.

"난 그런 사정이 있는지 몰랐어."

이윽고 어떤 남자가 변명조로 입을 열었다.

"난 그냥 저 아이가 먹다 남긴 거라고 짐작했거든. 그래서 생선을 치워 주는 것이 아이를 존중해 주는 행동이라고 생각했던 거야. 그게 전부야. 딴 뜻은 없었어, 리라."

"그래서 지금 어디에 있다는 거죠?"

그 남자는 잠시 머뭇거리다가 불안한 목소리로 대답했다.

"저 아이한테는 필요가 없을 것 같아서 그냥 개한테 던져 줬어. 정말 미안해. 너한테 용서를 구할게."

"아저씨는 나한테 사과할 게 아니라 저 아이에게 용서를 빌어야 해요."

그녀는 야멸차게 쏘아 주고는 곧 뒤돌아서 다시 무릎을 꿇었다. 그리고 손을 내밀어 죽은 아이의 얼음장 같은 뺨을 쓰다듬었다.

다음 순간 어떤 생각이 떠올랐다. 리라는 입고 있던 털옷 안쪽을 손으로 더듬었다. 옷깃 사이로 매서운 바람이 파고들었다. 얼마 지나지 않아 찾으려던 물건을 지갑에서 꺼내 들었다. 금화였다.

"나이프 좀 빌려 주세요."

리라는 옷자락을 여민 다음 생선을 가져간 남자에게 말했다. 그리고 나이프를 건네받자 판탈라이몬에게 물었다.

"그녀의 이름이 뭐였지?"

물론 판탈라이몬은 질문의 의미를 금방 알아차렸다.

"래터였어."

리라는 벙어리 장갑을 낀 왼손으로 그 금화를 단단히 붙잡고 나이프 끝으로 소년의 데몬 이름을 깊게 새겨 넣었다.

"조던 대학 납골당에 누워 있는 학자들처럼 너한테도 이 방법이 효과가 있기를 바랄게."

그녀는 죽은 소년의 귀에 대고 속삭여 주었다. 그런 다음 아이의 입을 벌리고 이 사이로 금화를 끼워 넣었다. 쉽지 않은 일이었지만 결국 해냈고 소년의 입도 다시 원상태로 해 놓았다.

일을 끝낸 리라는 나이프를 돌려준 뒤 여명 속을 가로질러 파더 코람이 있는 곳으로 돌아갔다.

파더 코람은 리라를 보자 뜨거운 수프를 건네주었고 그녀는 걸신들린 듯이 한 그릇을 비워 냈다.

"마녀들 문제는 어떻게 처리하실 거예요, 파더 코람? 전 어제 본 마녀들 중에 파더 코람의 마녀도 끼어 있지 않나 해서 무척 궁금했어요."

"나의 마녀라고 했느냐? 난 지금까지 그렇게 생각해 본 적이 없다, 리라. 그들은 어디든지 갈 수 있는 자유로운 존재란다. 마녀들은 살아가면서 온갖 종류의 관계를 맺지. 그중엔 인간의 눈에는 보이지 않는 것도 있고 우리 인간들이 혐오하는 불가사의하고 역겨운 것도 있는데 마녀들은 그런 것들을 재물로 삼기도 한단다. 그리고 그들은 인간이 도저히 이해할 수 없는 어떤 이유로 전쟁을 벌이기도 하지. 또한 그들의 기쁨과 슬픔이 툰드라 지대의 하찮은 식물 하나가 꽃을 피울 수 있느냐 없느냐 하는 문제에 좌우될 때도 있단다. 그렇다고 해도 나는 마녀들이 날아가는 광경을 꼭 한 번 보고 싶구나, 리라. 하다못해 그 비슷한 거라도 볼 수 있다면 좋으련만. 자, 나머지 수프도 다 먹으렴. 혹시 더 필요한 건 아니냐? 여기 팬에 구운 빵도 좀 있단다. 어서 먹어라, 꼬마야. 이제 곧 출발해야 할 것 같구나."

음식 덕분에 리라는 기운을 회복했다. 그리고 그녀의 영혼에 스며들었던 냉기 또한 녹아 없어지기 시작했다. 그녀는 다른 집시들과 함께 반쪽만 남은 아이의 화장식에 참석했다. 화장용 장작더미 앞에서 존 파가 기도를 올리는 동안 리라도 고개를 숙이고 눈을 감았다. 기도가 끝나자 남자들 몇 명이 장작더미 위에 석유를 끼얹고 불을 붙였다. 소년의 시신은 순식간에 화염 속으로 사라져 갔다.

장례를 무사히 치르고 난 뒤 그들은 또다시 여정에 올랐다. 아침 일찍부터 눈이 내리자 세상이 온통 흐릿해지며 시야가 좁아졌다. 썰매 앞에서 달려가는 개들의 회색 형체만이 간신히 눈에 들어올 정도였다. 썰매도 삐걱거리는 소리를 내며 갑자기 한쪽으로 기울기 일쑤였다. 살을 에는 듯한 냉기가 옷 속으로 파고들었고, 하늘은 소용돌이치는 바다처럼 시커먼 색을 띠고 있었으며, 대지 위로는 하얗고 커다란 눈송이가 내려앉았다.

그 심한 눈보라 속에서도 썰매견들은 쉬지 않고 달려갔다. 꼬리를 높이 치켜올린 개들은 숨을 내쉴 때마다 하얀 입김을 뿜어냈다. 그들이 점점 더 북쪽으로 달려가는 동안 흐릿했던 정오가 지나가고 또다시 석양이 사위를 감쌌다. 이윽고 구릉지대 안쪽의 협곡에 도달하자 잠시 일행은 휴식을 취하고 식사를 하면서 상황 점검에 들어갔다. 존 파는 리스코즈비와 함께 진로를 살펴보며 기구를 이용하는 방법을 의논했다. 리라는 담뱃잎 깡통에 가둬 둔 스파이 파리를 기억해 냈다. 그녀는 파더 코람에게 다가가서 그 담뱃잎 깡통이 어떻게 되었는지 물어보았다.

"내가 잘 챙겨 두었단다. 얘야. 지금 여행가방 밑바닥에 들어 있는데 살펴볼 필요는 없을 게다. 전에 말한 대로 납땜을 해 놨으니까. 그 외엔 별다른 처리 방법이 생각나지 않거든. 어쩌면 화산 속에 던져 넣을 수도 있겠지. 어쨌든 걱정할 필요 없어. 내가 보관하는 동안 넌 안전할 거야."

그러나 기회를 엿보던 리라는 마침내 파더 코람의 여행가방을 뒤져서 그 깡통을 꺼냈다. 얼어서 딱딱해진 캔버스 천 안으로 손을 집어넣자 깡통에 닿기도 전에 윙윙거리는 진동이 느껴졌다.

파더 코람이 다른 지도자들과 얘기를 나누는 사이에 리라는 그 깡통을 들고 이오레크 뷔르니손을 찾아가서 자신의 계획을 설명했다. 그녀는 엔진 덮개로 사용된 두꺼운 철판을 손쉽게 찢어발기던 이오레크의 괴력을 기억해 냈고 거기서 힌트를 얻어 계획을 세웠다.

리라의 얘기를 들은 곰은 비스킷 깡통 뚜껑을 솜씨 있게 접어 작고 납작한 원통을 만들어 냈다. 그녀는 곰의 손끝에서 빚어지는 놀라운 기술을 넋 나간 듯 바라보았다. 다른 곰들과는 달리 이오레크와 그의 동족들은 양발의 엄지발톱을 이용할 줄 알았기 때문에 작업하는 동안에도 물건이 움직이지 않도록 고정시킬 수 있었다. 그리고 그에게는 쇠붙이를 단순히 들어 올리거나 이쪽저쪽으로 구부리는 힘 외에도 엄지발톱으로 우선 선을 그은 다음 원형으로 접는 감각까지 지니고 있었다. 이오레크는 리라의 요청에 따라 비스킷 통 뚜껑으로 자그마한 깡통 두 개를 만들어 냈다. 뚜껑의 가장자리 부분을 돌아가며 안으로 접어 넣어 나직이 테두리를 만든 다음 그 위에 맞는 뚜껑을 만들어 덮어 주는 방식이었다. 하나는 원래의 담뱃잎 깡통과 똑같은 크기의 깡통이었고 다른 하나는 그것보다 약간 더 크게 만들었다. 그리고 큰 깡통 안에 스파이 파리가 들어 있는 깡통을 집어넣고 머리카락과 이끼류를 가득 채워 시끄러운 소리가 밖으로 새어 나오지 않게 했다. 그런 다음 뚜껑을 덮자 그 크기와 모양이 알레시오미터와 거의 흡사해 보였다.

작업을 다 마친 리라는 이오레크 뷔르니손의 옆에 앉았다. 그는 꽁꽁 얼어서 나뭇조각처럼 딱딱해진 순록의 허릿살을 씹고 있었다.

"이오레크."

리라는 곰에게 말을 붙였다.

"당신은 데몬이 없어서 힘들지 않나요? 외롭다는 생각을 해본 적은 없어요?"

"외롭다구?"

그가 시큰둥하게 대꾸했다.

"난 그런 건 모른다. 가끔씩 사람들이 춥지 않느냐고 묻지만 난 춥다는 게 뭔지도 모른다. 왜냐하면 난 추위를 타지 않으니까. 마찬가지로 외롭다는 것이 무슨 뜻인지도 몰라. 곰이란 본래 고독한 존재로 태어났으니 말이다."

"그러면 스발바르에 살고 있는 곰들은 어때요? 그곳에는 수천 마리의 곰들이 있다고 들었는데 사실이에요?"

그는 대답하는 대신 들고 있던 고기를 반으로 쭉 찢었다. 그러자 마치 통나무 쪼개는 듯한 소리가 났다.

"미안해요, 이오레크. 당신 기분을 상하게 할 생각은 없었어요. 단지 호기심에서 물어봤던 것뿐이에요. 그리고 내가 스발바르의 곰에 대해서 특별히 관심을 갖는 이유가 있어요. 바로 우리 아빠 때문이에요."

"네 아버지가 누군데 그러느냐?"

"아스리엘 경이에요. 아빠는 지금 스발바르에 갇혀 계세요. 내 생각에는 고블러들이 아빠를 배신한 것 같아요. 그런 다음 곰들한테 보수를 주고 아빠를 잡아 가두게 만든 거죠."

"모르는 일이다. 나 스발바르의 곰이 아니니까."

"난 당신도 그들과……."

"아니, 한때는 나도 그곳에 속해 있었지만 이젠 아니야. 나는 동족을 죽였기 때문에 그 벌로 추방당했어. 지위와 재산과 갑옷을 모두 빼앗긴 채 인간들이 사는 세상의 변경으로 쫓겨났지. 그 이후로는 돈을 벌기 위해 전쟁에 나가서 싸우거나 아니면 남들이 기피하는 험한 일을 하고 독주를 마시면서 옛날 일을 잊으려고 했다."

"그런데 다른 곰은 왜 죽인 건가요?"

"분노 때문이었지. 분노를 처리하는 방법은 여러 가지가 있어. 하지만 난 그만 자제력을 잃고 말았던 거야. 그래서 그 곰을 죽이고 그에 합당한 처벌을 받게 된 거지."

"그러면 예전엔 지위도 무척 높고 재산도 많았겠네요."

리라가 감동한 표정으로 말했다.

"꼭 우리 아빠 같아요, 이오레크! 아빠도 당신처럼 어떤 사람을 살해한 죄로 재산을 모두 빼앗기고 말았거든요. 스발바르의 감옥에 갇히기 훨씬 이전의 일이지만요. 난 스발바르에 대해서 아는 게 없어요. 그저 최북단 어딘가에 있다는 것밖에는 몰라요. 그곳은 전부 얼음으로 뒤덮여 있다던데, 맞아요? 얼어붙은 바다를 건너면 스발바르에 갈 수 있을까요?"

"이쪽 해안에서는 갈 수 없어. 하지만 스발바르의 남쪽 바다가 얼어붙는 경우도 가끔 있긴 해. 해안으로 가려면 반드시 배가 필요할 거다."

"아니면 기구를 탈 수도 있겠죠."

"그럴 수도 있겠지. 하지만 바람이 제대로 불어 주기를 간절히 기도해야 할 거다."

대답을 마친 그는 다시 고깃덩어리를 집어 들었다. 그리고 리라는 밤하늘을 날아가던 마녀들을 기억해 냈다. 그 순간 엉뚱한 생각이 떠올랐다. 그러나 입 밖에 내지는 않고 대신 이오레크에게 스발바르에 관한 질문만 몇 가지 더 했다. 그리고 천천히 떠다니는 빙하에 관한 설명을 열심히 들었다. 곰의 얘기에 따르면 바위와 빙원이 있는 지역에는 빛나는 엄니를 가진 해마들이 100마리도 넘게 무리를 이루고 있다고 했다. 그리고 바닷물 속에는 바다표범이 가득하며, 얼음이 떠다니는 물위로는 고래들이 길고 하얀 엄니를 내밀고 서로 부딪쳐 댄다는 것이었다. 그는 또 거대하고 날카로운 바위들이 많은 해안에 대해서도 얘기해 주었다. 그곳 절벽들은 300미터가 넘을 정도로 높으며 음침한 귀신들이 그 꼭대기에 앉아 있다가 갑자기 급강하하며 공격한다고 했다. 또한 탄광과 화산이 있는 지역에는 대장장이 곰이 살고 있는데, 튼튼한 철판을 망치로 두드려 편 다음 대못을 박아 갑옷을 만든다는 얘기도 했다.

"다른 곰들이 당신의 갑옷을 빼앗아 버렸다면 말이에요, 그럼 여기 있는 갑옷은 도대체 어디서 난 거예요?"

"내가 노바 젬블라에 가서 하늘 강철로 직접 만들었지. 그렇게 새 갑옷을 만들기 전까지 난 불완전한 존재에 불과했어."

"그렇다면 곰들은 자신들의 영혼을 스스로 만들 수 있는 거네요……."

세상에는 알아야 할 일들이 너무 많았다.

"지금 스발바르는 누가 다스리고 있죠? 곰들도 왕을 뽑나요?"

"이오푸르 락니손이 왕이지."

그 이름을 듣는 순간 리라의 머릿속에서 작은 종소리가 울리기 시작했다. 리라는 그 이름을 들은 적이 있었다. 하지만 그게 언제였더라? 그 이름을 처음 말했던 사람은 물론 이오레크도 아니었고 집시들 중의 한 명도 아닌 게 분명했다. 목소리의 특징으로 기억해 볼 때 학자가 틀림없었다. 아는 체하고 게으른데다 거들먹거리기까지 하는 딱딱한 목소리는 두말할 나위 없이 조던 대학의 사람이었다. 리라는 다시 한 번 정신을 집중해 보았다. 곧바로 선명하게 생각이 났다!

리라의 기억에 따르면 그 일이 벌어진 장소는 바로 귀빈실이었다. 학자들이 모여서 아스리엘 경의 연설을 들을 때였다. 파머리언 교수가 이오푸르 락니손에 대해 언급했다. 그는 리라가 처음 들어 보는 '판제르비에르네'란 말도 덧붙였다. 당시만 해도 그녀는 이오푸르 락니손이 곰의 이름이란 사실을 몰랐으니 그 단어가 생소했던 것은 당연한 일이었다. 그런데 그가 또 무슨 말을 했더라? 아, 그래. 스발바르의 왕이 허세를 부리기 좋아하고 우쭐대기 좋아하는 성격이라고 했지. 그것 말고도 더 있었던 것 같은데, 기억해 낼 수만 있다면 얼마나 좋을까. 그러나 그 이후로 너무나 많은 사건이 생겼으니……

"만일 네 아버지가 스발바르의 곰들에게 잡혀 있다면 탈출은 불가능할 거다."

이오레크 뷔르니손이 말했다.

"그곳은 나무 한 그루 찾아볼 수 없는 불모지라 탈출용 배 한 척도 만들 수 없을 거다. 반대로 그가 귀족이라면 상당히 좋은 대우를 받고 있을 거야. 곰들이 집을 한 채 마련해 주고 하인까지 붙여 줄 테니까. 음식과 연료는 말할 것도 없고."

"곰들은 한 번도 패배해 본 적이 없나요, 이오레크?"

"없다."

"그럼 혹시 속임수에 속아 본 적은요?"

그는 고기를 먹다 말고 리라를 똑바로 응시했다. 그리고 대답했다.

"갑옷 입은 곰은 절대로 속일 수 없어. 너도 내 갑옷을 본 적 있지. 이젠 무기를 보거라."

그는 순록 고기를 땅바닥에 떨어뜨리더니 발을 앞으로 내밀었다. 그리고 리라가 잘 볼 수 있도록 발바닥을 뒤집었다. 딱딱한 굳은살이 3센티미터도 넘게 덮인 까만 발바닥 끝에는 리라의 손보다도 더 기다란 발톱이 솟아 있었는데 웬만한 칼과는 비교가 안 될 만큼 날카로워 보였다. 그녀는 신기한 듯이 곰의 발바닥을 만져 보았다.

"한 방에 바다표범 두개골 정도는 간단히 으스러뜨릴 수 있어. 물론 인간의 등뼈를 순식간에 부러뜨릴 수도 있고 팔다리를 조각 낼 수도 있지. 물어뜯을 수도 있단다. 만일 트롤선드에서 네가 날 말리지 않았더라면 그 보초병의 머리는 계란처럼 으깨졌을 거다. 곰의 힘에 관해서는 이 정도면 된 것 같으니 다음엔 속임수 얘기를 할 차례로군. 어쨌든 넌 절대로 곰을 속일 순 없을 거다. 그게 정말인지 알고 싶은 표정이로군 그래. 그럼 막대기를 하나 주워 나를 공격해 보거라."

진심으로 확인해 보고 싶었던 리라는 눈이 쌓여 있는 나무에서 가지 하나를 꺾어 냈다. 그러고는 잔가지를 모두 쳐낸 다음 결투용 칼이라도 되는 것처럼 이쪽저쪽으로 휘둘러 보았다. 이오레크 뷔르니손은 앞발을 무릎 위에 올려놓은 자세로 웅크리고 앉아 있었다. 준비를 마친 뒤 리라는 이오레크를 마주 봤으나 그가 너무나 평온한 모습으로 앉아 있어서 도저히 찌를 수 없었다. 그래서 실제로는 찌를 생각이 없으면서도 막대기를 이리저리 휘두르며 공격하는 시늉을 내 보았다. 그런 리라 앞에서 곰은 미동도 하지 않았다. 몇 차례 더 시도해 보았지만 결과는 마찬가지였다.

마침내 리라는 제대로 한번 찔러 봐야겠다고 마음먹었다. 그러나 막대기가 곰의 배에 닿으려는 순간 앞발이 번개같이 튀어나와 그것을 툭 쳐내는 게 아닌가.

깜짝 놀란 그녀가 다시 공격을 해보았지만 결과는 매번 똑같았다. 곰은 번번이 그녀보다 더 정확하고 재빠른 움직임으로 막대기를 막아 냈다. 장난이 아니라고 느낀 리라는 마치 펜싱 선수가 연습용 검을 휘두르는 것처럼 진지한 자세로 공격을 시도했다. 그러나 그의 털끝 하나 스칠 수가 없었다. 곰은 그녀가 움직이기도 전에 미리 공격 지점을 파악하고 있는 듯했다. 리라가 실제로 찌르려는 마음을 먹고 움직이면 커다란 발로 막대기를 슬쩍 쳐냈지만 공격하는 시늉만 할 때에는 꿈쩍도 하지 않았다.

드디어 약이 오를 대로 오른 리라는 온몸을 던져 가며 맹렬한 공격을 퍼부어 대기 시작했다. 찌르기, 휘두르기, 내려치기 등등 온갖 수단을 다 동원해 봤지만 단 한 번도 곰의 방어막을 뚫을 수가 없었다. 이오레크는 절묘한 타이밍으로 공격 순간을 포착했으며 방어 지점 또한 정확히 파악하고 있었다.

결국 두려움을 느끼게 된 리라가 공격을 멈추고 말았다. 힘이 다 빠진 그녀는 털옷 안으로 땀을 비 오듯 흘리며 거칠게 숨을 몰아쉬었다. 반대로 곰은 숨소리 하나 흐트러지지 않은 채 태연한 표정으로 앉아 있었다. 만일 그녀가 진검을 가지고 급소만을 노려 공격했다고 하더라도 곰은 상처 하나 입지 않았을 것이다.

"당신은 분명 날아오는 총알도 맨손으로 잡을 수 있을 거예요."

리라는 막대기를 내던지며 감탄했다.

"어떻게 그럴 수 있는 거죠?"

"인간이 아니기에 가능한 거지. 그렇기 때문에 너는 절대로 곰을 속일 수 없을 거야. 우리 곰은 속임수나 계책 같은 것을 정확하게 가려낼 수 있어. 인간들은 오래전에 잊어버렸지만 우리는 그 방법을 아직도 간직하고 있기 때문이다. 그러나 너라면 내 말이 무슨 뜻인지 알 거다. 넌 진실측정기를 이해할 수 있으니까."

"그 두 가지는 서로 다르지 않은가요?"

리라가 의아하다는 듯이 물었다. 그녀는 분노를 터뜨릴 때의 곰보다 지금의 곰이 더 두려웠다.

"그 둘은 같은 성질의 것이야. 내가 알기론 어른들은 그 기계를 읽을 수 없어. 그러니 네가 어른이 되어서도 상징물을 해독할 수 있다면 그건 나 이오레크도 인간 전사가 될 수 있다는 얘기나 마찬가지야."

"무슨 말인지 알 것 같아요."

그녀는 혼란스러우면서도 마지못해 동의했다.

"그러니까 내가 어른이 되면 기계를 읽는 방법을 잊어버릴 거란 말이죠?"

"그건 모를 일이지. 난 지금까지 진실측정기를 한 번도 본 적이 없다. 또 그 기계를 읽어 내는 사람도 보지 못했지. 아마 넌 보통 사람들과는 다른 존재인 것 같다."

이오레크는 다시 네 발로 땅을 짚더니 남은 고기를 먹기 시작했다. 리라는 좀 전에 느슨하게 해 두었던 옷깃 사이로 냉기가 파고드는 바람에 깃을 세워야만 했다. 그녀는 불안한 생각이 들었다. 그래서 알레시오미터를 꺼내 조언을 구하고 싶었지만 도저히 추위를 참을 수 없는데다가 출발 시간도 다가와 있었다. 그녀는 이오레크가 만들어 준 깡통 중에서 속이 비어 있는 것부터 파더 코람의 여행가방 속에 집어넣었다. 그리고 스파이 파리가 들어 있는 깡통은 허리춤에 차고 있는 가방 속에 알레시오미터와 같이 챙겨 넣었다. 다시 이동을 한다는 사실이 기뻤다.

다음 기착지에 도착하면 기구를 하늘에 띄우고 정찰을 하자는 리 스코즈비의 의견에 지도자들도 모두 동의했다. 물론 리라는 그와 같이 기구를 타고 싶어 안달을 했으나 일언지하에 거절당했다. 그러나 그녀는 기착지까지 가는 길 내내 리 스코즈비와 같은 썰매에 타고 끊임없이 질문을 던져 그를 질리게 만들었다.

"스코즈비 씨, 스발바르까지 날아가려면 어떻게 해야 하나요?"

"우선 가스 엔진이 달려 있는 비행선이 한 대 필요하겠지. 예를 들어 체플린 비행선 같은 것 말이야. 그리고 남풍도 적당하게 불어 줘야 할 거고. 그렇지만 빌어먹을, 나라면 절대 그런 짓은 하지 않을 거다. 넌 아직 스발바르를 본 적이 없지? 그곳은 이 지구상에서 가장 황량하고 쓸쓸한 장소란다. 그러니까 세상의 막다른 종점인 셈이지."

"이건 그냥 호기심에서 물어보는 건데요, 혹시 이오레크 뷔르니손이 그곳으로 돌아가고 싶어 하는 건……."

"돌아가면 그는 죽어. 이오레크는 추방당한 곰이니까. 한 발을 슬쩍 내딛기만 해도 다른 곰들이 즉시 산산조각을 내 버릴걸."

"하늘을 나는 기구는 어떻게 부풀리는 건가요, 스코즈비 씨?"

"두 가지 방법이 있지. 첫 번째는 자잘한 쇠 부스러기에 황산을 부어서 수소를 만드는 거야. 두 가지가 반응을 일으켜서 가스가 나오면 풍선이 점점 부풀어 오르지. 또 다른 방법은 화산 근처에 가서 지표 밑에 고여 있는 천연가스가 분출되는 구멍을 찾아내는 거야. 땅 밑에는 꽤 많은 양의 가스가 있고 석유도 많단다. 난 필요하다면 석유에서도 가스를 추출해 낼 수 있어. 물론 석탄도 가능하고 말이야. 사실 가스를 만드는 것은 그다지 어렵지 않아. 하지만 뭐니 뭐니 해도 가장 빠른 방법은 천연가스를 이용하는 거야. 쓸 만한 구멍 하나만 발견하면 한 시간 내로 풍선을 부풀릴 수 있거든."

"기구에는 몇 명이나 태울 수 있어요?"

"최대 여섯 명까지 가능해."

"그럼 이오레크 뷔르니손이 갑옷을 입은 채로도 탈 수 있나요?"

"오래전에 그렇게 해봤어. 타타르인들과 싸울 때 내가 그를 구해 준 적이 있거든. 그게 아마 퉁구스카 전투였을 거야. 적들이 이오레크의 퇴로를 차단하고 굶겨 죽이려는 작전을 펼치는 중이었지. 그래서 내가 기구를 타고 날아가서 그를 꺼내 왔어. 말이야 쉽지, 젠장, 정말 못할 짓이더군. 이오레크 녀석의 몸무게를 어림짐작만으로 계산해 내야 했거든. 그런 다음에는 그가 얼음으로 만들어 놓은 요새 아래에 천연가스가 있는지 찾아봐야 했어. 그런데 하늘에서는 아래쪽의 지질(地質)이 어떤 종류인지 알 수 없으니, 결국 땅을 파내는 것이 제일 안전하겠다 싶더라고. 그런데 지상으로 내려가려면 풍선에 들어 있는 가스를 빼내야만 해. 그리고 가스를 다시 채우지 않으면 떠오를 수 없어. 어쨌거나 우린 그걸 해냈고, 갑옷까지 모두 옮길 수 있었어."

"스코즈비 씨, 타타르인이 사람들의 머리에 구멍을 뚫는다는 얘길 들어 보셨어요?"

"오, 물론이지. 그들은 수천 년에 걸쳐서 그 짓을 해 왔어. 아까 말한 퉁구스카 전투 당시 우린 타타르인 다섯 명을 생포했지. 그중 세 명이 머리에 구멍을 뚫었더군. 한 놈은 아예 두 개씩이나 뚫어 놨더라고."

"그럼 타타르인은 자기 동족들끼리 그런 행동을 한단 말이에요?"

"그렇지. 그들은 먼저 머릿가죽 한 부분을 둥그렇게 잘라 낸다더군. 그 부분의 살갗을 위로 들어 올려서 해골이 드러나게 만드는 거야. 그러고 나서 두개골에다 작은 구멍을 뚫는 거지. 그 작업은 굉장히 조심스럽게 이루어지기 때문에 뇌를 뚫고 들어가지는 않는다고 했어. 마지막으로는 피부를 다시 붙이고 꿰매 주는 거야."

"전 타타르인이 적군에게만 그런 짓을 하는 줄 알았어요!"

"아이구, 물론 그렇지 않아. 그건 타타르인 사이에서는 대단한 특권이니까. 그들은 그렇게 해야 신의 목소리를 들을 수 있다고 믿고 있어."

"혹시 슈타니슬라우스 그루만이라는 탐험가 얘기를 들어 본 적 있으세요?"

"그루만? 물론 들어 봤지. 2년 전 기구를 타고 예니세이 강 위를 날아갈 때 그루만의 대원 한 명을 만난 적이 있었어. 그의 말에 따르면 그루만은 타타르 부족과 같이 생활하면서 그들의 생활방식을 연구하는 중이라고 하더군. 사실, 난 두개골에 구멍을 뚫는 짓을 그루만도 했을 거라고 생각해. 그건 일종의 입회의식이라고 할 수 있으니까 말이야. 하지만 나한테 얘길 해 줬던 남자는 그런 내용은 잘 모르는 것 같았어."

"그렇다면…… 그루만이 만일 존경받는 인물이었다면 타타르인이 그를 죽일 이유는 없는 거네요?"

"그를 죽였다고? 그럼 그루만이 죽었단 말이니?"

"네. 제가 그 사람 머리를 봤거든요."

리라는 우쭐한 표정으로 대답했다.

"우리 아빠가 발견한 거예요. 전 아빠가 옥스퍼드의 조던 대학에서 학자들에게 그걸 보여 줄 때 같이 있었어요. 머릿가죽이 벗겨진 두개골이었어요."

"누가 머릿가죽을 벗긴 거지?"

"글쎄요, 타타르인이겠죠. 적어도 학자들은 그렇게 생각하고 있었으니까요. 하지만 어쩜 아닐지도 모르겠네요."

"어쩌면 그루만의 머리가 아닐 수도 있지. 아마 네 아버지가 학자들을 속인 걸 거야."

"제 생각도 그래요."

리라는 신중한 태도로 말을 덧붙였다.

"아빠는 학자들에게 돈을 요구했거든요."

"그럼 학자들이 두개골을 보고 나서 네 아빠에게 돈을 줬단 말이니?"

"네."

"교묘한 사기극이었군 그래. 그런 끔찍한 것을 보고 전부들 충격을 받았을 테니까. 분명 그런 물건을 가까이 보는 것조차 싫어했을 거야."

"학자들이었으니 특히 더 심했죠."

리라가 맞장구를 쳤다.

"그 점은 네가 나보다 더 잘 알겠구나. 하지만 만일 그것이 그루만의 머리였다면 머릿가죽을 벗긴 사람은 분명 타타르인은 아닐 거다. 틀림 없어. 그들은 적에게는 몰라도 동족끼리 그런 짓을 하지는 않으니까. 그리고 그루만은 타타르인이 인정한 사람이거든."

리라는 나머지 여정 동안 리 스코즈비와 나눈 얘기를 곰곰이 생각해 보았다. 모든 사건에 내포된 의미들이 거대한 물결을 이루며 의식 속을 빠르게 흘러갔다. 고블러의 잔혹함, 그들이 두려워하는 더스트, 오로라 속에 존재하는 도시, 스발바르에 갇혀 있는 아빠, 그리고 엄마……. 그런데 엄마는 지금 어디에 있는 걸까? 그 밖에도 알레시오미터, 북쪽을 향해 날아가던 마녀들, 가엾은 토니 마카리오스, 시계 태엽으로 움직이는 스파이 파리, 그리고 이오레크 뷔르니손의 신비한 방어 능력…….

그녀는 어느샌가 잠이 들었다. 그리고 집시들은 점점 더 볼반가르에 가까워지고 있었다.

볼반가르의 빛

파더 코람과 존 파는 집시들이 콜터 부인을 본 적도, 그녀에 대해 들은 적도 없다는 사실이 걱정되었지만 리라에게는 그런 내색을 하지 않았다. 그러나 리라가 그들 못지않게 걱정하고 있다는 것을 그들은 모르고 있었다. 리라는 콜터 부인을 두려워하면서도 자주 그녀를 떠올리곤 했다. 그러나 아스리엘 경은 이젠 '아빠'라고 느껴지는 데 반해 콜터 부인은 결코 '엄마'라는 기분이 들지 않았다. 부인의 데몬인 황금 원숭이 때문이었다. 그 원숭이는 판탈라이몬에게 참을 수 없는 혐오감을 안겨 주었으며 리라에게는 그녀의 비밀, 특히 알레시오미터를 훔쳐 내려는 존재였다.

또한 콜터 부인과 그녀의 데몬은 리라를 추적하는 일에 전력을 기울이고 있었다. 그건 누가 봐도 명백한 사실이었다. 스파이 파리야말로 결정적인 증거라고 할 수 있었다.

그러나 리라 일행을 갑자기 덮쳐 온 적의 정체는 콜터 부인이 아니었다. 집시들은 계획했던 대로 썰매견들을 쉬게 하고 썰매를 정비하기 위해 잠시 이동을 멈췄다. 또 볼반가르를 습격하기 위해서는 무기를 재정비하고 전열을 가다듬을 필요도 있었다. 존 파는 리 스코즈비의 기구를 띄워 올려 정찰을 하고 싶어 했다. 그에게는 풍선이 두 개 있었는데 천연가스를 찾아내게 된다면 그중 작은 것을 띄울 생각이었다. 하지만 기후 상황에 촉각을 곤두세우고 있던 리 스코즈비는 그 일대에 안개가 몰려오고 있는 중이라며 난색을 표했다. 그리고 그의 말대로 안개가 짙게 깔렸다. 그런 상태라면 하늘에 올라가더라도 제대로 보이지 않을 게 뻔했다. 그래서 그는 꼼꼼하게 잘 챙겨 놓은 기구들을 다시 한 번 점검하는 것으로 아쉬움을 달랬다. 그런데 다음 순간 무방비 상태에 있던 집시들의 머리 위로 화살이 일제히 쏟아져 내리기 시작했다.

눈 깜짝할 사이에 세 명의 집시가 눈 바닥에 쓰러졌다. 그들이 썰매견의 발자국 위로 볼품없이 고꾸라져 움직이지 않자 비로소 근처에 있던 사람들도 사태를 파악했다. 그러나 이미 때는 늦은 듯했다. 더 많은 화살이 날아오고 있었다. 화살이 날아와 썰매나 얼어붙은 캔버스 천 위에 꽂히는 소리가 여기저기서 나자, 사람들은 당황한 얼굴로 위쪽을 쳐다보았다.

그들의 한가운데 서 있던 존 파가 가장 먼저 정신을 차리고 명령을 내리기 시작했다. 억수같이 쏟아지는 화살 속에서도 집시들은 그의 말에 따라 차갑고 뻣뻣해진 손발을 열심히 놀려 댔다. 그러나 장대비처럼 퍼붓는 화살에 많은 집시가 쓰러졌다.

무방비 상태로 서 있는 리라의 옆으로도 화살들이 무수히 스쳐 지나갔다. 리라보다 먼저 상황을 파악한 판탈라이몬이 표범으로 변신하더니 그녀를 바닥으로 쓰러뜨렸다. 조금이라도 안전하게 해 주려는 조치였다. 리라는 얼굴에 묻은 눈을 털어 내고 몸을 굴린 다음 도대체 무슨 일인지 알아보기 위해 주위를 두리번거렸다. 어스름 속에서 집시들은 비명과 고함을 질러 대며 갈팡질팡하고 있었다. 그때 리라의 귓전에 엄청난 고함 소리가 들려왔다. 갑옷을 갖춰 입은 이오레크 뷔르니손이었다. 그는 늘어선 썰매 위를 단숨에 뛰어넘더니 안개 속을 향해 맹렬히 돌진해 갔다. 곧이어 그가 사라진 방향에서 곰의 포효와 함께 비명 소리, 부서지고 찢어지는 소리, 억센 주먹들이 작열하는 소리가 울려 퍼졌다. 이오레크가 적들을 때려눕히는 동안 겁에 질린 비명과 분노에 찬 고함 소리는 계속 이어졌다.

그런데 저들은 대체 누구란 말인가? 리라는 아직 적의 형체조차 보지 못한 상태였다. 집시들은 썰매 주변으로 모여들었는데 그것이 도리어 화를 자초하고 있었다. 어린 리라가 보기에도 그런 행동은 적의 눈에 훨씬 잘 띌 것이 분명했다. 게다가 장갑을 낀 집시들이 총을 제대로 발사하지 못해서 그때까지 겨우 네댓 발의 총성만이 울린 데 비해 적의 화살 공격은 끝없이 이어지고 있었다. 시간이 흐를수록 점점 더 많은 사람들이 쓰러져 갔다.

'오, 로드 파! 어째서 이런 사태를 예견하지 못하셨나요? 저라도 로드 파를 도와 드렸어야 했는데!'

리라는 고통스러웠다. 그러나 리라의 생각은 더 이상 지속되지 못했다. 판탈라이몬의 입에서 무시무시한 괴성이 터져 나왔기 때문이다. 다른 데몬으로 보이는 어떤 물체가 판탈라이몬에게 달려들어 그를 쓰러뜨리고 있었다. 그 모습을 본 리라가 기겁한 나머지 숨도 못 쉬고 있을 때, 어디선가 나타난 사람이 그녀를 위로 들어 올리며 악취 나는 장갑을 낀 손으로 입을 틀어막았다. 그런 다음 다른 사람을 향해 리라를 던졌고, 그녀는 다른 사람의 손으로 옮겨져 눈 위에 내려졌다. 리라는 머리가 핑핑 돌고 무척 고통스러웠다. 누군가 리라의 팔을 어깨가 빠질 정도로 뒤로 돌리더니 밧줄로 손목을 단단히 묶었다. 그리고 그녀의 비명 소리를 막기 위해 머리에 두건을 뒤집어씌웠다. 그러나 리라는 마지막 순간까지 죽을 힘을 다해 고함을 질러 댔다.

"이오레크! 이오레크 뷔르니손! 도와줘요!"

그러나 곰이 그 소리를 들었는지는 알 수 없었다. 그녀는 이쪽저쪽으로 내던져진 다음 딱딱한 표면 위로 내동댕이쳐졌다. 그러더니 바닥이 한쪽으로 기울면서 마치 썰매처럼 이리저리 부딪치기 시작했다. 리라는 당황한 상태에서도 분노를 느꼈다. 순간 이오레크 뷔르니손의 성난 소리가 들렸지만 아주 먼 곳에서 들려오는 듯했다. 이윽고 썰매가 거친 표면 위로 덜컹거리며 달리기 시작하자 리라는 팔이 뒤틀리고 숨이 막히는데다 공포와 분노까지 겹쳐서 그만 울음을 터뜨리고 말았다. 그러자 주위에서 어떤 소리가 들려왔다.

"판!"

리라는 숨을 헐떡이며 판탈라이몬의 이름을 불렀다.

"나 여기 있어, 리라. 조용히 해야 돼. 숨을 쉴 수 있도록 도와줄게. 잠깐만 참아……."

쥐로 변한 판탈라이몬이 이빨로 리라의 입이 드러날 때까지 두건을 잡아당겼다. 리라는 차가운 공기를 힘껏 들이마셨다.

"저들은 누굴까?"

리라가 속삭였다.

"타타르인 같던데. 그건 그렇고 존 파가 화살에 맞은 것 같았어."

"오, 안 돼!"

"쓰러지는 걸 봤어. 어쨌든 그는 이런 공격에 미리 대비했어야 했어."

"하지만 우리도 그분을 도와 드렸어야 해! 알레시오미터에 조언을 구했어야 하고!"

"쉿! 아무 소리도 내지 말고 기절한 척하고 있어."

채찍 소리에 이어 썰매견들이 짖는 소리가 들렸다. 그러자 리라의 몸뚱이가 마구 흔들리면서 튀어 올랐다. 그녀는 자신을 태운 썰매가 얼마나 빨리 달리고 있는지 온몸으로 느낄 수 있었다. 그런 상황에서도 혹시 교전 소리가 들려오는가 해서 귀를 쫑긋 세워 보았다. 그러나 절망적인 비명처럼 느껴지는 소총 소리만이 멀리서 희미하게 들려왔을 뿐이다. 이윽고 그 소리조차 점점 멀어지더니 급히 달려가는 썰매의 삐걱대는 소리와 눈 위를 달리는 개들의 발자국 소리가 그 자리를 대신했다.

"이자들이 우리를 고블러에게 데려갈 거야."

리라가 조그맣게 말했다.

그러자 '분리'라는 말이 떠올랐고 이는 둘의 가슴속에 차가운 전율을 불러일으켰다. 끔찍한 공포감이 리라의 몸을 가득 채웠고 판탈라이몬은 그녀의 곁으로 바싹 달라붙었다.

"내가 그들과 싸우겠어."

판탈라이몬이 말했다.

"그렇담 나도 싸우겠어. 그리고 아예 그들을 죽여 버릴 거야."

"이오레크도 그럴 거야. 그가 우릴 찾아낸다면 놈들을 아주 박살 내버릴걸."

"우린 볼반가르로부터 얼마나 멀리 떨어진 곳에 있는 걸까?"

그 답은 판탈라이몬도 알지 못했지만 썰매를 타고 하루가 걸릴 정도는 아닐 것 같았다. 썰매가 달리기 시작한 이후로 시간이 한참 흐르자 리라의 몸에 쥐가 나면서 무척 고통스러웠다. 다음 순간 썰매의 속도가 다소 늦춰지는가 싶더니 누군가 그녀의 머리에서 두건을 거칠게 벗겨냈다.

리라가 시선을 들자 동양인 특유의 넓적한 얼굴이 눈에 들어왔다. 깜박이는 램프의 불빛이 오소리 가죽 모자를 쓴 남자의 얼굴을 비춰 주고 있었다. 그의 검은 눈동자는 만족감으로 번뜩였는데 특히 담비 모습의 판탈라이몬이 하얀 이를 드러내며 리라의 파카 속에서 미끄러져 나오자 한층 더 흡족한 표정이었다. 그 남자의 데몬인 덩치 큰 오소리가 으르렁대며 겁을 줬지만 판탈라이몬은 전혀 움츠러드는 기색을 보이지 않았다.

그 남자가 리라를 끌어당겨 썰매의 한쪽 면에 기대어 앉혀 놓았다. 그런데 손이 뒤로 묶인 리라가 자꾸만 옆으로 쓰러지자 그는 발을 묶고 대신 손을 풀어 주었다.

한없이 눈이 내리는 가운데 짙은 안개가 깔려 있었다. 리라는 그 남자나 썰매를 모는 남자가 얼마나 힘이 넘치게 생겼는지 확인할 수 있었다. 또한 그들이 흔들리는 썰매 안에서도 얼마나 균형을 잘 잡는지, 이 얼어붙은 땅에서도 물 만난 물고기마냥 얼마나 활기 넘치게 움직이는지 두 눈으로 똑똑히 보았다. 집시들은 결코 그들처럼 할 수 없을 것이다.

그 남자가 뭐라고 말을 건네 왔지만 리라는 알아듣지 못했다. 그러자 그가 다른 언어로 시도를 했으나 알아들을 수 없기는 마찬가지였다. 다음으로 그가 사용한 말이 영어였다.

"이름이 뭐지?"

그 말을 듣자 판탈라이몬이 경고의 몸짓으로 털을 곤두세웠다. 그러나 리라는 그 질문을 듣고 순간 상황을 알아차렸다. 그들은 리라가 어떤 아이인지조차 모르고 있다는 뜻이었다! 그러니까 리라와 콜터 부인과의 관계를 알고 그녀를 납치한 것이 아니었다. 따라서 두 남자는 고블러에게 고용된 자들이 아님이 분명했다.

"리지 브룩스예요."

"리지 브룩스, 우리가 널 좋은 곳에 데려다 준다. 좋은 사람들이 있는 곳이다."

"당신들은 누구죠?"

"우린 사모예드(samoyed, 시베리아에 거주한 몽골족) 사냥꾼이다."

"절 어디로 데려가는 건가요?"

"좋은 곳이다. 좋은 사람도 많고. 넌 판제르비에르네를 소유하고 있니?"

"호신용으로요."

"그건 좋지 않아! 하하, 곰은 위험해! 아무튼 우린 널 구해 냈어!"

남자는 큰 소리로 웃음을 터뜨렸다. 리라는 울화통이 터졌지만 아무 대꾸도 하지 않았다.

"그들은 누구냐?"

이번에는 다른 남자가 그들이 온 방향을 손가락으로 가리키며 물었다.

"무역상들이에요."

"무역상…… 뭘 파는 무역상이냐?"

"모피하고 술 같은 것들이에요."

대답을 마친 그녀가 한마디 덧붙였다.

"담뱃잎두요."

"담배를 팔아 모피를 산다는 거냐?"

"맞아요."

그가 동료에게 뭔가를 말하자 동료도 다시 짤막하게 대꾸했다. 그러는 가운데도 썰매는 쉬지 않고 달려가고 있었다. 리라는 썰매가 달려가는 방향에 뭐가 있는지 보기 위해 등을 쭉 펴며 좀 더 편한 자세를 취했다. 그러나 눈이 워낙 많이 내리는데다가 하늘도 캄캄했기 때문에 얼마 지나지 않아 추위를 견딜 수 없게 된 리라는 살피는 일을 포기하고 다시 바닥에 눕고 말았다. 그녀와 판탈라이몬은 서로의 생각을 느낄 수 있었다. 둘은 소리를 내지 않으려고 주의하면서 존 파의 죽음에 관해 생각했다. 파더 코람은 어떻게 되었을까? 이오레크가 나머지 사모예드인들을 잘 처리했을까? 집시들이 우리를 찾아낼 수 있을까? 생전 처음으로 리라는 자신이 가엾다는 생각을 하게 되었다.

오랜 시간이 흐르자 사모예드인이 그녀의 어깨를 흔들더니 말린 순록 고기 한 조각을 건네주었다. 딱딱한데다 고약한 냄새까지 풍기는 고기였지만 리라는 배가 고팠다. 또한 그 안에는 기운을 북돋워 줄 영양분이 들어 있음을 잘 알고 있었다. 그녀는 고기를 씹은 뒤 한결 좋아진 기분을 느끼며 털옷 속으로 천천히 손을 집어넣었다. 옷 안쪽을 더듬어 알레시오미터가 잘 있는지 확인한 다음 스파이 파리가 있는 깡통을 조심스럽게 잡아당겼다. 그리고 슬그머니 아래로 미끄러지게 하여 모피가 덧대어진 부츠 근방까지 보냈다. 그러자 생쥐의 모습으로 변한 판탈라이몬이 살금살금 기어가 최대한 멀리까지 깡통을 밀어내어 순록 가죽으로 만든 리라의 바지 속으로 넣었다.

작업이 모두 끝나자 리라는 두 눈을 감았다. 그리고 두려움과 탈진으로 곧 잠에 곯아떨어졌다.

썰매의 움직임에 어떤 변화가 생겼음을 느낀 리라는 잠에서 깨어났다. 썰매는 어느 순간부터 갑자기 매끄럽게 달려 나가고 있었다. 눈을 뜨자 머리 위를 스치는 눈부신 빛이 시야를 가득 메워 왔다. 그 강렬한 빛 때문에 리라는 모자를 아래로 잡아당겨 얼굴을 가려야만 했다. 그녀는 꽁꽁 얼어 뻣뻣해진 상체를 억지로 일으켜 세우고 주위를 돌아보았다. 빠르게 달려가는 썰매의 양옆으로 높다란 기둥들이 줄지어 서 있는데 모두 눈부신 빛을 내는 앤버릭 전구가 달려 있었다. 리라가 자신이 처한 상황을 기억해 낸 순간 썰매는 열린 철문을 지나 빛의 기둥들이 늘어선 거리의 끝을 향해 달려가고 있었다. 마침내 그들은 사람들이 하나도 없는 시장 혹은 스포츠 시합이 열리는 경기장처럼 보이는 넓고 탁 트인 공간에 도달했다. 지름이 약 100미터에 이르는 원형 공간이었는데 하얀색 바닥이 완벽할 정도로 평평하고 매끄러워 보였다. 그 가장자리에는 철제 담장이 솟아 있었다.

리라가 탄 썰매가 멈춰 선 지점은 그 원형 경기장의 한쪽 끄트머리였다. 거기에는 나지막한 높이의 건물들이 일렬로 늘어서 있었으며, 바닥에는 눈이 두껍게 쌓여 있었다. 말로 설명하긴 어렵지만 리라는 건물과 건물의 끝을 연결하는 터널들을 보고 깊은 인상을 받았다. 윗부분이 돔 형태로 둥그렇게 휘어진 터널 위에도 어김없이 눈이 쌓여 있었다. 견고한 철제 기둥의 한쪽 면을 보는 순간 어디선가 본 듯한 느낌이 들었으나 정확히 어떤 것인지는 기억해 낼 수 없었다.

리라가 좀 더 자세히 보려는 순간 사모예드인이 다가와 발목을 묶은 밧줄을 칼로 자른 다음 거칠게 잡아당겼다. 그 사이 썰매를 몰던 남자는 개들을 진정시키기 위해 고함을 질러 댔다. 이윽고 몇 미터 떨어진 곳에 있는 건물의 문이 열리더니 머리 위쪽으로 앤버릭 불빛이 비쳤다. 그들의 모습을 찾기 위해 이리저리 움직이는 불빛이 마치 탐조등 같았다.

리라를 잡아 온 남자들이 알 수 없는 말을 지껄이며 그녀를 무슨 전리품이라도 되는 듯이 앞쪽으로 밀어 댔다. 그러자 솜을 넣어 누빈 실크 파카를 입은 형체가 문간에 나타나 그들과 똑같은 언어로 얘기하기 시작했다. 그러나 리라의 눈에 띈 그 남자는 놀랍게도 사모예드인이나 타타르인이 아니었다. 그는 조던 대학의 학자라고 해도 좋을 만한 외모의 소유자였다. 그가 리라를 한번 쳐다보더니 시선을 돌려 판탈라이몬을 자세히 바라보았다.

사모예드인이 다시 뭐라고 하자 볼반가르의 남자가 리라에게 질문을 던졌다.

"영어 할 줄 아니?"

"네."

리라가 대답했다.

"너의 데몬은 항상 저 모습인가 보지?"

그야말로 전혀 예기치 않았던 질문이었다. 리라는 그저 입을 딱 벌리고 서 있을 수밖에 없었다. 그러나 판탈라이몬은 그만의 독특한 방식으로 대답을 해 주었다. 즉석에서 매의 모습으로 변신해 보였던 것이다. 그리고 곧장 리라의 어깨 위에서 날아올라 그 남자의 데몬에게 덤벼들었다. 그러자 남자의 데몬인 커다란 마멋(marmot, 다람쥣과의 짐승)도 재빨리 튀어 올라 판탈라이몬을 공격하기 시작했다. 판탈라이몬이 날개를 빠르게 퍼덕이며 둥글게 선회하자 그 데몬은 앞발을 뻗으며 으르렁거렸다.

"알겠다."

그 남자가 만족스러운 어조로 말하자 판탈라이몬은 리라의 어깨 위로 다시 돌아왔다.

사모예드인들이 기대에 찬 표정으로 그 남자를 바라보았다. 그러자 볼반가르의 남자는 고개를 끄덕이며 장갑을 벗더니 호주머니에 손을 집어넣었다. 그는 끈으로 주둥이를 졸라맨 돈주머니를 꺼내 묵직한 동전을 여남은 개쯤 헤아리더니 사냥꾼의 손에 쥐어 주었다.

사냥꾼은 돈을 세어 본 다음 절반으로 나누어 각자 조심스럽게 챙겨넣었다. 그러고는 뒤도 돌아보지 않고 썰매 위에 올라타더니 개들에게 고함을 질러 대며 채찍질을 해 대기 시작했다. 그들의 썰매는 곧 거대한 하얀 광장을 가로질러 불빛 찬란한 거리를 빠져나가 어둠 저편으로 사라졌다.

볼반가르의 남자가 건물의 문을 열며 말했다.

"빨리 안으로 들어오렴. 여긴 따뜻하고 아늑하단다. 그건 그렇고 네 이름은 뭐니?"

그는 영국인 억양으로 말했는데 다른 지역 악센트는 전혀 찾아볼 수 없었다. 그의 말투는 콜터 부인의 집에서 만났던 사람들과 비슷했다. 교육을 잘 받은 사람답게 군더더기 없이 간결하게 요점만을 얘기하는 말투였다.

"리지 브룩스예요."

"들어와, 리지. 우리가 널 돌봐 줄 테니 두려워할 필요는 없단다."

그는 리라보다도 더 추위를 타는 듯했다. 그녀가 훨씬 더 오랫동안 바깥에 있었는데도 불구하고 그는 빨리 따뜻한 안으로 들어가고 싶어 했다. 리라는 좀 멍청하게 굴면서 내키지 않는다는 듯 느릿느릿 행동하기로 마음먹었다. 그래서 건물 안으로 들어가는 높은 문턱을 넘을 때도 일부러 발을 질질 끌며 걸음을 옮겼다.

안으로 들어가자 두 개의 문이 나타났는데 그 사이에 널찍한 공간이 있어서 따뜻한 공기가 잘 빠져나가지 못하게 되어 있었다. 그들은 곧장 문을 열고 안쪽으로 들어갔다. 실내 공기가 참기 어려울 정도로 후텁지근했기 때문에 리라는 금방 온몸에 땀이 나기 시작했다. 그래서 리라는 모피 목도리를 풀고 모자도 머리 뒤로 넘겼다.

그들은 한 면의 길이가 8미터쯤 되는 사각형의 공간에 들어섰다. 오른쪽, 왼쪽, 뒤쪽으로 모두 복도와 연결되어 있어서 마치 병원에서 흔히 볼 수 있는 안내 데스크와도 같았다. 그 안에 있는 것들은 모두 눈부시게 빛났다. 표면이 번쩍번쩍 광택이 나는 하얀색에다가 재질이 스테인리스 스틸이었기 때문이다. 베이컨, 커피 같은 친근한 음식 냄새도 떠돌고 있었다. 그런데 그 속에 희미하게 끊임없이 스며드는 냄새가 한 가지 더 있었는데, 바로 병원 약품 냄새였다. 그리고 사방 벽에서는 아주 약하게 웅웅거리는 소리가 끊임없이 들려오고 있었다. 너무 낮아서 간신히 들릴 정도의 소리지만 그것에 익숙해진 사람을 언젠가는 미치게 만들어 버릴 것 같은 소리였다.

그때 황금빛 피리새의 모습을 한 판탈라이몬이 리라의 귀에 대고 작게 말했다.

"멍청한 아이처럼 행동해야 돼. 최대한 느리게 움직이고 바보같이 굴란 말이야."

그 남자가 리라를 데려간 방에는 하얀색 코트를 입은 남자와 간호사 복장을 한 여자가 있었다. 그들은 리라를 내려다보며 자기들끼리 대화를 주고받았다.

"영국인이야."

처음에 만났던 남자가 말했다.

"무역상이 분명해."

"항상 오던 사냥꾼들? 항상 그런 식으로?"

"글쎄, 같은 부족이라는 것밖엔 모르겠네. 클라라 수녀, 당신이 이 아이를 좀 돌봐 주겠소?"

"물론이죠, 박사님. 자, 날 따라와요, 꼬마 아가씨."

리라는 간호사의 말에 순순히 따랐다.

간호사와 리라는 오른쪽에 있는 문을 열고 나가서 좁은 복도를 따라 걸어갔다. 복도 왼편에 있는 간이식당에서 포크와 나이프가 달그락거리는 소리와 함께 사람들이 두런거리는 소리가 들려왔다. 음식 냄새도 더 짙어졌다. 콜터 부인과 비슷한 연배로 보이는 간호사는 쾌활하지만 어딘지 모르게 맹한 분위기를 풍기는 여자였다. 상처를 꿰매거나 붕대를 갈아 주는 일 정도는 하겠지만 창의력을 기대하기란 애시당초 어려운 타입의 여자였다. 그녀의 데몬은 몸집이 자그마한 하얀색 발바리였다. 리라는 그 데몬을 보는 순간 오싹 소름이 돋았는데, 왜 그런지는 알 수 없었다.

"이름이 뭐니, 애야?"

간호사가 육중해 보이는 문을 열며 물었다.

"리지예요."

"그냥 리지야? 성은 없어?"

"리지 브룩스요."

"그래, 나이는?"

"열한 살이에요."

리라는 일부러 나이를 줄여서 말했다. 수줍음을 잘 타고 신경이 예민하여 보잘것없는 아이처럼 보이기 위해서였다. 그래서 방으로 들어갈 때에도 일부러 겁먹은 듯한 표정을 지어 보였다.

리라는 간호사로부터 어디 출신인지, 어떻게 이런 먼 곳까지 오게 되었는지 등의 질문을 받게 될 거라고 예상하고 속으로 대답할 말을 미리 준비했다. 하지만 간호사가 맹한 여자라고 짐작했던 것이 분명하게 들어맞았다. 호기심이 유난히 부족한 간호사는 그런 것엔 아예 관심도 없는 듯 보였다. 클라라의 심드렁한 표정을 보면 마치 볼반가르가 런던 교외에 있으며, 수많은 아이가 언제나 들락거리는 장소인 것 같았다. 간호사의 발치를 종종걸음으로 따라다니는 발바리 또한 활기찼지만 멍청한 모습은 영락없이 주인을 닮아 있었다.

두 사람은 어떤 방으로 들어갔다. 그곳에는 소파와 테이블이 있었고 의자도 두 개 놓여 있었다. 그리고 캐비닛과 세면대, 약병과 붕대가 놓인 유리선반도 보였다. 방 안으로 들어서자 곧바로 간호사가 리라의 코트를 벗기더니 매끄러운 바닥에 내려놓았다.

"나머지도 다 벗으렴."

간호사가 리라에게 말했다.

"지금부터 네가 동상이나 감기에 걸리지 않았는지 알아보기 위해 간단한 검사를 할 거란다. 그런 다음에는 깨끗하고 근사한 옷을 가져다줄게. 그럼 우선 목욕부터 하자꾸나."

지난 며칠 동안 리라는 옷을 갈아입기는커녕 제대로 씻지도 못했다. 그래서 따뜻한 실내에 들어서자 그런 사실을 광고라도 하듯 몸에서 고약한 냄새가 풍겨 나왔는데 시간이 흐를수록 악취가 점점 더 심해졌다.

판탈라이몬이 간호사의 말을 듣고 항의의 표시로 날개를 퍼덕이자 리라는 얼른 눈짓을 보내 판탈라이몬을 말렸다. 리라가 나머지 옷을 벗는 동안 판은 소파 위에 얌전히 앉아 기다렸다. 그녀는 옷을 벗으며 분노와 수치심을 느꼈지만 그런 감정을 숨기기 위해 계속 침착한 태도를 유지했다. 또한 고분고분하고 굼뜬 아이처럼 보이도록 신중하게 행동했다.

"허리에 찬 벨트도 풀어야겠구나, 리지."

간호사는 튼튼한 손으로 직접 리라의 벨트를 풀어 주었다. 그리고 그것을 수북히 쌓여 있는 옷 더미 위에 올려놓으려다 돌연 움직임을 멈추었다.

"이게 뭐지?"

알레시오미터의 윤곽을 손끝에 느낀 그녀가 방수 주머니의 단추를 풀었다.

"장난감이에요."

리라는 재빨리 대답을 한 뒤 단호한 목소리로 한마디 덧붙였다.

"그건 내 거예요."

"알겠다, 우린 네 것을 뺏지는 않는단다, 애야."

간호사는 검은 벨벳 천을 펼쳤다.

"아주 예쁜 물건이로구나. 꼭 나침반같이 생겼네. 자, 이젠 샤워를 하자."

그녀는 알레시오미터를 내려놓고 방 한쪽을 가리고 있는 검은색 실크 커튼 뒤로 순식간에 사라졌다.

리라는 마지못해 따뜻한 물속에 몸을 담그고 비누칠을 했다. 그러는 동안 판탈라이몬은 커튼봉 위에 앉아 있었다. 리라는 판탈라이몬이 지나치게 활달한 태도를 보인 것은 아닌지 곰곰이 생각해 보았다. 사람이 우둔하면 데몬 또한 우둔하다는 건 모두가 아는 사실이기 때문이다. 리라가 목욕을 마치고 물기를 닦자 간호사가 나타나 체온을 잰 뒤 눈, 귀, 목구멍을 자세히 들여다보았다. 그런 다음 리라의 키를 재더니 몸의 이곳저곳을 줄자로 재 클립보드에 기록했다. 검사가 끝나자 간호사는 리라에게 잠옷과 가운을 건네주었다. 모두 깨끗하고 고급 재질로 만든 물건이었지만 토니 마카리오스의 파카처럼 중고품이라는 것을 한눈에 알 수 있었다. 리라는 마음이 몹시 불편해졌다.

"이건 내 옷이 아니에요."

"맞아. 하지만 네 옷은 세탁을 해야겠더구나."

"그럼 나중에 제 옷을 돌려받을 수 있나요?"

"그럼, 물론이지."

"근데 여기가 어디죠?"

"실험 연구소라고 부르는 곳이란다."

그것은 제대로 된 대답이라고 할 수 없었다. 평소의 리라였다면 그 사실을 지적하고 좀 더 꼬치꼬치 캐물었겠지만, 리지 브룩스 행세를 하는 동안은 그럴 수 없는 노릇이었다. 그래서 더 이상 묻지 않고 간호사의 말에 따라 순순히 옷을 입었다.

"내 장난감 돌려주세요."

리라는 옷을 입은 뒤 고집스럽게 말했다.

"자, 여기 있어. 그런데 근사한 곰 인형을 갖고 싶진 않니? 아니면 예쁜 여자 인형을 가질래?"

간호사가 서랍 하나를 열자 부드러운 천으로 만든 인형 몇 개가 마치 시체처럼 누워 있었다. 리라는 그 자리에 서서 잠시 고민하는 표정을 지어 보인 후 눈이 공허해 보이는 너덜너덜한 인형을 집어 들었다. 그녀는 지금껏 인형을 가져 본 적이 없지만 어떻게 해야 하는지는 알고 있었다. 그래서 인형을 가슴에 꼭 끌어안으며 물었다.

"내 코트와 구두는 어디 있죠? 그리고 장갑이랑 다른 것은요?"

간호사의 입에서 반사적으로 대답이 튀어나왔다.

"우린 널 위해서 그 옷가지들을 세탁해 줄 생각이란다."

다음 순간 전화벨이 울리자 간호사는 전화기를 집어 들었다. 그녀가 통화를 하는 사이에 리라는 재빨리 몸을 숙여 스파이 파리가 들어 있는 깡통을 집었다. 그리고 그것을 알레시오미터가 들어 있는 가방 속에 집어넣었다.

"날 따라오렴, 리지."

전화기를 내려놓으며 간호사가 말했다.

"식사하러 가자. 배가 무척 고프지?"

리라는 클라라 간호사의 뒤를 따라 간이식당으로 들어갔다. 안에는 하얀색의 원형 테이블이 열두 개 정도 있었는데 음료수가 담긴 컵을 아무렇게나 내려놓는 바람에 생긴 끈끈한 얼룩과 빵 부스러기가 어지럽게 널려 있었다. 그리고 음식 찌꺼기가 붙은 더러운 식판과 포크, 나이프 등이 쌓여 있는 금속제 손수레도 눈에 띄었다. 그런데 그 식당에는 창문이 하나도 보이지 않았다. 그저 빛을 이용한 착시효과를 일으키기 위해 한쪽 벽면에 거대한 사진이 하나 붙어 있었을 뿐이다. 사진 속에는 연푸른 색조의 하늘과 새하얀 모래사장 그리고 코코야자나무가 어우러진 열대 해안의 풍경이 담겨 있었다.

맨 처음에 보았던 남자가 배식구에서 식판을 고르더니 리라 앞에 가져다주었다.

"어서 먹으렴."

굶어야 할 이유가 없다고 생각하며 리라는 스튜와 으깬 감자를 맛있게 먹었다. 남자는 복숭아와 아이스크림이 담긴 주석그릇도 가져왔다. 리라가 식사를 하는 동안 그 남자와 간호사는 다른 테이블에 앉아 작은 소리로 대화를 나눴다. 식사가 끝나자 간호사는 리라에게 따뜻한 우유를 한 잔 건네주고 식판을 가져갔다.

이윽고 남자가 다가와 리라의 맞은편 의자에 앉았다. 그의 데몬 마멋은 간호사의 발바리와 달리 쾌활하지도 멍청한 것 같지도 않았다. 우아한 자세로 남자의 어깨 위에 앉아 리라를 살펴보며 두 사람의 대화에 귀를 기울이고 있었다.

"자, 리지."

남자가 말을 시작했다.

"식사는 충분히 했니?"

"네, 잘 먹었어요."

"네가 어디에서 왔는지 알고 싶은데, 얘기해 주지 않겠니?"

"런던에서 왔어요."

"그렇구나. 그런데 너 같은 꼬마가 이런 최북단 지역에서 도대체 뭘 하고 있었던 거지? 어떻게 오게 된 거냐?"

"아빠를 따라왔어요."

리라는 대답을 얼버무렸다. 그리고 마멋의 시선을 피하기 위해 눈을 아래로 내리깔았다. 그녀는 금방이라도 울음을 터뜨릴 것같이 보이도록 애썼다.

"아버지를 따라왔다고? 알겠다. 그럼 아버지는 이곳에 어떤 용건으로 오신 거지?"

"우리 아빠 무역을 하세요. 덴마크산 담뱃잎을 잔뜩 싣고 와서 팔고 대신 모피를 사 가요."

"아버지 혼자 하시는 일이니?"

"아뇨. 삼촌들도 계시고 또 다른 분들도 도와주고 계세요."

그녀는 일부러 대답을 막연하게 했다. 사모예드 사냥꾼들이 그 남자에게 무슨 말을 해 주었는지 알 수 없었기 때문이다.

"너희 아버지는 이런 곳에 오면서 왜 너를 데려왔을까, 리지?"

"그건 아빠가 2년 전에 오빠와 동행하시면서 저한테 하신 약속 때문이에요. 그때 아빠는 다음엔 꼭 절 데려가겠다고 하셨거든요. 그래서 제가 계속 떼를 썼더니 약속을 지키셨어요."

"그래, 너는 몇 살이지?"

"열한 살이에요."

"좋아, 그건 그렇고, 리지. 너는 아주 운이 좋은 아이란다. 그 사냥꾼들이 너를 가장 좋은 곳에 데려다 줬으니 말이다."

"그 사람들은 절 발견한 게 아니에요."

리라가 야무지게 말했다.

"우리가 있던 곳에서 싸움이 일어났어요. 그 사냥꾼들이 잔뜩 몰려왔고, 또 활을……."

"아니, 내 생각은 그렇지 않아. 내가 보기엔 넌 아버지 일행이 있는 곳에서 벗어나 어슬렁거리다가 길을 잃은 게 분명해. 그러던 중에 사냥꾼들이 혼자 있던 널 발견해서 이리 데려온 거지. 일이 그렇게 된 거야, 리지."

"전 싸우는 걸 봤어요. 그들이 활을 쏴 대고 그래서…… 전 아빠가 보고 싶어요."

리라의 목소리가 점점 높아져 갔다. 눈물이 나올 것만 같았다.

"음, 어쨌든 아버지가 오실 때까지는 여기서 지내는 게 제일 안전하단다."

"하지만 전 그들이 활을 쏘는 걸 분명히 봤단 말이에요!"

"그건 그저 네 생각일 뿐이야. 격심한 추위를 겪은 사람들에겐 종종 그런 일이 발생한단다, 리지. 넌 추위로 인해 잠에 빠진 다음 나쁜 꿈을 꾼 거야. 그래서 어떤 게 현실이고 아닌지를 기억하지 못하게 된 거란다. 싸움 같은 건 없었으니까 걱정하지 마라. 너의 아버진 아무 일 없이 잘 계실 거야. 그리고 지금쯤은 아마 널 찾고 계시겠지. 이 근방 몇백 킬로미터 안에서 사람이 사는 곳은 여기밖에 없으니까 이제 곧 이리로 오실 거다. 그렇게 되면 네가 무사히 잘 있는 것을 보시고 무척 기뻐하시겠구나! 자, 이젠 클라라 간호사가 널 기숙사에 데려다 줄 거다. 거기 가면 너처럼 황무지에서 길을 잃고 헤매던 소년소녀들을 만날 수 있을 거야. 어서 따라가렴. 남은 얘기는 내일 아침에 하자꾸나."

리라는 인형을 끌어안은 채 일어섰다. 판탈라이몬이 그녀의 어깨 위로 훌쩍 뛰어오르자 간호사가 그들을 위해 문을 열어 주었다.

다시 복도를 지나 기숙사에 도착한 리라는 너무 지쳐 있었다. 또한 굉장히 졸렸기 때문에 연신 하품을 해 대며 천근 같은 다리를 들어 올려 침대에 누웠다. 발에는 그들이 준 털 슬리퍼가 신겨 있었다. 축 늘어져 있던 판탈라이몬도 생쥐의 모습으로 변신하더니 그녀의 가운 주머니 속으로 파고들어 왔다. 리라는 줄 맞춰 늘어선 침대들과 아이들의 얼굴, 베개를 봤다고 느끼는 순간 곧 잠에 빠져들었다.

　누군가 리라를 흔들어 깨웠다. 리라는 무의식중에 손으로 허리춤을 더듬어 깡통 두 개가 모두 무사히 잘 있는지 확인했다. 그런 다음 눈을 뜨려고 했으나, 세상에, 눈꺼풀을 들어 올리기가 이리도 힘들 줄이야! 난생처음 느껴 보는 엄청난 졸음이었다.

　"일어나 봐! 어서 일어나!"

　여러 명의 속삭임이 합쳐진 소리가 귓가에 들려왔다. 리라는 눈을 뜨기 위해 마치 바윗돌을 언덕 위로 밀어 올리는 듯이 힘겹게 노력한 뒤에야 간신히 잠에서 깨어날 수 있었다.

　입구를 밝히는 앤버릭 전구로부터 희미한 빛이 흘러나와 그녀의 주위를 에워싼 세 소녀의 얼굴을 비춰 주고 있었다. 그러나 잠시 동안은 소녀들의 얼굴을 제대로 볼 수 없었다. 그녀의 눈동자가 초점을 정확하게 맞추지 못했기 때문이다. 그들은 리라의 또래로 보였으며 영어를 사용하고 있었다.

　"깨어났어."

　"그들이 수면제를 줬을 거야, 분명……."

　"이름이 뭐니?"

　"리지……."

　리라는 웅얼거리는 소리로 간신히 대답했다.

　"혹시 새로운 아이들이 또 오고 있는 중이니?"

　한 아이가 리라에게 물었다.

　"몰라. 난 혼자 왔어."

　"넌 어디에서 잡혀 왔니?"

　리라는 잠에서 깨어나기 위해 안간힘을 썼다. 수면제를 먹은 기억은 없지만 식사 도중에 마신 음료수 같은 것에 그들이 몰래 넣었을 거라는 생각이 들었다. 머릿속이 오리털로 가득한 것 같은 기분이었다. 그리고 눈동자 뒤쪽으로 희미한 통증이 느껴지며 욱신거렸다.

"여긴 어디니?"

"아무도 몰라. 그들이 말을 안 해 주니까."

"한 명만 잡아 온 적은 없었는데……."

"그들이 여기서 어떤 일을 하고 있는지 아니?"

리라는 몽롱한 정신을 모아 간신히 물었다. 판탈라이몬도 잠에서 깨어나는 중인지 꿈지락거리기 시작했다.

"우리도 몰라."

가장 얘기를 많이 한 소녀가 대답했다. 키가 크고 머리카락이 빨간 그 소녀는 강한 런던 악센트로 말했다.

"우리를 이리저리 측정해 보고 여러 가지 테스트를 한 다음에……."

"그들은 더스트를 측정해."

통통하고 친근한 인상을 주는 검은 머리 소녀가 대답했다.

"알지도 못하면서."

빨간 머리 소녀가 즉각 반박했다.

"더스트를 측정하는 건 맞아."

차분하게 생긴 세 번째 소녀가 말을 이었다. 그 아이는 자신의 데몬인 토끼를 품에 껴안고 있었다.

"그들이 얘기하는 걸 들었어."

"그런 다음 아이들을 차례로 한 명씩 어딘가로 데려갔어. 우리가 아는 건 거기까지야. 다시 돌아온 아이는 지금까지 한 명도 없었고."

빨간 머리가 말했다.

"그중엔 남자 아이도 있었어."

통통한 소녀가 말했다.

"그 아이는……."

"그 얘긴 하지 마!"

빨간 머리가 말을 잘랐다.

"아직은 안 돼."

"여기엔 남자 아이들도 있니?"

리라가 물었다.

"그럼. 꽤 많아. 내가 알기론 한 30명 정도 될 거야."

"그보다 더 많아. 40명 정도는 돼."

통통한 소녀가 말을 정정해 주었다.

"아이들이 계속 사라진 걸 생각하면 그럴지도 모르지."

빨간 머리가 예리하게 지적한 다음 말을 이었다.

"처음엔 보통 한 무리의 아이들을 이곳에 데려온 걸로 시작되었어. 그렇게 해서 아이들이 잔뜩 모이면 그다음부터는 한 명씩 차례차례 사라져 버리는 거야."

"그들은 고블러야."

통통한 소녀가 말했다.

"너도 고블러 얘기를 들어 봤을 거야. 우리도 모두 그들을 두려워하고 있었어. 그러다가 그만 잡혀 와서……."

시간이 흐를수록 리라의 의식은 점점 또렷해져 갔다. 토끼 형태의 데몬만 제외하고 나머지 데몬들은 문가에서 망을 보고 있었다. 그리고 아무도 속삭임 이상의 큰 소리는 내지 않았다. 리라는 소녀들에게 이름을 물어보았다. 빨간 머리의 소녀가 애니, 검은 머리의 통통한 소녀는 벨라, 마른 소녀의 이름은 마사라고 했다. 그들은 이곳에 잡혀 온 소년들의 이름은 모르고 있었다. 왜냐하면 대부분의 시간 동안 남자와 여자가 따로 떨어져 있었기 때문이다. 그러나 대우는 그리 나쁘지 않다고 했다.

"이곳의 생활은 그런 대로 괜찮아. 우리가 하는 일은 별로 없어. 단지 그들이 시키는 대로 시험을 보고 운동을 하면 돼. 그런 다음에는 그 사람들이 우리를 측정하는 거야. 체온을 재거나 재능 같은 것을 평가하는 거지. 그건 정말 따분한 일이야."

벨라가 이렇게 말하자 애니가 한마디 덧붙였다.

"콜터 부인이 나타날 때를 제외하면."

리라는 비명을 지를 뻔했지만 간신히 참았다. 그러나 판탈라이몬이 너무나 격렬하게 날개를 푸드덕거리는 바람에 다른 소녀들이 눈치를 채고 말았다.

"얘가 좀 흥분했나 봐."

리라는 대충 얼버무리며 판탈라이몬을 진정시켰다.

"너희들 말대로 그들이 수면제를 먹였기 때문에 우린 지금 졸려서 제정신이 아니거든. 그건 그렇고 콜터 부인은 어떤 사람이니?"

"우리를 붙잡아 온 사람이 바로 콜터 부인이야. 어쨌든 부인이 나타나면 아이들이 사라진다는 사실을 너도 곧 알게 될 거야."

마사가 말했다.

"콜터 부인은 아이들을 관찰하길 좋아해. 이곳 사람들이 아이를 데려가서 어떤 행동을 하는지 옆에서 지켜본다고 했어. 사이먼이란 남자 아이는 그들이 아이들을 죽인다는 사실을 눈치 챘지. 그때도 콜터 부인이 지켜봤다는 거야."

"그들이 우리를 죽인다구?"

리라는 몸서리를 치며 물었다.

"틀림없어. 그러니까 돌아온 아이가 하나도 없지."

"그들은 항상 데몬한테도 똑같은 실험을 해 왔어. 무게를 달고 측정을 하고……."

벨라가 말했다.

"그들이 아이들의 데몬을 만진다는 거야?"

"아니야! 세상에, 어떻게 그런 일이 있겠니! 여기엔 저울이 하나 있는데 아이들의 데몬은 그 위에 올라가서 변신을 해야 돼. 그러면 사람들이 그 모습을 사진으로 찍고 기록을 한 다음 캐비닛 속에 보관해 두는 거지. 그리고 더스트도 측정해야 돼. 이곳 사람들은 언제나 더스트를 측정하는데 아마 절대로 그만두지 않을 거야."

"더스트라니?"

리라가 소녀에게 물었다.

"우리도 몰라."

애니의 대답이었다.

"그저 대기 중에 있다는 것밖에는 잘 몰라. 어쨌든 먼지하고는 다른 거야. 만약 너에게 더스트가 없다면 그건 아주 잘된 일이지. 하지만 결국 더스트는 누구에게나 있게 마련이니까."

"내가 사이먼한테서 어떤 말을 들었는지 알아?"

벨라가 소녀들을 바라보며 말했다.

"그 아이 말이 타타르인은 머리에 구멍을 뚫어서 더스트를 들어오게 한다는 거야."

"그렇겠지, 그 애가 모르는 게 어디 있겠니. 그 문제는 콜터 부인이 오면 내가 한번 물어볼게."

애니가 빈정거리는 투로 말했다.

"너 정말 그렇게 할 수 있어?"

마사가 감탄하는 표정으로 애니에게 물었다.

"당연하지."

"부인이 언제 오는데?"

리라가 질문했다.

"내일모레 올 거야."

그 말을 듣는 순간 싸늘한 공포감이 리라의 등줄기를 타고 흘러내렸다. 판탈라이몬도 리라의 옆으로 바싹 다가앉았다. 이제 로저를 찾고 이곳에서 어떤 일이 벌어지는지 알아내는 데 쓸 수 있는 시간은 하루 정도뿐이었다. 또한 탈출하거나 구조되는 것도 마찬가지였다. 만일 집시들이 모두 목숨을 잃었다면 도대체 누가 이 얼어붙은 땅에서 아이들을 살려 낸단 말인가?

나머지 소녀들이 얘기를 계속했지만 리라와 판탈라이몬은 온기를 찾아 침대 속으로 깊숙이 파고들었다. 그러나 자신이 누워 있는 그 작은 침대 주위로 사방 몇백 킬로미터에 이르는 지역 안에는 오로지 공포만이 존재한다는 사실을 리라는 이제 알고 있었다.

데몬의 유리관

걱정만 하고 있는 건 전혀 리라답지 않은 행동이었다. 그녀는 낙천적이고 현실적인데다가 공상만 즐기는 아이가 아니었다. 공상만 하는 아이라면 로저를 구하기 위해 여기까지 달려올 생각은 꿈에도 하지 않았을 것이다. 설사 그런 생각을 했더라도 곧 이런저런 이유로 불가능하다는 것만 깨달았을 테니까. 노련한 거짓말쟁이라고 해서 뛰어난 상상력을 지녔다는 뜻은 아니다. 대다수의 교묘한 거짓말쟁이들에게는 상상력이 전혀 없으며, 그런 점이 오히려 그들의 거짓말에 신빙성을 부여한다.

그런 까닭에 리라는 지금 '성체위원회'에 사로잡혀 있는 처지임에도 집시들이 잘못되었을까 봐 초조해하거나 불안해하지는 않았다. 그들은 모두 훌륭한 전사들이며 비록 판탈라이몬이 존 파가 화살에 맞는 것을 보았다고는 했지만 잘못 보았을 수도 있기 때문이다. 또한 만일 그것이 사실이라고 해도 그리 심한 부상을 당하지 않았을 것이라고 생각했다.

자신이 사모예드족에게 붙잡힌 것은 불운한 일이지만 집시들이 곧 구출하러 와 줄 것이다. 혹시 그게 불가능하다고 해도 이오레크 뷔르니손만큼은 분명히 자신을 구하러 올 거라고 굳게 믿었다. 그렇게 되면 리 스코즈비의 기구를 타고 아빠를 구하러 스발바르로 떠나면 되는 것이다.

그 어떤 어려운 일도 리라의 마음속에서는 이처럼 간단히 해결되었다. 그래서 다음 날 아침 숙소에서 눈을 뜨자 그녀의 마음은 오늘 하루 동안 일어날 일들에 대한 호기심과 그것들을 맞이할 자신감, 그리고 로저가 알아채기 전에 자신이 먼저 그를 찾아내고 싶은 열망으로 가득했다.

리라의 바람은 오래지 않아 이루어졌다. 각기 다른 숙소에서 머물고 있는 아이들은 자신들을 돌보는 간호사들의 지시에 따라 7시 30분에 일어나서 씻고 옷을 입은 뒤 아침식사를 하기 위해 식당으로 모였다.

그리고 그곳에 로저가 있었다.

그는 다섯 명의 남자 아이와 함께 식당 문에서 첫 번째 테이블에 앉아 있었다. 배식을 기다리는 줄이 바로 그 테이블의 옆으로 길게 늘어서 있었기 때문에 리라는 떨어뜨린 손수건을 줍는 체하면서 로저의 옆으로 몸을 기울였다. 판탈라이몬이 로저의 데몬인 세실리아에게 말할 기회를 만들어 주기 위해서였다.

방울새 모습의 세실리아는 판탈라이몬이 말을 걸자 정신없이 호들갑을 떨어 댔다. 그래서 판탈라이몬이 고양이로 변신해 뛰어올라 그녀를 붙잡고 진정시켜야만 했다. 다행스럽게도 아이들의 데몬 사이에서 그런 다툼은 흔히 있는 일이었기에 다들 대수롭지 않게 생각했지만 로저만은 예외였다. 리라를 본 로저는 하얗다 못해 파랗게 질려서 아무 말도 하지 못했다. 그러나 리라의 자신 있고 당당한 눈빛과 마주치자 희망과 흥분과 기쁨으로 이내 기운을 차리고 다시 혈색이 돌기 시작했다.

그가 조던 대학 친구를 맞이한 기쁨으로 고래고래 소리를 지르며 방방 뛰려던 것을 세실리아를 붙잡고 있던 판탈라이몬이 간신히 저지할 수 있었다.

리라는 판탈라이몬을 시켜 로저에게 사정을 설명해 주도록 한 다음 최대한 오만하게 행동하며 그녀의 새 친구들에게 시선을 돌렸다. 그리고 로저를 전혀 모르는 채 시치미를 뗐다. 네 명의 소녀는 콘플레이크와 토스트를 한데 모아 놓고 남들 험담을 하며 자기들끼리만 똘똘 뭉쳐 떠들어 댔다.

해야 할 일들을 잔뜩 주지 않고서는 그처럼 많은 아이를 한곳에 오랫동안 수용할 수 없기 때문에 볼반가르에서는 마치 학교처럼 시간표를 짜서 아이들에게 체육이라든지 예술 활동을 시켰다. 그들은 휴식 시간과 식사 시간을 제외하고는 남자 아이들과 여자 아이들을 따로 갈라놓았기 때문에 간호사의 지도 아래 한 시간 반이나 바느질을 하고 난 후에야 리라는 다시 로저와 이야기할 기회를 잡을 수 있었다. 하지만 무엇보다 힘든 점은 이곳에 잡혀 온 아이들이 모두 남자는 남자끼리 여자는 여자끼리만 얘기하며 서로를 무시하는 척하는 연령대였기 때문에 그것을 극복하고 남들 눈에 자연스럽게 보여야 한다는 것이었다.

리라는 아이들이 음료수와 비스킷을 먹으려고 식당으로 갔을 때 다시 기회를 잡을 수 있었다. 그녀는 파리로 변신한 판탈라이몬을 옆테이블에 앉아 있는 세실리아에게 보내서 말을 하게 해 두고 자신과 로저는 각기 다른 아이들 속에 섞여 모르는 척하고 있었다. 자신의 데몬이 다른 것에 열중해 있을 때 그것과 다른 이야기를 한다는 것은 매우 힘든 일이었기에 리라는 무뚝뚝하고 반항적인 표정을 한 채 다른 소녀들과 우유를 홀짝이고 있었다. 절반쯤은 데몬들끼리 나누는 웅웅대는 듯한 이야기 소리에 신경을 쓰고 있었지만 실제로 그 얘기를 듣고 있는 것은 아니었다. 그러던 중 밝은 금발의 소녀가 어떤 이름을 말했을 때 리라는 놀라서 그만 자리에서 벌떡 일어서고 말았다.

그 소녀가 꺼낸 이름은 바로 토니 마카리오스였다. 리라의 관심이 온통 그 이름에 쏠리자 판탈라이몬은 로저의 데몬과 나누던 대화를 잠시 중단해야 했다. 주변의 아이들도 모두 그 소녀가 말하는 내용에 귀를 기울였다.

"그래, 나는 그들이 왜 그 아일 데려갔는지 알고 있어."

아이들이 둥그렇게 모여들자 금발 소녀가 말했다.

"그건 그 애 데몬이 변신하지 않았기 때문이야. 그들은 그 애가 보기보다 나이가 들었다고 생각한 것 같아. 그러니까 그 애가 실제로는 어린 아이가 아니라고 판단한 거지. 하지만 그 애의 데몬이 거의 변신하지 않았던 까닭은 토니가 어떤 것에도 별 관심이 없었기 때문이야. 나는 그 애의 데몬이 변신하는 것을 본 적이 있거든. 래터란 이름의……"

"도대체 이 사람들은 왜 그렇게 데몬에만 관심을 갖는 거지?"

리라가 그 소녀에게 물었다.

"그건 아무도 몰라."

금발 소녀가 대답했다.

"그건 내가 알고 있어."

이제껏 얘기를 듣고 있던 소년들 중 한 명이 말했다.

"그 사람의 데몬을 죽이면 사람도 죽게 되는지를 알아보려는 거야."

"그렇다면 왜 아이들을 바꿔 가며 실험을 반복하는 거지?"

그 말을 들은 다른 누군가 말했다.

"한 번만 해보면 될 텐데 말이야, 그렇지 않니?"

"난 그들이 뭘 하는지 정확히 알아."

금발 소녀가 말했다.

모두의 관심이 그 소녀에게 집중되었다. 자신들이 이런 얘기를 하고 있는 것을 직원에게 들키지 않으려고 모두 딴 짓을 하며 무관심한 척 행동했지만 속으로는 모두 강한 호기심을 느끼며 그 소녀의 다음 말을 기다리고 있었다.

"그걸 어떻게 알았는데?"

다른 아이가 물었다.

"그들이 그 아일 데리러 왔을 때 그 아이와 함께 병실에 있었거든."

그 말을 한 소녀는 아이들이 자신을 비웃기라도 할까 봐 얼굴이 귀까지 새빨개졌다. 하지만 아무도 비웃지 않았다. 아이들은 모두 감정을 억누른 채 미소조차 짓지 않았다.

그 소녀가 이야기를 계속했다.

"우린 숨을 죽인 채 조용히 있었는데 간호사가 들어왔어. 그 왜 목소리가 나긋나긋한 간호사 말야. 그 간호사가 말했어. '이리 나오렴, 토니. 네가 거기 있다는 거 알아. 나랑 가자꾸나. 널 다치게 하는 일은 절대 없을 거야.' 그러자 그가 말했어. '도대체 무슨 일이죠?' '우린 그저 널 마취시킨 다음 간단한 수술을 할 거란다. 그리고 넌 다시 아무 일 없이 건강하게 깨어나게 돼.' 하지만 토니는 그녀의 말을 믿으려고 하지 않았어. 그가 말하길……."

"구멍이야!"

한 아이가 낮게 소리쳤다.

"그 아이 머리에 구멍을 뚫으려고 하는 거야. 타타르인처럼 말이야. 틀림없어!"

"입 닥치지 못해! 그래, 그 간호사가 또 무슨 말을 했지?"

다른 아이가 재촉했다. 그때 주위를 둘러보니 열두어 명의 아이들이 테이블 곁에 몰려와 있었고 그들의 데몬들 역시 자기들과도 밀접하게 관련된 얘기라고 생각했는지 잔뜩 긴장한 채 눈을 크게 뜨고 있었다.

금발의 소녀가 다시 말하기 시작했다.

"토니는 그들이 자신의 데몬인 래터에게 무슨 짓을 하려는지 알고 싶어 했어. 그러자 간호사가 '래터도 너와 마찬가지로 잠들게 될 거야'라고 했어. 그러자 토니가 말했어. '래터를 죽이려는 거죠, 내 말이 맞죠? 난 당신들이 어떤 사람들인지 알고 있어요. 우리는 당신들이 무슨 짓을 하려는지 다 알고 있다고요.' 그의 말에 간호사가 이렇게 말했어. '아니야, 그건 잘못된 생각이란다. 우리가 하려는 건 아주 간단한 수술이야. 그저 살짝 자르는 시늉 정도만 할 거란다. 그리고 하나도 아프지 않은데 혹시 몰라서 너를 마취시키는 것뿐이야.'"

어느새 식당 전체가 쥐 죽은 듯이 조용해져 있었다. 아이들을 감독하던 간호사는 잠시 자리를 비운 상태였고 배식구도 닫혀 있었기 때문에 그곳에서 아이들이 하는 말을 엿듣는 사람은 아무도 없었다.

"도대체 무슨 수술을 한다는 거지?"

이렇게 묻는 소년의 목소리는 조심스러웠고 한편으론 두려움에 떨고 있었다.

"그 간호사가 어떤 수술이라고 설명해 줬어?"

"이렇게만 말했어. '너를 좀 더 성숙하게 해 주는 수술이란다. 그리고 어른이 되려면 누구나 다 받아야만 하는 거구. 그렇기 때문에 어른들의 데몬은 너희들 것과는 달리 변하지 않는 거란다. 그렇게 어른들은 평생 자신의 데몬을 한 가지 모습으로 만들기 위해 분리 수술을 하지. 너도 이 수술을 받으면 어른이 되는 거야.'"

"하지만……."

"그럼 그 말이……."

"어른들은 모두 그 분리 수술이란 걸 받았다는 뜻이야?"

"대체 무슨……."

제각기 떠들어 대던 아이들의 말소리가 갑자기 뚝 그쳤다. 그리고 마치 자기들이 그 수술을 받기라도 한 듯 놀라고 두려운 표정으로 모두들 문 쪽을 쳐다보고 있었다. 거기엔 클라라 간호사가 온화하지만 무표정한 얼굴로 리라가 한 번도 본 적이 없는 하얀 코트를 입은 남자와 함께서 있었다.

"브리지트 맥긴."

그 남자가 불렀다.

그러자 금발 소녀는 두려움에 몸을 떨며 일어섰다. 그녀의 데몬은 다람쥐로 변신한 채 그녀의 가슴에 꼭 안겨 있었다.

"무슨 일이죠?"

거의 들릴 듯 말 듯 작은 목소리로 금발 소녀는 물었다.

"그만 먹고 클라라 간호사를 따라가렴, 그리고 여러분들은 신속하게 각자 교실로 돌아가도록 해."

그의 말이 끝나자마자 아이들은 순종적인 태도로 스테인리스 손수레에 자신들의 머그 잔을 쌓아 놓고 조용히 식당을 빠져나갔다. 그들 중 유일하게 브리지트 맥긴을 돌아본 리라는 그 금발 소녀의 얼굴에 떠오른 공포와 불안감을 볼 수 있었다.

그날 오전 내내 리라는 운동을 하며 시간을 보냈다. 연구소에는 자그마한 체육관이 있었는데 기나긴 북극의 밤 동안 밖에서 운동을 하기에는 너무 추웠기 때문에 아이들은 반별로 돌아가며 간호사의 감독하에 그 체육관에서 운동을 했다. 아이들은 조별로 공 던지기를 하며 놀았는데 그런 놀이를 한 번도 해본 적이 없는 리라는 처음에는 어떻게 하는지 몰라 당황했다. 하지만 운동신경이 뛰어난데다 타고난 통솔력을 지닌 리라는 어느새 공놀이에 푹 빠졌다. 아이들의 고함 소리와 데몬들의 응원 소리가 조그마한 체육관을 가득 메웠고, 그러는 사이에 두려움은 사라지고 없었다. 그리고 이것이 운동의 목적이기도 했다.

점심시간이 되자 식당의 긴 배식 줄에 서 있던 리라는 판탈라이몬이 찍찍거리며 무언가를 알려 주는 것을 알았다. 그래서 뒤를 돌아보니 빌리 코스타가 바로 뒤에 서 있었다.

"네가 여기 왔다고 로저가 말해 줬어."

빌리가 속삭이듯 말했다.

"네 형과 존 파가 집시 전사들과 함께 이리로 오고 있는 중이야."

리라가 말해 주었다.

"널 구출하기 위해 오는 거라고."

그 말에 빌리는 너무 기쁜 나머지 울음을 터뜨리려고 하다가 간신히 참아 내고 대신 기침을 해 댔다.

빌리가 진정되기를 기다렸다가 리라가 말했다.

"그리고 말인데 나를 리지라고 불러야만 해. 절대로 리라라고 부르면 안 돼. 자, 이제 네가 알고 있는 것을 하나도 빠짐없이 얘기해 줘."

그들은 함께 자리에 앉았고 로저도 리라 옆으로 다가왔다. 다른 때에 비해 점심시간에는 아이들이 유난히 분주하게 배식구와 식탁 사이를 왔다 갔다 하는 덕분에 함께 앉아 있기도 훨씬 수월했다.

나이프와 포크, 식판이 달가닥거리는 소리를 방패 삼아 빌리와 로저는 리라에게 자기들이 알고 있는 얘기를 상세히 말해 주었다. 빌리 말에 따르면 분리 수술을 받은 아이는 이곳에서 좀 더 남쪽에 위치한 합숙소로 보내진다는 것이었다. 그제야 토니 마카리오스가 그 벌판까지 와서 헤매고 있던 까닭을 알 것 같았다. 그런데 빌리보다 로저가 해 준 얘기가 더 흥미로웠다.

"난 은신처를 발견했어."

"정말? 그게 어딘데?"

"저기 저 사진을 봐."

로저는 열대 해변을 찍은 커다란 사진을 가리키며 말했다.

"거기 맨 오른쪽 위 구석을 쳐다봐. 천장 판자가 보이지?"

천장은 금속 테두리를 두른 큼직한 직사각형 판자들로 덮여 있었는데 그 열대 해변 사진 위의 판자 하나가 조금 들려 있었다.

"난 저걸 보고 다른 것들도 들어 올릴 수 있지 않을까 생각했어. 그래서 다른 것들도 밀어 보았는데 다 밀어 올릴 수 있더라고. 그래서 빌리와 함께 밤중에 숙소에서 몰래 시도해 봤지. 빌리를 다른 곳으로 데려가기 전에 함께 지낼 때 말이야. 그런데 판자 위에는 충분히 기어 다닐만한 공간이 있었어."

"그래서 얼마나 멀리까지 갈 수 있는데?"

"그건 나도 몰라. 조금밖에 가 보지 않았거든. 그리고 기회가 생기면 그곳에 숨으려고 했었는데 아무래도 그들이 찾아낼 것 같아서 그만뒀어."

하지만 리라에게 그곳은 은신처가 아닌 통행로로 보였다. 그리고 그것은 리라가 잡혀 오고 나서 들은 얘기 중 최고의 수확이었다. 그러나 세 사람이 그 얘기를 더 하려고 할 때 의사가 테이블을 숟가락으로 두드리며 말하기 시작했다.

"자, 잠시 조용히 해 봐, 지금부터 내 말을 잘 듣도록. 우리는 매번 소방훈련을 실시하고 있다. 화재 시 질서정연하게 옷을 갖춰 입고 밖으로 대피하는 일이 무척 중요하기 때문에 오늘 오후엔 소방훈련을 실시하려고 한다. 그러니까 너희들은 화재경보가 울리면 즉시 하던 일을 멈추고 가장 가까이 있는 어른의 지시에 따라 행동해야 한다. 그리고 그들이 너희들을 대피시킨 장소를 반드시 기억하고 있다가 실제로 화재가 발생하면 그곳으로 대피해야 하는 거야, 알겠지?"

그때가 바로 기회라고 리라는 생각했다.

오후 첫 시간 동안 리라는 다른 소녀 네 명과 함께 더스트에 관한 실험을 받았다. 의사는 그 실험에 대해 한 마디도 설명해 주지 않았지만 목적을 추측하기란 그리 어렵지 않았다. 그들은 소녀들을 한 명씩 차례로 실험실로 데려갔는데 그 때문에 아이들은 두려움에 떨었다. 그 순간 리라는 생각했다. '최소한 반항도 해보지 못하고 죽는다면 정말 비참할 거야!' 하지만 아직까지 분리 수술을 하려는 것 같지는 않아 보였다.

"우리는 몇 가지 측정을 하려고 한다."

의사가 말했다. 그렇게 말하는 사람들을 분간하기조차 매우 힘들었다. 남자들은 모두 똑같은 하얀색 코트를 입고 클립보드를 들고 있어서 비슷하게만 보였고 여자들은 같은 제복에다 이상하리만치 온화하고 조용한 태도를 보여 모두 친자매처럼 보였다.

"전 어제 측정을 받았는데요."

리라가 말했다.

"아, 오늘은 다른 측정을 하려는 거야. 그 금속판 위에 서도록 해라. 신발은 벗고 올라가야지. 원한다면 데몬을 안고 있어도 된다. 앞쪽을 보고, 그래 그렇게. 똑바로 앞에 있는 작은 녹색 불빛을 보도록 해라. 좋아, 아주 착한 아이구나."

뭔가 불빛이 번쩍했다. 의사는 리라에게 전후좌우를 돌아보도록 했고 그때마다 찰칵거리는 소리와 함께 불빛이 번쩍거렸다.

"아주 잘했다. 이제 이쪽 기계로 와서 손을 이 관 속에 넣도록 해라. 아무렇지도 않다고 내가 약속하마. 손가락을 곧게 펴고, 바로 그거야."

"대체 무얼 측정하는 거죠?"

리라가 그에게 물어보았다.

"더스트 측정인가요?"

"누가 더스트에 대해 이야기해 주었지?"

"어떤 여자 아이가요. 이름은 몰라요. 그 애 말이 우린 모두 더스트에 뒤덮여 있대요. 하지만 난 아니에요. 적어도 난 아니라고 생각해요. 어제 샤워를 했거든요."

"하하, 다른 종류의 먼지란다. 그냥 봐서는 절대로 볼 수 없는 거야. 그건 아주 특별한 먼지이기 때문이지. 자, 이제 주먹을 꼭 쥐어 보아라. 그래 잘했다. 아주 좋아. 이번엔 이쪽 손가락을 움직여 보거라. 거기에 손잡이 같은 게 있지? 그걸 꼭 잡아라. 그렇지. 그러고 나서 다른 손도 마찬가지로 움직여 보면 그쪽엔 놋쇠로 만든 공 같은 게 있을 거야. 그 위에 손을 올려놓거라. 이제 측정을 할 텐데 조금 따끔할지도 모르겠다. 하지만 아주 약한 전류를 흘려보내는 거니까 걱정할 필요는 없단다."

그동안 판탈라이몬은 야생 고양이로 변신해서 잠시도 긴장의 끈을 늦추지 않고 있었다. 그는 신중한 태도로 무엇 하나 놓치지 않으려는 듯 눈을 반짝이며 실험 기계 주위를 살펴보고 있었는데 그러면서도 주기적으로 리라 곁으로 돌아와서 안심시키려는 듯 몸을 비벼 대곤 했다.

이제 리라는 그들이 아직은 분리 실험을 하지 않으리라는 것과 자신을 리지 브룩스라고 속인 게 들통나지 않았음을 확신할 수 있었다. 그래서 위험하긴 했지만 질문을 더 해보기로 마음먹었다.

"선생님께선 왜 우리와 데몬들을 분리시키려는 거죠?"

"뭐라고? 누가 그런 얘기를 했지?"

"아까 그 여자 아이가요. 이름은 모른다고 했던 그 애 말이에요. 선생님들이 데몬을 분리시킨다고 했어요."

"그건 터무니없는 얘기다."

하지만 그가 동요하는 걸 눈치 챈 리라는 얘기를 계속했다.

"왜냐하면 아이들을 한 명씩 데리고 나갔는데 그들 중 누구도 돌아온 적이 없으니까요. 그래서 어떤 아이들은 선생님들이 그들을 죽였다고도 하고, 어떤 아이들은 또 다른 얘기도 해 주었어요. 그리고 그 여자아이 말로는 데몬을 분리시킨다고……."

"모두 사실이 아니야. 우리가 아이들을 데리고 간 것은 다른 장소로 보낼 때가 되었기 때문이란다. 그만큼 성숙해졌거든. 그건 그렇고 네 친구가 겁을 먹고 있지 않을까 더 걱정이구나. 그런 일은 절대로 없어! 생각할 필요조차 없다. 그래, 네 친구가 누구라고?"

"이곳에 온 지 하루밖에 되지 않아서 아직 다른 아이들의 이름을 모르거든요."

"그래, 그럼 어떻게 생긴 애지?"

"글쎄요, 잘 기억이 나지 않네요. 갈색 머리였던 것 같기도 하구…… 밝은 갈색이었던가…… 음…… 모르겠어요."

그러자 그 의사는 간호사에게 조용히 뭐라고 말하기 시작했다. 그들이 뭔가를 상의하고 있을 때 리라는 그들의 데몬을 쳐다보았다. 그 간호사의 데몬은 예쁜 새였으며 클라라 간호사의 데몬인 개처럼 아주 말쑥하고 깔끔해 보였지만 다른 것에 무관심한 듯 보였다. 그리고 의사의 데몬은 아주 크고 뚱뚱한 나방이었다. 새의 눈이 반짝이는 거나 나방의 더듬이가 조금씩 떨리고 있는 걸로 봐서는 깨어 있는 것이 분명한데도 둘 다 꼼짝도 하지 않았고 왠지 생기가 없어 보였다. 마치 아무것도 걱정할 일이 없거나 호기심이 없는 듯했다.

이윽고 상의를 끝낸 의사가 리라에게 돌아와서 검사를 계속했다. 그는 리라와 판탈라이몬의 몸무게를 재고 난 뒤 쉿쉿 소리를 내며 신선한 공기를 내뿜고 있는 작은 파이프 아래에 리라를 세운 다음 특수 칸막이 뒤에서 지켜보며 심장 박동 수를 측정했다.

그때 갑자기 커다란 벨소리가 건물 전체에 울려 퍼졌다.

"화재경보로군."

박사가 한숨을 내쉬더니 말을 이었다.

"할 수 없군. 리지, 베티 간호사를 따라가거라."

"하지만 방한복은 기숙사 건물 아래층에 있는걸요, 선생님. 이런 차림으론 밖에 나갈 수 없을 것 같아요. 그러니까 우선 거기부터 들러야 하지 않을까요?"

그는 실험을 방해받는 것이 성가셨던지 초조하게 손가락을 튕겼다.

"이건 그냥 형식적인 소방훈련일 뿐이야. 에잇, 정말 귀찮군!"

그러자 리라는 돕고 싶다는 표정으로 말했다.

"제가 어제 도착했을 때 일인데요, 클라라 간호사가 제 옷을 선반 위에 올려놓는 걸 봤거든요. 바로 옆방이에요. 그러니 그 옷을 입으면 어떨까요?"

"그거 좋은 생각이구나!"

간호사가 말했다.

"그럼, 어서 가 보자."

리라는 속으로 기뻐하며 서둘러 간호사의 뒤를 따라갔다. 그리고 자신의 털옷과 바지, 부츠 등을 찾아 재빨리 갈아입었다. 그 사이 간호사도 검은 실크 파카를 몸에 걸쳤다.

옷을 다 입은 뒤 그들은 급히 밖으로 나갔다. 주요 건물들이 모여 있는 곳의 정면에 자리한 운동장에 백 명 정도가 모여 있었다. 어른과 아이들이 떼를 지어 이리저리 몰려다니고 있었는데 그중 흥분하거나 초조해 보이는 몇몇을 제외하고는 대부분 어리둥절한 표정이었다.

"봤지?"

어른 한 명이 말했다.

"이건 실제로 불이 났을 때 우리가 얼마나 우왕좌왕하는지 알아보기 위한 훈련이다."

누군가 호루라기를 불며 손을 흔들어 댔지만 아무도 신경 쓰지 않았다. 이윽고 리라가 로저를 발견하고 손짓을 보냈다. 그러자 그는 빌리 코스타의 팔을 잡아끌고 리라의 곁으로 다가왔다. 이리저리 뛰어다니는 아이들 때문에 혼란한 가운데 마침내 세 사람이 한자리에 모이게 되었다.

"우리가 좀 살펴보고 다녀도 아무도 눈치 채지 못할 거야."

리라가 두 사람에게 말했다.

"아이들을 일일이 체크하려면 시간이 오래 걸릴 게 분명해. 그리고 만일의 경우에 우린 다른 사람 뒤를 따라가다가 길을 잃어버렸다고 둘러대면 되거든."

그들은 어른들이 다른 쪽을 쳐다볼 때까지 기다렸다. 그런 다음 리라가 눈을 끌어 모아 눈덩어리를 몇 개 만든 뒤 아이들을 향해 마구 집어 던졌다. 그러자 아이들도 곧 따라 했고, 금방 수많은 눈덩이가 머리 위를 정신없이 날아다녔다. 아이들의 요란한 웃음소리가 통제력을 되찾으려는 어른들의 고함 소리를 완전히 압도했다. 그 광경을 바라보던 세 아이는 건물 모퉁이를 돌아 재빨리 모습을 감췄다.

눈이 두껍게 쌓여 있어서 움직이는 속도가 느렸지만 큰 문제가 되진 않았다. 그들의 뒤를 쫓아오는 사람은 아무도 없었다. 리라와 두 소년은 터널의 둥그스름한 지붕 위로 기어올라 갔다. 그러자 달의 표면처럼 작은 언덕과 움푹 파인 분지가 조화를 이룬 이상한 풍경이 시야에 들어왔다. 검은 하늘 아래 하얀 빛에 싸인 달은 운동장 주변에 늘어선 불빛의 반사광 때문에 환하게 빛나고 있었다.

"우리가 지금 뭘 찾는 거지?"

빌리가 리라에게 물었다.

"나도 모르니까 그냥 찾아보기나 해."

리라는 다른 건물들과 다소 떨어져 있는 나지막한 사각형 건물 쪽으로 아이들을 이끌었다. 건물 모퉁이에는 흐릿한 앤버릭 전등이 매달려 있었다.

세 사람의 뒤에서 들려오던 왁자지껄한 소음이 차츰 멀어져 갔다. 운동장에 있는 아이들 덕분에 세 사람이 자유롭게 돌아다닐 수 있게 된 셈이었다. 리라는 아이들이 가능한 한 오래 시간을 끌어 주기를 바랐다. 그리고 사각형 건물의 가장자리를 따라 움직이며 창문을 찾아보았다. 건물의 지붕 높이는 2미터 정도밖에 되지 않았고 외양도 다른 건물들과는 달라 보였다. 그 건물에는 기지의 다른 건물들과 연결되는 지붕 달린 터널이 없었고, 창문 또한 하나도 없었다. 오직 문 하나만 달려 있었는데 그 문 위쪽에는 빨간 글씨로 '출입 엄금'이라고 씌어 있었다.

리라가 손잡이를 잡고 돌리려는 순간 로저가 깜짝 놀란 목소리로 말했다.

"저것 봐! 새야! 아니면……."

로저가 '아니면'이라고 말한 것은 뭔가 심상찮은 느낌 때문이었다. 검은 하늘로부터 급강하하고 있는 그 물체는 결코 새라고 말할 수 없는 것이었다. 리라는 얼마 전에 한번 마주친 적이 있었다.

"마녀의 데몬이야!"

거위가 날개를 퍼덕이며 땅에 내려앉자 주변에 있던 눈이 회오리를 일으키며 날아올랐다.

"안녕, 리라?"

마녀의 데몬이 말을 시작했다.

"넌 날 보지 못했겠지만 난 네 뒤를 따라 이곳에 와 있었단다. 그리고 네가 밖으로 나오기만을 기다리고 있었지. 지금 어떤 일이 벌어지고 있지?"

리라는 빠르게 설명한 뒤 속사포처럼 물어 댔다.

"집시 일행은 어디에 있죠? 존 파는 무사하신가요? 사모예드족과의 싸움은 어떻게 되었나요?"

"집시들은 대부분 무사해. 존 파는 부상을 입었지만 심하진 않아. 너를 납치해 온 자들은 사냥꾼이자 약탈자들이야. 그들은 종종 여행객들을 약탈하는데 단독으로 움직이기 때문에 인원 수가 많은 여행객에 비해 기동성이 훨씬 뛰어나지. 집시 일행은 이곳에서 하루 정도 떨어진 거리에 있다."

친숙한 태도로 대화를 나누는 리라와 거위 데몬을 뚫어지게 응시하는 두 소년의 얼굴에는 공포감이 서려 있었다. 그도 그럴 것이 소년들은 인간과 떨어져서 단독으로 움직이는 데몬을 한 번도 본 적이 없을 뿐 아니라 마녀에 대한 지식도 거의 없었던 것이다.

리라가 그 둘을 향해 말했다.

"이것 봐, 너희 둘은 망을 좀 봐야겠어. 빌리, 넌 저쪽으로 가고, 로저, 넌 우리가 온 방향을 잘 지켜보도록 해. 시간이 별로 없어."

두 소년이 뛰어가자 리라는 문 쪽으로 다가갔다.

"왜 그 안에 들어가려는 거지?"

거위 데몬이 물었다.

"그들이 이 안에서 무슨 일인가 벌이고 있어요. 그들은……"

리라는 목소리를 낮췄다.

"아이들의 데몬을 분리하고 있어요. 바로 이 안에서 그런 짓을 하고 있는 것 같아요. 그렇지만 문이 잠겨 있으니……"

"그건 내가 열 수 있지."

거위가 이렇게 말하고 날갯짓을 한두 번 하자 바닥에 있던 눈이 회오리를 일으키며 날아올라 문에 부딪혔다. 그 광경을 지켜보던 리라의 귀에 짤깍하고 자물쇠 돌아가는 소리가 들렸다.

"조심해서 들어가렴."

거위 데몬이 말했다.

리라는 천천히 문을 열고 안으로 미끄러지듯 들어갔다. 마녀의 데몬도 그 뒤를 따랐다. 잔뜩 겁을 집어먹고 흥분한 판탈라이몬은 그런 모습을 거위에게 보여 주기 싫은지 리라의 품 안으로 파고들었다. 그리고 그녀의 털옷 안쪽에 안전하게 자리를 잡았다.

눈동자가 실내의 어둠에 적응하자 리라는 판탈라이몬의 행동을 이해할 수 있었다. 벽을 따라 빙 둘러져 있는 선반 위에는 유리관이 줄지어 늘어서 있었는데 그 안에는 아이들로부터 분리해 낸 데몬이 들어 있었다. 고양이, 새, 쥐 또는 그 밖의 다른 동물들의 형상을 한 데몬들이 마치 유령처럼 그 안에 갇혀 있었던 것이다. 어떤 데몬은 어리둥절한 표정이었고, 어떤 것은 공포에 질린 표정이었는데 모두들 생기라곤 없어 보였다.

마녀의 데몬이 분노에 찬 탄식을 내뱉었고 리라는 판탈라이몬을 힘껏 껴안으며 소리쳤다.

"보지 마! 보면 안 돼!"

"도대체 이 데몬들과 연결되었던 아이들은 지금 어디에 있는 거지?"

격분한 거위는 온몸을 부들부들 떨며 물었다.

두려움에 질린 리라가 그에게 토니 마카리오스를 우연히 만났던 얘기를 들려주었다. 그리고 유리관 안에 갇힌 불쌍한 데몬들을 살펴보았다. 데몬들은 유리관 앞쪽으로 몰려나와 기운 없는 얼굴들을 유리벽에 바싹 갖다 대고 있었다. 그들의 비참하고 고통스러운 울부짖음이 리라의 귀에 희미하게 들려왔다. 희미한 앤버릭 전구의 불빛 속에서 '토니 마카리오스'의 이름이 적힌 유리관도 발견할 수 있었다. 그 밖에도 이름표가 붙은 채 안이 비어 있는 유리관이 네댓 개 정도 더 있었다.

"이 불쌍한 데몬들을 풀어 주고 싶어요!"

리라는 격앙된 목소리로 외쳤다.

"저 유리관들을 부숴 버리고 저들을 밖으로 나오게……."

리라는 당장 행동으로 옮기기 위해 몽둥이 같은 것을 찾아보았지만 아무것도 발견할 수 없었다. 그러자 거위 데몬이 리라를 진정시켰다.

"잠깐."

그는 마녀의 데몬이었고, 리라보다 나이도 훨씬 많았다. 그가 말하는 대로 따를 수밖에 없었다.

"유리관들을 모조리 박살 내면 네 정체가 대번에 드러나고 말걸. 오히려 이 건물의 문도 누군가 실수로 잠그지 않은 것처럼 꾸며 놔야 할 거야. 집시 일행이 여기 도착할 때까지는 들키지 않고 잘 버텨야 할 것 아니냐? 그러니 이제부터 내가 하라는 대로 하거라. 우선 밖으로 나가서 손으로 눈을 퍼 와. 그리고 내가 지시를 하면 차례대로 돌아가면서 유리관 쪽으로 눈을 던지렴."

리라는 즉시 바깥으로 달려 나갔다. 로저와 빌리는 여전히 망을 보고 있었으며 겨우 몇 분 정도밖에 지나지 않았기 때문인지 운동장에서는 아직도 고함 소리와 웃음소리가 들려오고 있었다.

리라는 푸석푸석해서 부스러지기 쉬운 눈을 두 손 가득 움켜쥐고 들어와서 거위 데몬의 지시대로 했다. 그녀가 데몬들이 갇혀 있는 유리관에 눈을 던져 넣을 때마다 거위는 이상한 소리로 끽끽댔고 그러면 마치 마법처럼 잠겨 있던 자물쇠들이 차례로 열렸다.

자물쇠가 다 풀리자 리라는 맨 앞쪽에 있는 유리관의 문을 열어 주었다. 그 속에서 연약해 보이는 참새가 푸드덕거리며 나왔지만 조금도 날지 못하고 곧 바닥에 떨어지고 말았다. 그것을 본 거위 데몬이 참새에게로 다가가 부리로 참새를 부드럽게 부축해 주었다. 조금 뒤 참새 데몬은 쥐로 변신했는데 여전히 비틀거렸고 정신이 없어 보였다. 그러자 판탈라이몬이 리라의 품에서 뛰어내려 그 데몬이 몸을 가눌 수 있도록 도와주었다.

그 사이 리라는 재빠르게 나머지 유리관들의 문을 열어 주었고, 몇 분 지나지 않아 모든 데몬을 풀어 줄 수 있었다. 그들 중 일부는 무슨 애기인지 하려고 리라의 발치로 모여들었는데, 그러면 안 되는 줄 알면서도 그녀의 바지에 매달리려고 했다. 리라는 그 불쌍한 데몬들이 왜 그러는지 이해할 수 있었다. 판탈라이몬이 그렇듯 그들도 자신과 결속되어 있던 인간의 따스한 품에 안겨 그 체온과 심장 박동 소리를 듣고 싶었던 것이다.

"자, 어서 서둘러야 해."

생각에 잠긴 리라를 거위 데몬이 일깨워 주었다.

"리라, 너는 다시 돌아가서 다른 아이들 속에 섞여 있어야 해. 겁먹지 말고 용기를 가지렴. 집시들도 빨리 오기 위해 최선을 다하고 있으니까. 나는 이 가엾은 데몬들이 자기 주인을 찾도록 도와주어야겠다."

여기까지 말한 그는 리라 곁에 다가와 조그맣게 속삭였다.

"하지만, 그들을 다시 결합시킬 수는 없을 거야. 평생 이렇게 떨어져 살아야 하는 거지. 그들을 이렇게 만든 건 내가 본 일들 중에서도 가장 사악한 짓이구나. 자, 네 발자국들은 내가 다 지울 테니까 빨리 돌아가거라."

"아, 잠깐만! 가기 전에 물어볼 말이 있어요! 마녀들이…… 마녀들

이 얼마 전에 하늘을 날아갔어요, 그렇죠? 요전날 밤에 마녀들이 날아
가는 것을 봤는데 그건 꿈이 아니었죠?"

"그래, 꼬마야. 그건 왜 묻는 거지?"

"그럼 그들이 비행 기구를 끌 수도 있겠네요?"

"물론 그렇지, 그런데……."

"그러면 세라피나 페칼라도 오는 거예요?"

"마녀 세계의 일을 설명하기엔 시간이 너무 없구나. 어쨌든 여기엔
거대한 세력들이 관련되어 있고 세라피나 페칼라는 자기 일족의 이익
을 추구해야 하거든. 하지만 이곳에서 일어나는 일들은 빙산의 일각에
불과하단다. 리라, 넌 다시 아이들에게로 돌아가야 해. 그러니 어서 뛰
어, 어서!"

리라가 달리기 시작하자 생기 없는 데몬들이 건물 안에서 우르르 몰
려나오는 모습을 눈이 휘둥그레져서 지켜보고 있던 로저도 리라에게로
뛰어왔다. 그는 두껍게 쌓인 눈을 헤치고 다가오더니 놀란 표정으로 말
했다.

"저기 봐, 마치 조던 대학의 납골당 시체같이 보이던데, 자세히 보니
그들이 데몬이었어!"

"그래 맞아. 하지만 입 다물고 있어. 이건 빌리에게도 말해선 안 돼.
아직 아무한테도 말하지 마. 자, 어서 돌아가자."

서둘러 돌아가는 그들 뒤에서 거위 데몬이 힘차게 날갯짓을 하며 눈
을 날려 리라와 로저의 발자국을 지워 주었다. 거위 데몬의 주위에는
주인을 잃어버린 데몬들이 상실의 아픔으로 구슬피 울부짖으며 맴돌고
있었다. 눈 위에 난 발자국들을 다 지우고 난 거위는 그 창백한 데몬들
을 한데 모으기 시작했다. 그리고 온갖 노력을 다해 그들을 하나씩 붙
잡고 이야기하며 모두 새로 변신하게 만들었다. 새로 변신한 데몬들은

어미를 따라 처음 날갯짓을 하듯 푸드덕거리며 눈 속을 달리다가 천신 만고 끝에 마녀의 데몬을 따라 공중으로 날아올랐다. 비록 질서는 없었 지만 그런 대로 대열을 이루며 검푸른 하늘로 조금씩 솟아오르기 시작 했다. 하지만 몇몇은 힘이 달리는지 무리에서 뒤처지기도 하고 의지를 상실한 채 땅으로 내려가기도 했다. 그러나 그 커다란 회색 거위가 끊 임없이 재촉하고 이끈 덕에 대부분은 대열에서 이탈하지 않고 깊고 어 두운 하늘로 사라져 갔다.

로저는 리라의 팔을 잡아당기며 재촉했다.

"서둘러, 거의 다 모인 것 같아."

둘은 본관 모퉁이에서 그들을 향해 손짓하고 있는 빌리 쪽으로 비틀 거리며 다가갔다. 아이들은 여전히 서로 밀쳐 내고 부산을 떨었지만 현 관문 앞에 어느 정도 대열을 이루고 서 있었다. 아이들이 눈싸움에 지 쳤거나 어른들이 어느 정도 통제력을 회복한 듯싶었다. 그들을 바라보 며 리라가 말했다.

"아이들 틈에 섞이게 되면 주위에 있는 아이들에게 도망갈 준비를 하 고 있으라는 말을 전하도록 해. 그리고 방한복이 어디에 있는지 알아 두었다가 우리가 신호하자마자 껴입고 달려 나와야 한다고 해. 물론 이 야기는 절대 비밀로 해야 한다는 말도 잊지 말고, 내 말 알겠지?"

리라의 말에 빌리는 고개를 끄덕였다. 로저가 물었다.

"그런데 신호는 어떻게 하려고?"

"화재경보장치로 해야지. 때가 되면 내가 그걸 울릴게."

리라가 대답했다.

리라 일행은 모퉁이에서 살그머니 빠져나와 아이들 속으로 섞여 들 어갔다. 그리고 인원 점검이 끝나기를 기다렸다.

만약 '성체위원회'에 학교와 관련을 맺고 있는 인원이 있었다면 이런 사태를 수습하기가 훨씬 쉬웠을 것이다. 그런 정규 멤버가 없는 까닭에 그들은 아이들을 일일이 명단과 대조하며 확인해야만 했고, 그나마 명단도 알파벳 순으로 작성되어 있지 않아 도무지 통솔할 방법이 없었던 것이다. 그래서 아이들이 더 이상 이리저리 뛰어다니거나 소란을 피우지 않는데도 불구하고 혼돈 상태는 계속되었다.

그 광경을 지켜보던 리라는 한 가지 사실을 깨달았다. 그들에게는 이런 혼란한 상황에 능숙하게 대처할 능력이 없다는 것이었다. 그들은 소방훈련에 대해 투덜댈 줄이나 알았지 방한복이 어디에 있는지도 몰랐다. 그리고 아이들을 적절히 통제하지도 못하고 우왕좌왕하기만 했다. 이 모든 것이 리라에게는 유리한 조건들이 되었다. 인원 점검이 어느 정도 끝나 갈 무렵 또 다른 혼란이 일어났다. 그것은 리라 입장에서는 최악의 상황이라고 할 수 있었다.

다른 아이들과 마찬가지로 리라도 그 소리를 들었다. 그들은 모두 고개를 들고 어두컴컴한 하늘에서 비행선의 모습을 찾기 시작했다. 비행선의 가스 엔진 소리가 고요한 대기를 뒤흔들며 다가오고 있었다.

그나마 다행스러운 점은 그 소리가 회색 거위와 데몬들이 날아간 방향의 반대쪽에서 들려오고 있었다는 것뿐이다. 비행선을 발견한 아이들이 흥분하여 웅성거리기 시작했다. 이윽고 죽 늘어선 지시등 불빛 위로 비행선의 뚱뚱하고 매끈한 은빛 몸체가 드러났다. 선수(船首) 부분의 전조등과 조종실의 불빛이 지상을 향해 번쩍거리고 있었다.

비행선 조종사는 속도를 늦추고 고도를 맞추기 위한 복잡한 작업을 시작했다. 그제야 리라는 돛대같이 생긴 기둥이 계류탑(비행선을 고정시키기 위한 탑)임을 알았다. 어른들이 아이들을 건물 안으로 인솔하기 시작했고, 아이들은 고개를 돌리고 지상요원이 계류탑 안쪽 사다리를 타고 올라가 비행선 고정 케이블을 부착시키는 모습을 살펴보았다. 엔진 소리가 귀청을 찢을 듯이 울렸고 땅 위에서는 눈보라가 소용돌이치며 날렸다. 그리고 조종실 창문을 통해 탑승객의 얼굴이 보였다.

순간 리라의 시야에 그 얼굴이 들어왔다. 갑자기 야생 고양이로 변신한 판탈라이몬이 증오심을 드러내며 가르랑거렸다. 리라는 자신이 잘못 보지 않았음을 알 수 있었다. 황금빛 데몬을 품에 안고 조종석 뒷좌석에 앉아 창문을 통해 호기심 가득한 얼굴로 밖을 내다보고 있는 사람은 아름다운 검은 머리의 콜터 부인이었다.

은빛 칼날

　리라는 모피 모자를 깊이 눌러쓰고 다른 아이들과 함께 건물 안으로 들어갔다. 콜터 부인과 얼굴을 마주치면 뭐라고 말할 것인지는 나중에 생각해도 충분했다. 그보다 먼저 처리해야 할 문제가 있었다. 어떻게 하면 모피 옷을 잘 숨겼다가 필요할 때 그들의 허락을 받지 않고도 꺼내 입을 수 있는가 하는 것이었다.

　다행히도 건물 안은 몹시 어수선했다. 어른들은 비행선 승객들에게 길을 내주기 위해 아이들을 급히 몰아가느라고 다른 데 신경 쓸 겨를이 없었다. 리라는 시끌벅적한 복도에서 기숙사로 들어가기 전에 방한복과 각반, 구두를 벗어 될 수 있는 한 작은 꾸러미로 만들었다.

　리라는 재빨리 사물함 하나를 구석으로 당겨다 놓고 그 위에 올라가서 천장을 밀었다. 로저가 말한 대로 판자 위쪽에 공간이 있었다. 리라는 그 안으로 구두와 각반을 밀어 넣었다. 그리고 잠시 생각한 뒤 가방 안에서 알레시오미터를 꺼내 방한복 주머니 속에 깊숙이 찔러 넣고는 그 옷도 천장 안으로 밀어 넣었다.

리라는 아래로 뛰어내려 사물함을 다시 제자리로 밀어 놓았다. 그러고는 판탈라이몬에게 속삭였다.

"그 여자의 눈에 띌 때까진 계속 멍청하게 굴어야 해. 우릴 발견하면 그땐 납치되었다고 말하는 거야. 특히 집시들이나 이오레크 뷔르니손은 전혀 모른다고!"

리라는 만일 전에 그렇게 도망치지 않았다면 나침반의 바늘이 극을 향하듯 마음속에 있는 온갖 두려움으로 인해 콜터 부인에게 마냥 끌려가고 말았을 것이라는 생각이 들었다. 자신이 지금까지 보아 온 다른 모든 것, 심지어는 '인터시전'의 그 끔찍한 잔인성까지도 극복해 낼 수 있을 만큼 리라는 강인했다. 그러나 그 매력적인 얼굴과 상냥한 목소리, 그리고 짓궂은 황금 원숭이의 모습만 떠올리면 그만 속이 부글거리며 구역질이 나려고 했다.

하지만 집시들이 오고 있었다. 생각해 봐, 이오레크 뷔르니손이 오고 있어. 절대로 포기해선 안 돼, 하고 리라는 자신을 격려했다. 그러곤 소란스런 식당 쪽으로 걸음을 옮겼다.

아이들은 뜨거운 음료수를 얻기 위해 줄을 서 있었다. 그들 중 몇몇은 아직도 방한복을 입고 있었다. 아이들의 주요 화제는 단연 비행선과 승객에 관한 것이었다.

"그 여자였어…… 원숭이 데몬을 가진 여자 말야."

"너도 그 여자가 데려왔어?"

"그 여자가 우리 엄마 아빠에게 편지를 써 주겠다고 했어. 그렇지만 절대로 썼을 리가……."

"그 여잔 우리가 죽게 될 거란 얘긴 한 적이 없어. 그런 소린 한 마디도 하지 않았다구."

"그 원숭이 놈은 악질이야. 그놈이 내 카로사를 거의 죽일 뻔했어. 나도 기운이 쑥 빠지더라니까."

아이들도 모두 리라만큼이나 겁에 질려 있었다. 그녀는 애니와 다른 아이들을 발견하자 자리에 앉으며 말했다.

"내 말 좀 들어 봐, 너희들 비밀 지킬 수 있지?"

"그럼!"

세 아이는 잔뜩 기대하는 얼굴로 리라를 바라보았다.

"여기서 탈출할 계획이야."

리라는 조용히 말했다.

"우리를 데려갈 사람들이 오고 있어. 내일쯤이면 여기 도착할 거야. 어쩌면 더 빠를지도 모르지. 우리가 해야 할 일은 신호가 오자마자 재빨리 방한복을 입고 밖으로 달려 나가는 거야. 꾸물거리면 안 돼. 그냥 달려가기만 해. 방한복이나 구두를 착용하지 않으면 얼어 죽게 될 거야."

"무슨 신호지?"

애니가 물었다.

"화재경보. 오늘 오후처럼 말이야. 다 준비해 뒀어. 우리는 다 알지만 어른들은 아무도 모르지. 특히 그 여자는."

아이들의 눈은 희망과 흥분으로 반짝이기 시작했다. 식당에 있는 모든 아이에게 메시지가 전달되었다. 리라는 식당의 분위기가 변한 것을 느낄 수 있었다. 아까 바깥에 나갔을 때는 활기차게 열심히 뛰어놀던 아이들이었다. 그러나 콜터 부인을 본 뒤부터는 신경질적인 두려움을 억제하느라 술렁댔지만, 이제 그들의 재잘거림은 절도가 있고 목적이 있는 대화가 되었다. 리라는 희망이 주는 그 엄청난 효과에 놀라지 않을 수 없었다.

그녀는 여차하면 머리를 숙일 준비를 하고 조심스럽게 열린 문 사이로 바깥을 살펴보았다. 어른들의 목소리가 들려왔기 때문이다. 잠시 뒤 콜터 부인이 나타나서 식당 안을 들여다보더니, 뜨거운 음료와 케이크를 먹으며 행복해하는 아이들을 보곤 미소를 지었다. 순간 동요의 기운이 식당 전체로 퍼지며 아이들은 일제히 동작을 중단하고 콜터 부인을 바라보았다.

콜터 부인은 말없이 미소를 지으며 지나갔다. 그러자 아이들의 말소리가 다시 커지기 시작했다.

리라가 애니에게 물었다.

"어디로 가는 거지?"

"회의실 같아. 우릴 거기로 데려간 적이 있어."

애니는 우리란 자기와 데몬이라고 덧붙였다.

"그곳엔 스무 명쯤 되는 어른들이 있었는데, 한 사람이 강의를 하고 있었어. 나는 거기서 그 사람이 시키는 대로 했어. 내 키릴리온이 나한테서 얼마나 멀리 떨어질 수 있는지를 알아보는 것 같았지. 그 다음엔 나에게 최면을 걸어 다른 시험들도 했고. 의자와 테이블이 여러 개 있고 작은 강단이 있는 커다란 방이었어. 현관 사무실 뒤쪽에 있는 방이야. 그들은 틀림없이 소방훈련이 잘 끝난 것처럼 말할 거야. 그들도 우리만큼이나 그 여자를 무서워하고 있거든."

그날 내내 리라는 여자 아이들 근처에 머물면서 남의 눈에 띄지 않으려고 조심하고 말을 삼갔다. 운동 시간과 바느질 시간, 저녁 시간, 라운지에서의 놀이 시간이 있었다. 초라한 큰 방에는 보드 게임 기구들과 낡은 책들, 탁구대 등이 있었다.

어느 순간 리라와 아이들은 무슨 긴박한 일이 일어나고 있음을 알 수 있었다. 어른들이 이리저리 급히 뛰어다니고, 한쪽으로 모여 서서 걱정스런 표정으로 다급하게 말을 주고받는 모습이 보였다. 리라와 판탈라이몬은 곧 그 까닭을 알았다. 그들은 유리관 속의 데몬들이 모두 탈출한 것을 발견하곤 어떻게 그런 일이 일어났는지 당황해하고 있는 중이었다.

그러나 리라는 콜터 부인과 마주치지 않은 것만으로도 마음이 놓였다. 취침 시간이 되자 리라는 다른 아이들에게도 자신의 비밀을 알려 주어야겠다고 생각했다.

"얘들아, 우리가 잠들면 그들이 순찰을 나오니?"

"응, 꼭 한 번. 전등으로 비춰 보지만 자세히 살펴보진 않아."

벨라가 대답했다.

"알았어. 난 나가서 한번 둘러봐야 하거든. 천장으로 통하는 길이 있어. 어떤 남자 아이가 가르쳐 줬어."

"나도 같이 갈래!"

애니가 말했다.

"아니, 나 혼자 가는 편이 나아. 한 사람이면 들켰을 때 길을 잃었다고 말하기 편하잖아. 넌 잠든 사이에 내가 사라져서 아무것도 모른다고 말해."

"그렇지만 내가 같이 가면……."

"잡히기 더 쉬워."

리라가 말했다.

족제비로 변한 판탈라이몬과 여우 모습을 한 애니의 데몬 키릴리온은 서로 노려보며 몸을 떨고 있었다. 판탈라이몬이 이빨을 드러내며 나지막하게 가르랑거리자 키릴리온은 옆으로 몸을 돌리고 아무 생각 없다는 듯 털을 다듬기 시작했다.

"그래, 알았어."

애니는 리라의 뜻에 따랐다. 아이들 사이에서 다툼이 있을 때는 데몬들이 이런 식으로 결정을 내리는 경우가 많았다. 그러면 사람들은 대개 화내지 않고 그 결과에 따랐다. 리라 역시 애니가 자신의 뜻에 따라 주리란 것을 알고 있었다.

그들은 리라의 이불을 부풀리기 위해 옷가지를 집어넣었다. 그래야 리라가 침대에 누워 있는 듯 보일 것이고 아이들도 아는 게 없다고 잡아뗄 수가 있었다. 리라는 문에서 다가오는 사람이 없는 것을 확인한 후 사물함 위로 올라갔다. 그리고 판자를 떠밀고 천장 위로 올라갔다.

"절대로 말하면 안 돼!"

리라는 아래를 내려다보며 세 명의 아이에게 말했다.

판자를 다시 제자리에 내려놓고 그녀는 주위를 돌아보았다. 그리고는 대들보와 버팀목 사이에 있는 금속관 옆으로 기어갔다. 판자가 반투명해 아래쪽의 불빛이 위로 스며들었다. 그래서 60센티미터쯤 되는 주위의 공간을 살펴볼 수 있었다. 천장 안은 금속관과 여러 가지 파이프로 꽉 차 있어서 자칫하면 길을 잃을 것만 같았다. 그래서 리라는 금속관에 몸을 바짝 붙이고 되도록 판자 위에 몸무게를 싣지 않으려고 애썼다. 소리만 내지 않으면 기지의 다른 쪽 끝까지라도 갈 수 있을 것 같았다.

"조던 대학으로 돌아온 기분이야, 판탈라이몬. 귀빈실을 훔쳐보면서 말이야."

리라가 속삭였다.

"네가 그런 짓만 저지르지 않았더라도 이런 고생은 안 할 거야."

판탈라이몬이 되받았다.

"그러니까 내가 책임져야 해, 그렇지?"

리라는 실수를 인정하며 회의실이라고 짐작되는 곳으로 계속 기어갔다. 그러나 그곳을 찾는 일은 쉽지 않았다. 천장은 몸을 놀리기 어려울 정도로 낮았고, 손으로 굵은 수송관을 잡고 뜨거운 파이프 위로 몸을 꼭 붙여야 할 정도로 비좁았다. 리라는 내벽을 따라 위로 연결되어 있는 금속관에 몸을 붙이고 기어갔다. 또 자신의 몸무게를 안전하게 버텨줄 수 있다고 생각되는 곳만 골라서 기었다. 그러나 네모난 금속관은 아주 좁고 모서리가 뾰족하기까지 했다. 그 뾰족한 부위는 리라의 무릎을 마구 긁어 댔다. 얼마 못 가서 온몸은 상처와 먼지투성이가 되어 제대로 움직일 수 없을 것만 같았다.

그렇지만 리라는 자신이 어디쯤 있는지 어림잡을 수 있었다. 그리고 다시 돌아올 때를 대비해서 기숙사 천장에 올려놓은 모피 옷 꾸러미를 어둠 속에서도 알아볼 수 있었다. 천장의 판자가 어두운 걸로 봐서 어떤 방이 비어 있는지도 알 수 있었다. 사람의 말소리가 나는 방에서 포복을 멈추고 귀를 기울여 보면 주방이거나 간호사들의 휴게실이었다. 그들이 지껄이는 얘기엔 관심이 없으므로 리라는 계속 앞으로 기어 나갔다.

마침내 리라는 회의실이라고 생각되는 곳에 이르렀다. 그곳은 비교적 파이프가 드물었고 한쪽 구석에 냉온풍기 관이 아래로 연결되어 있었다. 넓은 장방형인 회의실 천장의 판자로는 희미한 불빛이 스며들고 있었다. 리라는 그곳이 회의실이라고 확신할 수 있었다.

그녀는 온 신경을 기울여 말소리가 가장 잘 들리는 위치로 기어갔다. 몸을 고정시킬 자리를 정한 리라는 금속관에 몸을 꽉 붙이고 한쪽 귀를 갖다 댔다.

가끔씩 포크와 나이프가 부딪치는 소리가 났고 물잔에 음료수를 따르는 소리도 들렸다. 그들은 식사를 하며 이야기를 하고 있었다. 콜터 부인을 포함해 네 명의 음성이 들렸다. 부인 이외의 세 명은 남자 같았다. 그들은 도망간 데몬들에 대해 의논하고 있는 것 같았다.

"그 구역을 맡은 감독자가 누구죠?"

콜터 부인이 부드럽게 울리는 목소리로 말했다.

"매케이라는 연구생입니다."

한 남자가 대답했다.

"하지만 이런 사고를 예방하는 자동장치들이 있습니다."

"그런데 제대로 작동하지 않았군요."

콜터 부인이 말했다.

"제대로 작동했습니다, 콜터 부인. 매케이는 오늘 11시에 이 건물을 떠나면서 모든 유리관을 빠짐없이 잠갔다고 확인해 주었습니다. 물론 바깥문은 어떤 경우에도 열리지 않습니다. 그는 평소처럼 내부 통로로 들어갔다가 나갔으니까요. 잠금 장치 조정기 안으로 들어가려면 코드가 필요합니다. 거기에는 코드 기억 장치가 있습니다. 만일 코드가 입력되지 않으면 비상벨이 울리게 되어 있죠."

"그런데 비상벨은 울리지 않았어요."

"울렸습니다. 불행하게도 사람들이 소방훈련에 참가하느라고 밖으로 나갔을 때였습니다."

"하지만 당신들이 건물 안으로 돌아왔을 땐……."

"불행히도 두 개의 경보장치가 같은 회로에 연결되어 있습니다. 설계상의 실수로 곧 보수를 하려고 합니다. 화재경보를 껐을 때 실험실 벨도 함께 꺼졌던 거죠. 그때 즉시 비상벨을 회복시켰어야 했습니다. 정상적인 상태가 무너질 때마다 정기적으로 점검을 해 왔으니까요. 그런데 뜻밖에도 부인께서 오셨습니다. 그러고는 부인의 집무실에서 실험실 연구원들을 당장 만나고 싶다고 말씀하셨죠? 결과적으로 그 후 한참 동안은 아무도 실험실로 돌아가지 못했던 겁니다."

"알았어요."

콜터 부인은 차갑게 말했다.

"그렇다면 소방훈련 도중에 누군가 데몬들을 모두 탈출시켰군요. 기지의 성인들도 모두 조사 대상에 포함시키세요. 그렇게 하셨나요?"

"부인께서는 아이들이 저지른 짓이라고 생각하셨습니까?"

다른 남자가 물었다.

대답이 없자 다음 남자가 말했다.

"성인들은 모두 일을 하고 있었습니다. 모두 자신의 일에 전념하지 않으면 안 되었고, 그 일들을 모두 끝마쳤습니다. 여기 직원들이 그 문을 연다는 건 불가능합니다. 그러니까 누군가 작정을 하고 밖에서 들어왔거나, 아이들 중 하나가 어떻게 방법을 알아내어 문과 유리관들을 열고 난 뒤 중앙 건물로 돌아간 겁니다."

"그래서 어떻게 조사하고 있나요?"

부인이 물었다.

"잠깐만요, 쿠퍼 박사님. 짐작으로 말씀하시지 마세요. 내가 적대감을 품고 비판하려는 게 아니란 점을 이해해 주세요. 우린 정말 조심해야 해요. 두 개의 비상벨을 같은 회로에 설치한 건 치명적인 실수예요. 즉시 고치도록 하세요. 경비를 맡은 타타르 경찰이 당신의 수사에 도움이 될까요? 난 단지 그 가능성을 묻고 있는 것뿐이에요. 그런데 소방훈련을 하는 동안 타타르인들은 어디 있었죠? 그 점도 생각해 보셨겠죠?"

"물론입니다."

남자는 지겨운 듯한 목소리로 대답했다.

"경비병들은 모두 순찰을 하고 있었습니다. 그들은 아주 사소한 일까지 기록하고 있습니다."

"여러분들이 최선을 다하고 있다는 건 알아요."

콜터 부인이 말했다.

"하지만 지금 이 상황은 정말 유감이군요. 이제 됐어요. 자, 이젠 새 분리 기구에 대해서 말해 주세요."

리라는 몸이 오싹해졌다. 그 말이 의미하는 것은 하나뿐이었다.

"예."

박사가 대답했다. 화제가 바뀐 것을 몹시 다행으로 여기는 듯한 말투였다.

"대단한 진전이 있었습니다. 첫 번째 모델은 환자의 쇼크로 인한 사망 위험을 완전히 해결하지 못했습니다. 그렇지만 우리는 그 문제를 완전히 개선했습니다."

"스크렐링족은 손으로도 더 잘해 냈습니다."

지금까지 한 마디도 하지 않았던 남자가 말했다.

"그건 수 세기에 걸친 관습의 결과지요."

다른 사내가 말했다.

"그러나 단순히 찢는 것은 그 시기에는 어쩔 수 없는 선택이었죠."

보고하던 박사의 목소리가 계속 이어졌다.

"하지만 수술을 맡은 의사로서는 정말 고통스런 일이지요. 기억하시겠지만 그동안 스트레스성 불안감 때문에 여러 명의 의사를 방출하지 않았습니까. 하지만 첫 번째 중요한 돌파구가 마취제를 담은 마이슈타트 앤버릭 메스를 사용한 것이었죠. 그래서 우리는 수술 중의 쇼크사를 5퍼센트 미만으로 줄일 수 있었습니다."

"새 기구는 어떻죠?"

콜터 부인이 물었다.

리라는 몸을 떨었다. 피가 거꾸로 치솟는 느낌이었다. 족제비 모습을 하고 있는 판탈라이몬은 그녀를 진정시키기 위해 옆으로 찰싹 달라붙으며 귀에다 속삭였다.

"쉬잇, 리라. 저들은 더 이상 그런 짓을 할 수 없어. 우리가 내버려 두지 않을 테니까."

"예, 우리에게 새로운 수술법의 열쇠를 제공한 것은 바로 아스리엘 경이 발견한 합금이었습니다. 그가 발견한 망간과 티타늄의 합금은 사람의 몸에서 데몬을 분리하는 데 가장 적합한 특성을 가졌어요. 참, 아스리엘 경은 지금 어떻게 되었습니까?"

"아직 아무 소식도 못 들었군요."

콜터 부인이 대답했다.

"아스리엘 경에겐 사형 판결이 논의 중이에요. 스발바르에 추방하는 조건 중의 하나가 철학 연구를 완전히 포기하라는 것이었죠. 그런데 불행히도 그는 책과 자료들을 어떻게 구했는지, 자신의 생명을 결정적으로 위태롭게 하는 이단적인 연구들을 끈질기게 계속했죠. 어쨌든 종교 재판에서 사형선고를 놓고 토론을 벌이기 시작했는데, 그대로 집행될 가능성이 커요. 그런데 박사님, 그 새 기구는 어떻게 사용하는 거죠?"

"아, 예, 사형선고라, 오, 하느님…… 죄송합니다. 새 기구는 그러니까, 환자가 의식이 있는 상태에서 인터시전이 이루어졌을 때 일어나는 증상을 연구하는 것입니다. 물론 마이슈타트 앤버릭 메스로 수술할 때는 일어날 수 없는 증상이죠. 그래서 우리는 일종의 기요틴이라고 말할 수 있는 새로운 기구를 개발한 겁니다. 칼날은 망간과 티타늄의 합금으로 만들어진 겁니다. 아이를 작은 합금 그물상자에 넣고 그것과 연결된 비슷한 상자 안에 그의 데몬을 집어넣습니다. 물론 그동안에는 그들이 연결되어 있습니다. 그러나 칼날이 둘 사이로 떨어지는 순간 연결선은 절단되고 맙니다. 그때부터 그들은 각각 독립된 존재가 되죠."

"나도 보고 싶군요."

콜터 부인의 목소리가 들렸다.

"빨리 보고 싶어요. 하지만 지금은 피곤해서 자야겠군요. 내일은 아이들을 모두 보고 싶어요. 그 문을 연 사람이 누군지 찾아내겠어요."

의자가 뒤로 밀리는 소리, 정중한 말투들, 그리고 문이 닫히는 소리가 났다. 리라는 남은 사람들이 의자에 다시 앉아 얘기를 계속하는 소리를 들었다. 그러나 이번에는 더욱 작은 소리로 말했다.

"아스리엘 경이 무슨 짓을 하고 있는 거야?"

"더스트의 성질에 대해 그는 전적으로 다른 견해를 가지고 있는 것 같아. 그게 요점이지. 너무 이단적인 견해라서 종교재판에서도 당국이 내린 해석 이상의 것은 인정할 수가 없을 거야. 게다가 그는 실험까지 하려고……."

"실험을? 더스트로?"

"쉿! 소리가 너무 커!"

"그런데 콜터 부인이 비(非)우호적인 보고서를 작성할 것 같아?"

"아니, 아니야. 자네가 그 여자를 잘 다룬 것 같아."

"하지만 그 여자 태도가 마음에 걸려."

"철학적이지 못하단 말이지?"

"맞아, 사적인 관심이더군. 이런 말은 하고 싶지 않지만 정말 잔인해."

"그건 너무 심하군."

"하지만 자네도 첫 번째 실험을 기억할 거야. 그 여자는 아이들이 분리되는 것을 보고 싶어 안달했어."

리라는 더 이상 참을 수 없었다. 자신도 모르게 울음소리가 비어져 나오며 온몸이 굳어지고 후들후들 떨려 왔다. 그 순간 리라의 한쪽 발이 서까래 끝을 툭 건드리고 말았다.

"저게 무슨 소리지?"

"천장에서……."

"빨리!"

의자와 테이블이 마루 위로 끌리는 소리와 함께 사람들의 발자국 소리가 부산하게 들려왔다. 리라는 기어서 도망치려고 했지만 공간이 너무 좁았다. 몇 발짝 기어가기도 전에 천장의 판자가 위로 쑥 젖혀지며 한 남자의 얼굴이 불쑥 올라왔다. 놀란 표정을 짓고 있는 남자의 콧수염까지 올올이 보일 정도로 가까운 거리였다. 남자의 손이 천장 안으로 쑥 올라와서 리라의 팔을 꽉 잡았다.

"꼬마잖아!"

"그 애를 놓치지 마!"

리라는 남자의 커다란 손을 꽉 물었다. 남자는 소리를 지르면서도 리라를 놓지 않았다. 피가 나도록 물어뜯어도 마찬가지였다. 판탈라이몬도 으르렁거리며 침을 뱉고 대들었지만 소용이 없었다. 리라에 비해 그 남자의 힘이 워낙 셌다. 그는 리라의 다른 손까지 잡아당겼다. 리라는 기둥에 매달리려고 했지만 손에 힘이 빠져 방으로 곧 떨어질 지경이었다.

그래도 리라는 아무 소리도 내지 않았다. 양쪽 다리를 위쪽의 날카로운 금속 모서리에 걸치고 온 힘을 다해 할퀴고 물어뜯고 침을 뱉었다. 남자는 숨을 씩씩 몰아쉬며 투덜거렸다. 그러나 다른 남자들까지 가세해 리라를 계속 잡아당겼다.

갑자기 리라의 몸에서 힘이 쑥 빠졌다. 마치 외계인이 속으로 깊숙이 손을 뻗쳐 감히 손댈 수 없는 소중한 부분을 잡아 비틀고 있는 것만 같았다. 다른 남자 한 명은 판탈라이몬을 잡아당기고 있었다. 인간의 손이 리라의 데몬을 잡았다. 가엾은 판탈라이몬은 두려움과 혐오감으로 거의 정신을 못 차리고 벌벌 떨고 있었다. 족제비 모습을 하고 있는 그는 기운이 완전히 빠져서 털도 제 빛깔을 잃고 앰버릭 불빛을 흐릿하게 반사하고 있었다. 리라는 자신을 향해 고개를 돌리는 판탈라이몬에게 두 손을 뻗었다.

그들은 조용히 바닥에 쓰러졌다. 결국 잡히고 만 것이었다.

리라는 그들의 손길을 느꼈다. 내 몸에 손대지 마……. 손 치우라구……. 나쁜 인간들…….

"꼬마 혼자만 있었나?"

한 사내가 천장 안을 들여다보았다.

"혼자였던 모양인데……."

"이 꼬만 누구야?"

"새로 온 아이로군."

"사모예드 사냥꾼들이 데려온 아이야."

"맞아."

"설마 이 계집애가 데몬들을 탈출시켰을 거라고 생각하는 거야?"

"그럴 수도 있지. 하지만 혼자 한 짓은 아닐 거야."

"부인에게 알려야 하겠지……."

"그랬다간 모든 게 끝장나지 않을까?"

"맞아. 부인은 모르는 편이 낫겠어."

"그런데 이 일을 어떻게 처리하지?"

"아이들에게 돌려보낼 순 없어."

"없고말고!"

"그렇다면 한 가지 방법밖에 없는 것 같군."

"지금 당장?"

"그럼. 아침까지 미룰 순 없지. 부인은 아이들을 보고 싶어 해."

"우리끼리 처리하자고. 다른 사람까지 낄 필요는 없잖아."

책임자인 듯한 그 사내는 엄지손톱으로 이를 톡톡 두드리며 생각에 잠겼다. 그의 눈동자는 잠시도 가만히 있지 않고 희번덕거렸다. 마침내 그가 고개를 끄덕이며 말했다.

"그래, 지금 해치우자고. 그렇지 않으면 계집애가 입을 놀려 댈 거야. 쇼크 요법이 적어도 그건 막아 주겠지. 자기가 누군지, 무엇을 보고 들었는지 전혀 기억도 못할 테니까."

리라는 말하는 것도, 숨 쉬기도 힘이 들었다. 그들은 리라와 판탈라이몬을 안고 텅 빈 하얀 복도를 지나 앤버릭 전기가 웅웅거리고 있는 방들을 지나갔다. 그리고 데몬들과 함께 베개를 베고 꿈을 나누며 잠들어 있는 아이들의 기숙사 앞을 지나 기지를 관통했다. 그러는 동안에도 리라와 판탈라이몬은 서로의 눈을 바라보며 잠시도 떼지 않았다.

압축된 공기가 빠지는 소리와 함께 거대한 회전축을 이용한 문이 열리자 눈부시게 환한 전등불 아래 하얀 타일과 스테인리스가 반짝이는 방이 나타났다. 리라가 느끼는 두려움은 거의 육체적 고통이나 다를 바 없었다. 그들은 리라와 판탈라이몬을 커다란 은빛 그물상자로 끌고 갔다. 그 상자 위로는 커다란 은빛 칼날이 리라와 판탈라이몬을 영원히 분리시킬 듯 위협적으로 매달려 있었다.

리라는 마침내 비명을 내질렀다. 그 소리는 번쩍이는 물체에 반사되어 방 안에 메아리쳤다. 그러나 육중한 문은 치익 소리를 내며 닫혔다. 그녀는 계속해서 죽어라고 비명을 질러 댔지만 방 바깥으로는 조금도 새어 나갈 것 같지 않았다.

그러나 리라의 비명에 응답이라도 하듯 판탈라이몬은 자신을 붙잡고 있는 그 가증스러운 손들을 비틀고 풀려났다. 그러고는 사자로 변했다 독수리로 변했다 하면서 사내들을 날카로운 발톱으로 할퀴거나 엄청나게 큰 날개로 후려쳤다. 그 다음에는 늑대와 곰과 족제비로 변하면서 으르렁거리거나 펄쩍펄쩍 뛰면서 그들을 위협했다. 사내들은 둔한 주먹을 휘두르며 그를 잡으려고 했지만 번번이 허공을 쳤을 뿐이다.

하지만 그들에게도 데몬이 있었다. 따라서 3대 2가 아닌 6대 2의 싸움이었다. 오소리와 올빼미와 비비가 판탈라이몬을 찍어 누르려고 달려들었다. 리라는 그들을 향해 울부짖으며 대들었다.

"왜? 왜들 이러는 거야? 우릴 도와야지! 그들을 도와서는 안 돼!"

리라가 더욱 격렬하게 물어뜯고 발길질을 하며 반항하자 그녀를 잡고 있던 남자가 기겁을 하며 손을 놓았다. 그러자 판탈라이몬이 번개같이 리라의 가슴으로 뛰어들었다. 족제비 발톱이 그녀의 살을 파고들었지만 리라에게는 그것조차도 정답게만 느껴졌다.

"절대로 떨어질 수 없어! 절대로! 절대로!"

리라는 울부짖듯 말했다. 그리고 목숨을 걸고라도 판탈라이몬을 보호하겠다는 듯이 벽에 등을 기대고 그들을 노려보았다.

그러나 그들은 다시 리라에게 덤벼들었다. 세 명의 건장한 남자에 비해 리라는 겁에 질린 어린아이에 지나지 않았다. 리라에게서 판탈라이몬을 떼어 낸 그들은 그녀를 은빛 그물상자의 한쪽에 집어넣고 미친 듯이 버둥대는 판을 끌고 와서 반대쪽 그물상자 안에 처넣었다. 금속 그물이 리라와 판탈라이몬 사이를 막고 있긴 했지만 아직도 그는 리라의 한 부분이었다. 그들은 아직도 하나의 결합체였다. 몇 초 동안일 뿐이지만 판탈라이몬은 리라의 영혼을 함께 소유할 수 있었다. 남자들의 헐떡이는 숨소리, 리라의 흐느낌, 판탈라이몬의 사나운 울부짖음. 그 속에서 리라는 어렴풋이 콧노래 소리를 들은 듯했다. 그리고 코에서 피를 흘리고 있는 한 사내가 스위치를 작동하는 것을 보았다. 다른 두 사내의 시선이 위로 올라갔다. 리라도 그들이 바라보는 곳으로 시선을 돌렸다. 은회색 칼날이 빛을 받아 반짝이며 천천히 위로 올라가기 시작했다. 리라의 완전한 삶이 영원히 파괴되려는 마지막 순간이었다.

"무슨 일이죠?"

부드럽고 낭랑한 소리였다. 그 여자의 목소리였다. 모든 동작이 중단되었다.

"뭘 하고 있냐고요? 도대체 이 아이는……."

여자는 말을 채 끝맺지 못했다. 그 아이를 보는 순간 리라라는 것을 즉시 알아보았던 것이다. 리라는 눈물이 그렁그렁한 눈으로도 그 여자가 한순간 비틀거리며 벤치를 손으로 붙잡는 것을 볼 수 있었다. 우아하고 차분하던 그녀의 얼굴이 무섭게 일그러지며 공포로 하얗게 질려가고 있었다.

"리라……."

그때 그녀의 몸 한구석에서 황금 원숭이가 톡 튀어나와 판탈라이몬을 은빛 그물상자에서 끌어당기자 리라도 덩달아 밖으로 나오게 되었다. 판탈라이몬은 원숭이의 끔찍스러운 발톱에서 풀려나와 리라의 품으로 비틀거리며 안겼다.

"절대로! 절대로 안 돼!"

리라가 그의 털에 머리를 숙이고 속삭이자 그는 쿵쿵 뛰는 가슴을 그녀의 가슴에 들이댔다. 마치 난파선에서 살아남은 자들이 외딴 해안에서 서로 부둥켜안고 떨고 있는 모습 같았다.

리라는 콜터 부인이 남자들에게 호통 치는 소리를 희미하게 들을 수 있었다. 그렇지만 그 여자의 말을 한 마디도 알아들을 수 없었다. 그들은 가증스러운 그 방을 떠났다. 콜터 부인에게 거의 안기다시피 의지하며 리라는 복도를 지나 침실 문 앞에 이르렀다. 그 방에서는 은은한 향기가 났다.

콜터 부인은 리라를 침대 위에 부드럽게 눕혔다. 리라는 판탈라이몬을 너무 세게 끌어안고 있어서 그 힘으로 팔이 달달 떨리고 있었다. 부드러운 손길이 리라의 머리를 쓰다듬었다.

"내 아기, 아가야."

달콤한 목소리가 흘러나왔다.

"도대체 어떻게 여기까지 왔니?"

마녀

리라는 설움이 복받치며 온몸이 떨리는 것을 억제하기 힘들었다. 마치 차가운 물속에서 금방 건져져 온몸이 얼어붙는 것 같았다. 판탈라이몬은 그녀의 맨살에 바짝 달라붙어 리라의 등을 어루만지며 콜터 부인을 내내 지켜보았다. 부인은 마실 것을 준비하느라고 바빴지만 황금 원숭이는 딱딱하고 짧은 손가락으로 리라의 몸을 더듬고 있었다. 그리고 허리에서 무언가 들어 있는 방수 주머니를 감지하는 것을 판탈라이몬은 보았다.

"얘야, 일어나서 이걸 좀 마시렴."

콜터 부인은 부드럽게 리라의 등을 안아 일으켰다.

리라는 순간 긴장했지만 판탈라이몬의 생각을 읽고 나자 이내 마음이 편해졌다. 아무것도 모르는 척 가장하는 한 우린 안전해. 눈을 뜬 리라는 자신의 눈에 눈물이 가득 고여 있음을 알았다. 그리고 스스로도 놀랍고 부끄러울 만큼 흐느낌이 자꾸만 터져 나왔다.

콜터 부인은 가엾다는 듯이 혀를 끌끌 차며 원숭이의 손에 마실 것을 맡겨 놓고 향기로운 손수건으로 리라의 눈물을 닦아 주었다.

"울고 싶으면 실컷 울려무나, 아가."

부인은 상냥한 목소리로 말했다. 리라는 되도록 빨리 울음을 그쳐야겠다고 생각하며 입술을 꼭 깨물었다. 그러나 참으면 참을수록 슬픔은 더욱 뼛속 깊이 스며들었다.

판탈라이몬도 리라와 같이 행동했다. 그들을 속여야 해. 그는 생쥐가 되어 리라의 손에서 기어 나와 원숭이가 쥐고 있는 음료수에 슬쩍 코를 들이대고 킁킁거렸다. 음료수에는 독이 없었다. 카밀레(camomile, 유럽산 국화과 약용식물)가 섞여 있었을 뿐이다. 그는 리라의 어깨로 기어올라 귀에 대고 속삭였다.

"마셔도 돼."

리라는 자리에서 일어나 양손으로 따뜻한 컵을 잡고 후후 불어 가며 차를 마셨다. 그렇지만 눈은 여전히 내리깐 채였다. 그녀는 어떤 순간보다 지금이 가장 고통스러운 척해야만 했다.

"리라, 아가야!"

콜터 부인이 리라의 머리카락을 쓰다듬으며 말했다.

"난 너를 영원히 잃어버린 줄 알았단다. 어떻게 된 일이니? 길을 잃었어? 아니면 누가 널 내 아파트에서 데리고 나갔니?"

"네!"

리라는 기어들어 가는 목소리로 대답했다.

"그게 누구였지?"

"어떤 아줌마와 아저씨였어요."

"파티에 온 손님들이었니?"

"그런 것 같아요. 그들은 제게 아래층으로 내려가고 싶다고 말했어요. 내가 안내를 하자 갑자기 나를 꽉 잡더니 차 안에 밀어 넣고 어디론가 데리고 갔어요. 하지만 차를 세웠을 때 난 재빨리 도망을 쳤고, 그들이 쫓아왔지만 날 잡지 못했어요. 그런데 난 그곳이 어딘지 알 수가 없었죠."

리라는 또 한 차례 가벼이 흐느꼈다. 그러나 이젠 한결 잦아든 흐느낌이었고, 리라는 그것이 자신의 이야기 때문에 그런 것인 양 가장할 수가 있었다.

"그래서 돌아오는 길을 찾으려고 마구 헤매다가 고블러들에게 붙잡혀서……. 그들은 다른 아이들과 함께 나를 싣고 어딘가로 데리고 갔어요. 아주 큰 건물이었는데 그곳이 어딘지는 잘 모르겠어요."

얼마 동안 얘기를 하고 나자 기운을 차릴 수 있었다. 그리고 비록 힘들게 거짓말을 하고 있지만 생각보다는 술술 잘 나왔다. 또다시 어떤 힘이 자신을 지배하고 있는 느낌이 들었다. 알레시오미터가 주는 복잡미묘한 느낌과도 같은 것이었다. 그녀는 꼬리가 잡힐 만한 얘기는 입밖에 내지 않도록 조심해야만 했고, 그럴듯한 장소들에 대해 자세히 설명해야만 했다. 마치 소설을 쓰고 있는 듯했다.

"그러면 이 건물에서는 얼마나 있었니?"

콜터 부인이 물었다.

리라는 운하를 따라 집시들과 보낸 몇 주일을 설명해야만 했다. 리라는 고블러들과 트롤선드로 항해를 했다고 거짓말을 꾸며 댔다. 그리고 그녀가 탈출한 도시의 정경을 침을 튀기며 설명했다. 에이나르손 술집에서 하녀로 일했고, 내륙의 한 농부 집에서 죽어라고 일했으며, 그리고 사모예드족에게 잡혀 볼반가르로 끌려왔다고 말했다.

"그런데 그들이 저를…… 저를 분리하려고……."

"쉬, 아가야, 그만. 그들이 무슨 짓을 하려고 했는지는 내가 알아보마."

"하지만 왜 그런 짓을 하려고 하죠? 전 잘못한 게 없는데요. 아이들은 모두 이곳에서 무슨 일이 벌어지고 있는지 겁내고 있어요. 물론 아무것도 모르면서요. 그렇지만 끔찍했어요. 이렇게 무서운 일은 처음이에요. 왜 그런 짓을 할까요, 아줌마? 그 아저씨들은 왜 그렇게 잔인한 거예요?"

"그건, 그건……. 얘야, 넌 안전해. 앞으론 너에게 손도 대지 않을 거야. 이젠 네가 여기 안전하게 있는 걸 알았으니 다시는 그런 위험에 빠지지 않게 할 거야. 널 해칠 사람은 아무도 없단다, 귀여운 리라. 아무도 널 아프게 하지 않을 거야."

"하지만 그 아저씨들이 다른 아이들에겐 그렇게 할 거잖아요. 왜죠?"

"아, 내 사랑스러운……."

"더스트 때문이에요, 그렇죠?"

"그 사람들이 네게 그렇게 말했니? 박사님들이?"

"아이들도 그걸 알아요. 다들 그 얘기만 하는걸요. 그렇지만 정확히 아는 아이는 아무도 없었어요. 그리고 그들은 저한테 그런 짓을 하려고 했어요. 이젠 더 이상 비밀로 할 수 없다고요!"

"리라, 리라. 얘야, 이건 아주 복잡한 문제야. 더스트와 다른 것들 말이야. 어린애들이 걱정할 일이 못 된단다. 하지만 박사님들은 아이들을 위해서 그런 일을 하고 계셔. 더스트는 아주 나쁘고 사악한 거란다. 어른들과 그들의 데몬들은 더스트에 아주 심각하게 감염되었기 때문에 손을 쓰기엔 이미 늦었어. 그렇지만 아이들은 빨리 수술만 하면 더스트의 위험에서 벗어난단다. 더스트는 다시는 아이들을 괴롭힐 수 없게 되지. 아이들은 안전하고 행복해지는 거야. 그리고……."

리라는 토니 마카리오스를 떠올리고는 허겁지겁 몸을 앞으로 숙이고 구역질을 하기 시작했다. 콜터 부인은 한 걸음 물러나서 리라를 보며 말했다.

"괜찮아? 화장실로 가렴."

리라는 억지로 참고 눈을 비비며 말했다.

"우리에게 그렇게 해 주실 필요는 없어요. 그냥 우릴 놓아 주기만 하면 된다구요. 이런 일이 벌어지고 있는 걸 아스리엘 경이 알면 절대 용서하지 않을 거예요. 만약 그분이 더스트에 감염되고 아줌마도 더스트에 감염되고, 그리고 조던 대학의 총장님과 다른 어른들도 모두 더스트에 감염되어 있다면 그건 좋은 일일 거예요. 제가 이곳에서 나가면 세상 모든 아이에게 얘기해 줄 거예요. 그것이 그렇게 좋은 일이라면 아줌마는 왜 그 아저씨들이 제게 하려던 짓을 말렸어요? 오히려 기뻐하며 내버려 둬야 하는 거잖아요."

콜터 부인은 머리를 저으며 슬픈 표정으로 미소를 지었다.

"애야! 아무리 좋은 일이라도 우리에게 조금은 상처를 준단다. 그렇다고 너의 데몬이 네게서 떨어져 나간다는 얘기는 아니야. 데몬은 여전히 네 곁에 있을 거야. 이곳에 있는 많은 어른도 이 수술을 받았어. 간호사들이 무척 행복해 보이지 않던?"

리라는 눈을 깜박였다. 갑자기 그들의 무심하고 얼빠진 듯한 표정이 이해가 되었다. 발발거리며 돌아다니는 그들의 데몬들도 마치 몽유병을 앓고 있는 듯 보였던 것이다.

리라는 더 이상 말하고 싶지 않아 입을 꼭 다물었다.

"애야, 실험도 하지 않고 어떻게 아이들에게 수술을 시키겠다는 꿈을 꾸겠니? 천 년 안에는 아이들의 데몬을 모두 제거할 사람이 없을 거야. 수술을 한다는 것은 단순한 단절을 의미해. 그러면 모든 것이 편안해진다니까. 영원히 말이야! 너도 알다시피 어릴 때는 데몬이 훌륭한 친구지만 나이가 들어 사춘기가 되어 봐라. 너도 곧 그럴 나이지만 그때는 데몬들이 온갖 성가신 생각과 감정들을 불러일으킨단다. 그래서 더스트가 침투해 들어오는 거야. 그렇게 되기 전에 간단한 수술만 받으면 너는 영원히 고통을 겪지 않게 되지. 물론 너의 데몬도 함께 있게 되고. 다만…… 둘이 따로 분리될 뿐이다. 너만 좋다면 귀여운 애완동물처럼 같이 지낼 수가 있지. 어때, 그게 좋겠지?"

오, 이런 사악한 거짓말쟁이! 한 치의 부끄러움도 없이 그런 거짓말을 늘어놓다니! 리라는 이미 토니 마카리오스와 유리상자 안에 갇혔던 데몬들을 보았다. 하지만 비록 이런 말들이 거짓이라는 사실을 몰랐다 할지라도, 리라는 격렬하게 분노하며 그 여자의 말을 증오했을 것이다. 나의 귀여운 영혼, 내 마음의 친구를 떼어 내어 발발거리며 걸어 다니는 애완견으로 만들겠다고? 리라는 치밀어 오르는 분노로 가슴이 다 타 버릴 것만 같았다. 그녀의 품 안에 안긴 판탈라이몬도 가장 보기 흉하고 사나운 족제비로 변신해서 으르렁거리기 시작했다.

그러나 그들은 아무 말도 하지 않고 꾹 참았다. 리라는 판탈라이몬을 꼭 안으며 콜터 부인이 자신의 머리카락을 쓰다듬도록 내버려 두었다.

"이제 그만 카밀레 차나 마시렴. 이곳에서 잘 수 있도록 해 주마. 기숙사에 갈 필요는 없어. 나의 어린 조수가 돌아왔으니 말이야. 내 귀염둥이. 세계 최고의 조수지. 우린 너를 찾으려고 런던 전체를 뒤졌어. 전 세계 모든 도시의 경찰들에게 너를 찾아 달라고 했지. 아, 내가 널 얼마나 보고 싶어 했는지 아니? 이렇게 다시 찾다니, 기뻐서 말도 안 나오는구나……."

그들이 얘기하는 동안 황금 원숭이는 쉬지 않고 이리저리 왔다 갔다 했다. 꼬리를 테이블에 감고 걸터앉기도 하고, 콜터 부인에게 매달려 귀를 톡톡 치기도 했다. 그의 그런 행동은 콜터 부인의 초조한 마음을

나타내는 것이어서 마침내 부인은 그를 가슴에 끌어안으며 리라에게
물었다.

"리라야, 네가 떠나기 전 조던 대학의 총장이 무언가를 주지 않던?
그분이 네게 알레시오미터를 주었을 텐데. 사실 그것은 그분이 줄 수
있는 물건이 아니란다. 총장님은 단지 보관만 하신 거지. 그건 아주 귀
중한 것이라서 갖고 다닐 것이 못 돼. 너도 알겠지만 그건 이 세상에 두
세 개밖에 안 되는 것 중의 하나야. 아마 총장님께선 그것이 아스리엘
경의 손에 들어가도록 하려고 네게 준 것 같구나. 그분이 알레시오미터
에 대해선 내게 말하지 말라고 하셨지, 그렇지?"

리라가 입을 비죽거리자 부인이 말했다.

"그래, 알겠다. 걱정할 필요 없어. 넌 내게 얘기하지 않았으니까. 그
러니까 넌 약속을 어기지 않았어. 하지만 내 말 잘 들어라. 그건 정말
소중하게 보관해야 해. 너무도 진귀하고 깨지기 쉬운 것이라서 함부로
다뤄선 안 된단다."

"아스리엘 경이 그걸 가지면 왜 안 된다는 거죠?"

리라는 꼼짝도 하지 않고 물었다.

"그가 하는 일 때문이다. 너도 그분이 먼 곳으로 추방당한 걸 알잖니.
사악한 마음으로 위험한 일을 하고 있거든. 일을 마치려면 그에겐 알레
시오미터가 필요하지. 그렇지만 애야, 제발 나를 믿으렴. 어떤 일이 있
어도 그 사람 손에 넘어가선 안 된단다. 슬프게도 조던 대학의 총장님
께서 실수를 하신 거야. 그러니까 그건 내가 갖고 있는 편이 훨씬 안전
하다는 걸 알겠지? 그러면 네겐 아무 문제도 생기지 않을 거야. 그걸
보관하려는 걱정도 안 해도 되고. 그것 때문에 정말 귀찮았을 거야. 이
런 보잘것없는 옛날 물건을 도대체 어디에다 쓰겠다는 건지, 하고 의아
하게 생각하면서 말이야."

리라는 한때 콜터 부인을 매력적이면서도 현명한 여자라고 생각했던 자신의 판단이 의심스러울 정도였다.

"만일 그걸 지금 갖고 있다면 나한테 맡기렴. 그건 내가 보관하는 편이 훨씬 안전해. 네 벨트에 차고 있는 그것이지? 그래, 참 현명하게 보관하고 있구나. 하지만 나한테 맡기는 게 더 좋겠어. 이렇게……."

콜터 부인은 리라의 치마로 손을 가져가 기름을 먹여 뻣뻣한 주머니를 풀기 시작했다. 리라는 바짝 긴장했다. 황금 원숭이는 침대 끝에서 몸을 웅크리고 작고 까만 손을 입에 대고는 잔뜩 기대에 부풀어 몸을 떨고 있었다. 콜터 부인은 리라의 허리에서 벨트를 풀어낸 뒤 주머니의 단추를 열었다. 그녀의 숨결이 빨라지고 있었다. 주머니 속에서 검은 벨벳 뭉치를 꺼내 펼치자, 이오레크 뷔르니손이 만든 깡통이 나왔다.

판탈라이몬은 다시 고양이로 변해 당장이라도 뛰어오를 것처럼 긴장했다. 리라도 콜터 부인에게서 한 걸음 뒤로 물러나서 때가 오면 재빨리 돌아서서 아래층으로 달아날 준비를 하고 있었다.

"이게 뭐니?"

콜터 부인은 놀라서 물었다.

"이건 정말 오래된 깡통이구나! 넌 그걸 안전하게 보관하려고 이곳에다 넣었니, 응? 이 이끼 좀 봐…… 어지간히 조심했구나, 그렇지? 깡통 안에 또 깡통이 있네! 게다가 납땜질까지! 누가 이렇게 해 주었지?"

부인은 얼른 깡통을 열어 보고 싶은 마음에 대답을 기대하지도 않았다. 그녀는 장식이 많이 달린 핸드백에서 나이프를 꺼냈다. 그러고는 칼집에서 날을 빼내 깡통 뚜껑에 구멍을 뚫기 시작했다.

뒤이어 독이 오를 대로 오른 스파이 파리의 요란한 날갯짓 소리가 순식간에 방 안을 가득 채웠다.

리라와 판탈라이몬은 서로를 꼭 부둥켜안고 있었다. 콜터 부인은 잔뜩 호기심에 부풀어 뚜껑을 잡아당겼고 황금 원숭이도 잔뜩 긴장한 표정으로 깡통 안을 들여다보았다.

그러자 눈 깜짝할 사이에 검은색의 스파이 파리가 깡통 바깥으로 튀어나오면서 황금 원숭이의 얼굴로 돌진했다. 원숭이는 비명을 지르며 뒤로 나자빠졌다. 그 통증은 콜터 부인에게도 그대로 전달되었고, 그녀 역시 기절할 듯 놀라며 비명을 질렀다. 태엽이 달린 작은 악마는 콜터 부인 위로 날아올라 가슴과 목과 얼굴을 마구 공격했다.

리라는 때를 놓치지 않았다. 판탈라이몬이 문 쪽으로 쏜살같이 날아가자 그녀도 뒤를 쫓아갔다. 리라는 문을 박차고 나가 죽기살기로 달리기 시작했다.

"화재경보!"

판탈라이몬이 리라의 앞에서 날아가며 소리쳤다.

복도 모퉁이에 있는 버튼을 발견하자 리라는 주먹을 필사적으로 휘둘러 유리를 깨고 버튼을 눌렀다. 그녀는 기숙사 쪽으로 달리면서 눈에 띄는 비상 버튼마다 모조리 눌러 댔다. 사람들이 복도로 뛰어나와 불난 곳을 찾느라고 정신없이 두리번거렸다.

리라가 주방에 이르렀을 때쯤 판탈라이몬의 생각이 그녀의 마음속으로 번개같이 전달되었다. 그녀는 재빨리 가스의 잠금 장치들을 모조리 열어젖힌 뒤 근처에 있는 버너에다 불을 붙였다. 그리고 선반에 있는 밀가루 자루를 잡아당겨 식탁 모서리를 이용해서 찢어발기자 하얀 가루가 사방으로 날리기 시작했다. 밀가루가 공기 속에 충만할 때 불길이 닿으면 폭발한다는 얘기를 어디선가 들은 적이 있었던 것이다.

리라는 다시 온 힘을 다해 기숙사로 달려갔다. 복도는 온통 아수라장이었다. 아이들은 주위에서 들은 '탈출'이라는 말에 잔뜩 흥분되어 이리저리 뛰어다녔다. 나이 많은 아이들이 할 일은 보관실로 가서 옷을 가지고 어린아이들과 함께 나가는 것이었다. 어른들은 아이들을 진정시키려고 애쓰면서도 무슨 일이 일어나고 있는지를 몰랐다. 사람들은 서로 소리치며 떠밀고 울부짖으며 매달리는 등 온통 야단법석을 떨고 있었다.

그런 사이를 리라와 판탈라이몬은 물고기가 헤엄치듯 매끄럽게 빠져나갔다. 그들이 기숙사에 도착하자 뒤쪽에서 둔탁한 폭음이 들리며 건물 전체가 흔들렸다.

다른 여자 아이들은 이미 기숙사에서 나간 뒤라 방 안은 텅 비어 있었다. 리라는 구석으로 가서 사물함을 잡아당겼다. 그리고 위로 뛰어올라 천장에서 털옷을 꺼내 알레시오미터가 무사한 것을 확인하고는 재빨리 털옷을 입고 모자를 푹 뒤집어썼다. 참새로 변해 문 앞에서 망을 보고 있던 판탈라이몬이 소리쳤다.

"지금이야!"

리라는 밖으로 달려 나갔다. 다행히 두터운 겨울 외투를 걸친 아이들 한 무리가 현관을 향해 복도를 뛰어가고 있었다. 리라는 그 아이들 무리에 끼어들었다. 탈출하지 못하면 죽는다는 생각에 가슴이 쿵쿵 뛰고 온몸에서는 땀이 나왔다.

길은 막혀 있었다. 부엌에서 시작된 불꽃이 급속히 확산되었고, 밀가루 때문인지 가스 때문인지는 몰라도 폭발로 인해 지붕 한 자락이 주저앉았던 것이다. 사람들은 밖으로 나가기 위해 매서운 추위에도 아랑곳하지 않고 무너진 주춧돌과 기둥 위로 기어오르고 있었다. 가스가 강한 독성을 뿜어냈다. 이번에는 훨씬 가까운 곳에서 무언가 폭발했다. 굉음과 돌풍에 강타당한 사람들의 비명이 사방에서 들려왔다.

"이쪽이야! 이쪽이라고!"

갈팡질팡하며 울부짖는 다른 데몬들 사이에서 판탈라이몬이 소리쳤다. 리라는 기를 쓰고 무너진 건물 잔해 위로 올라갔다. 바깥 공기는 콧김이 얼어 버릴 정도로 매서웠다. 리라는 아이들이 빠짐없이 두꺼운 외투를 찾아 제대로 입고 있기를 바랐다.

불길이 치솟았다. 리라가 캄캄한 밤하늘 아래의 지붕 위로 나와 보니, 건물 한쪽의 커다란 구멍에서 불길이 활활 솟아올랐다. 중앙 현관에는 아이들과 어른들이 뒤엉켜 아우성치고 있었다. 어른들은 정신을 못 차리고 우왕좌왕했고, 겁먹은 아이들은 비명을 지르거나 울음을 터뜨렸다.

"로저! 로저!"

리라가 소리치자, 올빼미로 변한 판탈라이몬은 날카로운 눈으로 로저를 발견하곤 올빼미 울음을 울었다. 리라와 로저는 서로 눈이 마주쳤다.

"아이들에게 모두 나를 따르라고 해!"

리라는 로저의 귀에 대고 소리쳤다.

"따라오지 않을 거야. 잔뜩 겁을 먹고 있거든!"

"사라진 아이들에게 그들이 한 짓을 얘기해! 그들은 커다란 칼로 아이들의 데몬을 잘라 냈어! 오늘 오후 네가 본 걸 그대로 말하라고! 우리가 탈출시킨 데몬들 얘기 말이야. 여기서 도망치지 않으면 모두 그 꼴이 될 거라고 말해 줘!"

로저는 두려움에 입을 다물지 못했다. 그러나 곧 용기를 내어 근처에서 우왕좌왕하는 아이들에게로 달려갔다. 리라도 그를 따라 아이들에게 갔다. 이야기가 전해지자 어떤 아이들은 공포에 질려 울부짖으며 자신의 데몬을 끌어안았다.

"나를 따라와!"

리라가 소리쳤다.

"구조대가 오고 있어! 이곳을 빠져나가야 해. 어서 달려!"

아이들은 리라의 말에 따랐다. 가로등이 켜진 거리를 향해 아이들은 무리 지어 달려 나갔다. 딱딱하게 다져진 눈 위에 아이들의 구두 소리가 어지럽게 울렸다.

등 뒤에서 어른들이 아우성치는 소리가 들려왔다. 건물의 다른 부분이 무너져 내리며 요란한 소리를 냈다. 불똥이 사방으로 튀며 불길이 더욱 거세지고 있었다. 그러나 그 모든 소리를 가르며 무시무시하고 끔찍한 소리가 들려왔다. 지금까지 한 번도 그런 소리를 들어 보지 못했지만 리라는 금방 알 수 있었다. 그것은 타타르 경비병들의 데몬인 늑대들이 짖어 대는 소리였다. 리라는 온몸에서 힘이 쏙 빠져나가는 것 같았다. 많은 아이가 겁에 질려 앞으로 나아가지 못하고 그 자리에 멈춰 서서 어쩔 줄 몰라 했다. 총을 든 타타르 선발대가 잿빛 늑대들을 앞세우고 빠르게 달려오고 있었던 것이다.

타타르 경비병들은 계속 떼를 지어 몰려왔다. 두툼한 점퍼를 입고 있는 그들은 마치 눈이 없는 사람들 같았다. 그들의 눈은 동전투입구처럼 가느다랗게 구멍을 낸 헬멧 속에 숨어 있어서 밖에서는 보이지 않았다. 그 대신 총구가 시커먼 눈동자처럼 노려보고 있었을 뿐이다. 그들의 데몬인 늑대들은 입가로 침을 뚝뚝 흘리고 있었다.

리라는 기가 꺾이고 말았다. 늑대 데몬이 이렇게 무시무시하리라고는 꿈에도 생각하지 못했던 것이다. 왜 볼반가르 사람들이 그토록 금기시 했던 것을 깼는지 알 듯했다. 침을 질질 흘리고 있는 늑대들의 이빨을 보자 리라는 그만 기가 질려 간이 콩알만 해졌다.

타타르인들은 가로등이 있는 도로 입구를 일렬로 막아섰다. 그들 곁에는 훈련을 잘 받은 데몬들도 함께 서 있었다. 그뿐이 아니었다. 다른 경비병들이 속속 도착하여 새로운 진영을 만들고 있었다. 리라는 절망했다. 아이들이 어떻게 군인들과 싸울 수 있겠는가! 벽돌공 아이들에게 진흙덩이를 던지던 옥스퍼드 클레이베즈에서의 싸움과는 다른 것이었다.

아니, 같을 수도 있었다! 리라는 자신에게 달려들던 벽돌공 아이의 얼굴에 진흙을 한 움큼 던졌던 일이 생각났다. 소년이 눈에 달라붙은 진흙을 떼어 내려고 멈칫한 순간 도시 아이들이 그를 덮쳐서 제압할 수 있었던 것이다.

그때는 진흙 위였다. 그러나 지금은 눈 위에 서 있을 뿐이었다.

리라는 그날 오후처럼 행동했다. 그러나 이번에는 목숨이 걸린 일이었다. 그녀는 눈을 뭉쳐 가장 가까이 있는 군인을 향해 힘껏 던졌다.

"저들의 눈을 맞춰!"

리라는 아이들에게 소리치고는 타타르인들을 향해 계속 눈덩이를 던졌다.

그러자 다른 아이들도 일제히 눈을 뭉쳐 던지기 시작했다. 아이들의 데몬들은 신속하게 새로 변신하여 눈덩이 옆으로 날아가서 군인들의 가느다란 헬멧 구멍에 눈덩이가 명중하도록 탄도를 조정했다. 타타르인들은 곧 헬멧의 좁다란 구멍을 막아 버린 눈덩이를 떼어 내느라고 쩔쩔매며 욕설을 퍼부었다.

"도망가자!"

리라는 큰 소리로 외치며 도로 입구를 향해 돌진했다.

아이들도 리라의 뒤를 따라 소리치며 달려갔다. 그들은 입을 떡 벌리고 있는 늑대들을 요리조리 피하며 가로등이 켜진 거리를 향해 죽어라고 달려 내려갔다. 그 너머로는 광활한 어둠이 그들을 향해 손짓하고 있었다.

아이들의 등 뒤에서 경비대 지휘관의 거친 목소리가 터졌고, 그와 동시에 일제히 총의 노리쇠를 당기는 소리가 들려왔다. 그 순간 비명 소리와 함께 긴장된 침묵이 잠시 이어졌다. 들리는 소리라곤 급히 도망치는 아이들의 발자국 소리와 헐떡이는 숨소리뿐이었다.

타타르인들은 총을 겨누고 있었다. 그들이 잘못 쏘았을 리는 없었다. 그러나 방아쇠를 당기기 직전에 그들 중의 하나가 비명을 지르며 쓰러졌고, 이어서 놀라 소리치는 목소리가 여기저기서 터져 나왔다.

리라도 그 소리에 놀라 걸음을 멈추고 뒤를 돌아보았다. 눈 위에 한 사내가 회색 깃털이 달린 화살을 맞고 쓰러져 있었다. 사내는 온몸에 경련을 일으키며 피를 토해 냈다. 다른 경비병들은 화살을 쏜 주인공을 찾으려고 주위를 두리번거리고 있었다. 그러나 궁수의 얼굴은 어디에도 보이지 않았다.

그때 또 다른 화살 하나가 하늘에서 날아와 다른 타타르인의 뒤통수에 박혔다. 그 사내도 즉시 땅에 고꾸라졌다. 지휘관이 고함을 지르며 공중을 가리키자 타타르인들은 일제히 캄캄한 하늘을 올려다보았다.

"마녀들이다!"

판탈라이몬이 소리쳤다.

정말 마녀들이었다. 검은색의 우아한 옷을 걸친 마녀들이 하늘을 날고 있었다. 그들이 타고 있는 구름소나무의 가지가 공중을 가르며 날아왔다. 리라가 바라보고 있는 동안에도 한 마녀가 급속히 하강하면서 화살 한 대를 쏘았다. 그러자 또 한 사내가 픽 쓰러졌다.

타타르인들은 이제 일제히 총을 하늘에 대고 무작정 발사하기 시작했다. 구체적인 목표물을 발견할 수도 없는 그들은 어두운 하늘에서 어른거리는 그림자와 구름을 향해 마구잡이로 총을 쏴 댈 뿐이었다. 그러자 그들 머리 위로 점점 더 많은 화살들이 쏟아져 내렸다.

아이들이 제법 멀리 도망친 것을 본 지휘관은 경비병들에게 아이들을 추격하라는 명령을 내렸다. 그때 아이들이 갑자기 비명을 지르기 시작했다. 가로등이 있는 길 건너편의 어둠 속에서 달려오는 거대한 물체를 본 아이들은 더 이상 앞으로 나아가지 못하고 겁에 질려 비명만 질러 댔다.

"이오레크 뷔르니손!"

리라의 입에서 환성이 터져 나왔다. 가슴은 기쁨으로 터질 것만 같았다.

무거운 갑옷을 입고 달리는 이오레크는 그 무게를 의식하기는커녕, 오히려 탄력을 얻고 있는 것처럼 보였다. 그는 리라의 곁을 바람처럼 스치고 지나 타타르 경비병들을 향해 돌진했다. 경비병들과 그들의 데몬인 늑대들과 총이 사방으로 흩어졌다. 그러자 이오레크는 일단 발을 멈춘 뒤 획 돌아섰다. 그러고는 가장 가까운 곳에 있는 경비병들을 향해 강펀치를 휘둘렀다.

늑대 데몬 한 마리가 그를 향해 뛰어올랐다. 이오레크의 발톱이 허공을 획 가르자 데몬은 눈밭 위로 나가떨어져서 잠시 낑낑거리더니 환한 불을 내뿜으며 사라졌다. 그러자 데몬의 주인인 인간도 즉시 숨을 거두었다.

타타르 지휘관은 양면 공격을 받고서도 전혀 주춤거리지 않았다. 그가 커다란 소리로 명령을 내리자 경비대는 즉시 둘로 나뉘었다. 한 부대는 마녀와 대적하고, 규모가 더 큰 부대는 곰과 맞섰다. 타타르 병사들은 정말 용감무쌍했다. 그들은 마치 훈련장에서 하듯 네 명씩 조를 이루어 한쪽 무릎을 꿇고 사격을 했다. 그리고 이오레크가 돌진해 와서 자신들을 박살 내는 그 순간까지 한 치도 물러서지 않았다. 그러나 얼마 지나지 않아 그들은 전멸했다.

이오레크는 좌충우돌하며 타타르 경비병들을 박살 내고 있었다. 날카로운 발톱으로 자르고, 이빨로 물어뜯고, 주먹으로 짓이기고 다니는 그에게 타타르인들은 집중사격을 퍼부었지만 아무 소용도 없었다. 그 틈을 타 리라는 아이들을 가로등 도로 너머의 어둠 속으로 이끌고 도망쳤다. 타타르 경비병들도 위험하지만 볼반가르의 사람들이 더 위험했다. 그들로부터 벗어나려면 조금이라도 더 멀리 도망가지 않으면 안 되었다.

리라는 아이들의 등을 떠밀다시피 계속 전진했다. 마침내 뒤쪽의 가로등 불빛이 그들의 그림자를 눈 위에 길게 드리우자, 리라는 자신이 어느새 북극의 짙은 어둠과 깨끗한 추위를 만끽하고 있음을 알았다. 판탈라이몬 역시 그 속을 마음껏 달리고 싶은 듯 어느새 토끼로 변해 있었다.

"어디로 가는 거지?"

누군가 물었다.

"여긴 눈밖에 없잖아!"

"구조대가 오고 있어."

리라는 아이들에게 말해 주었다.

"50명 이상의 집시들이 오고 있어. 그들 중에는 어쩌면 너희들의 친척이 있을지도 몰라. 집시 가족들은 모두 아이들을 잃었어. 그들이 우리에게 구조대를 보낸 거야."

"난 집시가 아니야."

한 소년이 말했다.

"걱정하지 마. 너도 당연히 데려갈 거니까."

"어디로?"

누군가 불만 섞인 목소리로 물었다.

"집으로! 나는 너희들을 구하러 여기에 온 거야. 집시들에게 너희들을 집으로 데려다 달라고 할 거야. 이제 조금만 더 가면 돼. 그러면 그들을 만나게 될 거야. 아까 그 곰도 그들과 함께 온 거야. 그러니까 그들은 멀리 떨어져 있지 않아."

"아까 그 곰 봤어?"

한 소년이 소리쳤다.

"그 곰이 데몬을 한 방 후려치니까 그의 주인도 마치 심장을 낚아채인 것처럼 죽어 버렸잖아, 안 그래?"

"나는 데몬들이 죽을 수도 있다는 걸 정말 몰랐어."

다른 아이가 말을 받았다.

아이들은 다시 재잘거리기 시작했다. 기대감과 안도감이 아이들의 혀까지 편안하게 풀어 놓은 듯했다. 그들이 계속 앞을 향해 걸어가고 있는 한 무슨 얘기를 지껄인들 문제될 것이 없었다.

"그들이 정말 거기서 그런 짓을 한 걸까?"

"그럼!"

한 소녀의 질문에 리라가 대답했다.

"난 데몬이 없는 사람은 상상도 해본 적이 없어. 그런데 여기서 데몬이 없는 소년을 보았거든. 그 소년은 자신의 데몬이 어디에 있는지 내게 물었어. 데몬도 자신을 찾을 거라고 생각하고 있더라고. 토니 마카리오스라는 애였어."

"나도 그 애를 알아!"

누군가 말하자 다른 아이들도 합세했다.

"맞아, 그들이 일주일쯤 전에 그 아일 데려갔어."

"그래, 그들이 그 아이의 데몬을 분리한 거야."

리라가 말했다. 이 말이 아이들에게 어떤 영향을 미칠지 리라는 알고 있었다.

"그리고 얼마 후 그 아이는 죽었어. 그들은 아이들로부터 분리해 낸 데몬들을 저 뒤쪽 네모난 건물 안에 있는 유리상자들 속에 보관하고 있었어."

"사실이야."

로저가 거들었다.

"소방훈련을 하는 사이에 리라가 그들을 모두 풀어 줬어."

"맞아, 나도 봤어!"

빌리 코스타도 맞장구를 쳤다.

"처음엔 그게 뭔지도 몰랐어. 하지만 얼마 뒤에 그들이 거위와 함께 날아가는 것을 볼 수 있었지."

"왜 그런 짓을 하는 거지?"

한 소년이 따지듯 물었다.

"왜 사람들에게서 데몬을 떼어 내는 거냐고? 그건 고문이야! 왜 그런 짓을 하는 거지?"

"더스트 때문일 거야."

누군가 자신 없이 말했다.

그러자 다른 아이가 코웃음을 쳤다.

"더스트라고? 그딴 건 있지도 않아! 그들이 지어낸 말이라고. 나 그딴 말 안 믿어."

"저길 좀 봐!"

누군가 소리쳤다.

"비행선에 무슨 일이 벌어지고 있는 것 같아!"

아이들은 모두 뒤를 돌아보았다. 아직도 전투가 벌어지고 있는 불빛이 환한 곳 너머로 몸체가 기다란 비행선이 눈에 들어왔다. 그런데 비행선이 계류대에 제대로 걸려 있는 것이 아니라, 밧줄이 풀린 한쪽 끝이 아래쪽으로 기울어져 있었다. 그리고 그 너머로 동그란 모양의 기체가 공중에 둥둥 떠 있었다.

"리 스코즈비의 기구다!"

리라가 환성을 터뜨리곤 벙어리 장갑 낀 손으로 손뼉을 쳐 댔다.

아이들은 멀뚱한 표정이 되었다. 아이들의 발걸음을 재촉하면서도 리라는 리 스코즈비가 기구를 어떻게 이 먼 곳까지 가져올 수 있었는지 몹시 궁금했다. 그것은 분명 매우 훌륭한 생각이었다. 콜터 부인의 비행선에서 가스를 빼내 기구에 채웠던 것이다. 탈출을 용이하게 하면서 동시에 적이 따라올 수 없게 하는 묘책이었다.

"빨리 와, 계속 걸어야 해! 그러지 않으면 얼어 죽어!"

리라는 아이들을 계속 다그칠 수밖에 없었다. 추위로 벌벌 떨며 우는 아이들이 있는가 하면, 데몬들은 가늘고 높은 소리로 계속 칭얼대고 있었다.

판탈라이몬은 아이들이 용기를 잃고 있다는 것을 알았다. 그는 모피처럼 소녀의 어깨 위에 달라붙어 훌쩍이고 있는 데몬에게 벌컥 화를 냈다.

"이 애의 코트 속으로 들어가! 네가 몸을 부풀려서 이 애를 따뜻하게 해 주라고!"

그가 고함을 지르자 겁에 질린 데몬은 얼른 소녀의 방한복 안으로 들어갔다.

문제는 방한복이 동물의 모피만큼 따뜻하지 않은 데 있었다. 데몬들이 방한복 안으로 들어가서 몸을 아무리 부풀린다고 해도 큰 효과는 없었다. 어떤 아이는 데몬이 몸을 부풀리는 바람에 마치 걸어 다니는 버섯 같았다. 그렇지만 그들의 옷은 공장이나 실험실에서 추위를 느끼지 않도록 만들어진 것이어서 진정한 방한복 역할은 해내지 못했다. 누더기가 다 된 리라의 모피는 고약한 냄새를 풍겼지만 몸만은 따뜻하게 보호해 주었다.

"집시들을 빨리 찾아내지 못하면 아이들은 모두 죽고 말 거야."

리라는 판탈라이몬에게 속삭였다.

"그러니까 계속 걷게 해야 해!"

판탈라이몬이 대꾸했다.

"여기서 주저앉으면 끝장이야. 파더 코람도 그렇게 말했어."

파더 코람은 리라에게 자신의 북극 여행담을 자주 들려주었다. 콜터 부인도 그랬다. 그들의 얘기 중에서 일치하는 한 가지 분명한 사실은 북극에서는 걸음을 멈추어선 안 된다는 것이었다.

"얼마나 더 걸어야 해?"

한 꼬마가 투덜거렸다.

"이렇게 걷다가 죽게 만들 작정인가 보지."

한 소녀가 맞장구를 쳤다.

"거기 돌아가느니 여기서 죽는 게 낫겠다."

"난 안 그래. 기지에 있으면 따뜻하잖아. 거긴 음식과 따뜻한 음료수와 모든 것이 있어."

"그렇지만 이젠 다 타 버렸잖아!"

"우리가 지금 왜 이렇게 고생하는 거지? 배고파 죽겠어!"

리라의 마음은 어두운 의문들로 가득했다. 그 의문들에 대한 대답은 캄캄한 하늘을 날아다니는 마녀들의 존재처럼 리라의 생각이 미치지 않는 곳에 있었다. 그러나 그녀의 손이 닿는 바로 그 너머 어딘가에는 그녀가 전혀 이해할 수 없었던 영광과 스릴이 기다리고 있었다.

그것은 리라의 기운을 북돋워 주었다. 그녀는 눈보라에 휩쓸리는 한 소녀를 얼른 손으로 잡고, 축 처져서 걷고 있는 소년의 등을 밀며 아이들에게 외쳤다.

"계속해서 걸어! 곰의 발자국을 따라가라고! 그는 집시들과 함께 왔어. 그러니까 곰의 발자국만 따라가면 집시들이 있는 곳으로 가게 될거야. 자, 빨리 걸어!"

커다란 눈송이들이 떨어지기 시작했다. 얼마 안 있으면 이오레크 뷔르니손의 발자국을 모두 덮어 버릴 것 같았다. 이제 그들 일행은 볼반가르의 불빛에서 꽤 먼 거리까지 걸어와 있었다. 볼반가르는 눈 덮인대지 위에 희미하게 깜빡이고 있는 한 점의 불빛으로 보일 뿐이었다. 하늘은 잔뜩 찌푸린 구름들로 가득 차서 은은한 달빛은 고사하고 반짝이는 북극성도 보이지 않았다. 그래도 아이들은 이오레크 뷔르니손이눈 위에 깊숙이 남겨 놓은 발자국을 찾을 수 있었다. 리라는 아이들을부추기고, 계속 소리치고, 툭툭 치거나 억지로 끌어당기기도 하고, 필요할 땐 욕설도 서슴지 않았다. 판탈라이몬은 아이들의 데몬들을 보살피며 리라를 도왔다.

이 아이들을 꼭 데리고 갈 거야! 리라는 마음을 다지고 또 다졌다. 난저 아이들을 구하기 위해 여기까지 왔어. 그러니 무슨 일이 있어도 데리고 가야 해!

로저도 리라의 말에 따랐다. 눈썰미가 가장 좋은 빌리 코스타는 선두에서 길을 안내했다. 더욱 거세지는 눈발 속에서 아이들은 길을 잃지않기 위해 서로 바싹 붙어 걸어야만 했다. 저렇게 서로 몸을 가까이 붙이고 체온을 보존한다면, 하고 리라는 생각했다. 그렇다면 눈 속에 커다란 구덩이를 파고…….

그때 리라의 귀에 무슨 소리가 들려왔다. 엔진 소리였다. 그러나 비행선의 커다란 폭음이 아니라, 마치 장수말벌이 윙윙거리는 듯한 단조로운 소리가 간헐적으로 들려왔다.

동물이 짖어 대는 듯한 소리도 들렸다. 개들일까? 썰매견들? 그 소리도 끝없이 휘날리는 눈보라와 이리저리 마구 불어 대는 바람 속에서 아득하게만 들려왔다. 어쩌면 집시들이 눈썰매를 몰아 이쪽으로 달려오고 있는 건지도 몰랐다. 아니면 툰드라의 무서운 유령들일 수도 있고, 혹은 주인을 잃은 아이들의 데몬들이 울부짖는 소리일 수도 있었다.

리라의 시야에 무언가가 들어왔다. 눈 속에서 반짝이는 저것이 불빛일까? 역시 유령들이 분명해. 그렇다면 볼반가르로 다시 돌아가야만 하나.

그러나 그것들은 하얀 앤버릭 불빛이 아니라 노란 손전등 불빛이었다. 불빛은 리라를 향해 다가오고 있었고 개 짖는 소리도 점점 더 가까워졌다. 리라가 미처 정신을 차리지 못하고 있는 사이에 친숙한 얼굴들이 그녀의 주위를 둘러쌌다. 두터운 모피를 입은 남자들이 리라를 안아 올렸다. 존 파의 굳센 팔이 리라를 번쩍 안아 올리자 파더 코람은 기뻐서 웃음을 터뜨렸다. 리라는 눈보라 속에서 집시들이 아이들을 썰매에 태우고 두터운 모피로 덮어 주는 것을 보았다. 그들은 아이들에게 말린 고깃조각도 나눠 주었다. 토니 코스타는 동생 빌리를 끌어안고 기쁨을 감추지 못했다. 그는 주먹으로 빌리를 퍽퍽 치곤 또다시 얼싸안으며 기뻐했다.

"로저도 함께 왔어요."

리라는 파더 코람에게 말했다.

"제가 맨 처음 찾으려고 했던 아인 로저였어요. 우린 꼭 조던으로 돌아갈 거예요. 그런데 저 소린……."

또다시 윙윙거리는 엔진 소리가 들렸다. 마치 수천 마리의 스파이 파리들이 미친 듯이 나는 것 같은 소리였다. 갑자기 리라는 일격을 당하고 그 자리에 주저앉았다. 판탈라이몬도 황금 원숭이 때문에 그녀를 막아 줄 수가 없었다.

콜터 부인이었다.

황금 원숭이는 판탈라이몬을 물어뜯고 할퀴기 시작했다. 판탈라이몬은 눈에 보이지 않을 만큼 여러 모습으로 변신하며 황금 원숭이를 찌르고 후려치고 물어뜯으며 격렬하게 저항했다. 그들이 싸우고 있는 동안 콜터 부인은 얼음처럼 싸늘한 표정으로 리라를 자신의 모터식 썰매로 끌고 갔다. 리라도 판탈라이몬 못지않게 맹렬히 저항했다. 눈발이 더욱 거세게 몰아쳐서 두 사람은 그 속에 따로 갇힌 듯했다. 썰매의 앤버릭 헤드라이트만 겹겹이 내리는 눈발 속에서 겨우 한 걸음 앞을 밝혀 줄 뿐이었다.

"도와줘요!"

리라는 집시들을 향해 소리쳤다. 그러나 짙은 눈발로 시야가 가로막힌 그들은 리라를 볼 수 없었다.

"도와줘요, 파더 코람! 로드 파! 오, 하느님, 제발 살려 주세요!"

콜터 부인이 북부 타타르인의 언어로 날카롭게 소리 질렀다. 거센 눈보라 속에서 총을 든 타타르 경비병들이 나타났다. 그들의 곁에는 늑대 데몬들이 으르렁거리고 있었다. 지휘관은 콜터 부인이 리라와 씨름하는 것을 보고 리라를 마치 인형처럼 썰매 안으로 집어던졌다. 리라는 눈앞이 아찔해지며 숨도 쉴 수 없었다.

빵! 하고 소총이 불을 뿜었다. 뒤이어 다른 총도 일제히 발사되기 시작하자 집시들은 그제야 사태를 눈치 챘다. 그러나 목표물이 확실하지 않은 상태에서 발사하는 것은 자기편을 쏠 위험이 있었다. 타타르인들은 썰매 주위를 철통같이 에워싼 채 마음껏 총을 쏠 수 있었지만, 집시들은 리라 때문에 응사할 수가 없었다.

리라는 너무나 비참한 심정이었다.

그녀는 머릿속이 울리고 눈앞이 어질어질한 가운데서도 판탈라이몬을 찾기 위해 몸을 일으켰다. 오소리로 변한 판탈라이몬은 아직도 황금원숭이의 팔을 꽉 물고 필사적인 대결을 벌이고 있었다. 그런데 저 아이 또 누구지?

설마 로저가!

정말 로저였다. 그는 콜터 부인에게 주먹질, 발길질, 박치기까지 해대며 격렬하게 반항하고 있었다. 그러나 타타르 경비병이 가볍게 한 대후려치자 파리처럼 나가떨어졌다. 리라의 눈에는 이제 그 모든 것이 마치 흐릿한 영상처럼 비쳤다. 하얗고 까맣고 푸른 그림자들이 이따금 지나가는 불빛 속에서 너울너울 춤을 추었다.

거대한 눈의 장막을 헤치고 쇠붙이가 서로 충돌하는 요란한 소리를 내며 이오레크 뷔르니손이 나타났다. 그는 이빨로 좌우의 적을 물어뜯으며 발톱으로는 갑옷을 입은 적의 가슴을 갈랐다. 하얀 이빨과 검은 쇠붙이와 축축한 붉은 털이 눈발 속에서 희끗희끗 드러났다.

그 순간 어떤 강한 힘이 리라를 공중으로 끌어올렸다. 리라는 로저를 꽉 붙잡아 콜터 부인의 손아귀에서 떼어 냈다. 그들의 데몬들은 머리 위에서 펄럭이는 거대한 날갯짓에 놀라 새로 변해 날카로운 소리를 지르며 날아올랐다. 공중으로 올라간 리라는 옆에서 날고 있는 마녀들을 보았다. 손을 뻗치면 닿을 듯한 거리에서 마녀들은 손에 활을 들고 우아한 자태로 날고 있었다. 이런 추운 날씨에도 불구하고 마녀들은 장갑도 끼지 않은 맨손으로 활시위를 당겨 타타르 경비병들에게 화살을 날렸다. 화살은 타타르인의 눈을 꿰뚫고 뒤통수로 나왔다. 그러자 인간이 땅에 쓰러지기도 전에 늑대 데몬이 먼저 사라져 버렸다.

리라와 로저는 공중에 대롱대롱 매달린 채 구름소나무 가지를 붙잡고 있는 자신들의 손에서 힘이 점점 빠지는 것을 느꼈다. 구름소나무 위에는 젊은 마녀가 우아한 자태로 앉아 있었다. 잠시 후 마녀가 왼쪽 아래로 몸을 기울이자 리라와 로저의 눈에 거대한 물체가 다가왔다. 땅이었다.

두 아이는 리 스코즈비의 기구 바구니 옆 눈구덩이 속으로 굴러 떨어졌다.

"빨리 타! 그리고 친구도 데리고 와! 곰은 봤어?"

리 스코즈비가 소리쳤다.

리라는 세 명의 마녀가 기구의 부력을 지탱하기 위해 커다란 바위에 감아 놓은 밧줄을 붙잡고 있는 것을 보았다.

"어서 타!"

그녀는 로저에게 소리쳤다. 그리고 기구 바구니의 가죽 테두리를 타넘고 눈이 쌓여 있는 바구니 안으로 떨어졌다. 잠시 후 로저도 리라 위로 굴러 떨어졌고, 뒤이어 천지를 뒤흔드는 커다란 울부짖음과 함께 이오레크 뷔르니손이 달려오는 소리가 났다.

"빨리 와, 이오레크! 어서 타라구, 친구!"

리 스코즈비가 소리쳤다. 이오레크가 올라타자 나무와 고리버들로 짠 약한 바구니는 우지직 소리를 내며 한쪽으로 휘어졌다.

그때 공기층이 엷어지며 한순간 안개와 눈이 걷혔다. 리라는 조금 전까지 자신들이 싸우고 있었던 곳을 한눈에 내려다볼 수 있었다. 존 파가 지휘하는 집시 돌격대가 타타르 경비병 후위를 공격하며 이미 불타서 폐허로 변한 볼반가르로 몰아넣고 있었다. 다른 집시들은 썰매 위로 안전하게 대피한 아이들에게 따뜻한 모피를 덮어 주고 있었다. 파더 코람은 근심스럽게 주위를 둘러보며 지팡이에 몸을 기댔다. 코람의 갈색 데몬은 눈 위를 껑충거리며 정신없이 이곳저곳을 살폈다.

"파더 코람! 여기 좀 보세요!"

리라가 외쳤다.

노인은 리라의 소리를 듣고 고개를 돌렸다. 그러고는 마녀들이 잡고 있는 밧줄 끝에 매달린 기구를 신기한 듯이 바라보았다. 리라는 바구니 안에서 미친 듯이 손짓을 했다.

"리라! 괜찮니? 다친 덴 없고?"

"그럼요! 전 괜찮아요."

리라가 대답했다.

"안녕히 계세요, 파더 코람! 아이들을 모두 집으로 돌려보내 주세요!"

"알았다. 그렇게 하마. 내 약속하지. 잘 가라, 꼬마야! 잘 가!"

그 순간, 기구 조종사의 신호에 따라 마녀들은 잡고 있던 밧줄을 놓았다. 그러자 기구는 거센 눈보라 속을 뚫고 서서히 위로 올라갔다. 잠시 후 땅 위의 모습이 안개 속으로 사라졌다. 기구는 전진하기 시작했고 점점 속력이 빨라졌다. 리라는 어떤 로켓도 이보다 더 빨리 이륙할 수는 없다고 생각했다. 기구가 상승하자 그 힘 때문에 리라와 로저는 바구니 바닥에 찰싹 달라붙는 느낌이었다.

리 스코즈비는 기분이 아주 좋은지 거친 텍사스 사투리를 마구 지껄이며 환성을 질러 댔다. 이오레크 뷔르니손은 조용히 갑옷을 벗어 이음매들을 분리한 뒤 차곡차곡 접어 놓았다. 바구니 바깥으로는 구름소나무 잎 사이로 지나가는 바람 소리와 마녀들의 옷이 펄럭이는 소리가 들려왔다. 아마도 기구가 상층 기류에 이를 때까지 마녀들이 동행하고 있는 듯했다.

리라는 차츰 숨결이 가라앉고 심장도 정상적으로 뛰기 시작하는 것을 느낄 수 있었다. 그래서 앉은 자리에서 상체를 일으키고 주위를 둘러보았다. 리라가 타고 있는 바구니는 생각보다 넓었다. 바구니 가장자리에는 이상한 도구들이 놓인 시렁이 있었고, 거기에는 털옷 뭉치와 공기가 담긴 병들과 짙은 안개 속에서는 무엇인지 알 수 없는 자질구레한 물건들이 있었다.

"이게 구름이에요?"

리라가 물었다.

"그렇지. 네 친구가 고드름으로 변하기 전에 털옷으로 덮어 줘. 여긴 굉장히 추워. 그렇지만 이제부터 더 추워질 거야."

"우리를 어떻게 찾았어요?"

"마녀들이 찾았지. 너와 얘기하고 싶어 하는 마녀가 있어. 이제 이 구름만 지나가면 우리가 갈 길로 조정할 수가 있어. 그땐 앉아서 얘기를 나눌 수 있지."

"이오레크, 절 구해 주셔서 고마워요."

리라는 곰에게 감사했다. 이오레크는 으르렁거리는 소리를 내고 자신의 털에 묻은 피를 혀로 핥았다. 그의 엄청난 몸무게 때문에 기구가 한쪽으로 기울었지만, 그리 큰 문제는 아니었다. 로저는 잔뜩 겁을 먹고 있었지만 이오레크는 그를 거들떠보지도 않았다. 리라는 기분이 좋아져서 바구니 난간에 매달렸다. 그녀는 그 자리에 서서 쏜살같이 지나가는 구름을 신기하게 바라보았다.

기구는 눈 깜짝할 사이에 구름을 뚫고 계속 하늘로 올라가고 있었다. 아, 이 멋진 광경이라니!

그들의 머리 바로 위에는 거대한 풍선이 떠 있었다. 그리고 눈앞에는 오로라가 빛나고 있었다. 리라는 지금까지 이렇게 휘황찬란한 광채를 본 적이 없었다. 사방이 온통 오로라로 휩싸여 있었고 그들 자신도 오로라의 한 부분처럼 느껴졌다. 백열광의 거대한 붕대가 마치 천사의 날개처럼 퍼덕거리는 듯했고, 오색찬란한 빛들이 연못 속의 바위에 부딪혀 빛을 반사하는 듯, 혹은 거대한 폭포처럼 걸려 있는 듯도 했다.

그러한 광경에 넋이 나간 리라는 아래쪽을 내려다보았다. 거기에는 말로 표현하기 어려운 더 황홀한 광경이 펼쳐져 있었다.

사방천지 눈길이 닿는 곳은 모두 하얀 구름바다였다. 부드러운 구름 봉우리와 여기저기서 수증기처럼 어지럽게 움직이는 구름들이 모두 딱 딱한 얼음 덩어리처럼 보였다.

그 구름들을 뚫고 하나 둘씩, 혹은 무리를 지어 올라오는 작고 검은 그림자들이 있었다. 구름소나무 가지를 타고 있는 우아한 마녀들의 모습이었다. 그들은 별로 힘들이지 않고 기구 위로 혹은 앞으로 날아가서 방향을 잡아 주었다. 그들 중 콜터 부인의 손아귀에서 리라를 구해 준 마녀 궁수가 바구니 옆으로 똑바로 날아왔다. 리라는 처음으로 그녀의 얼굴을 똑똑히 보았다.

그녀는 콜터 부인보다도 젊고 예뻤다. 다른 마녀들처럼 검은 실크 옷을 입었고 금발에 밝은 녹색 눈을 가지고 있었다. 털옷이나 모자, 장갑 따위는 걸치지 않았지만 전혀 추위를 타지 않는 것 같았다. 눈썹 위로는 아주 작은 빨간 꽃들로 엮은 간단한 띠를 두르고 있었다. 그녀는 말을 타듯 구름소나무 가지 위에 앉아 신기하다는 듯 보고 있는 리라 앞에서 마치 마당에서 말을 부리듯 그것을 조종했다.

"네가 리라니?"

"네! 당신이 세라피나 페칼라예요?"

"그래."

리라는 조금 전까지만 해도 전혀 몰랐지만, 파더 코람이 왜 그녀를 사랑하고 또 가슴 아파하고 있었는지 이제야 그 이유를 알 것 같았다. 파더 코람은 늙고 병든 몸이었다. 그러나 세라피나 페칼라는 여러 세대 동안 젊음을 누리는 마녀였던 것이다.

"네가 진실측정기를 가지고 있니?"

마녀의 음성은 오로라가 높은 소프라노로 노래하는 듯했다. 리라는 이렇게 솜사탕처럼 감미로운 소리를 여태껏 들어 본 적이 없었다.

"예, 제 주머니 속에 안전하게 있어요."

그때 힘차게 날개를 저으며 그들 곁으로 날아오는 회색 거위 데몬이 있었다. 그는 젊은 마녀에게 무언가를 속삭인 후 기구 주위를 미끄러지듯 선회했다.

"집시들이 볼반가르를 아주 쑥대밭으로 만들었대."

세라피나 페칼라는 리라에게 회색 데몬의 말을 전했다.

"스물두 명의 경비병들과 아홉 명의 직원들을 죽였다는군. 그리고 남아 있던 건물에 모두 불을 놓았다는구나. 이제 그 기지는 완전히 사라진 거지."

"콜터 부인은 어떻게 됐어요?"

"사라졌어."

그녀가 큰 소리로 부르자 다른 마녀들이 원을 그리며 기구 주위로 몰려들었다.

"스코스비 씨, 밧줄 좀 주시겠어요?"

세라피나 페칼라가 말했다.

"대단히 고맙소. 우린 아직 상승 중이오. 아무래도 좀 더 올라가야겠는데요. 우릴 북쪽으로 끌고 가려면 당신들 몇 명이나 필요합니까?"

"우린 강하답니다."

마녀는 그렇게만 대답했다.

리 스코즈비는 밧줄 한 끝을 바구니 가장자리에 단단히 묶은 뒤 다른 한쪽을 마녀들에게 던져 주었다. 그러자 여섯 명의 마녀들이 밧줄을 붙잡고 끌어당기며 구름소나무 가지들을 북극성을 향해 돌렸다.

기구가 북극성 방향으로 움직이기 시작하자 판탈라이몬은 제비갈매기로 변신하여 바구니 가장자리에 걸터앉았다. 로저의 데몬은 주위를 한번 돌아보다가 다시 잠든 로저 곁으로 기어들었다. 이오레크 뷔르니 손도 정신없이 자고 있었다. 리 스코즈비만이 조용히 가느다란 시가를 씹으며 기구를 바라보고 있었다.

"그런데 리라, 아스리엘 경에게는 왜 가려는 거지?"

세라피나 페칼라가 물었다.

리라는 당황했다.

"그야, 그분에게 알레시오미터를 드리기 위해서죠."

리라는 그 문제에 대해 한 번도 생각해 본 적이 없었다. 너무도 분명한 일이었다. 그러나 이젠 너무 오래되어 거의 잊어버린 첫 번째 동기를 떠올렸다.

"혹은…… 그분의 탈출을 돕기 위해서죠. 그래요. 우린 그분의 탈출을 도울 거예요."

하지만 그렇게 말하고 나자 좀 우습게 들렸다. 스발바르에서 탈출한다고? 그건 불가능한 일이야!

"어쨌든 해볼 거예요! 그런데 왜 그러세요?"

리라가 물었다.

"응, 내가 해 줄 말이 있을 것 같아서."

세라피나 페칼라가 대답했다.

"더스트에 관해서요?"

리라가 알고 싶은 것은 바로 더스트였다.

"응. 그리고 다른 것도 있어. 그렇지만 넌 지금 피곤해 보여. 오랫동안 비행해야 하니까 네가 한잠 자고 난 뒤에 말해 줄게."

리라는 하품을 했다. 턱이 벌어지고 폐가 터져 버릴 것 같은 하품을 한참 동안 해 댔다. 밀려오는 잠을 도저히 물리칠 수 없었다. 세라피나가 바구니의 한 끝으로 손을 뻗어 리라의 눈을 만지자 리라는 그대로 바닥에 쓰러졌다. 판탈라이몬도 담비로 변하여 목을 움츠리며 잠들었다.

세라피나는 구름소나무 가지에 속력을 가했다. 마녀들에 이끌려 기구는 스발바르를 향해 빠른 속도로 날아갔다.

얼음의 도시, 스발바르

안개와 얼음

리 스코즈비는 잠든 리라에게 모피를 덮어 주었다. 북극으로 향하는 기구의 속도는 더욱 빨라졌다. 그녀는 로저가 누운 쪽으로 몸을 돌려 새우잠을 잤다. 모피 속에 잔뜩 몸을 웅크린 조종사는 이따금 기구의 계기를 점검하며 시가를 씹었다. 그는 잘못하다가 수소에 불똥이라도 튈까 봐 입담배를 애용했다.

"이 꼬마가 꽤 중요한 인물인가 보군요?"

잠시 후 그가 말을 꺼냈다.

"자기 자신도 모를 만큼요."

세라피나 페칼라가 대답했다.

"그 말은 앞으로도 무장한 추격대가 많이 나타날 거라는 뜻이오? 분명히 말해 두겠소. 난 밥벌이로 이 짓을 하는 사람이오. 사전에 어떤 대가를 약속받지 않고선 얻어터지거나 총 맞아 죽고 싶진 않소. 그렇다고

이 모험에서 꽁무니를 빼려는 건 아니오. 존 파와 집시들은 내가 들이는 시간과 기술, 그리고 이 기구의 손상에 대한 보상금만 지불했소. 거기엔 전쟁 행위에 대한 보험금까지 포함되진 않았소. 이오레크 뷔르니손을 스발바르에 내려 주는 순간, 그것은 분명히 전쟁 행위로 간주될 거요."

그는 씹고 있던 입담배를 내뱉었다.

"그래서 어떤 일이 일어날 것인지 알고 싶소."

"물론 싸움이 있겠죠. 하지만 당신도 전에 싸운 적이 있잖아요?"

세라피나 페칼라가 물었다.

"물론 대가를 받고 싸운 적은 있죠. 그렇지만 이번엔 단순한 운송 계약이었소. 그래서 아까 그 소동 이후로 고민이 좀 된단 말이오. 운송 계약의 책임을 어디까지 확대해야 할지 판단할 수가 없거든. 예를 들어 곰들과의 전쟁에 내 생명과 장비들을 다 투입할 경우에 말이오. 게다가 이 꼬마에게는 볼반가르의 적들처럼 다혈질인 적들이 스발바르에도 있을지 알 게 뭐요? 대화를 하고 싶어서 이런 말을 꺼낸 거니 오해는 말아요."

"스코즈비 씨."

마녀가 말했다.

"저도 당신 질문에 대답해 드리고 싶군요. 하지만 제가 드릴 수 있는 말은 우리 모두가 이미 전쟁과 관련되어 있다는 거예요. 인간, 마녀, 곰 모두가 말이죠. 다만 우리가 아직 그걸 모르고 있을 뿐이에요. 당신이 스발바르에서 위험한 순간을 겪든 무사히 비행을 마치든, 이미 당신은 무장한 병사일 뿐이에요."

"글쎄요, 그건 성급한 말이 아닐까요. 무기를 들지 안 들지는 선택권이 있다고 생각되는데요."

"우리가 이 세상에 태어날지 말지를 선택할 수 없는 것처럼 그건 선택의 문제가 아니죠."

"아, 그렇지만 나는 선택을 하고 싶소. 하고 싶은 일을 직업으로 선택하고, 가고 싶은 곳으로 가고, 먹고 싶은 것을 먹고, 함께 앉아 얘기하고 싶은 친구와 사귀고 싶소. 가끔 그런 선택을 하고 싶은 생각이 들 때가 없습니까?"

세라피나 페칼라는 잠시 생각한 후 대답했다.

"'선택'의 의미가 서로 다른 것 같아요, 스코즈비 씨. 마녀는 아무것도 소유하지 않아요. 그러니 가치를 보유한다든지 이윤을 남기는 일 따위에는 관심이 없죠. 그리고 이것이냐 저것이냐를 선택하는 문제도 그래요. 수백 년 동안 사는 우리로서는 모든 기회가 언젠가는 또 온다는 것을 알고 있거든요. 당신이 지닌 욕구와는 다르죠. 당신은 이 기구를 수선하여 좋은 상태로 유지해야 하고, 그러자면 시간과 돈이 필요하겠죠. 하지만 우린 이런 기구가 없어도 잘 날아다닐 수 있어요. 기껏해야 구름소나무 가지를 새로 꺾으면 되는 일이고, 그건 어디에나 있어요. 우린 추위도 못 느끼니 따뜻한 옷이 필요할 리가 없죠. 또 서로 도와주긴 하지만 교환의 의미는 없어요. 만일 필요한 것이 있으면 다른 마녀가 그걸 줘요. 싸울 일이 생기면 우리는 그 전쟁이 옳으냐, 그르냐를 판단할 때 비용을 고려하지 않아요. 이익 역시 판단의 요소가 아니지요. 우린 명예에 대한 개념도 없어요. 예를 들면 곰들은…… 상상하기 좀 어렵죠. 마녀를 어떻게 모욕할 수 있겠어요? 설사 모욕한다고 하더라도 그게 무슨 문제가 되겠어요?"

"그 점에선 나도 당신과 비슷한 생각이오. 모욕을 좀 당한다고 해서 내 등뼈가 부러지는 건 아닐 테니까. 그렇지만 세라피나, 당신은 내 고민을 이해할 거요. 난 단지 기구 조종사일 뿐이오. 여생을 편안하게 보내는 것이 내 소원이지. 조그만 농장이나 하나 사서 소와 말을 몇 마리 기르는 것이 내 소박한 꿈이라오. 대궐 같은 집에 황금을 쌓아 놓고 하인들을 호령하며 살겠다는 것도 아니란 말이오. 그저 샐비어 위로 불어오는 저녁 바람과 시가와 버번 위스키 한 잔이면 족하죠. 그런데 문제는 그러자면 돈이 필요해요. 그래서 그 돈을 벌기 위해 이렇게 비행하고 있단 말이오. 일이 끝날 때마다 은행에다 돈을 저축하고 있소. 돈이 충분히 모이면 이 기구를 팔 겁니다. 그리고 갤베스턴 항으로 가는 기선을 예약할 거요. 그리고 다시는 육지를 떠나지 않을 겁니다."

"우리 사이엔 또 다른 점이 있군요. 스코즈비 씨, 마녀들은 비행을 포기하면 곧 숨을 거두게 되죠. 비행만이 우리가 완벽히 존재하는 방법이거든요."

"그건 알아요. 그래서 부럽기도 하구요. 하지만 난 당신들처럼 만족할 수는 없소. 내겐 비행이 직업일 뿐이니까. 나는 기술자일 뿐이에요. 가스 엔진의 밸브 점검이나 앤버릭 회로를 감는 일 따위에 능숙하죠. 하지만 내가 선택한 일이에요. 자유의사에 따라 선택한 일이란 말이오. 그런 내가 사전에 얘기를 들은 바도 없는 이런 전쟁에 휘말려 들었으니 오죽 당혹스럽겠소?"

"이오레크 뷔르니손의 왕위 문제가 이 전쟁의 한 이유이기도 하죠. 이 아이는 거기서 어떤 역할을 할 운명이에요."

"당신은 마치 운명이 확정된 것처럼 말하는구려. 하긴 나도 잘 모르겠소. 나도 모르는 사이에 이 전쟁에 끼어든 것도 다 운명 탓일지도 모르지. 그렇다면 내 자유의지는 도대체 어떻게 된 거요? 게다가 이 아이는 내가 여태껏 만난 누구보다도 자유의지가 강한 것처럼 보입니다. 당신은 이 아이가 마치 절대로 바꿀 수 없는 어떤 운명의 길을 걸어가고 있는 것처럼 말하고 있잖소?"

"우리 모두는 운명에 얽매여 있어요. 그러나 마치 그렇지 않은 것처럼 행동해야만 하죠. 그렇지 않으면 절망으로 죽음에 이를 거예요. 이 아이에 대해서는 신기한 예언이 전해져 오고 있어요. 운명의 목적을 이루도록 운명 지어졌다는 예언이죠. 하지만 이 아이는 그것을 모르는 채로 행동해야만 해요. 만약 이 아이에게 그러한 행동이 자신의 성격 탓이 아니고 운명 때문이라고 말해 준다면, 모든 일은 실패로 끝날 거예요. 우주는 서로 맞물려서 꼼짝도 하지 않는 기계들처럼 변할 것이며, 맹목적이고 공허한 생각과 감정, 삶이 우리를 지배하게 될 거예요."

그들은 모자에 덮여 얼굴의 일부분만 내놓고 있는 리라를 내려다보았다. 고집스러워 보이는 얼굴의 소녀는 이마를 약간 찌푸린 채 깊이 잠들어 있었다.

"하지만 리라도 어느 정도는 그걸 아는 것 같소."

기구 조종사가 말했다.

"나름대로 그것에 대비하는 것처럼 보이니까요. 그 소년은 어떻습니까? 리라가 그 악마들의 손에서 이 소년을 구하기 위해 이곳까지 달려온 것을 알고 있소? 이 아이들은 옥스퍼드인가 어딘가에서 같이 놀던 소꿉친구였어요. 당신도 알고 있었습니까?"

"물론 알고 있었죠. 리라는 아주 소중한 것을 지니고 있어요. 운명은 그것을 자기 아버지에게 전해 주는 전령으로 이 아이를 이용하고 있는 것 같아요. 그래서 리라는 친구를 찾으러 이곳까지 오게 된 거예요. 하지만 운명이 그녀가 자기 아버지에게 그 소중한 물건을 전달하도록 하기 위해 그 소년을 북극으로 보냈다는 건 모르고 있죠."

"그건 당신 생각이겠죠, 안 그렇소?"

처음으로 마녀는 어정쩡하게 대답했다.

"그렇게 보인다는 얘기죠. 하지만…… 우리도 암흑은 읽을 수 없어요. 스코즈비 씨. 제 말이 틀릴 가능성도 크죠."

"그러면 당신이 왜 이 일에 뛰어들게 되었는지 물어봐도 되겠소?"

"볼반가르에서 하고 있는 일이 옳지 않다는 건 우리도 가슴으로 느낄 수 있어요. 리라는 그들의 적이죠. 그래서 우린 리라의 친구예요. 우리가 아는 건 그 정도죠. 또 이 일은 나의 친구나 집시들을 위한 일이기도 해요. 파더 코람은 제 생명의 은인이거든요. 우리는 그들의 부탁으로 이 일을 하고 있고, 그들은 아스리엘 경에 대한 신세 갚음을 하고 있죠."

"알겠소. 그래서 당신들은 집시들을 위해 이 기구를 스발바르로 끌고 가고 있군요. 그러면 그 우정으로 우리가 다시 돌아올 때도 끌어 줄 거요? 아니면 바람을 기다리며, 곰들의 관대함에 우리를 내맡겨야 하는 거요? 난 그저 호의적인 마음으로 묻고 있는 거요."

"가능하다면 당신이 트롤선드로 돌아갈 때 도와줄게요, 스코즈비 씨. 하지만 스발바르에서 어떤 일이 벌어질지 모르잖아요. 곰들의 새로운 왕은 많은 것을 바꿔 놨어요. 옛날 방식은 먹혀들지 않을 거예요. 그곳에 착륙하기 쉽지 않을지도 모르죠. 리라가 아버지를 어떻게 만날지도 걱정이에요. 이오레크 뷔르니손에 대해서도 단지 그의 운명이 리라의 운명과 결부되어 있다는 것만 알고 있을 뿐이에요."

"그걸 모르긴 나도 마찬가집니다. 내 생각엔 그가 리라의 수호자인 것 같아요. 이 꼬마 아가씨는 그가 다시 갑옷을 입도록 도와주었소. 그러니 그 곰의 생각을 누가 알겠소? 그러나 곰이 이전에 인간을 사랑한 적이 있다면 그도 리라를 사랑할 거요. 스발바르에 착륙하는 일은 절대로 쉽지 않겠죠. 그렇지만 당신들이 이 기구를 바른 방향으로 끌어 준다면 내 마음이 좀 편하지 않겠소? 그리고 내가 그 보답을 할 길이 있으면 어디 말해 보시오. 하지만 그 전에 도무지 갈피를 잡을 수 없는 이 전쟁에서 내가 누구 편인지나 말해 주구려."

"우린 모두 리라의 편이에요."

"오, 그야 두말하면 잔소리죠."

그들은 계속 날아갔다. 구름 위를 날아가는 그들로서는 얼마나 빨리 날고 있는지 알 수 없었다. 보통 기구들은 바람의 힘에 의존해서 날아간다. 바람의 속력이나 방향에 따라 움직일 수밖에 없는 것이다. 그러나 지금은 바람 대신에 마녀들이 기구를 끌어 가고 있었다. 더군다나 기구의 풍선은 비행선처럼 매끄러운 유선형이 아니다. 따라서 바구니는 정상적으로 비행할 때보다 훨씬 더 자주 그리고 심하게 이리저리 요동을 쳤다.

리 스코즈비는 자신의 안전보다 기구가 손상되는 것에 더 신경을 썼다. 그는 밧줄이 중앙 버팀목에 안전하게 묶여 있는지 얼마간을 살폈다. 고도계에 따르면 그들은 거의 1,000피트 상공에 떠 있었다. 온도는 영하 20도를 가리키고 있었다. 그는 지금보다 더 온도가 낮은 곳에 있었던 적도 있었다. 그러나 더 심하게 춥지는 않았다. 그는 더 추워지면 곤란하다고 생각해서 야영용 텐트를 펼쳐 자고 있는 아이들 앞에 쳤다. 그리고는 아이들과 이오레크 뷔르니손 뒤쪽으로 등을 대고 누워 함께 잠이 들었다.

리라가 잠에서 깨어났을 땐 달이 하늘 높이 떠 있고 사방에는 온통 은색의 평원이 펼쳐져 있었다. 기구 표면에 달라붙은 성에와 가장자리에 주렁주렁 매달린 고드름 아래로는 하얀 구름들이 쉴 새 없이 요동을 쳤다.

로저와 리 스코즈비와 곰은 아직 잠들어 있었다. 그러나 마녀의 여왕은 여전히 바구니 옆에서 앞을 바라보며 날고 있었다.

"얼마나 더 가야 스발바르죠?"

리라가 물었다.

"바람만 만나지 않는다면 열두 시간 안에 도착할 거야."

"우리가 착륙할 곳은 어디에요?"

"날씨에 달렸어. 되도록 절벽은 피해야겠지. 그곳엔 움직이는 것이면 무엇이든 먹어 치우는 맹수들이 득시글거리고 있어. 우린 가능한 한 이오푸르 락니손이 있는 궁전에서 약간 떨어진 내륙에 너희들을 내려 줄 거야."

"제가 아스리엘 경을 찾게 되면 무슨 일이 생길까요? 그분이 다시 옥스퍼드로 돌아가려고 할까요? 그분을 만나면 아빠라고 불러야 할지도 잘 모르겠어요. 그분은 여전히 삼촌으로 행세하실 테니까요. 전 그분에 대해 아는 게 거의 없어요."

"리라, 그분은 아마 옥스퍼드로 돌아가시지 않을 거야. 다른 세계에서 해야 할 일이 있는 것 같아. 아스리엘 경은 다른 세상과 이 세상 사이에 다리를 놓을 수 있는 유일한 분이란다. 그렇지만 지금 그분에겐 도움이 필요하단다."

"알레시오미터 말이군요!"

리라가 소리쳤다.

"조던 대학의 총장님이 그걸 주셨어요. 그분은 아스리엘 경에게 하실 말씀이 있었던 것 같아요. 그런데 기회가 없었죠. 나는 그분이 정말 아스리엘 경을 독살하려고 했던 게 아니었다는 걸 알았어요. 아스리엘 경은 알레시오미터를 읽고 다리 만드는 방법을 알아내려는 걸까요? 틀림없이 그분을 도울 수 있어요. 이젠 누구보다도 그걸 잘 읽을 수 있을 것 같으니까요."

"난 그런 건 잘 모른단다."

세라피나 페칼라가 말했다.

"그분이 알레시오미터로 뭘 하시려는 건지, 그리고 그분의 임무가 무엇인지 난 설명하지 못해. 우리에겐 명령을 내리는 어떤 힘이 있단다. 그 힘 위에는 더 높은 힘이 있지. 그리고 가장 높은 힘에는 비밀이 있단다."

"알레시오미터는 제게 말해 줄 거예요! 지금이라도 당장 알아볼 수 있어요."

그러나 혹독한 추위 때문에 알레시오미터를 꺼낼 수가 없었다. 리라는 찬바람을 피하기 위해 몸을 움츠리며 모자 끈을 꼭 조여 겨우 눈만 내놓고 있었다. 약간 떨어진 아래쪽 앞에는 기구에 연결된 기다란 밧줄을 끌고 있는 예닐곱 명의 마녀들이 구름소나무 가지 위에 앉아 날아가고 있었다. 별들은 다이아몬드처럼 차갑고 단단하게 빛났다.

"당신들은 왜 추위를 안 타세요, 세라피나?"

"우리도 추위는 느낀단다. 하지만 신경 쓰지 않지. 추위 때문에 우리 몸이 상하진 않거든. 추위를 막으려고 몸을 감싸면 다른 것들을 느낄 수 없지. 밝게 빛나는 별빛이나 오로라의 음악, 그리고 무엇보다도 우리 피부에 와 닿는 부드러운 달빛을 느낄 수가 없어. 그런 것들을 위해서라면 추위쯤은 견딜 만하지."

"저도 그런 걸 느낄 수 있나요?"

"아니, 넌 모피를 벗으면 얼어 죽고 말아. 제발 그대로 있으렴."

"마녀들은 얼마나 오래 살죠, 세라피나? 파더 코람은 수백 년이라고 하시던데요. 하지만 당신은 그렇게 늙어 보이지 않아요."

"난 삼백 살 정도 됐어. 우리 중에 가장 나이 많은 분은 천 살쯤 되지. 언젠가는 얌베아카가 그분을 찾아오겠지. 나도 찾아올 거고. 얌베아카는 죽음의 여신이야. 그녀는 네게도 친절하게 미소를 지으며 찾아올 거야. 그때가 네가 죽을 시간이야."

"남자 마녀도 있어요? 아니면 여자뿐이에요?"

"우리를 위해 봉사하는 남자들은 있단다. 트롤선드에 있는 영사처럼. 그리고 우리가 애인이나 남편으로 삼은 남자들도 있어. 넌 아직 어려서 잘 모르겠지만, 나중에 크면 이해할 수 있을 테니까 말해 주지. 그 남자들은 한 철의 나비와도 같이 우리 눈앞을 지나가 버린단다. 우린 그들을 사랑해. 그들은 용감하고 당당하고 아름답고 현명하지. 그리고 한꺼번에 죽어. 그들이 그렇게 빨리 죽어 버리기 때문에 우리 가슴에는 고통이 쌓인단다. 그리고 아이를 갖게 돼. 만일 태어난 아이가 여자면 마녀가 되고, 남자일 경우엔 인간이 되는 거야.

그리고 그들은 눈 깜박할 사이에 사라지거나 쓰러지거나 살해당하고 말아. 우리의 아들들도 마찬가지였어. 한 소년이 성장하게 되면 그는 영원히 살 거라고 생각하지. 그렇지만 아이의 엄마는 그렇지 않다는 걸 알아. 시간이 흐를수록 고통은 커지고 마침내 가슴이 터져 버리고 만단다. 얌베아카가 찾아오는 시간은 바로 그때란다. 그녀는 툰드라보다도 나이가 더 많아. 우리가 인간의 수명이 아주 짧다고 느끼듯이 그녀에겐 우리의 수명이 그렇게 느껴질 거야."

"파더 코람을 사랑하셨나요?"

"그래. 그분도 그걸 아니?"

"그건 몰라요. 하지만 그분이 당신을 사랑하는 것은 알아요."

"날 구해 주었을 때 그는 젊은이였어. 아주 건강하고 아름다움과 기백이 넘쳤지. 나는 그를 보는 순간 사랑에 빠졌어. 나의 태생을 바꾸고 싶은 마음이 들었으니까. 내가 하늘의 별들과 오로라의 음악처럼 외로운 존재로 느껴졌어. 한순간 그 모든 것을 포기하려고도 했지. 아무 생각 없이 말이야. 다만 집시의 아내가 되어 그를 위해 요리하고 그와 같은 침대를 쓰고 그의 아이를 갖고 싶었어. 그러나 우리는 태생을 바꿀 수가 없어. 마녀는 오로지 마녀일 뿐이야. 나는 마녀였고 그는 인간이었지. 나는 그의 아이를 가질 만큼 그와 오래 지냈어."

"그런 얘긴 없었어요! 여자 아이였나요? 마녀가 되었어요?"

"아니, 남자 아이였어. 그리고 40년 전에 전염병으로 죽었지. 동방에서 퍼져 온 병이었어. 가엾은 아이! 그 아인 인생을 아주 조금 맛만 본 거야. 마치 하루살이처럼. 그 일은 아직도 가끔 내 가슴을 찢어 놓곤 한단다. 한 번도 잊은 적이 없어. 코람도 그 일로 괴로워했단다. 그러고 나서 나는 우리의 세상으로 다시 돌아오라는 부름을 받았어. 얌베아카가 내 어머니를 데려갔기 때문에 내가 마녀들의 여왕이 되었지. 그래서 코람을 떠나야만 했어."

"그 이후론 파더 코람을 만나 보지 못했나요?"

"응. 하지만 소식은 듣고 있었어. 스크렐링족의 독화살을 맞았다는 소식을 들었을 땐 약초와 주문을 보내 상처를 치료하도록 했어. 그렇지만 난 그를 만나 볼 수 있을 만큼 강하지 못했어. 그 이후로 그가 얼마나 절망했는지, 그리고 그 절망을 딛고 열심히 공부하여 얼마나 현명해졌는지 다 듣고 있었어. 나는 그가 정말 자랑스러웠어. 그러나 그에게서 멀리 떨어져 있어야만 했어. 우리 마녀 부족이 위험에 처했고, 마녀들의 전쟁이 위협하고 있었지. 게다가 그가 나를 잊고 훌륭한 인간 아내를 맞을 거라는 생각이……."

"그분은 절대로 그렇게 하지 못했을 거예요. 당신은 그분을 만나야만 해요. 그분은 아직도 당신을 사랑해요. 난 그걸 알아요."

"하지만 그분은 나이가 든 것을 부끄럽게 생각할 거야. 그런 기분을 느끼게 하고 싶지 않아."

"그럴지도 모르죠. 하지만 적어도 소식은 전하셔야죠. 이건 제 생각이에요."

세라피나 페칼라는 오랫동안 말이 없었다. 판탈라이몬이 제비갈매기가 되어 구름소나무 가지로 날아갔다. 혹시 리라가 너무 불손하게 말하지 않았는지 알아보기 위해서였다. 리라가 다시 물었다.

　"왜 사람들은 데몬을 가져야 하나요, 세라피나?"

　"사람들마다 그런 질문을 하지. 그렇지만 대답할 수 있는 사람은 아무도 없어. 인간이 존재하는 한 데몬들도 있게 마련이야. 그것이 인간과 동물이 다른 점이니까."

　"그래요! 우린 동물과는 당연히 다르죠. 하지만 곰들은…… 좀 이상하지 않아요? 그들은 우리 사람들과 비슷하게 생겼어요. 그런데도 갑자기 이상한 짓을 하거나 우리가 이해할 수 없는 아주 사나운 짓을 하거든요. 하지만 이오레크는 내게 그랬어요. 자기에게 갑옷이 인간의 데몬과 같은 거라고 말이죠. 갑옷은 자기의 영혼이라고 말했어요. 그러나 전혀 다른 면이 있어요. 그는 갑옷을 직접 만들었어요. 그들이 그를 추방할 때 첫 번째 갑옷을 빼앗아 버렸대요. 그래서 그는 하늘강철을 찾아내어 새 갑옷을 만들었어요. 새로운 영혼을 만들어 낸 거죠.

　하지만 우리는 데몬을 만들 수 없잖아요. 트롤선드에서 사람들은 그를 취하게 해서 갑옷을 훔쳤어요. 내가 그걸 찾아내어 그에게 돌려주긴 했지만요. 그러나 내가 이해할 수 없는 건 그가 왜 스발바르로 가느냐는 거죠. 그들과 싸워야 할 거예요. 그들이 그를 죽일지도 몰라요. 난 이오레크를 사랑하거든요. 그가 그곳에 가지 않았으면 좋겠어요."

　"그가 자신의 신분을 말하지 않던?"

　"아뇨, 이름만 알아요. 그것도 트롤선드의 영사가 말해 주었죠."

　"그는 귀족 출신이야. 왕자님이지. 그런 큰 죄를 저지르지 않았다면 지금쯤은 곰들의 왕이 되었을 거야."

　"그들의 왕은 이오푸르 락니손이라고 말하던데요."

"이오푸르 락니손은 이오레크 뷔르니손이 추방되고 나서 왕이 되었어. 이오푸르도 물론 왕자지. 그러니까 왕이 되었겠지. 그러나 그는 인간의 방식으로 현명할 뿐이야. 그는 동맹국과 조약을 맺었어. 또 얼음 요새 안에서 곰의 방식대로 사는 게 아니라 궁전을 새로 지어 그 안에서 인간처럼 살고 있지. 그리고 인간의 나라들과 외교사절을 교환하고 인간 기술자들의 도움을 받아 연료 광산을 개발하고 있어. 그는 지략이 아주 뛰어난 곰이야. 누가 그러는데 그가 이오레크를 충동질하여 추방당할 짓을 하도록 만들었다는 거야. 다른 곰의 말로는 설사 이오레크가 그런 행동을 하지 않았다고 하더라도 그런 식으로 소문을 내고 다녔을 거라더군. 그래야만 자기가 비상한 머리를 가진 곰이란 걸 다른 곰들에게 알릴 수 있기 때문이라는 거지."

"이오레크가 무슨 일을 저질렀는데요? 있잖아요, 제가 이오레크를 좋아하는 데는 이유가 있어요. 제 아버지도 어떤 일을 저질렀고 그로 인해 벌을 받았거든요. 제게는 아버지와 이오레크가 똑같아 보여요. 이오레크는 자기가 다른 곰을 죽였다고 말했어요. 하지만 왜 그런 죄를 범했는지에 대해선 한 마디도 하지 않았어요."

"그 싸움은 여자 곰 때문에 일어났어. 이오레크가 죽였던 남자 곰은 이오레크가 더 강한 것을 확인하고도 항복의 신호를 보내지 않았대. 곰들은 자존심이 무척 강하지만 상대가 자기보다 센 것을 알면 주저없이 항복을 한다는 거야. 그런데 이 곰은 어떤 이유에선지 항복을 하지 않았어. 어떤 곰은 이오푸르 락니손이 시킨 일이라고도 하고, 그 곰에게 환각성 약초를 먹였다고도 해. 어쨌든 젊은 곰은 끝까지 저항했고 이오레크 뷔르니손은 흥분해서 그를 죽여 버린 거야. 이런 경우는 재판을 하나마나야. 약한 자에게는 상처를 입히는 것으로 족하지 죽여서는 안 되거든."

"그 일만 아니었으면 왕이 되었겠군요."

리라가 말을 이었다.

"조던 대학의 파머리언 교수에게서 이오푸르 락니손에 관해 들은 적이 있어요. 그 교수는 북극에서 그를 만났대요. 그래서…… 이오푸르가 왕위를 놓고 계략을 피웠던 것 같다고 했어요. 하지만 곰은 계략에 속지 않는다고 이오레크는 말했어요. 그리고 나도 그를 속일 순 없다는 걸 알게 되었죠. 그런데 이런 경우엔 마치 그들이 서로 속은 것처럼 들려요. 이오레크와 죽은 곰 말이에요. 곰이 곰을 속일 순 있어도 사람은 곰을 속일 수 없다는 얘긴가요? 하지만 트롤선드에서는 사람들이 이오레크를 속였잖아요? 그들은 그가 술에 취하게 해 놓고는 갑옷을 훔쳤으니까요."

"곰들이 사람처럼 행동하면 속을 수도 있을 거야."

세라피나 페칼라가 말했다.

"그렇지만 곰이 곰처럼 행동한다면 속일 수가 없겠지. 곰들은 보통 술을 마시지 않아. 하지만 이오레크 뷔르니손은 추방의 치욕을 잊으려고 술을 마셨을 거야. 그래서 트롤선드 사람들이 속일 수 있었던 거지."

"아, 알았어요."

리라는 고개를 끄덕였다. 그녀는 세라피나 페칼라의 대답이 마음에 들었다. 또한 이오레크가 무한히 존경스러웠고, 그가 귀족이란 걸 알게 되어 무척 기뻤다.

"당신은 정말 현명하시군요. 그런 설명을 해 주시지 않았다면 전 아무것도 모를 뻔했어요. 아무래도 당신은 콜터 부인보다 현명하신 것 같아요."

그들은 계속 날아갔다. 리라는 주머니에서 바다표범 고기를 꺼내 씹었다.

"세라피나."

리라는 마녀를 부른 뒤 한참 망설이다 물었다.

"더스트가 뭐예요?"

"나도 몰라. 마녀들은 더스트에 대해 걱정하는 법이 없거든. 더스트를 두려워하는 곳은 성직자가 있는 데라는 건 말할 수 있어. 물론 콜터 부인은 성직자가 아니야. 그녀는 교권의 강력한 대리인일 뿐이지. 또한 더스트에 대한 자신의 흥미를 충족시키기 위해 '성체위원회'를 결성해서 교회로 하여금 볼반가르를 위해 지원금을 내도록 설득했어. 그것에 대한 그녀의 감정을 우리는 이해할 수가 없어. 우리가 이해할 수 없는 건 그 밖에도 많아. 타타르인이 자신들의 두개골에 구멍을 내는 것도 우리에겐 그저 이상할 뿐이야. 따라서 더스트가 이상하다고 생각하면서도 두려워하거나 알려고 안달하지도 않아. 그냥 교회에 맡겨 두는 거지."

"교회라구요?"

리라는 판탈라이몬과 펜즈에서 알레시오미터의 바늘을 돌리는 것이 무엇인가에 대해 얘기했던 일이 생각났다. 그들은 게이브리얼 대학 예배당의 높은 제단 위에 올려져 있던 반구체를 떠올리며 소립자가 빛의 바람개비를 돌리던 것에 대해 얘기했다. 거기에 있던 중재자는 소립자와 신앙 사이의 연결 고리에 대해서 분명히 설명했던 것이다.

그럴 수도 있지, 하고 리라는 고개를 끄덕였다. 교회란 곳이 대부분 비밀이 많은 곳이니까. 하지만 교회의 비밀은 오래되었고 내가 아는 한 더스트는 오래되지 않았어. 어쩌면 아스리엘 경이 설명해 줄지도 몰라…….

리라는 다시 하품을 했다.

"전 눕는 편이 낫겠어요."

그녀는 세라피나 페칼라에게 말했다.

"그러지 않으면 얼어 죽겠어요. 땅 위에선 이런 추위를 겪어 본 적이 없거든요."

"그래, 누워서 모피로 몸을 감싸렴."

"네, 제가 만약 죽어야 한다면 저 아래서 죽느니 여기서 죽고 싶어요. 언젠가는 말이죠. 그들이 나와 판탈라이몬을 은빛 칼날 아래 놓았을 때, 정말 죽는 줄 알았어요. 우리 둘 다 그랬죠. 오, 그건 정말 잔인한 짓이었어요. 하지만 지금은 이렇게 같이 누워 있군요. 도착하면 우릴 좀 깨워 주세요."

리라는 모피 속으로 들어갔다. 그리고 웅크리고 잠든 채 바위와 빙하, 연료 광산과 얼음의 성채로 이루어진 스발바르를 향해 계속 날아갔다.

세라피나 페칼라가 기구 조종사를 부르자 그는 얼른 눈을 뜨고 추위에 몸을 움츠렸다. 그러나 이내 바구니의 움직임이 정상적이지 않다는 걸 알았다. 강풍이 기구를 강타해 마구 흔들어 대고 있었다. 마녀들은 기구를 묶은 밧줄을 가까스로 붙잡고 있었다. 금방이라도 바구니가 뒤집힐 것 같았다. 조종사는 나침반을 흘끗 보았다. 기구는 시속 100마일에 가까운 속도로 노바 젬블라를 향해 휩쓸려 가고 있었다.

"여기가 어디예요?"

리라는 반쯤 깨어난 채로 조종사의 외침을 들었다. 추위로 몸이 꽁꽁 얼어 움직이기 어려웠다.

리라의 귀에는 마녀의 대답이 들리지 않았다. 그녀는 모자 속에서 겨우 눈만 내놓고 주위를 살펴보았다. 앤버릭 랜턴의 불빛을 통해 조종사 리 스코즈비가 버팀목을 잡고 밧줄을 기구 쪽으로 잡아당기고 있는 것을 볼 수 있었다. 그는 머리 위에서 제멋대로 요동치는 거대한 풍선을 바라보며 밧줄을 연결 고리에다 감았다.

"가스를 빼고 있소."

그가 세라피나 페칼라에게 소리쳤다.

"고도를 낮춰야겠소. 너무 높이 올라와 있어요."

마녀가 무어라고 대답하는 것 같았지만 리라는 그 말도 들을 수 없었다. 로저도 잠에서 깨어났다. 바구니가 금방이라도 뒤집힐 듯 흔들리니 아무리 깊은 잠에 빠진 사람이라도 깨어나지 않을 수 없었다. 로저의 데몬과 판탈라이몬은 서로 꼭 달라붙어 있었다. 리라는 여전히 누워 있었지만 무서워서 꼼짝도 할 수 없었다.

"됐어!"

로저의 말소리가 한결 명랑하게 들렸다.

"이제 곧 착륙해서 불을 지피고 몸을 녹일 수 있을 거야. 내 주머니엔 성냥이 있거든. 볼반가르의 주방에서 가지고 나온 거야."

기구는 분명 하강하고 있었다. 잠시 후에는 차갑고 두꺼운 구름이 기구를 둘러쌌다. 얼음 조각들이 바구니 안으로 날아들고 주위가 온통 흐릿해졌다. 마치 짙은 안개 속을 헤매고 있는 기분이었다. 그러자 세라피나 페칼라가 외치는 소리가 들려왔다. 리 스코즈비는 연결 고리에 감긴 밧줄을 재빨리 놓았다. 그의 손아귀를 빠져나간 밧줄은 위쪽으로 쏜살같이 당겨져 올라갔다. 기구가 마구 덜컹대고 삐걱거리며 바람 소리가 귀를 멍멍하게 만드는 속에서도 리라는 위쪽 어딘가에서 들려오는 강한 파열음을 들을 수 있었다.

리 스코즈비는 놀란 토끼 눈을 하고 있는 리라를 보았다.

"가스 밸브야."

그가 소리쳤다.

"가스가 빠져나오지 않도록 누르고 있는 스프링이지. 내가 그것을 눌러서 가스를 빼냈기 때문에 기구가 부력을 잃고 하강하고 있는 거야."

"그러면 거의 다……."

리라는 말을 끝내지 못했다. 그때 갑자기 무시무시한 일이 발생했기 때문이다. 사람의 반쯤 되는 크기에 가죽 날개와 날카로운 발톱을 가진 생물이 리 스코즈비를 향해 덤벼들었다. 납작한 머리에 툭 튀어나온 눈, 그리고 개구리처럼 넓적한 입을 지닌 그 괴물은 진저리가 날 정도로 심한 악취를 풍겼다. 리라가 비명을 지르기도 전에 이오레크 뷔르니손이 자리에서 벌떡 일어나 손바닥으로 그놈을 탁 쳐 버렸다. 그 괴물은 비명을 지르며 바구니 밖으로 떨어졌다.

"클리프 개스트야."

이오레크가 가볍게 말했다.

다음 순간 세라피나 페칼라가 바구니 한쪽을 잡고 다급하게 말했다.

"클리프 개스트들이 공격해 오고 있어요. 빨리 기구를 땅으로 내려서 그들을 막아 내지 않으면 안 돼요. 그들은……."

그러나 리라는 그다음 말을 들을 수가 없었다. 갑자기 어디선가 찢어지고 쪼개지는 소리가 나더니 기구가 마구 기우뚱거리기 시작했다. 사나운 돌풍이 몰아치며 바구니 안에 있는 세 사람을 이오레크가 벗어 놓은 갑옷 쪽으로 쓰러뜨렸다. 이오레크는 거대한 발로 그들을 감싸 안았다. 바구니는 더욱 요란하게 흔들렸다. 세라피나 페칼라는 어디로 갔는지 보이지 않았다. 클리프 개스트들이 끔찍한 비명을 지르며 바구니 주위로 날아다녔다. 리라는 그들이 풍기는 지독한 악취를 맡았다.

그때 무언가 기구를 거칠게 잡아당기며 그들을 바구니 바닥으로 패대기쳤다. 그러자 바구니가 갑자기 무서운 속력으로 떨어지며 핑글핑글 돌았다. 마치 풍선이 찢어져 아무 제지도 할 수 없는 상태처럼 느껴졌다. 그런 상태에서도 클리프 개스트들의 공격은 집요하게 계속되었으며, 바구니는 벽 사이에서 공이 튀듯 정신없이 흔들렸다.

리라가 마지막으로 본 광경은 리 스코즈비가 총신이 기다란 권총으로 클리프 개스트의 얼굴을 겨냥해 발사하는 것이었다. 다음 순간 리라는 겁에 질려 눈을 꼭 감고 이오레크 뷔르니손의 털 속으로 파고들었다. 끔찍한 신음 소리, 비명 소리, 강풍이 할퀴며 지나가는 소리, 바구니가 삐걱거리는 소리 등이 허공을 가득 채웠다.

그러자 엄청난 충격과 함께 리라는 자신의 몸이 공중으로 내던져지는 것을 느낄 수 있었다. 그러고는 어딘지 구별도 할 수 없는 곳에 떨어졌다. 모자 속에 푹 파묻힌 그녀의 얼굴 위로 차가운 눈가루가 쏟아져 내렸다. 리라는 숨이 콱 막혀 왔다.

눈구덩이 속에 떨어진 것이었다. 그러나 그 충격은 너무 강했다. 리라는 한동안 숨이 막힌 채 아무 생각도 할 수 없었다. 그대로 꼼짝 않고 한참을 기다렸다가 기운을 좀 차린 뒤에야 입 안에 든 눈을 뱉어 낼 수 있었다. 그러고는 조금씩 조심스럽게 숨을 쉬었다.

특별히 아픈 데는 없는 것 같았다. 단지 숨이 좀 막히고 답답할 뿐이었다. 조심스럽게 팔다리를 움직이며 천천히 머리를 들어 보았다. 눈 속에 파묻힌 탓에 주위가 보이지 않았다. 그녀는 손을 들어 쌓인 눈을 밀어내고 밖을 내다보았다. 세상이 온통 잿빛이었다. 유령 같은 것이 두터운 안개 속을 거닐고 있는 것만 같았다.

멀리서 클리프 개스트들이 울부짖는 소리가 들려왔고, 어딘가에서는 파도가 바위를 때리는 듯한 소리가 들려왔다.

"이오레크!"

리라는 소리쳐 불렀다. 그러나 목소리는 희미하게 떨려 나왔다. 리라는 다시 이오레크를 불러 보았지만 어디서도 대답은 들리지 않았다.

"로저!"

친구의 이름을 외쳐 봤지만 결과는 마찬가지였다.

그녀는 이제 세상에 혼자 남겨진 것이었다. 하지만 결코 혼자는 아니었다. 생쥐로 변한 판탈라이몬이 방한복 안에서 기어 나왔다.

"내가 알레시오미터를 살펴봤어."

판탈라이몬이 말했다.

"그건 무사해. 부서지지 않았어."

"우린 조난을 당했어, 판! 너도 클리프 개스트들을 봤지? 스코즈비씨가 그들에게 총을 쏘던걸? 그들이 이리로 내려온다면……."

"우리가 바구니를 찾아보는 편이 낫겠어."

"소리는 지르지 말아야겠어. 방금 소리를 질렀는데, 혹시 클리프 개스트들이 들었을까 봐 겁나. 여기가 어딘지나 알았으면 좋겠는데……."

"모르는 게 약일지도 모르지."

판탈라이몬이 대꾸했다.

"여긴 길도 없는 절벽 아래이고, 안개가 걷히면 절벽 꼭대기에서 클리프 개스트들이 우리를 내려다보고 있을지도 모르잖아."

리라는 잠시 휴식을 취한 후 주위를 둘러보았다. 그리고 자신들이 얼음으로 덮인 큰 바위 틈에 떨어졌다는 것을 알았다. 주변은 온통 차가운 안개로 뒤덮여 있었다. 50미터쯤 떨어진 곳에서 파도 소리가 들려왔다. 다소 작아지긴 했지만 클리프 개스트들의 울음소리도 아직 들렸다. 짙은 안개 때문에 한 치 앞도 볼 수 없었다. 올빼미로 변한 판탈라이몬의 눈으로도 소용이 없었다.

리라는 눈으로 얼어붙은 미끄러운 바위들 위를 미끄러지고 넘어지면서 힘들게 걸어갔다. 파도 치는 해안에서 약간 멀리 온 느낌이 들었다. 주위에는 오직 바위와 눈뿐이었고 그들이 타고 온 기구나 동료들의 모습은 어디에도 보이지 않았다.

"그들이 감쪽같이 사라져 버릴 순 없어."

리라는 중얼거렸다.

판탈라이몬은 다시 고양이로 변신하여 리라 앞에서 흔적을 찾아 헤맸다. 그는 마침내 기구에 매달려 있었던 네 개의 모래주머니를 발견했다. 주머니는 터져 모래가 사방으로 흩어진 채 눈과 함께 꽁꽁 얼어 있었다.

"모래주머니야!"

리라가 소리쳤다.

"기구를 다시 띄워 올리기 위해 떼어 냈을 거야."

리라는 목구멍에서 치미는 설움을 꿀꺽 삼키고 말했다.

"오, 맙소사, 정말 무서워. 그들이 제발 무사해야 할 텐데."

판탈라이몬은 다시 생쥐가 되어 리라의 모자 속으로 숨어 버렸다. 리라의 등 뒤에서 바위를 긁는 듯한 소리가 들렸다. 뒤를 돌아본 리라는 눈이 휘둥그레졌다.

"이오레크!"

그러나 리라는 내뱉은 말을 도로 삼킬 듯이 숨을 딱 멈추었다. 그는 이오레크 뷔르니손이 아니라 처음 보는 곰이었다. 곰은 성에가 잔뜩 끼어 번쩍이는 갑옷을 입고 모자에 깃털을 꽂고 있었다. 2미터쯤 앞에서 꼼짝 않고 서 있는 그 곰을 본 순간 리라는 모든 것이 끝장났다는 생각이 들었다.

곰은 입을 크게 벌리고 으르렁거렸다. 그의 울음소리는 절벽을 때리고 메아리가 되어 먼 곳에서 들려오는 클리프 개스트들의 울음소리와 합창하는 것 같았다. 안개 뒤쪽에서 또 다른 곰들이 오고 있었다. 리라는 가만히 서서 작은 주먹을 꼭 쥐었다.

곰들은 맨 앞의 곰이 말할 때까지 꼼짝도 하지 않았다.

"이름이 뭐냐?"

"리라예요."

"어디서 왔어?"

"하늘에서."

"기구를 타고?"

"네."

"우리와 가자. 넌 포로야. 자, 빨리 움직여!"

피곤하고 겁에 질린 리라는 곰들을 따라 거칠고 미끄러운 바위 위를 비틀거리며 걷기 시작했다. 그러고는 어떻게 하면 이 난관을 벗어날 수 있을까 하고 생각했다.

포로

곰들은 리라를 절벽 아래의 협곡지대로 데리고 갔다. 그곳은 바닷가보다 안개가 한층 더 두터웠다. 그곳으로 올라갈수록 클리프 개스트들의 울부짖음과 파도 소리는 점점 희미해지고 그 대신 바다새들이 쉴 새 없이 울어 댔다. 그들은 말없이 바위와 눈덩이를 기어올랐다. 리라는 눈을 크게 뜨고 잿빛으로 드리워진 세상을 두리번거리며 혹시라도 친구들의 소리가 들리지나 않을까 하고 귀를 기울였다. 어쩌면 리라는 스발바르에 남은 유일한 인간일지도 몰랐다. 그리고 이오레크도 죽었을 것만 같았다.

지휘관 곰은 평지에 이를 때까지 한 마디도 하지 않았다. 모두는 걸음을 멈추었다. 파도 소리로 미루어 보아 리라는 자신들이 절벽 꼭대기에 도착했다는 것을 알았다. 벼랑 끝으로 떨어질 것 같아서 감히 도망칠 생각도 할 수 없었다.

"이것 봐!"

두터운 안개 자락이 한쪽으로 슬쩍 걷힐 때, 곰이 소리쳤다.

안개 속에서도 햇빛이 살짝 스며들고 있었다. 리라는 거대한 석조 건물 앞에 서 있었다. 건물의 높이는 적어도 조던 대학의 가장 높은 곳만큼은 될 것 같았고, 규모는 그보다 훨씬 더 커 보였다. 건물 전면에는 전쟁의 상징물들이 조각되어 있었다. 곰들의 승리와 스크렐링족의 항복, 쇠사슬에 묶인 채 연료 광산에서 노예로 일하고 있는 타타르인들, 곰들의 왕 이오푸르 락니손에게 세계 모든 지역에서 날아온 비행선들이 선물과 공물을 바치는 모습 등이 조각되어 있었다.

지휘관 곰은 리라에게 그런 얘기들을 들려주었다. 리라는 지휘관 곰의 말을 듣고서야 조각들을 이해할 수 있었다. 왜냐하면 조각들이 새겨진 건물 전면의 돌출부마다 바다새와 갈매기들이 둥우리를 틀고 까악까악 울어 대기도 하고 머리 위를 계속 맴돌기도 하고, 새들이 떨어뜨린 오물로 건물이 온통 하얀 얼룩투성이였기 때문이다.

곰들은 그렇게 엉망으로 더러워진 것은 보지 않는 듯했다. 그들은 새들의 배설물이 얼어붙은 바닥을 지나 거대한 아치 속으로 들어갔다. 그러자 안뜰과 높은 계단과 대문이 차례로 나타났다. 그러한 곳을 통과할 때마다 갑옷을 입은 곰들이 앞을 가로막으며 암호를 확인했다. 그들의 갑옷은 번쩍거렸고 투구에는 하나같이 깃털이 꽂혀 있었다. 리라는 보이는 모든 곰을 이오레크 뷔르니손과 비교해 봤지만 이오레크는 그들보다 훨씬 우아하고 강했다. 또한 녹슬고 전쟁으로 시달린 그의 갑옷이야말로 진정한 전사의 갑옷이라고 생각했다.

얼마간 걸어가자 공기가 따뜻해지며 이오푸르 왕국의 냄새가 코를 찌르기 시작했다. 물개의 지방, 오물, 피, 온갖 쓰레기 등이 고약한 냄새를 풍겼다. 후텁지근해지자 리라는 모자를 벗었다. 하지만 심한 악취 때문에 콧잔등의 주름살은 도저히 펼 수가 없었다. 그녀는 제발 곰들이 사람들의 표정을 읽을 수 없기를 바랐다. 몇 미터마다 타오르고 있는 고래 기름 등잔불에 곰들의 그림자가 어른거렸다. 리라는 자신이 어디로 가고 있는지 알 수 없었다.

마침내 그들은 육중한 철문 앞에 멈춰 섰다. 경비병 곰이 커다란 빗장을 열자 지휘관 곰은 갑자기 돌아서서 리라의 정수리를 잡고 문 안으로 밀어 넣었다. 그녀가 고개를 다시 쳐들기도 전에 등 뒤로 빗장이 채워지는 소리가 들렸다.

판탈라이몬은 주위가 완전히 깜깜해지자 반딧불로 변신하여 희미하게나마 불을 밝혔다. 그들이 갇힌 방은 습기 찬 벽으로 둘러싸였고 가구라곤 돌 의자만 하나 덩그러니 있는 협소한 곳이었다. 구석에는 리라가 잘 침대인지 넝마 더미가 쌓여 있었다. 방 안에 있는 것이라곤 그게 전부였다.

리라가 돌 의자에 앉자 판탈라이몬이 어깨 위에 앉았다. 그러자 주머니 속에 넣어 둔 알레시오미터의 부피가 느껴졌다.

"기구에서 떨어지고 바위 위로 뒹구느라고 충격이 심했을 텐데, 판탈라이몬. 고장이나 나지 않았으면 좋겠어."

리라가 속삭였다.

판탈라이몬이 리라의 팔목으로 날아 내려와 주위를 밝히자, 리라는 마음을 한곳에 집중했다. 이런 끔찍한 위험 속에서도 알레시오미터를 읽기 위해 마음의 고요 속으로 빠져 들 수 있다는 사실이 그녀가 생각하기에도 놀라웠다. 그러나 그것은 이제 그녀의 일부나 다를 바 없었다. 마치 자신의 근육이나 팔다리처럼 자연스럽게 작동시킬 수 있어서 리라는 아무리 복잡한 문제라도 그다지 힘들여 생각할 필요가 없었다.

리라는 질문할 것을 생각하곤 바늘을 돌렸다.

"이오레크는 어디에 있지?"

즉각 대답이 나왔다.

"하루쯤 걸리는 거리에 있어. 네가 추락한 뒤 기구 때문에 거기까지 갔지. 하지만 이쪽으로 서둘러 오고 있어."

"로저는?"

"이오레크와 같이 있어."

"이오레크는 무얼 하려고 하지?"

"궁전 안으로 뛰어들어 와서 너를 구하려고 해. 어떤 어려움에도 불구하고 말이야."

리라는 알레시오미터를 내려놓고 이전보다 더 근심에 빠졌다.

"곰들이 이오레크를 내버려 두지 않을 거야, 그렇지? 적의 숫자가 너무 많아. 내가 마녀였으면 좋겠다, 판탈라이몬. 그러면 너를 내보내 이오레크의 메시지를 받아 올 수도 있고, 그러면 적절한 계획도 세울 수 있을 텐데……."

갑자기 리라는 간이 콩알만 해졌다. 바로 몇 발짝 앞 어둠 속에서 남자의 말소리가 들려왔던 것이다. 그 목소리가 물었다.

"거기 누구냐?"

리라는 너무 놀라 비명을 지르며 팔짝 뛰어올랐다. 판탈라이몬도 기겁을 하며 즉시 박쥐로 변해 리라의 머리 위를 맴돌며 울어 댔다.

"어잉? 엉? 누구냐니까? 말을 해! 말을 하라니까!"

"다시 반딧불로 변해, 판. 하지만 너무 가까이 가진 마."

리라는 모기만 한 소리로 말했다.

조그마한 불빛이 공중에서 어른거리다가 목소리 주인공의 머리 위를 맴돌았다. 넝마더미처럼 보이는 사람이 쇠사슬로 벽에 묶인 채 앉아 있었다. 회색 수염이 얼굴을 덮고 있었고, 흐트러진 머리카락은 어깨 위로 늘어져 있었다. 뱀 모양인 그의 데몬은 지친 듯이 그의 무릎에 누워 판탈라이몬이 가까이 다가갈 때마다 혀를 날름거렸다.

"누구시죠?"

리라가 물었다.

"난 조덤 샌텔리아야."

사내가 말했다.

"글로세스터 대학의 우주학 흠정(Regius, 欽定, 황제가 친히 제정한 것) 교수지. 그런데 넌 누구냐?"

"리라 벨라커예요. 그런데 왜 이곳에 갇혀 계신 거죠?"

"원한과 질투 때문이지. 넌 어디서 왔지?"

"조던 대학이요."

"뭐야? 옥스퍼드?"

"예."

"아직도 트릴로니라는 건달이 거기 있느냐?"

"파머리언 교수님이요? 예."

"아직도? 이런 망할! 오래전에 쫓아냈어야 할 놈인데. 이중인격자! 위선자!"

리라는 어중간한 태도를 취했다.

"아직도 감마선 광량자에 대한 논문을 발표하고 있니?"

교수가 얼굴을 앞으로 쑥 내밀자 리라는 한 발짝 뒤로 물러났다.

"전 잘 몰라요."

리라는 버릇처럼 이렇게 말하고 다시 말을 이었다.

"아, 기억나는 것 같아요. 아직 몇 가지 수치를 더 조사할 필요가 있다고 했어요. 그리고…… 더스트에 관해서도 쓸 거라고 말했어요. 그게 다예요."

"악당! 도둑놈! 불한당!"

격렬하게 머리를 흔들며 흥분하는 노교수를 보자 리라는 그가 발작을 일으키는 것 같아 덜컥 겁이 났다. 교수의 데몬이 무릎 아래로 힘없이 주르륵 미끄러지자 그는 드러난 자신의 정강이를 주먹으로 치며 다시 흥분했다. 입에서 침이 사방으로 튀었다.

"맞아요. 저도 언제나 그 교수를 도둑이거나 건달일 거라고 생각했어요."

조덤 샌텔리아 교수는 이렇게 지저분한 몰골을 한 소녀가 어느 날 갑자기 자기 감방에 나타나서는 그의 강박관념에 자리 잡은 장본인을 알고 있다는 사실이 이상하게 생각되지도 않는 모양이었다. 그는 의심할 나위 없이 미쳐 버린 불쌍한 늙은이였다. 그렇지만 리라는 그 늙은 교수로부터 어쩌면 필요한 정보 부스러기라도 얻을 수 있을지 모른다고 생각했다.

리라는 조심스럽게 노인 곁에 앉았다. 하지만 노인의 손이 닿지 않을 만큼 떨어져 앉는 걸 잊지 않았다. 판탈라이몬이 비추는 희미한 불빛으로도 리라는 노인의 얼굴을 비교적 선명하게 볼 수 있었다.

"파머리언 교수가 그렇게 으스대는 건요, 곰들의 왕을 잘 알고 있기 때문이에요."

리라가 말했다.

"으스대? 허, 그놈이 으스대고 있어? 거짓말이나 뻥뻥 치는 협잡꾼, 도둑놈! 그놈이 연구한 건 쥐뿔도 없어. 전부 다 남의 것을 도용하는 좀도둑이야."

"네, 정말이에요."

리라는 진지하게 대꾸했다.

"그리고 자기 것이라고 발표한 건 다 엉터리고요."

"맞아! 내 말이 그 말이야! 그놈은 재능도 상상력도 없는, 밑바닥부터 꼭대기까지 다 쓰레기인 놈이야!"

"예를 들면요, 우선 여기 있는 곰들에 대해서도 교수님이 그보다는 더 많이 아실 것 같아요."

"곰들? 하! 그놈들에 대해서라면 논문이라도 쓸 수 있지. 그들이 왜 날 이렇게 가둬 놓고 있는지 알아?"

"왜죠?"

"내가 자신들에 관해서 너무 많이 알고 있거든. 그렇지만 감히 죽이지는 못해! 죽이고 싶겠지만 감히 그러지 못하는 거지. 내겐 친구들이 많거든. 그럼! 아주 막강한 친구들이지."

"그렇군요. 교수님은 아주 훌륭한 스승이셨던 것 같아요. 그렇게 많은 학식과 경험을 가지고 계시니까요."

리라는 맞장구를 쳐 주었다. 노인은 미친 듯하면서도 가끔씩 정신이 반짝 들 때가 있었다. 그럴 때면 혹시 리라가 자신을 놀리고 있지나 않은가 하고 날카로운 눈빛으로 노려보곤 했다. 그러나 리라는 지금까지 의심 많고 까다로운 학자들을 수없이 상대해 왔기 때문에 순수한 존경심으로 그를 바라보았고, 그런 태도가 노인의 심사를 부드럽게 위로해 주었다.

"스승이라, 스승……."

노인은 머리를 주억거리더니 기가 살아나서 외쳤다.

"그래, 좋은 스승이 될 수도 있었지. 똑똑한 제자들만 모아 줘 봐. 그들의 정신 속에 뜨거운 불을 지펴 보일 테니까!"

"교수님의 학식을 썩히긴 너무 아깝죠."

리라는 노인을 계속 부추겼다.

"그런 소중한 재산은 마땅히 널리 전파되어 사람들이 교수님을 기억하도록 해야만 해요."

"그렇고말고."

노인은 진지하게 고개를 끄덕이며 말했다.

"참으로 현명한 아이로구나. 이름이 뭐지?"

"리라예요."

리라는 자기 이름을 다시 말해 주었다.

"제게 곰들에 대해 가르쳐 주실래요?"

"곰이라⋯⋯."

노인은 미심쩍은 표정으로 말끝을 흐렸다.

"전 우주과학과 더스트에 대해 알고 싶은데, 아무래도 그만큼 똑똑하지는 못한 것 같아요. 그러니까 그런 건 정말 똑똑한 제자들을 찾아 가르치시고요. 하지만 곰들에 대해선 저도 웬만큼 알 수 있을 것 같으니까 제게 그걸 가르쳐 주세요. 그런 후에 제가 말귀를 좀 알아듣는다 싶으시면 더스트에 대해서도 설명해 주세요."

노교수는 다시 고개를 끄덕였다.

"그렇지. 네 말이 옳다. 소우주와 대우주 사이에도 서로 통하는 것이 있단다, 애야. 별들은 살아 있어, 그걸 알고 있지? 우주에 있는 모든 것은 살아 있고 각자의 목적을 다 지니고 있단다. 우주 전체가 목적으로 가득하지. 우주 만물이 목적을 갖고 생겨난 거야. 너의 목적은 나에게 그것을 상기시키고 있어. 좋아, 좋았어. 절망에 빠져서 내가 그걸 잊고 있었구나. 넌 정말 뛰어난 아이야!"

"그러면 왕도 보셨어요? 이오푸르 락니손 말이에요."

"물론이지. 난 그의 초대를 받고 이리로 왔단다. 그는 대학을 세우려고 했어. 나를 부총장으로 삼을 예정이었지. '왕립 북극학회'를 위한 눈이 될 수 있었어. 그런데 그놈의 불한당 트릴로니 때문에⋯⋯ 휴우!"

"무슨 일이 있었는데요?"

"별것도 아닌 놈들에게 배신을 당했어. 물론 그들 중에 트릴로니도 끼어 있었지. 그놈도 여기에 와 있었어. 스발바르에 말이야. 내 자격에 대해서 중상모략을 늘어놓았어, 그 불한당 같은 놈이! 바너드와 스톡스의 가설을 누가 최종적으로 증명했는 줄 알아? 응? 바로 이 샌텔리아라구! 트릴로니 놈은 그런 걸 증명할 실력이 없지. 그래서 거짓말을 했던 거야. 그리고 이오푸르 락니손은 나를 이곳에 집어넣었어. 난 언젠가는 나갈 거야. 그리고 부총장이 될 거라구. 트릴로니 그놈이 내 앞에서 머리를 조아리며 싹싹 빌게 만들 거야. '왕립 북극학회' 출판부가 내 업적을 무시하도록 내버려 두라고! 내가 그들의 비행을 낱낱이 밝혀 보일 테니까!"

"이오레크 뷔르니손도 교수님의 말씀을 믿을 거예요."

리라가 말했다.

"이오레크 뷔르니손이라구? 기다리지도 마! 그는 절대 못 와!"

"지금 이리로 오고 있는 중이에요."

"그놈들이 그를 죽일걸. 그는 이제 곰이 아니야. 추방자니까. 나처럼 말이지. 그는 모든 권리를 박탈당했어. 곰으로서의 어떤 특권도 누릴 수 없어."

"그렇지만 이오레크가 돌아오면 이오푸르 락니손에게 도전할 거예요."

"그렇게 하도록 내버려두지 않을 거야."

노교수는 단호하게 말했다.

"이오푸르는 절대로 자신을 낮춰서 이오레크에게 싸울 권리를 주지 않을 거야. 이오레크는 곰으로 살기보다는 차라리 바다표범이나 바다코끼리로 지내는 것이 나을걸. 아니면 타타르인이나 스크렐링족이 되거나. 곰들은 명예롭고 정정당당하게 이오레크와 싸우려고 들진 않을 테니까. 그들은 이오레크가 접근하기도 전에 화척기(火拓機)로 죽여 버릴걸. 무자비하게 말이야."

"오!"

리라는 실망해서 말했다.

"다른 죄수들은 어떤 상태죠? 어디 있는지 아세요?"

"다른 죄수들?"

"이를테면 아스리엘 경 같은 분 말예요."

그러자 노인의 태도가 돌변했다. 그는 잔뜩 몸을 움츠리고 벽에 기대 머리를 조심스럽게 내저었다.

"쉬이, 조용! 곰들이 들어!"

그가 나지막한 소리로 말했다.

"아스리엘 경에 대해 얘기하면 왜 안 되죠?"

"금지되어 있어! 아주 위험해! 이오푸르 락니손은 그의 이름조차 꺼내는 걸 싫어해!"

"왜요?"

리라는 노인에 대한 경계심도 잊은 채 그에게 바짝 다가가 속삭이듯 물었다.

"아스리엘 경을 투옥시킨 일은 '성체위원회'가 이오푸르에게 내린 특수 임무였지."

노인도 속삭이는 말투로 설명했다.

"콜터 부인이 이오푸르에게 모든 요구를 다 들어줄 테니 아스리엘 경을 내보내지 말라고 했어. 그 당시엔 나도 이오푸르의 신임을 받고 있었기 때문에 알고 있지. 콜터 부인도 만나서 아주 오랫동안 얘기를 했어. 이오푸르는 부인에게 넋을 잃었다니까. 늘 부인 얘기만 했으니까. 그녀를 위한 일이라면 독약이라도 마실 판이었어. 아스리엘 경을 100마일

밖으로 추방하라고 해도 복종할 판이었지. 콜터 부인을 위한 일이라면 물불을 가리지 않아. 수도의 이름조차 그녀의 이름을 따오려고 했다니까. 무슨 소린지 알겠니?"

"그래서 아무도 아스리엘 경과 못 만나게 하는군요."

"그럼, 절대로 안 되는 일이지. 게다가 그는 아스리엘 경을 겁내고 있어. 이오푸르는 힘든 게임을 하고 있어. 하지만 약은 놈이지. 그는 양쪽이 원하는 걸 다 제공하고 있는 거야. 아스리엘 경을 고립시켜 콜터 부인을 기쁘게 하면서도 한쪽으로는 그가 원하는 시설을 다 갖추어 주며 환심을 사고 있어. 그렇지만 이런 상태가 오래 지속될 리는 없지. 양쪽다 만족시키는 것 말이야, 안 그래? 이런 불안한 상태는 곧 무너질 거라고. 두고 봐, 내 장담하지."

"정말요?"

리라는 그렇게 반문하면서도 속으로 노인이 한 말에 대해서 열심히 생각하고 있었다.

"그럼. 내 데몬의 혀는 가능성의 맛을 알아."

"저의 데몬도요. 그런데 식사는 언제 주죠?"

"식사?"

"죄수도 먹여야 할 거 아니에요? 아니면 굶어 죽잖아요. 바닥에 널린 저 뼈들 좀 보세요. 바다표범들의 뼈 같은데요, 그렇죠?"

"바다표범이라…… 잘 모르겠는데. 그럴지도 모르지."

리라는 자리에서 일어나 문이라고 생각되는 쪽으로 걸어갔다. 당연히 손잡이는커녕 열쇠구멍도 없었다. 바닥에서 천장까지 완전히 밀폐되어 빛이 스며들 곳조차 없었다. 문에다 귀를 댔지만 아무 소리도 들리지 않았다. 등 뒤에서 노교수가 중얼거리는 소리만 들릴 뿐이었다. 쇠사슬에 묶인 그가 덜걱거리며 힘없이 돌아눕는 소리가 나더니 이내 코 고는 소리가 들려왔다.

리라는 의자가 있는 곳으로 돌아갔다. 빛을 밝히느라 힘이 들었던 판탈라이몬은 박쥐로 변해 리라가 의자에 앉아 손톱을 물어뜯는 동안 좁은 방 안을 펄럭거리며 날아다녔다.

그러자 갑자기 리라는 오래전 조던의 귀빈실에서 파머리언 교수가 얘기했던 내용이 생각났다. 이오레크가 맨 처음 이오푸르라는 이름을 꺼낸 이후 줄곧 그녀의 신경을 붙잡고 놓아주지 않던 그게 떠오른 것이었다. 파머리언 교수가 그때 한 말에 따르면 이오푸르 락니손이 원하는 것은 데몬이라고 했다.

물론 리라는 파머리언 교수의 말을 알아들을 수가 없었다. 그는 영어 대신 판제르비에르네 언어로 말했기 때문에 리라로서는 곰들에 관한 이야기를 이해할 수 없었고, 또한 이오푸르 락니손이 사람이 아니라는 생각도 미처 하지 못했다. 어쨌거나 사람이라면 데몬을 가지고 있을 것이므로 리라는 파머리언 교수의 말이 이상하게만 들렸던 것이다.

그러나 이젠 분명히 알 수 있었다. 지금까지의 얘기들을 종합해 볼 때 막강한 힘을 가진 이오푸르 락니손이 무엇보다도 원하는 것은 데몬을 거느린 인간이 되는 것이었다.

그러자 갑자기 멋진 아이디어가 떠올랐다. 이오푸르 락니손으로서는 결코 이룰 수 없는 일을 하도록 만들고, 이오레크 뷔르니손이 자신의 정당한 왕좌를 되찾도록 하며, 아스리엘 경이 갇힌 곳으로 가서 알레시오미터를 전달하기 위한 계획이었다.

그 아이디어는 마치 비눗방울처럼 리라의 머릿속에서 떠올라 아른아른 빛났다. 만에 하나라도 그 비눗방울이 터져 버리는 경우는 생각하고 싶지도 않았다. 그녀는 이런 아이디어를 다루는 데는 아주 익숙한 편이어서 그것이 빛나도록 가만히 내버려 두고 다른 생각에 잠겼다.

리라가 막 잠들려고 할 무렵 갑자기 빗장이 덜컥거리며 문이 열렸다. 그녀의 발치로 불빛이 쏟아졌다. 판탈라이몬은 얼른 리라의 주머니 안으로 숨었다.

경비병 곰이 허리를 숙여 머리를 불쑥 내밀며 바다표범 고기를 안으로 휙 던졌다. 리라는 재빨리 일어나 경비병에게 말했다.

"나를 이오푸르 락니손에게 데려다 줘요. 만일 그렇지 않았다간 아저씨 봉변을 당하게 될 거예요. 아주 급한 일이라고요."

경비병 곰은 얼굴을 쭉 빼고 리라를 바라보았다. 곰의 얼굴 표정을 읽기란 결코 쉬운 일이 아니지만 리라는 그가 화를 내고 있다는 것을 알 수 있었다.

"이오레크 뷔르니손에 관한 정보가 있어요. 폐하께서 꼭 아셔야 해요."

"내게 말해! 그러면 전해 줄 테니까."

"그럴 순 없어요. 폐하께서 아시기 전에 다른 누가 알면 큰일 나요."

리라는 웃었다.

"죄송해요, 무례하게 굴어서. 그렇지만 폐하께서 먼저 아셔야 하는 건 당연한 일이잖아요."

경비병은 우둔한 편인 것 같았다. 잠시 생각한 뒤 리라에게 말했다.

"좋아, 같이 가자."

그가 감방에서 꺼내 주자 리라는 탁 트인 공기를 마실 수 있다는 것만으로도 고맙다는 생각이 들었다. 안개는 이미 걷힌 뒤였고 광택 나는 계단은 높은 벽으로 둘러싸인 안뜰로 연결되어 있었다. 경비병 곰은 다른 경비병들과 의견을 주고받더니 리라에게 말했다.

"네가 원한다고 무조건 폐하를 뵐 순 없어. 폐하께서 널 만나고 싶다고 하실 때까지 기다려야만 해."

"하지만 이건 굉장히 급한 일이거든요. 폐하께 드릴 말씀이 있어요. 이오레크 뷔르니손에 관한 일이에요. 폐하께서도 분명 알고 싶어 하실 거예요. 그렇다고 제가 아무에게나 이런 얘길 할 순 없잖아요. 그건 폐하께 무례를 범하는 일이에요. 폐하께서 그걸 아신다면 화를 내실지도 몰라요."

그들은 리라의 말을 신중하게 듣는 것 같았다. 최소한 경비병들에게 고민을 안겨 준 것만은 분명했다. 리라는 자기가 말을 잘했다는 것을 알 수 있었다. 이오푸르 락니손이 새로운 것들을 지나치게 많이 들여와 곰들은 어떻게 행동해야 할지 갈피를 못 잡는 듯했다. 리라는 이오푸르와 접촉하기 위해 그런 혼란을 이용한 것이었다.

얼마 후 리라는 판탈라이몬과 함께 안으로 안내되었다. 그러나 그곳은 대기실이었다. 방 안은 무척 지저분하고 공기도 지하 감방보다 더 후텁지근했다. 오랜 세월 쌓인 악취와 넌더리 나게 하는 향수 냄새가 뒤섞여 도무지 숨 쉬기가 곤란할 정도였다. 리라는 복도에서, 다음은 대기실, 마지막으로 커다란 문밖에서 기다리고 있었다. 대기실 문밖에서는 곰들이 이것저것 상의하며 왔다 갔다 했다. 그동안 리라는 터무니없이 장식된 벽들을 죽 둘러보았다. 회칠된 벽에는 금박이 입혀져 있었는데 습기로 인해 벗겨지거나 떨어진 곳이 많았고, 현란한 색깔의 카펫은 얼룩으로 더러워져 있었다.

마침내 육중한 문이 안으로 열렸다. 그 안은 휜하게 빛나는 여섯 개의 샹들리에가 진홍색 카펫을 드러내고 있었고 진한 향수 냄새가 코를 찔렀다. 리라가 들어서자 열댓 마리의 곰이 일제히 그녀를 돌아보았다. 그들은 갑옷을 입지 않은 대신 저마다 독특한 장식을 하고 있었다. 황금 목걸이를 건 곰, 자주색 깃털로 장식한 머리끈을 두른 곰, 붉은 띠를 두른 곰도 있었다. 희한하게도 이 방도 온통 새들이 점령하고 있었다.

제비갈매기와 도둑갈매기들이 회칠한 처마 밑을 차지하고 앉아 다른 둥우리에서 떨어져 나온 물고기 조각을 재빨리 낚아채곤 했다. 방의 맨 앞쪽에 놓인 단 위에는 거대한 옥좌가 자리 잡고 있었다. 강한 힘과 부를 과시하기 위한 화강암 옥좌였으나 이오푸르의 다른 물건들과 별반 다른 것은 없었다. 옥좌는 지나치게 공을 들인 장식 끈과 금박 입힌 꽃들로 장식되어 마치 산기슭에서 빛나고 있는 황금 덩어리 같았다.

옥좌에 앉아 있는 거대한 곰은 리라가 이전에 본 어떤 곰보다도 거대했다. 이오푸르 락니손은 이오레크보다 훨씬 키가 크고 몸집이 좋았으며 표정도 풍부했다. 이오레크에게서는 느껴 보지 못한, 사람과 흡사한 얼굴이었다. 이오푸르가 리라를 바라보는 눈길은 마치 사람의 눈길 같았다. 그는 황금 목걸이에 화려한 보석을 달았고 10센티미터는 됨직한 발톱에도 금박을 입혔다. 그 장식들은 그를 엄청나게 힘세고 교활한 곰으로 보이게 했다. 그는 엄청나게 커서 그런 거추장스런 장식이 어울렸다. 그에게는 이러한 장식들이 터무니없어 보이지 않고 야성적이고 훌륭해 보였다.

리라는 기가 질렸다. 지금까지 열심히 준비해 온 멋진 아이디어가 입에서 한 마디도 나오지 않을 것 같았다. 그러나 리라는 왕 앞으로 나아가지 않을 수 없었다. 가까이 다가갈수록 이오푸르가 무릎 위에 올려놓고 있는 것이 선명하게 보였다. 마치 인간이 애완용 고양이나 데몬을 앉혀 놓고 있는 것 같았다.

그것은 멍청하게 아무 표정도 없는 여자 인형이었다. 그 인형은 콜터 부인의 드레스와 비슷한 옷을 입고 있었고 얼굴 생김새도 그녀와 아주 흡사했다. 이오푸르는 자기가 데몬을 가지고 있는 양 행동했다. 그제야 리라는 자신이 안전하다는 것을 알았다.

리라는 왕좌 앞으로 걸어나가 무릎을 굽히고 깊숙이 절했다. 판탈라이몬은 리라의 주머니 속에서 조용히 숨죽이고 있었다.

"폐하, 소녀 문안 드리옵니다."

"그래, 짐에게 은밀히 할 말이 있다고?"

곰왕이 물었다. 그의 목소리는 리라가 생각했던 것보다 훨씬 더 가볍고 감정이 풍부했지만 교활한 느낌을 주었다. 그는 앞발을 휘둘러서 윙윙거리며 달려드는 파리를 연신 쫓아냈다.

"그러하옵니다, 폐하. 소녀는 이오레크 뷔르니손에 대해서 폐하께 굉장히 중요하고 비밀스런 소식을 말씀드리고자 합니다. 그리고 이건 꼭 폐하께서만 들으셔야 합니다."

"이오레크 뷔르니손에 관해서라고?"

리라는 이오푸르에게 더욱 가까이 다가갔다. 그러나 새들의 배설물을 밟지 않으려고 조심하면서 달려드는 파리를 연신 쫓아내지 않으면 안 되었다.

"실은 데몬에 관한 얘기예요."

리라는 이오푸르만 들을 수 있게 작은 목소리로 말했다.

왕의 표정이 싹 바뀌었다. 그가 어떻게 나올지는 모르지만 일단 관심을 불러일으킨 것만은 분명했다. 갑자기 그는 왕좌에서 무거운 몸을 일으켜 앞으로 내려와 리라를 곁으로 오게 한 뒤 다른 곰들에게 물러가라고 큰 소리로 명령했다. 곰들은 얼른 머리를 조아리며 뒷걸음질로 물러났다. 새들도 그의 고함 소리에 놀라 푸드덕 날아올라 꽥꽥거리며 둥우리 주위를 몇 바퀴 돌았다.

단둘이 남게 되자 이오푸르는 진지하게 리라를 내려다보았다.

"자, 이제 네가 누군지, 또 그 얘기는 뭔지 말해 보아라."

"소녀도 실은 데몬이옵니다, 폐하."

리라의 말에 곰왕은 그 자리에서 굳어 버렸다.

"누구의 데몬이란 말이냐?"

"이오레크 뷔르니손의 데몬이옵니다."

리라는 이렇게 말하면서도 지금이 가장 위험한 순간이라는 것을 알았다. 그렇지만 곰왕이 놀라는 것으로 보아 죽음의 순간은 면했다는 것을 분명히 알 수 있었다.

"폐하! 소녀를 벌하시기 전에 부디 제 말씀을 들어주시옵소서. 저는 온갖 위험을 무릅쓰고 여기까지 왔사옵니다. 제가 폐하께 어떤 것도 할 수 없다는 건 아실 겁니다. 소녀는 폐하를 도와 드리고 싶어서 왔사옵니다. 이오레크 뷔르니손은 곰들 중에서 처음으로 데몬을 가졌사옵니다. 하지만 폐하께서 먼저 가지셔야 마땅한 일이었죠. 전 정말 이오레크보다는 폐하의 데몬이 되고 싶습니다. 그래서 찾아뵌 것이옵니다."

"어떻게 그럴 수 있다는 것이냐?"

이오푸르는 숨 가쁘게 물었다.

"곰이 어떻게 데몬을 가질 수가 있지? 그리고 왜 이오레크가 나보다 먼저지? 그리고 넌 어떻게 그로부터 이렇게 멀리 떨어질 수가 있지?"

그가 말하는 동안 파리들이 그의 입 주위를 날아다녔다.

"그건 쉬운 일이옵니다, 폐하. 소녀는 마녀들의 데몬과 같은 종류이기 때문에 주인으로부터 멀리 떨어질 수가 있사옵니다. 마녀들의 데몬은 그들로부터 수백 마일씩 떨어져 있을 수 있습니다. 소녀도 그러하옵니다. 이오레크가 소녀를 얻을 수 있었던 곳은 볼반가르였습니다. 폐하께서도 그곳에 대해 들어 보셨겠죠? 콜터 부인이 폐하께 말씀드렸을 거예요. 하지만 그곳의 일을 모두 말씀하지는 않으셨을 거예요."

"데몬을 분리한다는 얘기 말이냐?"

"예, 인터시전도 그들의 일이지요. 그들은 또한 인공 데몬을 제조하는 일도 하고 있사옵니다. 동물들에게도 실험을 하고 있어요. 이오레크 뷔르니손이 그 애길 듣고 자원해서 실험 대상이 되었습니다. 그래서 만들어진 것이 소녀이옵니다. 제 이름은 리라이고, 인간들이 갖고 있는 데몬들과 똑같사옵니다. 그들은 동물 형상이지만, 곰들이 갖는 데몬은 소녀처럼 인간의 형상을 갖게 되옵니다. 전 이오레크 뷔르니손의 데몬이에요. 전 그의 마음을 읽을 수 있고, 그가 지금 어디에서 무얼 하고 있는지 정확하게 알 수 있어요. 그리고……."

"그는 지금 어디에 있느냐?"

"스발바르에 있사옵니다. 지금 이쪽으로 서둘러 달려오고 있어요."

"왜지? 그가 원하는 게 뭐야? 미친 게로군! 그놈이 나타나면 갈기갈기 찢어 놓겠어!"

"그는 절 원해요. 소녀를 데리고 돌아갈 거예요. 하오나 소녀는 그의 데몬이 되고 싶지 않사옵니다, 폐하. 소녀는 폐하의 데몬이 되고 싶습니다. 볼반가르 사람들은 전처럼 실험을 하지 않겠다고 결정했사옵니다. 이오레크 뷔르니손은 데몬을 가질 수 있었던 유일한 곰인 셈이죠. 그래서 소녀가 그를 돕는다면 폐하를 반대하는 곰들의 지지를 이끌어 낼 수 있을 것이옵니다. 사실 그는 그러기 위해서 스발바르로 오는 것 같습니다."

곰왕은 화가 머리끝까지 치밀어 으르렁거렸다. 그의 소리가 얼마나 컸던지 샹들리에의 수정이 마구 출렁거리며 반짝였고, 왕실을 맴돌고 있던 새들도 비명을 질러대 리라의 귀를 따갑게 했다.

그렇지만 리라는 한 발도 물러서지 않고 말했다.

"저는 폐하를 가장 사랑하기 때문에 그러는 것이옵니다. 폐하는 정열적이시고 현명하실 뿐만 아니라 강력한 힘을 갖고 계십니다. 그래서 전 그를 떠나서 폐하께 찾아와 이렇게 말씀드리는 것이옵니다. 전 이오레크가 곰들을 통치하는 걸 원치 않아요. 그 일은 폐하만이 하실 일이옵니다. 저를 그에게서 빼앗아 폐하의 데몬으로 만드는 방법은 한 가지뿐입니다. 하지만 소녀가 말씀드리지 않으면 폐하께서는 아실 수가 없죠. 아마 다른 추방당한 곰들과 똑같은 방법으로 이오레크를 물리치실 거예요. 즉 그와 정정당당하게 싸우지 않고 화척기나 다른 부당한 방법으로 그를 죽이실 것이란 말씀이죠. 그렇게 되면 소녀도 그와 함께 죽을 수밖에 없사옵니다."

"그러면 어떻게 해야……."

"저를 폐하의 데몬으로 만드는 방법은 이오레크와 일대일로 대결해서 그를 죽이는 수밖에 없습니다. 그러면 이오레크의 힘이 폐하께 모두 흘러들어 제 마음도 폐하의 것이 되옵니다. 그렇게 되면 폐하와 소녀는 마치 한 사람같이 생각을 나눌 수가 있고, 폐하께선 저를 수 마일 밖으로 첩보 활동을 내보내실 수도 있고 이렇게 곁에 두실 수도 있사옵니다. 소녀는 폐하께서 볼반가르를 정복하기 위해 곰들을 이끄실 때 도와드릴 수도 있지요. 원하신다면 폐하께서 총애하시는 곰들에게 데몬을 만들어 줄 수도 있죠. 우리는 볼반가르를 영원히 정복할 수도 있사옵니다. 폐하께서는 무엇이든 하실 수 있어요. 이오푸르 락니손 폐하! 폐하와 저는 한 배를 타게 되는 것이옵니다."

말하는 동안 내내 리라는 떨리는 손으로 주머니 속의 판탈라이몬을 꼭 잡고 있었다. 그도 되도록 작은 생쥐로 변해 꼼짝도 하지 않았다.

이오푸르 락니손은 흥분해서 어쩔 줄 몰랐다.

"일대일 대결이라고? 내가? 짐이 꼭 이오레크 뷔르니손 같은 놈과 맞붙어야만 하느냐? 그럴 순 없지! 그놈은 추방당한 죄수야! 왕이 죄수와 어떻게 그럴 수 있다는 거냐? 꼭 그 방법뿐이냐?"

"네, 폐하. 그게 유일한 방법이옵니다."

리라는 막상 말은 그렇게 했지만 걱정이 되었다. 이오푸르 락니손은 이오레크보다 덩치가 훨씬 더 크고 사나워 보였기 때문이다. 아무리 리라가 이오레크를 사랑하고 그의 강인한 힘을 믿고 있다고 하지만, 이런 엄청난 덩치의 곰과 싸워 이겨 낼 수 있을지는 의문이었다. 그러나 리라가 기대할 수 있는 희망은 이것뿐이었다. 먼 거리에서 화척기로 불세례를 받아서는 제아무리 이오레크라도 승산이 없었다.

갑자기 이오푸르 락니손이 리라를 돌아보며 말했다.

"증명해 보아라! 네가 데몬이라는 걸 증명해 봐!"

"네, 폐하. 그런 것쯤은 쉬운 일이옵니다. 다른 곰들은 모르고 오직 폐하께서만 알고 계신 것을 소녀는 알아낼 수가 있사옵니다. 오직 데몬만이 할 수 있는 일이죠."

"그러면 짐이 맨 처음 죽인 동물이 무엇인지 말해 보아라."

"소녀가 그걸 알아내려면 방으로 들어가서 혼자 생각해야만 하옵니다. 소녀가 폐하의 데몬이라면 폐하께서도 제가 무얼 하는지 보실 수가 있사오나, 그 이전에는 소녀 혼자 있어야만 합니다."

"이 방 뒤에 대기실이 있다. 그 안으로 들어가거라. 그리고 대답을 할 수 있으면 나오거라."

리라는 문을 열고 횃불이 하나 밝혀진 방으로 들어갔다. 그곳에는 은 장식들이 변색된 마호가니 캐비닛만이 덩그러니 놓여 있었다. 리라는 알레시오미터를 꺼내 물었다.

"지금 이오레크는 어디에 있지?"

"네 시간 거리에 있어. 이리로 서둘러 달려오고 있어."

"내가 이렇게 있다는 것을 어떻게 그에게 알리지?"

"그를 믿어야만 해."

리라는 이오레크가 너무 지쳐 있을 것을 생각하자 걱정이 앞섰다. 그러자 알레시오미터가 방금 충고한 말을 자신이 따르지 않고 있다는 생각이 들었다. 이오레크를 믿지 않고 있었던 것이다.

리라는 그 생각을 접어 두고 이오푸르의 질문에 대한 답을 물었다.

"그가 맨 처음 죽인 동물이 뭐였지?"

대답이 나왔다. 이오푸르의 아버지!

리라는 더 자세한 내용을 물어보았다. 그래서 이오푸르가 지금보다 젊었을 때 얼음판 위에서 첫 번째 사냥을 하던 중 떠돌이 곰과 우연히 마주쳐서 사투를 벌이다가 그를 죽이게 되었다는 사실을 알게 되었다. 그런데 나중에 알고 보니 그 떠돌이 곰이 바로 이오푸르의 아버지였던 것이다. 곰들은 엄마들이 키우기 때문에 아버지를 보는 일은 드물었다. 그는 자신이 저지른 죄악을 철저히 감추었기 때문에 그 일을 아는 자는 오직 그뿐이었다.

리라는 알레시오미터를 집어넣고 그에게 어떻게 말을 꺼내야 할지를 생각했다.

"아첨해! 그게 바로 그가 원하는 거야."

판탈라이몬이 속삭였다.

리라가 문을 열고 나가자 이오푸르는 득의에 찬 교활한 표정을 지으며 다 이해한다는 듯이 그녀를 바라보았다.

"그래 알아냈느냐?"

리라는 그의 앞에 무릎을 꿇고 이마를 그의 왼쪽 앞발에 대었다. 인간의 손 역할을 하는 곰의 왼쪽 발은 뒷발보다 더욱 강했다.

"폐하, 저를 죽여 주시와요. 소녀는 폐하께서 이토록 위대하신 줄은 몰랐습니다."

"그래 알아냈느냐? 대답해 보아라."

"폐하께서 최초로 죽인 동물은 폐하의 아버님이십니다. 폐하는 샛별이십니다. 이오푸르 락니손 폐하! 마땅히 하실 일을 하셨습니다. 샛별만이 그토록 강한 힘을 발휘하실 수 있사옵니다."

"정말 알아냈구나! 네가 정말 알아맞혔도다!"

"그렇사옵니다, 폐하. 소녀는 데몬이라고 말씀드렸잖습니까."

"하나만 더 말해 다오. 콜터 부인이 여기 와서 짐에게 약속한 것이 무엇이더냐?"

리라는 다시 한 번 빈 대기실로 들어가서 알레시오미터에게 물어본 뒤 곰의 앞으로 돌아왔다.

"콜터 부인은 폐하께서 비록 데몬을 갖고 있지 않다고 하더라도 기독교인으로 세례를 받을 수 있도록 제네바에 있는 교권의 허락을 받아 주겠다고 약속했습니다. 그런데 소녀는 콜터 부인이 그 약속을 제대로 지키지 못한 것 같아 두렵사옵니다. 폐하께서 데몬을 갖고 있지 않은데 그들이 동의를 하겠사옵니까. 부인은 그것을 알고 있었으면서도 폐하께 진실을 아뢰지 않았던 것이옵니다. 하지만 폐하께서 소녀를 소유하시게 되면 원하시는 즉시 세례를 받으실 수 있사옵니다. 아무도 시비할 사람이 없을 거예요. 폐하께서 세례를 받고 싶다고 말씀하시면 그들이 어떻게 거절하겠어요?"

"그래, 네 말이 맞다. 콜터 부인은 분명 그렇게 약속했지. 그렇다면 콜터 부인이 날 기만했다는 거냐? 짐은 그 여자를 믿었는데 그런 날 속여?"

"그렇사옵니다, 폐하. 하지만 콜터 부인은 이제 중요하지 않사옵니다. 송구하오나, 폐하. 이런 말씀을 올리는 것을 용서하시옵소서. 이오레크 뷔르니손이 여기서 네 시간 거리에 있사옵니다. 그러니 폐하께서는 경비병들에게 평상시처럼 그를 공격하지 말라고 명하시는 것이 좋을 것이옵니다. 만일 소녀를 위해 그와 싸우시려면 그를 궁정으로 들어오도록 허락하셔야만 하옵니다."

"그래······."

"이오레크가 이리로 오면 소녀는 아직 그의 데몬인 것처럼 행동해야 할 것이옵니다. 그리고 소녀는 길을 잃은 것처럼 말할 거예요. 그는 눈치 채지 못할 것이옵니다. 폐하께선 다른 곰들에게 제가 이오레크의 데몬이지만 그를 때려눕히면 폐하의 것이 된다고 말씀하시겠습니까?"

"잘 모르겠다. 짐이 어떻게 해야 되지?"

"그런 비밀은 아직 발설하지 않는 것이 좋겠사옵니다. 일단 폐하와 소녀가 하나가 되면 가장 좋은 방안이 떠오를 것입니다. 그때 결정을 하시면 되옵니다. 지금 당장 하실 일은 곰들에게 입장을 밝히시는 것이옵니다. 비록 이오레크가 추방자지만 그와 일대일로 싸우겠다는걸요. 그러면 그들은 무슨 말인지 못 알아들을 거예요. 그때 폐하께서 설명을 해 주셔야 합니다. 그들이 어리둥절해할 때 폐하께서 설명을 하시면 그들은 그때서야 이해를 하고 폐하를 더욱 칭송할 것이옵니다."

"알았다. 내가 그들에게 무어라고 말하랴?"

"그들에게······ 왕국을 온전하게 보호하겠다고 말씀하시옵소서. 폐하께서 몸소 이오레크 뷔르니손을 이곳으로 불러들여 결투를 하시겠다구요. 그리고 승자는 영원히 곰왕국을 통치한다고 말씀하시는 거예요. 이오레크가 이리로 오는 것은 그의 의지가 아니라 폐하께서 몸소 그를 부른 거라고 말씀하시면 곰들이 정말 감동할 것이옵니다. 그들은 폐하만이 그를 먼 곳에서 이리로 불러들일 수 있다고 생각할 것입니다. 그들은 폐하를 전지전능하다고 생각할 것이옵니다."

"알았다."

이오푸르는 몹시 흥분해 있었다. 리라는 자신의 힘이 그를 들뜨게 했다는 것을 알 수 있었다. 만일 판탈라이몬이 자신들의 위험한 처지를 상기시키려고 리라의 손을 날카롭게 물지 않았다면, 리라도 정신을 똑바로 차리지 못했을 것이다.

리라는 정신을 가다듬고 다른 곰들처럼 한 걸음 뒤로 물러나 사태를 지켜보았다. 이오푸르가 흥분에 들떠 명령을 내리자, 곰들은 왕과 이오레크 뷔르니손을 위한 결투 장소를 준비하기 시작했다. 반면 이런 사정을 전혀 알 길이 없는 이오레크는 자신의 목숨이 걸린 결투가 리라에 의해 마련되어 있는 줄도 모르고 이오푸르의 궁전을 향해 시시각각 다가오고 있었다.

곰의 최후

곰들끼리 결투를 하는 것은 흔한 일이지만 많은 절차가 따랐다. 결투 중에 상대방을 죽이는 일은 드물었다. 그러나 우연히 사고가 나거나 이오레크 뷔르니손의 경우처럼 상대의 신호를 오인하는 경우가 있었다. 이오푸르가 자신의 아버지를 죽인 경우처럼 즉각적으로 살해하는 경우는 아주 드물었다.

하지만 이런 분쟁이 죽음을 위한 투쟁으로 발전하는 경우도 종종 있었다. 이런 경우에는 전반적인 교전 수칙이 정해져 있었다.

이오푸르와 이오레크가 결투를 벌일 거라는 발표가 나자마자 곰들은 결투장을 단장했다. 갑옷을 제작하는 곰들은 이오푸르의 갑옷을 점검하기 위해 연료 광산에서 내려왔다. 그들은 왕의 갑옷 연결 고리는 물론이고 장식 하나하나까지 꼼꼼히 점검했고 금속 부위들은 부드러운 사포로 번쩍번쩍 윤을 냈다. 또한 이오푸르의 발톱에도 특별한 정성을 쏟았다. 도금한 부분을 다시 깨끗이 손질하고 10센티미터나 되는 갈고리 같은 발톱들을 날카롭게 갈아 치명적인 무기로 다듬었다. 리라는 이런 모습을 가슴 졸이며 바라볼 수밖에 없었다. 이오레크 뷔르니손은 이런 상황을 꿈에도 모를 것이다. 그는 허기진 배를 끌어안고 추운 얼음 위를 거의 스물네 시간 동안 쉬지 않고 달려오고 있는 것이다. 게다가 기구를 타고 오다가 추락한 몸 또한 성할 리가 없었다. 리라는 이오레크의 컨디션을 전혀 모르는 상태에서 이번 결투를 위해 이오푸르가 사전 준비를 충분히 할 수 있도록 해 준 셈이었다. 이오푸르는 자신의 날카로운 발톱을 시험해 보기 위해 방금 죽인 바다코끼리의 가죽을 쓰윽 그었다. 그러자 바다코끼리의 가죽은 종잇장처럼 갈가리 찢어지고 말았다. 이오푸르는 다시 주먹의 파괴력을 시험하기 위해 바다코끼리의 두개골을 강타했다. 단 두 차례의 강타로 바다코끼리의 머리는 계란처럼 으스러졌다. 두려움에 질린 리라는 이오푸르에게 잠시 실례하겠다고 양해를 구한 뒤 조용한 휴게실 안으로 들어가서 울음을 터뜨렸다.

평소에는 리라를 격려해 주던 판탈라이몬조차 한마디의 위로도 하지 못했다. 이제 리라는 알레시오미터에게 자문을 구할 도리밖에 없었다. 한 시간 거리에 이오레크가 있다고 알레시오미터는 대답했다. 그리고 재차 이오레크를 믿어야 한다고 말했다. 사실 이 말을 믿기는 몹시 어려웠다. 그러자 같은 질문을 자꾸만 반복하는 자신을 알레시오미터가 나무라고 있다는 생각이 들었다.

소문은 곰들 사이에 이미 쫙 퍼져서 결투장 안은 온통 구경 나온 곰들로 시끌벅적했다. 고위층 곰들은 귀빈석을 차지하고 앉았고, 이오푸르의 아내인 왕비를 포함한 귀족층 여자 곰들을 위한 특별석도 한쪽에 마련되어 있었다. 리라는 여자 곰들에게 특별히 관심이 갔다. 여자 곰들에 대해서는 아는 게 아무것도 없었던 것이다. 그렇지만 질문을 하고 돌아다닐 수는 없었다. 그녀는 바깥쪽에 있는 보통 곰들과는 달리 서열에 따라 늘어서서 이오푸르를 둘러싸고 있는 신하 곰들을 살펴보았다. 그들의 옷에는 뜻을 알 수 없는 가지각색의 깃털과 배지, 그리고 훈장들이 달려 있었다. 어떤 고위층 곰들은 이오푸르처럼 헝겊으로 만든 인형 데몬을 몸에 지니고 있었다. 아마 왕이 시작한 것을 보고 그의 비위를 맞추기 위해 따라한 것이 유행이 된 듯했다. 그러나 이오푸르가 이미 자신의 인형을 내던져 버린 것을 보고 어쩔 줄 몰라 하는 그들을 보자 리라는 쓴웃음이 절로 나왔다. 그들도 몸에 지니고 있는 인형을 쓰레기통에 던져 버려야 할까? 그대로 지니고 있다가는 왕의 눈총을 받을까? 그들은 어떻게 행동해야 하는 걸까?

이오푸르의 왕궁 전체가 술렁이고 있는 것이 이제 리라의 눈에 보이기 시작했다. 곰들은 어찌할 바를 모르고 있었다. 순수하고 단호한 성품의 이오레크 뷔르니손과는 비교가 되지 않았다. 그들은 한결같이 자신 없는 표정으로 서로의 눈치를 살피며 이오푸르를 지켜보고 있었다.

곰들은 또 잔뜩 호기심 어린 눈빛으로 리라를 바라보았다. 리라는 이오푸르 주위에서 아무 말도 하지 않고 공손히 서 있었다. 곰들이 자신을 볼 때마다 그녀는 눈을 내리깔았다.

그때쯤 안개는 걷히고 공기가 맑아졌다. 운이 좋으면 이오레크가 도착할 정오쯤에는 어둠이 약간 걷힐 것 같았다. 리라는 격투장 한쪽 구석 눈을 쌓아 놓은 곳에 서서 와들와들 떨며 흐릿한 하늘을 올려다보았다. 리라는 검은 옷을 입은 우아한 마녀가 자신을 데리러 내려오기를 바라기도 하고, 오로라의 감춰진 도시가 나타나기를 바라기도 했다. 그곳이라면 태양빛이 환하게 비치는 넓은 길을 편안하게 걸을 수 있을 것 같았다. 혹은 마 코스타의 넓은 가슴에 안겨 친근한 그녀의 살 냄새나 옷에 밴 음식 냄새를 맡고 싶었다.

리라는 울고 있었다. 흐르자마자 꽁꽁 얼어붙어 버리는 눈물을 닦아 내느라 고통스러웠다. 그녀는 너무 무서웠다. 곰들은 울지 않으므로 리라의 그런 상태를 이해할 수 없을 것이다. 눈물은 인간들만 흘리는 것이며 곰들에게는 아무 의미가 없다. 리라의 주머니 속에 숨어 있는 판탈라이몬도 평소처럼 그녀를 위로할 수가 없었다. 생쥐 모양으로 변한 판탈라이몬은 자신을 꼭 잡고 있는 리라의 손가락에 코를 한두 번 비벼 댈 뿐이었다.

리라의 옆에서는 대장장이들이 이오푸르 락니손의 갑옷을 마지막으로 손질하고 있었다. 뒷발로 바닥을 딛고 일어선 이오푸르는 마치 거대한 금속 탑 같았다. 번쩍이는 철갑옷은 금줄로 상감이 되어 있었고, 은빛으로 번쩍이는 튼튼한 투구는 그의 머리를 완전히 가리고 두 눈구멍만을 겨우 남겨 놓고 있었다. 또 갑옷 안에 딱 맞는 철제 속옷을 입어 몸을 보호하고 있었다. 그런 것을 보자 리라는 자신이 이오레크를 배신했다는 생각이 들었다. 이오레크에게는 그런 장비라곤 없었다. 그의 갑옷은 기껏해야 등과 허리만을 보호해 줄 뿐이었다. 그녀는 이오푸르 락니손이 너무도 완벽하게 무장을 한데다 대단한 힘을 보유한 것 같아 죄의식과 공포감으로 마음이 편치 않았다.

그녀는 마침내 입을 열었다.

"황송하오나, 폐하, 소녀가 전에 말씀드린 것을 기억하신다면……."

그녀의 떨리는 목소리는 힘없이 공중으로 흩어졌다. 이오푸르 락니손은 날카로운 발톱으로 찢을 연습용 목표물을 세 마리의 곰에게 들고 있도록 했다. 목표물을 노려보고 있던 그는 리라의 말에 거대한 머리를 돌리고 바라보았다.

"뭐라고?"

"소녀는 이제 이오레크 뷔르니손에게 돌아가서 그의 편인 척하고 있어야 하옵니다. 그래야만 그가 눈치를 못 챌 것이 아닙니까?"

리라의 말이 채 끝나기도 전에 전망대에서 망을 보던 곰들이 일제히 고함을 질러 댔다. 다른 곰들도 곧 상황을 알아채고 홍분하며 승리의 함성을 질렀다. 마침내 감시병들이 이오레크를 발견한 것이었다.

"폐하!"

리라는 다급하게 말했다.

"소녀는 그를 감쪽같이 속일 것이옵니다. 두고 보시옵소서."

"알겠다. 알았어. 어서 가 봐라. 가서 그를 부추겨라!"

이오푸르 락니손은 분노와 홍분으로 말하기조차 힘들었다.

리라는 그의 곁을 떠나 격투장을 가로질러 걸어갔다. 그녀는 작은 발자국을 눈 위에 선명하게 남기며 걸었고, 곰들은 그녀에게 길을 내주었다. 그들의 육중한 몸들이 옆으로 비켜나자 수평선이 드러났다. 이오레크 뷔르니손은 어디에 있을까? 리라는 아무것도 볼 수 없었다. 높이 치솟은 전망대에 있는 경비병들만 그녀의 시야에 나타나지 않은 것을 볼 수 있었다.

이오레크가 리라를 먼저 알아보았다. 무거운 철갑옷 소리를 덜컹거리며 눈보라 속을 뚫고 그가 리라 앞에 나타난 것이었다.

"오, 이오레크! 제가 얼마나 걱정했는 줄 알아요? 당신은 이제 이오푸르 락니손과 싸워야만 하는데, 준비가 전혀 되어 있지 않겠죠? 피곤하고 배도 고플 텐데, 그리고 그런 갑옷으로 어떻게……."

"도대체 어떻게 된 일이야?"

"이오푸르에게 당신이 오고 있다고 말해 줬어요. 알레시오미터를 보고 알았거든요. 이오푸르는 인간이 되어 데몬을 갖고 싶어 안달이 나 있어요. 그래서 제가 당신의 데몬이라고 거짓말을 꾸며 댔죠. 그리고 당신을 포기하고 그의 데몬이 되겠다고 속였어요. 하지만 그렇게 되려면 당신과 정정당당하게 결투를 벌여 이겨야만 한다고 말했어요. 그렇게 말하지 않았다면 그는 절대로 당신에게 싸울 기회를 주지 않을 테니까요. 그들은 당신이 접근도 하기 전에 화척기로 태워 죽일 계획을 하고 있었어요."

"네가 이오푸르 락니손을 속였다구?"

"네, 당신은 추방자라서 당장 죽이겠다는 것을 이오푸르와 결투할 수 있도록 했어요. 승자가 곰들의 왕이 되는 거죠. 그렇게 해야만 했어요. 왜냐하면……."

"리라, 네 혓바닥은 정말 비단 같구나! 리라 실버텅(silvertongued, 말주변이 좋다는 의미) 양! 그놈과 싸우는 것이 내 소원이야. 가자구, 꼬마 데몬."

비록 찌그러진 갑옷을 입고 있지만 날씬하고 용맹스러운 이오레크의 모습을 보자 리라의 가슴은 자랑스러움으로 터질 것만 같았다.

그들은 이오푸르의 거대한 궁전으로 걸어갔다. 격투장은 성벽 바로 안쪽 평평한 곳에 마련되어 있었다. 성벽을 따라 곰들이 무리 지어 서 있었고 창문마다 하얀 얼굴들이 내다보고 있었다. 그들의 육중한 몸이 빼곡히 앞을 가로막고 있는 모습은 마치 하얀 안개 벽에 눈과 코를 나타내는 까만 점들을 찍어 놓은 것 같았다. 이오레크와 그의 데몬이 걸어가자 앞을 가로막고 있던 곰들이 자리를 내주었다. 그러나 그들은 둘에게서 눈을 떼지 않았다.

격투장에 들어선 이오레크는 이오푸르 락니손의 맞은편에 우뚝 섰다. 이오푸르도 두 발로 일어나 단단하게 다져진 눈 위로 걸어왔다. 거대한 곰 두 마리는 겨우 몇 미터 떨어진 곳에서 마주 보고 섰다.

이오레크의 곁에 선 리라는 강력한 앤버릭 전기를 생산하는 거대한 발전기처럼 그의 몸이 덜덜 떨리고 있음을 느낄 수 있었다. 그녀는 투구 속의 목 부분에 살짝 손을 넣어 그의 털을 어루만지며 말했다.

"잘 싸우세요, 이오레크. 당신이 진짜 왕이에요! 그는 아무것도 아니라고요."

그러고는 뒤로 물러섰다.

"곰들이여!"

이오레크 뷔르니손의 커다란 목소리는 벽에 부딪혀 메아리가 되어 울려 퍼졌다. 그 소리에 놀란 새들이 둥우리에서 퍼득거리며 밖으로 날아 나왔다. 이오레크가 계속 크게 소리쳤다.

"이 시합의 규칙은 이렇소. 만약 이오푸르 락니손이 나를 죽이면 그는 여러분의 영원한 왕이 될 것이고, 앞으로 그에겐 어떤 도전도 없을 것이오. 그러나 만약 내가 그를 이기면 내가 여러분의 왕이 될 것입니다. 그때 내가 여러분들에게 내릴 첫 번째 명령은 저 궁전을 부수는 일이 될 것이오. 저곳은 가짜와 허례로 가득 차 있습니다. 나는 저것을 부셔서 황금과 대리석을 모두 바다 속으로 던져 버릴 것이오. 우리 곰들의 금속은 하늘강철이지 황금이 아닙니다. 이오푸르 락니손은 스발바르를 오염시켰소. 나는 이곳을 청소해야만 합니다. 이오푸르 락니손, 내가 너에게 도전하겠다!"

이오푸르는 감정을 주체하지 못하고 방방 뛰었다.

"곰들이여!"

이번에는 그가 고함을 질렀다.

"이오레크 뷔르니손은 짐이 초청해서 왔도다. 짐이 그를 이곳으로 끌어들였노라. 이 대회의 규칙은 내가 정한다. 만일 내가 이오레크 뷔르니손을 죽이면 그의 몸을 갈기갈기 찢어 클리프 개스트들에게 던져 줄 것이다. 그의 머리는 내 궁전에 매달아 전시할 것이다. 그리고 그에 대한 여러분의 기억을 영원히 지워버릴 것이다. 앞으로 그의 이름을 입에 올리는 자는 대역 죄인으로 다스리겠노라……."

그러자 곰들은 서로 수군거리기 시작했다. 격투는 반드시 정해진 규칙에 따라 진행되어야만 했다. 리라는 침묵을 지키고 있는 두 곰을 바라보았다. 온몸이 번쩍거리는 이오푸르는 힘이 넘쳐 보였다. 오색 빛을 발하고 있는 갑옷 차림이 당당하고 왕다워 보였다. 그러나 이오레크는 그보다 덩치가 좀 작았다. 또한 그의 장비는 녹슬고 찌그러진 초라한 갑옷이 전부였다. 그러나 그 갑옷은 이오레크의 영혼이었다. 그 갑옷은 스스로 만든 것이고 그의 몸에 꼭 들어맞아 한 몸이나 다름없었다. 그러나 이오푸르는 자신의 갑옷만으로는 만족하지 못했다. 그는 또 다른 영혼을 원하고 있었기 때문이다. 이오레크가 마음을 가다듬고 있는 동안 이오푸르는 잔뜩 흥분하고 있었다.

리라는 다른 곰들도 모두 그 둘을 비교하고 있음을 알 수 있었다. 이오레크와 이오푸르는 단순한 두 곰이 아니었다. 그들에게는 곰왕국을 좌우할 만한 두 개의 미래, 두 개의 운명이 있었다. 격투의 결과에 따라 한 곰의 운명은 영원히 막을 내릴 것이고, 다른 곰의 운명은 새로운 장을 펼치게 될 것이다.

그들의 결투가 두 번째 국면으로 접어들었다. 두 마리의 곰은 눈 위를 천천히 맴돌며 상대를 향해 조금씩 앞으로 나아가기 시작했다. 관중들은 꼼짝도 않고 숨을 죽인 채 그들을 주시했다.

두 전사는 순간 동작을 멈추고 숨을 멈춘 채 서로를 노려보았다. 그러더니 동시에 고함을 지르며 눈을 박차고 돌진했다. 마치 인접한 두 봉우리에서 거대한 바위 두 개가 지진으로 인해 동시에 계곡 아래로 굴러 떨어지면서 다른 바위들과 나무들을 박살 내어 사방으로 흩어 버리는 것 같았다. 거대한 두 곰이 충돌하며 으르렁거리는 소리가 천둥 소리처럼 공기를 뒤흔들었고 궁전의 성벽을 때리며 메아리쳤다. 그러나 바위처럼 단단한 그들은 부서지지 않았다. 둘은 동시에 바닥으로 나뒹굴었다. 그러나 먼저 일어난 편은 이오레크였다. 그는 재빨리 몸을 일으켜 쓰러질 때의 충격과 무거운 투구 때문에 쉽게 머리를 들지 못하고 있는 이오푸르를 덮쳤다. 이오레크는 즉시 그의 목 부분에 있는 허점을 찾았다. 하얀 털이 나온 이오푸르의 투구 틈으로 그는 발톱을 들이밀고 비틀기 시작했다.

위험을 느낀 이오푸르가 으르렁거리며 온몸을 흔들었다. 이오레크 뒤로 벌렁 나가떨어지자 이오푸르는 철그렁거리는 쇳소리를 내며 벌떡 일어나더니 구겨진 등의 철판을 손으로 폈다. 그러곤 일어나려고 버둥거리는 이오레크를 덮쳤다.

두 곰의 철제 갑옷이 충돌하는 요란하고 끔찍한 소리에 리라는 숨이 막힐 것만 같았다. 그 진동은 리라가 서 있는 곳까지 전해져 왔다. 저렇게 충격을 받고도 이오레크가 과연 살아남을 수 있을까? 이오레크는 땅 위에서 몸을 비틀며 유리한 자리를 차지하려고 애썼지만 두 발이 허공에 떠 있어 힘을 쓰지 못하고 있었다. 게다가 목 근처를 이오푸르에게 물린 상태였다. 뜨거운 핏방울이 공중으로 흩어졌고, 그중 한 방울이 리라의 모피 옷 위로 떨어졌다. 리라는 사랑의 표시로 그 핏방울을 손바닥으로 꾹 눌렀다.

그때 이오레크의 뒷발톱이 이오푸르의 쇠사슬로 된 속갑옷 사이로 파고들어 아래로 쭉 찢어 내렸다. 갑옷의 앞부분이 찢겨 나가자 이오푸르는 손상 부위를 보려고 몸을 옆으로 기울였다. 그 기회를 이용하여 이오레크는 다시 벌떡 일어섰다.

두 곰은 한동안 떨어져서 서로 노려보며 숨을 골랐다. 이오푸르에게는 이오레크의 공격으로 찢어진 쇠사슬 갑옷이 오히려 방해가 되었다. 갑옷의 아래 부위는 여전히 몸을 꽉 조이고 있어서 찢어져 흘러내린 부분이 뒷다리를 자꾸만 휘감았다. 그러나 이오레크의 상태는 그보다도 더 안 좋았다. 그의 목에서는 피가 그치지 않았고 숨조차 헉헉거리고 있었다.

그러나 이오푸르가 몸에 달라붙은 쇠사슬 갑옷의 매듭을 미처 풀기도 전에 이오레크의 몸이 재빨리 허공으로 날았다. 그는 발꿈치로 이오푸르의 정수리를 강타한 뒤 투구와 갑옷 사이에 드러난 목 부위를 세게 걷어찼다. 그러자 이오푸르가 공격하는 이오레크를 힘껏 밀어냈다. 두 곰은 다시 한 덩어리가 되어 뒹굴다가는 눈구덩이 속으로 굴러 들어갔다. 눈 녹은 물이 분수처럼 사방으로 튀었고, 관중들은 어느 쪽이 우세한지 가늠하기 어려웠다.

싸움을 지켜보는 리라는 숨도 못 쉴 지경이었다. 두 손을 어찌나 꽉 쥐었던지 피가 통하지 않았다. 그녀는 이오레크의 복부에 난 상처를 이오푸르가 사납게 할퀴었다고 생각했다. 그러나 그건 잘못 본 것이 분명했다. 곧이어 두 곰은 눈구덩이 속에서 거의 동시에 벌떡 일어나 마치 권투 선수들처럼 주먹을 휘두르기 시작했다. 이오레크가 날카로운 발톱으로 이오푸르의 얼굴을 가르자 이오푸르도 맹렬하게 반격했다.

리라는 그들의 거친 주먹질을 보며 몸을 덜덜 떨었다. 마치 두 거인이 다섯 개의 강철못이 박힌 쇠망치를 마구 휘두르는 듯했다.

쇠와 쇠가 마주치며 쨍그랑거리고, 이빨과 이빨이 부딪치고, 육중한 발들은 단단하게 다져진 눈 바닥을 계속 내리쳤다. 피로 뭉쳐진 눈이 사방으로 튀었다.

이오푸르의 갑옷이 형편없이 찢어졌다. 상의는 연결 부위가 군데군데 떨어져 나가 뒤틀렸고, 황금 상감은 피로 얼룩져 알아볼 수 없었다. 머리에 썼던 투구도 이미 온데간데없었다. 이오레크는 그에 비하면 멀쩡한 편이었다. 원래 찌그러져 있던 갑옷이어서 더 이상 변할 것이 없었고 오히려 이오푸르의 망치를 휘두르는 듯한 주먹과 10센티미터나 되는 발톱에도 잘 견뎠다.

그러나 이오푸르는 이오레크보다 몸집이 훨씬 더 거대하고 강했다. 이오레크는 지치고 굶주린데다 피까지 많이 흘리고 있었다. 그는 복부와 두 팔, 목 주위에 깊은 상처를 입은 반면, 이오푸르는 아래턱에서만 피를 흘렸다. 리라는 사랑하는 친구를 돕고 싶었지만 어떻게 해볼 도리가 없었다.

사태는 이오레크에게 점점 더 불리해졌다. 그는 걸을 때마다 왼쪽 앞발을 절뚝거렸기 때문에 몸을 지탱하기 힘들어 보였다. 왼발을 제대로 쓰지 못해서 오른쪽 발로만 공격을 하는데 맥이 없었다. 바로 몇 분 전만 해도 날렵하고 강한 공격을 펼치던 것에 비하면 힘없는 노인의 헛발질처럼 보였다.

이오푸르는 눈치를 채고 이오레크를 비웃으며 온갖 야유를 퍼부었다. 야이 절름발이야, 이빨 빠진 영감탱이 같은 놈, 넌 이제 죽을 일만 남았어, 죽으려면 빨리 죽어라. 이오레크는 이제 그의 연속적인 강타를 더 이상 받아넘길 재간이 없었다. 그는 뒤로 계속 밀리며 몸을 웅크리고 이오푸르의 강타를 얻어맞았다.

리라는 눈물이 앞을 가렸다. 그녀가 사랑하는 용감한 전사, 두려움을 모르는 보디가드가 죽어 가고 있었다. 리라는 그를 외면하고 배신할 수가 없었다. 만약 그가 그녀를 보게 되면 틀림없이 눈을 번쩍 뜨고 사랑을 확신할 것 같았기 때문이다. 절대로 겁쟁이처럼 얼굴을 돌리지 않겠다고 그녀는 결심했다.

그래서 리라는 눈을 부릅뜨고 이오레크를 바라보았다. 그러나 눈물이 앞을 가려 어떤 일이 벌어지고 있는지 볼 수가 없었다. 어쩌면 이오푸르에게 가려서 보이지 않는 것인지도 몰랐다.

하지만 이오레크는 단단하게 굳은 땅을 찾아 뒷걸음질치며 반격에
버팀대가 되어 줄 바위를 찾고 있었다. 다친 척하고 있는 그의 왼쪽 앞
발도 실은 멀쩡했다. 곰을 속일 수는 없지만, 이오푸르는 사람이 되고
싶어 하는 곰이었다. 따라서 그를 속일 수가 있었다.

마침내 그는 자신이 원하는 지점을 찾았다. 동토층에 깊이 파묻힌 견
고한 바위였다. 그는 바위에 기대고 뒷다리에 잔뜩 힘을 주며 공격의
순간을 기다렸다.

그때 이오푸르가 뒷발로 우뚝 서서 승리의 고함을 질렀다. 그는 머리
를 돌려 이오레크의 약한 왼쪽 부분을 살폈다.

그 순간 이오레크가 몸을 날렸다. 마치 수천 마일을 달려온 거대한
파도가 절벽을 때리듯, 뒷발로 바위를 힘껏 차며 공중으로 몸을 날려
강한 왼쪽 앞발로 이오푸르의 노출된 턱을 통렬하게 강타했다.

그것은 정말 끔찍한 일격이었다. 이오푸르의 아래턱이 깨끗이 날아
가며 새빨간 포말이 몇 미터 밖까지 흩어져서 하얀 눈밭을 벌겋게 물들
였다. 그의 붉은 혀가 목구멍 깊숙한 곳으로부터 바깥으로 축 처져 내
려와 덜렁거렸다. 그는 갑자기 아무 소리도 낼 수 없었으며, 이빨로 물
어뜯을 수도 없는 무력한 존재로 변하고 말았다.

이오레크는 앞으로 돌진하여 이오푸르의 목을 꽉 물었다. 그러고는
그 거대한 몸집을 물어 올려서 이리저리 흔들어 대며 짓찧었다. 곰들의
왕 이오푸르는 이제 물가에 물어다 놓은 한 마리 물개나 다름없었다.
이오레크가 물고 있던 이오푸르의 목을 위로 쭉 찢어 버리자 곰왕은 마
침내 목숨이 끊어지고 말았다.

아직 치러야 할 의식이 하나 남아 있었다. 이오레크는 날카로운 발톱
으로 죽은 왕의 드러난 가슴 부위를 갈랐다. 그러자 하얗고 붉은 갈비
뼈가 드러났다. 이오레크는 갈비뼈 사이로 앞발을 집어넣어 김이 모락

모락 나는 붉은 심장을 꺼냈다. 그리고 이오푸르의 백성들이 보는 앞에서 그것을 씹어 먹었다.

그러자 환호성이 터져 나오며 격투장 안이 금세 아수라장으로 변했다. 곰들은 이 위대한 승리자에게 경의를 표하기 위해 앞으로 달려 나왔다.

이오레크 뷔르니손은 열광하는 군중들을 향해 소리쳤다.

"곰들이여! 여러분의 왕은 누구인가?"

그러자 곰들의 환호성이 폭풍처럼 터져 나왔다.

"이오레크 뷔르니손!"

곰들은 자신들이 어떻게 행동해야 하는지 알고 있었다. 그들은 모두 배지와 견장과 머리장식을 벗어던지고 경멸하듯 발로 짓밟아 댔다. 그들은 이오레크의 진정한 곰으로 돌아왔으며, 더 이상 사람이 되고 싶어 열등감에 사로잡힌 곰들이 아니었다. 그들은 왕궁으로 몰려가서 가장 높은 탑들의 거대한 대리석들을 허물기 시작했다. 그들이 강한 주먹으로 흉벽을 흔들어 대자 허물어진 바위들은 수십 길 아래의 방파제로 떨어져 박살이 났다.

이오레크는 흥분한 곰들을 그대로 내버려 두고 자신의 상처를 치료하기 위해 갑옷을 벗었다. 그러나 그는 곧 벌겋게 피로 물든 눈밭 위에서 발을 동동 구르며 소리치고 있는 리라를 발견했다. 그녀는 성 안에 죄수들이 있으니 왕궁을 부수는 일을 멈추라고 소리치고 있었다. 곰들은 리라가 외치는 소리를 듣지 못했다. 이오레크가 그들을 향해 천둥처럼 소리치자 그제야 곰들은 동작을 멈추었다.

"인간 죄수들이냐?"

이오레크가 리라에게 물었다.

"예, 이오푸르 락니손은 그들을 지하감옥에 가두었어요. 그들을 먼저 안전한 곳으로 옮기지 않으면 모두 바위에 깔려 죽을 거예요!"

이오레크가 명령을 내리자 곰들은 즉시 죄수들을 풀어 주기 위해 궁전 안으로 달려 들어갔다. 리라는 이오레크에게 다가오며 말했다.

"제가 치료해 줄게요. 상처가 너무 깊어요, 이오레크. 빨리 붕대를 감고 무슨 조치를 취해야만 해요. 당신의 배는 상상 이상으로 많이 다쳤다구요."

어떤 곰 한 마리가 이오레크의 발아래 뻣뻣하게 얼어붙은 풀 한 줌을 놓고 물러갔다. 그러자 이오레크가 말했다.

"지혈초(止血草)구나. 리라, 이걸 상처에다 붙여 줘. 그리고 그 위를 눈으로 덮어서 얼려."

이오레크는 다른 곰들이 시중을 들겠다고 다가왔지만 허락하지 않았다. 그의 상처를 치료하는 리라의 손은 능숙했고 또 열심이었다. 이 조그마한 아가씨는 이제 위대한 왕이 된 거대한 덩치의 이오레크 옆에 찰싹 달라붙어 온 정성을 다해 지혈초를 붙이고 그 위에 눈을 덮었다. 눈이 얼면서 상처의 피는 더 이상 흘러나오지 않았고 그녀는 손을 멈췄다. 그녀의 벙어리 장갑이 온통 피로 젖었지만 그의 상처는 점점 굳어가고 있었다.

잠시 후 열 사람가량의 죄수가 오들오들 떨며 한 덩어리로 걸어 나왔다. 리라는 샌텔리아 교수와는 더 이상 나눌 말이 없다고 생각했다. 그 불쌍한 노인은 정신이 돈 것이 분명하므로 다른 사람들과 얘기를 나누는 편이 나을 것 같았다. 하지만 그보다도 더 급한 일들이 너무 많았다. 리라는 이오레크의 정신을 빼앗고 싶지 않았다. 이오레크가 신속하게 명령을 내리자 곰들은 이리저리 바삐 움직였다. 이제 리라는 로저와 리스코즈비와 마녀들이 걱정되었다. 또한 그녀는 배도 고프고 지쳐 있었다. 그녀는 지금 자신이 할 수 있는 일은 이오레크를 방해하지 않는 것

뿐이라고 생각했다.

그래서 리라는 조용히 격투장 모퉁이로 돌아갔다. 판탈라이몬은 리라를 따뜻하게 해 주기 위해 오소리로 변했다. 리라는 곰들이 하는 것처럼 눈으로 자신의 몸을 덮고는 잠들었다.

누군가 리라의 발을 건드리며 소리쳤다.

"리라, 폐하께서 널 찾고 계셔."

처음 듣는 목소리였다. 리라는 추운 눈 속에서 잔 탓인지 눈을 뜰 수 없었다. 판탈라이몬이 리라의 언 눈꺼풀을 핥아서 녹여 주었다. 겨우 눈을 뜬 리라는 달빛 아래 서 있는 젊은 곰을 볼 수 있었다.

리라는 몸을 일으키다가 비틀거리며 쓰러졌다.

"내 등에 업히렴."

젊은 곰이 넓은 등판을 돌려 대자 리라는 주저하지 않고 업혔다. 곰은 가파른 언덕에 있는 굴로 리라를 데려갔다. 그곳에는 많은 곰이 모여 있었다.

곰들 사이에 그녀를 향해 달려오는 작은 얼굴이 있었다. 그의 데몬도 판탈라이몬을 보곤 좋아서 어쩔 줄을 몰라 했다.

"로저!"

리라가 소리쳤다.

"이오레크 뷔르니손은 기구가 추락한 지점에다 날 남겨 두고 널 찾으러 눈 속으로 달려 나갔어. 리라, 네가 추락한 후에도 우리는 수백 마일이나 날아갔어. 그때 스코즈비 씨가 기구의 가스를 빼내기 시작했지. 우린 산 위에 떨어졌어. 다시는 널 못 보는 줄 알았지. 그렇지만 스코즈비 씨가 지금 어디 있는지는 나도 몰라. 마녀들도 어디로 갔는지 모르겠고. 그곳엔 나와 이오레크 뷔르니손뿐이었어. 그는 너를 찾으러 곧장 이리로 달려왔지. 그와 이오푸르와의 격투에 대해서는 여기 있는 곰들한테 다 들었어."

리라는 주위를 둘러보았다. 한 늙은 곰의 지시로 인간 죄수들은 통나무와 천막 조각을 이용해 보금자리를 짓고 있었다. 그들은 일하는 것이 즐거운 모양이었다. 그들 중 한 사람은 불을 피우려고 부싯돌을 내려치고 있었다.

"뭘 좀 먹어야지."

리라를 안내했던 젊은 곰이 말했다.

눈 위에는 신선한 바다표범 고기가 있었다. 그 곰은 발톱으로 바다표범을 갈라 신장을 꺼내 리라에게 주었다. 리라는 그것을 날것으로 먹었다. 따끈따끈하고 부드러워서 생각보다 훨씬 맛있었다.

"지방질도 좀 먹어 봐."

젊은 곰은 지방질을 한 조각 잘라 리라에게 주었다. 지방질은 개암냄새가 나는 크림 맛이었다. 주저하던 로저도 리라를 따라 그것들을 먹었다. 둘은 한참 동안 정신없이 먹어 댔다.

잠시 후 리라는 배가 불러 기분이 좋아졌다. 입을 닦으며 주위를 둘러보았지만 이오레크의 모습은 어디에도 보이지 않았다.

"그분은 고문관들과 얘기 중이시다."

젊은 곰이 말했다.

"폐하께서는 네가 식사를 마치면 보고 싶다고 하셨어. 자, 같이 가자."

그들은 곰들이 얼음 벽돌로 집을 짓고 있는 곳으로 갔다. 이오레크가 원로 곰들의 중앙에 앉아 있다가 리라를 보고 일어났다.

"리라 실버텅, 이리 와서 우리가 하는 얘기 좀 들어 봐."

이오레크는 다른 곰들에게 리라가 누구라고 특별히 설명하지 않았다. 어쩌면 그들은 이미 그녀의 존재에 대해서 알고 있는 것 같았다. 그들은 리라를 위해 자리를 내주며 마치 왕비라도 되는 듯 정중하게 대했다. 리라는 이오레크 뷔르니손 곁에 앉아 있는 것이 뿌듯했다. 그녀는 마치 북극 하늘에서 우아하게 빛나는 오로라 아래에 앉아 있는 듯한 기분으로 곰들의 대화에 귀를 기울였다.

그들은 이오푸르 락니손의 지배가 마치 저주와 같았다고 말했다. 여러 마리의 곰이 콜터 부인의 영향력 아래 있었고, 이오레크는 모르고 있었지만 그가 추방당하기 전부터 콜터 부인은 이오푸르를 여러 차례 방문했다는 것이었다. 그때마다 콜터 부인은 이오푸르에게 많은 선물을 안겨 주었다고 했다.

"그 여자는 이오푸르에게 마약을 주었고, 그는 그 약을 얄무르 얄무르손에게 몰래 먹여서 정신을 잃도록 했던 겁니다."

얄무르 얄무르손은 이오레크가 죽인 곰일 거라고 리라는 생각했다. 이오레크는 그를 죽였기 때문에 추방을 당했던 것이다. 그런데 이오푸르의 배후에 콜터 부인이 있었다니! 곰들의 얘기가 이어졌다.

"그 여자가 계획하고 있는 것은 사람들의 법으론 금지되어 있습니다. 하지만 스발바르까지 사람들의 법이 적용되는 건 아니에요. 그래서 그녀는 볼반가르처럼 이곳에 또 하나의 기지를 세우려고 했던 겁니다. 그런데 이오푸르가 모든 곰의 관습을 깨고 그 일을 허락하려고 했던 거죠. 그동안 우리는 사람들의 방문을 허용하고 감옥에 가둔 적은 있지만, 이곳에서 살도록 하거나 일하도록 허락한 적은 없지 않습니까. 이렇게 점차적으로 콜터 부인은 이오푸르 락니손을 자신의 세력 아래 두게 되었지요. 그리고 우리 위에 군림했어요. 우리는 그녀의 명령에 따라 이리저리 뛰어다니는 신세로 전락했습니다. 우리에겐 단지 그 여자가 하려는 혐오스런 일들을 보호할 의무만 있었던 거지요."

얘기를 하는 늙은 곰의 이름은 쇠렌 아이자르손이라는 고문관으로,

이오푸르에게 많은 고통을 당한 곰이었다.

"리라, 지금 콜터 부인은 무얼 하고 있지?"

이오레크 뷔르니손이 리라에게 물었다.

"이오푸르가 죽은 소식을 그 여자가 들으면 어떻게 나올까?"

리라는 알레시오미터를 꺼냈다. 그곳에는 빛이 없었기 때문에 이오레크가 횃불을 밝히라고 명령했다.

"스코즈비 씨는 어떻게 됐지? 그리고 마녀는?"

기다리는 동안 리라는 이오레크에게 물었다.

"그 마녀들은 다른 종족의 마녀들에게 공격을 당했어. 그 다른 종족이 어린이 분리범들과 연결되어 있는지는 나도 잘 몰라. 하지만 그들은 엄청난 숫자로 하늘을 순찰하고 있어. 폭풍 속에서 공격하는 것이 특기지. 세라피나 페칼라에게 무슨 일이 났는지는 모르겠어. 리 스코즈비는 내가 로저와 함께 추락한 후에 다시 기구에 이끌려 하늘로 올라갔어. 그렇지만 네가 가진 그 진실측정기가 그들의 운명을 말해 주겠지."

그때 곰 한 마리가 숯불이 담긴 화로를 썰매 위에 얹어 밀고 왔다. 그는 관솔 끝을 숯불에 대어 불을 붙인 후 리라가 들고 있는 알레시오미터를 훤히 비추었다. 리라는 리 스코즈비에 관해 물었다.

리 스코즈비는 여전히 상공에 떠 있었다. 노바 젬블라로 향하는 바람 덕택으로 클리프 개스트들의 습격에서 살아났으며, 다른 마녀 종족도 싸워서 물리쳤다고 했다.

리라가 이오레크에게 그 내용을 설명하자 그는 만족스럽다는 듯이 고개를 끄덕였다.

"그가 공중에 있다는 것은 아직 안전하다는 얘기야. 콜터 부인은 무얼 하고 있지?"

대답이 금세 나오지 않았다. 바늘이 이리저리 계속 맴돌기만 했기 때문에 리라는 한참 동안 마음을 졸였다. 곰들은 잔뜩 호기심이 일었지만 이오레크를 존경하는 마음으로 성급한 행동을 자제했다. 리라는 그들의 태도에 감사하며 다시 알레시오미터의 지시를 기다렸다.

바늘이 계속 돌다가 딱 멈춘 곳을 읽은 리라는 굉장히 놀랐다.

"그 여자가 이리로 날아오고 있대요. 그리고 자동 소총으로 무장한 병력을 비행선에 태우고 있어요. 그녀는 아직 이오푸르가 죽은 걸 몰라요. 하지만 곧 알게 되겠죠. 마녀들이 말해 줄 테니까요. 마녀들은 클리프 개스트들에게서 그 소식을 들었을 거구요. 공중에도 첩자들이 있는 것 같아요. 이오레크, 그녀는 이오푸르 락니손을 돕는 척하며 올 거예요. 그렇지만 사실은 바다로 들어오는 타타르 병사들과 함께 그의 힘을 빼앗으려는 속셈이죠. 그들은 2, 3일 후면 이곳에 도착해요."

리라는 알레시오미터를 들여다보며 설명을 계속했다.

"그녀는 아스리엘 경이 갇혀 있는 곳으로 곧장 가서 그를 죽이려 할 거예요. 왜냐하면…… 이제야 알았어요, 이오레크. 콜터 부인이 아스리엘 경을 죽이려는 덴 이유가 있어요. 그 여자는 아스리엘 경이 하려는 일을 두려워하고 있어요. 자기가 그 일을 하고 싶어 하거든요. 아스리엘 경이 주도권을 잡기 전에 자신이 잡고 싶은 거죠. 그건 분명 하늘에 있는 도시 때문일 거예요. 틀림없어요. 그걸 먼저 차지하고 싶은 거예요. 그리고……"

리라는 알레시오미터의 바늘들이 이리저리 가리키는 대로 정신없이 빠져 들었다. 바늘은 휙휙 빨리도 움직여서 눈으로 따라잡기조차 어려울 정도였다. 그녀의 어깨너머로 기계를 보고 있던 로저는 바늘이 어디에 멈추는지도 알아볼 수 없었다. 다만 리라의 손이 재빨리 바늘을 돌리며 알레시오미터와 섬세한 대화를 나누고 있다는 걸 알 수 있었을 뿐이다.

"됐어요!"

마침내 리라는 알레시오미터를 주머니에 넣은 뒤 심호흡을 두어 차례 하면서 온몸의 긴장을 풀었다.

"이제 무슨 뜻인지 알았어요. 콜터 부인은 나를 쫓아오고 있어요. 그녀가 원하는 무언가를 제가 가지고 있거든요. 그건 아스리엘 경도 똑같이 원하는 거예요. 그들은 이 실험을 위해서 그게 필요해요. 무슨 실험인지는 모르겠지만……."

리라는 거기서 말을 멈추고 다시 심호흡을 했다. 무언가가 그녀의 신경을 건드리고 있었지만 그것이 무엇인지 알 수 없었다. 그녀는 이 '무언가'가 대단히 중요한 것이기 때문에 그것은 의심할 여지없이 알레시오미터라고 확신하고 있었다. 왜냐하면 콜터 부인도 그것을 원했기 때문이다. 그것 외에 또 무엇이 있단 말인가? 그런데 아니었다. 왜냐하면 알레시오미터에는 자신을 가리키는 방법이 있는데, 이번에는 그것을 가리키지 않았다.

"전 그게 알레시오미터일 거라고 생각했어요."

리라는 우울하게 말했다.

"지금까지 줄곧 그렇게 생각해 왔죠. 난 이게 그 여자의 손으로 넘어가기 전에 아스리엘 경에게 갖다줘야 한다고 생각했어요. 만일 그녀가 이걸 갖게 되면 우린 다 죽게 될 거라고 믿었어요."

리라는 갑자기 심한 피로가 몰려오는 것을 느꼈다. 너무나 피곤하고 슬퍼서 차라리 죽는 것이 낫겠다는 생각이 들 정도였다. 그러나 이오레크가 가혹한 고통 끝에 다시 왕이 된 것을 생각하자 그런 생각은 쏙 들어가 버렸다.

"콜터 부인은 어디에 있지?"

이오레크가 물었다.

"불과 몇 시간 거리예요. 한시라도 빨리 알레시오미터를 아스리엘 경에게 전해 주어야만 해요."

"내가 함께 가지."

이오레크가 말했다.

리라는 반대할 이유가 없었다. 이오레크가 마지막 여행에 동반할 무장 병사들을 선발하고 명령을 내리는 동안, 리라는 조용히 앉아 에너지를 비축했다. 알레시오미터를 해독하는 사이에 자신으로부터 무언가가 빠져나간 듯한 기분을 느꼈다. 리라는 눈을 감고 잠을 청했다. 그리고 잠시 후에 그들은 그녀를 깨워 일으켰다.

아스리엘의 환영

리라는 튼튼한 젊은 곰의 등에 업혔고, 로저도 다른 곰의 등에 업혔다. 이오레크는 지치지도 않는지 화척기로 무장한 대원들을 거느리고 앞장섰다.

그들의 행로는 길고도 고달팠다. 스발바르의 내륙은 온통 산이었다. 험한 산과 깊은 협곡들이 서로 복잡하게 얽힌 곳이었다. 리라는 집시들의 썰매를 타고 볼반가르를 향해 신나게 달려가던 일이 생각났다. 지금에 비하면 그때는 얼마나 빠르고 안락했던가! 이곳 기온은 리라가 여태껏 경험한 어느 곳보다도 더 혹독하게 추웠다. 어쩌면 그것은 그녀를 업고 달리는 젊은 곰의 발걸음이 이오레크보다 가볍게 느껴지지 않았거나, 아니면 뼛속까지 지쳐 버렸기 때문일 수도 있었다.

리라는 그들이 어디로 얼마나 달려왔는지 알 수 없었다. 그녀가 아는 거라곤 곰들이 화척기를 준비하고 있을 때 원로 곰 쇠렌 아이나르손이 말해 준 내용뿐이었다. 그는 아스리엘 경의 감금 기간에 대해서 협의를 할 때 자신도 그 자리에 있었으며 아직도 잘 기억하고 있다고 말했다.

처음 스발바르의 곰들은 아스리엘 경을 자신들의 황량한 섬으로 추방되어 온 정치가나 왕 아니면 선동가 정도로만 생각했다는 것이었다. 여기에 온 죄수들은 대개 중요한 인물들이었다. 그렇지 않다면 즉시 곰들이 살해했을 것이라고 했다. 하지만 그들이 언젠가는 곰들에게 소중한 자들로 탈바꿈할 가능성도 있었다. 어느 날 갑자기 정치 상황이 달라지면 자신들의 나라로 돌아가서 통치자가 될 수도 있었다. 그래서 곰들은 그들에게 잔인하거나 무례하게 굴 수 없었다.

그래서 스발바르에서 아스리엘 경 역시 수백 명의 다른 추방자와 별로 다를 것이 없었다. 그러나 간수들은 다른 죄수들보다 유독 그를 더 경계하고 있었다. 더스트와 관련된 자이기 때문에 신비하기도 하고 또 영적으로 위험한 자라고 생각하는 분위기였다. 그를 이곳으로 데리고 온 자들의 입장에서 보면 그는 분명 두려운 존재였으며, 그래서 콜터 부인은 그동안 이오푸르 락니손과 비밀리에 연락을 취해 왔다.

게다가 곰들은 아스리엘 경처럼 거만하고 도도한 성품을 가진 사람을 여태껏 만나 본 적이 없었다. 그는 이오푸르 락니손에게까지 설교를 늘어놓았고, 결국 왕을 설득하여 자신의 거처를 선택하기도 했다.

처음에 그는 자신에게 배당된 거처가 너무 낮은 곳이라고 거부했다. 더 높은 지대에 있어야 연료 탄광과 대장간에서 나는 연기와 불이 위로 올라간다고 주장했다. 그는 자신의 숙소를 직접 설계해서 곰들에게 보여 주며 꼭 자신이 원하는 장소에 지어져야 한다고 말했다. 때로는 곰들에게 금을 뇌물로 나눠 주고 이오푸르 락니손에게 아첨을 떨기도 했기 때문에 그들은 즐거운 마음으로 그의 집을 지어 주었다. 얼마 후 그가 원하는 집이 산 돌출부에 북향으로 세워졌다. 그곳의 벽난로에서는 곰들이 채굴해다 준 큼직한 석탄이 활활 타고 있었고, 커다란 전망창도 있었다. 그는 그 집에 살며 왕같이 호화롭게 죄수 생활을 하고 있었다.

아스리엘 경은 그 집을 실험실로 만들기 위해 온갖 자료를 모아 들이기 시작했다. 그는 대단한 집념을 가지고 책과 기구들, 화학 재료 등 온갖 도구와 시설들을 마련했다. 그는 자신이 그것들을 가질 자격이 있다고 주장했다. 육로나 해로, 항로를 통해 아스리엘 경은 자료들을 끌어들였다. 방문객들을 통한 밀수의 방법도 동원되었다. 그리고 실험실을 꾸미기 시작한 지 여섯 달이 채 못 되어 원하는 모든 시설을 갖추게 되었다.

그는 연구를 시작했다. 오직 한 가지만을 생각하고 계획하여 열렬히 기다렸고, 그것은 '성체위원회'를 두려움에 떨게 만들었다. 그리하여 마침내 결판을 내야 할 시간이 다가오고 있었다.

리라가 아버지의 감옥을 처음으로 보게 된 것은 이오레크 뷔르니손이 아이들에게 운동을 시키기 위해 산기슭에 잠시 멈춰 섰을 때였다. 리라와 로저의 몸이 위험할 정도로 차갑게 얼어 있었기 때문이다.

"저기를 봐!"

이오레크가 말했다.

바위와 얼음이 굴러 내려서 생긴 넓은 경사면으로 꼬불꼬불한 비탈길이 하늘을 배경으로 우뚝 솟아 있는 험한 바위까지 이어져 있었다. 하늘에는 오로라 없이 별들만 반짝이고 있었다. 하늘로 향하고 있는 바위는 컴컴하고 스산해 보였지만, 그 꼭대기 위에 서 있는 건물은 사방으로 불빛을 내고 있어서 웅장해 보였다. 희미한 빛을 내는 고래 기름 램프의 연기도 보이지 않았고, 앤버릭 스포트라이트의 지독한 하얀 불빛도 아니었다. 그것은 석유램프의 따뜻한 크림색 불빛이었다.

창문을 통해 내비치는 불빛은 아스리엘 경의 만만찮은 힘을 보여 주고 있었다. 보기에도 값비싼 통유리가 이렇게 높은 위도에서 충분히 열을 차단하고 있는 듯했다. 이곳에서 슬쩍 보기만 해도 이오푸르 락니손의 상스러운 궁전에 비해 그가 얼마나 대단한 영향력과 재산을 가지고 있는지 알 것 같았다.

아이들이 다시 곰의 등에 오르자, 이오레크는 산비탈을 오르며 곰들을 목적지로 안내했다. 눈 쌓인 깊은 산속에 있는 집이지만 낮은 담으로 둘러싸인 정원도 있었다. 이오레크가 대문을 밀자 집 안 어디선가 벨 소리가 울렸다.

곰의 등에서 내린 리라는 서 있기조차 힘들었다. 그러나 로저가 곰의 등에서 내리는 것을 도왔다. 그들은 서로에게 의지했다. 그리고 현관을 향해 허벅지까지 쌓인 눈 속을 비틀거리며 걸어갔다.

저 집 안은 얼마나 따뜻할까? 오, 평화로운 안식처여!

리라가 벨을 누르려는 순간 문이 저절로 열렸다. 실내 온기를 보호하기 위해 희미하게 밝혀 놓은 작은 현관이 나타났다. 리라는 전등 아래 서 있는 사람을 금세 알아보았다. 아스리엘 경의 하인 소롤드가 자신의 데몬 앙팡을 안고 서 있었다.

리라는 지친 듯이 모자를 벗었다.

"누구……?"

소롤드는 리라를 보자 놀라움을 감추지 못하고 소리쳤다.

"리라? 리라 아가씨? 내가 꿈을 꾸고 있나?"

그는 내실 문을 열기 위해 뒤로 돌았다.

홀의 벽난로에서는 석탄이 이글이글 타오르고 있었다. 부드러운 석유램프가 카펫을 붉게 비추고 있었고 가죽 의자와 윤이 나는 가구들이 놓여 있었다. 이런 집은 조던 대학을 떠난 이후 처음이었다. 리라는 갑자기 목이 꽉 잠겨 말이 나오지 않았다.

아스리엘 경의 데몬인 흰 표범이 으르렁거렸다.

리라의 아버지가 서 있었다. 활력이 넘치는 검은 눈에 자신만만하고 야심 찬 얼굴이었다. 그는 딸을 알아보고는 놀라서 눈을 둥그렇게 뜨며 창백해졌다.

"안 돼! 안 돼!"

그는 뒤로 물러서며 몸을 제대로 가누지 못하고 벽난로에 기댔다. 리라는 꼼짝도 하지 못하고 그 자리에 서 있었다.

"여기서 당장 나가! 어서 돌아가! 난 널 데려오라고 하지 않았어!"

리라는 말을 할 수 없었다. 다만 입만 몇 번 움직이다 모기만 한 소리로 말했다.

"아니에요, 제가 이곳에 온 것은……."

너무나 놀란 그는 고개를 계속 저으며 손짓으로 나가라는 시늉만 했다. 리라는 아버지가 그처럼 괴로워하는 이유를 이해할 수 없었다.

그녀가 아버지를 안심시키려는 듯이 한 걸음 더 다가가자, 로저가 걱정스런 얼굴로 옆에 따라붙었다. 그들의 데몬들은 따뜻한 실내로 퍼드덕거리며 들어갔다. 잠시 후 아스리엘 경은 간신히 안정을 되찾은 듯했다. 안색이 정상으로 돌아온 그는 두 아이를 내려다보았다.

"리라, 정말 리라 맞니?"

"예, 아스리엘 삼촌."

그녀는 대답을 하면서도 아직은 자신들의 진정한 관계를 밝힐 때가 아니라고 생각했다.

"조던 대학 총장님이 주신 알레시오미터를 전해 드리려고 왔어요."

"그래, 물론 그렇겠지. 그런데 이 꼬마는 누구지?"

"로저 파슬로예요. 조던 대학의 식당에서 일했어요. 그렇지만……."

"어떻게 이곳까지 왔니?"

"지금 말씀드리려는 참이에요. 이오레크 뷔르니손이 밖에 있어요. 그가 우리를 이곳에 데려다 주었어요. 그는 트롤선드에서 이곳까지 절 데리고 왔어요. 우리는 이오푸르를 속여서……."

"이오레크 뷔르니손이 누구지?"

"갑옷 입은 곰이에요. 우리를 이곳으로 데리고 왔어요."

"소롤드! 이 애들을 위해 따뜻한 목욕물과 먹을 걸 준비해! 옷도 더러우니 다른 걸 준비해. 내가 이오레크와 얘기하는 동안 빨리 해."

리라는 머릿속이 지끈거렸다. 열이 나서 그런 것 같기도 하고 안도감 때문인 것 같기도 했다. 소롤드가 고개를 한 번 숙인 뒤 홀을 떠나고 아스리엘 경이 뒤쪽에 있는 문을 닫고 현관으로 가자, 리라는 가장 가까이 놓인 의자에 몸을 파묻다시피 하며 앉았다.

잠시 후 소롤드가 그녀를 부르는 소리가 났다.

"이리 와요, 꼬마 아가씨!"

리라는 의자에서 벌떡 일어나 로저와 함께 따뜻한 목욕탕으로 갔다. 그곳에는 부드러운 수건들이 걸려 있고, 욕조의 물이 석유램프 아래에서 수증기를 뿜고 있었다.

"먼저 들어가! 난 여기 앉아 얘기하고 싶어."

리라는 뜨거운 수증기에 몸을 움츠리고 있는 로저를 먼저 욕조 안으로 밀어 넣었다. 그들은 함께 벌거숭이로 자주 헤엄을 치고 이시스나 체르웰에서 다른 아이들과 함께 장난을 치곤 했지만 지금은 경우가 달랐다.

"난 네 삼촌이 무서워. 네 아빠 말이야."

로저가 목욕탕 문 사이로 말했다.

"그냥 삼촌이라고 불러. 나도 가끔씩은 무서워."

"우리가 들어왔을 때 난 쳐다보지도 않으셨어. 너만 뚫어지게 보시더라고. 그리고 나를 보기 전까진 겁에 질린 표정이더니 나를 보곤 갑자기 조용해지셨어."

"삼촌은 너무 놀라신 거야. 생각지도 못했던 사람을 만나면 누구든 그럴걸. 삼촌이 날 마지막으로 보신 건 조던 대학의 귀빈실이었어. 그러니 당연히 놀라실밖에."

"그런 얘기가 아니야. 그 이상이었어. 너를 쳐다보는 눈이 마치 늑대 같았어. 속으로 무슨 계산을 하고 있는 것 같기도 했고."

"네가 그렇게 생각하니까 그렇겠지."

"아니야. 콜터 부인을 볼 때보다 더 무서웠어. 이건 정말이야."

로저는 몸에 물을 끼얹었다. 리라는 알레시오미터를 꺼내 들었다.

"그러면 알레시오미터에게 물어볼까?"

"글쎄, 모르겠어. 모르는 게 약일 수도 있지. 고블러들이 옥스퍼드로 온 이후로는 도통 좋은 일이라곤 없었어. 좋은 일이래야 5분 정도나 계속될까. 그 정도나 기대할 수 있지. 지금 나처럼 말이야. 여긴 멋진 욕조가 있고, 따뜻한 타월이 걸려 있고…… 이런 정도지. 몸을 닦고 나면 먹을 것을 주지 않을까 생각하겠지. 그 다음엔 안락한 침대에서 잠을 자고 싶을 거고, 그 정도가 다지. 그 이후의 일은 생각할 수도 없어. 리라, 우린 정말 끔찍한 것들을 보았어, 그렇지? 그런데도 더 끔찍한 일들이 닥쳐올 것만 같아. 뭔진 모르지만. 그래서 난 장래에 대해서는 차라리 모르는 편이 낫겠다고 생각해. 내겐 현재가 더 중요해."

"알았어."

리라는 지친 투로 말했다.

"나도 가끔 그래."

리라는 그래도 여전히 알레시오미터를 손에 들고 있었다. 그러는 것만으로도 위안이 되었다. 그녀가 태엽을 돌리지 않는데도 바늘이 제멋대로 돌아갔다. 판탈라이몬이 그것을 조용히 바라보고 있었다.

빵과 치즈를 먹고 포도주와 뜨거운 물을 마시고 나자 소롤드가 말했다.

"로저는 이제 잠자리로 가렴. 내가 안내해 주마. 그리고 리라 아가씬 백작님께서 서재로 오라고 하셨습니다."

아스리엘 경은 넓은 전망창 밖으로 꽁꽁 얼어붙은 바다를 내려다보고 있었다. 커다란 벽난로에서는 석탄이 타오르고 밝기를 낮춘 석유램프가 방 안을 흐릿하게 비추고 있었다. 흐릿한 불빛과 바깥세상의 반짝이는 별빛은 서로 섞여 구별이 가지 않았다. 아스리엘 경은 벽난로 곁의 커다란 흔들의자에 앉아 리라에게 맞은편 의자에 앉으라고 손짓하며 말했다.

"네 친구는 밖에서 쉬고 있다. 추운 곳이 좋다는구나."

"그가 이오푸르 락니손과 결투를 벌였다는 얘길 했나요?"

"대충. 이젠 그가 스발바르의 왕이라고 하더군. 그게 사실이냐?"

"물론이에요. 이오레크는 절대 거짓말 안 해요."

"네 보호자를 자처하는 것 같던데."

"존 파가 그에게 나를 돌봐 주라고 명령했어요. 그래서 여기까지 함께 온 거죠. 그는 존 파의 명령에 복종해요."

"존 파는 왜 여기에 뛰어들었지?"

"제 질문에 먼저 대답하시면 말씀해 드리죠. 삼촌은 제 아버지라면서요, 그렇죠?"

"그래, 그게 어쨌다는 거냐?"

"그렇다면 진작 제게 말씀해 주셨어야 하는 거 아니에요? 이건 너무 매정한 일이에요. 제가 아버지의 딸이라는 걸 알았다고 해서 달라질 것이 있나요? 그렇다면 제게 말씀해 주시고 비밀을 지키라고 하셨으면 되잖아요. 제가 아무리 어려도 아버지가 원하시면 그렇게 할 수 있었어요. 제 마음을 이렇게 아프게 하시지 않아도 되었다고요. 다른 사람들은 다 알게 해 놓고 아버지는 제겐 끝내 한 마디도 안 하셨어요."

"누가 네게 그런 얘길 하던?"

"존 파가요."

"네 엄마에 대해서도 말해 주던?"

"네."

"그러면 더 이상 해 줄 얘기도 없다. 난 버르장머리 없는 아이한테 심문당하거나 비난을 받고 싶진 않아. 여기까지 오는 동안 네가 보고 겪은 일들이나 얘기해 보렴."

"전 아버지께 이 끔찍한 알레시오미터를 전해 드리려고 왔어요!"

리라는 곧 울음을 터뜨릴 듯이 말했다.

"조던 대학에서 여기까지 애지중지하며 가져왔다고요. 무슨 큰 보물이나 되는 것처럼, 혹시나 잃어버리지 않을까 간을 졸이면서요. 그런데 아버진 고맙다는 말 한 마디도 없군요. 절 반기는 기색도 전혀 없고요. 무엇 때문에 이런 고생을 했는지 모르겠어요. 이오푸르 락니손의 악취나는 궁전에서 곰들에게 둘러싸여 있을 때도 이걸 지키려고 했어요. 온갖 꾀를 다 써서 이오푸르로 하여금 이오레크와 싸우도록 하고, 아버지가 무사하길 빌며 이곳까지 달려온 거예요. 그런데 아버진 절 보자마자 꼭 기절할 것 같은 표정이었어요. 절대로 보고 싶지 않은 괴물이라도 본 듯한 표정이었죠. 아버진 인간이 아니에요. 제 아버지라고 할 수 없어요. 제 아버지라면 날 그렇게 대하진 않았을 거예요. 다른 아버지들은 다 딸이라면 사족을 못 쓴다고 하더라구요. 아버진 절 사랑하지 않아요. 그러니까 저도 아버지를 사랑하지 않아요. 전 파더 코람을 사랑해요. 그리고 이오레크 뷔르니손도 사랑하구요. 난 어버지보다 갑옷 입은 그 곰을 더 사랑해요. 이오레크도 아버지보다는 훨씬 더 절 사랑한다구요."

"그 곰은 존 파의 명령에만 복종한다고 했잖아? 네가 그렇게 흥분해서 떠들면 더 이상 얘기하지 않겠다. 쓸데없이 시간만 낭비할 순 없어."

"자, 이 끔찍한 알레시오미터를 받으세요. 전 이오레크와 함께 돌아가겠어요."

"어디로 말이냐?"

"궁전으로 가야죠. 콜터 부인이나 '성체위원회'가 쳐들어오면 이오레크는 대항해 싸울 거예요. 만일 그가 죽게 되면 저도 따라 죽을 거예요. 그런 건 겁나지 않아요. 만일 그가 이기면 우리는 리 스코즈비를 찾아내어 그의 기구를 타고 집으로 돌아갈 거예요."

"리 스코즈비가 누구지?"

"기구 조종사예요. 그는 우릴 이곳에 데려다 주고 추락했어요."

아스리엘 경이 알레시오미터를 받으려고 하지 않자, 리라는 벽난로 위에 그것을 올려놓으며 말했다.

"그리고 콜터 부인이 스발바르로 오고 있다는 말씀을 드려야겠군요. 이오푸르 락니손이 죽은 걸 알면 곧장 이리로 날아올 거예요. 비행선에 병사들을 잔뜩 태우고 날아와서 우리 모두를 죽일 거예요."

"그들은 절대 올 수 없어."

아스리엘 경은 차분하게 말했다.

그의 침착하고 느긋한 태도에 리라의 분노는 한풀 꺾였다.

"그야 알 수 없는 일이죠."

"난 알아."

"혹시 다른 알레시오미터를 가지고 계셔요?"

"난 그런 일로 알레시오미터를 사용하지 않아. 지금 내가 듣고 싶은 얘긴 네가 여기까지 오게 된 과정이야, 리라. 자, 처음부터 얘기해 보렴. 하나도 빼놓지 말고."

리라는 자초지종을 털어놓기 시작했다. 귀빈실에 숨어든 일부터 시작해서 고블러들이 로저를 데려간 일, 그리고 콜터 부인과 함께 지냈던 일, 그 밖에 있었던 모든 일을 얘기했다. 긴 얘기 끝에 리라는 아스리엘 경에게 물었다.

"그런데 한 가지 알고 싶은 게 있어요. 이건 저도 알 권리가 있다고 생각해요. 제 자신이 누구인지 알 권리가 있는 것처럼 말이죠. 아버지도 이것만은 말해 주셔야 해요. '더스트'란 게 대체 뭐죠? 왜 사람들이 그걸 두려워하죠?"

아스리엘 경은 더스트에 대해서 설명해 주더라도 리라가 과연 알아듣기나 할까 하는 듯한 표정으로 딸의 얼굴을 잠시 살펴보았다. 그는 지금까지 한 번도 진지한 표정으로 리라를 바라본 적이 없었다. 기껏해야 소꿉장난이나 하는 어린아이 정도로만 생각했던 것이다. 그러나 이번에는 그렇지 않았다. 자신의 딸이 어느새 그런 얘기를 듣고 이해할 만한 나이가 되었다고 생각한 듯했다.

"알레시오미터를 움직이는 것이 바로 더스트야."

"아, 그럴 줄 알았어요! 하지만 그들이 그걸 어떻게 알았죠?"

"어떤 의미에서 교회는 언제나 더스트를 의식하고 있었지. 지난 수 세기 동안 더스트에 관해서 설교를 해 오면서도 단지 그것을 '더스트'라고 부르지만 않았을 뿐이다.

그러나 몇 년 전 보리스 미카일로비치 루사코프라는 한 모스크바 사람이 새로운 소립자를 발견했어. 너도 전자와 양자, 중성자 따위의 말을 들은 적 있을 게다. 그것들은 더 이상 쪼개지지 않기 때문에 소립자라고 부른단다. 그 안에는 다른 물질이 전혀 섞여 있지 않아. 그런데 이 새로운 종류의 소립자는 종전의 방법으로는 아무 반응을 일으키지 않아 측정하기 굉장히 힘들어. 루사코프가 가장 이해하기 힘들었던 건 이 새로운 소립자가 인간들이 있는 곳에만 모여든다는 사실이야. 마치 우리 인간들에게 끌려오는 것처럼 말이야. 특히 성인들에게 더 그래. 아이들에게도 몰려오지만 그들의 데몬이 하나의 형체를 갖출 때까지는 그렇게 심하지 않아. 사춘기가 되면 더스트의 활동이 더욱 왕성해져서 차츰 성인들처럼 고정되는 거야.

그런데 이런 발견은 교회의 교리와 관련이 있기 때문에 제네바의 교권을 통해 발표되어야만 하지. 루사코프의 발견은 너무 생소하고 이상해서 종교재판의 조사관은 그가 악마의 사주를 받았다고 의심했어. 조사관은 실험실에서 액막이를 하고 루사코프를 심문했지. 그러나 결국 루사코프가 거짓말을 하지 않았으며 자신들을 속이지도 않았다는 것을 인정했어. 더스트는 정말 존재했거든.

그래서 그들은 더스트에 대한 정의를 내리지 않으면 안 되었지. 교회의 속성에 따라 그들은 오직 한 가지를 선택할 수 있었을 뿐이야. 교권은 더스트가 원죄의 육체적 증거라고 결론을 내렸지. 원죄가 무엇인지는 알고 있니?"

리라는 입술을 비틀었다. 마치 조던 대학의 교수들로부터 어설프게 알고 있는 내용을 질문당했을 때 느꼈던 곤혹스러움을 다시 맛보는 듯했다.

"대강은요."

"아냐, 넌 몰라. 책상 옆 서가에 꽂힌 성경책 좀 가지고 오렴."

리라가 성경책을 건네자 그는 다시 물었다.

"아담과 이브의 얘기는 알지?"

"그럼요. 이브는 선악과를 먹지 않으려고 했는데 뱀이 유혹해서 먹인 얘기잖아요."

"그래서 어떻게 되었지?"

"음, 쫓겨났어요. 하느님이 그들을 낙원에서 쫓아냈죠."

"하나님은 그들에게 선악과를 먹지 말라고 하셨어. 그걸 먹으면 죽으니까. 그들은 낙원에서 어린아이들처럼 발가벗은 채 살았어. 그들의 데몬들은 그들이 원하기만 하면 어떤 모습으로든 변했지. 하지만 이런 일이 벌어지고 말았단다."

그는 〈창세기〉 3장을 펴고 읽기 시작했다.

여자가 뱀에게 말하되 동산 나무의 실과를 우리가 먹을 수 있으나,
동산 중앙에 있는 나무의 실과는 하나님의 말씀에 너희는 먹지도 말고 만지지도
말라. 너희가 죽을까 하노라 하셨느니라.
뱀이 여자에게 이르되 너희가 결코 죽지 아니하리라.
너희가 그것을 먹는 날에는 너희 눈이 밝아 너희들의 데몬이 진정한 형태를 갖
추고, 하나님과 같이 되어 선악을 알 줄을 하나님이 아시기 때문이니라.
여자가 그 나무를 본즉 먹음직도 하고 보기도 좋으며, 데몬의 진정한 모습을 알고
싶기도 하여, 그 실과를 따 먹고 자기와 함께한 남편에게도 주매 그도 먹은지라.
이에 그들의 눈이 밝아 자기들의 데몬의 진정한 모습을 알고 말하니라.
남자와 여자는 자신들의 데몬의 모습을 알고 모든 것이 변한 것을 알았느니라.
그동안 땅과 하늘의 모든 만물도 다 함께하는 순간이었고, 그들은 차이가 없었
으나,
이제 그들은 서로의 차이를 알게 되고 선과 악을 알게 되어 부끄러워했느니라.
남자와 여자는 무화과나무 잎을 엮어 벗은 몸을 가렸느니라……

그는 성경책을 덮고 말했다.

"그래서 이 세상에 죄가 생겨났단다. 죄와 부끄러움과 죽음 말이다. 그 순간부터 그들의 데몬들도 고정된 거란다."

"하지만……."

리라는 적당한 말을 생각해 내려고 애쓰며 말했다.

"그건 사실이 아니죠? 화학이나 공학처럼 확실한 진리도 아니잖아요. 아담과 이브의 얘긴 꾸며 낸 거죠? 캐싱턴 학자들은 그건 단지 요정들의 얘기에 불과하다고 했어요."

"캐싱턴 스칼라십은 전통적으로 자유사상가들에게 주어지는 것이야. 그들은 신학자들의 신념에 도전하는 일을 하니까 그런 식으로 말하는 게 당연하지. 그러나 아담과 이브를 상상 속의 인물로만 생각한다면 그들이 존재했다는 증거를 어디서도 찾아낼 수 없어. 하지만 그들의 존재를 일단 받아들이고 나면 설명되지 않는 일이 없다는 걸 알게 될 거다.

어쨌든 이건 교회가 수천 년 동안 가르쳐 온 거야. 루사코프가 더스트를 발견함으로써, 마침내 순수가 경험으로 변할 때 나타나는 물질적 증거를 찾아낸 셈이었지.

우연히도 더스트라는 말은 성경이 우리에게 가르쳐 준 거야. 처음에 사람들은 그것을 루사코프 소립자라고 불렀지만, 이내 누군가가 〈창세기〉 3장 마지막 부분을 상기시켰어. 하나님께서 아담이 선악과를 먹은 것에 대해 꾸짖으실 때 말이야."

그는 다시 성경을 펼쳐 리라에게 보여 주었다. 이번에는 리라가 읽었다.

네 얼굴에 땀이 흘러야 빵을 먹고 필경은 땅으로 돌아가리니, 그 속에서 네가 취함을 입었음이다. 너는 먼지(Dust)이니 먼지로 돌아갈 것이니라 하시니라…….

아스리엘 경이 말했다.

"신학자들은 그 구절의 해석에 늘 골머리를 앓아 왔단다. 누구는 '더스트로 돌아갈 것이니라'가 아니라 '더스트로 돌아가야 할 것이니라'라고 읽어야 한다고 말하고, 또 누구는 그 구절이 '땅'과 '더스트'에 관한 말장난이며, 신이 자신의 본성에 부분적인 죄가 있음을 인정한 것이라고도 말하고 있어. 아무도 동의하진 않지. 동의할 수도 없고. 왜냐하면 성경을 더럽히는 일이기 때문이야. 그렇지만 성경 말씀은 너무 귀해서 한 마디도 버릴 게 없어. 그래서 그 소립자가 더스트로 알려지게 된 거란다."

"그러면 고블러는 뭐예요?"

리라가 물었다.

"성체위원회는…… 네 엄마가 지도자야. 그 똑똑한 여자가 자신의 막강한 힘을 휘두르기 위한 근거지로 설립한 것이지. 너도 알겠지만 네 엄만 그 이상으로 영리한 여자야. 성체위원회는 온갖 종류의 중재자들이 번성하도록 하는 교권의 목적에 잘 부합하거든. 그들은 중재자들이 서로 경합하도록 조종할 수도 있어. 그래서 하나가 성공하면 지금까지 줄곧 그것을 지원해 온 것처럼 가장할 수가 있지. 그러나 만약에 실패하면 정당한 자격이 없는 이단자로 몰아세울 수도 있는 거야.

네 엄마는 늘 권력을 탐하던 여자였어. 처음엔 결혼을 통해서 권력을 손에 넣으려고 했지만 잘 되지 않았지. 그래서 교회로 관심을 돌렸어. 하지만 남자들만이 할 수 있는 사제직 같은 것을 그녀는 할 수가 없었어. 그건 이단이거든. 그녀는 자기 나름의 질서와 영향력을 구축함으로써 목적을 이뤄 나갈 수밖에 없었지. 더스트에 관해서 특별한 관심을 기울인 것이 적중했던 거야. 모든 사람이 그것을 두려워했거든. 다들 어찌할 바를 몰랐어. 그래서 그녀가 더스트에 관한 연구를 실시하겠다고 했을 때, 교권은 몹시 안도하며 자금과 자원을 아낌없이 제공했던 거야."

"하지만 그들은 아이들의 데몬을 분리하고 있어요."

리라는 그 말을 꺼내자 목이 꽉 잠겨 왔다.

"아버지도 그들이 무슨 짓을 하고 있는지 아실 거예요. 왜 교회는 그들이 그런 짓을 하는 걸 보고만 있죠?"

"그건 선례가 있기 때문이야. 비슷한 일이 이전에도 있었거든. 혹시 '거세'라는 말의 뜻을 알고 있니? 그건 소년의 성기를 제거하여 더 이상 성인 남자로 성장하지 못하도록 한다는 뜻이다. 그 대신 거세당한 소년의 목소리는 일생 동안 고음을 유지하게 되지. 그래서 교회에서 그 짓을 허락하는 거야. 교회 음악에 필요하다는 이유로. 거세당한 어떤 아이는 유명한 가수나 훌륭한 예술가가 되기도 해. 하지만 대부분은 살이 찌고 망가진 반쪽짜리 남자가 되고 말지. 수술의 후유증으로 죽는 아이들도 있어. 그러니 아이들의 데몬을 분리한다고 해서 교회가 꿈쩍이나 하겠니? 그리고 이건 옛날 방법보다 훨씬 더 위생적이야. 마취제나 살균 붕대나 적절한 구급약 따위도 필요 없는 수술이니 비교적 부드러운 거지."

"그렇지 않아요!"

리라는 날카롭게 소리쳤다.

"그래, 네 말이 맞다. 절대로 옳은 일이 아니지. 그래서 그들은 북극의 어둡고 황량한 곳으로 숨어야만 했던 거야. 교회로선 네 엄마 같은 여자가 그런 일을 맡아 주는 것이 좋았단다. 그처럼 매력적이고 집안도 좋고 친절하고 이성적인 여자를 누가 의심할 수 있겠니? 하지만 그런 수술은 어디까지나 불투명하고 비공식적인 것이기 때문에 말썽이 날 경우 교권은 언제든 모르는 일이라고 오리발을 내밀어야 하거든. 그럴 경우에도 네 엄마는 가장 버리기 좋은 적임자였단다."

"데몬과의 분리를 맨 처음 생각해 낸 사람이 누구예요?"

"네 엄마야. 그녀는 사춘기에 일어나는 데몬의 변화와 더스트의 정착이 서로 연관되어 있을지도 모른다고 생각했어. 만약 데몬을 인체에서 분리하면 우리 인간은 원죄인 더스트로 돌아가지 않아도 될지 모른다고 생각한 거야. 문제는 사람을 죽이지 않고 몸에서 데몬을 분리해 낼 수 있느냐 하는 것이지. 그러나 그녀는 여러 곳을 여행하고 많은 것을 보았어. 예를 들면 아프리카에는 '좀비'라는 노예가 있지. 좀비는 자신의 의지가 전혀 없어. 밤낮을 가리지 않고 일을 하는데 도망도 가지 않고 불평도 하지 않는 거야. 마치 산송장이라고나 할까?"

"데몬이 없는 사람들이군요!"

"바로 그 얘기지. 그래서 네 엄마는 사람에게서 데몬을 분리할 수 있다고 생각한 거야."

"토니 코스타는 북극 숲에 무시무시한 유령들이 있다고 했어요. 어쩌면 그 유령들도 좀비와 같은 부류일 것 같군요."

"맞아, 어쨌든 '성체위원회'는 그런 식으로 생각했던 거야. 원죄에 대한 교회의 강박관념에서 나온 얘기지."

아스리엘 경의 데몬이 귀를 실룩이자 그는 데몬의 예쁜 머리를 쓰다듬었다.

"그들이 데몬을 분리할 때 다른 일들이 발생했지. 그런데 그들은 알지 못했어. 육체와 데몬을 연결하고 있는 에너지가 대단한 힘을 갖고 있다는 걸 말이야. 그들이 분리되는 순간 모든 에너지가 순식간에 분산되었지. 그들은 그걸 충격이나 불쾌감이나 도덕적 분노의 발산으로 착각했지. 때문에 그런 반응에 무감각해지려고 애썼어. 그래서 그것이 어떻게 발전할 수 있는지 생각해 보지도 않았고, 그것을 다스릴 생각조차도 하지 않았어."

리라는 가만히 앉아 있을 수가 없었다. 그녀는 일어나 창가로 걸어가서 어둡고 황량한 세상을 바라보았다. 아무리 생각해도 너무 잔인한 일이라는 생각이 들었다. 원죄를 알아내는 것이 아무리 중요한 일이라고 하더라도 그들이 토니 마카리오스와 다른 아이들에게 한 짓은 너무 잔인했다. 어떤 명분으로도 정당화될 수 없는 짓이었다.

"아버지는 뭘 하고 계셨어요? 아버지도 데몬을 분리하셨어요?"

"나는 다른 것에 관심이 있단다. 성체위원회가 그런 짓을 오래 할 거라고는 생각지 않아. 난 더스트 자체에 관심이 있지."

"더스트는 어디에서 온 거예요?"

"오로라를 통해서 볼 수 있는 다른 우주에서 왔어."

리라는 다시 몸을 돌렸다. 의자에 등을 기대고 앉아 있는 아스리엘 경은 느리지만 힘 있는 소리로 말했다. 그의 눈빛은 데몬처럼 강렬했다. 리라는 아버지를 사랑하지 않았고 신뢰할 수도 없었다. 그렇지만 어쩐지 존경스러웠다.

"다른 우주라뇨?"

"수십억 개의 평행적인 세계들 중의 하나지. 마녀들은 옛날부터 그걸 알고 있었어. 그들의 존재를 수학적으로 증명하려던 50년쯤 전의 신학자들은 파문을 당하고 말았지. 하지만 다른 세계가 있다는 건 부인할 수 없는 사실이야.

그러나 한 우주에서 다른 우주로 건너갈 수 있다고 생각하는 사람은 없어. 그건 기본 법칙을 어기는 거라고 생각하지. 하지만 잘못된 생각이야. 우린 저 위에 다른 세상이 있다는 걸 알아 버렸으니까. 빛이 건너갈 수 있다면 우리도 건너갈 수 있어. 그리고 우린 그 방법을 익혀야만 해, 리라. 네가 알레시오미터 사용법을 익혔듯이 말이야.

이제 그 세계, 그리고 서로 다른 우주는 가능성의 결과로 나타나지. 동전 던지기를 예로 들어 볼까. 동전을 던지면 앞면이나 뒷면이 나오지. 우리는 동전이 땅에 떨어져야 결과를 알아. 만약 앞면이 나오면 뒷면이 나올 가능성은 무너지는 거지. 그때까진 두 가능성은 평행해. 그러나, 다른 세계에선 동전의 뒷면이 나오게 돼. 그리고 그렇게 되면 두 세계는 갈라지는 거야.

명확히 설명해 주려고 동전 던지기를 예로 들었다만, 사실 이런 가능성들과 그 가능성들의 무너짐은 소립자의 단위에서도 일어난단다. 마찬가지 방식으로 말이지. 한 순간 여러 가지가 가능하고, 다음 순간 오직 한 가지만 발생하게 되는 거지. 나머지는 존재하지 않는 거야. 오직 다른 세계가 갑자기 출현할 때만 제외하고. 그때는 나머지 가능성들도 존재할 수 있단다.”

아스리엘 경은 얘기를 계속했다.

“나도 오로라 저쪽에 있는 세상으로 건너갈 생각이야. 이 우주 속에 있는 더스트는 모두 그곳에서 왔다고 보거든. 내가 조던 대학 귀빈실에서 학자들에게 보여 준 슬라이드를 너도 봤지? 더스트가 오로라에서 이 세상으로 들어오는 것도 보았을 테고, 그 도시도 직접 눈으로 봤겠지. 빛이 우주 사이의 장애물을 건너가고, 더스트도 건너가고, 우리가 그 도시를 볼 수 있다면, 그 사이에 다리를 놓고 건너갈 수도 있다는 얘기야. 그러자면 엄청난 에너지가 필요하겠지. 하지만 난 할 수 있어. 저 너머 어딘가 더스트와 죽음과 죄악과 불행과 파괴의 원천이 있어. 인간들은 무엇을 보든 파괴하고 싶은 충동을 느낀단다. 그게 바로 원죄라는 거야. 나는 그 원죄를 파괴하려는 거야. 죽음 그 자체를 죽이려는 거지.”

“그들이 아버지를 이곳에 가둔 이유가 바로 그것이군요.”

“그렇지. 그들은 두려운 거야. 또 그럴 만도 하지.”

아스리엘 경이 일어서자 그의 데몬도 아름답고 자랑스런 자태로 일어났다. 리라는 가만히 앉아 있었다. 그녀는 아버지가 두렵기도 하고 존경스럽기도 하고, 정말 미친 사람같이 여겨지기도 했다. 그러나 자신이 누구를 판단할 수 있다는 건가?

"자, 이제 가서 자거라. 소롤드가 잠자리로 안내해 줄 거야."

그는 돌아섰다.

"아버지, 알레시오미터를 가지고 가셔야죠."

리라가 말했다.

"아, 난 이제 그게 필요치 않아. 난 책 없이는 사용할 수가 없거든. 조던 대학 총장이 그걸 내게 갖다주라고 했니?"

"예!"

리라는 대답을 한 뒤 다시 생각해 보니 총장이 실제로 그런 말을 한 적은 없었다는 생각이 들었다. 다만 자신이 늘 그렇게 생각해 왔을 뿐이었다. 그게 아니라면 총장이 알레시오미터를 자신에게 줄 리가 없다고 생각했던 것이다. 그래서 다시 대답했다.

"아니, 그런 말씀은 안 하셨어요. 이제 생각이 나요."

"그래, 난 필요하지 않다. 그건 네 거다, 리라."

"그렇지만……."

"잘 자거라, 아가야."

마음속에 가득 차 있는 수많은 의문을 꾹꾹 누르고 리라는 알레시오미터를 검은 벨벳으로 다시 쌌다. 그리고 벽난로 곁에 앉아 아버지의 뒷모습을 멍하니 바라보았다.

배신

누군가 팔을 흔들어 리라를 깨웠다. 그러자 판탈라이몬이 먼저 깨어나 으르렁거렸고, 리라도 소롤드를 알아보았다. 석유램프를 잡고 있는 그의 손이 떨리고 있었다.

"아가씨, 빨리 일어나요, 큰일 났어요. 백작님이 아무 말 없이 이곳을 떠나셨어요."

"뭐, 뭐라고요?"

"아스리엘 경이 어디론가 가셨다고요. 아가씨가 잠들자마자 백작님은 거의 미친 사람처럼 변했어요. 그러더니 썰매에다 온갖 도구와 축전기를 잔뜩 싣고 개들을 몰아 이곳을 떠났어요. 그런데 그 소년도 함께 데려갔어요. 아가씨!"

"로저를요? 로저를 데려갔어요?"

"제게 그 아이를 깨워 옷을 입히라고 하셨어요. 전 입도 뻥긋할 수 없었어요. 로저는 아가씨를 계속 찾았지만, 백작님은 그 아이만 데려가겠다고 하셨어요. 아가씨가 처음 현관에 나타났을 때 백작님의 눈빛이 어땠죠? 마치 믿을 수 없다는 듯 아가씨가 얼른 이곳에서 사라져 줬으면 하고 바라는 눈치 아니었어요?"

리라는 너무 놀랍고 두려워서 아무 생각도 할 수 없었다.

"그래, 그랬어요!"

"실험을 끝내려면 백작님에겐 아이가 한 명 필요했거든요. 그분은 자신의 실험을 위해 특별한 방법을 쓰고 있어요. 그래서 혹시……."

리라의 머릿속은 분노로 터질 듯했고, 그래서 아무것도 생각할 수가 없었다. 침대에서 벌떡 일어나서 옷을 입으려던 그녀는 갑자기 절망적인 울음을 터뜨리며 그 자리에 쓰러졌다. 그녀는 아버지가 한 말을 떠올리며 더욱 큰 소리로 울었다.

육체와 데몬을 연결하고 있는 에너지는 엄청나게 강하단다. 그리고 다른 세계와의 간격을 메우는 다리를 만드는 데는 거대한 에너지의 분출이 필요하지…….

리라는 자신이 어떤 일을 저질렀는지 깨달았다. 그녀는 아스리엘 경에게 알레시오미터를 전해 주기 위해 죽을 고생을 무릅쓰고 이곳 북극 오지까지 달려왔다. 그러나 아스리엘 경이 원하는 것은 알레시오미터가 아니라 아이였던 것이다.

내가 그에게 로저를 데려다 준 거야!

아버지가 그녀를 보자마자 "난 널 데려오라고 하지 않았어!"라고 고함을 질렀던 건 바로 그런 이유에서였던 것이다. 그에겐 아이가 필요했다. 그런데 운명은 그에게 자신의 딸을 보냈다. 적어도 로저가 집 안으로 들어올 때까지 그는 그렇게 생각했음이 분명했다.

리라는 피가 거꾸로 치솟는 느낌이었다. 그녀는 자신이 로저를 구하고 있다는 착각에 빠져 있었다. 그런데 오히려 로저를 결정적으로 배신하고 만 것이었다. 그녀는 미친 듯이 몸부림치며 울었다. 어떻게 이런 일이!

소롤드는 리라를 달래려고 했으나 방법이 없었다. 단지 어깨만 토닥거려 주었을 뿐이다.

"이오레크…… 이오레크 뷔르니손은 어디에 있죠? 그 곰 말이에요. 아직도 밖에 있나요?"

리라는 계속 흐느끼면서 소롤드의 손을 잡았다.

소롤드도 어쩔 도리가 없다는 듯이 어깨를 으쓱했다.

"저 좀 도와주세요!"

리라는 몸을 부르르 떨며 말했다.

"전 가야만 해요. 옷 좀 챙겨 주세요. 당장요."

소롤드는 램프를 내려놓고 리라가 옷 입는 것을 도왔다. 그녀가 고압적인 태도로 명령을 내리는 모습은 영락없는 제 아버지였다. 그러나 얼굴은 온통 눈물범벅이었고 입술은 파르르 떨리고 있었다. 꼬리로 바닥을 탁탁 치며 으르렁대는 판탈라이몬은 털에서 불꽃을 일으킬 것 같았다. 소롤드는 서둘러 뻣뻣하고 냄새 나는 모피를 가져다 리라에게 입혔다. 그녀가 문을 열자 매서운 칼날 추위가 덮쳐 와서 뺨에 흘러내린 눈물을 금방 얼려 버렸다.

"이오레크! 이오레크 뷔르니손! 당신의 도움이 필요해요!"

눈덩이가 무너지며 쇳소리가 나더니 곰이 나타났다. 그는 눈 속에서 잠을 자고 있었던 것이다. 소롤드는 창가에서 램프 불을 비춰 주었다. 온통 눈을 덮어쓴 이오레크의 얼굴에서는 눈구멍 두 개만 겨우 드러나 있었다. 검붉은 철제 투구 아래로 그의 하얀 털이 드러났다. 리라는 이오레크에게 와락 안겨 위로를 받고 싶었다.

"무슨 일이지?"

그가 물었다.

"우린 당장 아스리엘 경을 추격해야만 해요. 그는 로저를 데려가서…… 오, 생각하기도 싫어요. 어서 서둘러요. 이오레크!"

"그럼 출발하자!"

대답이 떨어지기도 전에 리라는 곰의 등에 얼른 업혔다.

어디로 갈 것인지는 물을 필요도 없었다. 썰매 자국이 정원에서 평야로 길게 이어지고 있어서 그것만 따라가면 될 것이었다. 이오레크의 움직임은 몸의 균형을 잡으려고 애쓰는 리라와 한 덩어리가 되어 있었다. 그는 어느 때보다 빠르게 두껍게 쌓인 눈 위를 달려갔다. 갑옷의 등판이 리라의 눈앞에서 일정하게 움직였다.

다른 곰들은 화척기를 끌고 그들을 따라왔다. 달이 중천에 떠 있고 달빛도 눈에 반사되어 마치 기구 안에 있을 때처럼 환했다. 아스리엘 경의 썰매 자국은 톱날 같은 언덕을 향해 달리고 있었다. 이상하게 황량한 언덕의 날카로운 끝 부분은 검은 벨벳처럼 새까만 하늘로 솟아오르고 있었다. 그곳에는 썰매가 지나간 흔적이 전혀 없었고, 마치 높은 산꼭대기의 측면으로 깃털이 스치고 지나간 듯한 선만 남아 있었다. 리라는 하늘은 쳐다보며 눈이 휘둥그레졌다. 판탈라이몬도 올빼미의 눈으로 높은 곳을 바라보았다.

"발견했어."

판탈라이몬이 잠시 후 리라의 손목 위에 앉으며 말했다.

"저기 아스리엘 경이 있어. 사납게 개들에게 채찍질을 하고 있어, 뒤에 아이도 하나 있고……."

리라는 이오레크 뷔르니손의 걸음걸이가 바뀌는 것을 느꼈다. 무언가가 그의 주의를 끈 듯했다. 그는 천천히 걸으며 머리를 들고 좌우를 두리번거렸다.

"뭐죠?"

리라가 물었다.

그는 대답하지 않았다. 다만 잔뜩 긴장하여 귀를 기울이고 있었으나 리라의 귀에는 아무 소리도 들리지 않았다. 그러나 이내 그녀에게도 무슨 소리가 들렸다. 아주 먼 곳에서 바스락거리며 딱딱 부딪는 신비로운 소리였다. 리라는 전에도 이런 소리를 들어 본 적이 있었다. 바로 오로라의 소리였다. 어느 곳에선가 베일에 싸인 듯한 빛이 북쪽 하늘로 쏟아져 내리며 반짝이기 시작했다. 눈으로는 볼 수 없는 수백억 개의 작은 알갱이들과 더스트 입자들이 대기의 상층에서 붉은빛을 발하며 마술을 부리고 있는 것이라고 리라는 생각했다. 이렇게 찬란한 빛은 일찍이 본 적이 없었다. 마치 세상에서 벌어지고 있는 모든 희비극을 다 알고 있는 듯, 오로라는 가장 성스럽고 경외로운 느낌을 불러일으키며 찬연한 빛을 발하고 있었다.

그러나 곰들은 아무도 하늘을 쳐다보지 않았다. 그들의 관심은 오로지 땅뿐이었다. 이오레크의 관심을 끈 것은 오로라가 아니었다. 그는 여전히 장대처럼 그 자리에 서 있었고, 리라는 슬그머니 그의 등에서 내렸다. 그의 감각이 자유롭게 주변을 느낄 수 있게 해 주고 싶어서였다. 분명히 무언가가 그의 신경을 긁고 있었다.

리라는 주위를 둘러보았다. 그들이 방금 전에 허둥대며 가로질렀던 광활한 평지가 아스리엘 경의 집으로 이어져 있었고, 힘들게 통과했던 험한 산들이 있을 뿐 그 외에는 아무것도 없었다. 오로라의 빛은 점점 더 강해졌다. 가장 앞쪽의 베일들이 움직이면서 한쪽으로 사라지자 다른 커튼들이 펼쳐졌다 접혀졌다 하면서 들쭉날쭉했다. 빛의 입자는 점점 커지더니 매 순간 더욱 강력한 빛을 발했고, 둥근 호를 그린 수평선 사이를 끊임없이 오가며 한 정점으로 모아지고 있었다. 그녀는 알 수 없는 엄청난 힘이 바람 같은 소리로 노래를 부르는 것을 점점 더 분명하게 들을 수 있었다.

"마녀들이야!"

어느 곰이 소리를 질렀다. 리라는 너무나 기쁘고 안심이 되어 얼른 돌아보았다.

그러나 그 순간 리라는 묵직한 물체에 밀려 앞으로 쓰러졌다. 눈앞에 녹색 깃털을 단 화살이 꽂혀 있었다. 화살촉과 화살대의 절반 정도가 눈 속에 깊이 박혀 있었다. 리라는 가슴이 마구 뛰고 숨이 가빠 왔다.

이럴 리가 없어! 혹시나 하는 불길한 생각은 엄연한 현실이었다. 또 다른 화살이 그녀를 몸으로 가리고 있는 이오레크의 갑옷을 쩽하고 스쳤다. 세상에, 세라피나 페칼라의 마녀들이 아니란 말인가! 그들은 다른 종족의 마녀들이었다. 열서넛은 되어 보이는 마녀들이 상공을 맴돌며 계속 아래로 활을 쏘고 다시 하늘로 날아올랐다. 리라는 자신이 알고 있는 모든 욕설을 그들에게 퍼부었다.

이오레크 뷔르니손은 신속하게 명령을 내렸다. 그 곰들은 분명 마녀들과 여러 차례 싸워 본 경험이 있는 듯했다. 마녀들이 계속 공격을 해 오는 가운데 곰들은 즉시 방어 대열을 형성했다. 마녀들은 화살을 낭비하지 않으려고 목표물에 최대한 접근하여 활을 쏜 뒤 재빨리 공중으로 날아올랐다. 그러나 곰들은 마녀가 화살을 활에 장전하며 내려오는 가장 취약한 순간을 노리고 있다가 재빨리 앞발을 내뻗어 그들을 끌어내렸다. 곰의 앞발에 잡힌 마녀들은 그 자리에서 즉시 죽임을 당했다.

리라는 바위 곁에 웅크리고 앉아 공격을 해 오는 마녀들을 보았다. 마녀들은 리라를 향해서도 화살을 날렸으나 모두 멀찌감치 떨어졌다. 리라는 하늘을 바라보았다. 대부분의 마녀가 다른 곳으로 이동하기 위해 방향을 바꾸고 있었다.

리라는 겨우 안심했지만 그것도 잠깐이었다. 마녀들이 날아간 방향에서 다른 물체들이 마녀들과 합세하고 있었기 때문이다. 마녀들의 한가운데에는 희미하게 빛을 내는 무리가 있었다. 스발바르의 넓은 평원을 가로지르는 오로라의 광채 아래로 끔찍하게 무서운 소리가 들려왔다. 그것은 가스 엔진의 폭음이었다. 콜터 부인과 그의 병사들을 태운 비행선이 리라가 있는 쪽으로 날아오고 있었다.

이오레크가 명령을 내리자 곰들이 즉시 다른 형태의 진영을 구축했다. 하늘에서 붉은 광채가 어른거리는 가운데, 리라는 곰들이 신속하게 화척기를 준비하는 것을 보았다. 마녀들의 선발대도 그것을 보았는지 즉시 하강하여 활을 쏘아 대기 시작했다. 그러나 곰들은 자신들의 갑옷을 믿고 있었기 때문에 화살이 날아오는 것에 신경 쓰지 않고 신속하게 기계를 조립했다.

직경이 1미터쯤 되는 대접 모양의 물체 위로 기다란 포신이 걸리자, 화척기는 곧 연기와 수증기를 뿜어내기 시작했다. 뒤이어 포신에서는 불꽃이 쏟아져 나왔고, 곰들은 훈련받은 대로 정확하게 움직였다. 두 마리의 곰이 포신을 아래로 내리자 다른 곰들이 삽으로 불덩어리를 대접 모양의 용기 속으로 퍼 넣었다. 그러면 다시 포신에서 불꽃이 치솟아 검은 밤하늘을 훤하게 밝혔다.

단 한 방의 불꽃에 곰들 가까이 날아온 마녀들 셋이 아래로 떨어졌다. 그러나 화척기가 정작 노리는 목표물은 비행선이었다. 비행선 조종사는 그런 화척기를 한 번도 본 적이 없거나 그 위력을 과소평가한 것 같았다. 그는 다른 방향으로 선회하거나 주춤거리지 않고 곧장 곰들을 향해 비행선을 하강시켰다.

그들도 비행선에 강력한 무기를 장착하고 있었다. 곤돌라 앞쪽에 자동 소총을 설치해 놓은 것이다. 리라는 총알이 쏟아지는 소리와 함께 곰들의 갑옷에서 일어나는 스파크를 보았다. 곰들은 몸을 움츠렸고 리라는 겁에 질려 소리를 질렀다.

"그들은 안전해."

이오레크가 리라를 안심시켰다.

"저런 작은 총알로는 갑옷을 꿰뚫지 못해!"

화척기가 다시 불을 뿜어 댔다. 이번에는 엄청난 덩어리의 붉은 화염이 곧장 곤돌라를 향해 치솟았고, 불꽃이 사방으로 퍼지면서 작은 폭포를 이루었다. 비행선은 왼쪽으로 방향을 바꾸며 크게 원을 그리더니 열심히 화척기를 조작하고 있는 곰들을 향해 자동 소총을 갈겨 댔다. 이오레크 옆에 서 있던 곰 두 마리가 바닥에 쓰러졌다. 비행선이 머리 위까지 접근하자 이오레크가 명령을 내렸다. 그러자 화척기의 포신에서 다시 불길이 치솟았다.

시뻘건 불꽃은 이번에는 비행선의 가스 주머니에 명중했다. 수소를 담은 기름 먹인 실크 표면은 작은 마찰에는 견딜 수 있을지 모르지만 엄청난 열기를 머금은 위력적인 불덩이를 당해 낼 수는 없었다. 실크 표면이 금세 갈가리 찢어지며 그 속의 수소에 불이 붙자 엄청난 폭음과 함께 가스 주머니가 사방으로 흩어졌다.

시뻘건 불길에 휩싸인 비행선의 골격이 천천히 땅 위로 떨어졌다. 검은 물체들이 하얀 눈빛과 대조를 이루었고 불길은 계속 타올랐다. 마녀들이 콜터 부인 일행을 화염에서 끌어냈다. 잠시 후 비행선은 비틀어진 고철더미로 변해 버렸다. 리라는 멀어서 확인할 수는 없었지만 콜터 부인이 거기에 있다는 건 알 수 있었다. 마녀들의 도움으로 살아난 병사들은 지체 없이 곰들을 향해 소총을 발사하기 시작했다.

"올라가자."

이오레크가 말했다.

"우리 병사들이 한참 동안 막아 줄 거야."

그가 소리를 지르자 곰들의 일부가 타타르 병사들의 측면을 공격했다. 리라는 그들 사이에 끼고 싶었지만 온몸의 신경이 비명을 지르는 듯했다. 올라가자! 올라가! 그녀의 머릿속은 온통 로저와 아스리엘 경 생각만으로 가득했다. 이오레크 뷔르니손은 리라의 마음을 눈치 채고 산 위를 돌아보더니 동료 곰들에게 타타르 병사들을 내맡기고 싸움에서 물러 나왔다.

그들은 산으로 올라갔다. 리라는 이오레크의 등에 업혀 눈을 똑바로 뜨고 산비탈을 쳐다보았지만 판탈라이몬의 올빼미 눈으로도 아무런 움직임을 감지할 수 없었다. 그러나 아스리엘 경의 썰매 자국은 선명하게 남아 있었기 때문에 이오레크는 그것을 따라 재빠르게 달려가고 있었다. 껑충거리며 지나가는 곳마다 하얀 눈발이 춤을 추었다. 이제 그들 뒤에서 벌어지고 있는 싸움에 대해서는 알 수 없었다. 리라는 그들과 함께 자기가 속한 세상을 떠나고 있는 것만 같았다. 그들로부터 멀리 떨어져 산 위로 높이 오를수록 이상하고 기괴한 빛이 리라와 이오레크의 몸을 감쌌다.

"이오레크, 리 스코즈비를 찾을 거예요?"

"죽었든 살았든 꼭 찾아내겠어."

"만약 세라피나 페칼라를 보게 되면요?"

"네가 한 일을 말해 줄 거야."

"고마워요. 이오레크."

그들은 많은 이야기를 나누었다. 리라는 마치 곰들을 따라 별들의 도시로 와 있는 꿈을 꾸고 있는 것 같았다. 그때 이오레크가 발걸음을 서서히 늦추더니 마침내 멈춰 섰다.

"썰매 자국은 계속 이어져 있지만 난 더는 갈 수 없어."

리라는 곰의 등에서 뛰어내려 앞쪽을 바라보았다. 눈앞에 건너뛸 수 없을 만큼 폭이 넓은 계곡이 가로막고 있었다. 그것이 빙하의 균열인지 바위의 균열인지는 구분하기 어려웠다. 중요한 것은 그 깊이가 아찔할 정도로 깊고 가파르다는 사실이었다.

아스리엘 경의 썰매 자국은 그 가장자리를 따라 이어지다가 눈이 다져진 다리 건너편에서 다시 계속되고 있었다. 그 다리는 썰매의 무게를 감당하기가 버거웠던 것처럼 보였다. 건너편 다리 끝 부분이 서너 뼘 정도나 내려앉아 있었다. 어린아이 정도라면 버틸 수 있을지 몰라도 무거운 갑옷을 입은 곰은 아무래도 무리일 것 같았다.

아스리엘 경의 발자국은 다리를 건너 산 위로 이어져 있었다. 그를 계속 쫓아가려면 이제부터는 리라 혼자 가야만 했다.

리라는 이오레크 뷔르니손을 돌아보며 말했다.

"난 저 다리를 건널 거예요. 지금까지 도와줘서 고마워요. 아스리엘 경을 만나면 어떤 일이 벌어질지는 나도 몰라요. 죽을 수도 있겠죠. 그렇지만 제가 무사히 돌아오게 되면 꼭 찾아뵙고 감사의 말씀을 올릴 거예요. 이오레크 뷔르니손 폐하."

리라는 그의 손 위에 자기 손을 올려놓았다. 그는 가만히 고개를 끄덕이며 말했다.

"잘 가거라, 리라 실버텅."

사랑하는 곰과 헤어져야 하는 리라의 가슴은 아팠다. 그러나 그녀는 마음을 굳게 먹고 돌아서서 다리를 향해 첫발을 내디뎠다. 발아래에서 눈이 뽀드득 소리를 내자 판탈라이몬은 얼른 다리 위로 날아올랐다. 눈 위의 단단한 지점을 찾아 리라의 발걸음을 인도하기 위해서였다. 한 발짝 한 발짝 뗄 때마다 리라는 간이 콩알만 해졌다. 차라리 무작정 달려

가고 싶은 생각도 들었다. 그러나 리라가 할 수 있는 것은 가능한 한 가볍게 걷는 일뿐이었다. 다리를 반쯤 건넜을 때 아래쪽에서 또 다른 소리가 들렸다. 주위가 온통 혼돈 속으로 꺼져 드는 듯한 기분이었다. 건너편 절벽 끝에 걸린 다리의 끝 부분이 또다시 한 뼘쯤 내려앉는 소리였다.

리라는 잠시 꼼짝도 하지 않고 조용히 서 있었다. 판탈라이몬은 표범으로 변해 여차하면 리라를 붙잡을 태세를 취하고 있었다.

리라는 또 한 발자국을 떼었다. 그리고 다시 한 발…… 그 순간 발 아래로 무언가 무너져 내리는 듯한 느낌이 들었다. 리라는 죽을힘을 다해 건너편으로 뛰었다. 다리 전체가 붕괴되어 빙하의 계곡 속으로 빠져드는 순간 리라는 건너편 골짜기의 눈 위로 떨어졌다.

판탈라이몬은 리라의 털옷 속에 발톱을 박고 찰싹 달라붙어 있었다.

잠시 후 리라는 눈을 떴다. 절벽 가장자리로 기어 나와서 살펴보니 이젠 돌아갈 길이 없었다. 그녀는 일어나서 자신을 지켜보고 있는 곰에게 손을 흔들었다. 이오레크 뷔르니손은 뒷다리로 서서 리라가 무사한 것을 확인한 뒤 곧 몸을 돌려 산 아래로 신속하게 내려가기 시작했다. 콜터 부인과 비행선을 타고 온 병사들을 상대로 치열하게 싸우고 있을 동료 곰들을 도와주기 위해서였다.

리라는 이제 혼자가 되었다.

별을 향한 다리

리라는 이오레크 뷔르니손이 시야에서 사라지자 갑자기 아무것도 할 수 없을 것처럼 마음이 약해졌다. 그녀는 얼른 판탈라이몬의 존재를 확인했다.

"아, 나의 판탈라이몬. 이제 더는 갈 수 없어. 너무 무섭고 피곤해. 사실 죽음이 두려워. 차라리 다른 사람이었으면 좋겠어. 정말이야."

판탈라이몬은 고양이 모습으로 변하여 리라의 목을 따뜻하고 편안하게 감싸 주었다.

"우리가 무얼 해야 할지도 모르겠어. 우리에겐 너무 벅찬 일이야. 우린 절대로 해낼 수 없을 거야."

리라는 판탈라이몬을 안고 눈 위에 주저앉아 울음을 터뜨렸다.

"콜터 부인이 우리보다 먼저 로저에게 가면 우린 그를 구할 수 없게 돼. 그녀가 로저를 볼반가르로 데리고 갈 거니까. 최악의 경우엔 즉석에서 로저를 죽일지도……. 왜 그들은 아이들에게 이런 못된 짓을 저지르는 거지? 판탈라이몬, 그들은 아이들을 왜 그렇게 미워하는 걸까? 왜 아이들의 데몬을 분리하고 싶어 하지? 도대체 왜?"

그러나 판탈라이몬은 대답할 수 없었다. 그저 리라에게 꼭 매달릴 뿐이었다. 격앙되었던 감정이 차차 가라앉자 리라는 정신을 차렸다. 비록 추위와 공포에 시달릴 대로 시달렸지만 리라는 그렇게 심약한 소녀가 아니었다. 이대로 주저앉아 얼어 죽을 수는 없었다. 아무리 울고 넋두리를 해도 도와줄 사람 하나 없이 철저히 혼자였다. 마침내 리라는 심호흡을 한 후 앞으로 나아갈 준비를 했다.

달이 져서 수많은 별이 깜빡이고 있어도 하늘은 남쪽까지 깜깜했다. 별들이 반짝이긴 했으나 오로라는 그보다 백배는 더 밝게 반짝였다. 리라는 이처럼 황홀하고 환상적인 빛을 본 적이 없었다. 오로라는 매 순간 깜빡거리며 하늘 위에서 경이로운 춤을 펼쳐 보이고 있었다. 끝없이 빛나는 얇은 막 뒤로는 또 다른 도시, 희망의 도시가 선명하게 떠오르고 있었다.

산 위로 높이 오르면 오를수록 아래 세상은 점점 더 황량하게만 느껴졌다. 북쪽으로는 꽁꽁 얼어붙은 바다가 보였다. 얼음판들이 서로 겹쳐져서 단단히 얽혀 있었다. 다른 곳은 그저 하얀 눈만 끝없이 펼쳐져 있었다. 북극으로 이어지는 이 하얀 세상은 아무런 특징도 없었다. 리라의 눈에는 그곳이 아무 생명력도 없는 그저 무의미한 세계로만 보였다. 동쪽이나 서쪽은 더 말할 나위도 없이 온통 하얀 산들뿐이었다. 뾰족한 봉우리들만이 하늘 높은 줄 모르고 위로 날카롭게 치솟아 있었다. 가파른 비탈면에 쌓인 하얀 눈은 바람에 날려 날카로운 칼날처럼 느껴졌다. 남쪽은 지금까지 지나온 길이었다. 리라는 그곳을 가장 열심히 돌아보았다. 혹시나 친구 이오레크 뷔르니손과 그의 병사들을 볼 수 있지 않을까 바랐지만, 넓디 넓은 설원에는 개미 한 마리 얼씬거리지 않았다.

판탈라이몬은 올빼미로 변해서 리라의 손목에 앉았다.

"그들은 분명 저 산봉우리에 있어!"

데몬이 큰 소리로 말했다.

"아스리엘 경은 만반의 준비를 하고 있었던 거야. 로저는 도망칠 엄두도……."

그 순간 오로라가 희미하게 수그러들기 시작했다. 마치 수명이 다한 앤버릭 전등이 꺼져 가는 것 같았다. 그 깜박임 속에서 리라는 더스트의 존재를 느낄 수 있었다. 아직은 이 세상에 태어나지 않은 어떤 사악한 의도가 공기 속에 가득 차 있는 것 같았다.

그때 어둠 속에서 아이의 비명 소리가 들려왔다.

"리라! 리라!"

"여기 있어! 곧 갈게!"

리라는 큰 소리로 대답했다. 그리고 산 위를 향해 비틀거리며 기다시피 올라가다가 다시 주저앉았다. 그러나 그녀는 다시 몸을 일으켜 희미하게 빛나는 눈 주위를 죽을힘을 다해 기어올랐다.

"리라! 리라!"

"거의 다 왔어. 로저! 잠깐만 기다려!"

판탈라이몬도 안절부절못하고 사자로, 흰담비로, 독수리로, 족제비로, 산토끼로, 불도마뱀으로, 올빼미로, 표범으로 정신 없이 변했다.

"리라!"

마침내 정상에 도착한 리라는 눈앞에 벌어지고 있는 광경을 보았다. 50미터쯤 떨어진 거리에서 아스리엘 경이 두 가닥의 전선을 꼬고 있었다. 전선 끝에는 뒤집어진 썰매가 매여 있었고, 그 위에는 이미 꽁꽁 얼어붙은 축전지와 단지들, 기구들이 실려 있었다. 아스리엘 경은 두터운 모피를 입고 있었으며, 손전등 불빛에 그의 얼굴이 선명하게 드러났다. 스핑크스처럼 그의 곁에 웅크리고 앉은 그의 데몬은 아름다운 반점을 빛내며 꼬리를 살랑살랑 흔들고 있었다.

아스리엘 경의 데몬은 로저의 데몬을 입에 물고 있었다.

로저의 작은 데몬은 허우적거리며 새로 변했다가 개로, 고양이로, 생쥐로, 다시 새로 변신을 거듭하며 로저를 부르고 있었다. 몇 미터 아래쪽에 있는 로저는 추위와 고통 속에서 자신의 데몬과 리라를 미친 듯이 불러 댔다. 그는 아스리엘 경에게 달려가서 팔을 잡고 늘어지려고 했고, 아스리엘 경은 자꾸만 뿌리치고 있었다. 로저가 다시 울며 애원하고 매달렸지만 아스리엘 경은 그를 후려쳐서 바닥에 쓰러뜨렸다.

그들은 벼랑 끝에 있었다. 그들 뒤로는 끝없는 어둠이 펼쳐져 있었다. 천 길 낭떠러지 아래에는 온통 얼음 바다뿐이었다.

리라는 이 광경을 오직 별빛에 의지해서 볼 수 있었다. 그러나 아스리엘 경이 마침내 전선을 연결하자, 오로라가 갑자기 찬란하게 타오르기 시작했다. 그것은 마치 웅장한 폭포처럼 수천 킬로미터의 높이와 길이로 굽이치며 오르락내리락했다.

그가 오로라를 조종하고 있어……

그게 아니면 아스리엘 경은 오로라로부터 내려온 힘을 이끌고 있는 듯했다. 그의 썰매에 고정된 커다란 릴에서 전선이 하늘을 향해 계속 풀려 나가고 있었다. 그때 어둠 속에서 갈가마귀 한 마리가 날아 내려왔다. 마녀의 데몬이었다. 마녀가 아스리엘 경을 돕고 있었고, 그녀가 전선을 하늘로 운반하고 있었던 것이다.

오로라가 다시 환하게 타올랐다.

아스리엘 경은 이제 준비가 거의 다 된 모양이었다.

그가 로저를 돌아보며 손짓을 했다. 로저는 마지못해 다가가면서도 머리를 저으며 제발 살려 달라는 듯 울었다.

"안 돼! 도망가!"

리라는 울부짖으며 로저가 있는 곳을 향해 몸을 내던졌다.

판탈라이몬도 번개같이 뛰어내려 흰 표범의 입에서 로저의 데몬을 낚아챘다. 그러자 흰 표범이 곧 추격해 왔다. 로저의 데몬과 판탈라이몬은 합세하여 흰 표범을 상대로 싸웠다. 흰 표범은 바늘같이 날카로운 발톱을 이리저리 휘두르며 으르렁거렸다. 리라와 로저도 데몬들을 도와 흰 표범에게 대항했다. 자욱한 안개 속에서 더스트가 마치 사악한 의도를 지닌 것처럼 짙게 흘러내리고 있었다.

공중에서 흔들리는 오로라는 건물을 드러냈다가 다음에는 호수를 내보이고, 그 다음에는 줄지어 늘어선 야자수들을 비추기도 했다. 그런 광경들은 손에 잡힐 듯이 가깝게 느껴져서 마치 이쪽 세상에서 그쪽 세상으로 훌쩍 건너뛸 수 있을 것처럼 느껴졌다.

리라는 펄쩍 뛰어올라 로저의 손을 잡았다. 그러곤 힘껏 잡아당겼다. 그들은 손을 꽉 잡고 아스리엘 경으로부터 도망쳤다. 그러나 로저는 비명을 지르며 몸을 꼬았다. 그의 데몬이 흰 표범에게 다시 잡혔기 때문이다. 리라의 가슴은 고통으로 찢어질 것처럼 아팠고, 막아 보려고 애썼다.

그러나 막을 수가 없었다.

그들 아래로 절벽이 무너져 내리고 있었다.

거대한 눈더미가 가차 없이 무너져 내렸다.

천 길 절벽 아래는 꽁꽁 얼어붙은 바다였다.

"리라!"

심장이 쿵쿵 울렸다.

꽉 잡은 손.

공중에서는 놀라운 일이 벌어지고 있었다.

별들이 박힌 거대한 하늘 천장이 갑자기 창에 뚫린 듯 구멍이 났다.

거대한 활이 쏜 화살처럼, 순수한 에너지의 줄기가 위로 분출되었다. 그 빛줄기와 색은 오로라를 찢어발기며 우주의 이쪽 끝에서 저쪽 끝까지 요란한 소리를 전달했다. 그러자 하늘에서 육지가 그 모습을 드러냈다.

햇빛이다!

햇빛이 황금 원숭이의 털 위에 빛나고 있었다……

눈사태가 멈추었다. 보이지 않는 암벽들이 눈을 떠받치고 있는 듯했다. 리라는 하얀 산꼭대기를 바라볼 수 있었다. 황금 원숭이가 공중에서 튀어나와 흰 표범 곁으로 다가갔다. 리라는 그 두 데몬이 털을 바짝 곤두세우며 서로 경계하는 것을 보았다. 원숭이는 꼬리를 바짝 세웠고 흰 표범은 꼬리를 이리저리 힘차게 흔들고 있었다. 원숭이가 조심스럽게 발을 내밀자, 흰 표범은 우아한 몸짓으로 머리를 숙이고 아는 체를 했다.

리라가 그들에게서 눈을 떼고 위쪽을 보자, 콜터 부인이 아스리엘 경의 품에 안겨 있는 모습이 보였다. 그들 주위를 환한 빛이 감싸고 있었다. 마치 강한 앤버릭 전기가 불꽃과 열을 발산하는 것 같았다. 리라는 도무지 갈피를 잡을 수 없었다. 콜터 부인은 어떻게 여기까지 왔을까? 다리가 끊어진 그 계곡을 무슨 수로 건넜을까?

부모가 서로 만나다니!

그것도 열정적으로 포옹을 하고 있었다. 꿈에도 생각지 못했던 일이었다.

리라의 눈이 동그래졌다. 죽은 로저의 몸이 그녀의 품에 안긴 채 축 늘어져 있었다. 로저는 이제 움직이지 않고 조용히 휴식을 취하고 있었다. 리라의 귀에 엄마 아빠가 얘기하는 소리가 들려왔다.

"그들은 그런 일을 절대로 허락하지 않을 거예요."

"허락이라고? 우린 어린애들처럼 허락받을 나이는 지났어. 난 원하는 사람이면 누구든 건너갈 수 있도록 다리를 만들었소."

"그들이 금할 거예요. 다리를 봉쇄하고 건너려는 자들을 추방할 거예요."

"무수히 많은 사람이 건너고 싶어 할 거요. 그들 모두를 막지는 못할 걸. 이것은 바로 교회의 종말을 의미하는 거요, 마리사. 교권의 종말인 동시에 암흑의 시대가 끝장난 것을 의미하는 거지. 저 위의 빛을 보시오. 또 다른 세상의 태양이오. 당신의 피부에 닿는 따뜻한 햇살을 느껴 보시오. 자!"

"그들을 당할 자는 없어요, 아스리엘! 당신은 잘 몰라……."

"모른다구? 내가? 교회가 강하다는 건 누구보다 잘 아는 나요. 그러나 이것을 당해 낼 수는 없어. 더스트는 모든 것을 바꿔 놓을 거요. 아무도 그걸 멈출 순 없어."

"이것이 당신이 원했던 건가요? 죄악과 어둠으로 우리 모두를 질식시키고 죽이는 것이?"

"나는 그런 것에서 탈출하고 싶었소, 마리사! 그리고 마침내 해냈어. 보라구! 야자수가 바람에 일렁이고 있는 저 해변을 보라니까! 저 바람 소리가 들리지 않소? 다른 세상에서 불어오는 바람이오. 당신의 머릿결과 얼굴을 어루만지고 있잖소."

아스리엘 경은 콜터 부인의 후드를 뒤로 젖히고 얼굴을 하늘로 향하게 했다. 그는 손으로 부인의 머리카락을 어루만지며 말했다. 리라는 숨이 막혀 왔다. 꼼짝도 하지 않고 그들의 소리를 들었다.

콜터 부인은 아스리엘 경의 품에 안긴 채 괴로운 듯 머리를 마구 저었다.

"안 돼요, 안 돼. 아스리엘! 그들이 오고 있어요. 제가 간 곳을 알고 있어요."

"그렇다면 나와 함께 이 세상에서 멀리 떠납시다."

"난 그럴 수가……."

"없다구? 왜? 당신 딸도 올 거요. 그러면 엄마로서 부끄러울 텐데?"

"그러면 그 아이나 데려가세요. 그 아이는 내 딸이라기보다 당신의 딸이죠."

"그렇지 않아. 당신이 그 아이를 임신하지 않았소? 그리고 당신이 낳겠다고 했잖소?"

"그 아인 너무 거칠고 고집불통이에요. 제가 너무 오래 방치했죠. 그런데 그 애는 지금 어디 있죠? 난 그 아이의 발자국을 따라왔는데……."

"아직도 그 아이를 원하오? 두 번이나 잡으려고 했지만 도망치지 않았소? 내가 그 아이라도 도망쳤을 거요. 세 번째도 마찬가지일 거요."

아스리엘 경은 갑자기 안고 있는 콜터 부인의 머리를 앞으로 끌어당기며 열정적인 키스를 했다. 리라는 그런 행위가 사랑스럽기보다는 오히려 끔찍하게 느껴져서 시선을 그들의 데몬들에게 돌렸다. 흰 표범이 황금 원숭이를 발톱으로 강하게 누르고 있었다. 그런데 이상하게도 황금 원숭이는 눈 바닥에 엎드린 채 느긋하고 행복한 표정을 짓고 있었다.

콜터 부인이 남편의 품에서 몸을 빼며 말했다.

"안 돼요, 아스리엘, 내가 살 곳은 이쪽 세상이지 저쪽 세상이……."

"나랑 같이 갑시다!"

아스리엘 경이 단호하면서도 긴박한 목소리로 말했다.

"가서 나와 함께 일합시다."

"우린 절대 함께 일하지 못해요. 당신과 나는 안 된다구요!"

"왜지? 당신과 나는 우주를 조각 내어 다시 짜 맞출 수도 있소, 마리 사! 더스트의 근원을 찾아내어 영원히 봉해 버릴 수도 있지. 당신도 그런 위대한 일을 하는 걸 좋아하잖소? 날 속이려 하지 말아요. 다른 거짓말은 다 해도 좋아. 성체위원회나 당신의 연인에 대해서 거짓말을 해도 좋소. 물론 보리얼 경에 대해선 나도 알고 있지만 그런 건 상관하고 싶지 않아. 교회 문제나 아이에 대해서는 거짓말을 해도 상관 안 해. 그렇지만 당신이 진심으로 원하는 것에 대해서만은 거짓말하지 마시오."

두 사람의 입술이 다시 힘차게 포개졌다. 그들의 데몬들도 사납게 장난질을 했다. 흰 표범은 뒤로 벌렁 드러누워 눈 위에 뒹굴었고, 황금 원숭이는 발톱으로 흰 표범의 부드러운 털을 할퀴었다. 그러자 흰 표범은 즐거운 듯 으르렁거렸다.

"만약 당신을 따라가지 않으면 절 괴롭힐 건가요?"

콜터 부인이 몸을 뒤로 빼며 물었다.

"왜 내가 당신을 괴롭힌단 말이오?"

아스리엘 경은 웃었다. 그의 머리 주위가 다른 세계에서 온 빛으로 환해졌다.

"하지만 나와 갑시다. 같이 일합시다. 내가 당신을 돌보겠소. 만약 당신이 이곳에 머물면 나는 즉시 당신을 잊어버릴 거요. 내가 당신을 다시 생각할 거라고는 생각지 말아요. 이 세상에서 잘못된 일을 계속 하겠소, 아니면 나와 함께 가겠소?"

콜터 부인은 망설였다. 그녀는 마치 정신이 혼미한 양 잠시 눈을 감고 휘청거렸다. 그러나 곧 균형을 잡은 그녀는 눈을 뜨고 슬픔에 잠긴 목소리로 말했다.

"안 되겠어요!"

그들의 데몬들도 서로 떨어졌다. 아스리엘 경은 손을 뻗어 흰 표범의 털을 움켜쥐었다. 그러고는 말없이 등을 돌리고 위쪽으로 올라가기 시작했다. 황금 원숭이가 부인의 팔에서 뛰어내려 멀어져 가는 흰 표범에게 애처로운 소리를 냈다. 콜터 부인의 얼굴은 온통 눈물범벅이었다. 리라는 엄마의 뺨에서 반짝이는 눈물을 보았다. 그것은 진짜 눈물이었다. 마침내 콜터 부인도 돌아섰다. 그러고는 소리 없이 흐느끼며 산을 내려가기 시작했다.

리라는 냉정한 눈으로 엄마의 뒷모습을 바라본 뒤 다시 하늘을 쳐다보았다.

하늘에 걸려 있는 그 도시는 마치 사람들로 채워지기를 기다리고 있는 것처럼 텅 비어 있었고, 혹은 누군가 깨워 주길 기다리며 깊이 잠들어 있는 것처럼 보이기도 했다. 그 세상의 태양이 이쪽으로 비치어 리라의 손을 황금빛으로 물들여 주고, 로저가 쓰고 있는 늑대 가죽 모자에 달라붙은 얼음을 녹이고 그의 창백한 뺨을 투명하게 하며 초점을 잃은 그의 눈동자를 반짝이게 만들었다.

리라는 슬픔과 분노로 온몸이 찢어지는 듯했다. 자신과 로저에게 한 짓을 생각하면 아버지를 죽일 수도 있을 것 같았다. 딸에게 어쩌면 그럴 수가 있는가? 리라는 아버지에 대한 배신감에 치를 떨었다.

그녀는 여전히 로저의 시신을 안고 있었다. 판탈라이몬이 무어라고 말했지만 가슴속에 불덩어리가 이글거리고 있는 리라의 귀에는 들리지도 않았다. 족제비로 변한 판탈라이몬이 발톱으로 손등을 긁은 뒤에야 리라는 눈을 깜빡이며 데몬을 돌아보았다.

"왜? 왜 그러는데?"

"더스트야!"

"무슨 말을 하고 있는 거야?"

"더스트 말이야. 그가 더스트의 근원을 찾아내어 파괴시킬 거라고 했지?"

"그렇게 말했어."

"그리고 성체위원회와 교회, 볼반가르 사람들, 그리고 콜터 부인 등도 모두 더스트를 파괴하고 싶어 해. 안 그래?"

"그래, 혹은 사람들에게 영향을 미치지 못하도록 하려는 거지. 근데, 왜?"

"그들 모두가 더스트를 나쁜 것이라고 생각한다면, 그건 좋은 것임이 분명해."

리라는 대꾸하지 않았다. 너무 흥분해서 딸꾹질이 다 나왔다.

판탈라이몬이 계속 말했다.

"우리는 그들이 모두 더스트에 관해서 얘기하는 걸 들었어. 그들은 더스트를 겁내고 있는 거야. 그리고 우린 그들이 사악하고 그른 일을 하는 걸 눈으로 보면서도 그들을 믿었어. 그래서 더스트가 정말 나쁜 것이라고 생각했지. 왜냐하면 어른들인 그들이 그렇게 말했으니까. 그러나 만약 그렇지 않다면 어떻게 되지? 만약 말이야……."

"맞아! 더스트가 만약 좋은 것이라면……."

리라는 판탈라이몬의 얼굴을 돌아보았다. 족제비로 변한 그의 녹색 눈동자가 흥분으로 빛나고 있었다. 리라는 온 세상이 뒤집어지는 것처럼 현기증이 일었다.

더스트가 만약 좋은 것이라면…… 그것이 만약 소중하고 길이 간직할 만한 것이라면…….

"우리가 더스트의 근원을 찾아보자, 판탈라이몬!"

리라가 소리쳤다. 바로 판탈라이몬이 듣고 싶었던 말이다.

"아스리엘 경보다 우리가 먼저 찾는 거야. 그런데……."

판탈라이몬은 말끝을 흐렸다. 너무나 엄청난 일이어서 둘은 잠시 침묵에 빠져들었다. 리라는 불타는 듯한 하늘을 쳐다보았다. 광활하고 장엄한 우주에 비해 자신들의 존재가 너무나 조그마하게 느껴졌다. 또한 그들 위에 드리워진 심오한 신비와 비교할 때 자신들은 너무 하찮은 존재로만 생각되었다.

"우린 할 수 있어."

판탈라이몬이 힘차게 말했다.

"여기까지도 헤쳐 왔잖아, 안 그래? 우린 해낼 수 있어!"

"하지만 이제 우리뿐이야. 이오레크 뷔르니손이 따라와서 도와주지도 않고, 파더 코람이나 세라피나 페칼라, 리 스코즈비도 도와주지 않아. 이젠 아무도 없다구!"

"그러면 우리끼리 해. 문제없어. 그리고 우린 혼자가 아냐, 그 아이들처럼."

리라는 판탈라이몬이 토니 마카리오스와 볼반가르에서 데몬을 잃어버린 아이들을 말하고 있음을 알았다. 그들은 아직도 한 몸처럼 존재하고 있었다. 그 둘은 여전히 하나였다.

"그리고 알레시오미터도 가지고 있어."

리라는 안고 있던 로저의 몸을 조심스럽게 내려놓았다.

"그래, 그러자."

리라는 발길을 돌렸다. 뒤에는 고통과 죽음과 공포가, 앞에는 위험과 의혹과 깊이를 알 수 없는 신비의 세계가 펼쳐져 있었다. 그러나 그들은 혼자가 아니었다.

그리하여 리라와 그녀의 데몬은 자신들이 태어난 세상을 등지고, 태양을 바라보며 하늘 속으로 걸어 들어갔다.

(다음 편에 계속)

내가 어릴 때 우리 아버지는 만화방 주인이었다. 그래서 나는 운명적
으로(?) 만화방 주인 아들이 될 수밖에 없었고, 필연적으로 만화벌레가
될 수밖에 없었다. 내가 이렇게 얘기한다고 해서 나의 그러한 운명을
조금이라도 비탄하거나 후회하고 있다고 생각한다면 그건 오해이다.
소설 번역가로 입에 풀칠하고 있는 지금의 내 처지를 단 한 번도 비감
해 본 적이 없는 나로서는 지금의 나를 있게 해준 그 시절의 내 운명을
단 한 번도 원망해 본 적이 없다. 아니, 오히려 그런 시절이 없었다면
엄청나게 빈약했을 나의 상상력을 그나마 이만큼이라도 키워 준 것에
대해 대단한 행운이었다고 늘 생각해 오고 있다.

　그 시절의 나는 정말 굴레 벗은 한 마리의 망아지였다. 학교에 다녀
오면 삽짝문에서 대청 마루를 향해 책보따리(가방이 아님)를 훌쩍 던져
버리고는 꽁지가 빠지게 만화방으로 달려갔고, 매일 나오는 신간 20여
권을 모조리 독파하고도 성이 안 차 구간 20여 권을 챙겨들고 집으로
돌아오기가 일쑤였다. 만화책을 베개삼아 자정을 넘기는 일이 허다하
다 보니 공부는 자연 뒷전이었고, 숙제를 못 해 가서 아침 자습 시간이
나 쉬는 시간에 남의 것을 베끼느라 늘 바빴는데 그나마 여의치 않아
종아리를 맞는 일도 다반사였다. 먹고살기가 바쁘기도 했지만 천성이
천하태평인 우리 아버지는 당신의 아들이 학교에서 그런 곤욕을 당하
고 있는 줄도 모르고, "니 숙제는 했나?" 한 마디 묻는 법도 없었다. 나
이 쉰을 넘긴 지금 뒤돌아보니 그 시절이 내게는 봄날이었던가 싶다.

　내가 왜 이런 어쭙잖은 추억담을 주절주절 늘어놓고 있느냐 하면,
《황금나침반》을 번역하다 보니 그 시절에 내 혼을 송두리째 빼 놓았던

공상 과학 만화들이 영화 필름처럼 내 머리에 떠올랐기 때문이다. 그리고 그 시절에 한낱 공상이나 상상에 지나지 않았던 일들이 오늘날에는 엄연한 현실로 둔갑하여 우리들의 삶에 엄청나다 못해 거의 결정적인 영향을 미치고 있는 것들이 얼마나 많은가, 하는 데까지 생각이 미쳤던 것이다. 좀 단정적인 얘기이긴 하지만 현대 과학의 밑그림은 인간의 상상력 내지는 공상력에서 나온 것이 아니겠는가? 우리가 이렇게 상상력이 풍부한 소설들의 내용을 한낱 허황된 얘기로만 치부할 수 없는 이유가 여기에 있다 할 것이다.

그리고 무엇보다도 중요한 사실은 남녀노소 가리지 않고 모든 독자들을 흥미진진하게 만들어 준다는 점이다. 주인공을 중심으로 새로운 사건들이 쉴새없이 벌어지고, 새로운 인물들이 끊임없이 등장하고, 새로운 무대가 연이어 펼쳐지는 것이 이런 소설들의 특징이라면 특징일 것이다. 이 《황금나침반》도 옥스퍼드와 북극의 가상 지대인 볼반가르와 스발바르를 무대로 인간과 곰과 마녀들이 번갈아 등장하면서 끊임없이 사건들이 벌어진다. 또한 인간들에게 마치 영혼의 동반자처럼 따라다니는 '데몬'이라는 독특한 존재를 등장시켜 스토리의 흥미와 깊이를 더한 점이 특이하다. 번역을 끝내기가 바쁘게 '다음 편에 계속'이라는 말이 아쉽게 느껴지는 것도 정말 오랜만에 맛보는 경험이다.

1999년 겨울
이창식